世界文学名著宝库
Debo Jia De Taisi

德伯家的苔丝

[英]托马斯·哈代 著
陈占敏 译

时代出版传媒股份有限公司
安徽文艺出版社

图书在版编目(CIP)数据

德伯家的苔丝/(英)托马斯·哈代著;陈占敏译. —合肥:安徽文艺出版社,2016.5
(世界文学名著宝库)
ISBN 978-7-5396-5597-0

Ⅰ.①德… Ⅱ.①托…②陈… Ⅲ.①长篇小说-英国-近代 Ⅳ.①I561.44

中国版本图书馆 CIP 数据核字(2015)第 282181 号

出 版 人:朱寒冬

责任编辑:张妍妍　　　　　　　装帧设计:丁　明

出版发行:时代出版传媒股份有限公司　www.press-mart.com
　　　　　安徽文艺出版社　www.awpub.com
地　　址:合肥市翡翠路 1118 号　邮政编码:230071
营 销 部:(0551)63533889
印　　制:合肥创新印务有限公司　(0551)64456946

开本:700×1000　1/16　印张:24.25　字数:400 千字
版次:2016 年 5 月第 1 版　2016 年 5 月第 1 次印刷
定价:45.00 元

(如发现印装质量问题,影响阅读,请与出版社联系调换)

版权所有,侵权必究

可怜的受了伤的名字!我的胸膛为床,供你宿养。

——莎士比亚

序

阿·阿尔瓦雷茨[①]

以最为朴素的反应开始吧:《德伯家的苔丝》是一部异常优美的书,又是异常感人的。尽管这两个因素起初看来仿佛难以区分,它们的确是合力贯穿始终,苔丝的命运如此直接地深深地打动着读者,这个事实模糊了书的优美以及它的美学渊深和精妙。"独特的哈代小说",杜那尔德·戴维森写道。

作为一部讲说(或吟唱)故事来构思,至少不像一部书本故事……它是一个扩展……在一部当代散文小说、传统歌谣或者口述故事的形制中……情节,而不是图说,总是第一位的;宁肯由事体掌控着,而非由动因,或者心理,或者议论……德伯维尔家的苔丝,无论如何她也可以说是,给人深刻印象的在歌谣方式中最终用刀子刺杀了她的诱奸者再一次被遗弃的女子。

这解释说明了苔丝被搜捕到的残忍,小说发展有趣的快捷,尽管它的长度也是完全不可避免的,那也是哈代本人挑衅了埃斯库罗斯[②]"诸神之主宰"时所强调的。

然而它还是遗漏了这部书的丰富以及它那情绪与行为持续的联结。我的意思是,它遗漏了这异乎寻常的路子,途程中景物陆续不断地导向生活,不仅仅为了它自己的缘故,而是像一块共鸣板,以便加深加剧着苔丝的无论何种体验。这种结合大约比苔丝生命的各个阶段的图解手段更微妙、更优

[①] 阿·阿尔瓦雷茨(1929—):英国诗人、小说家、散文家、批评家。
[②] 埃斯库罗斯(约公元前525—公元前456):古希腊三大悲剧诗人之一,主要作品有《阿伽门农》《被缚的普罗米修斯》等。

雅——哈代称其为"相位"①——仿佛她是一个自然的现象,好像月亮——坐落在它恰如其分的景物中:在温润的、柔媚的布莱克姆谷中她的纯洁;在追逐中她的诱惑力,"在英格兰最古老的树林",在那里,偶然地,她在最黑暗的时刻之一返回时不料发现了她的悲惨被濒死的野雉取代;还有,在大奶牛场谷地泰尔波绥斯世俗的伊甸园她与安吉尔田园诗般的爱情事件;在弗林卡姆阿什她的孤凄时期,在那里,无情的景色一如剥光了安适和草木似的剥光了她的爱情和希望;最终,她的牺牲完成在斯通亨奇的祭坛上,多罗西·范·根特②,在一篇才华横溢的文章中,称这行为与环境之间的一致为"象征主义,由它本身考虑,是……令人惊讶的率直和不成熟的"。然而与哈代在书中植入的一些象征相比照,它又好像是缠结的:例如,安吉尔,弹奏竖琴,艾利克在某一时刻,鬼魂显形似的熄灭雪茄烟,挥动着一柄干草叉。当苔丝无果地拜访了安吉尔的父母,隐约沉入布莱克姆谷的时候,作者议论道:"她依然在她的不幸成形的谷中,她像先前一样没有爱过。美丽于她,好像对于所有感觉到的人,不是实体置放,而只是处于象征中的东西。"

哈代的实践,无论如何,是比他的说教更加复杂,恰如苔丝的悲剧比他对其直露的哲学思考更为深远。在每一个重要的层面上,景色不是象征着苔丝的体验,更确切地说,它是不同时期的不同经历。"各为景色,再加上人的灵魂……他简洁描绘的好像是'被物体稍微更改的光线'。"哈代在注明为1889年1月9日的笔记"透纳③的水彩画"中写道:其时《苔丝》业已令人满意地起步了——初始的十六章于随后的九月里已在校样中了。在他的笔记中它是经常反复出现的题目:"我的艺术是强化事物的表现,好像克里韦利④、贝利尼⑤等等做的,以便使心灵和内涵呈现为栩栩如生的可视可见。"换言之,在《苔丝》中进入描写的留意和专心,与哈代展示作为一份乡村生活权

---

① 相位:天文学术语,指行星与行星间所形成的角度。
② 多罗西·范·根特(1907—1967):英国文学评论家。
③ 透纳(1775—1851):英国画家。19世纪上半叶英国学院派画家的代表,西方艺术史上最杰出的风景画画家之一,尤以光亮、富有想象力的风景及海景画而闻名。
④ 克里韦利(1430—约1495):意大利画家。在绘画中注重探索绘画的透视和比例的关系。其画作通过鲜艳的色彩,前景和背景的清楚区分、空间的错觉,使作品中的形象更强烈,更夸张。
⑤ 贝利尼(1430—1516):意大利威尼斯画派画家。其生涯晚期,已成为当时最伟大的风景画家之一。晚期画风将颜料巧妙地运用在边缘和表面上,使人物、环境、光和空气好像是分不开的。

威的证书是无关的,取而代之的,它们是各个地点情境界定着色调拓展的路径。关于这点,哈代本人是相当清楚的:

  自然作为一种美展现出来,不仅仅作为一种神秘……我不想去看原初的真实——那是作为视觉效果的。我想去看伏于景色下面更深刻的真实,有时候被称为抽象想象的东西的表现。
  "单纯的自然"不再使人产生兴趣,被极度诋毁的、疯狂的、晚期的透纳意象画对于引起我的兴趣现在是必需的。严格的真实就题材事实而论在艺术中的重要性结束了——它是一个学生的风格——当心灵对于生命的悲剧性神秘还处于安静未觉醒时期的风格;当它还没有给对象带来任何东西的时候那与转述品质而形成的结合已经存在于那里了——也许是半隐藏的——二者是作为全部被描述了。

哈代像这样的评论不是在抽象中的理论化;而是在解释他已经本能地做到的。在他最好的作品中,没有人物感受与之置身其中所感受的环境景色二者之间的分离;而是各自反射,增强对方。

他本人一再坚持苔丝和她的世界之间奇怪的一致,就他而言,尽管他不愿意为了读者而失去所谓他的艺术的一些基本面貌:

  在这些孤寂的山峰上山谷中,她沉寂的潜行带着她穿行其中的因素。她柔软的隐秘的形体成了构成环境必不可少的一部分。此时,她古怪的想象强化了围绕着她的自然进程,直到它们似乎成了她自己的故事的一部分。更确切地说,它们成了她的一部分;因为世界仅仅是心理现象,它们仿佛什么它们就是什么……
  一个田野里的男人是一个人化的田野;一个田野里的女人是田野的一部分;她以某种方式失去了她的差限,吸收了她周围环境的精华,与之同化了。

在某些方面,苔丝的悲剧,"一个纯洁的女人",也是古老的、她所出生的

"纯洁"的维塞克斯的悲剧。二者都被现代世界的方方面面腐蚀了叛卖了；苔丝被艾利克暴发户的欲望和安吉尔的狭隘、冰冷的启蒙；乡村和它的风习被新社会用它的铁路，它的漠然，新的富户胜过旧的名门，建起丑陋的新宅第，旧的农耕方式的逐渐工业化，无情地侵吞着，被折磨苔丝的恶魔似的打麦机象征着。贯穿着全书，苔丝和维塞克斯双双沦落着，沦落着，被背叛了。哈代给予了二者同等凄切动人的柔抚。"太阳，在雾帐上，有一种有趣的感知，人的神态。"就这样，在不同的角度，在书中的每一个细节上给以柔抚。乡村，它的风习和迷信，好像被命定的苔丝一样，哈代赋予了它们极其生动逼真的生命，悲悼着它们的失去，丰富着苔丝的悲剧，甚至使其更加强烈深切。

人物和地域的这种结合是他最佳效果的源泉：

常常是这样——不可能总是由于机会——奶牛场这两个人最先起来，他们觉得他们仿佛是全世界最早起来的人。最初来到这里的那些日子，苔丝不撇奶油，起来以后立即走到门外，他总在那里等着她。幽明的、混合了雾气的水样的晨曦弥漫了开阔的草地，给了他们一种远离尘世的感觉，好像他们就是亚当和夏娃。在这一天朦胧的开始阶段，苔丝似乎在气质和形体两个方面都对克莱尔显示出一种尊贵的高大，一种几乎是主宰的力量，或许因为他知道，在这种异常的时刻，很难有形貌具备她那样天赋的女人，会像她这样喜欢在他的视域中走进露天里，在整个英格兰都极少。美丽的女人在中夏的黎明照例睡熟了。她近在眼前，其余的一无所见。

在这混濛的、奇异的、幽明的朦胧中他们走向奶牛躺的地点，常常使他想到复活的时刻。他很难想到那个抹大拉的女人会就在他的身旁。其时所有景物都在灰色的阴暗中，他的伙伴的脸成了他注视的焦点，升起在雾气之上，似乎有一片磷光打在上头。她看上去幽渺惨淡，好像她只是一个幽灵在随意游荡。实际上她的脸，并没有显露出这个样子，只是被东北方凄冷的晨光映射着；他自己的脸，在她看来也显出了同样的面目，不过他没有想到罢了。

此时，正如前述，她给他的感受最深切。她不再是挤奶女工，只是一个空幻的女性精华——全部女性凝结为一个典型的实体。他半逗趣地叫她阿耳忒弥斯、德墨忒耳，另外一些想象出来的名字；她不喜欢，因为她不懂得那些。

"叫我苔丝。"她斜眼看着他说；他就叫他苔丝。

而后天渐渐亮了，她的面貌就成为单纯的女性了；由那些授人福祉的神祇，变为渴望得到福祉的人了。

在这远离人类的时辰里，他们能够十分接近水鸟。苍鹭来了，伴着好似开门开窗的莽撞大叫，从它们经常栖宿的草地边的树林中飞出；或者，已经在那个地方了，这一对从旁边走过，它们依然定定地站在水中，慢慢地平平地伸着脖子，扭头看着他们经过，不动情感地扭动，好像机关装置转动的木偶。

在此标桩的不仅仅是奉承追求，甚至也不是对作用于安吉尔使他能够与苔丝同等坠入爱情的力量的描述，正相反，安吉尔好像几乎落在后边了，琐屑的，不得要领的，他关于古典女神的讨厌瞎聊同样入侵了场景的庄严，这，苔丝不耐烦地摒除了。好像哈代独自跟他的女主人公在一起，观看着她的迷人，几乎为他自己创造的这个女人的力量感到惊讶了。这孵育着的孤独产生了怪诞的可视的效果，有几分幻觉，色彩鲜明地被光线照着，好像一个"疯狂的晚期的透纳"。人的形象几乎没有描绘；一切都集中在"幽灵般的、半混沌的、水状的光线"上，穿过这"交混的、奇异的、幽亮的朦胧"恋爱者神秘地移动着。哈代刚刚创建了那全部的超自然之后，又通过环境描述将场景带入了尖锐的焦点，尽管在前景中，女主人公跟它们"巨大的开门关窗的鲁莽的声响"，"慢慢地平平地伸着脖子，不动情感地转动着"在一起。这场景好像一个梦，人类存在的怪异，造物的生动而无情，换言之，"场景，加上人的灵魂"。

典型的哈代方式完全贯穿了《苔丝》：他用场景为苔丝身陷其中的偏狭

的民间叙事曲悲剧创造了立体的回响。它是一条颠覆着亚里士多德①的途径，造就着一个仅仅出身为牛奶女工的悲剧女主人公。它也是一个甚至完全未曾提及的阐释情绪的手段。

细想起来，作为实例，在那一章的开头，苔丝最终违背了她更准确的判断，在坐着马车向火车站而去的漫漫旅途上同意了跟安吉尔结婚：

　　在渐渐消失的日光中，他们沿着平坦的路穿过草地，那路延伸进灰色的远处，在黑黢黢的爱敦荒原陡坡最边缘的背部。

爱敦荒原由围绕着泰尔波绥斯的丰茂的牧场这"陡然的"一瞥，我想，一个简捷的、可怕的威胁性忧烦预感是来临了，好像在先前平静的牧歌中一个突然降低的小音阶和弦。一部长篇小说大量的情感负荷就裹挟在这微妙的细节描写中，更确切地说，是在一部电影原声音乐增强的途程中，或者再加以界定，是在行动的情绪中。"一页又一页"，多罗西·范·根特写道：

　　《苔丝》有一种精心炼制的结构的密集，在哈代这里是相当独特的；当最素常的事实凭信被掩蔽的时候，象征的深度由事物有形的外观伴随着无碍的透明性传达了……人们意识到的文风不是作为特别的文字品质，在此只是极为通常地作为观察与直觉的品质之间奇妙的同一，一种明晰的特性。

或许这是称《苔丝》本质上作为一部诗性小说的另一种说法。它充其量也不过是一种惯常的模棱两可的赞美，意指未能弥补情节和性格薄弱而颇为自觉的写作。《苔丝》，无论如何，在强烈的感觉中是诗的——我在起始时不言而喻所称谓的，相当朴素，优美。它如一首诗同等优美，每一个细节都是必需的，各个带着情感的直觉。然而也有一些东西大过于它：在这部书的批判性要素上，叙述、描写、感情的纠结融合在一起，用一种特殊的混合方式

---

① 亚里士多德(公元前384—公元前322)：古希腊哲学家、自然科学家、文艺理论家。其文艺理论著作传世的有《诗学》和《修辞》。

产生了一种效果,不加夸张地说,它超出了那些在散文小说中习常的发现,的确超越了19世纪的那些英国小说。我指的是,例如,那对恋人走在哈代奇妙的梦幻般着力描写的晨晓中,或者,同样奇妙的,当苔丝在泰尔波绥斯草木繁茂的园子里听安吉尔弹奏竖琴时唤起的景色:

  苔丝听到了她头顶阁楼上的这种琴声,模糊,低沉,被界域阻隔着束缚着,从来没有像现在这样感染她,当它在沉静的空气中荡游的时候,带有了裸体画一般完全明晰的品质。明确地说,乐器和弹奏都是蹩脚的;可是一切都是相对的,倾听的苔丝,却像一只着迷的鸟儿,不能离开这地方。不仅不能离开,她还向着弹奏者靠近,坚持躲在树篱后边,免得他猜到她在这里。
  苔丝发现她置身其中的园子的外围有好多年没有耕种了,现在是潮湿的,繁茂的,汁液丰沛的草丛一碰就升起一片花粉的烟雾;高高的开着花的野草发出刺鼻的气味——那红、黄、紫的色彩构成了一幅多彩的图画,像栽培的花丛一样耀眼炫目。她像一只猫悄然潜过这繁茂的草丛,在她的裙裾上聚集了布谷的涎液,脚下踩碎了蜗牛壳,蓟草汁和蛞蝓液沾染着她的手,黏糊糊的霉菌擦上她光裸的胳膊,尽管在苹果树干上是雪白的,却像茜草汁沾污了她的皮肤;她就这样十分靠近了克莱尔,却一直没有被他看见。

这些描述的强烈的色情性——我想,比我们用于今天的完全的正面攻击,更加色情——不是在人物之中,而只是在景色的细节中:安吉尔的竖琴声,带着它"裸体画一般十足明晰的品质","潮湿""繁茂""汁液",苔丝潜行于草丛之中"像一只悄然的猫","在她的裙裾上聚集了布谷的涎液……蓟草汁和蛞蝓液沾染着她的手,黏糊糊的菌霉擦过她光裸的胳膊……茜草汁沾污了她的皮肤"。好像植物本身竟自容含了全部秘密的气味和肉体热情动作的汁液。哈代的伊甸园文本比创世纪的书更加接近高更①。

---

  ① 高更(1848—1903):19世纪下半叶法国后期印象派著名画家。其理论和实践影响了一大批画家,被誉为继印象主义之后在法国画坛上产生重要影响的艺术革新者。

然而它的全部效果产生在苔丝的几分恍惚中,同时是肉欲的而又非肉体化的:

苔丝既没有了时间意识也没有了空间意识。这种超升就像她描述的注视着星星随意产生的,现在没有她的决意而到来了;她在那把二手竖琴细微的乐音上起伏,和谐的琴声像微风吹彻了她的身心,让她的眼睛里盈注了泪水。漂浮的花粉似乎就是可以看见的他的琴声,园子的潮湿是园子感动的哭泣。虽然暮色将落了,气味浓烈的野草花依然放射着光彩,好像它们不能在热切中闭合,色彩的波涛跟声音的波涛相融相合了。

这是抽象了,几乎抽象了由观察的强度带来的感觉和情绪的升华,是诗的本质要务。哈代田园诗的文本深深地植根于无意识之中。

这部小说原生的奇异的力量,我想,来自于哈代由外部世界生动的细节向最为复杂的内部性格和情绪的流泄不费力而又精确转换的能力。

他们定定地站立,他们凝住的心带着欢乐的怜悯向外看着。他们两个似乎都在探索着为现实遮蔽的事物。

"哦——是我的错。"克莱尔说。

但是他不能再进一步。谈话好像沉默一样无表达能力。然而他有一种事体的模糊意识,尽管一直到后来,他也不清晰;他原本的苔丝,对于认识在他面前作为身体的她在精神上停止了——允许其漂移,像在水流上的一具尸体,由其活着的意愿朝着一个方向分离了。

他在描述着什么——犹疑地,仿佛感情在黑暗中接近它——一些事物仅仅被动地漠然地远离着;取而代之的,它,鬼魅般的,不动声色地游移着——身体在一条路上前行,心向他方走离——像精神分裂症患者延续的撕拉与扯裂。

在我看来,哈代有能力探索这些困惑屏蔽的心灵状况之由因,当他处于最佳状态时,在他做诗人和小说家的天资之间没有分隔。由此,他超凡的独创性和他独特的生存感受——尽管表面上古怪的乡村风习那样影响了他——成了一个现代主义的先兆。他于1891年在《苔丝》中如此敏锐描述的茫然和情绪混乱成了19世纪文学的性格笔记和先见:例如,艾略特①的,贝克特②的和加缪③的。或许他是在这里暗示着,宁愿他做的那些全是俗套的悲观主义,当他称苔丝的消沉和无辜的厄运感受为"现代主义疼痛"的时候。

总之,无论如何,这是宁愿要情节或者特性而不要概念的问题,在他的时代是非常有意义的问题。艾利克·德伯维尔像在每一部维多利亚时代的戏剧中的反面人物那样神气地走着,捻着他的髭须,与此同时安吉尔·克莱尔是寡情的,爱挑剔的,在同样的传统中带着浅薄疑虑使人痛苦的人,尽管有着更高一些的心气。哈代本人似乎对他们两个都失去了耐心,虽然他们两个都有异常的敏捷。尽管哈代起始在安吉尔一边,带着一些青春的疑惑信任他,他本人曾深受其苦——在伦敦的恶劣时期,失去了宗教信仰,结果决定不去上剑桥大学,可以为例——他允许他萎缩进了过分拘谨的琐细之类,他的《苔丝》的田园诗般纯洁的抽象理想一度破碎了。在结尾,艾利克甚至仿佛更加坚定和慷慨了:至少他是关心她的良好生存了,有了热情为她的勇气,在那里,安吉尔没有留下什么,除了他的失去,除了他和苔丝青春期的妹妹不恰当的暧昧的未来。正如多罗西·范·根特所评说的:"我们不相信那年轻的姑娘能缺乏姐姐被绞死的清醒头脑而走向改善的人生。"

另外一些人物相消失的快捷,与苔丝相形之下成为苍白的没有实体的了,仅仅是一个机械的镶嵌,其中她是实在的,或许是一面镜子的入口,哈代的个人牵涉与故事在内做了更移。而那种牵涉是清晰的强烈的,至少在起始。哈代的家庭,就像德伯维尔家,是由于缺乏抱负和无能、在这个世界上

---

① 艾略特(1888—1965):英国诗人、剧作家、文学批评家和编辑。主要作品有《荒原》《四个四重奏》等。1948年获诺贝尔文学奖。
② 贝克特(1906—1989):爱尔兰戏剧家、小说家。最著名的剧作为《等待戈多》。1969年获诺贝尔文学奖。
③ 加缪(1913—1960):法国小说家、剧作家、伦理家和政治理论家。主要作品有《鼠疫》《局外人》等。1957年获诺贝尔文学奖。1960年因车祸丧生。

衰落下来的古老的土地所有者①。奶牛场主克瑞科甚至顺便地提到过他们，半斤八两而已。(泰尔波绥斯，凑巧是哈代的父亲一直拥有的小农场的名字。)更为重要的是，哈代的妻子和岳父都是使人痛苦折磨人的，带着他们的社会优越感，达到了疯狂地步。换句话说，约翰·德北菲尔，带着其荒唐的贵族奢华幻想，并非他首先呈现的独立的喜剧性创造。

然而当小说发展了，这私人的标桩便得以留在了后头，如同另外一些东西。在结尾，仅有苔丝，成长着，深化着，一直以一种好像几乎不相称的方式——考虑到哈代将其措置的世界的广大和错综缠结——主宰着这部书，所有事情的最终要素只达到一个用度，以期反射回到她的身上。艾利克性的纠缠，甚至他的笨拙、含糊的敲诈式慷慨，是她肉体魅力的无尽容藏。她的自然、独立和反应的新鲜均衡地成长着，正当安吉尔退缩回由其想象获得了自身自由的那个阶级冷酷的侈谈和伪善的时候。

戴·赫·劳伦斯②说哈代的小说："男女主人公没有人特别关心金钱，或者直接自己保留。他们全都艰苦奋争得以生存。"苔丝没有通过背叛她切近的两个情人这样做。然而她所成就的生存是如此丰富和完满，以致她犹如超越了他们强加于她身上的幻想一般容易地胜过了他们不同的残忍。因为她是不抱怨的，在她的忠诚中是奇异的被动驯服的，她仿佛是每一个人的牺牲：首先是艾利克的，接着是安吉尔的，而后在弗林卡姆阿什是农场主格鲁毕的，最终，当然，是"诸神之主宰"的牺牲。然而在结尾，她似乎是自由和完满的了，甚至于尽管他们吊起了她，与此同时她的迫害者也成了他们自己局限的牺牲。

经典的悲剧的主人公，如李尔王③，是由身受其苦，于愚蠢和骄傲中获得

---

① 1888年9月30日，开始写作《苔丝》的时候，哈代在他的日记中写道："哈代家族的衰退和没落显而易见必在附近。贝克·S的母亲的姊妹嫁给了哈代家这一支的一位，他是由于这桩婚姻降低了身份的。'全部乌尔卡姆和芙鲁姆昆亭曾经属于他们。'贝克习惯于骄傲地说。她还可以加上绥德令和陶乐维尔密。这独特的一对儿有数量众多的孩子。我记得幼小时那男人——高高瘦瘦的——走在一匹装着普通的春季马饰的马身头，我的母亲指着他要我看清，说他代表着这个家族首要一支曾经的什么。我们衰落了，衰落，衰落。"——原注。

② 戴·赫·劳伦斯(1885—1930)：20世纪英国最独特和最有争议的作家之一。主要作品有《恋爱中的女人》《虹》《查泰莱夫人的情人》等。

③ 李尔王：传说中的不列颠国王(他的名字源自古代英国一个叫李尔的神)。莎士比亚在他的悲剧《李尔王》中以其为主人公。

了救赎。苔丝,无论如何,是既不愚蠢,也不骄傲,仅仅是脆弱的。她的高度是她的女性特质。艾武应·侯韦①雄辩地描述道:

> 苔丝是文学中罕见的创造:美好造就了兴味。她是人类生命的伸张与支撑,依然永久喷涌向复生……她似乎为了我们生命存在的潜质而来,恰如产生于她的也正意味着生命通常成为的。她是哈代对于人类生存可能性的最伟大的贡献,因为苔丝是文明最伟大的胜利之一:一个自然的姑娘。

她的爱人各自拥有懂得她的独特和力量的不情愿的途径。艾利克只是再度看见她,便失去了他的凶顽、短暂的虔诚。("到我再看见那眼睛和嘴为止,我像一个男人能够做到的那样坚定——自夏娃以来的确从来没有这样一张使人发狂的嘴!")。安吉尔的严肃最终被觉悟解放了。她的温柔无以匹敌。甚至霸道的格鲁毕也模糊地认识到她像不能打的那些女人一样平等。然而她永不设防或者退缩,自怜或者报复,却代之以她淡泊的、罹患悲难的、并不愚傻的方式,保持着一个天生美丽的女人拥有的全部内涵,不只是肉体的美丽,而是宽容、聪慧和忍耐。"成熟即全部",哈代,对那个她身陷其中的世界之悖理从不犹豫说教,对于他在《苔丝》中逐步显露的深度张力似乎奇怪地言不尽意了,好像它完全以某种方式超越了他。"仅仅一个性格",侯韦写道,"几乎像苔丝一样重要,那是哈代本人。通过他冥想的声音使他的存在笃定地被感知了。他像受了袭击的父亲般盘桓凝望着苔丝。他像苔丝对待这个世界一样温柔地对待苔丝。温柔,无助。"换言之,他描写她正如同描写景色挟着同样的强烈:岁月和失去的强烈,仿佛他是最后一次完整地看着她。

那是哈代似乎忘记了苔丝是他自己小说中的人物的时刻,开始讲述她犹如一个过去的爱人,他失去了却不能忘怀。很悖谬地,这奇怪的穿插发生在第一个偶然的时刻,当苔丝为她垂死的婴儿施洗礼的时候,突然中止了仅

---

① 艾武应·侯韦(1920—1993):美国文学家、社会批评家。

仅作为一个乡村姑娘,而成了一个隐现的、神秘的、悲剧的形象:"伟大的、高耸的、威严的人物——一个神人,没有与他们(她的弟妹)共同的东西了。"此前她直接地诵读着洗礼词:

  于是他们的姐姐……从心底倾吐着感恩的祷文,勇敢地带着成功的狂喜,像用管风琴奏出的基音发出来,那是她的心沉浸在喜悦中时要求的声音。那永远不会被懂得她的人忘记。

  这异乎寻常的个人的侵入,与哈代的步履转向表达他的理性悲观主义说教的一些场合是相当不同的。它是更替,好像鬼魅的来访,好像苔丝本人踏进了他写作的房间,突然站在了他的旁边:"女人太让人思念了,你怎样呼唤我,呼唤我……"这凄切动人的、失去和思念机缘的伟大诗篇、令人心碎的札记,是在他的妻子去世二十多年之后,哈代才写下,他已经在《苔丝》中呈现了:在断断续续地结晶为心灵可视状态的景色升华萦回的连续描写中,最为重要的是,在他所创造的女主人公的美丽和力量中,然后,不情愿地,毁灭了。

哈代的维塞克斯

哈代的维塞克斯是如此熟悉,难以说清是多么奇怪,一个小说家能被一片特殊地域的版图这么多的线索联结起来。有一些小说家把他们的场景置于真实的地方,或者总是写一些他们之前熟悉的场景人物,但是哈代做的还有差异。他的人物几乎每一步都是沿着真实的道路走,越过真实的荒野;城镇和村庄,山,甚至一些房屋,是可以辨认的。好像除非脚下有坚实的土地,周围可以看见实实在在的物体,哈代的创造力便不能运转。一些性格,有一点疑似,或多或少包含着一个或另一个真实的人物,带着由想象或者体验积累层提纯的要素,颇有相同的东西。但是伴随着地志,哈代难得对不及虚构与真实之间一对一相符的东西满意。

当哈代的地形图命名细节可能成为冗繁的时候,那场景的可以辨认这个事实给予了小说独特的品质,好像一个白日梦,带着半真实的形象动人地穿越了真实的世界。人们可以说——假如能够带着尊重去说——那是留给了小说一份杂志故事持久的触动,天真无邪的读者会在其中失去他自己——或者她自己——在设身处地的冒险中。哈代巨大名望的一部分的确由他描写的意趣盎然的地域派生,而且又格外迷人如画。

第一版释记

后边出版的故事的主要部分——稍加修改——在《图画报》发表过；另一些章节，本来更是特为成年读者写的，作为系列速写，在《双周评论》和《国家观察》上发表过。我应该向那些期刊的编辑和业主致以我的感谢，因为他们使我现在能够把写于两年之前的这部小说的躯干和肢体合为一体完整出版。

我只补充说，这故事是完全基于纯洁的意图而发表的，只是试图赋予真实连贯的事情一个艺术形式；关于这部书的观点和情感，我要求那些不能容忍说出当今人们所思所感的过于优雅的读者，记起圣捷露姆①那句滥俗的话："假如因说出真理而冒犯，冒犯说出比真理被隐匿要好。"

托马斯·哈代
1891 年 11 月

---

① 圣捷露姆（340？—420）：拉丁基督教作家。其最显著的业绩是把《圣经》译为拉丁文。

第五版及随后各版作者序

这部小说存在着如下这样一种情形,女主人公在她的重大活动开始之前,业已经历了一番变故,这通常被看作是她的主角身份致命的断裂,或者至少如同实际结束了她的进取和希望。公众万一欢迎这部书,同意我坚持这样的主张:在一件人所共知的大灾难被遮蔽的一面,除了已经说过的话,在小说中还有更多的东西去说,那么,这与公开宣称的常规是极其相左的。然而《德伯家的苔丝》被英国和美国读者接受的反响风潮,似乎证明将故事交由不言而喻的主张的方式,而不是与仅为社会上口头的俗套话相符合,并非全然错误的做法,甚至眼下这部不均衡的、部分成功的书也可作为例证。对于这种反响我忍不住要表达我的感谢;我的遗憾是,在人们通常徒然渴望友谊的世界里,甚至不是故意的误解就觉得是善意了,我却永远不能与这些理解的读者亲身相遇,男性和女性,与他们握手致意。

我所说的包含了他们中的评论者——他们占了如此慷慨大度地欢迎这部小说的读者的大多数。他们的话语表明,他们像另外一些人一样,凭他们想象的直觉只是太多地修正了我叙述的缺点。

而且,尽管这小说既无意说教又无意攻击,只是在场景部分朴素地呈现,思考中常常多加入印象,而少加入理念,但还是有一些反对者对这部书的内容和表达都持异议。

这些反对者中更为严厉的那些人,关于适合艺术的主题坚持着良心上与我的不同,表示副题的形容词包含的理想仅与一些人为的由文明法规派生的意义相联系,却暴露了与其他任何意义相连的无能。他们无视这个词在"自然"中的意思,以及美学对它的所有要求,不提及由他们自己的基督教最好的方面提供的精神解释。另一些人持异议,只不过以此为理由,声称这部小说表现了 19 世纪末流行的人生观,而不是更早一些的更朴素的时代——这种断言,我只希望能够发现更好的证据。让我重说一遍吧,一部小说是一种印象,而不是一场辩论;问题必止于此;因为本人记起了在席勒给歌德的信中评价这班人的那一段话:"他们是只在描述中寻找他们自己的观念的那一班人,对应该存在的东西比实际存在的东西评价更高。争论的原因,存在于最基本的原则中,完全不可能与他们达成理解。"再有:"我一看到任何人,鉴别诗的表现时,认为有比内在'必然'和'真实'更重要的东西,我就和他们再无关系了。"

在这部书第一版的序言里我提到了一些不能忍受书中这样那样一些东西的过于优雅的人士可能来临。这些人正式地出现在上述那些反对者之中。其中一位感到心烦意乱,因为他不可能把这本书通读三遍,盖由我未作"仅只证明这个人灵魂得救"的批判性努力。其中另一位,他反对诸如魔鬼的干草叉、起居室的刻刀、蒙羞而来的阳伞这样粗俗的物件出现在一部体面的小说中。在另一种场合,有一位绅士转向基督教半个钟头,以便对我关于不朽之神的不敬用语①表达他的伤心;尽管同样固有的假斯文驱使他用一句让人不能不感激不已的同情话原谅了作者:"他也算尽力了。"我敢向这位伟大的批评家保证,不合理地声张反对神,一神或者多神,并非如他想象的是我的原罪。真的,它会有一些地方渊源;可是假如莎士比亚是历史权威——他大概不是——我也能够表明这罪过是像七国②本身那样早地传入维塞克斯了。在《李尔王》里(李尔也可以说是维塞司的国王伊那③)格勒司特④说过:

    一只苍蝇之于顽童犹如我们之于神,

---

 ① 指本书最末一章"诸神之主宰……结束了对苔丝的戏弄"。
 ② 七国:指安格勒人、撒克逊人等民族(即现在英国人的始祖)在 449 年,开始侵入不列颠打败土著,建立的肯特、色塞司、维塞司、爱塞司、畋色不锐亚、东安格利亚、墨西亚等七个王国。其时代,由 8 世纪起,到 9 世纪为止。
 ③ 李尔王为传说中不列颠国王,莎士比亚《李尔王》里也持这种说法。英国历史家兼考古学家凯姆敦在他的《编余集》里把李尔王的故事安插在维塞司的国王伊那身上,哈代这里的说法出于此。
 ④ 格勒司特:莎士比亚《李尔王》中的一个人物。

> 他们杀死我们只为了消遣。①

剩下的三两个《苔丝》的摆布批评者是早已注定会被作家和读者乐意忘掉的人;职业的文学拳击手,临时摆出了他们的确信;现代"惩异教的锤子"②,十足的使人泄气者,老是密切注意阻碍着探索性的半成功,以免日后成为完满的成功;曲解朴素的意旨,在实践着伟大的历史方法名义下生发个人攻击。无论如何,他们或许有目标想要推进,有特权想要卫护,有传统想要保持下去;但是,仅仅一个以讲故事为业的人,他写下这世界怎样打动他的事情,并没有什么秘而不宣的意图之类,有疏漏,或许也是在丝毫无寻衅情绪时纯粹无心地与一些东西发生了碰撞。或许一些一时的观念,出于梦想的时刻,大概,假如普遍地实行起来,会引起这样一位攻击者,在有关地位、利益、家庭、仆人、公牛、驴子、邻居,或者邻居的妻子各方面③相当大的麻烦。他因此勇敢地把他本人隐藏在一家出版社的百叶窗后面,大叫,"真丢脸!"这世界是如此稠密地蜂拥群集,以至于位置的稍许移动,甚至最有理由的推进,都会擦伤别人脚跟上的冻疮。这样的移动常常始于感受,这样的感受有时候始于小说。

1892 年 7 月

上述评论写于这故事问世的早期,那时候对于书中的要点,公开和私下的猛烈批评在感情上还生猛新鲜。至于这记录是不是有价值,也允许它维持原状了,既然曾经说过了;但是或许现在就不会写了。甚至自此书第一版问世迄今为止逝去的短暂时间里,那些惹我做了这回答的批评者有一些也"沉入寂默"了,仿佛提醒着他们和我所说的都是丝毫无关紧要。

1895 年 1 月

---

① 见莎士比亚《李尔王》第四幕第一场。
② "惩异教的锤子":特指红衣主教皮哀尔·戴利,他曾为康斯坦会议主席,判处宗教改革家胡斯及捷露姆死刑。
③ 参见《圣经·出埃及记》第二十章第十七节。

这部小说现在这一版包含着先前几版从未发表的少数章节。这些孤立的情节片段,正如1891年的序言中说明的那样,搜集的时候,被疏漏了,尽管它们是在最初的手稿中。它们在第十章。

关于这部书的副题,上述已经提到,我可以补充说它是在最后时刻加上去的,校读了最终的校样之后,出于一副坦诚的心地对女主人公品格的评价——一个没有人会愿意争辩的评价。结果它却比书中任何东西引起的争辩更多。"不着一字,斯更佳矣。"① 然而它还是存留于此了。

这部小说第一次完整出版,分为三卷,出版于1891年11月。

托马斯·哈代
1912年3月

---

① 原为拉丁文。

目录

Debo Jia de Taisi

序（阿·阿尔瓦雷茨）/ 001

哈代的维塞克斯 / 013

第一版释记 / 014

第五版及随后各版作者序 / 015

第一章　少　　女 / 001

第二章　少女不再 / 063

第三章　复　　生 / 086

第四章　后　　果 / 132

第五章　女人偿付 / 200

第六章　皈　　依 / 268

第七章　结　　局 / 325

译后记 / 355

第一章 少 女

一

五月后半节的一个傍晚,一位中年男人从莎士顿走向与布莱克茅或布莱克姆谷毗邻的马洛特村的家。一双腿托载着他歪歪倒倒的,他的步态有些偏,使他斜向左边。他偶尔冷不丁点点头,好像在首肯某些念想,尽管他并没有特别地想着什么事情。一个空空的圆篮子拐在他的胳膊上,帽子绒搓揉乱了,帽檐上一块地方被他摘帽子时用大拇指弄得十分破旧了。不久,他遇上了一位骑着匹灰骣马的上了些年纪的牧师。牧师骑在马上,嘴里咕哝着胡乱任意的小曲儿。

"晚安。"拐着篮子的男人说。

"晚安,约翰先生。"牧师说。

步行的人走了一两步,停下,转回来。

"哎,先生,请你原谅,上一个集日的这时候我们在这条路上相遇,我说'晚安',你回答说'晚安,约翰先生',就像现在。"

"我是这么说的。"牧师说。

"在那之前还有一次——将近一个月以前。"

"我或许做过。"

"这些不同的时间你叫我'约翰先生'是什么意思?我分明是杰克·德北菲尔,一个小贩。"

牧师骑马靠近一两步。

"那只是我一个蓦然的念头。"他说,犹豫了一会儿又说,"那是因为我不久前为了新郡史志,追索家谱时有一个发现。我是淳格汉姆牧师,斯泰格弗特路考古学家。你真的不知道德北菲尔,你是古老的德伯维尔爵士世家的嫡系子孙吗?那家族源自他们的祖先裴根·德伯维尔爵士,据'纪功寺谱'记载,那爵士是和征服者威廉一起从诺曼底而来。"

"从来没听说过,先生。"

"是真的。仰起你的下巴一会儿,以便我可以较好地看准你脸的侧面。是的,是德伯维尔的鼻子和下巴——成色稍稍有点降低。你的祖先是帮助诺曼底艾斯玛威勒王爷征服格莱莫根舍的十二位爵士之一。你的家族分支拥有的采邑遍及英格兰一带;他们的名字在斯蒂芬国王时期出现在财政部大档①中。在约翰国王统治时,他们中的一位富豪足足给了僧侣兵团一处采邑;在爱德华第二时期,你的先祖被召到威特敏斯特出席大议会。在奥雷沃·克洛姆威尔时期你们衰落了一点儿,但没到严重的程度;在查理二世王朝,你们家族因忠诚而做了皇橡爵士。唉,在你们的家族中有过好几代约翰爵士了,假如爵士地位像从男爵一样是世袭的,如在旧时代实行的那样,爵士是从父亲传到儿子的,你就是约翰爵士。"

"你别这么说。"

"简单说吧,"牧师用鞭子果决地拍打着自己的腿,总结说,"在英格兰很难有这样的家庭。"

"可晕了我啦,还英格兰没有?"德北菲尔说,"我在这儿一年又一年,东跑西颠的,在这个教区里比最普通的家伙不强一点儿……淳格汉姆牧师,关于我的这个消息,被人知道多久了?"

牧师解释说,就他所知,那是几近泯灭的见闻了,很难说能有什么人知道。他的调查开始于上个春季的一天,他忙于追溯德伯维尔家族的变迁,他注意到了他车上德北菲尔的名字,因而导向了查究其父亲和祖父,直到他在这个问题上没有了疑问。

"起初我决定不用这种无用的信息碎片打扰你,"他说,"可是,有时候我们的冲动太强烈了,理智控制不了。我还以为你也许知道一些了。"

---

① 财政部大档:记载跟随威廉王征战英国的诺曼贵族的名单。又称"纪功寺文档"。

"嗯,我听说过一两次,真的,我的家族来布莱克姆以前有过好光景。不过,我没有在意去想着我们曾经有过两匹马,现在只有一匹。我得到过一把焊接的银勺子,家里还有一个焊接的雕刻的图章;老天爷,一把勺子一个图章算什么?……去想一想咱和这些高贵的德伯维尔一直是骨肉?就是说我的爷爷有秘密,不谈他从哪里来的……我们在哪里生起了烟火,现在,牧师,假如我可以大胆地问一问,我的意思是,我们德伯维尔住在哪里?"

"你们没有住在什么地方。你们家族已经灭绝了——作为一个郡的家族。"

"那可坏了。"

"是的——在捏造的家族编年史中男性脉系没有了,也就称作灭绝了——那就是,衰落了——湮没了。"

"那么我们埋在哪里?"

"在青山下的金斯伯尔,你的祖先一排排躺在墓穴中,柏柏克大理石华盖下有你们的雕像。"

"我们家族的庄园和领地在哪里?"

"你们没有了。"

"啊?地也没有啦?"

"没有了。尽管你们曾经豪富过,如我所说,你们家族有无数支系。在这个郡,你们家族在金斯伯尔有一处,另一处在谢屯,还有一处在米尔旁德,另有一处在鲁斯代德,还有一处在井桥。"

"我们还能再进我们自己的庄园吗?"

"嗯——那我不能告知。"

"我最好做点什么,先生?"停了一会,德北菲尔问。

"哦——没有什么,没有什么;除非用'多么伟大的衰亡'①思想惩罚你自己。它只是地方史家和家世学家有兴趣的事实,再没有什么了。在这个郡的村民中有一些家几乎有同样的名声。晚安。"

"你回来和我喝一品脱啤酒好不好,淳格汉姆牧师?淳露酒馆桶里有非

---

① 语出《圣经·旧约·撒母耳记下》第一章。旧译"大英雄何竟死亡"。此为意译。

常好的啤酒——不过,倒不像露蕾弗的那么好。"

"不了,谢谢你——今晚免了,德北菲尔,你已经喝得够多了。"牧师说完,骑马走了,带着对他传播了这有趣学问是否审慎的一点疑惑。

他走了以后,德北菲尔深深地出着神走了几步,然后在路旁的草堰上坐下来,把篮子放到自己的跟前。一会儿,一个少年在远处出现了,朝德北菲尔行进的方向走着。后者看着他,举起手来,少年加快步子走到跟前。

"小子,拿着篮子!我不想自己顶差啦。"

板条似的少年皱起了眉头。"你是谁?哦,约翰·德北菲尔,你命令我,叫我'小子'?咱谁不知道谁呀!"

"你知道,你知道?那是秘密——那是秘密!现在服从我的命令,按我的吩咐去做……嗯,我不在意告诉你那个秘密,我是那个高贵家族的后人,它是我这个下午刚刚发现的,下午。"刚刚做了这个宣布,德北菲尔,就从他坐的位置歪倒了,奢华地把他自己伸展在雏菊丛中的堰子上。

少年站在德北菲尔身前,从头到脚打量着他。

"约翰·德伯维尔爵士——那是咱。"俯卧的男人继续说,"那是说假如爵士就是从男爵——就是嘛。历史中完全记着我。知道这样一个地方吗,小伙儿,青山下的金斯伯尔?"

"嗯,我去过那里的青山集。"

"好,那城市教堂下面躺着——"

"那不是城市,那个地方小,至少我去的时候,只是眼皮一夹的小地方。"

"你不用介意那地方了,小子,那不是我们目前的问题。在那个教区教堂下边躺着我的祖先——数以百计——穿着珍珠锁子甲,在成吨成吨重的铅棺里。在南维克塞斯郡没有一个男人得到过这样的豪华,在他的家族中没有比我高贵的血统。"

"噢?"

"现在拿着那个篮子,去马洛特,到淳露酒馆的时候,告诉他们立即派一驾马车来,接我回家。在马车底放一小瓶一纳金的朗姆酒,记到我的账上。你拿着那个篮子去我家里,告诉我老婆把洗衣服的事搁下,因为她不需要做完了,一直等我回到家里,我有消息告诉她。"

少年带着怀疑的态度站着,德北菲尔把手伸进衣兜里,拿出一先令,他拥有的一直没有几个的钱中的一个。

"这是你的跑腿费,小子。"

这让小伙儿对情势的估价发生了一个改变。

"是,约翰先生,谢谢你。我还能为你做点什么,约翰先生?"

"告诉他们我在家里喜欢吃的晚饭——嗯,煎羊蛋儿,假如他们能有;假如没有,那就血脂肠;假如那个也没有,嗯,那就炸猪小肠。"

"是,约翰先生。"

少年拿起篮子,刚动身,就听见从村子那面传来了铜管乐队的乐曲。

"那是什么?"德北菲尔说,"不是为我吧?"

"那是女子游乐会,约翰先生。哟,你女儿也是会员哪。"

"真的——我光想着大事情,把它忘了!嗯,走吧,去马洛特,你去叫马车来,或许我将乘车绕一圈检阅游行会。"

少年离开了,德北菲尔躺在夕照中的野草和雏菊上等着。好长时间没有一个魂儿通过,在蓝山环绕中,铜管乐器隐隐的乐声是能够听到的仅有的人类声音。

二

马洛特村坐落在前述布莱克茅或布莱克姆东北方起伏不平的美丽山谷中,是群山环绕的幽僻地域,大多地方旅行家和风景画家还没有涉足,尽管由伦敦而来只有四个小时的旅程。

从环绕着它的山顶俯视,是了解这个山谷的最好方式——除了或许在干旱的夏季。在恶劣的气候中,没有向导,漫游进了它的幽远之处,则会对它狭窄、弯曲、泥泞的小路产生不满。

这肥沃的被庇护的乡野地带,田地从来没有变成褐色,泉水从未干枯,包括海姆布敦山、布尔贝洛、奈特尔卡姆陶特、多格巴瑞、哈尔斯托伊、巴布当在内的突起的白垩山脉在南面包围着它。一位来自沿海的旅行者,向北艰难地跋涉了几十英里越过石灰质山丘,下到了庄稼地,突然到达了陡坡的边缘,就会被惊喜抓住:像一幅地图在下面铺展开,一片乡野与他刚刚走过的完全不同。在他的身后山是开阔的,太阳耀灼在田野上,赋予了景物同样广大的开放品格,路径是白色的,树篱低低的,好像是编结的,氛围是没有颜色的。这里,山谷中,世界似乎构造得更小更精致,田野仅是一个小草场,从树篱高处呈现了墨绿色线网,凌空撒下浅绿的草地。在这样的氛围之下是柔情,微染着艺术家称之为中距离染色的蔚蓝,遥远的地平线是最深的绀青色。可以耕作的土地是少得有限的,但是例外景象是广袤丰繁的青草和树木,覆盖着山岭和谷地的大部。这就是布莱克姆山谷。

这地区拥有的历史兴味不少于地形。这山谷在前朝是作为白鹿森林以亨利王第三王朝有趣的传奇而闻名的:国王追赶一只白鹿,最终将其赦免放过,一个叫托马斯·德·拉林德的人杀死了它,因而受到了重责。在那个时代,一直到比较近的时期,这地区是稠密的树木遍布。甚至现在,它早期状况的迹象还能在老橡树枯株和残存在山坡上错落的乔木地带发现,枯萎的树干在草场上造成了一些阴凉。

树林故去了,一些老的风习依然存沿着。有一些,无论如何是仅仅以一种变形或改扮的形态存续了。例如,五月舞蹈,前面所述在那个下午被注意到的,就改换为行会狂欢的形式,被称为"游乐会"了。

对于马洛特的年轻人,它是一个有兴趣的事件,尽管它真正的意趣不再被参加者在庆典中保留。它的奇特,不在于保留着一年一度的列队游行和舞蹈风习,而在于成员只是妇女。男人的团体这样庆贺,尽管消减着,却并不罕见;女性自然的羞涩,或者男性亲戚同伴讥讽的态度,也削弱了存留着的妇女行会(假如不是仅存)的光彩和完满。马洛特的行会独自生存着,纪念本地的司农女神节[①]。它游行了几百年,不是作为互济行会,而是作为妇女敬神还愿的团体,一直游行着。

成员全都穿着白色礼服——旧历古风欢快的遗续,快乐与五月的时令同步——此时还没有长远的思虑要把情绪压到单调划一的程度。她们展示自己最先是围着教区两两成对行进。当太阳把她们的形体与绿色树篱和藤

[①] 司农女神节:当地传统的活动,妇女在5月1日为纪念司农女神而举行的集体舞会。

蔓攀绕的房屋前脸映照的时候,理想和现实稍稍冲突了;尽管整队人都穿着白色的服装,可是其中没有两件是相似的。有的近乎纯白了;有的是发蓝的苍白;有的被老会员穿旧了(或许折叠起来躺了些年月),接近于一种死灰色,是乔治王时期的式样。

除了白色衣服的区别,每一个妇女和姑娘还在手中拿了一根剥了皮的柳条儿,左手拿一束白花。前者的剥皮,后者的选择,都由个人热心做成。

队列中有几个中年甚至更大年纪的妇女,她们银丝般的头发和有着皱褶的面庞,被岁月和忧烦留下了刻痕,出现在这样一种扬扬得意的情境中,近乎怪诞,确然有一点可悲。真切来看,在她们互相诉说忧虑的经历中,会有更多的材料可供搜集,对她们来说,比起她们年轻的同伴,岁月已经逼近她们所谓"没有快乐"①的时日了。让这些年长的由此过去吧,为了那些紧身胸衣下搏动的温热的生命。

年轻的姑娘们的确构成了人群的大多数。她们浓密的头发在阳光中反射着金色、黑色、褐色的光泽。一些有漂亮的眼睛,另一些有俊俏的鼻子,还有一些有美丽的嘴和形体:很少有人能够拥有全部美丽。这样硬生生暴露给众人细看,困难是不知道嘴唇该怎么安排,怎样把头摆正,怎样从面容上消除不自然的神情,很明显地表明她们是天然的乡村姑娘,不习惯众目睽睽。

她们每个人都暖洋洋的,不是由于太阳,而是由于每人都有一个私密的小太阳,温晒着她的灵魂、梦想、喜爱和嗜好,至少一些遥远的缥缈的希望——或许并非渴望着什么东西——一直生长着,只是作为一个心愿。于是她们全都兴高采烈的,有一些还咧嘴欢笑。

她们绕过了淳露酒馆,转出高路,要通过一个小门进入草场,这时候,她们当中有一个妇女说:

"老天爷啊,老天爷,苔丝·德北菲尔,那不是你爹坐着马车回家啦!"

队列中一个年轻成员应声转过头来。她是一个面容姣好美丽的姑娘——不是比另一些更美,可能——她生动的牡丹花般的嘴和纯真的大眼

---

① 语出《圣经·旧约·传道书》,原为"生命毫无喜乐"。

睛增加了富于表情的色彩和形态。她在头发上系了一根红色丝带,是这白色的人群中炫耀这样装饰的仅有的一个。她一转过头来,就看见德北菲尔坐着淳露酒馆的马车沿路而来,马车由一个头发卷曲衣袖挽在胳膊以上的健壮姑娘驾着。那是个肯干的雇工,在她的杂役中,转而是车夫,转而又是马夫。德北菲尔倚着靠背,舒舒服服地闭着眼睛,在他的头顶挥着手,用一种低低的朗诵调哼唱着:

"我家在金斯伯尔有一座大墓——爵士祖宗躺在那铅棺里。"

会员们哧哧地笑了,除了那个叫作苔丝的姑娘——在她的感觉中,一种钝厚的烧热升起了:她的父亲在她们眼中做了傻瓜。

"他是累了,完全是。"她急促地说,"他赶了一个脚回家,因为我们自己的马今天歇歇。"

"祝福你的坦率,苔丝。"她的同伴们说,"他是散集后又喝酒了!哈哈!"

"看着!如果你们再取笑他,我一步都不跟你们走了!"苔丝喊叫着,羞红从她的脸颊扩展到整个面庞和脖子。顷刻间她的眼睛潮湿了,目光垂到地上。意识到她们真的使她痛苦了,她们便不再说什么了,接着排队向前走去。苔丝的自尊不允许她再转回头来,去弄明白她父亲的意思是什么,假如他有些什么意思;她就这样随着队伍到了跳舞的草地上。到了这个场所,她恢复了镇定,用她的柳条轻轻敲打着邻伴,像平常一样说话了。

苔丝·德北菲尔此时的生命只是一个未带经验意味的情感的容器。方言在她的口中达到了相当的程度,尽管她上过村里的小学:这个地区的方言特殊的口音,大约就可以在"尔"那个音节上表现,或许发音之重像人类语言的任何重音一样。噘起的深红的嘴对于这本土的音节很难做出确切的口型,当她说一个词闭嘴的时候,下唇就要向上顶一下上唇中间。

她的孩童期一直潜藏在她的容貌中。她今天沿途走着,尽管看似健壮美丽,你有时候还能从她脸颊上看到十二岁,从她的眼睛中看到九岁的闪光,甚至她的十五岁时而也从她嘴上的曲线轻快地掠过。

很少有人知道,一直也很少有人想到这个。少数人,主要的还是陌生人,偶然路过看见她,会被她的新鲜即刻打动着迷,想着不知道还能不能再看见她;但是,几乎所有人都觉得她是一个面容姣好得可以上得画的乡村姑娘,再没有什么了。

看不见也听不见德北菲尔坐在马夫驾着的凯旋马车上了,游乐队走进了划定的场所,开始跳舞。人群中没有男人,姑娘们先是和姑娘跳。收工的时间到了,村子里肌肉发达的居民、一些闲游逛的人和一些行路人,聚集过来围着跳舞场,想着商量找一个舞伴。

在这些旁观者中有三个优越阶层的年轻人,肩膀上背着小背包,手里拿着粗手杖。他们模样相似,年龄几乎像兄弟排下来的,他们事实上就是亲兄弟。老大系着白领带,穿着背心,戴着正规的薄边牧师帽;老二是平常的大学生;老三最年轻,从面貌上很难看出他的性格,他的眼睛和态度中,是一种尚未定型还没纳入什么圈子的神采,意味着他依然很难发现进入他专业沟槽的入口。他是对一些事物不连贯的试试探探的学生,由他身上只能这样预示一下。

这弟兄三个告诉偶然相识的人,他们是去过白衣节①,穿过布莱克姆山谷游历的,他们的路线是从东北方的莎士屯镇到西南方。

他们倚着大路旁的门,询问少女穿白衣跳舞的意思。弟兄中两个大的显然不打算多逗留一会儿,但是一群姑娘跳舞没有男舞伴的情景似乎使老三感到有趣,让他不急着走。他解下背包,同他的手杖一起放到树篱坡上,打开了门。

"你要做什么,安吉尔?"老大问。

"我想去和她们玩一会儿。我们为什么不都去——只一分钟或两分钟——不会耽搁我们太长?"

"不——不,胡说八道!"第一个说,"和一群乡村顽皮的姑娘在公开场合跳舞——估计我们会被看见的! 走吧,我们走不到斯图尔堡天就黑了,我们找不到比那儿近的地方睡觉;睡前我们还得读完一章《不可知论驳正》,我不嫌麻烦地带上了这本书。"

"好的——五分钟内我将赶上你和卡斯波,不用停下等我,我说到做到,菲利克斯。"

---

① 白衣节:又称圣灵降临节,基督教重要节日之一,复活节后第七个礼拜日举行。

两个哥哥不情愿地离开他走了,拿着他们弟弟的背包,以便他轻快地跟上去。最小的进了场地。

"真是万分遗憾。"跳舞停了一会儿,他就对最靠近他的两三个姑娘献殷勤说,"你们的舞伴在哪里,亲爱的?"

"他们还没有收工,"最大胆的一个回答说,"他们一会儿就能来。他们来之前,你能算一个,先生?"

"那当然。这么多当中只一个!"

"总比一个没有好。跟你同性的人脸对脸跳舞,完全没有搂脖子抱腰,这丧气的跳舞!现在,你精挑细选吧。"

"算啦——别这么放肆啦!"一个比较羞怯的姑娘说。

这年轻男人,就这样被邀请着,扫视着她们,打算作一些鉴别;但是这一群对他完全是新鲜的,他不能很好地实行。他几乎挑了最先到手边的,还不是说话的那个,出乎她的期望;也没有落到苔丝·德北菲尔身上。门第、祖先的骨殖、碑铭谱记、德伯维尔家的相貌,依然没有在人生之战中帮助苔丝,甚至没能在最普通的乡人中出人头地吸引一个舞伴。没有维多利亚①钱财的帮助,诺曼血统②不过如此。

那个占了风头的姑娘的名字,不管叫什么,也没有传下来;她只是那天晚上第一个享受了肌肉发达的舞伴的奢华,而被大家嫉妒着。依然是榜样的力量,村里的年轻男人在没有外来者进入的时候,他们也不急着进门,现在很快顺势而入了。不久,一对儿一对儿带着乡村特有的青春活力,作为最活跃的因素表达着舞蹈的广度,一直延伸到游乐会中最一般的妇女也不再被迫去充当男舞伴了。

教堂的钟敲响了,那学生忽然说他得走了——他忘乎所以了——他要去追赶他的伙伴。他退出跳舞,目光落到了苔丝·德北菲尔身上,那大大的眼睛,告诉他这个事实:因为他没有挑选她她正含着微微的怨责。他比她更遗憾,归因于她的迟疑不前;他没有注意到她;心中带着这份遗憾,他离开了

---

① 维多利亚:英国女王(1837—1901)。维多利亚王朝是英国资本主义最发达的时代,常被称道。

② 诺曼血统:1066年跟随诺曼底公爵从征的人,都在英国受封。其后裔世代相袭,在英国贵族中,年代久远。

草场。

　　由于他耽搁长了,他起步飞快地下了小路向西,一会儿通过了谷地,上了另一个山丘。他还是没有追上他的哥哥。他停下来喘息,向后观望。他能够看到那姑娘在绿色草场上旋转的白色的形体,他在她们中间时刚刚一起旋转过。她们似乎已经完全忘记了他。

　　她们全部忘记了他,或许,除了一个。那白色的身影被树篱孤零零隔开在那里。从她的形态他就知道是没有跟她跳舞的那个。琐碎得就像事情本身,他依然本能地感觉到她是被他的忽视损伤了。他希望他问过她;他希望他问过她的名字。她是那么端庄,那么富有表情,在她薄薄的白衣中,她看上去是那么温软娇柔,他意识到他的举动愚鲁了。

　　无论如何,是无可补救了。他转回身来,快速赶路,他从心里驱散了这件事。

三

　　她和她的同伴们一直逗留到黄昏,带着一种热烈的情绪投入跳舞中;她天真未凿,纯粹为了跳舞本身享受着踩踏舞蹈的乐趣;当她看到那些被人求婚而获得成功的女子"温柔的折磨、苦涩的甜蜜、愉快的痛苦、宜人的压抑"的时候,她有一点意识到,她本人有能力担当那些。小伙子们为了跟她跳舞争吵扭扯,令她感到快乐而有趣——再无其他了;当他们凶暴起来的时候,她便斥责他们。

　　她甚全可以待得更晚些,但是她父亲古怪的出现方式,回到了姑娘的心头,使她忧虑起来,想知道是什么让他变成了那样。她从跳舞的人群中退出来,走向她父母的小屋所在的村头。

　　离着还有几十码的时候,另一种有节奏的声音比她离开的舞场声乐更可听闻了:她熟悉的声音——这么熟悉。那是从屋子里传出的有规律的捶打声,偶尔有放在石头地板上的摇篮猛烈的摇晃声,一个女声配合着节奏用有力旋转的舞曲唱着心爱的《花斑母牛》歌谣:

>我看见她躺在那边的绿林中,
>来呀,爱人,我告诉你在哪里。

摇篮的摇晃和歌唱会同时停一会儿,一声高高的尖叫掷向这歌唱之地。

"上帝保佑你的金刚钻眼睛!你的蜡样光滑的脸蛋儿!你的樱桃小嘴儿!你的丘比特的大腿!保佑你身体的每一点肉肉!"

这样的祈求之后,摇晃和歌唱重新开始,"花斑母牛"如前进行。苔丝打开门站在蹭鞋垫上的时候,看到的正是这种情景。

屋子里面,尽管有曲有声,却带着一种说不出的忧郁枯燥袭向姑娘的感官。从节日野外的欢乐——白衣,花束,柳条儿,草地上的翩跹起舞,对陌生人的柔情一闪——到这一烛光昏黄的凄凉情景,什么样的一步!这种对比的强烈,同时给了她一种严厉的自责:她没有早点回来,帮她母亲做做这些家务,却在外面放纵。

她的母亲站在一群孩子中间,就像她离开时那样,俯身在星期一洗着的衣服盆上,像往常一样,拖到了周末。由于那盆衣服拖到如今,苔丝感到了一种深深懊悔的刺痛——她身上穿的白色衣裙,在草地上不小心染绿了,裙子就是她母亲此前给她拧干亲手熨烫的。

像通常一样,德北菲尔太太,平衡在洗衣盆旁边的一只脚上,另一只脚像前面说的忙着摇晃最小的孩子。尽了好多年艰难的义务,在这么多孩子的压力下,在石板铺的地板上,摇篮的摇轮都快被磨平了,所以,猛烈推着小床的一下摇晃,就把孩子像织布的梭子一样从这边抛到那边。德北菲尔太太被她自己的歌唱刺激着,带着在胰子沫里泡了长长一天留下来的全部劲头踏摇着。

嘎嗒嘎嗒,摇篮摇晃着;蜡烛光焰伸得高高的,开始上下跳颤;水从妇人的胳膊肘往下滴,歌儿奔向一段的结尾,在这期间德北菲尔太太一直瞅着她的女儿。尽管现在有一大群孩子的负担,昭安·德北菲尔还是热切地爱唱歌。从外面流传进布莱克姆谷的小曲,苔丝的母亲准能在一周内学会曲调。这妇人的容貌仍然有年轻时的新鲜,甚至美丽,隐约散射着辉光;可以说苔丝足以自豪的魅力主要来自她母亲的赋予,而与爵士家世、历史无关。

"我替你摇摇篮,妈。"女儿温和地说,"再不我脱下这最好的衣服,帮你拧干?我以为你早就做完了。"

母亲没有怪苔丝丢下家务活让她独自动手干了这么长时间;其实,昭安很少在什么时候为此责怪女儿,微微感觉到缺了苔丝帮助的时候,本能地为了减轻她自己,把计划做的事往后拖一拖就是了。今天晚上,她甚至比往常更愉快。在母亲的神色中有女儿不能懂得的一种梦幻、一种痴执、一种得意。

"呀,你可回来了。"把最后一个音调唱过去,母亲说,"我想去把你父亲拽回来;还有更要紧的哪,我想告诉你发生了什么。你足够自豪的,我的宝贝,你一旦知道的时候。"(德北菲尔太太习惯说方言;她的女儿在公立学校①跟伦敦毕业的女教师学过六年书,说两种语言;在家里说方言,或多或少;在外边或者跟有身份的人说普通英语。)

"我离开以后?"苔丝问。

"可不!"

"就是那事让我爹下午坐在马车里出那种洋相?那是咋的啦?羞得我要扎进地里去!"

"那是整台闹戏的一出儿!咱原来是这个郡里最有名的大户人家——往后追到奥利弗·咕里咕噜②以前——到培根·土耳其年月——有大碑、大墓、头盔、盾徽,老天爷才知道都有什么哪。在圣查理的时候咱们封过御橡爵士,咱的真姓是德伯维尔……没叫你的胸脯挺起来?就为这个,你爹才坐着马车回家了;不是因为喝多了酒,像人们瞎猜的那样。"

"那可叫人高兴。那事能给咱一些好处吧,妈?"

"那当然!人家都以为会带来些大好处。不用说那些跟咱一样的大贵人,一知道了就会坐着马车来看望咱。你爹是从莎士屯回家路上知道的,他把那码事全都告诉了我。"

"爹如今上哪儿啦?"苔丝忽然问。

---

① 公立学校:19世纪初英国国教贫民教育促进会创办并受到英国政府补贴为穷苦人家子女建立的一系列学校。

② 应为奥利弗·克伦威尔。苔丝的母亲说不准,说成了这样。

她的母亲回答了一个不相干的信息:"他今天招呼着去莎士屯看医生啦。大概,完全不是什么痨病,是肥肉包了心脏,说是,就像这个样。"昭安·德北菲尔说着,勾起泡透的拇指和食指比画成一个字母"C"的形状,用另一根食指做个点,"'眼下,'他对你爹说,'你的心脏那儿完全包上啦,完全包上了那儿,这块地方还一直开着,'又说,'很快就碰头啦,这样,'"——德北菲尔太太的指头完全闭成一个环——"'你就该去凉快啦,德北菲尔先生,'医生说,'你或许还有十年,或许一个月就完,或许十天。'"

苔丝看上去吃惊了。她的父亲可能不久就要去永恒的乌云后头了,尽管突然成了大贵人。

"爹去哪儿啦?"她又问。

她的母亲脸上浮现了不赞成的神色:"现在你别发脾气!那可怜的人——被那牧师的消息一抬举,心就起空啦——半个钟头前去露蕾弗啦。他想去恢复恢复力气,明天好带蜂窝去,那蜂窝一定得送出去啦,不管家里阔不阔。今夜过了十二点一会儿,他就得动身,道儿那么远。"

"恢复力气!"苔丝冲动地说,眼泪一下子盈满眼睛,"噢,我的老天爷!去酒店恢复力气! 妈你就顺着他!"

她的申斥和情绪似乎充满了整个房间,使家具、蜡烛、玩耍的孩子和她的母亲的脸上都有了害怕的神色。

"不,"母亲发急说,"我没有顺着他。我等你回来照看家,我去把他拽回来。"

"我去。"

"哦不,苔丝,你看,你去没有用。"

苔丝不再抱怨了。她明白她母亲反对她去的意思。德北菲尔太太的上衣和帽子已经狡狯地挂在身旁的椅子上了,准备好了这趟已盘算好的出游,个中原因,这太太捉摸得比那种必需更用心。

"把这本《命书大全》拿到外屋去。"昭安接着说,紧忙擦着手,穿上衣服。

《命书大全》是一本厚厚的老书,搁在她肘旁的桌子上,在衣袋里装来装去,破损得书边都到了印着字的边缘了。苔丝拿起来,她的母亲动身了。

去酒馆寻找她那无能的丈夫,一直是德北菲尔太太在生养孩子的肮脏混乱中残存的乐事。在露蕾弗发现他,坐在他的旁边度过一两个钟头,驱散全部思虑,中断一下照料孩子,她感到幸福。一种光环,一种西来的霞辉,罩着生活。烦恼和现实自我放置在玄学的虚幻上,成为仅仅被宁静观照的精神现象,不再作为重压着使身体和灵魂忧烦的实体立在那里。孩子们,不直接在眼前看着,似乎是相当聪明可爱的附赘儿了;在他们那里,日复一日的生活小骚乱也不是无趣没有快乐的——她一旦坐在结合多年的丈夫身旁。他追求她的时候,也在同一场合,她对他性格的缺点闭目不视,像情人只盯着他理想的展示,现在她又感觉到一点旧日的情味了。

苔丝,独自和小孩子们留下了。她先把《命书大全》拿进外屋,塞进屋顶茅草里。这本脏污的书在她母亲那里有一种古怪的恐怖魔力,甚至不准许整夜放在家里。查阅过之后,就得送回去。母亲,带着她快速消亡的无用的迷信、民俗、方言和口传歌谣,女儿,带着她国民教育的训练,和极大改进的教育法规下的标准知识,两人之间存在着通常理解的两百年的鸿沟。当她们在一起的时候,好像是詹姆斯时代①和维多利亚时代并列。

沿着院子里的路往回走,苔丝思索着母亲在这特殊的一天希望从书上查清什么。她猜到与最近的祖宗发现有关系,她没有猜到会独独跟她有关。赶走这些念头,她忙着往白天晒干的衣物上洒水,和她九岁的弟弟亚伯拉罕、十二岁半的妹妹伊莉莎·露莎(大家叫她"莉莎·露")做伴,最小的几个已经上床睡了。在苔丝和她的下一个弟(妹)之间有四年多的间隔,这个空当里有两个在襁褓中夭折了,这就使她独自和弟妹们在一起的时候担起了母亲的职责。在亚伯拉罕后头来了两个女孩"希望"和"端庄",再是一个三岁的男孩,然后一个刚满一周岁的婴儿。

所有这些幼小的生灵都是德北菲尔船上的乘客——完全依赖两个德北菲尔成年人的操持,他们的快乐、他们的需求、他们的健康,甚至他们的生存。假如德北菲尔家庭的首领选择驶向困苦、灾难、饥饿、疾病、堕落、死亡,这半打小囚徒在舱盖下被迫和他们驶去——六个无助的造物,从来没有人问一问他们是不是希望降生,更没有人问一问,他们是否愿意卷进这没有谋

---

① 詹姆斯时代:指英王詹姆斯一世在位时期(1603—1625),与维多利亚时代(1837—1900),相隔约二百年。

生能力的德北菲尔家如此艰难的境遇中。一些人想知道,诗人的哲学在这样的日子里为何会被认为是深刻的、有价值的,像和风那么纯洁,就因他说了"造物主的神圣计划"①而获得了权威。

天色逐渐晚下来,父亲和母亲都没有出现。苔丝望望门外,对马洛特作了一趟想象的旅行。村子闭上了它的眼睛。蜡烛和灯处处都熄灭了:她能够在内心看到那熄灯器和伸出的手。

她的母亲的"拽回来"简捷地意味着又添上了一个需要"拽回来"。苔丝开始觉得,一个健康状况不好的男人,打算在凌晨一点起程远行,不应该在酒馆待到这么晚庆祝他祖先的血统。

"亚伯拉罕,"她对弟弟说,"你戴上帽子——你不害怕吧?——去露蕾弗,看看爹和妈怎么啦。"

这孩子立刻从他的座位上跳下来,打开门,夜色吞没了他。半个钟头又过去了,男人、女人、孩子,没有一个回来。亚伯拉罕,像他的父母一样,似乎被那个诱捕的酒馆粘住了。

"我得自己去。"她说。

莉莎·露已经上床睡了。苔丝把他们全都锁在家里,走上了漆黑弯曲的小道,或者说街道,街道不是为快速赶路修的;街道是寸土论价之前设计的,那时候一根针的钟就足够分指时日的格子了。

四

露蕾弗酒馆,是开设在住家稀落拉长的村子一头唯一的一家酒馆,是仅可以自夸有卖酒执照的,但却没有卖座执照②的,因此,没有人能够合法地在屋子里喝酒。顾客被严格地限定在一块六英寸宽两码长的木板上,木板用铁丝固定在院子的木栅外边,构成一个搁板。渴饮的异乡人把酒杯放在木板上,站在路上喝,把残渣投洒在尘土仆仆的地上,组成玻利西尼亚群岛的

---

① 指诗人华兹华斯。威廉·华兹华斯(1770—1850),英国诗人。"造物主的神圣计划"出自他的诗《早春作》。

② 英国卖酒条例很复杂,此处所说有两种执照:一为卖酒执照,卖的酒不能在本店喝;一为卖座的执照,可在本店里喝。

图样,希望他们能在屋子里面有个舒适歇息的座位。

异乡人是这样,当地的顾客也有同样的愿望;于是有了愿望达成的路子。

在楼上的一个大卧室里,窗户被露蕾弗太太用弃置的大毛披巾当厚厚的窗帘挡住了,这个晚上聚集了十几个人,全都来寻找至福,全是马洛特靠近村头的老住户,这个安乐窝的老主顾。不仅因为去淳露酒馆的距离——那个在分散的村落更远处的有完全执照的小酒馆,它的座位实际上不能够提供给村子这头的居民——更为严肃的问题是,酒的质量,坚定了普遍的观点:和露蕾弗在屋顶的一个角落喝,比和另一个店主在宽敞的屋子里喝要好。

放在房间中的一张四条细高腿的床提供了座位,几个人围坐在它的三面;两三个男人把他们自己抬举在抽屉柜上;另一个坐在橡木雕的箱柜上;两个坐在洗脸台上;还有一个坐在凳子上。就这样,反正人人都舒适地入座了。此时心理的舞台安逸,灵魂扩放,超脱了躯壳,个性温煦地散播过房间。在这个过程中,屋子和家具越来越庄严,越来越豪华;挂在床上的大披巾像挂毯一样富丽;抽屉上的铜把手好像黄金门环;雕刻的床柜仿佛与所罗门王庙宇堂皇壮丽的廊柱有了血缘关系。

德北菲尔太太离开苔丝,赶忙走向这里,开了前门,穿过楼下黑咕隆咚的房间,像那些手指头很熟悉门销机关的人那样打开楼梯门。她走上那弯曲的楼梯是一个缓慢的过程,她的脸,在楼梯顶上的光线中一仰起来,就碰上了聚集在屋子里所有人的目光。

"——是我的几个密友,我自己花钱请来过游乐节的。"女房东在脚步声中宣称,好像一个孩子背诵教义问答一样流利,她瞅了一眼楼梯口,"噢,是你呀,德北菲尔太太——老天爷——你吓了我一跳!——我还以为是官府打发来的官员呢。"

德北菲尔太太被其余秘密聚会的人瞥视点头欢迎着,转到她丈夫坐的地方,他正恍惚迷茫地低声咕哝着:"我和这里那里的人一样高贵!我在青山金斯伯尔得到了一个家族大墓,骨头比维克塞斯的男人高贵。"

"我有事儿告诉你,它来到我脑瓜里啦——一个高招儿!"他快活的妻子小声对他说,"这里,约翰,没看见俺?"她用胳膊肘捣捣他,他看着她好像看透了一块窗玻璃,继续他的吟嗡。

"小点声,别这么大声,我的好人儿,"房东太太说,"万一官府的人经过,会吊销我的执照。"

"我猜,他告诉了你我们家发生了什么吧?"德北菲尔太太问。

"是的——说了一点儿。你想它能钓一些大钱来吧?"

"嗯,那是秘密。"昭安·德北菲尔做出了聪明的样子,"反正,不能坐马车,跟坐马车的是亲戚也好。"她降低了能让大家听到的声音,用低低的声调对她的丈夫说,"自从你带回那消息,我就想起了有个大富太太,离川翠济不远,在围场边上,姓德伯维尔。"

"哦——什么?"约翰先生说。

她重复了这个信息。"那太太肯定是咱的亲戚,我的高招儿是打发苔丝去认亲。"

"那里是有这么个太太的名字,现在你提起来了,"德北菲尔说,"淳格汉姆牧师没有想到那个。不过,她在我们的近旁不用说啦——是我们家的一个小末支,无疑,是从诺曼王的时候传下来的。"

当讨论着这个问题的时候,这一对儿正在出神中,都没有注意到小亚伯拉罕爬进了屋子,等待着一个机会要他们回家。

"她富裕,有钱,肯定能照料这闺女。"德北菲尔太太继续说,"那可是大好事。我看不出一个家的两支为什么不能走动探亲。"

"对,我们都去认亲戚!"亚伯拉罕从床沿下欢快地说,"我们都去,等苔丝和她一起过的时候,我们去看她;我们坐她的马车,穿黑色礼服。"

"你怎么来啦,孩子? 你胡说什么! 走开,到楼梯上玩去,等爸爸和妈妈准备好……好,苔丝应该去看咱们家这另一个成员。她肯定能赢得那太太喜欢——苔丝能;足有希望引得一些富贵的先生跟她结婚,简单说吧,我懂得。"

"什么?"

"我在《命书大全》中查了她的命运,查出了她大吉大利的事!……你没有看见她今天多么漂亮,她的皮肤像公爵夫人那么柔嫩。"

"那孩子自己说她去？"

"我没有问她。她还不知道那儿有个贵夫人亲戚呢。准能把她打发到一门好亲事道儿上，她不能说不去。"

"苔丝可挺古怪的。"

"终归好办。把她交给我。"

尽管谈话是私密的，不过它的意味足以让周围的人明白，能猜到德北菲尔夫妇现在谈论的比一般乡亲的闲谈更切要，那苔丝，他们漂亮的大女儿，有美好的前景贮备着了。

"苔丝是个有趣的好人儿，今天看见她围着教区游走的时候，我对自己说，"一个老酒鬼瞅摸着低声说，"不过昭安·德北菲尔可别把绿麦芽放到地板上。"这是一句有着特殊意味的当地俗语，没有人回答。

谈话的范围广了，这时候又一阵脚步声通过下边的房间传上来。

"——是几个密友，我自己花钱请来过游乐节的。"女房东赶忙重复一遍她搁在嘴边为了应付闯入者的套话，说完以后，认出了新来的人是苔丝。

甚至在她的母亲看来，这姑娘年轻的形貌也悲惨得不适应这里流荡的酒水酒气，好像那些满脸皱纹还不是不适应；从苔丝乌黑的眼睛里不需要流露出责备的目光，她的父母就从座位上起来，匆忙喝完了他们的酒，跟在她后头下了楼梯，露蕾弗太太跟着他们的脚步告诫：

"请别出声，假如你们好心，亲爱的。要是我的执照给吊销了，官府把我弄去，还不知道什么样呢！晚安。"

他们一起走回家去，苔丝挽着她父亲的一只胳膊，德北菲尔太太挽着另一只。他其实喝得很少——有条有理地喝烈酒，礼拜天下午去教堂祭坛的路上也不会拐错弯，他今天喝了不到那个量的四成，但是约翰身体状况衰弱，给他筑起了这点小罪恶的大山。迎着凉爽的空气，他摇摇晃晃东倒西歪，一会儿好像他们要去伦敦，一会儿又好像要去汤泉——产生了一种滑稽的效果，在夜间回家的家庭中极其频繁地发生；可是，像最滑稽的效果一样，毕竟不是太喜剧的。两个女人勇敢地伪装了这场竭力的游行，既由德北菲尔引起，也由亚伯拉罕，由他们自己，跌跌撞撞行进，就这样逐渐接近了他们自己的家门，一家之主一近前，就突然由他先前的克制中爆发了，好像激励着他的灵魂看见了他眼下住处的狭小——

"我在金斯伯尔有家族的大墓!"

"嘘——别这么傻,杰奇,"他的妻子说,"早些时候有名望的大家不光您自己。看看安克泰尔家、豪尔遂家、淳格汉姆家——他们和你家一样,都过去啦,败啦——尽管你家比他们都大,那倒是真的。感谢老天爷,咱压根儿不是什么大家的,也不用为家败了害羞害臊。"

"别说得这么死。从你的骨子里看,我相信你比我们更遭贬啦,你们有一个时期肯定是国王王后。"

苔丝说出了此时此刻在她心中比祖宗更重要的事情,转变了这个话题:
"我怕爹明天不能那么早带着蜂窝去赶集了。"

"我?一两个钟头内就没事啦。"德北菲尔说。

十一点以前这一家全都上床了。如果他们要在礼拜六集市开场以前把蜂窝送给卡斯特桥的零售商,最晚第二天早晨两点要起程。去那里有二三十英里很差的路,马和车都走得极慢。一点半,德北菲尔太太走进苔丝和她的小弟弟妹妹们睡觉的大卧室。

"那可怜的人不能去了。"她对她的大女儿说。她母亲的手碰到门上的时候,那双大眼睛睁开了。

苔丝在床上坐起来,迷失在睡梦和这信息之间的蒙眬中。

"可是一定得有人去,"她回答说,"卖蜂窝已经晚了,今年放蜂很快就过去了;假如咱一直拖到下礼拜赶集,那就过时了,就得丢在咱自己手上。"

德北菲尔太太看来不能应对紧急情势。"一些年轻小伙儿,或许能去?那么多昨天和你跳舞的,有一个就行了。"她立刻建议说。

"不——说什么我也不能那么做!"苔丝傲然宣称,"让所有人都知道这原因——这样令人羞愧的事!如果亚伯拉罕能跟我做伴,我想我能去。"

她的母亲最终同意了这个安排,睡在同一房间角落的小亚伯拉罕被从深深的睡乡中叫起来,穿上衣服的时候,心魂还在另一个世界里。这时候苔丝赶忙穿好衣服;两人点亮灯笼,走出去上了马棚。摇摇晃晃的小马车已经装好了,姑娘拉出老马"王子",它比马车摇晃的程度只轻一点儿。

这可怜的牲畜惊讶地看着周围的夜、灯笼、两个人影，好像它不能相信在这个时刻，每一个生灵都打算在庇护所安歇的时候，它却被唤起来出去劳作。他们把一些蜡烛把儿放进灯笼，把灯笼挂到车的右边，引导着马往前走。上第一个坡的时候，他们走在马的旁边，以免给力气这么小的牲畜增加负担。他们同样能让自己高兴起来，他们用灯笼、面包和黄油，他们自己的谈话，制作了一个人工的早晨——真正的早晨还远未到来。亚伯拉罕完全醒了（他在蒙眬恍惚中走了这么远），开始说起背衬着天空黑乎乎的物体假想的奇形怪状：这棵树看上去像一只发怒的老虎从兽穴中跃出，那一个类似于巨人的头。

他们走过了斯图尔堡小镇的时候，镇里的人还在厚厚的茅草屋顶下昏昏沉沉地酣睡。他们到达了高地。一直高着，在他们左边，那更高的地方叫布尔巴娄或者比尔巴娄，在南维塞克斯几乎是最高了，高耸入云，被土壕环围着。从这里向前是一段长长的平坦路。他们爬上了车的前面，亚伯拉罕逐渐地沉思冥想起来。

"苔丝！"沉默了一会儿，他用一种预备好要说话的语调说。

"嗯，亚伯拉罕。"

"你不高兴我们成贵人了吗？"

"不特别高兴。"

"那你高兴嫁给贵人吗？"

"什么？"苔丝仰起脸来。

"咱们的大贵亲戚能帮你嫁给一个贵人。"

"我？咱们的大贵亲戚？咱没有那样的亲戚。那东西怎么钻进你脑瓜里了？"

"我去找爹的时候，在露蕾弗楼上听见他们说，在川翠济附近有咱们家的一个阔太太，妈说如果你去和那太太认亲，她就能帮你跟贵人结婚。"

他的姐姐忽然一动不动了，陷入了沉思中。亚伯拉罕继续说着，只为了倾吐的快意，不管人家听不听，他的姐姐心不在焉他并不在意。他背倚着蜂窝，仰脸望着星星，那些冷冷的脉冲在黑乎乎的虚空的上方搏动着，由这人类的两缕生灵宁静地分离出去。他问那些眨着眼的星星有多远，上帝是不是在它们的另一边。他依赖于想象的孩子气的瞎聊甚至比宇宙的奇迹更深刻。假如苔丝嫁给一个贵人富裕了,能有足够的钱买一个大望远镜,大到能把星星拉到她跟前像奈特尔卡姆陶特么近吗?

这重新提起的问题(它似乎涨满了这整个家庭)让苔丝充满了不耐烦。

"永远别再惦记那个!"她大声说。

"你说那些星星都是个世界吗,苔丝?"

"是的。"

"全像咱们的这个?"

"我不知道,但我想是这样的。它们有时候看起来好像咱们家尖苹果树上的苹果。它们大都是光彩灿烂的,健康的——少数有虫害。"

"咱们生活在——光彩灿烂的一个上,还是有虫害的一个上?"

"有虫害的一个。"

"真倒霉,咱们不能挑一个健康的,它们这么多。"

"是的。"

"真的是那样吗,苔丝?"亚伯拉罕又想起了这个稀罕的知识,极其感动地转向苔丝说,"如果咱能够挑一个健康的会怎么样呢?"

"那就好了,爹就不会再咳嗽了,就不用那样巴结人了,也不会喝醉了酒不能去赶这趟集了;妈也不用老是洗衣服,老也洗不完了。"

"你就是现成的阔太太,不用嫁一个贵人才做阔太太了。"

"哎呀亚北,别——别再说那个!"

沉思冥想了一会儿,亚伯拉罕又昏昏欲睡了。苔丝没有驾驭马的技术,不过她想她暂时能够自己赶一会儿车,亚伯拉罕想睡,就让他睡一会儿。她在蜂窝前面给他整了一个窝窝,使他不能倒下来,把缰绳抓进自己手里,像先前一样颠簸着。

"王子"只要稍稍照料一下就行了,它缺乏气力去做多余的活动。不再有伙伴分散她的心思,苔丝的背向后倚着蜂窝,比先前更加深深地沉入了冥思,从她肩膀旁掠过的无言的列列树木和树篱,成了附加到现实之外的奇异诡谲的景物,偶尔吹过的风就像浩大的悲伤的灵魂发出的叹息,在空间中跟宇宙为邻,在时间中与历史比肩。

于是，苔丝检视着她自己生活中这一团混杂的事件，她似乎看到了她父亲骄傲的空虚；身份高贵的求婚者在她母亲的幻想中等待着她，他好像在做着鬼脸，在嘲笑她的贫寒，她的裹着尸布的爵士祖先。一切都越来越夸诞。她不再知道时间怎样过去了。一下突然的猛颠把她颠醒，原来她也睡着了。

她睡着的时候，他们已经走了很远。马车停下了。一种沉重的呻吟，不像在她的生涯中听到过的任何声音，从前面传来，跟着又有一声"嗬唉"的喊叫。

挂在她车上的灯笼熄灭了，另一盏照着她的脸——比她自己的灯笼亮多了。可怕的事情发生了。挽具跟什么东西缠搅在一起阻塞了道路。

惊恐中苔丝跳下来，发现了致命的事实。呻吟由她父亲的可怜的老马"王子"持续发出来。早班邮车，配着无声的轮子，像它惯常一样沿着这条路箭一般疾速行进，撞上了她缓慢而又没有光亮的车具。尖尖的车辕像一把剑刺进了不幸的"王子"的胸膛，它生命的血液小溪一样从伤口里喷射着，带着咝咝声流进土路里。

绝望中苔丝跳向前去，伸手捂住伤洞，结果只是从她的脸到裙子上都溅落了深红的血滴。于是她只好无可奈何地站着看着。"王子"也定定地一动不动地站到它能够坚持的时间，直到突然倒成一摊。

这时候赶邮车的人走到她这边，开始拽拉着从"王子"还热的身上卸挽具。可是它已经死了。看着没有什么事情还能够直接做了，赶邮车的人转向他自己的牲口，它没有受伤。

"你走在错的这边了，"他说，"我必须继续去送邮件，所以你最好在这里守着货等我，我尽快打发人来帮你。天亮了，你不用害怕。"

他上了车快速赶路了。苔丝站着等待，云气变得灰白了，鸟儿在树篱间摇动，窜起，吱喳鸣叫，路完全现出了它灰白的面目，苔丝也现出了她的面貌，比路更灰白。在她前面的大血洼已经呈现出凝固的彩虹色；太阳升起来时，它反射出七色光彩。"王子"在旁边定定地僵死地躺着，它的眼睛半睁着，它胸膛上的伤洞看上去刚刚大到了足够让它全部的生命活力流尽。

"全是我做的——全是我！"姑娘哭着叫着，盯着这情景，"我还能说什么——什么也不能说。妈和爹现在靠什么过？唉，唉！"她摇晃着这孩子，他一直沉沉地睡过了整个灾祸期间。"我们不能送货了——'王子'死啦!"

亚伯拉罕明白了一切的时候,五十岁人的皱纹出现在他孩子气的脸上。

"唉,我昨天刚刚跳舞了!"她接着说她自己的,"想一想我多么傻!"

"这是因为我们在有虫害的星星上,不在健康的上,是吧,苔丝?"亚伯拉罕流着泪咕哝说。

在静默中他们等待了似乎没有尽头的一段时光。终于一种声音,一个靠近的物体,向他们证明赶邮车的人像他说的一样好。一个农场主的伙计从斯图尔堡附近来了,牵着一匹强壮的马。他把马套上"王子"拉的装蜂窝的车子,驾向卡斯特桥。

同一天晚上看到那空车又到了出事的地点。"王子"从早晨一直躺在路旁沟里,尽管过往的车辆剐擦碾压,路中间血洼的地方一直可以看见。"王子"先前拖拉的车现在完全留给了它,它被抬上去了,它的蹄子伸在空中,蹄铁在反照中闪光,回返八九里到了马洛特。

苔丝早早回去了。怎样道破这消息,她想不出来。从父母的脸上发现他们已经知道了这损失,她才减轻了一些述说的负担;尽管这样,仍然不能减少她继续堆积到身上对于自己疏忽的自责。

但是这个家庭的极度无计谋生,倒使得这个不幸少了些威胁,不像在努力奋争的家庭中那样,尽管在现实的境况中它意味着毁灭,可在另一方面它仅仅意味着不便。在德北菲尔的面容上没有激愤的红火朝着姑娘喷烧,像那些对女儿的福利有雄心的父母似的。没有人像苔丝自己那样责怪她。

当发现屠户和皮匠因为"王子"的衰朽,只能给很少几个先令买"王子"的躯体的时候,德北菲尔挺身而出了。

"不,"他泰然说,"我不能卖它的老骨头。我们德伯维尔在这块土地上是爵士的时候,没有为了猫肉卖我们的战马。让他们保留着他们的先令吧!它活着的时候好好地服侍了我,我现在不能跟它分开。"

第二天他在园子里给"王子"挖了一个墓穴,比他几个月来为家里侍弄庄稼干得下力。墓穴挖好以后,德北菲尔和他的妻子用绳子把马围揽起来,拖向墓穴,孩子们排成葬礼队伍跟着他们。亚伯拉罕和莉莎·露抽抽咽咽地哭泣,希望和端庄放声大哭释放着他们的悲伤,刺耳的号哭声震四壁;王子滚落进去的时候,他们围拢着墓穴。为他们挣饭吃的被收走了,他们还能做什么?

"它去了天堂。"亚伯拉罕在啜泣中说。

德北菲尔开始铲土,孩子们重又哭起来,除了苔丝。她的脸是枯冷的苍白的,好像她认定了自己就是凶手。

五

主要依靠在马身上的倒倒腾腾的小买卖,即刻破灭了。贫苦,即使不是赤贫,在远处隐隐呈现了。德北菲尔是当地被称为"冗包货"的人:他有时候也有把子好力气干活,但是那"时候"不能跟要求的时候相合,他不能习惯于日复一日有规律的辛劳,当要求跟力气相合的时候,他也不是特别能坚持的人。

同时,苔丝,作为把她父母拖进这沼泽的人,默默地思虑着她能做什么帮他们走出困境,于是她的母亲提出了她的计划。

"咱得把起和落合在一起,苔丝,"她说,"正好在最紧要的时候,从来没能发现的你的高贵血统被发现了。你得去试试你的亲戚。你知道在围场边上住着一个非常富的德伯维尔太太,肯定是咱的亲戚吧?你一定得去看看她,跟她认亲戚,求她在咱有难处的时候帮帮咱。"

"我不愿去做那事,"苔丝说,"如果那里真有这么一位太太,她有份好意对咱就蛮好了——不要指望她给咱帮助。"

"你准能弄得她滴溜溜的,做什么就做什么,我的乖乖。再说,或许还有更好的事你不知道呢。我听说的可都是好的。"

自己做下了损害的压抑感觉,使得苔丝对母亲的愿望更尊重了,可是她不明白,对她来说这样可疑的益处,为什么她的母亲思谋起这个计划来会如此称心满意。她的母亲发现了德伯维尔太太是一位无与伦比的慈善积德的夫人,可以有所要求;但是苔丝的自尊,使得她去做一个穷亲戚是一桩特殊的灾难。

"我宁可去找一份活干。"她咕哝说。

"德北菲尔,你能定下,"他的妻子转向他坐的角落说,"如果你说她应该去,她就能去。"

"我不愿意我的孩子们去沾生亲戚的光,"他嘟嘟囔囔说,"我是这个大家族最高贵一支的族长,我应该够那个架子。"

他关于不外出的理由比苔丝自己反对的,在苔丝看来更糟。"好吧,妈,既然我害死了老马,"她悲伤地说,"我想我应该去做些事。我不介意去看看她,可是求她帮助,你得由我,不要想着让她给我说亲——那太傻了。"

"说得非常好,苔丝!"她的父亲简洁地评价说。

"谁说我那样想了?"昭安问。

"我猜那在你心里,妈。不过,我去。"

第二天早早起来,她步行到那个叫作莎士屯的山镇,在那里搭上一个礼拜两次由莎士屯向东去围场堡的大货车,货车从川翠济附近通过,在那个教区里就住着神秘的德伯维尔太太。

在这个难忘的早晨,苔丝·德北菲尔的路程铺在她出生的起伏不平的山谷东北部之中,她的生命也是在此中展开。布莱克姆谷对于她是整个世界,它的居民是全部的宗族。她在孩童期好奇的日子里,通过马洛特的栅门和篱落向下看过它的深长,那时候感到的神秘比她现在感到的并不少。从她寝室窗户每日看到的塔楼、村庄,隐现的白色宅第;特别是那庄严巍立的莎士屯镇,它的窗户在夕阳中像灯光闪亮。她难得去那里看看,甚至这山谷和它的近处,她仔细观察过的也仅仅是一小部分,远在谷外的地方她到过的就更少了。每一座环围着的山的轮廓像她的亲戚的面孔一样熟悉;但是更为远处的判断就依赖村立小学的教育了,她离开学校时曾经名列前茅,那是一两年之前了。

在那早期的日子里,她被同样性别和年龄的孩子们爱着,是村子里的人经常看到的三个中的一个——差不多全是同样年龄——从学校里肩挨肩走回家去。苔丝是中间的一个——穿一件粉红色印花无袖罩裙,印着好看的格子,套一件褪掉了原来颜色变成了无法形容的第三级色彩的毛布上衣——长腿大步地走着,紧腿长袜在膝盖处有好像抽了丝的洞眼,那是她跪在路上路边寻找植物和矿物的珍藏时剐破了;她那时土色的头发像挂壶的钩子一样垂着；两边的两个女孩子的胳膊搂着她的腰，她的胳膊搭在两个女孩子的肩膀上。

苔丝长大了一点儿，开始明白一些事情的时候，对于她的母亲无所用心地给她生了这么多小妹妹小弟弟很困惑，她觉得很同意马尔萨斯的人口观，那时候照料他们养育他们都非常犯难了。她的母亲的智商只相当于一个快活的孩子；昭安·德北菲尔简直就是又添的一个孩子，还不是最大的，是她家中一长串听从天命的等待者的一个。

不管怎样，苔丝还是温善疼惜地呵护着小弟弟小妹妹们，尽可能多多地帮助他们，她一离开学校，就去邻近的农场帮着翻晒干草收获庄稼；或者，就按照自己的喜爱，给人挤牛奶、搅黄油，那是他的父亲自己有奶牛的时候她学会的；需要依仗手指灵巧的活儿，她比别人优秀。

一天天似乎把更多的家庭负担加到了她年轻的肩膀上，作为德北菲尔家的代表去德伯维尔府第又成了当然的事情。在这个事件中必须承认，德北菲尔家是把他们最好的一面向外推出了。

她在川翠济十字架下了车，步行上了叫作围场的那个方向的一座小山。一如她听说的，在围场边上，德伯维尔太太的邸宅，那厦屋坡顶，能够找到。那不是通常感觉中的一座庄园式住宅，有田地、草场、唧哝抱怨的农夫，地主用圈套和手杖从农夫那里榨取收益，供他自己和家庭受用。它更高级，更加远为高级；它纯粹是为了享乐建起来的一座乡下别墅，没有一英亩令人烦恼的土地附加到只为了居住目的而要求的宅地上，有一点为了玩乐的小农场由主人自己执掌，安排一位管家照料。

紫红色的砖门房首先进入了视线，稠密的常青藤直到房檐。苔丝想这就是邸宅本身了，她带着一些慌乱通过了旁边的小门，往前走到车路拐弯的地方，宅屋才完全站立在眼前了。它是新近的建筑——实际上几乎是新的——同样浓艳的红色与门旁的常青藤构成了这样一个衬比。屋角远远的后边——那挺立着的好像是天竺葵花，映衬着周围柔和的色彩——围场伸延着的轻柔淡远的蔚蓝景色——一片真正悠久尊贵的森林地带，英格兰毋庸置疑的原始时期保留下来的少数林地之一，在那里古代巫师们采用过的槲寄生一直能在老橡树上找到，巨大的紫杉树，不是由人栽植的，依然像它们被砍下树梢做弓时那样生长着。那森林的古老,不管怎样,尽管能够从这坡地上看到,它还是在这片地产的直接权限之外。

在这安逸舒适的庄园上的一切都是光明的,兴旺繁荣的,管理得有条不紊的;好几英亩大的玻璃花房一直向下延伸到了山脚下的矮树林那里。所有的东西看上去都好像钱——像从铸币厂刚刚造出来的硬币一样。马厩,被澳洲松树和常绿橡树掩映着,装备着齐全的新器具,好像"安逸小教堂"一样庄严。在广阔的草地上立着一座装饰起来的帐篷,它的门正对着她。

单纯的苔丝站在打扫过的砂石路边上,用一种半惊恐的样子看着。在她还没有清楚她来到了什么地方之前,她的脚已经把她带到了这个地点了,她现在看到的一切跟她预期的完全是相反的。

"我还想我们是老家门呢,可这完全是新的!"她天真地说。她希望她未曾这样痛快地同意了母亲"认亲戚"的计划,企图得到援助而走近本家。

德伯维尔——或者斯陶克·德伯维尔,像他们最初自称的那样——拥有这一切的人在这样一个老式国家的地域,是能够找到的不寻常的人家。当淳格汉姆牧师说我们的脚步踉跄的约翰·德北菲尔是老德伯维尔家族在本郡或邻近本郡存在的仅有的世系代表的时候,他说的是事实;他还可以加上他知道的更好的东西,斯陶克·德伯维尔比他本人更不是德伯维尔大树上更真实的枝叶。但是,依然必须承认,这个家族形成了非常好的树桩,在那上头再嫁接上一个姓氏,正是它悲哀想望的如此这般的一场更新。

新近离世的赛门·斯陶克老先生作为一位诚实的商人(有人说他是放债的)在北方发财的时候,他决定在英格兰南部作为一个本郡人定居下来,离开他买卖兴隆的地区,在做着这样的打算时,他觉得需要用一个名字介绍自己。他用过去的一个精明商人的名字表示他的身份,新名字应该比原先赤裸刻板的名字少一些平凡和一般。他在英国博物馆研读了一个小时专用于他计划定居的英格兰地区那些灭绝的、半灭绝的、微没的、破落的家族的文档,他端详凝想着德伯维尔,看上去听起来都像他们中的任何一个一样好:德伯维尔从而加到了他自己的名字上,也永远属于了他的继嗣。在此当中,他依然不是心存放肆越轨妄想的人,在新的基础上构建他的家族之树中,架构通婚和贵族链条,他都是充分有理的,从不插入一个单独的头衔于严格节制的等级之上。

这奇思妙想的作品可怜的苔丝和她的父母自然全无所知——这更加剧了他们的困窘;的确,他仅仅对于这种兼并的异常可能是全不知晓的;他们料想到,令人喜爱的面貌可以是命运的馈赠,一个家族的姓氏却与生俱来。

苔丝像一个跳进水里泡着的人一样一直踌躇地站着,不知道是退回来还是坚持站下去。这时候一个人从帐篷的黑三角门里走出来。是一个高个子年轻男人,抽着烟。

他有几乎黝黑的皮肤,丰厚的嘴唇,样子恶劣,尽管红润光滑,上面留了用心修饰的黑胡子,带着卷曲的尖,尽管他的年纪不过二十二三岁。虽然在他的轮廓中有一种野蛮气,可是在他绅士的面容中、粗鲁转动的眼珠中,却有一种奇特的力量。

"啊,我的美人儿,我能为你做点什么?"他向前走着说,察觉到她站在那里相当慌乱,"别怕我。我是德伯维尔先生。你是来看我还是来看我母亲?"

苔丝所预期的与这房屋和园地已经有很大不同了,这德伯维尔的化身与同姓名人的差异更大。她梦想着一张上了年纪的高贵的脸,全部德伯维尔面貌的升华,具体化的记忆代表着用象形文字雕刻的他的家族和英格兰的历史。但是她用手把她自己拧上了这件作品,她不能退出了,她回答说:

"我来看你的母亲,先生。"

"我怕你不能看她——她是个残废。"这家族假冒的现实的代表回答说。这是艾利克先生,新近离世的绅士唯一的儿子。"我不能答复你的来意?你想见她干什么?"

"不干什么——它是——我很难说出来。"

"好玩儿?"

"噢,不,啊,先生,如果我告诉你,它好像——"

苔丝在她的差事中感觉到的确凿的荒谬可笑现在是如此强烈,虽然她怕他,她在这里窘迫不安,她的玫瑰色的嘴唇还是弯曲成一个微笑,对黝黑的艾利克·德伯维尔这样具有吸引力。

"它是非常傻的,"她结结巴巴地说,"我恐怕不能告诉你。"

"不要紧,我喜欢傻事儿。再试试,我的宝贝儿。"他温和地说。

"妈要我来,"苔丝接着说,"实在的,我自己同样也想来。不过,我没想到是这样的。我来了,先生,来告诉你我们和你是本家。"

"嚆,穷亲戚?"

"是的。"

"斯陶克?"

"不,德伯维尔。"

"嗯,嗯,我的意思是德伯维尔。"

"我们的姓念白了成了德北菲尔;可是我们有好几种证据证明我们是德伯维尔。研究古物的人认为我们是——而且——而且,我们有一个老印,刻了一头狮子蹲在盾牌上,还有城堡罩着它。我们还有一把匙子,碗儿圆圆的像一把长柄小勺子,上面也刻着那样的城堡。不过它是磨坏了,我妈用它搅豌豆汤了。"

"一座银城堡的确是我的盔饰,"他和蔼地说,"我的纹章就是一头跃立的狮子。"

"所以妈说我们应该来叫你们知道知道——我们刚刚摊了事糟踢了马,我们又是这个家族的长房。"

"你妈妈是大好意,我敢肯定。我,为了那,不抱怨她的做法。"艾利克一说话就盯着苔丝,使她的脸微微烧红了,"所以,我漂亮的姑娘,你是作为本家亲戚,好意来看望我们了?"

"我想是的。"苔丝支吾着说,看上去又不安起来。

"好——那没有什么害处。你们住在哪里?你们是做什么的?"

她告诉了他简单的情形;又回答了他进一步的询问,同时告诉他,她打算坐带她来的车回去。

"他转回川翠济十字架之前,还得好大一会儿呢。咱围着园地转转,打发这段时间好吗?漂亮的小妹?"

苔丝希望尽可能缩短她的这次探访;可是这年轻的男人是恳切的,她答应了陪他走走,于是他带她到草地,到花园,到暖房;然后又带她到果园,到玻璃花房,在那里,问她爱不爱吃草莓。

"爱吃,"苔丝说,"有了的时候就爱吃。"

"它们已经在这儿了。"德伯维尔开始为她采摘各种草莓,弯腰摘下送到她手上;一会儿,挑了一个长得特别的"英国皇后"种的,站起来,拿着梗儿送到她嘴上。

"不——不!"她赶紧说,把她的指头伸在她的嘴唇和他的手之间。

"废话!"他坚持着。在一种微微的烦恼无奈中,她张开嘴含了。

他们就这样随意地游荡着打发了一些时光,苔丝半顺从半不情愿地吃着德伯维尔送给她的不管什么东西。当她不能再吃草莓的时候,他把草莓装满了她的小篮子;然后两个人转过了玫瑰树,他在那里采了一些花,给她插进怀里。她好像在梦中一样听任摆布,当她怀中不能再插上的时候,他就把一两枝花朵插到她的帽子上,把另一些慷慨大方地堆上了她的篮子。最后,看看他的表,说:"现在,是你该有些东西吃的时候了,如果你想搭那个车回莎士屯,也快到你离开的时间了。来,我看看能找到什么吃的。"

斯陶克·德伯维尔领着她回到草地,进了帐篷,离开她,一会儿带着一篮便饭重又出现了,他亲自放在苔丝面前,显然这先生不希望仆人来搅扰了这愉快的促膝密会。

"你介意我抽烟吗?"他问。

"噢,一点儿也不,先生。"

通过弥漫在帐篷里的一缕缕烟气,他看着她美妙的无意识的咀嚼。苔丝·德北菲尔没有超凡,她天真纯洁地低头看她怀中的玫瑰花的时候,在那蓝色的麻醉烟雾后头正潜伏着她的戏剧的"悲剧毒害"——在她年轻生命的光谱中有一条要变作血红的光线。她有一种在当下恰恰不利的品质,正是它把艾利克·德伯维尔的眼珠吸引到了她身上。它是外貌的奢华,发育的丰满,使她的外貌比实际上更像一个女人。她是从她的母亲那里继承的形貌,却没有这种特征表示的本质。它偶尔会使她的心烦恼不安,直到她的同伴告诉她那是一个缺失,时间能够治疗。

她一会儿吃完了饭。"我现在要回家了,先生。"她说着站起来。

"他们叫你什么?"他陪着她沿着车路走到看不见这房子的时候问。

"苔丝·德北菲尔,住在马洛特。"

"你说你们家没有了马?"

"我——害死了它!"她回答说,她把"王子"的死细说了一遍,眼睛里盈满了泪水,"我不知道为了这个我该为父亲做些什么。"

"我一定想想我能不能做点什么。我的母亲肯定能给你找个活儿。不过,苔丝,不要再瞎说什么'德伯维尔',——就是'德北菲尔'你知道——完全另一个姓。"

"我也不想要更好的,先生。"她带着自尊的样子说。

一会儿——仅仅一会儿——当他们来到车道拐弯的地方,高大的杜鹃和松柏之间,能够看见门房之前,他的脸歪向了她的脸,好像——但是,不,他改变了主意,让她走了。

事情就这样开始了。假如她理解了这次会见的意味,她可以问一问为什么她注定在那天要被一个不道德的人看见并且觊觎,而不是被另一个人,一个正直的人带着全部尊重想望着——人类差不多可以提供这样的正直和想望;在她相识的人中有人几乎接近了这一类,对于他,她只是一个倏忽易逝的印象,多半忘记了。

在预断很好的计划失误的实施中,呼唤难以产生来者,恋爱的人和恋爱的时机难得相合。对于她被可怜的造物在眼看着能导向幸福的时刻,造物主通常并不说"看";对于人"在哪里"的呼喊,直到藏匿和寻找成了一场令人厌烦的心力耗尽的游戏,他也不说"在这里"。我们也许想知道,在人类进步至高无上的顶点,这些时代错误是否会被敏锐的直觉、被那现在把我们颠簸得七上八下的社会机器更紧密的相互作用纠正,这样的完善不能够预言,甚至也不能想象为可能。即在当下,百万之中,那互相面对的也不是完美的一体在理想的时刻分为两半;消失的一半独立地游荡在大地上,极度愚钝地等待着,直到最后的时机到来,由于那笨拙的延搁,便产生了忧虑、失望、震惊、灾祸和离奇的命运。

当德伯维尔回到帐篷跨坐在一把椅子上回想的时候,他的脸浮现了得意的光彩,于是他爆发出一阵大笑。

"哇,我该着啦!多么好玩儿的事!哈哈哈!多么柔嫩的妞儿!"

六

苔丝下了山,去川翠济十字架,在那里漫不经心地等着坐车从围场堡回莎士屯。她不知道她一上车,车上的人对她说了什么,尽管她回话了;当他们重新启程的时候,她只是想着心事,没有向外看一眼。

和她一起坐上车的人,有一个对她说了比先前说的那些更直截了当的话:"呀,你简直成了花团儿啦!刚进六月,就有这样的玫瑰花啦!"

于是她意识到在他们惊讶的目光中她成了什么光景:玫瑰花插在她的怀中;玫瑰花插在她的帽子上;玫瑰花和草莓装在她的篮子里满边满沿。她的脸烧红了。她慌乱地说花是别人送给她的。当乘客们不再看她的时候,她暗暗地把更出眼的花从她的帽子上摘下来,放进篮子里,用她的手绢盖上。然后她又沉入了冥想。她低头向下看的时候,没料到被留在胸前的玫瑰刺把下巴扎了一下。像布莱克姆谷的所有村人一样,苔丝也深陷在幻想和预兆的迷信中,她想这是一个不吉之兆——在那个日子里她感觉到的第一个不吉之兆。

马车只走到莎士屯,从那个山镇下了车,进入山谷,到马洛特还有好几英里路需要步行。她的母亲给她出主意说,如果她接着回来感到太累,就在他们熟悉的一个村妇家里住一晚上。苔丝就这样做了,直到次日的下午才回到家里。

当她进了家的时候,她立刻从她母亲得意的神色中发觉在这个空当有事情发生了。

"呵,咋样?我早就知道嘛!我告诉你没错儿的,现在结啦!"

"就从我离开?结了什么?"苔丝疲惫不堪地问。

她的母亲带着调皮的赞赏的神色上上下下打量着姑娘,打着哈哈继续说:"你到底把他们弄得滴溜溜的!"

"你怎么知道,妈?"

"我收到了一封信。"

苔丝于是想到是有把信送到这儿的时间。

"他们说——德伯维尔太太说——她想叫你去照料一个她喜欢的鸡场。不过,这只是她想叫你去那儿编造出来的法儿,别叫你的心太高。她是叫你去认本家——那才是她的本意。"

"我没看见她。"

"你总看见了她家的人吧,我猜?"

"我看见了她的儿子。"

"他认了你本家?"

"哦——他叫我小妹。"

"呵,我知道嘛!杰克——他叫她小妹!"昭安对她的丈夫叫着,"嗯,他对他母亲说了,当然啦,是她叫你去那儿。"

"可我不知道我养鸡是不是巧手儿。"半信半疑的苔丝说。

"那我可不知道谁是巧手儿啦。你是生在这个营生里,又长在这个营生里。生长在一个营生里,比一些学徒强多啦。再说啦,那也就是为了叫你去装装样儿,叫你别觉得蒙情不过。"

"我根本没有想我应该去。"苔丝心事重重地说,"谁写的信?你能让我看看?"

"德伯维尔太太写的。在这儿。"

信是用第三人称写的,简单地告知德北菲尔太太,她的女儿在夫人管理的禽场方面将是有帮助的,如果她能来,将为她准备一个舒适的屋子,如果他们喜欢她,工资将慷慨付给。

"哦——没有了。"苔丝说。

"你不能指望她伸开胳膊搂着你,亲你,立马把你抱上椅子敬上炕。"

苔丝向窗外看去。

"我宁肯跟爹和你待在家里。"

"为什么?"

"我不愿告诉你们为什么,妈。说真的,我也不知道到底为什么。"

一个礼拜以后,她想就近找一个轻松活儿,又在一个晚上徒然回来了。她打算在夏季里干活挣够钱,再去买一匹马。她正要艰难地跨过门槛,一个孩子手舞足蹈地穿过房间,说:"那个阔人来咱家啦!"

她的母亲赶忙解释,喜色从她身体的每一寸肌肤往外泄发。德伯维尔太太的儿子骑马来看咱啦,他是骑马去马洛特的时候顺便来的。他想知道,以她母亲的名义,苔丝能不能去打理老太太的鸡场,到底去还是不去;如今,证明原先管鸡的那个小伙子不可靠。"德伯维尔先生说,你如果完全像你的外貌那样,你肯定是一个好姑娘;他知道你肯定值你那么大分量的金子。他对你非常中意——说真的。"

听到从一个陌生人那里她赢得了这么高的评价,苔丝有一会儿似乎真的很高兴,在她的自我估价中,她跌落得很低了。

"他那么想是他的好意,"她咕哝说,"假如能完全确定住在那里什么样儿,我随时能去。"

"他是个非常漂亮的男人!"

"我没有那么想。"苔丝冷冷地说。

"嘿,不管怎么样,那是你的一个机会;我敢肯定他戴着一个漂亮的金刚钻戒指!"

"对!"小亚伯拉罕从窗台下的凳子上欢快地说,"我看见了!他抬起手来摸他的八字胡的时候,金刚钻一闪一闪的。妈,为什么我们的阔本家老是抬起手来摸他的八字胡?"

"听那孩子说的!"德北菲尔太太插嘴大声称赞说。

"或许是显摆他的金刚钻戒指。"约翰先生从他的椅子上像在梦中一样咕咕哝哝说。

"我得好好想想。"苔丝边走出屋子边说。

"好,她是一出马就把咱的小本家征服了,"家庭主妇接着对她的丈夫说,"她如果不跟上去,她就是个傻瓜。"

"我可不愿让我的孩子离开家,去人家那儿,"做小买卖的人说,"我是这个家族的长房,别人应该上我这儿来。"

"不过得让她去,杰克,"他可怜的糊里糊涂的妻子哄着劝着他说,"他是被她打中了——你能看出来。他叫她小妹。他大概能娶她,叫她做阔太太;那时,她就跟她的祖宗一样啦。"

约翰·德北菲尔拥有比体力和健康更强大的自负,这样的假设使他高兴起来了。

"嗯,或许,那是年轻的德伯维尔先生的意思,"他承认了,"肯定是他想攀上老枝,结了亲改善他的血统。苔丝,这小坏种儿!她真的去看他们一趟,就结了这个果子?"

那时候苔丝正在园子的醋栗丛和"王子"的坟墓之间思虑重重地来回走着。她回来的时候,她的母亲趁着有利时机追问不舍。

"唉,你打算怎么做呀?"她问。

"我要是见过德伯维尔太太就好了。"苔丝说。

"我想你还是定了吧。到那时候,你就能见她。"

她的父亲在椅子上咳嗽起来。

"我不知道去说什么!"姑娘烦躁不安地回答,"那得你定。我害死了老马,我想我该去做些事,得到一匹新马。可是——可是——我实在不喜欢德伯维尔先生在那里!"

孩子们,马死了以后,一直把苔丝被他们的富亲戚(他们想象着那真是他们的本家)认了亲,当作减轻痛苦的想望,现在苔丝不情愿去,他们开始哭叫起来,强求着她,责怪她犹豫。

"苔丝不去——哇——哇——做阔——太太啦,她说她——不去啦!"他们号啕着,咧着大嘴,"咱们不能有新大马啦,不能有金镑去买好玩意儿啦!苔丝不能穿最好的衣裳,看着更漂亮啦,不能啦!"

她的母亲奏出了同样的调调:她老是把家务活无限地拖延着,看上去似乎更繁重,也就加重了争辩的分量。只有他的父亲保持着中立态度。

"我去。"苔丝终于说。

她的母亲不能抑制下被姑娘的同意召唤起的幻想的婚事念头。

"那就好啦!凭着这么漂亮的姑娘,这是大好的机会!"

苔丝恼烦地笑笑。

"我希望它是一个挣钱的机会,不是别的什么机会。你最好别四处去说那种傻话。"

德北菲尔太太没有应诺。她不能保证在访客来做了那样的评价之后,她能不感到足够的骄傲,大肆去说。

事情就这样安排了;年轻姑娘写了信,同意在要求她去的任何一天准备前往。她及时地接到了通知,德伯维尔太太很高兴她的决定,一辆弹簧大车将在后天派来,到谷顶迎接她和她的行李,那时候她一定要做好起程准备。德伯维尔太太的笔迹似乎十分有男子气的筋骨。

"一辆大车?"昭安·德北菲尔半信半疑地咕哝说,"应该派一辆结婚马车来接她的本家才是。"

终于决定了她的去向,苔丝少了些坐卧不宁神不守舍,想着可以做不太累的活挣钱为她的父亲买一匹马了,她就带着自信打理自己的事了。她本来希望在学校里当一名教师,但是命运似乎注定了另作安排。心智上她比她的母亲成熟得多,德北菲尔太太关于她的婚姻的期望,她一时也没有当作正经严肃的事看。那孩子气的女人几乎从女儿出生之年就开始为她寻找良配了。

七

在约定她离开的早晨,苔丝破晓前就醒了——在黑暗的边缘时分,小树林里一直静静的,除了一只预言的鸟儿用清脆的声音歌唱着,证明它至少懂得一天的正确时刻,其余的则保持着沉默,好像对等地证明它是错的。她待在楼上打点行李,直到吃早饭的时候,她穿着平常日子穿的衣服下来,礼拜节日穿的衣服仔细叠好放在她的箱子里。

她的母亲抱怨说:"不穿得华华丽丽的,就去看你的老亲?"

"可我是去干活儿!"苔丝说。

"不错,对,"德北菲尔太太说,又用一种说私房话的口气说,"起头儿当然是装装样子……不过,我想,把你最好的一面亮出去才聪明。"

"好极了。我想你懂得最好的。"苔丝带着平静的弃置的态度说。

为了让母亲高兴,姑娘把她自己交到母亲手上,沉静地说:"妈,你喜欢怎么做,就怎么做吧。"

德北菲尔太太极其高兴这顺从。她先拿来一个大盆,把苔丝的头发洗得那么彻底,以至干了梳起来看上去有早时的两倍多。她用一根比往常更宽的粉红色带子扎起来。然后把苔丝游乐会那天穿的白色的衣衫给她穿上，空盈松肥，补衬着她蓬松的头发，给了她正发育的身体充分的成熟，以致令人对她的年龄产生了错觉，把她当作一个成年女人看待，其实她比一个孩子大不了多少。

"我可说啊，我袜子后跟上有个洞！"苔丝说。

"不用在意你袜子后跟上的洞，它们也不说话！我做姑娘的时候，只要有一顶漂亮的帽子，鬼才能看见我的脚跟！"

她的母亲在姑娘容貌上的骄傲引得她后退几步，像一个画家从画架前退开，打量着她作品的整体。

"你一定得自己看看！"她叫着，"比你那一天好多啦！"

镜子仅有那么大，一次只能照出苔丝身体的一小部分，德北菲尔太太就在窗户外面挂上一件黑外套，把窗玻璃装成了一面大镜子，这是村里人打扮时的习惯做法。这些做完了以后，她下楼去她的丈夫那里，她的丈夫正坐在下面的屋子里。

"我告诉你说吧，德北菲尔，"她欢天喜地地说，"他决不会不爱她。不过千万千万，你不要对苔丝说太多他喜欢她的话，这机会让她得到了。她是这么古怪的姑娘，那就会叫她讨厌他了，她又不肯去那里了，即便事到如今了。要是什么什么都顺顺溜溜地下来，我一定好好报答报答斯泰格弗特路那个牧师，告诉了咱那话——亲爱的，好男人哪！"

可是，当姑娘动身的时刻临近了，这时候穿戴打扮之初的兴奋过去了，一丝疑虑又在昭安·德北菲尔太太的心里生下了，促使这位主妇说，她要送送女儿，送到山谷斜坡开始陡峭向上通到外边世界的那个地点。在那个坡顶，苔丝的箱子已经让一个小伙儿用手推车头前送到山坡顶上，预备好了。

看着他们的母亲戴上了帽子，孩子们吵吵嚷嚷着要和她一起去。

"我一定去送送姐姐，她要去嫁给咱的阔堂兄啦，要去穿好衣裳啦！"

"不！"苔丝脸一红，赶紧转回身来说，"我不再听这些！妈，你怎么把这些东西塞进了他们的脑瓜？"

"去干活，我的宝贝儿，给咱的阔本家干活，去挣够钱买匹新马。"德北菲尔太太劝解说。

"我走啦,爹。"苔丝喉头哽塞说。

"走吧,我的闺女,"约翰先生从胸膛上抬起头来说,在这个早晨重要的时刻,他喝得有些过量,昏昏沉沉地打起盹来,"好,我希望我的年轻朋友能喜欢他自己血统的这么漂亮的一个人样子。告诉他,苔丝,咱是败家啦,败惨啦,原先的富豪败下来,我将把名头卖给他——对,卖了它——不要出玄的大价钱。"

"不能少了一千镑!"德北菲尔夫人叫嚷着。

"对,告诉他——我就要一千镑。嗯,我少要一点儿,等我再想想。名头给他。这会比加在可怜的蠢货身上更增光。告诉他,出一百镑吧——不过,我也不计较这些事了——告诉他,五十镑——二十镑!对,二十镑——那是最低了。夫人,家族荣誉到底是家族荣誉,不能再少了一个便士!"

苔丝的眼睛充满了泪水,喉头哽住了,她说不出内心的感受。她赶紧转身走出去。

于是姑娘和他们的母亲一起走了,苔丝身旁一边一个孩子,握着她的手,时常出神地看着她,好像在看一个要去做大事的人;她的母亲和一个最小的紧跟在后头;这一小群人构成了一幅贞节的美丽被纯真护卫的画面,后头跟着头脑简单的虚荣。他们一路走到开始上坡的地方,从川翠济来的车在坡顶上接她,这个界域的约定省了马在最后的山坡上费力。远在第一座山后,莎士屯壁立的村居突破了山脊线。山坡边高高的大路上一个人影也没有,除了他们先头打发来的小伙儿,坐在手推车的车把上,那车子上装着苔丝的全部所有。

"在这里等一会儿,马车很快就来了,肯定的,"德北菲尔太太说,"不假,我看见它在那儿了。"

它来了——从最近的高地顶后面突然出现,停在傍着小推车的小伙儿旁边。她的母亲和孩子们因此决定不再走了,苔丝跟他们匆匆道别,移转脚步上山。

他们看见她白色的形体接近了那辆装了弹簧的车,她的箱子已经放在车上了。可是在她完全走到车紧跟前之前,又一辆车从山顶的树丛间射出,转过路那边的弯儿,经过了行李车,停在苔丝旁边,苔丝仰头一看好像大吃了一惊。

她的母亲一下子看见了,第二辆车不像第一辆那么粗陋笨拙,而是一辆崭新的轻便二轮车或叫狗儿车①,漆饰装备得堂光齐整。赶车的是一个二十三四岁的年轻男人,牙齿间叼着一支雪茄;戴一顶时兴的帽子,穿带点褐色的夹克和同样颜色的马裤,白色领巾,直竖的衣领,棕色的赶车手套——总之,他就是那个漂亮的——两个礼拜之前骑着马去看望昭安的年轻公子,要去得到关于苔丝的答复。

德北菲尔太太像个幼小的孩子似的拍起手来,而后她又低落下来,再看看。她会弄错了那意思,被诓骗吗?

"他就是那个阔本家,要叫姐姐去做阔太太?"最小的孩子问。

这时候能够看见苔丝穿着薄纱衣服的形体,定定地立着,迟疑不决,站在那辆车的旁边,那儿的主人跟她说着什么。她外表上似乎是犹豫不定,实际上,比犹豫不定更严重:那是忧惧。她宁愿坐那辆粗陋的车。年轻男人下了车,好像在催促她上车去。她转过脸来向着山下她的家人,凝望着这一小群。似乎有什么东西加快了她的决定,她突然举步上了车;他爬上她的旁边,即刻挥鞭打马。一会儿他们超过了装着箱子的慢车,消失在山肩的后面了。

苔丝刚刚看不见了,好像一出戏有趣的内容结束了,小孩子们的眼睛里便充满了泪水,最小的孩子说:"我希望可怜的、可怜的苔丝不要离开去做阔太太!"说着,嘴角一咧,爆发了大哭。这个新的观念是有传染性的,下一个孩子照样,而后是再一个,直到三个全部号啕大哭起来。

转身回家的时候昭安·德北菲尔的眼睛里也满含泪水。可是回到村子里的时候她又听天由命地相信事宜的恩惠。不过,夜里在床上她又叹息了,她的丈夫问她怎么啦。

"哦,我也说不准。"她说,"我是想着,苔丝要是不去,或许能好一些。"

"事先你不该想到?"

"唉,这是闺女的一个机会呀——不过,要是再做一遍,我不打听出那先

---

① 狗儿车:一种双轮轻便马车,单马牵引,有背靠背两个座位。

生是不是真的好心,是不是挑她做女眷,我不能让她去。"

"对,你应该,或许,去那么做。"约翰先生打起鼾来。

昭安·德北菲尔老是想办法在一些地方找到安慰:"嗯,作为老本上纯种的人,她应该能赢得了他,如果她玩对了王牌。他早不娶她,晚也能娶她。有眼的人都能看出来,他整个叫她迷住了。"

"她的王牌是什么?你的意思是,她的德伯维尔血统?"

"不,笨蛋,她的脸蛋儿——就像我的。"

八

爬上她的旁边,艾利克·德伯维尔赶着车沿着第一座山脊快速驰去,一路走着,一路对苔丝聊着恭维奉承的话,装着她的箱子的马车远远地落在后边。一直爬着坡,四面八方围绕着他们的广袤的景观连绵展开;后边,是她出生的绿色山谷,前头,除了第一次短暂访看过的川翠济,再就是她一无所知的灰色的区域。就这样他们到了一个向下斜坡的边缘,路长长地延伸笔直下降,将近有一英里远。

苔丝天性本是有胆量的,自从她父亲的马出了事,她再坐到车上就极其胆怯了,车子驶动稍稍有一点出了常规,就会令她惊慌。她的赶车人稍微有一点鲁莽,她也开始感到惶恐不安了。

"先生,我想你能慢点往下吧?"她试图装出漫不经心的样子说。

德伯维尔扭头看她,用他的大白门牙的尖儿咬着雪茄,让他的嘴唇慢慢咧出笑的样子。

"怎么,苔丝?"喷出一两口烟后,他回答说,"那不是像你这么勇敢的姑娘问的吧?嘿,我总是大放马飞驰下去。没有什么像那个更能给你提神了!"

"或许你现在用不着吧?"

"唉,"他摇摇头说,"那得把两个人算进去,不是我一个人的事。蒂波也得考虑进去,它有一个非常怪的脾性。"

"谁?"

"哦,这匹母马。我想它刚才非常严厉地扭头看我了。你没注意到?"

"别试着吓唬我了,先生。"苔丝生硬地说。

"好,我不吓唬你。如果有一个活着的男人能制服这匹马,我就能——我不能说活着的男人能做到——如果谁有这样的能力,他就是我啦。"

"你怎么有这样一匹马?"

"唉,你可真会问!它是我的命,我想。蒂波'造'死了一个家伙;我刚刚买回来,它又差点儿'造'死我。不过,说实话,我也差点儿把它揍死。可是它一直那么倔强,非常倔强,人的生命在它后边有时候难保安全。"

他们正好开始下坡了。明显的,那马很难从它的后头要求一个暗示,可是它那么完美地懂得对它鲁莽把戏的期待,不知道那是它自己的心愿还是他的(看来更像是后者)。

向下,向下,他们加速飞驰,车轮像陀螺嗡嗡响,狗儿车左摇右晃,车轴与前行的路线成了一个斜角;马身子在他们前头起伏波动。有时候车轮离开了地面,好像有好几匹马;有时候一块石头旋转着飞过了树篱,马蹄铁擦出的燧石火花胜过了日光。笔直的道路景观随着他们的前行拓展了,两旁的堤埂像分开的木棍,一边一条,从他们的肩旁飞戳而过。

风吹透了苔丝白色的薄纱衣服直透肌肤,她刚刚洗过的头发飞散在背后。她决心不表示出害怕,可是她抓住了德伯维尔持缰的胳膊。

"别碰我的胳膊!你这么做,我们会被摔出去!搂着我的腰!"

她抱住他的腰,就这样他们到了坡底。

"没事啦,感谢上帝,尽管你傻疯!"她说,她的脸烧红了。

"苔丝——咄!那是发脾气啦!"德伯维尔说。

"是事实。"

"好,你刚刚觉得脱离了危险,不需要搂着我啦,就这样无情啦。"

她没有细想她做的什么,在她不自觉地抱着他之前,她没有想过他是个男人还是个女人,是根木棍还是块石头。她恢复了平静矜持,坐在那里没有回答,就这样他们到了另一个坡顶。

"又来啦!"德伯维尔说。

"别,别!"苔丝说,"讲点情理,拜托。"

"可是当人发现他在这个郡的最高点上,他非再冲下去不可。"他反驳说。

他松开缰绳,再一次飞驰下去。他们一摇晃起来,德伯维尔就扭过脸来看着她,嬉笑逗弄说:"来,伸出你的胳膊搂着我的腰,像先前那样,我的美人儿。"

"就不!"苔丝独立不依说,她尽可能坚持着,没有碰他。

"让我在那樱桃嘴唇上亲一小下,苔丝,或者在那热热的脸蛋儿上,我就停下——用我的名誉担保,我一定。"

苔丝大惊失色,在她的座位上偷偷地往后退避。他一见,又打马飞跑,更剧烈地摇晃着她。

"做别的行吗?"她终于在绝望中叫起来,她的大眼睛像野兽的一样盯着他。被她母亲这么漂亮地穿戴打扮起来显然成了令人遗憾的意图。

"没有别的,亲爱的苔丝。"他回答。

"哦,我不懂——好吧,我不在乎啦!"她可怜地气喘吁吁地说。

他扯一下缰绳,一慢下来他就要深深地印上他渴望的亲吻,这时候,好像依然艰难地意识到自己的羞怯,她往旁边一闪,他的胳膊被缰绳占着,没有给他留有能力阻止她的躲避。

"好啦,妈的——我把咱两个的脖子都撞断!"她变幻莫测、任性暴躁的同伴咒骂着,"你就能这样骗过去啦?你这小妖精,你能吗?"

"好吧,"苔丝说,"你这么非做不可,我不再动了。可我——我以为你能好好待我,保护我,好像我的本家人!"

"本家人先撩开!来!"

"不过,我不想让任何人吻我,先生!"她哀求着,一颗大眼泪从她的脸上往下滚,她的嘴角因克制着不哭而颤抖着,"如果知道是这样,我不会来的!"

他毫不容情,她定定地坐着,德伯维尔给了她强制的一吻。他一做完,她就带着满脸羞红,拿出她的手绢,擦去他的嘴唇在她脸上留下的渍点。他一看,如火的炽情一下子被惹恼了,因为她的做法是不自觉的。

"你一个乡下妞儿,倒非常敏感!"这年轻的男人说。

苔丝没有回应这个评价,实际上,她不太理解那意思,她凭本能擦了她的脸,她没有理会她这样做的拒斥意味。她做了,事实上是抹掉了那一吻,她模糊地感觉到他是恼怒了,她定定地看着前头,就这样走近了梅尔波登和温格瑞,一直到她看见还有一个下坡要遭受,她才又惊恐起来。

"你为那么做后悔吧!"他又开始了,他受了伤害的语气一直存留着,他重新挥舞起鞭子,"除非,那个,你心甘情愿让我再来一回,不动手绢。"

她喘了一口粗气。"好吧,先生!"她说,"呀——让我捡回帽子来!"

在她说话时她的帽子被风刮落到了路上,他们现在走在高地上,速度不慢。德伯维尔停下车,说他给她捡,可是苔丝已经在另一边下了车。

她转过身去,捡起了帽子。

"你不戴帽子看着更漂亮,我敢发誓,如果可能的话。"他说,瞅着车后的她,"来吧,上来!怎么啦?"

"不,先生,"她说,唇红齿白,尽显着眼睛里闪烁的挑战的得胜神采,"不上啦,我明白啦!"

"什么——你不上我旁边坐啦?"

"不,我步行走。"

"到川翠济还有五六英里呢。"

"就是十二英里我也不在乎。再说,那辆车还在后头呢。"

"你这个小精怪丫头!说,告诉我——你是不是成心让帽子刮掉的?我发誓你是成心的!"

她策略性的沉默证实了他的猜疑。

于是,德伯维尔气急败坏地咒骂起她来,为那诡计骂他能够想到的任何东西。他突然调转马想赶上她,要把她夹在马车和树篱中间。除了伤害她,他不会出此招。

"用这样恶毒的话,你应该为你自己羞愧!"苔丝勇敢无畏地叫喊着,从树篱顶匆忙爬过去,"我半点儿不喜欢你!我恨你讨厌你!我要回去找我妈,我这就走!"

德伯维尔一见她发了脾气,他的气倒消了,他开怀大笑起来。

"好啦,这样我更喜欢啦!"他说,"来,咱讲和吧。你不愿意我决不再做。拿我的性命担保!"

苔丝一直没有被诱惑到再上车。可是,她没有反对他保持着他的车和她并排走,采取这样的方式,缓慢的脚步,他们走向川翠济村。德伯维尔一看到她被他的不端行为促使着步行,常常表现出一种强烈的苦恼。事实上现在她可以安全地相信他了;可是他一时丧失了她的信任,她以此为理由,心事重重地坚持步行往前走,好像在琢磨着是否能明智一点回家去。她的决定,不管怎么说,已经实施了,现在取消,似乎太踌躇彷徨,甚至太孩子气了,除非有更为重大的原因,带着她的箱子回去。打乱在这伤感的土地上为家庭复原而做出的整个计划,她怎样面对她的父母?

几分钟之后,坡居的烟囱在视线中出现了,在右边的一个隐蔽的凹角里,是鸡场和苔丝最终目的地的草屋。

九

苔丝被指派做了这个家禽群落的监管人、食品供应者、保姆、医生和朋友,作为大本营的茅屋坐落在围墙环围的庭园里,如今园子已被践踏得凌乱不堪,成了一个撒了沙的场子。房子爬满了常青藤,烟囱被寄生植物的枝蔓缠裹扩充成了一座废弃的塔楼的样子。下面的房子完全给了那些走禽,它们带着财产所有者的神气走着,好像这处所就是它们自己构建的,而不是那些现在东西横卧①在教堂中的确凿无疑的灰扑扑的邸册保产人②。这曾经得到过他们喜爱、花费了他们祖先如许钱财的房子,德伯维尔到来筑修之前已经被他们拥有了几代,在按照法律到手不久,斯陶克·德伯维尔太太就漫不经意地把它转成了养鸡房,那些过往的所有者的后裔觉得简直是对他们家族的轻慢。"在爷爷那时候,给基督徒住都蛮好的。"他们说。

这曾经有好多吃奶的婴儿哇哇啼哭的房子里,现在回响着初生鸡雏啄食的咯咯声。在笼子里躁动不安的鸡占据的地方,先前曾经放着椅子静坐着安详的庄稼人。烟囱四角和曾经火焰熊熊的炉膛,现在摆满了翻仰的蜂

---

① 东西横卧:教堂建筑多为东西向,所以死人埋葬便东西横卧。
② 邸册保产人:旧时英国,保产人的土地房屋租权,以采邑地主邸宅中所存旧日档案邸册为依据。

箱,母鸡把蛋下在里边。门外边过去代代相承的家人用锄铲细心修整成形的地方,被鸡们用最野蛮的方式糟践得面目全非了。

坐落着草房的庭园被围墙围着,只能通过一个门进去。

第二天早晨,苔丝按照她一个养鸡为业人家的女儿巧妙的构想,花了一个来钟头变动和改善了房门内安排的时候,围墙的门打开了,一个戴着白帽系着围裙的女仆走进来。她是从邸宅来的。

"德伯维尔太太照常想要这些鸡了。"她说,发觉苔丝不太懂得,她解释说,"太太岁数大了,瞎了。"

"瞎了!"苔丝说。

这个新消息引起的疑惧,苔丝还没能找到时间思理成形,在她的同伴的指导下,两只最漂亮的汉伯鸡已经被抱在她的怀里,跟上了女仆,那女仆同样抱了两只,走向毗邻的邸宅;邸宅尽管装饰华丽庄严堂皇,可是它这里那里处处展露的形迹,还是表明它的寝室占据者是一门心思爱着哑巴动物的人——羽毛在房前的视域内飘悠,鸡笼立在草地上。

在一楼的一间起居室里,背对着光安置在一把扶手椅子里的,是这屋子的所有者兼主妇,一位白发妇人,不超过六十岁,或许还要小一点,戴着一顶便帽。她有一张在那些视力逐渐衰坏、经过了痛苦挣扎之后、才不情愿地撒手作罢的盲人中时常会出现的表情丰富的脸,不像那些长久瞎眼的或者生来就盲的人那样面貌呆滞。苔丝带着她长了羽毛的掌管物走到这太太跟前——一只胳膊上坐了一只。

"噢,你是来照料我的鸡的姑娘吗?"德伯维尔太太辨出了新的脚步声,说,"我希望你能好好待它们。我的管家告诉我,你是个相当合适的人。好,它们在哪儿?啊,这是大架子,不过,它今天不那么劲生生的,是吧?它是被生人摸弄惊着了,我估摸着。费纳也是——对,它们都有点吓着了——是不是,宝贝儿?不过,它们很快就习惯你了。"

老太太跟苔丝说话的时候,另一个女仆听从着她的手势,把鸡逐只放到她的膝上,她从头到尾抚摸着它们,细查它们的喙、它们的冠子、它们的羽毛、它们的翅膀、它们的爪子。她一摸就能认出它们,如果一根羽毛损坏了,她也能发现。她摸摸它们的嗉子,就知道它们吃了什么,是不是吃得太少,或者太多;她的脸扮演着从她心中通过的生动的批评哑剧。

两个姑娘抱来的鸡按时送回鸡场,这样的过程重复下去,直到全部受宠爱的公鸡母鸡都呈送给了老妇人——汉伯鸡、班屯鸡、考珍鸡、布拉马鸡、道庆鸡,还有另外一些当时正时尚的鸡——她在膝上一接到鸡,她对每一个来访者的知觉都很少出错。

这提醒苔丝想起坚振礼①来,仪式中,德伯维尔太太是主教,鸡是带上去受礼的孩子,她自己和女仆就是带孩子们上去的牧师和副牧师。在这典礼结束的时候,德伯维尔太太把脸蹙扭抽搐得褶皱不平,冷不丁问苔丝:"你会吹口哨吗?"

"吹口哨儿,太太?"

"对,吹调调儿。"

苔丝能像另一些乡下姑娘那样吹很好的口哨,尽管这是她不想在斯文人中承认的技能,然而,她还是温蔼地承认了那是事实。

"那你每天都吹吹。我有个小伙儿吹得非常好,可他走了。我要你吹给我的红肚雀;我不能看见它们,我喜欢听听它们哨,我们用那种方法教它哨小调儿。告诉她笼子在哪儿,伊丽莎白丝。你明天一定开始,要不,它们哨得就下坡了。这些日子它们给撂达啦。"

"德伯维尔先生今天早上给它们吹口哨了,太太。"伊丽莎白丝说。

"他!呸!"

老太太的脸蹙出了厌恶的皱褶,没再回话。

就这样,苔丝被她想象的女本家的接受结束了,鸡被送回了它们的营房。姑娘对德伯维尔太太的态度不觉得太惊讶,自从看到了这房子的规模她就不再有更多的期待了。可是她远远不知道,那老太太从来都没有听说过叫作"老本家"的说法。她推测在瞎女人和她的儿子之间并没有多少喜爱流动。在这一点上,她也错了。母亲不得不怨恨地爱着她的儿子,抱怨地溺爱着,德伯维尔太太不是第一个。

---

① 坚振礼:一种基督教仪式。孩子在一个月时受洗礼,十三岁时受坚振礼。孩子受过坚振礼后,才能成为教会正式教徒。

尽管有头天不愉快的开端,当阳光闪耀的时候,在那里安置下来,苔丝还是欣喜着她新的岗位在这早晨的自由和新颖。她好奇地检验一下没有预料到会要求她具有的技能,以便确定保持她的位置的可能性。她刚一独自待在围墙环围的园子里,她就自己在鸡笼上坐下来,郑重其事地噘起她的嘴,练习她荒疏日久的技艺。她发现她先前的能力衰退到了只能通过嘴唇发出空空的一口气,全然没有清晰的调子了。

她还是没有结果地吹着,吹着,奇怪着原本自然产生的艺术怎么能成了这样,直到她发现覆盖在墙上不少于草屋上的常青藤中间在动。往那里看去,她看见一个人形从覆盖的藤蔓中跳到了地上。是艾利克·德伯维尔,自从昨天他把她送到她寄居的园子里草屋门口,她没有再看见他。

"用我的名誉担保!"他叫着,"在自然和艺术中从来没有像你看上去这么美丽的形体。苔丝'堂妹'('堂妹'有一点嘲笑的意味)。我从墙头上看着你——像纪念碑上不耐烦的女神①一样坐着,噘起那漂亮的红嘴儿,成吹口哨的样式,呜——噘——呜呕,暗暗地咒骂着,一点儿也不能吹出一声调调。喂,因为吹不出来,你相当着急了吧!"

"我可能着急了,可我没有咒骂。"

"啊!我知道你为什么试着——那些红肚皮!我母亲要你继续做它们的音乐教育。她多么自私!好像在这里照料这些该死的公鸡母鸡还不够姑娘忙活的。我要是你,断然不干。"

"可她特别要求我做呢,明天早晨就得弄熨帖了。"

"她呀?那好吧——我给你上一两课。"

"啊不,不用!"苔丝说着,就往门口退。

"胡说,我不想碰你。看——我将站在铁丝网这边,你在另一边,这样你可以觉得相当安全了。现在,看这里,你噘你的嘴唇太狠了。看——这样。"

他让动作跟从着解说,吹了一句:"挪开,噢,挪开那嘴唇儿。"②不过那暗示对苔丝不起作用。

---

① 石碑上不耐烦的女神:源出莎士比亚《第十二夜》第二幕第四场"她坐在那儿就像石碑雕刻的不耐烦的女神"。
② 挪开那嘴唇儿:源于莎士比亚《一报还一报》第四幕第一场男侍所唱歌词。

"现在试试。"德伯维尔说。

她试图装着沉默冷淡;她的脸装上了雕刻般的严肃。可是他坚持他的要求,终于,为了摆脱他,她按照他教的能发出清晰调调的办法噘起嘴唇,为难地笑了,可是,随即又为她笑了而恼怒地脸红了。

他鼓励她:"再试试!"

苔丝是相当认真的,这时候令人痛苦地认真着,她试了——最终没有预料到发出了一声真正圆润的调调。成功的短暂愉悦征服了她,她的眼睛睁大了,不自觉地在他面前微微一笑。

"就这样!现在我给你开了头——你就能漂亮地进行了。那里——我说过我不靠近你;尽管这样的诱惑从来没有落到道德男人跟前,我遵守我的诺言……苔丝,你认为我母亲是一个古怪的老太太?"

"我还不太了解她,先生。"

"你会发现她就是古怪,她肯定是要你学着吹口哨给她的红肚雀听。我现在是相当不顺她的眼了,不过,你要是把她那些活物儿侍弄好了,你一定能讨她欢心。再见。如果你遇到了什么困难,在这里需要帮助,不用去找管家,来找我好啦。"

在这个组织系统里苔丝·德北菲尔是填充了一个位置。她第一天的经历简直代表了随后而来的一些日子。跟艾利克·德伯维尔到场的熟悉——那年轻男人用开玩笑的话小心地跟她交往,他们单独在一起时还戏谑地叫她堂妹——消除了她起初的大部分羞怯,可是无论如何,没有注入能够产生新的羞涩和柔婉性质的情感。她在他的手下,比一个仅作为同伴能够使她更为柔顺,因为她不可避免地要依赖他的母亲,由于那老太太相形之下的无助,她还要仰仗于他。

她不久就觉得,当她重新获得了那门技艺的时候,在德伯维尔太太的房间里给红肚雀吹口哨并不是繁重的事务,因为她从她那有音乐才能的母亲那里听到的大量小调,极妙地适合那些歌唱的鸟儿。在鸡笼旁吹口哨的每一个早晨,是远比她在园子里练习更为舒心满意的时间,解除了那年轻男人在场的拘束,她噘起她的嘴,把她的嘴唇靠近笼栏,用安适的优雅吹给那聚精会神的听众。

德伯维尔太太睡在挂了厚重的锦缎帐子的四条腿大床上,红肚雀占据了同一个房间,它们在确定的时间自由地在房间里飞掠,在家具上和垫子上地毯上弄下一些白点儿。有一次苔丝正在挂了鸟笼的窗前,像往常一样做她的功课,她觉得她听到床后边有一阵窸窸窣窣的声音。老太太不在。转过脸来,姑娘恍惚觉得帐帘边底下有一双靴子前头露着。她吹的口哨随即断断续续了,那听的人,如果真的在那里,必定发现她怀疑他的在场了。从那儿以后,她每天早晨都探查一下帐子,再没有发现有人在里边。艾利克·德伯维尔,显然改变了用那种潜伏的怪异做法吓唬她的主意。

每一个村庄都有它的特质、它的脾性,往往还有它自己的道德律条。川翠济村里和它周围一些年轻妇女的轻浮是一个显著的标志,或许跟邻近主宰着那片坡居的上等人物是同样的症候。这地方还有一个持久的缺点:狂饮。在农庄田地围绕的一个主要话题是省钱无用,穿着干活的长罩衫的数学家们,倚着他们的犁具和锄把,能够进入最精确的算计,证明一个男人在他的老年,教区救济比他整个一生节省工资的结果是更为完满的储备。

这些哲学家们贮藏的主要欢乐在每一个礼拜六晚上兑现,做完了工,去围场堡——两三里远的一个衰败的集镇;半夜后两三点钟回来,在大睡中耗掉一个礼拜天,消除那从前独立经营的小酒店的垄断者当作啤酒卖给他们的奇怪混合物造成的消化不良和消沉悒郁。

好长时间苔丝没有参加这礼拜朝圣。但是在比她年纪大不了多少的已婚妇女的影响下——因为农田工的工资二十一岁像四十岁一样高,这里的人结婚比较早——苔丝终于同意去了。她的第一次游历体验给予她的欢乐比她预期的更多,在她整个礼拜单调的照料鸡场以后,另一些人的玩闹是十分有感染力的。她一次又一次去了。因为优雅,能引起人的兴味,正处于成年妇女短暂的门槛之外,她的出现吸引了围场堡街上闲荡的人躲躲闪闪的瞥视,因此,尽管有时候她去镇上是独自去的,她总是在夜幕降临时寻找同伴,以便回家时有伙伴的保护。

当九月的一个礼拜六到来的时候,这样的做法已经进行了一两个月,在这个礼拜六,赶会和赶集碰到了一起,因此,由川翠济的朝圣就在酒馆里求得了双重快乐。苔丝手上的活使她动身晚了,以致她的同伴早在她前头到了镇上。是一个天气晴好的九月的黄昏,刚刚是日落之前,黄色的光线和蓝霭正一丝丝争斗,大气没有实在物体的协助,本身就构成了一幅景观,除了无数昆虫在其间振翼飞舞。穿过这暗淡的暮霭,苔丝从容地向前走去。

直到她到了那地方,她还没有发现赶会和赶集碰到了一起,这时候暮色将合了。她有限的赶集很快结束了,于是她像往常一样四处去寻找川翠济的乡下人。

起初她没有找到他们,人家告诉她,他们大都去了一个贩泥炭和捆干草的人的房子里,开私人小舞会去了,那贩泥炭的人和他们有交易,住在镇上一条胡同角里。正试着寻找去那里的路,她看到了站在街角的德伯维尔先生。

"怎么——我的美人儿?你来得这么晚?"他说。

她告诉他,她只不过是来等着同伴回家。

"待会儿再见。"她往下走上偏僻的小胡同的时候,他看着她的背影说。

走近那个捆草人的家,她能听见双人舞提琴曲从后面的房子里传出来,但是没有跳舞的乐曲能听得到——是这些地区一个例外的情形,这里的惯例是踩踏的脚步声淹没了乐曲。前面的门开着,她能一直看到后边夜色笼罩的庭园;没有人出来应她的敲门,她穿过房子,走向那传出乐声吸引着她的外屋。

它是一个堆放东西的没有窗户的屋子,从敞开的门里涌进了一股黄昏朦胧的光雾,起初苔丝还以为是被照亮的烟,靠近了她才看出那是一团灰尘,被外屋的烛光照亮的,那照在烟尘上的光束携着门口的轮廓进入了庭园里无边的夜色。

她走近了往里看,看见了一些模模糊糊的人影按着跳舞的步形来来去去地回旋,从他们的套鞋升起来的脚步声又在"瘅疠"中沉寂下去了——就是说,堆积的泥炭和其他东西剩下来的尘粉,被骚动的脚搅动着创造了一团昧蒙,罩裹了这场景。由于漂浮的发着霉味的泥炭和干草的屑末,跟跳舞者热烘烘的汗气混合,构成了一种植物和人类的混杂花粉,声音弱下去的提琴微弱地拉奏着乐曲,跟那跳舞的人踏出的精神头儿形成了显著的对比。他们跳着咳嗽着,咳嗽着笑着。冲撞着的一对儿一对儿只在光线强的地方才能勉强辨认——模糊不清使他们形成了森林之神①搂抱着仙女②的样子——众多潘神③和众多西林克斯仙女④旋转着;荷花仙女⑤试图躲避普莱阿普斯⑥,总是败落着。

不时有一对儿到门口透透气,烟尘不再遮掩着他们的形貌,半人半神自己解体为她的街坊邻居。在两三个钟头的短暂里川翠济竟能如此疯狂地变形。

人群中有几位西林尼坐在板凳上墙边的干草捆上,他们中的一个认识苔丝。

"这些闺女没有觉得在'弗拉沃·德·露斯'跳舞体面,"他解释说,"她们不愿意让所有的人都看见她们喜欢的男人。再说,刚刚跳得他们筋骨轴滑膛了,那房子就关门了。所以我们上这儿来,让外面送酒来。"

"可你们什么时候回家呢?"苔丝带着些焦急问。

"马上——大概马上就走。这差不多是最后一场快步舞了。"

她等着。这场双人舞接近结束,有人想起身回家了,但是另一些人不愿意,于是,另一场又组织起来了。苔丝以为这一场完了肯定能停下了;可是这一场又合并进了另一场。苔丝变得焦躁不安心神不定了;不过,她既然已经等了这么久,就不得不再等下去;因为在赶集的路上很可能游荡着心怀不良的人;她尽管不害怕可以预想的危险,可是她害怕不可预测的。在马洛特附近,她就少了些恐惧了。

"别那么紧张,我亲爱的好精气儿,"一个少年脸汗漉漉的,草帽尽量往

---

① 森林之神:希腊神话中耽于欢娱淫乐之神。
② 仙女:原文 Nymph,有音译为"宁芙",希腊神话中居住在山林或水泽的仙女。
③ 潘神:希腊神话中的畜牧神,常带领山林女神舞蹈嬉戏。
④ 西林克斯:山林女神,一天为保护贞操免受玷污而变成了芦苇。
⑤ 荷花仙女:罗马神话中的仙女,为了摆脱普莱阿普斯的追求,而变成了荷花。
⑥ 普莱阿普斯:希腊神话中的果园、田野之神,后又成为淫乐之神。

后戴在后头上,帽檐环绕着像圣徒的光环,一面咳嗽着一面规劝,"着急什么?明天是礼拜天,感谢上帝,我们能在教堂做礼拜的时候睡过去。来,跟我转一场?"

她并不讨厌跳舞,不过她不想在这里跳。乐声更加热烈狂放了;提琴在光辉的云柱后面时常拉到琴码错的一边,或者用弓背去拉,变奏着曲调。不过这不算什么事;气喘吁吁的朦胧人影依然旋转向前。他们不更换舞伴,要是他们喜爱的就是先前选定的一个。变更舞伴只意味着那满意的选择有一个或者另一对现在还没有到,到了时候每一对就都是合意的匹配了。于是迷醉和梦想开始了,在这种狂喜和梦想中,情绪就是宇宙的物质,而物质仅仅是一个偶然的入侵,喜欢从你想去旋转而且正在旋转着的地方阻碍你。

突然钝重的一击落在地上:有一对儿倒下了,搅成了一堆。下一对儿不能刹住车,倒在障碍上。屋子中间的一团尘云中又升起了一团,包围着那俯卧的形体,尘云中可以看出胳膊和腿拉扯着、纠缠着。

"你等着吧,我的先生,等回家再说!"从那一堆人里迸出了一个女人的高声——是引起了这不幸事件的男人那倒霉的舞伴,也是刚刚做了他新近结婚的妻子。在川翠济结了婚的夫妻之间只要还存留着喜爱,各种各样的聚会场合一起跳跳舞,本没有什么不寻常的,甚至,在他们晚年的生涯中也不是不习惯的,这便避免了那些两个之间还有温暖感知的人茕茕孑立。

从苔丝的背后发出一阵大笑,在庭园的暗处,跟屋子里的痴笑混合在一起。她扭头看去,看见了一支雪茄烟的红火头:艾利克·德伯维尔独自站在那里。他向她招招手,她不情愿地躲避着走到他跟前。

"哎,我的美人儿,你在这里干什么?"

做了长长的一天活再加上走远路,她实在是太累了,她向他吐露了她的烦恼——从他看见她那时候她就在等着结伴回家,因为晚上的路她很生。"可是他们好像永远不想离开了,我真不想再等了。"

"当然不用等啦。我今天这里只有一匹备了鞍的马;不过,到了'弗拉沃·德·露斯',我雇一辆车,拉咱俩回家。"

苔丝尽管有些高兴了,可是她一直没有克服最初对他的不信任,虽然那些做活的人迟延拖拉,她还是宁愿跟他们一起走。所以她回答说她感激他的好意,不过不想麻烦他。"我说了我等他们,他们到这时候也会盼望我等。"

"好极了,独立自主的小姐。随你的意吧……那么我也不着忙了……老天哪,他们在那儿闹腾得多凶!"

他没有走向光亮里,不过他们中有人发现了他,他的在场致使跳舞停顿了一会儿,想到时间飞得多快。他又点起一支雪茄烟走了以后,那些跟别的村子的人混在一起的川翠济的人开始凑拢起来,准备一起动身。他们的包袱和篮子也归集起来,半个钟头以后,当时钟敲响十一点一刻的时候,他们就散散落落地沿着山道回家了。

三英里远的步行,沿着一条干燥发白的路,今夜的月光把路照得越发白晃晃的了。

苔丝走在人群中,有时候跟这个在一起,有时候跟那个在一起,她看见夜里的新鲜空气吹得那些喝了酒的男人摇摇晃晃、东倒西歪的;一些较为随便大意的女人也是脚步不稳、扭扭歪歪的——她们就是,一个黑泼妇,卡尔·达齐,外号黑桃皇后,直到最近还是德伯维尔宠爱的人;南茜,她的妹妹,外号方块皇后;那个跳舞摔倒的新近结婚的女人。她们的样子在平常的未被迷住的眼睛看来,无论是怎样的鼓鼓囊囊、臃肿笨拙,对于她们自己却是不同的情形。她们沿路走着,觉得她们是凭借着一种撑持的媒介物悠然飞翔,拥有着原初的深邃的思想,她们自己和环围的自然构成了一个所有部分都和谐融会又相互被快乐贯透的有机体。她们像头顶的月亮和星辰一样崇高卓越,月亮和星辰像她们一样热情四射。

苔丝,不管怎样,已经在她父亲那里经历过这种痛苦的体验了,这种状况的发现毁掉了她在这月光下的旅行起初感到的愉快。因为上面说到的原因,她依然跟着这一队人。

在开阔的大路上他们是散散乱乱地往前走,但是现在他们的路径要通过一个栅栏门,走在最前头的发现难以打开它,他们就又聚拢到了一起。

走在这一队人前头的是黑桃皇后卡尔,她拿着一个大柳条篮子装着她母亲的杂货,她自己的布,还有另外一些她为这一周买的东西。柳条篮子又大又沉,卡尔为了携带方便,把它放在头顶上,她叉着腰往前走,篮子就在头顶上歪歪晃晃。

"呀,那是什么东西在你背上往下爬,卡尔·达齐?"人群中有个人突然说。

大家都朝卡尔看。她的衣服是薄印花棉布,一条绳子样的东西从她的脑后眼看着落到了她的腰下面,好像一条清朝男人的辫子。

"那是她的头发掉下来了。"另一个说。

不,不是她的头发:是从她的篮子里涌漏出来的一道黑色的细流,在冷冷的月光中像一条黏滑的蛇闪着幽光。

"是糖浆。"一个眼神好的妇女说。

是糖浆。卡尔可怜的老祖母有一种喜欢甜东西的嗜好。她自己的蜂箱出产了充足的蜂蜜,可是糖浆还是她梦寐以求的,卡尔将要给她一个出人意料的款待。急忙放下篮子,这黑姑娘发现盛着糖浆的家什已经在里面打碎了。

卡尔背上的怪样子引发起一阵大笑,刺激着黑皇后想出了摆脱丑态的直接可用的法子,不用把她当笑柄的人帮助。她急切地冲进他们将要穿过的田地,猛地仰躺下去,脊背挨着野草,平着在草上旋转,胳膊肘支着身体拖拉,擦她的衣服。

笑的人更加大声地笑了;他们扑到门上,抱着柱子,扶着棍子,卡尔的怪样子引起的大笑把他们笑得有气无力。我们的女主人公,此前一直保持平静,在这狂野的时刻也控制不住,跟大家一起笑起来。

它是不幸的——在好多方面。黑皇后一听到在那些人中苔丝较为冷静圆润的笑声,长期以来闷着的竞争的暗火腾地烧起来,烧得她发疯了。她跳起来,脸逼脸逼向她厌恨的目标。

"你怎么敢笑我,荡妇!"她叫着。

"他们笑,我忍不住也笑了。"苔丝仍然忍不住窃笑着道歉说。

"哼!你以为你最强了,是吧,因为你现在是他的第一宠物儿了!拉倒吧,太太,拉倒吧!我抗过你这样的两个!来吧——这就收拾你!"

苔丝吓了一跳,黑皇后开始剥她罩在长衣服外面的宽大背心了——那背心增添了她被嘲笑的原因,她正好乐得脱掉——直到她把圆胖的脖子、肩膀和胳膊全部裸露在月光下,它们看起来像普拉克遂泰林①的雕塑作品似的光洁美丽,拥有健壮的乡下姑娘无疵的饱满。她握起拳头,朝着苔丝摆出打斗的架势。

"真是的,哼,我可不想打架!"苔丝仪态庄严地说,"假如我知道你是这样的,我不会掉价和这样的娼妇在一起!"

这打击面太广的话从别的方面引来了谩骂的激流,落到美丽的苔丝不幸的头上,尤其是从方块皇后那里,她是处于卡尔也被怀疑的与德伯维尔的那种关系中,便和后者联合起来反对共同的敌人。另外几个女人也随声附和,带着一种欢闹过了一个晚上才会有的敌意,否则,她们没有人会蠢到说那种话。随之,发现苔丝遭受了不公平的打击,那些丈夫们和情人们试着调和保护她;可是那意图的结果是直接导致了战争升级。

苔丝又愤慨又羞惭。她不再介意路上孤单时间太晚,她的目的只是尽可能赶快离开这群人。她非常清楚他们中多半在好一些的第二天会后悔他们的激怒。他们现在全部都在田地中间,她挪蹭着向后退想独自跑开,这时候一个骑马的人几乎是悄无声息地从遮蔽着道路的树篱犄角出现了,艾利克·德伯维尔在马上扭身看着他们。

"这么凶吵吵什么,伙计们?"

解释不能够真正实现,说真的,他也不需要知道什么。他还离着他们很远的时候听到了他们的声音,他悄悄地骑马向前,就知道足以使他满意了。

苔丝离开其余的人站着,靠近栅栏门。他朝她弯下腰。"跳上来在我后边,"他低声说,"一眨眼咱就把这些尖叫的母猫撂远了!"

她差一点快要晕过去了,她危急的感觉是这样强烈。几乎在她生命的任何别的时刻她都会拒绝这样的提供援助的同伴,就像她此前几次拒绝一样。现在,孤独本身也不能逼迫她做。但是在这特殊关头到来的邀请,就能胜过敌手把惧怕和愤慨转化为胜利,于是她放弃了正常持守服从了冲动,爬上栅栏门,把脚尖放在他的脚背上,爬进他背后的马鞍。他们快速消失进了

---

① 普拉克遂泰林:古希腊大雕刻家。作品大多为大理石雕像。其作品以表现形体美取胜。

远处的灰暗中,这时候那些吵吵闹闹的狂欢者才明白发生了什么。

黑桃皇后忘记了她宽大背心上的脏污,站在方块皇后和新婚的、脚步摇晃的女人旁边——全都定定地望着马蹄声在路上消失沉寂下去的方向。

"你们看什么?"一个没有注意到这件事发生的男人问。

"哈,哈,哈!"黑卡尔笑了。

"嘻,嘻,嘻!"饮了烈酒的新娘子笑着,她倚在她亲爱的丈夫胳膊上。

"嗬,嗬,嗬!"黑卡尔的母亲笑着,理着她的小胡子简洁地解释说,"出了煎锅进了火!"

这些露天的孩子们,即使喝酒过量也难能永久地伤害他们,于是他们走上了田间小路。他们往前走着,月光在晶莹闪烁的一片露珠上构成了一个一个乳白色的光环,围绕着他们的头的影子,也随着往前走。每个人能够看见光环不只是他或她自己拥有,那光环从不遗弃头影,无论那影子是如何粗陋鄙俗,也无论是怎样摇晃不稳,只是追随着它,持续地美化着它;直到那古怪的运动似乎成了发光固有的部分,他们呼出的气息成了夜雾的构成成分;景物的精神、月光的精神、大自然的精神,似乎跟酒的精神和谐地混合交融了。

十一

他们两个骑着马往前跑了一会儿没有说话。苔丝抱着他一直在得胜中气喘心跳,可是想到别的方面她依然心存疑虑。她看出了这匹马不是他有时骑的那匹性子暴烈的,因此不感到惊恐,尽管她坐不稳紧紧地抱着他。她恳求他让马慢下来,艾利克依从了。

"干得利落,是吧,亲爱的苔丝?"他一次又一次问。

"是的!"她说,"我真的应该感谢你!"

"你这么觉得?"

她没有回答。

"苔丝,你为什么老是不喜欢我亲你?"

"我想——因为我不爱你。"

"你敢保证?"

"我有时候还生你的气呢！"

"啊，我怕的就是这个。"虽然这样，但是艾利克没有反感她的坦白。他知道那怎么也比冷淡要好一些。"我叫你生气害怕的时候，你为什么不告诉我？"

"你完全知道为什么。因为我在这里不能由着我自己。"

"我没有因为亲近你惹你生气吧？"

"你有几次。"

"几次？"

"你跟我同样知道——次数太多了。"

"每一次我试着的时候？"

她沉默了，马向前缓慢地行走了好远，直到一片薄薄的微微发亮的雾，漫布开来包裹了他们。它似乎在悬浮中抓住了月光，使月光比在清明的空气中更加弥漫渗透了。是这个原因，还是心不在焉，抑或是困倦欲睡，她没有发觉他们已经过了由大路岔向川翠济的小路走出老远了，她的引导者没有导向去川翠济的路。

她是难以形容地困倦了。她在那一个周里每天早晨五点起来，整整一天脚不沾地干活，这个晚上又加上走了三英里路去围场堡，等她的邻居等了三个钟头没吃没喝，她焦躁着让他们动身，顾不得，然后她走了一英里回家的路，又经受了激烈的吵架，直到骑着马慢慢地走了一些时候，现在接近一点了。仅只一次，不管怎样，她被眼下的昏睡征服了。在那昏忘的一刻她的头软软地沉下来靠到了他的身上。

德伯维尔停下马，从马镫里抽出他的脚，在马鞍上转过身来，用他的胳膊搂住她的腰扶着她。

这即刻使她采取了防卫，用她容易发作的突然的报复冲动，给了他轻轻的一推。在他需要加以小心的位置姿势中，他差一点失去平衡，仅仅避免了滚到路上，那马，尽管是强壮的一匹，幸而在他乘骑的马中还是最温和的。

"真是太不体谅了！"他说，"我没有坏意——只想着不让你摔下去。"

她疑疑惑惑地想了想，想到那或许终究是真的，她变得温和了，完全低声下气地说："请原谅，先生。"

"除非你有信任我的表示,要不我不能原谅你。我的上帝!"他爆发了,"我算什么,如此被你这样一个小东西厌恶?将近要命的三个月了,你侮辱我的感情,躲着我,不理我,我再不能忍受啦!"

"我明天就离开你,先生。"

"不,你明天不能离开我!我再问一次,你能让我搂着你表示你信任我吗?来,就咱两个,没有外人,来吧。咱们完全熟悉了,你知道我爱你,认为你是世界上最漂亮的姑娘,你真的是。我不可以把你当情人待吗?"

她抽了一口急促恼怒反对的冷气,在鞍座上不安地扭动着,望着远远的前方,咕哝着说:"我不知道——我希望——我怎么能说是或者不呢,什么时候——"

他照他渴望的那样用胳膊搂着她,了结了这件事,她没有表示拒绝。就这样他们侧着身慢慢向前,直到他们走了很久,她才猛地想到——比通常由围场堡短短的旅程花费的时间长多了,即便这样慢步行走,并且他们也不再是走在硬实的大路上了,而是在一条小道上。

"哎呀,我们这是在哪儿?"她惊叫起来。

"过一片树林。"

"一片树林——什么树林?咱们肯定是走错路了吧?"

"围场一溜儿——英国最古老的树林。可爱的夜晚,咱们为什么不多荡悠一会儿?"

"你怎么能这样欺诈!"苔丝说,半是调皮半是真正惊惧地,把他的手指头一个一个掰开挣脱了他的胳膊,尽管有滑落下她自己的危险,"恰恰在我这样信任你的时候!我想我推了你那一下错怪了你,为了讨你高兴满足了你的要求!请让我下去,我步行回家。"

"你不能步行回家,宝贝儿,即便天气晴朗,咱们已经离开川翠济好几英里了,我必须告诉你,在这越来越浓的大雾里,你会在这树林中转上好几个钟头。"

"不用管那个,"她用好话哄劝他,"放我下去吧,求你了。我不在乎这是哪儿。就让我下去,先生,请啦。"

"很好,那,我就放你下去——在这种情况下,我把你带到这迷了路的地方来了,不管你自己觉得怎么样,反正我觉得有责任把你安全送回家。没有人帮助,你自己要回到川翠济,那是绝不可能的,因为,告诉你实话吧,宝贝儿,都怪这大雾,蒙住了所有东西,我自己也不知道咱是在哪里了。现在,如果你答应在这马旁边等着,我穿过那些矮树丛,一直走到有路或者有房子的地方,弄清楚咱们到底是在什么地方,那我就情愿把你放在这里。等我回来的时候,我就给你指一个详详细细的方向,如果你坚持步行走,你可以步行走,你也可以骑马——随你的意。"

她接受了这些条件,从左边溜下去,可是他已经偷取了草草的一吻。他从另一边跳了下去。

"我想我得牵着这马吧?"她说。

"哦不,用不着,"艾利克回答说,拍着那喘吁吁的马,"它今天晚上够受的了。"

他牵转马头进了灌木丛,把它拴在一条树枝上,在堆积的厚厚的枯干树叶中间给她整理出一个小穴,或者说是一个小窝。

"来,你坐在那里,"他说,"这些叶还没有受潮,只朝那马瞭一眼行了——那就足够了。"

他离开她走了几步,又转回身说:"再会,苔丝,你的父亲今天有了一辆新车,有人送给了他。"

"有人? 你!"

德伯维尔点点头。

"啊,那你是太好了!"她喊着说,正在此时还要带着尴尬痛苦的感觉去感谢他。

"我不知道——你还送了他们东西!"她咕哝着说,十分感动了,"我几乎希望你不要那样——是的,我差不多希望你不要那样。"

"为什么,亲爱的?"

"它——这么牵扯了我。"

"苔丝——你现在还没有爱我一点儿?"

"我是感激你的,"她不情愿地承认了,"不过我恐怕我不——"在这个结果中他对她的热情作为一个主要因素的突然感觉,使她十分难过,一颗泪珠慢慢地流下来,随后又跟着一颗,她放声哭起来。

"别哭,亲爱的,亲爱的人儿!来,在这里坐下,等我回来。"她顺从地坐在他堆起来的树叶中,微微地颤抖着。"你冷吗?"他问。

"不太冷——有一点儿。"

他用手摸摸她,手指好像沉入了绒羽中,"你只穿了这么一件轻飘飘的薄纱衣服——能不冷吗?"

"这是我最好的夏天的衣服,我动身的时候非常暖和。我不知道会骑马,又是晚上。"

"九月的晚上就冷了,我看看,"他脱下他穿的一件薄外衣,轻柔地给她披裹上,"就这样——现在你就会觉得暖和啦,"他继续说,"现在,我的美人儿,在这里歇着,我一会儿就回来。"

扣上披在她肩膀上的外衣的扣子,他进入了雾霭的网络中,这时候那雾霭在树林间构成了一片纱幔。她能听见他走下邻近的山坡时树枝沙沙的声响,直到他走动的声音比鸟儿蹦跳的声音也不大了,最终寂灭了。月亮下落着,灰白的光渐渐微弱下去,苔丝在他离开她的地方坐在树叶上沉入了冥想,变得看不见了。

在这期间艾利克·德伯维尔上了山坡去弄清楚他们到底在围场的哪个区域。实际上,他骑着马相当随便地走过了一个钟头,遇上弯就转,以便拖延跟她做伴的时间,对苔丝月光下的姿容给予了更多的注意,而没有理会路旁的物体。累乏的马也需要休息一会儿了,他并不急着去找地貌标志。爬上一座山进了毗邻的谷地,引他到了大路的树篱旁,那轮廓形貌他是认识的,他们的所在问题就解决了。德伯维尔随即往回转,但是这时候月亮完全落下去了,又因为大雾,围场就被包裹在厚重的黑暗中,尽管黎明已经距离不远了。他不得不伸出手向前走,以免碰上树枝,发现要到他最初动身的确切地点是根本做不到了。上上下下转悠,转过来转过去,他终于听到了在近处马轻轻的走动声;他的外衣袖子出乎意料地突然绊住了他的脚。

"苔丝!"德伯维尔说。

没有回答。现在是更加模糊了,他完全看不清什么东西,只有灰白的朦胧一团在他的脚边,再现着他留在干树叶上穿着白色薄纱衣服的形体。所有的东西都是同样的黑暗。德伯维尔俯下身去,听到了柔和的匀称的呼吸。他跪下去,把腰弯得更低,直到她的呼吸温热着他的脸,有一刻,他的脸颊和她的接触了。她沉沉地睡着,逗留的泪珠挂在她的睫毛上。

　　黑暗和沉寂主宰了周围处处。在他们之上耸起了原始的紫杉和围场的橡树,树上是半立半卧的温柔栖息的鸟儿在打着最后的盹儿;在他们周围有大大小小的野兔偷偷地蹿跳。可是也许有人要说,苔丝的守护天使在哪里呢?她朴素信仰的上帝在哪里呢?或许,如那冷嘲挖苦的提斯比特①人所说的一些人的另一个上帝那样,他正在演说,或者正在追猎,或者他正在旅行,或者他正在睡觉,没有醒来。

　　为什么在这美丽的女性肌理之上——游丝一样敏感,简直雪一般纯洁——要画上这样粗暴的图案好像它命定要接受呢?为什么粗暴如此常常占有精雅呢?不道德的男人占有女人,不道德的女人占有男人,数千年的分析哲学不能够给我们对于秩序的理解予以解释。的确,也可以承认在现实的灾难中潜伏着报应的成分。无疑,苔丝·德伯维尔的一些披甲戴盔的祖先,打完仗嬉闹着回家,采取了同样做法,甚至更加无情地对待过那时的农家姑娘。尽管由于父辈的罪过惩罚降落到儿孙们的头上,可以由道德上很好地满足神意,可是在普通的人性看来却要被蔑视了。所以它于此事无补。

　　正如苔丝自己家的人落入那些退避之处时互相用听天由命的口气从未厌倦地说过的:"它是命。"深深的怜悯正伏于此。自从她先前独自由她母亲的门走向川翠济鸡场去尝试她的命运,此后,一道无可测量的社会裂口就分隔了我们的女主人公的身份。

---

　　① 提斯比特:指犹太先知以利亚,参见《圣经·旧约·列王纪》第十八章第二十七节:"无论他在聊天,还是在狩猎,还是在睡觉,你们应该叫醒他。"

第二章 少女不再

十二

篮子重包袱大，但是她像一个没有觉得物质的东西是特殊负担的人，拖带着它们往前走。偶尔她会机械地在门边柱子旁停下来歇一会儿，然而，又把这些行李往她丰圆的胳膊上猛地一拉，再坚定沉稳地走下去。

这是十月后半节的一个礼拜天的早晨，苔丝·德北菲尔到川翠济之后四个月，在围场骑马的那个夜晚随后几个礼拜。这时候是天破晓过去了不大一会儿，她背后天边黄色的光辉照亮了她面对的向前伸去的山脊——她近来在那里做异乡人的那谷地的屏障——爬过去她才能到达她出生的地方。在这边是逐步登高，土地和景物与布莱克姆谷有很大的差异。甚至两地人的性格和口音也有一点不同，尽管一条环绕的铁路产生了交会的效果；因此，虽然距她逗留的川翠济不到二十英里，她出生的村子却似乎是一个偏远之地。农人们闭锁其中，只是向北向西去做买卖，旅行，追求，嫁娶也向北向西，思慕也向北向西；这面的人则把他们的精力和心思用向东方和南方。

这个斜坡就是六月的那天德伯维尔驾车拉着她发疯般驰下的那一个。苔丝没有停步爬上余下的长坡，到了悬崖边上凝望着远处熟悉的绿色的世界，现在它半隐在雾中。从这里看去它总是美丽的。今天它对于苔丝却是可怕的美丽，因为她的目光落到它上面，她已经懂得了在鸟儿歌唱的地方，蛇也在咝咝作声，她的人生观经受了那一课完全改变了。与她在家里时那个单纯的姑娘相比，毫无疑问地她成了另一个了，她被重重心思压得低下头，定定地站在这里，转回身望望她的后边。她不忍看向山谷。

沿着她刚刚费力登上来的长长的白色道路,她看到一辆双轮马车赶上来,一个男人走在旁边,举起手来引她注意。

她带着不假思索的平静依从那信号等待他,几分钟之后男人和马停在了她的旁边。

"你怎么这样偷着溜啦?"德伯维尔气喘吁吁地责备说,"还在礼拜天的早晨,人家都在睡觉!我刚好碰巧发现了,我这么拼命赶着车追你,你看看这匹骡马行啦。为什么像这样离开?你知道没有人想阻拦你走。你这么苦累步行走,多么没有必要,你自己拖累带着这么沉的东西。我像个疯子一样追你,只想赶车拉着你让你休息一段儿,假如你不想回去的话。"

"我不回去。"她说。

"我想你不能——我这样说过了!好吧,来,把你的篮子放上,我帮你上去。"

她冷冷淡淡地把她的篮子和包袱放到车上,上了车,他们并排坐着。她现在不再怕他了,她自信的原因中正置放着她的悲伤。

德伯维尔机械地点上一支雪茄烟,旅程在关于路旁普通景物断断续续、没情没绪的谈话中延伸着。他完全忘记了他争持着吻她的时候了,在那夏季之初,他们沿着同一条道路反方向驱车。可是她没有忘,她现在坐着,像一个木偶,用单音节词单调地回答着他的话。走了几英里以后,他们看到了远处的树丛,马洛特就在那里了。仅仅此时,她一直僵僵的脸上才流露出一点情感,一两颗泪珠滚落下来。

"你哭什么?"他冷冷地问。

"我刚刚想到我出生在那里。"苔丝低低地说。

"哦——我们必定都要生在一个地方。"

"我希望我从未出生——在那里或者别的地方。"

"呸!嗯,假如你不想来川翠济,那为什么你来了?"

她没有回答。

"你不是为了爱我来的,我敢发誓。"

"半点儿不假。要是我为了爱你去了,要是我真诚地爱过你,要是我一直爱着你,我就不会像现在这样厌恨我的软弱……我的眼睛被你弄花了一点儿,就是那样。"

他耸了耸肩膀。她接着说:

"我不懂你的意思,懂了就太晚了。"

"女人都那么说。"

"你怎么敢说这样的话!"她叫起来,冲动地转向他,她的眼睛里闪烁着潜伏的醒悟起来的精神(那种精神他将在后来的日子里更多地看到),"我的上帝!我能把你敲下车去!每个女人都说的,有一些女人会感受到,难道从来没有打动过你的心?"

"好极了!"他笑着说,"我抱歉伤害了你。我错了——我承认,"他说着又投进了一点抱怨,"可是你也用不着老是扯我的脸。我准备还债还到最后一个铜板。你知道你不用再在地里或者奶牛场做活了。你知道你可以穿最好的衣服,代替你近来老是爱穿的单调寒酸的一套,好像你不能得到比你挣得更多的一根带子。"

她的嘴唇微微一翘,那里有一点嘲笑,尽管作为一个规则,在她宽宏冲动的天性中少有。

"我说过我不再要你的任何东西了,我——我不能!我要是那样,我就成你的奴家了,我不能!"

"看你这样子人家会以为你是一位公主呢,再加上你还是真正的原本的德伯维尔——哈哈!好啦,苔丝,亲爱的,我不能再说啦。我想我是一个坏家伙——一个该死的坏蛋。我生来就坏,我长大了还坏,我十有八九要坏到死了。不过,我敢发誓。我不能再对你发坏了,苔丝。假如确实有什么情况发生了——你明白——你有一点儿需要,你有一点儿困难,捎几个字给我,你将得到你要求的任何东西。我或许不在川翠济——我要去伦敦一段时间——我不能忍受那老妇人。不过所有的信都能转交。"

她说她不想叫他再赶车往前走了,他们正好停在树丛下。德伯维尔从车上下来,抬手抱她下车,然后把她的行李放到她身旁的地上。她朝他微微点点头,她的眼睛在他的眼上瞄了一下,转回身拿起包裹就要离开。

艾利克·德伯维尔从嘴上拿开他的雪茄,朝她弯下腰,说:

"你就那样打发走了吗,亲爱的?来!"

"如果你想,"她无所谓地说,"看你怎么摆布我吧!"

她随之转回来,朝他仰起脸,保持着大理石界标一样的姿态,他在她脸上吻了一下——一半是草率,一半是好像热情还没有完全消失似的。在这个吻给予的时候,她的眼睛茫然地停留在路中最远处的树上,好像她几乎没有意识到他做了什么。

"再来那一边吧,看在咱老相识的分上。"

她用同样被动的方式转过头去,好像可以应素描画家或者理发师的要求转动,他吻了另一边,他的嘴唇接触着脸颊,好像蘑菇皮在田野中转动,是湿润的冷滑的。

"你不给我你的嘴反过来吻我。你从来不愿那么做——我怕你从来没有爱过我。"

"我这样说过,常说。那是真的。我从来没有真的实在地爱过你,我想我永远不能。"接着,她又悲伤地说,"或许,事情都这样了,在那事上撒个谎对我会好些。可是我还留了点面子,哪怕再小,我不能撒那个谎。假如我爱你,当然可以有最好的理由让你知道。可是我不爱你。"

他喘出一口重重的粗气,仿佛环境给他的胸膛,或者他的意识,他的假斯文,施加了沉重的压力。

"好吧,你这么忧伤,太可笑了,苔丝。我现在没有理由让你高兴起来,我只能简单地说你不必这么伤心。依仗你的漂亮,你能够跟这一带所有女人抗衡,不管是大家的,还是小户的;我是作为一个讲究实际的男人对你讲的,并且是好意。如果你是聪明的,你就向这个世界大大地作秀,在花败叶枯之前作够……可是,苔丝,你能跟我回来吗?我发誓我不愿意让你这样走了。"

"永不,永远不能!我一看清就打定主意了——我应该早就看清。我不会回来。"

"那么再会吧,我四个月的堂妹——再会!"

他轻快地跳上车,理好了缰绳,在高高的红浆果树篱中间驰去了。

苔丝没有看他,沿着弯曲的小道慢慢地走着,天还早,尽管太阳低低的翅翼恰好掠过了山顶,它的光线还是不温热,只是隐现着,耀刺着眼睛,附近没有一个人类的灵魂。悲凄的十月和更加悲凄的她本人似乎是仅有的两个存在逗延于路上。

可是她正走着,有脚步声在她后头靠近了,是一个男人的脚步。由于他向前的脚步轻快,早在她意识到他的接近之前,他就跟上她的脚跟说了"早上好"了。他看来好像是个工匠,手中拿着一个盛了红油漆的锡罐。他简洁地问她可否帮她拿着篮子,她许可了,走在他的旁边。

"在这安息日早晨,这时候起床太早了!"他欣快地说。

"对。"苔丝说。

"大多数人干了一周活,都在休息。"

她也同意这个说法。

"可是比起一个周做的活来,我今天做的工作更切实。"

"是吗?"

"整个一周我为人荣耀地工作,礼拜天我为上帝光荣地工作。那比另一个更切实吧——啊?我在这个篱阶上有点事要做。"他说着转向路旁通向牧场的一个通道。"你等一会儿,"他又说,"我不用多久。"

他拿着她的篮子,以至于她不能不等。她等待着,看着他。他放下她的篮子和锡罐,用刷子搅着油漆,在三块组成篱阶的中间那块木板上刷上大大的方字,每个字后边安插上一个逗号,仿佛那言词驱入读者心中的时候一顿一顿地更为到家——

你的,处罚,没有,闭眼。

《彼得后书》2月3日

反衬着宁静的景物,矮林灰白衰退的色彩、天边蓝色的霭气、篱阶木板上的苔藓、那醒目的朱红色大字迸射着闪耀着。它们仿佛自己呐喊起来,钟声一样震荡着大气。有些人或许会叫出来:"啊,可怜的神学!"这丑陋的损毁的外表——曾经在一个时期很好地服务于人类教义的最后一个古怪的场景。可是这词句却带着责难的恐怖击穿了苔丝。好像这男人知道了她近期的历史,而他却完全是一个陌生人。

写完了他的警句,他提起她的篮子,她机械地重新跟在他的旁边。

"你相信你描画的?"她声音低低地问。

"相信那个警句?我用我自己的存在相信!"

"可是,"她颤抖着说,"假如你的罪过不是你自己犯的呢?"

他摇了摇头。

"我不能细细地分析这个火燎燎的疑问,"他说,"过去的这个夏天我走了方圆几百英里,在这一带的墙上、门上、篱阶上描画这些警句。我把适用留在读它们的人心里。"

"我想它们是太吓人了!"苔丝说,"太吓人了,太吓人了!"

"那正是它们的本意呀!"他用一种行道的声腔说,"你还能读到我写的更厉害的呢——我把它们写在贫民区和港口。它们能让你绞扭起来。不光乡下地区用那种警句是非常好的……哎——谷仓旁边有一堵挺好的白墙余费了,我得刷上一条——像你这样危险年轻的女人要注意的很好的一条。你能等一等吗,姑娘?"

"不。"她说,拿起她的篮子脚步沉重地往前走去。走了不远,她转回头来。古老的灰色的墙壁显出了同样火焰般的大字,带着奇异的罕见的神采,好像第一次承担着此前从未有过的悲苦沉重的义务,被呼召履行着。她一读突然脸红了,知道了他描画的一半剩下的将是什么,他现在描涂的是——

　　你,不,要,犯——①

她那快快活活的友伴看见了她在看,停下了涂抹,喊起来:

"如果你想在这些重大的事情上求得教诲。有一个非常热心的好人今天在你要去的那个教区宣讲博爱道——艾敏斯特的克莱尔先生。我现在不属于他的教派,不过他是个好人,他能像我知道的一些牧师讲得一样好。是他起始开导了我。"

苔丝没有回答,她的心怦怦跳着继续走去,她的眼睛盯在地上。

---

① 全句为"你不要犯奸淫",为摩西十戒之一,见《圣经·旧约·出埃及记》第二十章第十四节。

"呸——我不相信上帝说的这些东西!"当她脸上的烧红退去的时候她轻蔑地咕哝说。

一缕烟突然从她父亲家的烟囱里升起来,她一见心就楚痛起来。她到了家,家里的情景使她的心痛得更厉害了。她的母亲,刚刚从楼梯上下来,正在点燃早饭水壶下面剥了皮的橡树枝,转过身来欢迎她。孩子们还在楼上,她父亲也一样,礼拜天的早晨,他觉得多躺一个半个钟头也是应该的。

"啊!我的宝贝苔丝!"她惊讶的母亲朝她叫着,跳起来吻着姑娘,"怎么是你?你走到我跟前,我才看见你!你来家要结婚吗?"

"不,我不是为那个回来的,妈。"

"那么是休假?"

"是的——为了休假,为了一个长假。"苔丝说。

"什么?你堂哥不做那好事啦?"

"他不是我堂哥,他不想娶我。"

她的母亲目不转睛地瞅着她。

"来,你还没有全告诉我。"她说。

于是苔丝走到她的母亲近前,把她的脸伏在昭安的脖子上,告诉她了。

"那你还不叫他娶你!"她的母亲重申道,"出了那样的事,除了你,女人们都能那么做!"

"或许所有的女人都能,就我不能。"

"你要是那么做了,你回来就像一个故事里的事了。"德北菲尔太太继续说,都要迸发出气恼的眼泪了,"说了归齐,你和他的事俺们听说了,谁能料到就这样罢手。你为什么不想为你的家庭做些好事,不要只想着你自己?看看我多么辛苦劳累,看看你可怜的有病的爹,那心脏像油锅一样塞着箍着。我满心指望着这就好了呢!看看他都给了咱们什么东西——到底像咱想的,因为咱是他的本家嘛。如果他不是咱的本家,肯定是因为他喜欢你,才那么做。可你还不想叫他娶你!"

用心想法叫艾利克·德伯维尔娶她,他娶她!在婚姻上他从未说过一个字。假如他说了呢?那是在脸面救助上怎样的一个令人战栗的攫取机会,会驱使着她做出什么样的回答,她还说不出来。可是她可怜的傻母亲,还不太明白她现在对那个人的感情。或许在这种境况中那是不寻常的,不幸的,不可理解的,可是它存在于那里。这正如她所说,是让她嫌恶她自己的东西。她从来没有完全在意他,她现在也完全不在意他。她怕了他,从他跟前退缩,一时屈从了他在她无助时机敏提供的好处。而后,被他热情的方式一时弄花了眼睛,被搅动迷惑得投降了片刻:突然又鄙视厌恶他,跑开了,这就是全部。恨他,她还没有十分强烈。不过,对于她,他只是尘埃灰土,甚至为了她的名声的缘故,她也几乎不愿嫁给他。

"要是你不打算叫他娶你做太太,你就该更小心一些。"

"唉,妈,我的妈呀!"极度痛苦的姑娘叫着,冲动地转向她的母亲,好像她可怜的心要碎了,"你想我怎么会知道?四个月前我离家的时候还是个孩子。你为什么不告诉我在男人们中有危险?你为什么不提前告诫我?阔小姐们懂得防备手段,因为她们读的小说告诉了她们那些诡计。可是我从来没有机会那样去学习,你又不帮我!"

她的母亲被说服了。

"我是想,要是告诉了你他对你的痴情,那会引来什么结果,就会让你在他跟前端架子,失去你的机会。"她嘟嘟囔囔地说着,用围裙擦着眼睛,"好啦,咱总得往最好处去做去想,这也是自然的,说到家,那是上帝中意的!"

十三

苔丝·德北菲尔从她那假造的本家庄园里回来的事被广泛地传播开了,假如在方圆一英里的范围内"传播"还不算太大的词的话。在这个下午,马洛特的几个年轻姑娘,都是以前苔丝的同学和熟人,前来看她,她们穿着最好的浆洗熨烫的衣服到达,仿佛要配得上拜访一个卓越的征服者(她们料想如此),她们围坐在屋子里,带着巨大的好奇看着她。因为据说隔了三十层的堂兄德伯维尔先生与她坠入爱河,不只在一地,那先生轻浮的无心无肠的花花公子的名声已经远远地传播过了川翠济边界。

她们的兴趣这么浓厚,当她转身的时候,那年纪最小的一个低声地说:

"她多么漂亮啊,那顶好的罩裙衬得她更好看了!我相信那肯定花了好多钱,是他送给她的礼物。"

苔丝正在去饭橱角上拿茶具,没有听到这些评断。她要是听到了,她立刻就会让她的朋友们正确判断。不过她的母亲听到了,昭安简单的虚荣心,被一场华丽的婚姻希望拒绝了,一场浮华的调情的轰动效应同样给予了她满足。于是,尽管这有限的转瞬即逝的胜利影响了她女儿的名声,它或许依然能在婚姻中收束,她从中感到的全部满足,使她在来访者的欣羡中做出了热情的反应,她留下她们喝了茶。

她们的闲聊、她们的笑声、她们善意的暗讽,最重要的是,她们闪烁飘忽的嫉妒,也使苔丝的精神复活了;直到晚上,她被她们的兴奋感染着,几乎高兴起来了。大理石般的坚硬离开了她的脸,她的走动带有了她旧有的富于弹性的轻快的步态,她的容光焕发着她全部的青春美丽。

时常——尽管她有心事,她仍然能带着一种优越的方式回答她们的询问,仿佛认识到,在求爱场上她的经验的确是令人嫉羡的。不过,她还是距罗伯特·骚斯①的话很远,"和自己的毁灭恋爱",那幻想如电光一样易逝;冷静的理智又回来嘲笑她痉挛般的软弱;她短暂的骄傲的可怕可憎会证明她的罪过,使她重新回到无精打采的倦怠之中。

接下来是第二天早晨的沮丧,不再是礼拜天了,是礼拜一了,不再穿最好的衣服;说笑的来访者走了;她独自在她旧日的床上醒来,纯洁的更小的孩子们在她周围安静柔和地呼吸着。在她回来引起兴奋激起兴趣的地方,她看见她以前走过的长长的石头路,没有扶助,没有一点儿同情。她的抑郁于是更加厉害了,如果能够,她真想藏进一座坟墓里去。

在几个礼拜期间,苔丝恢复到了可以在礼拜天早晨去教堂露面的程度。她喜欢去听圣歌——虽然也就是那样——喜欢听老的赞美诗,她喜欢去参加早晨的歌咏。那天生的音乐爱好,从她善唱民歌的母亲那里继承而来,赋予了最简朴的乐曲一种力量,足能把她的心从她的胸腔里扯出来。

出于她自己的原因,要尽可能避开人家看见,又要躲开年轻男人的追求,她在敲钟之前动身,在楼厢底下占一个偏僻的座位,靠近堆放的杂物,这

---

① 罗伯特·骚斯(1634—1716),英国神学家。

里仅有老男人和妇女来,棺材架竖立在教堂墓地用的工具中间。

教区居民三三两两地进入教堂,在她前边成排坐好,把额头低下去四分之三分钟那么一会儿,好像他们在祈祷,尽管并不是;然后坐直了,看看周围。唱圣歌的时候,恰恰选了她喜欢的一首——叫作《兰登的老双节歌咏》①——可是她不知道它叫什么,尽管她很想知道。她想——没有准确的言语能表达这思想——多么奇怪,如同上帝一般的是作曲家的力量,他从坟墓里,就能把他独自最先体验的情感,引导着像她这样从未听过他的名字、永远不能有途径到达他的人身存在的姑娘,穿过感情的乐句。

礼拜仪式进行着,那些先前转回头的人又转过头来,终于看出了是她,他们就相互嘀咕起来。她知道他们嘀咕的是什么,心里难受起来,觉得她不能再到教堂来了。

她和几个孩子分摊的卧室比以往更加持续地成了她的避难所。在这里,在她几平方米的茅屋之下,她看着风吹、飘雪、落雨、绚丽的落日、连续圆满的月亮。如此封闭了她自己,终于,几乎所有的人都以为她离去了。

在这个时期苔丝仅有的活动是在天黑以后。在这一会儿,她走进林子里,她的孤独才似乎最小了,她懂得怎样盯准那间不容发的时刻,当光亮和黑暗达到均衡的时候,白天的拘抑和黑夜的疑惧便互相抵消了,留下了完全的精神自由,这时候生存的困境才减弱到了可能最小的程度。她不惧怕阴暗,她唯一的念头倒是躲开人类——或者那叫作世界的冷冷的集合体,作为群体,它是这样可怕,作为个体,它却是不可怕的,甚至可怜的。

在这孤寂的山上和谷里,她静静的滑行成了她进入其中的一片元素。她扭动的幽秘的身肢成了环境的构成部分。有时她古怪的想象加剧了她周围的自然程序,它们似乎成了她自己的阅历的一部分。它们简直就是它的一部分,因为这世界只是心理的现象,它们看上去是什么,就是什么。午夜的岚气和阵风,在冬天紧裹的芽苞和枝杈树皮间,是严苦责问的公式。下雨的天气就是她病衰的不可医治的悲伤的表达,在模糊的道德存在的心目中,她不能够明确地把它归类为她童年的上帝,也不能理解为任何别的东西。

---

① 《兰登的老双节歌咏》:英国风琴家和作曲家理查德·兰登(1730—1803)为歌咏《圣经》第一百零二篇诗篇谱写的曲调。

被她自己创造出来的人物环围着,根基于习俗的碎片、幻想和引她反感的声音布满她的周围,本是苔丝想象造成的遗憾和错误——一团道德鬼怪的云团没有理由地恐吓着她,和实际世界不和谐的本是那些东西,而不是她。走在树篱中甜睡着的鸟儿中间,看着月光下围场上掠过的野兔,或者站在雉鸡栖宿的树枝下面,她把她自己看成了一个犯了罪的人入侵了纯洁的栖息地。她始终在没有不同的地方硬作着区分。她是在相当一致中感觉着她在对立。她被动地打破了被接受的社会法律,可是没有法律懂得这环境,在这环境中她如此异常地想象了她自己。

十四

这是八月里的一个雾蒙蒙的日出。浓厚的夜雾被温暖的光束冲击着,分解退缩进山洼和树丛中,像羊毛似的一堆一簇的,直到被晒尽,一无所有。

太阳,因为雾霭的缘故,具有了奇怪的感觉,需要用准备的代名词来充分地表达。它现在的面貌,再加上环境中完全匮缺人类的形影,即刻阐明了古时的太阳崇拜。人们能够觉得,清明的宗教从来没有通行于天底下。这发光体是一个金色头发神采飞扬,有一双温和眼睛的,好像上帝一样的造物,正在青春健壮热情四射的时候,俯视着物象满溢的令它趣味盎然的地球。

它的光线,稍后一会儿,便穿过了农舍的百叶窗缝,像红热的烧火棍似的一条一条投射到饭柜上、柜橱里,和另外一些家具里,把还没有起床的收获庄稼的农工唤醒。

但是那天早上,在所有红通通的东西里,最鲜亮的还是两根涂了颜色的宽宽的木头臂,从马洛特村头金黄的麦田边上耸起来。它们,连同下面的两根,构成了旋转的马耳他式十字架①样的收割机,头天晚上拉到了麦田里,准备今天作业。阳光把那涂抹的色彩照射得更加浓烈了,给了它在液体的火里浸染过的面容。

---

① 马耳他式十字架:十字架有多种样式,主要有拉丁式、希腊式、马耳他式等。马耳他式十字架外部较宽,根部较窄。

麦田已经"打开"了；就是说，一条几英尺宽的人工割开的小路沿着田地周围穿过了麦地，以便让马和机器第一次通行。

两帮人：一帮男人和男孩，一帮妇女，在东边树篱顶的阴影刚刚落在西边的树篱中间的时候，来到了小路上，以致他们的脚还在破晓中，他们头已经享受着日出了。他们从靠近栅门一侧的两根石柱中间的小路上消失了。

现在从中生起了一种好像蚱蜢做爱时发出的嚓嚓声。收割机开动了，三匹马套成一排拉动着，前面说过的长长的歪歪倒倒的机器能看见在门那边了，一个驾驭者坐在一匹拉收割机的马上，一个助手坐在机器座上。沿着田地一边，整个机器往前走，收割机的臂慢慢地旋转着收割，直到它下了山坡完全看不见了。很快它又以同样平稳的步调上了田地的另一边；头马额头上闪亮的铜星在收割过的麦茬上首先打眼进入视线，而后是鲜亮的收割机臂，而后是整个机器。

随着机器的环行，环围着田地的狭窄的麦茬小道逐步加宽，站立的麦子在早晨的时光消失中逐渐减少了面积。大兔、小兔、蛇、大田鼠、小耗子，退向可靠的麦地深处，殊不知那是它们短命的自然避难所，注定的厄运在午后等待着它们，它们转移退缩进越来越可怕的狭小地带，挤成一团，不管朋友和敌人，直到最后几码竖立的麦子也在收割机准确无误的牙齿下扑倒，它们一个个被收获的农工用棍棒和石头打死。

收割机把割倒的麦子一堆一堆留在它后头，每一堆的数量正好是一捆；跟在后头的是用手捆麦子的人——主要是妇女，其中的几个男人穿着印花布衬衣，裤子用皮带捆着腰，使得后边的两颗扣子没用了，一动，纽扣就映着日光一闪一闪的，好像一对眼睛在他们的腰背上。

但是另一性别的人才是捆麦子农工中最有趣的，因为当女人们成了野外自然的一部分的时候，她们便获得了一种魅力，不再像平素一样仅是一件物品放置在那里。一个田地里的男人是一个田野中的独立的存在；一个田地里的女人是田野的一部分；她莫明其妙地失去了她的轮廓，吸收了她周围环境的精华，与之同化了。

女人们——或者毋宁说是姑娘们，因为她们大都是年轻的——戴着棉布抽纱帽，帽子上带着垂下来的大遮檐挡着太阳，戴着手套防止手被麦茬划伤。她们中有人穿着浅粉红上衣,另一个穿着奶油色紧袖衫,再一个穿着像收割机臂那么红的裙子,另外一些,年纪比较大的,穿着棕色粗布外罩,或者宽大的罩衫——那本是旧时确立的田地里的女工最合适的服装,被年轻的女人们舍弃了。这个早晨,大家的眼睛都不自觉地转向那个穿粉红色棉布衫的姑娘,那是全部女工中最柔软、最姣好的身材。可是她的帽子拉下来遮过了她的眼眉,以致她捆麦子的时候她的脸就一点儿也看不见了,不过她的肤色还可以从她垂到帽檐下边的一两绺黑褐色头发上猜测出来。她之所以会吸引偶然的注意,一个原因或许就是她从来没有企求过它,而另一些女人则常常盯着她们的周围。

她捆麦子的程序像钟表一样单调。从刚刚捆好的一捆中抽出一把麦穗,用她的左手掌拍着穗头拍齐,然后俯下身子向前移动,用两只手把麦子拢到膝盖上靠住,伸出戴手套的左手在麦捆底下跟打成的"绳"两头拉到一起,跪到麦捆上系紧,微风时而掀起她的裙子,她还要弄回去。在她浅黄色的皮手套和衣袖之间,可见裸露出的一截胳膊,随着劳动时间的慢慢过去,女性的柔嫩肌肤被麦茬多次划破,流出了血。

有时她站起来歇一歇,重新扎一扎她皱乱的围裙,或者正正她的帽子。这时候,能够看到她年轻女人漂亮的鹅蛋形脸,配着又深又黑的眼睛,又长又浓厚的熨熨帖帖的头发,仿佛无论什么降落到头上,都能够紧紧粘住。脸颊略显苍白,牙齿更为齐整,红红的嘴唇略微薄一些,与通常乡下生长的姑娘相较而言。

她是苔丝·德北菲尔,或者德伯维尔——多少有点改变,一样,但是又不一样。在她生存的现实舞台上她如一个陌生人生活着,在这里像一个异乡人,尽管她身在其中的并非陌生的土地。一段长长的隐居之后,她逐渐做出了决定,在她本村做一些野外的活儿,农耕世界中一年里最繁忙的季节到了,在室内做的活,没有能像她在田地里收割得到的报酬这么多。

另一些妇女的动作多多少少跟苔丝相似,每一个麦捆捆好,她们整个一群就像跳四对舞那样聚拢到一起,每个人把她捆好的麦捆竖着跟另一些靠在一起,十个或十二个组成一个禾束堆,或者按照本地的叫法:"麦丛"。

他们吃了早饭,又回来了,工作像先前一样进行。接近十一点的时候,一个人要是看她,会注意到苔丝的目光时常若有所思地掠过山顶,尽管她没有中断捆麦子。正要到点的时候,一队孩子,年龄从六岁到十四岁排列,从麦茬突起的山上露出头来。

苔丝的脸微微红了,可她一直没有停止工作。

来的这些孩子中最大的,是一个披着三角披肩的姑娘,披肩边角在麦茬上拖着,怀里抱着一个初看似乎是个布娃娃的东西,却原来是包在襁褓中的一个婴儿。另外的孩子拿着些午饭。收割工停止了工作,拿了他们的食物,倚着麦丛坐下。他们就在那里吃起饭来,男工把一个砂罐随意地倒,轮圈传着一个杯子。

苔丝·德北菲尔最后一个停止了劳动。她在麦丛一头坐下来,她的脸从同伴们那里转开了一点儿。她把自己安顿下来的时候,一个戴着兔皮帽子、腰带上披着红手绢的男工,从麦丛顶上端过一杯淡啤酒给她喝。她没有接受他的献媚。她的午饭一摆开,她就叫过那最大的姑娘的妹妹,把孩子抱给她,那姑娘很高兴解除了负担,离开去了邻近的麦丛,和另外一些孩子在那里玩去了。苔丝,带着难以理解的隐秘而又无畏的动作和更加烧红的脸,解开罩衣,开始给孩子喂奶。

坐在近处的男人们体谅地把脸转向田地的另一头,他们中的一些开始抽烟;有一个,带着若有所失的思索神气,遗憾地摸弄着那不再能倒出细流的罐子,女人们除了苔丝,全都开始了活泼的谈话,整理她们弄乱的头发。

孩子吃饱了奶以后,那年轻的妈妈让他在膝盖间坐直了,眼望着老远处,带着几乎是嫌恶的阴郁的冷淡颠摇着逗他;然后又完全突然地一次次猛烈地吻他,仿佛永远不能停止似的,孩子被这奇怪的又是钟爱又是鄙夷的热切吓得哭起来。

"她还是喜欢那孩子,尽管她假装恨他,说她希望孩子和她都死了好。"穿红色裙子的女人评论说。

"过不了多久她就不说那个了。"穿黄色衣服的那个回应说,"老天爷,日子久了,人什么样的东西都能适应,真惊人!"

"我觉得,比起劝服来,实际做总得难一点儿。上一年在围场那里,一天晚上有人听到了哭声,要是集会以后和人一道走,那事就难成了。"

"咳，说来说去，在所有人当中，这事叫她遇上了，还是一千个可怜！不过，这种事总是让最漂亮的人遇上。不出色的就像基督徒一样安全——嗨，是吧，珍妮？"说话的人转向人群中的一个问，要说那人作为不出色，是没有错下了定义的。

的确，是一千个可怜，看着苔丝坐在那里，甚至一个敌人也不可能有别的感受，她有着花儿一样的嘴，大大的柔和的眼睛，既不是黑色，也不是蓝色，不是灰色，也不是紫色；更确切地说是那形形色色融合为一体，再加上别的色彩，假如你看着彩虹，就能发现那种景况，浓淡紧随着浓淡，色彩超出色彩——围绕着那深幽无底的瞳仁。几乎是一个标准的女人，仅有从她的家族那里遗传来的一点轻率不拘的小毛病。

几个月期间，一个转变，在这个礼拜把她第一次带到了田地里，使她自己也感到吃惊。她觉得她还能够好好地做一些有用的事——去尝试新的中意的独立，无论付出什么样的代价。过去的是过去了，无论如何它已经不再迫于眼前。不管它的后果如何，时光将会湮灭它。几年中它们就会像从未有过一样，她自己也会放进荒草中，忘掉它。在此期间，树正如以前一样绿；鸟儿的歌唱和太阳的照耀也像以往一样脆亮明丽。熟悉的环境不因她的忧伤而阴暗，也不因她的痛苦而惨淡。

她可以看那使她的头深深低下的东西——这个世界关切着她的处境的"想法"——不过是建立在幻觉上。对于任何人，她不是一个存在，一个经验，一种热情，一个感性的构造，她只是她自己。对于整个人类身旁，苔丝仅仅是一个过去了的"想法"。甚至对于朋友，她也不比一个习以为常过去了的"想法"多些什么。假如她在漫长的日日夜夜让她自己悲伤不已，她也仅能给他们这样的"想法"——"唉，她自找不快。"如果她试着快活起来，驱放全部烦恼，在阳光、鲜花、孩子中欣然作乐，她只能给他们这个"想法"——"啊，她倒是忍受了。"再者，假如她独自在一个荒岛上，她会为发生在她身上的事情感到沮丧吗？不会太沮丧。假如她是刚刚被创造出来，发现了她自己作为一个没有配偶的母亲，除了做一个无名孩子的母亲，没有生活阅历，这状况还会引发她去绝望吗？不，她能够平静以待，从中发现乐趣。最大的痛苦由她的传统观念引起，而不是产生于她内在的感受。

不管苔丝的什么理由，反正有一些精神促使她像以前一样整洁地穿戴起来，出门进入了田地，正好这时候收获的人手大量需求，这就是她能够带着庄重自尊，有时与人平静面对的原因，甚至在她怀抱中抱着孩子的时候。

收割的男人们从麦丛旁站起来了，伸伸胳膊腿，熄灭了他们的烟斗。卸下来喂了喂马，重新套到了收割机上。苔丝赶紧吃了饭，招呼她最大的妹妹过来抱走孩子，系紧衣服，又戴上了黄皮手套，俯下身子从上一个捆好的麦子中抽出一把作"腰儿"的麦子，准备捆下一个。

上午的程序在下午和入夜继续着，苔丝跟收割的农工们一直等到黄昏。收工后他们一起坐在最大的一辆马车上回家，一轮大大的失去光泽的月亮从东方地面上升起来陪伴着他们，它的脸容好像一些特司肯圣徒①被虫蛀腐坏的金叶光轮。苔丝的女伴们唱着歌，表达她们对她重新走出家门的极度同情和高兴，不过，她们也不能抑制地顽皮地唱出了几支民歌，歌中说走进快乐的绿树林的姑娘，回来就变了样子。那是生活中的平衡和补偿；那事情使她做了一个社会的警诫，目前也使她成了对村子里一些人最有趣的人物。她们的友好把她从她自身远远地带走了，她们活泼的情绪是富有感染力的，她几乎也快活起来了。

现在她的道德懊悔是消失了，在她不懂得社会律法的自然天性方面新的遗憾又生起了。她到了家以后，才知道了她的伤心事，那孩子从那个下午突然得病了。这样的衰溃原本是可能的，小身子骨那么柔弱；尽管这样，事情到来得还是好像一个震击。

这孩子来到世上冒犯着社会已经被"姑娘妈妈"忘记了，她心灵的愿望是继续冒犯下去，维护着孩子的生命。不管怎样，很快就会明白了，那肉体的小囚徒得到解放的时间比她疑虑推测的要早得多。当她发现了这一点的时候，她陷入了远胜过简单失去这孩子更剧烈的悲伤。她的孩子还没有受洗礼。

苔丝放任自己进入了驯服接受的心境，假如因为她所做的，她要接受火烧，那她烧了就是，那就是事情的结束。像村子里的所有姑娘一样她深深植

---

① 特司肯圣徒：特司肯为意大利地名，14—16世纪，该地区（尤其是佛罗伦萨）以艺术品著称。特司肯画派所作多为圣徒像，涂以金底，画于木板上。

根于《圣经》之中,恭顺地研究过阿荷拉和阿荷利巴的历史①,懂得从中得出的结论。当同样的问题产生关系到这孩子,就有了极其不同的色彩。她的宝贝孩子就要死了,还没有得到救赎。

是将近睡觉的时候了,她冲下楼梯,问她是否可以去请牧师。这时候她的父亲在家族古老的高贵上的感觉正最为强烈,对于苔丝带给那高贵上的玷污的感觉也最为显著,因为他正好刚由露蕾弗酒馆每个礼拜的醉醺醺中回来。没有牧师会来到他的家门,他断言,窥探到他的家事,而且正在这种时候,因为她的丢脸,更需要遮盖起来。他锁上门,把钥匙装进他的衣袋里。

一家人都睡觉了,没有办法,痛苦万分,苔丝也只得退回来。她躺着频繁地醒过来,到了半夜发现那孩子的情况更坏了。显然将要死了——安静地没有痛苦地,可是仍然必定无疑地。

她在悲伤中辗转反侧。钟敲击着庄严的一点,此时想象超越了理智,恶毒的可能性像事实一样坚如磐石。她想这孩子被交到了地狱最下层的角落,好像他双重的厄运只因为没有受洗礼和缺少合法性。她看到那淘气的魔鬼用三刃叉挑着那孩子扔来扔去,好像他们在热炉子上烤面包。对于那幅画面,她又添加了另外一些稀奇古怪的折磨细节,在这基督教国度里有时候教给小孩子的东西。那阴森吓人的情景,在这人人都入睡了的房间的静寂中,如此强有力地影响了她,她的睡衣被汗水湿透了,床脚随着她的心脏的每一下悸动颤抖着。

那孩子的呼吸更加困难了,母亲的精神紧张加剧了。贪婪地一遍遍吻那小东西是不顶用的。她不再躺在床上了,焦灼地在房间里走来走去。

"啊,慈悲的上帝,有一点怜悯吧,怜悯怜悯我可怜的孩子!"她呼叫着,"你想给我多少惩罚都加到我身上吧,来吧!可是可怜可怜这孩子!"

她倚在橱柜上,语无伦次嘟嘟哝哝地哀告了一大会儿,直到她突然惊跳起来。

"啊!或许孩子能得救!或许那正是一样的!"

---

① 阿荷拉和阿荷利巴的历史:《圣经·旧约·以西结书》第二十三章中述说的故事。阿荷拉和阿荷利巴是同母所生的姐妹,在埃及行淫。先知预言说,她们将被乱石打死,她们的孩子将被杀死,她们的房屋将被烧毁。

她这样欢悦轻快地说着,她的脸在环围着她的阴暗中似乎闪耀着光辉。她点起了蜡烛,走到靠墙的第二张和第三张床前,叫醒了她的妹妹和弟弟,他们全都睡在同一间屋子里。拉开脸盆架,以便她能站在后边,她从罐子里倒出一些水,让他们围着跪下,指头伸直了把手合在一起。这时候孩子们还没有完全醒来,被她的做法吓住了,眼睛越瞪越大,保持着他们的姿势,她从她的床上抱起孩子——一个孩子的孩子——如此不成熟,几乎不能看作足够的人的存在,却赋予了他的生产者母亲的称号。苔丝抱着孩子在脸盆旁边直直地站着,她的妹妹把祈祷书展开在她的身前,像教堂的助手端在牧师面前:就这样姑娘给她的孩子行洗礼。

她穿着长长的白色睡衣站着,她的形体看上去异常高大和庄严,一条粗粗的黑色发辫从脑后直直地垂到腰间。微弱的朦胧的烛光,模糊了她形体面目上的瑕疵,在阳光下它们会显露出来——麦茬在她手腕上的剐伤,她眼睛的疲惫——她高度的虔诚在为她带来不幸的脸上造成了美化的效果,展示出无瑕的美丽,带有几乎是王子一般庄严高贵的神采。小孩子们围着她跪着,他们惺忪的眼睛发红,睁开又闭上,等待着她做准备,满心悬浮着好奇,这时候昏昏欲睡又不允许好奇心活动。

他们中受感染最深的说:

"你真的给他行洗礼吗,苔丝?"

"姑娘妈妈"用一个庄重的肯定回答了。

"给他起个什么名字呢?"

她还没有想到那个,但是她在做着洗礼的过程中,《创世纪》上的一段话①启发她想到了一个名字,现在她宣布了:

"悲悔,我以天父、圣子、圣灵的名义为你洗礼。"

她洒着水,一片静默。

"说'阿门',孩子们。"

细小的声音服从着发出"阿门"。

苔丝进行下去:

---

① 指《圣经·创世纪》第三章第十六节所言:"我必多多增加你怀胎的苦楚,你生儿育女必多受苦楚。"

"我们接受这孩子,"——等等——"用十字架给他作标记。"

念到这里,她把手放进盆里蘸蘸,用食指热切地在孩子身上画了个大大的十字,继续念着一些习惯的洗礼用的话——"他将勇敢战斗反抗罪恶、习俗和魔鬼,做忠实的战士和仆人直到生命的结束。"她按规矩继续念祷文,孩子们跟在她的后头像蚊蝇的哀鸣口齿不清地念着,直到最后,提高声音,像教堂的助手在静息中念一声:"阿门!"

于是他们的姐姐,带着在这圣礼灵验中愈益增加的自信,从心底倾吐着感恩的祷文,勇敢地带着成功的狂喜,像用管风琴奏出的基音发出来,那是她的心沉浸在喜悦中时要求的声音。信仰的狂热几乎使她显得神圣了,使她的脸光芒四射,给她两颊带来了红晕;小小的蜡烛在她的瞳仁中闪烁着好像钻石。孩子们带着越来越多的敬畏看着她,不再有一点探问的想法。对于他们,她现在看上去不像他们的姐姐了,而是一个伟大的、高耸的、威严的人物——一个神人,没有他们共同的东西了。

可怜的悲悔反抗罪恶、习俗和魔鬼的运动注定只是有限的辉煌——对他本人或许倒是幸运,考虑到他的起始。在黎明的晨曦中,这脆弱的战士和仆人呼吸了最后一口气,当另外一些孩子醒来的时候,他们痛哭起来,哀求姐姐再有一个漂亮的孩子。

苔丝自从洗礼时所拥有的平静,直到孩子失去也一直保持着。白天里,的确,她觉得关于他的灵魂的恐惧是有几分夸大了。是否有根据,她现在没有不安了,如果上帝不能允许她这种近似的行为,那么,因不合常规而失去的那类天堂也有理由认为没有价值,为了她自己,也为了她的孩子。

悲悔这无人希求的结果就这样去了——那冒犯入侵的生物,无耻的自然不遵守社会法律送来的劣等礼物。一个无主之物,对于他,永恒的时间仅是一天的事情。他不懂得一年或者世纪,对于他,村舍以内就是宇宙,一个礼拜的冷暖就是气候,新生的婴儿期就是人类的存在,本能的吃奶就是人生知识。

苔丝,在给孩子行洗礼的事情上思索了很多,想知道从教理上是不是有充分的理由让孩子获得基督徒的安葬。没有人能够告诉她,只有教区的牧师,他是新来的,不认识她。她在黄昏以后去他家里,站在门旁,可是不能鼓

起勇气进去。假如不是在她转身离开的时候碰上他回家来,她的勇气就会失去。朦胧暮色中,她不介意无约束地说出来了:

"我想问你点事,先生。"

他表示他愿意听一听,她告诉了他孩子生病的事,她临时做的仪式。

"现在,先生,"她诚恳地加上说,"你能告诉我这个——它能跟你给他行洗礼一样吗?"

怀有手艺人自然的感情,发现一项本来要叫他做的工作,却被他的主顾笨手笨脚地做了,他是倾向于说不的。可是这姑娘的尊贵,她声音异常的柔和,联合起来影响着他高贵的冲动——力图把专业的信仰嫁接到实际的怀疑主义之上的十年之后,还留在他心中的相当多的因子。男人和牧师在他心中斗争着,最终胜利归于了男人。

"我亲爱的姑娘,"他说,"那是完全一样的。"

"那么你能给他一个基督徒的葬礼啦?"她连忙问。

牧师觉得他被逼到绝境了。听说孩子病了,他凭良心将在夜幕四合之后去那个家里履行仪式,他不知道拒绝他进门的是苔丝的父亲,而不是苔丝,他不能承认这不合常规的施行恳求的必要性。

"嗯——那是另一码事。"他说。

"另一码事——为什么?"苔丝问,相当温和地。

"那——如果只关系到我们两个人,我愿意去做。可是我一定不能——因为确切的原因。"

"就这一次,先生!"

"我真的一定不能。"

"啊,先生!"她说着抓住他的手。

他抽回手,摇摇头。

"那我不喜欢你了!"她冲口而出,"我永远不再到你的教堂来!"

"不要说得这么鲁莽。"

"要是你不做,或许对他完全是一样的……它能是完全一样的吗?不要为了上帝的原因像圣徒那样对罪人说话,只是像你自己,对我自己——可怜的我!"

这牧师让他自己忍受着这些问题,怎样调和了他的回答与他严格的观念,远非一个俗人的能力能够说明的,尽管不必辩解。无论如何他是被感动了,在这种情形中他还是说:

"那是完全一样的。"

就这样,那孩子被装在一个小松木匣子里,盖着一块女人的旧围巾,在那个晚上送到教堂院子里,花了一先令和一品脱啤酒给教堂司事,用灯笼光照着埋葬了。在上帝分配的那个破破烂烂的角落里,荆麻生长着,那里埋的都是没有受洗礼的婴儿、声名狼藉的酒鬼、自杀者,另外一些命定要被罚入地狱的人。尽管环境如此不成样子,无论如何,苔丝还是勇敢地用两块木片做了一个小十字架,用一根细绳绑上了一束花,插在坟头。一天晚上,没有人看见,她能进入教堂院子的时候,她还把同样一束花插在小水罐里用水养着,放到了坟脚。罐子外面单单用来观察的眼睛能够注意到"奇勒维桔酱"字样又算得了什么事?母亲钟爱的眼睛在崇高境地的幻影中看不到它们。

十五

"凭借经验,"洛节·爱铿①说,"我们经由长久的漫游发现捷径。"经过了长途漫游不再适于我们继续旅行的情况并不少见,那么经验对于我们有何用处?苔丝·德北菲尔的经验就是这类没有用的。她终于学会了去做什么,可是现在谁能接受她所做的呢?

假如她去德伯维尔家之前,她能在她对于这个世界通常都通晓的各式各样的格言训诫的指引下强有力地作为,无疑她永远不会受骗上当。但是那不在苔丝的能力之内——也不在任何人的能力之内——当它有可能适合他们的时候去感受金玉之言的全部真理。她——还有许许多多人——可以学着用圣奥古斯丁②的话带着讥诮的口气对上帝说:"你忠告的教程比你允准的事情要好一些。"

---

① 洛节·爱铿(1515—1568),英国学者、作家,曾为女王伊丽莎白的教师和顾问。引文出自他的《论教师》。

② 圣奥古斯丁(354—430),曾为希波主教,主要著作为《忏悔录》,引文见本书第十卷第四十一节。

冬天的几个月中她待在她父亲的房子里,拔鸡毛,填火鸡和鹅,或者用德伯维尔送给她的一些比较好的衣料给她的妹妹弟弟们做衣服,她带着蔑视曾把它们丢在一旁,写信告诉他她不会做的。当她被认为正在下力干活的时候,她却常常用手从后边抱着她的头沉思冥想。

她哲学家似的注意到了在岁月往复中那些过去的日子:在川翠济和围场昏暗的背景中毁掉了她的那个灾难的夜晚;还有那孩子出生和死亡的日子;还有她自己的生日;每一个她在其中占有一份的被偶然事件个性化了的一些日子。一天下午,当她在镜子中看着她的美貌的时候,她突然想到,还有一个日子,对于她比任何日子都远为重大。那是她自己死亡的日子,那时候全部魅力将会消失。那一天偷偷地潜伏在一年又一年的另外一些日子里,看不见,她一年年从它旁边走过,它也不给她一个信号,不发声响,但是毫无疑问它就在那里。它是哪个日子呢?她每年跟这样一个冷酷的亲戚相遇的时候,她为什么没有感觉到寒冷呢?她像杰雷梅·泰勒①那样想到,将来的某一天那些认识她的人会说:"这是——唉,可怜的苔丝·德北菲尔死的日子。"在那种状况中,对他们的心没有什么特殊的东西,可是那一天,恰恰命定是她永劫不复的终点,她却不知道它安插在哪个月,哪个周,哪一季,哪一年。

几乎就这样一跃,苔丝由单纯的姑娘变成了复杂的女人。她的面容带了沉思的象征,她的声音时常带有悲凄的音调,她的眼睛更大更富于感情了。她成了可以被称作美人的人;她的外貌是姣好的,引人注目的;她的灵魂是经过了两年骚乱的经验还没有完全堕落的人的灵魂。只因为世俗的成见作祟,不然的话,那些经历将被简单地看作开化的教育呢。

她近来坚持避开她的烦苦,她的事又从来未被广泛知晓,在马洛特差不多快要被忘掉了。可是她,看得很明白,在一个人们看到她的家庭"认亲"企图坍塌的地方,她永远不能真正地宽慰下来——通过她,甚至进一步联姻——跟那富有的德伯维尔。至少她不在那里会舒心,直到长长的岁月抹去她对于那事的敏锐意识。然而,甚至现在,苔丝依然能够感觉到内心对于

---

① 杰雷梅·泰勒(1613—1667),17世纪英国著名传教士、主教兼作家,最著名的著作为《神圣的生》和《神圣的死》。

充满希望的生活热烈的冲动,她可以在一些没有记忆的角落获得幸福。逃离过往,以及那属于已往的一切,由此完全泯灭它,而要达到这个目的,她就要离开老家。

纯真的贞洁一次失去就真的永远失去了吗?她问自己。假如她能遮蔽了往事,她就可以证明它的谬误。渗透了有机自然的复原力量必定不会单单拒绝处女期。

她等了很长时间没有找到新的离开机会。一番特别明媚的春光遍野而来,芽苞中的叶芽花蕾的萌动几乎可以看见,又感染了她,好像感染了野物一样,激发了她的热情去往远方。终于,五月的一天,她收到了她母亲以前的朋友的信,她很久以前写信去询问过——一个她从来没有见过的人——信上说往南好多英里有一所奶牛场需要熟练的牛奶工,场主乐意雇用她夏季几个月。

那还不像希望的离开那么远,不过,也或许足够远了,她活动的范围和声名是这样小。对于有限范围的人,英里就好像地理的度数,教区就好像郡,郡就好像省和王国。

在一点上她是决定了:在那里,将不再有德伯维尔的空中城堡盘踞在她梦中和新生活的行为里。她将只作为牛奶女工苔丝,再没有什么了。她的母亲知道苔丝在这一点上感觉这么好,尽管她们之间没有再谈那个话题,她现在也永不再提武士家世了。

然而人性是这样的自相矛盾,那新的地方令苔丝有兴趣的原因之一,就是它邻近她祖先的故乡这个意外的好处(因为他们都不是布莱克姆人,尽管她的母亲是地道的布莱克姆人)。那奶牛场叫作泰尔波绥斯,与她是有密切关联的,跟德伯维尔早先的地产不远,接近她的先祖奶奶和她们有权势的丈夫们那些大家族的墓穴。她能够去看看他们,不只是想着德北菲尔,好像巴比伦,败落了,那孤立的谦卑纯洁的后裔也将无声地湮灭。她一直悬想着,一些精神就像树枝中的元气自动地涌涨。它是未耗尽的青春,在短暂的阻碍之后重新澎湃起来,带着希望,还有不可战胜的向着自我快乐的本能。

第三章 复 生

十六

在百里香飘香、鸟儿孵雏的五月的早晨,从川翠济回来两三年之后——苔丝·德北菲尔默默将息的时光——她第二次离家了。

收拾好她的行李,以便随后寄给她,她坐上雇来的马车动身去斯图尔堡小镇,通过那里在她的旅程中是必需的,现在的方向跟她第一次的历险几乎相反。在最近的山背上她回头怅憾地看看马洛特和她父亲的房子,尽管她这样放心不下,还是走开了。

她的亲属们住在那里大概将如迄今一样继续着他们每日的生活,在他们的意识中不会有太多的欢乐减少,尽管她远离了,他们失去了她的微笑。几天中孩子们就会像以往一样高兴地投入游戏,根本没有因她离开而造成的缺失。离开那些孩子,她认为是最好了,比起她的榜样给他们带来的危害,她待在家里给他们的告诫,让他们得到的好处或许更少一些。

她没有停留通过了斯图尔堡,向前走到了大路的交叉处,在那里她能够等到一辆向西南去的载人装货的大车,因为铁路只是环绕着这个地区的内部地带,从没有穿过它。等车的时候,沿路却来了一辆农夫赶的弹簧马车,驱往的方向大约正是她要前去的。虽然他是一个陌生人,她也接受了他提供的在他旁边的座位,没有顾睬那让她搭车的动机只是向她的外貌献殷勤。他要去威则堡,有他陪伴着去那里,她可以步行走完剩下的路程,不必坐经由卡斯特桥那条道的大车了。

在威则堡苔丝没有停下,虽然长长的行车之后,下午还在那农夫给她介绍的一户农家吃了一点难以名状的饭。由此她就开始步行了,手上提着篮子,走向分隔开这个地区的宽阔的荒原高地,再往前铺展在峡谷中草地上的奶牛场,就是她这天朝圣的目标和结束。

苔丝此前从来没有到过乡土的这个地带,她依然觉得跟这里的环境有亲缘关系。在她左边不太远,她能够看出一块黑苍苍的地方,一打听,证实了正是她猜想的标志着金斯伯尔近郊的树木——在那个教区的教堂里有她先祖的骸骨——她的无用的先祖,真的埋在那里。

她现在不敬慕他们了,她几乎恨他们了,因为他们引导她去了那个舞场;他们给她留下的仅仅是一方古印和匙子,再没有什么东西。"呸——在我身上妈和爹给的一样多!"她说,"我的全部美貌都是由她来的,她只是一个挤奶女工。"

走过了爱敦高原和低地,那是一段比她预想的更难走的插进来的路程,虽然只有几英里的距离。由于错拐了几个弯,走了两个多钟头,她才发现她来到了一个山顶上,远远地俯瞰着那个谷地了,大奶牛场山谷,在那个山谷里牛奶和黄油出产繁盛,出产得是太过丰沛了,虽然比她老家出产的缺少了一些精细——那葱翠的草原被瓦尔河和芙鲁姆河灌溉得这般美丽。

它是与小奶牛场谷和布莱克姆谷根本不同了,在那里,除了她在川翠济灾难的逗留期间,她一直不知道别的地方。世界在这里画了一个更大的图案。圈地的数目以五十亩代替了十亩,农庄更加宽广敞朗,牛群在这里构成了一个一个部落;在那里仅仅是一家一家的。无数奶牛在她的眼下从远远的东边到远远的西边伸延开去,数目上远远超过了她此前任何一次看到的。绿色的草地被它们好像凡·阿尔斯洛特或者莎洛特①画布上的市民一样浓密地点缀着,那红色和暗褐色柔和的色调与夕阳的光辉调和交融着,而那些披着白色衣服的牛则用光线反射着人的眼睛,几乎令人眼花,甚至就在苔丝站立的远远的高地上也是这样。

她眼前俯视的这片风景或许不是那般绚烂美丽,像她熟悉的那一片那么美好,可是它却更加令人兴奋。它缺乏与之匹敌的谷里那浓厚的蔚蓝大

---

① 凡·阿尔斯洛特(1570—1626),莎洛特(1590—1657),17世纪荷兰两位风景画家。

气,丰厚的土壤和芬芳;这里的空气是清新的、轻盈的。河流顾自滋养着青草和那些有名的奶牛场的奶牛,不像布莱克姆的河那样漫流。那里的河是缓缓的,沉静的,通常满是混浊的,会漫过河床的淤泥,不小心走进去可能会沉没,不知不觉消失无踪了。芙鲁姆河水是清澈的,像展示给那位福音教徒①的生命之河一样纯净,如同云影一样倏忽,带着浅水中鹅卵石向着青天漫漫长日的喋喋闲聊。那里的水花是百合;这里的是毛茛。

或许是空气的质地由重浊变为了轻清,或许在新的环境里,感觉中不再有怨毒的眼睛看她,她的兴致奇妙地高扬起来。她的希望和太阳的光辉两相交融成了一个理想的光球环绕着她,她跳跃着迎着柔和的南风向前走去。她在每一缕熏风中都听到快乐的声音,每一声鸟儿的啁啾似乎都隐伏着一阵欢乐。

她的面容近来随着心态的变化而改变了,依据她的心理高兴或者严肃,在美丽和普通之间频繁地波动着。某一天她是娇艳无瑕的;另一天又是苍白凄楚的。她娇艳的时候,她就比苍白的时候少了一些愁肠;她更加完美的美丽,跟她较为振奋的情绪相符;她更为紧张的心情便伴随着她不太完美的美丽。她现在跟南风平衡相谐的正是她最美的香艳的面容。

那不可抵抗的、普世的、自动寻求愉悦快乐的趋向遍及各处,渗涌了全部生命,由最卑下的到最崇高的,终于主宰了苔丝。甚至现在,作为一个仅仅二十岁的姑娘,心理和情感还没有停止成长,一些事情留给她的印象,不可能在时间中没有蜕变的可能。

就这样她的兴致,她的欣慰,她的希望,越升越高。她试了几首民歌,发现它们都不适当;直到她想起了她食禁果之前,在礼拜天的早晨她的眼睛时常掠过的那首圣诗:"啊你这太阳和月亮……你这星辰……你这大地上的一片青葱……你这家禽和空气……野兽和家畜……代代世人……赞美你的主吧,称颂他赞美他以至永远!"

她突然停下来,咕哝着:"或许我现在不太懂得主呢。"

这种半不自觉的狂吟大概是一神教背景下拜特教的表达,那些主要与

---

① 福音教徒:指圣约翰,参见《圣经·新约·启示录》第二十二章第一节。

户外的自然形体和力量为伴的女人们,灵魂远祖异教幻想远远多于后来教给她们宗族的系统化宗教思想。无论如何,苔丝至少发现了她在婴儿期口齿不清时学会的这古老的《万物颂》差不多能表达她的感受,这就足够了。向着有独立意味的生活起步,这样微小的最初的行为,都能带来如此之高的满足,本是德北菲尔性情的一部分。苔丝真的希望堂堂正正地行世,然而她的父亲却没有这种品质。可是眼前的一点微小的成就便会使她满足,无心通过艰苦努力,提升卑微的社会地位,而今为给这个家庭带来了重大障碍的德伯维尔家族所影响,这一点她又类似于她的父亲。

那么,可以说,她的母亲没有耗尽的家庭能量,如同苔丝正当盛年的自然活力一样,在一时那样压倒了她的经历之后重新点燃了。实话实说吧——通常来说女人经过了这样的羞辱,活下去,恢复了她们的精神,又用感兴趣的目光打量她们周围了。有生命就有希望是一个确切的信念,"被玩弄"的人并非完全无知,像一些和蔼可亲的理论家让我们信服的那样。

苔丝·德北菲尔于是怀着美好的心情,充满生命的热情,越走越低地走下了爱敦荒原和斜坡,走向她人生历程的又一个目的地——那个奶牛场。

明显的不同,尤其是两个山谷之间最根本的差异,现在呈现出来了。布莱克姆的奥秘,最适合从周围的高处发现;要正确地解读她眼前的山谷,必须走下去进入它的腹地。当苔丝成就了这项事功的时候,她发现她正站在草野为毡的平川上,草野向西向东伸展下去,直到目力能够达到那么远。

河流从高处不知不觉地流下,挟带了泥沙在谷中形成了这一片平川;现在,耗尽了,老迈了,变弱了,伏卧着从它先前的掠夺物之间蜿蜒穿过。

不十分清楚她的方向,苔丝一直站在这四周环翠的广阔绿野上。像一只苍蝇落在一个没有限度的大台球桌上,对于环境那只苍蝇也没有再多举足轻重的意义。她在这安静幽远的山谷中存在的唯一影响,是惊动了一只孤独苍鹭,它落在她站立的小道不远的地方,挺直脖子站着,看着她。

突然从低地的四面八方发出了拖长的重复的呼唤:

"噢嗷——噢嗷——噢嗷——"

好像被感染了,从最东边到最西边这呼唤声传播开去,有时候伴随着狗的吠叫。它不是因为美丽的苔丝到来这山谷有意识的表达,只是挤牛奶时间普通的宣告——四点半钟,奶牛场工人开始把奶牛赶回去的时候。

最近处的红色和白色牛群,已经迟滞冷静地等待着呼唤了,现在成群走向后边的舍地,它们一走,巨大的奶袋子就在肚子底下摇晃着。苔丝慢慢地跟在它们后头,进了它们先她而入的敞着大栅栏门的院子。长长排列的茅草棚绵延环绕着围墙,茅棚坡顶上长了一层鲜绿的苔藓,棚檐用木头柱子支撑着,过往的岁月中用肚子把木柱磨蹭得光滑发亮的无数母牛和小牛,而今进入了几乎不可思议的湮灭的深渊。柱子之间排列的奶牛,各自展示着自己,在一双想入非非的眼睛由后边看来,它们的样子也就是两根柱子中间的一个圆圈,中间垂下了钟摆样的东西来回摆动。这时候太阳降落到了这有耐心的一排后边,把它们的影子准确地投到墙上。每天黄昏,太阳就这样把这些卑微的家畜形体的影子投射着,用心关照着每一个轮廓,好像很久以前在大理石壁上描摹奥林匹亚神,或者亚历山大、凯撒和法老们。

那些拴在棚子里的奶牛都是不大安静的。那些能自愿一直站在那里的是在院子中间挤奶,一些规规矩矩的现在就站在那里等着——都是正当盛年的第一流的奶牛,这样的奶牛在这山谷外难得看到,山谷内也不常见;它们在这一年中的全盛季节,用汁液丰沛的水草滋养着。那些身上带着的白色花斑反射着太阳炫目的光辉,角上磨亮的铜纽闪烁着武力炫耀似的光彩。它们像吉卜赛锅的腿儿。每一头奶牛慢慢地挨过轮到它挤奶的时间,奶就泌出来,滴到了地上。

十七

挤奶的女工和男工在奶牛从草场来到的时候,从他们的小屋和牛奶房拥下来。女工穿着木鞋,倒不是因为天气的原因,只是免得她们的鞋踩上奶牛场的烂泥。每个姑娘都坐在三条腿的凳子上,脸侧向一边,右腮贴着奶牛。苔丝来到的时候,她们顺着奶牛的侧腹无声无息地看着她。男工们,帽子檐拉下来,前额平抵在奶牛上,盯着地,没有看见她。

他们中的一个是个壮实的中年男人——他系的长长的白围裙比别人系得好一些干净一些,下面有一件像样的可以赶集穿的上衣——这奶牛场的主人,苔丝要找的人。他六天中在这里劳动着,做牛奶工搅黄油工,第七天穿着闪亮的宽大的衣服,作为一个男人,坐在教堂里他自己家的靠背长凳上,他的双重性格是这样的鲜明,正如人家灵感大发给他编的歌词说的——

　　牛奶工狄克①,
　　一个周的每时每刻;
　　星期天,
　　又成了老板先生理查德·克瑞科。

　　看见苔丝站在那里瞅着他,他穿过院子向她走去。
　　牛奶男工在挤奶的时候多半有一种容易烦躁的情绪,可是恰恰这时候克瑞科先生乐意得到一个新手——因为现在正是繁忙的日子——他和气地接受了她;打听了一下她的母亲和家里的其他人——(尽管事实上只是礼节,因为实际上在接到关于介绍苔丝工作的那封信之前,他根本不知道有德北菲尔太太这个人)。
　　"噢——唉,小时候,我就知道你们那儿是块好地方。"说到临末了他说,"可是,以后我没有再去那儿。离这儿很近住着一个九十岁的老太太,早就死了,活着的时候告诉我,布莱克姆谷像你们这样姓名的一家最早是从这儿搬去的,那是个老家族,快要绝户了——可是少辈人不知道。不过,主啊,我也没有在意那老太太闲扯,我没往心里去。"
　　"噢,不——那不算回事。"苔丝说。
　　接着就只说工作的事了。
　　"你能挤干净奶吗,大嫚?我不想我的奶牛在一年的这个时候不出奶。"
　　在这一点上,她向他做了保证,他上上下下打量着她,她在屋内待的日子久了,肌肤更加娇嫩了。
　　"你敢保证能受得住?粗人在这里倒觉得挺舒服的,可是咱们不能住在黄瓜暖棚里。"

---

① 狄克:为理查德的昵称。

她声称她一定受得住,她的热情和决意似乎征服了他。

"好吧,我想你得喝杯茶,或者吃点什么吧,啊?不用?那好,随你意吧。说真的,要是我,走了那么远,肯定渴得像根空空的干棍儿了。"

"我这就开始挤奶,熟熟手儿。"苔丝说。

她喝了一点牛奶当作临时的点心饮料,奶牛场老板克瑞科吃了一惊——真的,还有点瞧不起呢——在那个人的心里,显然从来没有想到牛奶好作饮料。

"好,你要是能咽得下去,就这样吧。"他满不在乎地说,说着,提起她喝的那只奶桶,"这东西我好多年不碰它了——我不碰它。这糟烂东西,我要是喝了,它会像块铅坠在我的肚子里。你在它身上试试手吧,"他朝最近的一头奶牛点点头接着说,"虽然它挤起来相当费劲,我们这里的牛有的费劲,有的省劲,像别人家的一样,过不了多久,你就会发现了。"

当苔丝换下帽子,戴上头巾,真的坐在牛身下的凳子上,牛奶喷射经她的手注入桶里,她看来好像觉得,她真的为她的未来打下了新的基础。这种信念滋生出安详平静,她的脉搏沉稳下来,她顾得上看看周围了。

挤奶工构成了许多男人和女人的营队,男人挤硬奶头的牛,女人挤奶头柔软一些的牛。这是个大奶牛场。总共有将近一百头奶牛在克瑞科的管理下;其中有六头或者八头归老板亲手挤奶,除非他离开家。这一些全都是挤奶费劲的牛;因为他临时雇的挤奶男工或多或少,他不肯把这六七头牛交托给男工,唯恐他们不用心,不能挤干净奶;他也不肯交给女工,担心她们手上没有劲儿,同样挤不净;这样的结果是,过一段时间,奶牛就"住奶"了——那就是,枯竭了。挤奶马虎,如此严重,倒不在于一两次不出奶,而是随着需求的下降,产出也下降,最终停止了供应。

苔丝在她的奶牛旁安顿下来以后,有一阵子场院里没有人说话,没有一点声音干扰牛奶注入无数桶里的噗噜声,除了一声短暂的呼喝,招呼这头牛那头牛转过来,或者站好。仅有的活动是那些挤奶工的手上上下下,奶牛尾巴的摇动。就这样他们全都工作着,四周环围着广阔平展的草场,草场向着山谷的四周山坡伸展开去——早已被忘记的古老景物构成了一片新景物,无疑,它们现在构成的这片景物在品格上已经有了很大的不同。

"我觉得,"奶牛场老板说,他突然从他刚刚挤完奶的奶牛旁站起来,一手抓着他的三条腿凳子,另一只手提着桶,走向近处下一头难挤的奶牛,"我觉得,这头牛今天下奶不如平常好。我敢打赌说,如果维克就像这样开始往后败劲了,到了中夏,就不值得搭理它了。"

"这是因为咱们中间来了个新手儿,"杨纳森·凯勒说,"我先前就留意到了这种事。"

"不错,或许是这样。我没有往那儿想。"

"人家告诉我,在这种时候牛奶就跑进它们的角里去了。"一个挤奶女工说。

"嗯,说到跑进它们的角里去,"奶牛场老板克瑞科含含糊糊地应答着,好像巫术甚至也可以被生理结构上的可能限制似的,"我不能说,我确实不能。不过,没有角的牛像有角的牛一样能败回奶去,我完全不同意那种说法。你知道关于没有角的奶牛那个谜语吧,杨纳森?为什么一年里没有角的牛比有角的牛出奶少?"

"我不知道!"那个女工插嘴说,"那是为什么?"

"因为没有角的牛本来就不多嘛。"奶牛场老板说,"不管怎么说,今天这些爱戏弄人的确实往回败奶了。伙计们,咱们得唱起歌来——那是治这病的独一无二的法子。"

在这周围的奶牛场里,当奶牛露出了不像平常那样出奶的迹象,就用唱歌引诱奶牛出奶;牛奶工歌唱队在老板的要求下突然唱起歌来——纯粹是完成任务的调子,真的,没有多少自发性;结果呢,依据他们自己的信念,在歌声的继续中,情形的确有了改善。在歌的第十四段、第十五段他们唱到了关于一个杀人犯的恐惧。杀人犯害怕在黑暗中上床睡觉,因为他确确实实地看见硫黄火缠裹着他,一个挤奶男工说:

"我希望这弯着腰唱歌别用光人的气力!你能弹弹你的竖琴吗,先生?不过,还是提琴最好。"

苔丝竖着耳朵听了听,以为这是对奶牛场老板说的,可是她错了。一声回答,似乎是"为什么"的样子,好像是从棚子里一头暗褐色奶牛的肚子里发出来的,它是那头牛后边的一个挤奶工说的,她到目前为止还没有看见他。

"噢,对,没有什么能赶得上提琴,"老板说,"可是我觉得公牛比母牛更容易被音乐感动——至少那是我的经验。从前在梅尔斯陶克有个老头儿——名叫威廉·杜威——赶大车的,他一家在那一带做贩运生意,杨纳森,你还记得吧?——我见了就认识他,就好像认识我自己的兄弟,从某种意义上说。好了,有一回他在一家婚礼上拉了提琴回家,是个月亮光挺好的晚上,为了少走几步,他抄近路从'四十亩地'那儿穿过去,一片野地铺在那里,有一头公牛放牧在那里,那公牛看见了威廉,就把角冲着他,撵他。天哪,尽管威廉跑得挺快,他也没喝多少酒(你想想那是场婚礼,人家都喝得挺好),可是他发现他决不能及时跑到树篱那儿,跳过去得救。还不错,他终于想起来了,他跑着拿出了提琴,拉起了快步舞曲,转过来一边对着公牛拉着,一边向后朝着树篱角落退。那公牛软和下来了,定定地立着,使劲瞅着威廉·杜威。威廉不断地拉呀拉呀,直到公牛脸上微微露出好像微笑的样子来,威廉停止了拉琴不一会儿,转身要跨过树篱,那公牛立刻停止了微笑,低下角朝着威廉的屁股就要顶上去。呀,威廉赶紧转回身,又拉起来,不管愿意不愿意。那时候到底才是三点钟,他知道还要四个钟头才会有人从那条道上走,他肚子里空空的,又累,他真不知道怎么办才好。他刮擦着撑到四点来钟的时候,他真觉得他很快就不行了,他自言自语说:'我只剩下这一支曲子啦,山穷水尽啦,老天爷救我,要不我就完了。'还好,这时候他想起了一个圣诞节头天晚上,他看见一些牛深更半夜跪在地上。那一天还不是圣诞节头天晚上,一个念头来到他脑子里,玩一个花招骗骗这公牛吧。于是他拉起了《耶稣降诞颂》,好像正是圣诞节唱颂歌似的。这时候,嘿,瞧啊,那公牛弯下了膝盖,完全不知道是骗它,以为真的是耶稣降生的时节呢。它的角刚一友好地朝下,威廉立刻转过身,像一只跑得极快的灵缇狗撒腿就跑,跳过树篱,等到那头祈祷的公牛再起脚撵他,他已经保了平安啦。威廉常说,他见过人好多时候看起来是一个傻瓜,可是从来没见过像那头牛那样的傻瓜,不明白它虔诚的感情被欺骗了,那天晚上并不是圣诞节头天晚上,它却那样发傻……不错,威廉·杜威,就是那个人的名字,我现在就能告诉你他埋在梅尔斯陶克教堂茔地的哪块地方——就在第二棵紫杉树和北边走廊中间。"

"这是个稀奇的故事,它让我们回到了中世纪,那时候信仰是一种活生生的东西。"

这评论,在这奶牛场院子里是独特的,是从那头暗褐色奶牛后边发出来的声音。不过没有人懂得它的含义,也没有人注意,除了那讲故事的人似乎觉得它表示了对他讲的故事有怀疑。

"哦,不管怎样,那全是真的,先生。我和那人很熟。"

"噢,是的,我没有怀疑。"暗褐色奶牛后边的人说。

苔丝的注意力于是被吸引到跟老板谈话的人那里去了,可是她只能看到他一点儿,因为他一直坚持着把他的头隐蔽在奶牛肚子下。她不明白为什么就连老板本人也称他"先生"。没有什么解释能够说明。他待在奶牛身子下边足有挤三头牛的时间,时而自己突然发出一声,好像他不能做下去了似的。

"柔和点儿弄,先生,弄得柔和点儿,"老板说,"这个有窍门儿,不能硬使劲。"

"我也发现是那样。"另一个说,终于站起来,伸伸胳膊,"我想无论如何,我到底把它挤干净了,尽管弄得我手指头痛。"

苔丝于是完全看到他了。他系着挤奶工挤奶的时候系的普通的白围裙,皮护腿靴子上粘满了院子里的烂草泥,这是他全部的当地服装了。在那之下,则是有教养的、含蓄克制的、难以捉摸的、郁郁寡欢的、与众不同的东西。

但是他外貌的细节被另一个发现暂时推到一边了,他是她经历了那一场沧桑之前看到过的一个人,可是苔丝自那时以来经历了太多,她一时记不起是在哪里遇见过他了。转而她心头一闪,记起了他是在马洛特参加舞会的徒步旅行者——那个她不知道从哪里来的陌生人,跟别人跳舞了,没有跟她跳,轻慢地撂下了她,跟他的友伴上路了。

记忆的潮水带回了先前给她造成痛苦的事件的复生,产生了一时的惊惧,唯恐他也认出她来,由此发现她的内情。当她看出在他那里没有记忆的迹象,那种忧惧才消失了。她渐渐地看出了,自从他们第一次也是仅有的一次相遇以来,他生动的面容变得更加深邃多思了,有了惯常的年轻男人那种样式的唇髭和络腮胡子——络腮胡在脸颊上开始长出来的地方还是最淡的麦秸色，从根儿渐远就逐渐加深成了红棕色了。在亚麻布挤奶围裙下边，他穿了一件黑色的棉绒夹克、灯芯绒裤子、绑腿、浆洗过的白衬衣。如果没有挤奶装束，没有人能看出他是什么人。他具有同等的可能：可以做一个脾性古怪的地主，也可以做一个彬彬有礼的农夫。从他挤一头牛花费的工夫上，她立刻看出了他是挤奶的新手。

在这期间一些挤奶女工互相谈论着新的人，"她真漂亮！"带着真正的宽宏大量和赞美，尽管也半希望着听的人能限定一下这评断——严格说来，她们也许可以做到，用漂亮来限定苔丝的夺目也并不准确。晚上的牛奶挤完的时候，他们分散进屋内，克瑞科太太，奶牛场老板的妻子——一个很体面的人，不亲自出去挤牛奶，因为在暖和的天气里挤奶女工穿着印花布，她还穿着热乎乎的毛呢衣服——正在屋里照料着装牛奶的铅桶和一些别的物件。

苔丝知道了，除她之外，只有三两个女工睡在牛奶房里，大多帮手都回家了。吃晚饭的时候她没有看见评论那故事的那个身份优越的挤奶工，也没有打听他，晚上剩下的时间她都用来在宿舍里安排住处了。这是牛奶房上头的一个大房间，有三十码长；另外三个住场的女工的床安在这同一个房间里。她们是正当花季的年轻女人，除了一个，年龄都比她大一点儿。睡觉的时间苔丝是累透了，她倒头就睡过去了。

可是邻床的一个姑娘却不像苔丝那么困倦，硬要给苔丝讲她刚刚来到的这一家的详情。这姑娘的低语与夜色混成一片，对于苔丝昏昏欲睡的头脑，它们似乎就是被它们飘悠其中的黑暗引起的。

"安吉尔·克莱尔先生——就是学着挤奶的那个，弹竖琴的那个——从来不跟我们说话。他是一个牧师的儿子，他自己的心事太多了，占去了精力，顾不得注意姑娘。他是老板的学徒——要学成多面手庄稼把式。他在另一个地方学了养羊，他现在要学会养奶牛……对，他天生就完全是个上等人。他的父亲老克莱尔先生在艾敏斯特做牧师——离这里好多英里远。"

"哦——我听说过他。"她的伙伴说，现在是醒了，"一个非常热心的牧师，是吧？"

"对——他就是那样——全维塞克斯最热心的人。他们说——他是最后的低教派了,他们告诉我——这里的牧师都是高教派。他的儿子们,除了咱们的克莱尔先生,也都做了牧师。"

这时候苔丝没有好奇心去问问克莱尔先生为什么不像他的弟兄们那样去做牧师,又慢慢地蒙眬入睡了,她的情报提供者的声音和毗邻的乳酪阁楼的乳酪气味一道,还有楼下压机乳清的滴答声,一起传向她。

十八

往昔出现的安吉尔·克莱尔再度现身,并不完全是以特殊的身份,而是以可由人加以欣赏的声音,久久执着的注意,出神的眼睛,生动的对于男人来说又显得太小、线条精致的嘴——尽管带着下唇时常出其不意的坚韧的闭合,消除了优柔寡断的推论——重新出现的。不过,在他的隐忍和注重里,有一些东西是散漫的,心事重重的,模糊的,标志着他对于俗利的未来没有明确的目标或者关切。然而作为一个青年人,也可以说他如果试着做什么,就能够做成什么。

他是他父亲——这个郡另一头的一个穷牧师——最小的儿子。转了另外一些农场以后,来到泰尔波绥斯奶牛场做六个月的学徒,他的目的是学会各种农活的实践技能,为的是或者去殖民地,或者在本国拥有农田,由情况而定。

他进入了农夫和饲养员行列,是他自己和别人都没有预料到的年轻人生涯的一步。

老克莱尔先生,他的第一个妻子去世了,给他留下了一个女儿,他在后来又娶了第二个妻子。一点儿都没有料到这太太带给了他三个儿子,以致在安吉尔,这最小的儿子和他的老牧师父亲之间,看起来几乎少了一代。这些孩子,只有上面说的安吉尔,他的老生儿,是仅有的没拿到大学文凭的儿子,尽管他是他们当中早就有望能够完全公平地受到教育的唯一的一个。

在安吉尔出现于马洛特舞会之前的两三年,有一天,他离开了学校,在家里继续学习的时候,一个包裹由本地书店寄到了牧师宅第,写明寄至詹姆斯·克莱尔牧师。牧师打开包裹,发现里面包着一本书,读了几页,他就从座位上跳起来,腋下夹着书径直去了书店。

"怎么把这个寄到了我家?"他擎着书专横地问。

"它是订购的,先生。"

"不是我订的,也不是我家里任何人订的,我很幸运地说。"

书店店主查了查订购的账本。

"哦,是写错了收件人,先生。"他说,"它是安吉尔·克莱尔先生订购的,应该给他。"

克莱尔先生好像被击了一下退缩了。他回到家里,脸色苍白,神情沮丧,把安吉尔叫进他的书房。

"看看这本书,我的孩子。"他说,"你知道这本书写了什么吗?"

"我订购了它。"安吉尔简单地说。

"为什么?"

"读。"

"你怎么会想到读它?"

"我怎么会?怎么会——它是一个哲学体系。那里出版的书没有更道德的,甚至宗教的了。"

"不错——道德足够了。我不否认。可是宗教——对于你,打算要做一个传播福音的人!"

"既然你提到了这事,爸,"儿子说,焦虑的神情出现在他的脸上,"我想说,毫不含糊地说,我宁愿不做圣职。我恐怕不能那样诚心诚意地去做。我爱教堂就像一个人爱他的父母。我对它总要保有最热烈的爱慕。没有哪一个机构的历史让我拥有如此之深的敬慕。可是,当拒绝从站不住脚的赎罪观念中解放心灵的时候,我就不能受任去做它虔诚的牧师,像我的哥哥们那样。"

对于这诚实的纯朴的牧师,他自己的骨肉中的一个竟能如此对他,从未有过。他显得荒谬可笑了,好像挨了打,瘫倒了。如果安吉尔不想进入教堂,送他去剑桥又有什么用处?在这头脑固执的人看来,剑桥似乎只是担任圣职的一步,一个序言,不能没有下文。他这个人不仅是信教的,还是虔诚的;一个坚定的信仰——不是那些教堂内外神学杂耍者现今难以捉摸的解

释,而是福音学校里古老热烈的知性解释:

> 的确认为
> 那永恒的和神性的
> 十八世纪之前
> 在终极真理中……①

安吉尔的父亲试着争辩,劝说,恳求。

"不,爸,我不能在第四条②下面——撇开其他的不论——照宣诰③要求'按照那字面和文法的要求'签字。所以,我不能在目前的情形中做一个牧师,"安吉尔说,"我在宗教事务中的全部本能向着重构:引用你喜爱的《使徒书》中给希伯来人的话来说,'那些移动的东西是被震动的——如那些东西是创造的,只有那些不被震动的东西可以存留'④。"

他的父亲如此深切地伤心,以致安吉尔看着他也十分难受。

"你妈和我省吃俭用,要供你去上大学,假如不能为上帝的荣誉和光辉服务,那还有什么好处?"他的父亲重复着说。

"噢,可以为人的荣誉和光辉服务啊,爸。"

或许安吉尔如果坚持,他也可以像他的哥哥们那样去剑桥。可是牧师认为那剑桥学习的座位就是通向圣职的踏脚石的观点,是这个家庭唯一的传统见解。这观念在他心里那样根深蒂固,就使得敏感的儿子觉得,坚持下去就类似于有意滥用一种信任,虐待了一家之主的良苦用心,正如他的父亲说到的,为了实施让三个儿子受一样教育的计划,他们不得不那样省吃俭用。

"我不去剑桥好啦,"安吉尔最终说,"在这种情势下,我觉得我没有权去那里。"

---

① 19世纪英国著名诗人罗伯特·勃朗宁《复活节》一诗中的诗句。
② 英国国教公布39条,第四条为"耶稣复活",说"耶稣的确死而复生……"。
③ 宣诰:英王爱德华四世于1553年所颁布的宣诰,1563年后归并为39条,成为英国教会准则。
④ 见《圣经·新约·希伯来书》第十二章第二十七节。

这次有决定性意义的争论的结果,表面上不在他们自身。在他杂乱散漫的研究、尝试、思索中耗去了一年又一年;对于社会习俗和礼仪,他渐渐地显出了相当的冷淡。等级和财富这些物质的差别,他愈益增加了藐视。甚至"古老名门"(借用已故的本地名人喜爱的习惯用语),在他那里也不再芬芳,除非它的后人有新的变形。作为对这些苦行的一个平衡,他去伦敦住了一段时间,去看看这世界到底像什么样子,也带着一种去实践一些专业或者事务的目的,可是他被夺去了头脑,几乎掉进了比他年龄大得多的女人设下的陷阱,不过,很幸运地逃脱了,没有被那次经历弄得太糟糕。

早年与乡村僻静的联系,使他产生了一种不可克服的、几乎是没有理由的对于现代城市生活的嫌恶,在神职生涯不可能时,他也被尘世职业渴望的成功关在了外面。但是事情总要做的,他已经耗费了宝贵的时光,有一个熟人在殖民地做农夫,已经开始了兴旺的生活,它使安吉尔想到,这可以作为正确方向的一个导引。种田,在殖民地,在美洲,或者在本国——种田,无论如何,经过了专心致志的学徒时期,很好地具备了业务资格以后——那是一个或许能够提供独立的职业,不必牺牲他认为比富裕生活更有价值的东西——知识的自由。

于是我们看到了安吉尔·克莱尔在二十六岁的时候,来到了泰尔波绥斯做一个学徒,由于附近没有房子能让他得到舒适的膳宿,他就在奶牛场老板家里寄宿搭伙。

他的房间是一个大顶楼,跟整个奶房一样长。它只能从奶房的一架梯子上去,好长时间一直关闭着,直到他来了,选择它做了他的幽居之所。克莱尔在这里拥有足够的空间,当户主歇息的时候,还常常能听到他在那里来回走。在房间一头用布帘隔开了一部分,后边安了他的床,外边布置成了一个简朴的起居间。

起初他完全待在楼上,大量读书,漫不经心地弹弹竖琴,那是他在一次减价出售中买来的,在怀了抱怨的情绪时,他说,有一天他可以靠它沿街弹奏为生。但是不久他就更喜欢下楼在那厨房兼餐厅里吃饭,去阅读自然人性了,老板和他的妻子、女工和男工,聚在一起构成了一个生机勃勃的小团体;因为尽管只有少数挤奶工住在这里,在老板家里入伙吃饭的还有几个。

克莱尔在这里住的时间长了,对他的同伴的不喜欢就少了,更喜欢跟他们共同分享一些时光。

他很感到惊奇,的确,他在他的同伴们中获得了真正的快乐,他想象中的传统农夫——以可怜的笨蛋知名的荷冀①为化身——住了一些日子之后泯灭了。就近了看,就没有什么荷冀能够看到了。起初,真的,克莱尔由一个不大相同的社会带来的知识是新鲜的,他现在相处的这些朋友的友好似乎有点儿陌生。跟奶牛场老板家的成员平起平坐,在开始时仿佛是有失尊严的举动。他们的思想、他们的习尚、他们的环境,都是退化的,没有意义的。但是和他们生活在那里,日复一日,这位敏感的居留者就在这光景中发现了新的面目。客观上没有什么改变,可是,丰富取代了单调。主人和主人的妻子,男工和女工,跟克莱尔亲密地熟了以后,好像逐渐在一种化学过程中分化了。马斯卡尔的思想使他确信:"一个人越是有智慧,越是能够发现别人的本色。一般人不能分辨人与人的异同。"②典型的没有变化的荷冀停止了生存。他被分解成了如许各种各样的同胞生物——心思不同,在差异中又各有无限;有的幸福,有的安静,有的沮丧,这里那里,有一半是聪明的,甚至达到了天才,有一些是呆笨的,有一些嬉戏,另有一些严肃;有缄默的密尔顿,有潜在的克伦威尔;成为男人,彼此有私密的观点,好像他的朋友所拥有;他们能够互相喝彩或者谴责,能够用互相注视对方的小缺点或罪过而快乐起来,悲哀下去;他们每个人都走在各自的道路上直至沙尘漫漫的死亡。

没想到他开始喜爱户外生活了,为了它本身的缘故,为了它带来的东西,而撇开了它承载着他本人的职业意图,那种认为文明人类是被仁慈的神掌控的信仰衰退而产生的忧郁。近年来他第一次能够为了他的喜好而读书,而不是为了职业硬往眼睛里塞,那几本农事手册他认为是称心如意的,也只占用了他一点点时间。

他跟旧友的联系日渐疏离了,在人生和人类中看到了新的事物,此前只是模糊了解的现象有了切近的熟知——不同情绪中的时令,晨与昏,夜与午,不同性情中的风、树、水和雾,阴影和默然,无生事物的声音。

---

① 荷冀:意为地道的农田工人、乡巴佬。
② 马斯卡尔(1623—1662),法国科学家兼哲学家,引文出自他的《思想录》一书。

清早还是够冷的,以致在他们吃早饭的大屋子里生着火仍是合意的;克瑞科太太认为克莱尔和他们混杂在饭桌上吃饭显得太斯文了,依照她的安排,安吉尔·克莱尔吃饭时总是坐在开着炉口的壁炉边,他的杯盘放在手边装了活页的折板上。光线从他对面又长又宽的直棂窗上直射到他的角落,有一道辅助的冷澈的蓝光投射到壁炉上相援,使他不管什么时候想看书都能很容易地做到。在克莱尔和窗户中间是他的伙伴们围坐的饭桌,他们咀嚼的侧影清晰地映在窗户玻璃上;旁边是通向奶房的门,通过那门能看到成排的长方形的铅桶,满满地盛着早晨挤的牛奶。更远的一头能看到大搅乳器在转动,能听到它发出的啪叽的声音——构成那动力的形式能够通过窗户看出来:一匹无精打采的马转圈走着,一个孩子赶着它。

苔丝来了几天以后,由于克莱尔坐在那里入神地读书,看期刊或者刚刚邮寄来的曲谱,难能注意到她坐在饭桌旁。她说话这么少,另一些女工说得那么多,在那些唠唠叨叨中他没有发现新的口音,还有在外界场物中因一般印象而忽略特殊景致的习惯。可是,有一天,当他默记一段曲谱的时候,凭着想象在脑中听着那曲调,陷入了失神中,曲谱滚进了炉膛中。他看着那柴火,早饭烹煮之后的一朵火苗正在上头用脚尖旋转着作垂死的舞蹈,似乎正应合着他内心的乐曲旋舞;烟囱上两个挂壶的钩子从梁架上垂下,上面带着烟灰,颤抖着合着同样的旋律;半空的水壶也作着咕咚咕咚的伴奏。饭桌上的谈话跟他幻想的交响曲混合起来,以致他想到:"这些女工中有一个的声音多么柔和清丽!我想是新来的那个女工。"

克莱尔回头看看她,她和别人坐在一块儿。

她没有朝他看。真的,由于他的长久沉默,他在这个屋子里几乎被忘记了。

"我不知道鬼,"她说,"可是我知道我们还活着的时候,能叫我们的魂儿离开我们的身体到外面去。"

老板嘴里满满的,转向她,眼睛里充满严肃的究问,他的大刀子、大叉子(早饭在这里就是早饭)直竖在桌子上,好像一具开搭的绞架。

"什么——真的?真的那样,姑娘?"他说。

"有个很容易的办法能感觉它走了,"苔丝接着说,"夜里躺在草地上,仰脸望着一些大大的亮亮的星星;把你的心固定在上头,一会儿你就能发现你离开了你的身体成千上万英里了,好像是你完全不想那样的。"

老板把他死死盯着苔丝的目光移开,又盯到他妻子身上。

"可真是怪事啦,克瑞丝——嗨,想一想三十年来我在满天星的黑夜走了多远的道儿,找媳妇,做买卖,请医生,找保姆,直到现在还从来没有一点儿理会那事儿,没有觉得我的魂儿离开衣衫领子一英寸高。"

大家的注意都集中到她身上了,连同老板的徒弟在内,苔丝脸红了,退避地说那只是一种幻想,说完又吃起饭来。克莱尔继续观察着她。她一会儿吃完了饭,意识到克莱尔在注视着她,就开始用食指在桌布上描画想象的花样,带着一种家养动物察觉了正被观看的那种拘束。

"那挤奶女工是多么清新纯洁的自然的女儿啊!"他对自己说。

于是他似乎在她身上看出了一些熟悉的东西,那东西带他回到了快乐的没有预见的往日时光,那时候,不必想到未来的天空阴沉。他得出了结论:他以前见过她。是在哪里见过,他说不出来。在乡村漫游时一次偶然邂逅确实有过,关于那次相遇他没有太大的好奇。但是这情势足以引导着他在想注视近旁的女性的时候,在另一些漂亮女工之前选择苔丝了。

十九

大体上奶牛是自己到场挤奶,没有偏爱和挑拣。不过,某一头牛会出现对一双特殊的手的喜爱,有时候会把这种不寻常的喜爱发展到极端,以致除了它们的钟爱的手,不肯老实站着,能把生手的奶桶无礼地踢翻。

是老板克瑞科定的规矩,坚持经常轮换,打破这种癖爱嫌恶,因为不这样,到头来挤奶男工或女工离开奶牛场的时候,他就抓瞎了。可是女工们私下的用意,却跟老板的规矩相反,每天闺女们各自挑选的十头八头奶牛,越来越习惯了她们在那些愿情愿意的乳房上操作,挤起来令人惊奇地容易,毫不费力。

苔丝,像她的同伴一样,不久就发现了。那几头奶牛喜欢她的挤奶风格。遭遇了这两三年期间的隔断,长时间待在家里,她的手指变得娇嫩了,她很高兴在这方面满足奶牛的愿望。在全场九十五头奶牛当中,特别有八头——胖子、粉丝、高个儿、烟雾、老美、小俊儿、整洁和大嗓门——它们,尽管有一两个的奶头像胡萝卜那么硬,她敏捷动手,只诚心诚意力图做到奶牛来了碰到哪头就挤哪头,除了那极难制服、她还对付不了的。

可是过了不久,她发现了奶牛表面上碰巧的位置与她的心意之间有趣的相符,直到她觉出它们的次序不是偶然的结果。原来老板的徒弟帮着把那几头牛归拢起来了,在第五次或者第六次的时候,她把头抵靠在奶牛的肚子上,转过眼睛,眼睛里满含着慧黠的询问神气。

"克莱尔先生,你安排了这些牛!"她说着,脸红了,做着这种责问,尽管一丝微笑的征象温柔地抬起了她的上唇,以致展现了她的齿尖儿,她的下唇却依旧保持着紧严的僵硬。

"哦,那没有关系,"他说,"你老是在这儿挤它的嘛。"

"你这么想?我希望我能这样。可是我不知道!"

她后来又生自己的气了,想到他不知道她喜欢这种隐居生活的重大原因,或许会误解了她的意思。她这样真诚地跟他说话,好像他的在场不知怎的是她希望中的一个因素。她的疑虑是这样的深重,直到黄昏,奶挤完了以后,她自己走在院子里,还在没完没了地后悔她对他挑明了她发现了他的有意安排。

这是六月里一个典型的夏季黄昏,空气是这样微妙的沉静,如此利于传导,那无生之物似乎被赋予了两种或者三种感官,假如不是五种。远近之间没有区别,一个旁听者感觉靠近了地平线之内所有的事物。无声的物体给她的印象,与其说是声音的虚无,不如说是确切的实体。这情形忽然被琴弦的弹奏打破了。

苔丝听到过她头顶阁楼上的这种琴声,模糊,低沉,被界域阻隔着约束着,从来没有像现在这样感染她,当它在沉静的空气中荡游的时候,带有了裸体画一般完全明晰的品质。说到家,乐器和弹奏都是蹩脚的;可是一切都是相对的,倾听的苔丝,却像一只着迷的鸟儿,不能离开这地方。不仅不能离开,她还向着弹奏靠近,坚持躲在树篱后边,免得他猜到她在这里。

苔丝发现她置身其中的园子的外围有好多年没有耕种了,现在是潮湿的、繁茂的、汁液丰沛的草丛,一碰就升起一片花粉的烟雾;高高的开着花的野草发出刺鼻的气味——那红、黄、紫的色彩构成了一幅多彩的图画,如栽培的花丛一般耀眼炫目。她像一只猫悄然潜过这繁茂的草丛,在她的裙子上聚集了布谷的涎液,脚下踩碎了蜗牛壳,蓟草汁和蛞蝓液沾染着她的手,发黏的霉菌擦上她光裸的胳膊,尽管在苹果树干上是雪白的,却像茜草汁沾污了她的皮肤;她就这样十分靠近了克莱尔,一直没有被他看见。

苔丝既没有了时间意识也没有了空间意识。这种超升就像她描述的注视星星随意产生的,现在没有她的决意而到来了;她在那把二手竖琴细微的乐音上起伏,和谐的琴声像微风吹彻了她的身心,让她的眼睛里盈注了泪水。漂浮的花粉似乎就是可以看见的他的琴声,园子的潮湿是园子感动的哭泣。虽然暮色将落了,气味浓烈的野草花依然放射着光彩,好像它们不能在热切中闭合,色彩的波涛跟声音的波涛相融相合了。

那道主要由西方云层大洞中来的光线一直照耀着,它好像偶然留在后边的一片白天,别处已经薄暮四合了。他收束了他哀怨的曲调,一次极其简单的演奏,不要求太高的技巧;她等待着,以为另一段可能会开始。可是,他弹倦了,随意地转过了树篱,漫步到她的后边。苔丝,她的脸烧热了,要偷偷地离开,可是好像一动也不能动了。

可是,安吉尔看到了她那轻盈的夏装了,他说话了,他低低的声音传到了她的耳边,虽然他还离着一段距离。

"是什么东西让你那样躲开呢,苔丝?"他说,"你害怕吗?"

"哦不,先生……不是外面的东西,尤其是苹果花正落着,什么东西都这么绿的时候。"

"那么屋子里有你害怕的东西——嗯?"

"哦——是的,先生。"

"是什么?"

"我不大能说清。"

"牛奶变酸?"

"不。"

"日常生活?"

"是的,先生。"

"嗯——我也这样,常常害怕。生的困境是太严峻了,你不这样想?"

"是,你这么一说,还真是的。"

"一模一样,我没有想到像你这样年轻的姑娘现在就这么看了。你是怎么看出来的?"

她迟迟疑疑沉默了一会儿。

"来,苔丝,悄悄地告诉我。"

她想起他的意思是事物的面貌在她看来是怎么样的,就羞怯地回答说:

"树有询问的眼睛,是吧?——我是说,看起来好像它们有。河流说,'为什么你用你的面容来打扰我?'你好像看到无数明天刚好站成一排了,第一个又大又清楚,另一些站在远处的越来越小;可是它们似乎全都十分凶狠残忍,好像他们在说,'我来了,当心!当心我!'……可是你,先生,能用你的音乐造出梦来,把那些吓人的幻想全部赶走!"

他惊奇地发现这年轻的女人——尽管只是一个挤奶的女工,却有罕见的感悟,那是会引起她同屋伙伴嫉妒的——居然陈说了这样悲哀的想象。她用她的方言,再以她六年小学教育相辅助,表达了几乎可以叫作时代的感觉——现代之痛。当他想到那些所谓进步的思想其实大部分只是时兴的定义——一种更精确的表述,许多世纪以来男男女女模模糊糊领会的,用了"学说"和"定义"的字眼表达了——那些观念对他的吸引力就减弱了。

可是,那些感受,在她还这样年轻的时候就来了,还是奇异的;比奇异更甚,是让人感动的,吸引人的,令人哀悯的。不去猜测那原因,没有什么来提醒他:就经验而论,在于强度,而不在于时日。苔丝经历的肉体的摧残,就是她精神的收获。

苔丝,就她而言,她不能明白一个牧师家庭的男人,受过良好的教育,满足了物质需求,为什么能把生存看作不幸的事。对于她这样不幸的朝圣香客,那样想还有很好的理由。可是这令人钦慕的诗性的男人怎么能甚而落进了卑辱之谷①？有了乌兹人②的感觉，像她两三年之前那样呢——"我的灵魂宁愿选择绞死，而不活着；我发誓，我不愿永远活着。"

不错，他现在是脱离了他的阶级了。但是她知道，那仅仅是因为，就像彼得大帝跑到造船厂一样，他是在学习他想懂得的事情。他挤牛奶，并不是因为他有责任被派去挤牛奶，而是因为他要学习怎样做一个财源滚滚、家业昌盛的奶牛场老板、地主、农学家和畜牧家。他将成为美国或者澳大利亚的亚伯拉罕③，像一个君主号令着他的教徒和羊群、他的斑羊和纹羊、他的男仆和女佣。不过，有时，在她看来又是难以理解的，这样一个显然书生气的、好音乐、爱思考的年轻男人竟然蓄意选择了做农夫，而不是牧师，像他的父亲和哥哥们那样。

就这样，两个人都没有关于对方秘密的线索，他们各自都困惑于对方显露出来的迹象，等待着对彼此性格和情怀的新的知晓，没有企图去窥探彼此的历史。

每天，每时，都把她的性情显示给他一点儿，也把他的显示给她一点儿。苔丝试着走向一种压抑的生活，可是她没有预测到她自己的生命活力的强大。

起初，苔丝宁愿把安吉尔·克莱尔当作一个智慧的化身来尊重，而不当作一个男人看待。照这样把他和她自己相比较；每一次发现他的知解是那样丰富，她自己朴素的思想观点和他不可测度的、安第斯山般的高度之间的距离，她就变得十分沮丧了、泄气了，无论如何也不想再作进一步的努力了。

有一天，当他偶然提到古希腊畜牧生活的时候，他注意到了她的抑郁。他说话的时候，她正在堤岸上采集叫作"爵爷和夫人"的花蕾。

"你怎么突然这样愁眉苦脸的？"他问。

"哦，只是——只是关于我自己的事，"她说，带着一种微弱的惨淡的笑意，同时开始不经心地随手剥着"夫人"花蕾，"只是有关我自己的一种可能

---

① 卑辱之谷：语出班扬(1628—1688)《天路历程》第一部。
② 乌兹人：指《圣经》中的约伯。引文见《圣经·旧约·约伯记》。
③ 亚伯拉罕：《圣经》中的人物，希伯来人的始祖，养有大量牛群。

的感觉!我的生命看来好像是因为缺少机会而荒废了!当我看到你懂得的事,你读的书,你见识的,你思考的,我就觉得我什么都不是!我就像圣经中那个可怜的氏巴女王①一样,再也没有精神了。"

"哎呀,别再为那个烦恼啦!嗨,"他带着如许热情说,"我亲爱的苔丝,在历史方面,或者在你喜欢读的不论什么书上,能给你帮助,你喜欢接受,我只能是太高兴了!"

"又是一个'夫人'。"她打断他说,举起她剥的一个花蕾。

"什么?"

"我是说,当你来剥它们的时候,总是'夫人'比'爵爷'多。"

"别管什么爵爷和夫人。你喜欢学习一些学科吗——例如历史?"

"有时候我觉得,我不想知道比我已经懂得的更多的东西。"

"为什么不想?"

"因为学习的用处也就是知道了我只是一长排中的一个——发现在一些老书里记下的一些人正好像我一样,知道了我只能像她那个角色一样动作,这使我悲哀,就是这样。最好不要记得你的天性和你过去的作为恰好跟成千上万的人一样,那你未来的生活和作为也会像成千上万的人一样了。"

"是吗,当真,那你什么东西也不想学啦?"

"我不能用心学习为什么——为什么太阳同样照耀着正义和不公②,"她回答说,声音中带着微微的颤抖,"那是书不能告诉我的。"

"苔丝,去他的这些苦恼吧!"当然,他只是带着惯常的责任感说话,因为在过去的日子里,对这种感到困惑的问题,他本人也不是不想弄明白。他看着那没有实际经验的嘴和唇,他想,这样一个土地的女儿,只能凭死记硬背抓住这些感想情绪。她继续剥着"爵爷"和"夫人",克莱尔则有一会儿一直注视着她波纹样卷曲的睫毛,她向下看,那睫毛便俯垂在她柔软的脸颊上,克莱尔延留了一会儿,依依离开了。他离去了,她还站了一会儿,心事重重地剥着最后一个花蕾,然后,她从梦幻中清醒过来,不耐烦地把一堆花的贵

---

① 氏巴女王:《圣经·旧约·列王纪上》第十章中说,氏巴女王想难倒所罗门,向他提了许多问题,不想所罗门全都答上来了,氏巴女王诧异得"一点精神也没有了"。

② 《圣经·新约·马太福音》第五章第四十五节:"他叫日头照好人,也照歹人。降雨给义人,也给不义的人。"

族全部抛到地上,在为她自己的呆傻不满生气的迸发中,在她的内心深处又有一种使她活跃起来的热烈。

他肯定认为她是多么傻笨!由于渴求接受他的好评,她又想到了她近来力图忘掉的事情,它带来的结果是那样的坏——她的家庭与武士的德伯维尔家是同宗同族。可以把它归于无聊,它的发现又给她带来了那么多的灾难;可是,作为一个绅士和一个历史的研究者,克莱尔先生,假如他知道了金斯伯尔教堂那些培白克大理石和雪花石下的人真的是代表了她自己嫡系的先祖,她不是假造的德伯维尔,不像川翠济那些金钱和野心的混合物,而是彻头彻尾的真的德伯维尔,他或许会忘掉她对待"爵爷和夫人"的孩子气的举动,充分地尊重她吧。

可是,在冒险透露这个秘密之前,疑虑重重的苔丝就它可能对克莱尔先生产生的影响,先间接地探问一下老板,她问老板,克莱尔先生对那些失去了金钱和土地的老家门是否还有一些尊重。

"克莱尔先生,"老板强调说,"是你认识的人里面最古怪的叛徒——一点也不像他家里的那些人;如果有一种东西他比另一些更恨,那就是叫作'老家门'的东西。他入情入理地说,老家门在过去的日子里,气力喷发了,不会有什么留到现在。你看毕雷家、维哈德家、格力家、圣昆廷家、哈代家和苟德家,在这个谷里都有过好多产业,现在差不多非常便宜地就能买下他们的全部家当。嘿,咱们这里的蕾蒂·普瑞蒂尔,你知道,就是普瑞蒂蕾家的后人——王室欣陶克附近的田庄,如今归了威塞克斯伯爵的,从前都是那个老家门的,早在这个那个听说之前呢。好啦,克莱尔先生把这事查明了,有一天用相当轻蔑的口气对那可怜的姑娘说话了,啊,他对她说,'你永远不能做一个好挤奶女工!你们家的全部本事好几辈以前都在巴勒斯坦用尽了,你们得休养一千年,才能得到再做点事的力气!'有一天这里来了个男孩子找活干,说他的名字叫马特,我们问他姓什么,他说他从来没听说他还有姓,我们问他为什么,他说,大概是因为他们家过了没有多少年吧。'啊!你正是我喜欢的孩子!'克莱尔先生跳起来握着那孩子的手说,'我肯定你大有希望!'还给了他半个克朗,不!老家门才不对他的脾胃呢!"

听了对克莱尔的观点这笨拙的模仿以后,可怜的苔丝很高兴她在动摇不定的一刻没有说到有关她家的一个字——尽管它是那般异常的古老,以至于将要完成一个轮回,成为新生的一族了。另外,在家门高贵方面,另一个挤奶工似乎跟她一样吧。关于德伯维尔大墓和她源生的征服者武士的姓氏,她缄口不语。对克莱尔的性格有了一定的了解,她觉得她之所以赢得了他的青睐,大半是由于她被当作了非传统的新人。

二十

时令进展了,成熟了。再一年安置的花、叶、夜莺、画眉、金丝鸟这样一些短命的生物,安顿了它们的位置,仅仅一年之前,那里还是另外一些东西占据着,那时候,这一些生物还不过是胚胎和无生命的粒子。朝阳的光照让它们抽放出芽蕾,伸长枝条,在无声的流动中充盈汁液,绽开花瓣,在无形的呼吸吐纳中散发着芬芳。

克瑞科老板奶牛场里的女工和男工们舒适地安静地生活着,甚至是高高兴兴地。他们的位置或许是社会等级中全部位置里最幸福的,在生活最低需求这条线之上,在社会习俗开始束缚自然感情之下,俗套的时髦压力也小得多。

就这样度过了丰茂的时节,枝丫繁盛似乎成了户外的一个目标。苔丝和克莱尔不自觉地互相探究,老是平衡在热情的边缘,而又明显地未坠入其中,他们一直汇聚着,在不可抗拒的规律之下,两条河流必定要流入同一条山谷。

苔丝在她近年来的生活中从来没像现在这样幸福,大约永远也不能再这样幸福了。她,举例来说,在肉体和精神上都适应这新的环境。这株幼苗在她播种的地方扎根在有毒的地层中,移栽到了深厚的土壤上。再加上,她——克莱尔也如此——依然站在偏爱和爱情之间未定的土地上;那里还没有渊深的抵达,也没有思虑的来临,以致要笨拙地询问:"这新的潮流将把我带向何处?对我的未来它意味着什么?它怎样对待我的过去?"

苔丝对于安吉尔·克莱尔现在还只不过是偶遇的现象——一个玫瑰色的温暖的幻影,刚刚才获得了在他的意识中存留的性质。这样,他允许了他的心被她占据,认为他这种全神贯注的探究,不过是一个哲学家对女性中一个极其新异的、鲜丽的、有趣的标本的关注。

他们继续相会,他们不能不如此。他们每天在那奇异的庄严的间隙相会,那熹微的晨光,紫罗兰色或粉红色的破晓;因为必须早早起来,在这里要起得很早很早。挤奶要准时做;挤奶之前先撇奶油,那要在三点刚过一点儿就开始。通常都是托付一个人,预备一个闹钟先吵醒,再叫醒其他的人;苔丝来得最晚,他们不久发现,她不像别人那样睡着了连闹钟也叫不醒,这差事就最常派给她了。三点钟刚刚敲过,嗖嗖地,一会儿,她就离开自己的房间,跑到老板的门口;再上楼梯走到克莱尔门口,压着嗓门使劲叫他;然后叫醒她的挤奶女工同伴。苔丝这时候穿好了衣服,克莱尔就下楼出门,走进了潮润的空气中。剩下的女工和老板通常还要在枕头上再辗转一阵,直到一刻钟以后才能露面。

黎明的半明半暗的灰色不是黄昏的半明半暗的灰色,尽管它们灰暗的程度是同样的。黎明的曙光那光亮似乎是积极的,黑暗是消极的;而黄昏的霞光积极的是黑暗和新月,光亮则相反是慵倦的沉寂的。

常常是这样——不可能总是由于机会——牛奶场这两个人最先起来,他们觉得他们仿佛是全世界最早起来的人。最初来到这里的那些日子,苔丝不撇奶油,起来以后立即走到门外,他总在那里等着她。幽明的、混合了雾气的水样的晨曦弥漫了开阔的草地,给了他们一种远离尘世的感觉,好像他们就是亚当和夏娃。在这一天朦胧的开始阶段,苔丝似乎在气质和形体两个方面都对克莱尔显示出一种尊贵的高大,一种几乎是主宰的力量,或许因为他知道,在这种异常的时刻,很难有形貌具有她那样天赋的女人,会像她这样喜欢在他的视域中走进露天里,在整个英格兰都极少。美丽的女人在中夏黎明照例睡熟了。她近在眼前,其余的一无所见。

在这混濛的、奇异的、幽明的朦胧中他们走向奶牛躺的地点,常常使他想到复活的时刻。他很难想到那个抹大拉的女人①会就在他的身旁。那时所有景物都在灰色的阴暗中,他的伙伴的脸成了他注视的焦点,升起在雾气

---

① 抹大拉的女人:《圣经·新约·马太福音》中说,基督复活后最先出现在抹大拉的玛利亚面前。又,历来相传,抹大拉的玛利亚是一个忏悔了的妓女,因信仰而归正。

之上,似乎有一片磷光打在上头。她看上去幽渺惨淡,好像她只是一个幽灵在随意游荡。实际上她的脸,并没有显露出这个样子,只是被东北方凄冷的晨光映射着;他自己的脸,在她看来也显出了同样的面目,不过他没有想到罢了。

此时,正如前述,她给他的感受最深切。她不再是挤奶女工,而只是一个空幻的女性精华——全部女性凝结为一个典型的实体。他半逗趣地叫她阿耳忒弥斯①、德墨忒耳②,另外一些想象出来的名字;她不喜欢,因为她不懂得那些。

"叫我苔丝。"她斜眼看着他说;他就叫她苔丝。

后来天渐渐亮了,她的面貌就成为单纯的女性了,由那些授人福祉的神祇,变为渴望得到福祉的人了。

在这远离人类的时辰里,他们能够十分接近水鸟。苍鹭来了,伴着好似开门开窗的莽撞大叫,从它们经常栖宿的草地边的树林中飞出;或者,已经在那个地方了,这一对从旁边走过,它们依然定定地站在水中,慢慢地平平地伸着脖子,扭头看着他们经过,不动声色地扭动,好像靠机关装置转动的木偶。

而后他们能看到薄薄的夏雾平铺着,显然没有床罩厚,像羊毛似的一小堆一小簇平展在草地上。在湿漉漉的灰色草地上,有奶牛在那里躺了一夜留下的痕迹——墨绿色的显干的牧草小岛就是它们躯体的规模,留在一片夜露的海洋中。从每一个小岛伸展出一条蜿蜒的踪迹,那是奶牛起来以后漫游而去吃草留下来的,在那踪迹的尽头就能发现它;当它认出了他们的时候,就从鼻孔里喷出一团白气,在一大片雾气中形成它自己的一小团更浓的白雾。于是他们赶着牛回到场院,或者就在那里坐下来挤奶,看情况而定。

有时候夏雾或许更加蔓延,草地铺展着像一片茫茫白海,从中露出零零落落的树木,耸立着好像险峭的礁石,鸟儿能高飞穿过雾层进入上空的光辉中,在阳光里停翅驻留,或者飞落到界分开草地的湿栏上,那些栏杆现在像玻璃棒闪闪发光。由雾气而成的细小的钻石,也挂在了苔丝的睫毛上,滴落

---

① 阿耳忒弥斯:希腊神话中天神宙斯之女,贞洁与狩猎女神。
② 德墨忒耳:希腊神话中司农女神。

到她的头发上,好像小小的珍珠。白天的日光逐渐强烈处处照遍的时候,也就晒跑了那些水汽珍珠,从而,苔丝便失去了她那种奇异的超凡的美丽;她的牙齿、嘴唇和眼睛在太阳的光辉中闪烁,她又只是一个漂亮的令人眩惑的挤奶女工了,她得坚持自己的立场与世界上的另一些女人抗争。

大约这个时候他们能听见老板克瑞科的声音,训斥不在场里住宿的牛奶工来晚了,或者厉声地斥责老德包·范得没有洗手。

"看在老天爷的面上,把你的手在水龙头下洗洗吧,德布!我敢发誓说,伦敦人要是知道了你这么邋遢,他们喝牛奶吃黄油,得更加小心,说了多少遍啦!"

挤奶进行着,直到最后,苔丝和克莱尔,跟另外一些人一样,能够听到克瑞科太太在厨房里把沉重的早饭桌从墙边拖出来,这是每顿饭不变的预备步骤;当饭桌收拾利索的时候,同样可怕的刮擦伴随着它回归的旅程。

二十一

早饭刚刚吃过,牛奶房里起了一阵巨大的骚乱。搅乳器像往常一样转动,黄油却出不来了。无论什么时候发生这事,牛奶房也瘫痪了。稀里呼噜,牛奶在大圆筒里回响,他们等待的那种声音却绝不响起来。

老板克瑞科和他的妻子,挤奶女工苔丝、玛琳、蕾蒂·普瑞蒂尔、伊茨·秀特和住在场外茅屋的已婚女工;还有克莱尔先生、杨纳森·凯勒、老德包,和别的一些人,站在那里绝望地瞅着搅乳器;外面赶马的男孩子也瞪着月亮似的圆圆的眼睛,表示着他对这情形的感觉。甚至那忧郁的马本身,在每一圈走到跟前的时候,也似乎带着绝望的神气,向里面窥探一下。

"因为好些年我没去爱敦荒原找那个会法术的春德尔的儿子啦——好些年啦!"老板痛苦地说,"他一点儿也不能跟他爹相比。我说过五十遍了,要是我再说一遍,我还是不信服他。我完全不信服他。不过,要是他还活着,我就去找找他。噢对,要是还这样下去,我就去找找他。"

甚至克莱尔先生看着老板绝望的样子,也感到伤心了。

"会法术的人败落了。还有一个在卡斯特桥旁边,人家叫他'大老圈',

"我还是个小孩的时候,那是个大好人,"杨纳森·凯勒说,"可是如今他成了老朽木头了。"

"我爷爷常去找会法术的梅顿恩,他住在猫头窟,法术很高,听我爷爷说。"克瑞科先生接着说,"可是,如今没有那样有真本事的人了。"

克瑞科太太还没有忘了眼下的事情。

"或许这屋里有人在谈恋爱吧,"她探测地说,"我年轻的时候听说,有人谈恋爱,就搅不出黄油来。哎,老瑞科——几年前我们用的那个大姑娘,你还记得吧,黄油怎么也搅不出来了,就是——"

"啊记得,记得!——不过,不是那么回事儿,那一回跟谈恋爱一点儿也不相干。我记得清清楚楚——那回是搅乳器坏了。"

他转向克莱尔。

"捷克·道勒普,我们这儿曾经用过的挤奶工,一个婊子养的。先生,他在梅尔司陶克追一个姑娘,骗了人家,就像他以前骗了好多姑娘一样。可是他这遭可遇上跟他算账的了,不过不是姑娘本人。有一天,正好赶上神圣礼拜四①,就像眼下这样,我们都在这里,只不过那时候没搅黄油,那时候我们看见姑娘她妈走到了门口,手里拿着一把镶了大铜把的伞,能把公牛打倒,她一边走着一边说,'捷克·道勒普在这儿干活吧?——我来找他!我和他有一笔大账要算,我得跟他算清!'捷克追的姑娘跟在她妈后头,用手绢捂着脸大哭。'哎呀,老天爷,时候到了!'捷克从窗口往外看见了她们,说,'她能杀了我!我往哪儿躲?——我往哪儿躲?——别告诉她我在哪儿!'说着,打开搅乳器上的门盖儿,钻进去关上了,正好那姑娘她妈也冲进了奶房。'这浑蛋——他在哪儿?'她叫着,'我撕烂他的脸,只要叫我抓住!'好家伙,她哪儿哪儿都搜遍了,边边角角缝缝空空一处不落,吓得捷克趴到搅乳器里一动不敢动,差点憋死。那可怜的姑娘——或许已经是个小女人了——站在门口哭得昏天黑地,我永远也忘不了那光景,永远也忘不了!那光景,就是一块石头也化了。可是哪儿哪儿也找不到他!"

老板停了停,听的人发出一两个字的评论。

---

① 神圣礼拜四:纪念耶稣复活后升天,在耶稣升天(复活节第四十天)举行。

老板的故事往往好像是讲完了,其实并没有讲完,生人便被误导,过早地发出了最终的感叹;可是老朋友熟悉他这种脾性,讲述者继续讲下去——

　　"好家伙,那老婆子怎么那么精,能猜出来,我怎么也说不清,反正她发现他藏在机器里了。她一个字不说,抓起绞车来就摇,那时候机器是手摇的,她这么转着圈一摇,捷克就在里边咕咚啪嗒地滚腾起来。'哎呀老天爷,停机器,让我出去!'他突然伸出头来说,'我快被搅成果酱啦!'他其实是个胆小的家伙,像他这种男人,都是胆小的。'不,除非你改过!你糟蹋了黄花闺女的清白。'老婆子说。'停机器,你这老巫婆!''你叫我老巫婆,你,你这骗子!'她说,'这五个月,你该叫我丈母娘啦!'她继续摇着机器,捷克又在里边滚腾起来。好家伙,我们没有一个人去冒险干涉;最后,他终于答应了娶那个姑娘,他说,'好吧——我说话算话!'就这样,那一天才算完事了。"

　　当听的人微笑着作着评论的时候,在他们身后有一阵快速的走动,他们扭头看见,苔丝脸色苍白,走到了门口。

　　"今天怎么这么热乎!"她说,声音几乎听不见。

　　这天是热乎,他们中没有人把她的离开跟老板的回忆联系起来。老板走过去,给她打开门,用柔和的逗趣的语气说:

　　"哟,大闺女(他经常带着不自觉的嘲弄口吻,叫她这个亲昵的称呼),咱这场子里最漂亮的挤奶女工,这夏天的热劲才刚刚开始呢,对吧,克莱尔先生?"

　　"我有点晕——我——我想我出去走走好。"她呆呆板板地说,消失在外边了。

　　幸亏她刚刚离开,牛奶在转动的搅乳器里改变了稀里呼噜的声音,变成明显的咕叽咕叽声了。

　　"它出来啦!"克瑞科太太叫喊着,大家的注意力从苔丝身上移开了。

　　那美丽的受难者表面上很快恢复了原状,可是她整个下午都沉浸在极度沮丧压抑中。晚上的牛奶挤过以后,她就不愿跟伙伴们在一起了,自己走出门去溜荡,走向她自己也不知道的地方。她是个不幸的人——哦,是如此不幸的人——对于她的伙伴,老板讲的故事他们会觉得十分幽默有意思;他们中没有一个人,只有她自己似乎看到了它的不幸,必定地,没有人知道它残酷地戳到了她经历中最柔弱的地方。对于她,黄昏的太阳现在是丑恶的,好像天空中一个发炎的伤口。只有一只孤独的嗓音粗哑的苇鸟从河边的灌木丛向她叫着致意,声音哀哀的、木木的,好像一个友谊消失殆尽的旧日的朋友。

在这六月长长的白天里,挤奶女工,大多数住在场里的人,实际上,都在日落时分或者日落不久去睡觉了,早晨挤奶之前的活儿那么早,同时,满桶满桶出奶挤奶的活儿又那么重。苔丝通常伴随着她的伙伴一起上楼。可是今夜,她却是第一个上去进了她们共同的寝室。别的姑娘进来的时候,她已经昏昏沉沉地打盹了。她看见她们在行将消失的橘红色日光中脱换衣服,夕阳用它的色彩抹红了她们的形体;她又打起盹来,可是她被她们的声音吵醒了,于是她静静地转眼看着她们。

她同室的三个伙伴没有一个上床,她们凑成一堆站着,穿着睡衣,光着脚,站在窗前,西方的最后的红色光线一直烘着她们的脸和脖子,还有环围着她们的墙壁。她们全都带着浓厚的兴趣看着院子里的一个人,她们三个脸凑在一起:一个快活的圆脸、一个黑色的头发灰白脸、一个赤褐色发辫脸皮白皙。

"别推!你和俺一样能看见嘛。"莱蒂说,这赤褐色头发的最年轻的姑娘,没有从窗户上移开眼睛。

"你爱他,比我爱他,可没有用啊,莱蒂·普蕾蒂尔,"快活脸盘的玛琳说,她年龄最大,最顽皮,"他想的是另一个脸蛋儿,不是你的。"

莱蒂·普蕾蒂尔一直看着,那两个也看着。

"他又过来了!"伊茨·秀特叫起来,这脸色灰白的姑娘黑色的头发湿漉漉的,嘴唇线条分明。

"你什么也不用说,伊茨,"莱蒂说,"我看见你亲他的影子啦。"

"你看见她干什么了?"玛琳问。

"噢——他那回站在乳清盆旁边放乳清,他的脸影映在他后边的墙上,靠近了伊茨,伊茨那时候正站在那里装大桶。她把她的嘴对到墙上,亲他的嘴的影儿;我看见她了,可他不知道。"

"啊,伊茨·秀特!"玛琳说。

一团玫瑰红晕浮上了伊茨·秀特的脸腮。

"嗯,那也伤不了什么,"她硬装着冷静宣称,"要是我跟他相爱多好,莱蒂,你也是;你也是,玛琳,就这个人。"

玛琳的圆盘脸惯常是粉红色的,就不能再红了。

"我!"她说,"还说什么!啊,他又过来了!可爱的眼睛——可爱的脸——亲爱的克莱尔先生……"

"好啦——你招啦!"

"你也招啦——咱都招啦,"玛琳说,全不在乎坦白观点,"在咱们当中假装,那是傻瓜,咱不向别人承认就是了。我只想明天就能嫁给他!"

"我也这样——我更想。"伊茨·秀特嘟哝着。

"我也是。"腼腆一些的莱蒂低低地说。

那听的人渐渐地发起热来。

"我们都不能嫁给他。"伊茨说。

"我们不能,我们谁都不能,真是糟透啦,"年龄最大的说,"他又过来了。"

她们三个都向他飞了一个无声的吻。

"为什么?"莱蒂急急地问。

"因为他最喜欢苔丝·德北菲尔,"玛琳压低了声音说,"我天天盯着他,看出来了。"

一阵思索的沉默。

"可她没有在意他吧?"莱蒂长长地喘了一口气说。

"嗯——有时候我也那么想。"

"咱都多么傻啊!"伊茨·秀特不耐烦地说,"咱们几个,他当然谁都不能娶,苔丝也不能,一个绅士的儿子,要去国外做大地主大农场主的!他也就是喜欢雇咱一年给他帮帮工罢了。"

一个喘粗气,另一个也喘粗气,玛琳丰满的身材喘出的粗气最大。那躺在床上难以忍受的人也叹息了。眼泪盈满了莱蒂·普蕾蒂尔的眼睛,那有着漂亮红发的最年轻的一位——普蕾蒂尔氏最后的蓓蕾,在郡志中那么重要。她们又默默地瞅了一会儿,她们三个的脸一直像先前那样凑在一起,她们的头发的三种色彩也混在一起。可是全未觉知的克莱尔先生进屋去了，她们不再看见他了，而且，夜色越来越深了，她们爬进了她们的床铺。几分钟以后，她们听见他上楼梯进了他的房间。玛琳一会儿打起鼾来，可是伊茨好长时间没有忘怀，莱蒂·普蕾蒂尔是哭到了睡觉。

甚至直到那时，更为情深意切的苔丝也远远没有睡过去。这场谈话是她这一天要被迫吞下去的又一丸苦药，在她心中难能生起一丝妒意。说到那件事，她知道她是得到了偏爱，拥有更娇美的形貌，受过比较好的教育，最小的莱蒂不算，她比那两个年龄大些的更像女人，她觉得，为了把克莱尔抓住的必要，她只要稍稍用点心，她就能抵过她这些坦率的朋友。可是，严重的问题是，她应该做这件事吗？不错，确实如此，明媒正娶，她们中没有一个能有一丝机会，不过，要是说，她们中一个能有机会，或者说已经有了，能吸引他产生一时喜爱，在他住在这里时，享受让他关注的快乐，那倒不是没有可能。这样门不当户不对的恋爱，也有的终成婚配了。她从克瑞科太太那里听说过，有一天克莱尔先生笑着问，上万亩殖民地的草场放牧，成群的牛羊饲养，满地的庄稼收割，娶一个时髦的小姐有什么用处呢？一个庄稼院的女人做他的妻子，才觉得是最合适的。不管克莱尔先生说的是不是认真的，她已经决意不允许任何男人娶她了，她严格发誓她永不受诱惑那样做，那么，她能为了在他逗留于泰尔波绥斯期间，得到他眼睛里阳光照耀的短暂幸福，而把克莱尔先生的注意力从别的女人那里扯开吗？

二十二

第二天早晨他们打着呵欠下了楼；撇奶油和挤牛奶像往常一样进行，随后他们去屋里吃早饭，看见克瑞科老板在屋子里跺脚。他接到了一封信，信中一个顾客抱怨黄油有怪味儿。

"天哪，真的有怪味儿！"老板说，他左手里拿着一块木片，上面粘着一团黄油，"真的——你自己尝尝！"

他们几个人围着他；克莱尔先生尝了，苔丝尝了，屋子里另外几个女工，一两个挤奶的男工也尝了，最后是克瑞科太太，她从等着吃饭的饭桌旁过来。真的有一股怪味儿。

老板在那里出了神地琢磨,要弄清牛吃了什么怪异有毒的草,才带来了这种怪味儿。他突然宣告——

"是大蒜!我还以为草地里一片蒜叶没留呢!"

于是,老手们都记起来,确实有一片干草场,有几头牛最近进去过,在过去的年月里,黄油也同样弄糟了。那时候老板没有弄清那怪味儿,还以为黄油是中了邪术。

"咱们得把那草场好好清清,"他接着说,"可不能再这样下去了!"

全部用旧尖刀武装起来,他们一齐走出去,仿佛那有毒的植物只能在显微镜下现身,却会逃脱一般的观察。在他们眼前铺展开去的丰茂的草原上,要发现它似乎是毫无希望的企图。可是不管如何,他们排成一行,所有的人都帮忙,由于搜索事情重大;老板在上首,和克莱尔先生——他也自愿来相助,接下来是苔丝、玛琳、伊茨·秀特和莱蒂,然后是贝尔·莱维、杨纳森,结了婚的挤奶女工——女工白克·尼波丝,黑色的卷头发、滴溜转的眼珠;亚麻色头发的弗兰丝,在冬天水草的潮湿中得了肺病——她们住在各自的村舍里。

眼睛盯在地上,他们慢慢地查过一溜草地,折回来,用这样的方式再查下一溜,等他们查完的时候,就没有一英寸草原能逃出他们的眼睛了。这是最沉闷烦人的活儿,整个草地上只发现了几根蒜苗;然而就是这"药草"的刺激,或许吃了它的奶牛足以使整个奶牛场一天的产品变味儿。

天性和心情彼此大不相同,可是他们做起来,依然列队弯腰,有趣地排成一排——自动自发,不声不响;一个异乡人走过邻近的小路看到了,可以完全有理由称这集合起来的一群人为"尚冀"。他们好像匍匐向前,低低地弯着腰辨察植株,一道柔和的黄色光线从毛茛草上反射到他们背阴的脸上,给了他们一种日光下精灵一般的面貌,其实太阳正在把正午的全部强光倾泻到他们背上。

安吉尔·克莱尔,自己规定事事参与,跟大家一起做,却时常张望一下。他排到了苔丝旁边,当然不是无意中。

"喂,你好吗?"他嘟哝着说。

"非常好,谢谢你,先生。"她郑重其事地回答。

刚刚半个钟头以前他们讨论过个人方面的问题,这种开场的形式似乎有一些多余。不过,当时,他们并没有再说什么。他们弯腰向前,弯腰向前,她的裙边正好拂着他的裹腿,他的胳膊肘有时候会碰到她的胳膊肘。终于,那在旁边的老板,再也受不了啦。

"天哪,这么躬着腰,不歇气儿,腰都断啦!"他叫着,慢慢地伸张着他的全身,直到完全伸直了。"你,苔丝姑娘,你头两天不是不大好吗——这要叫你头疼了!你要是觉得虚,就别干了,让别人干完得啦。"

克瑞科老板退出来,苔丝落在后头。克莱尔先生也走出行列,有一搭无一搭地张望着找那莠草。当她发现他在她身旁了,她头天晚上听到的那些话使她十分紧张起来,她先开始说话了。

"她们看上去不是很漂亮吗?"她说。

"谁?"

"伊茨·秀特和莱蒂。"

苔丝情绪冲动地裁定这些姑娘任何一个都能做农场主的好妻子,她应该举荐她们,遮掩她自己不幸的妩媚。

"漂亮?嗯,不错——她们是漂亮的姑娘——我看着很新鲜,也常这么想。"

"可是,可怜可爱的人,漂亮不能持久。"

"哦,不能持久,不幸。"

"她们是出色的挤奶女工。"

"不错,可是不比你出色。"

"她们撇奶油比我撇得好。"

"是吗?"

克莱尔继续看着她们——她们也不是不看他。

"她脸红了。"苔丝接着夸张地说。

"谁?"

"莱蒂·普蕾蒂尔。"

"哦,为什么脸红?"

"因为你在看她。"

做出自我牺牲,尽管她心中认可了,可是苔丝还不能再推进一步直接叫出来,"娶她们中的一个吧,要是你真的想娶一个挤奶女工,而不娶一个小姐,可是别想娶我啊!"她跟着克瑞科老板走了,带着忧伤的满足看着克莱尔还留在后边。

从这天开始她逼迫自己尽力躲避他——永远不允许她,像以前那样,长时间和他待在一起,即便他们的相遇是纯粹无意的。她给另外那三个人所有机会。

苔丝是个女人了,她完全能够从她们的坦白中认清,安吉尔·克莱尔掌握着全部挤奶女工的贞操,他小心地避免她们中任何一个的幸福遭受最低程度的损害,在苔丝心中产生了一种柔情的尊重,她相信她的感觉,无论对还是错,反正他显示出来的自我克制的责任感、那种品质,她从来没有指望在异性中发现,在那种品质缺席的境况中,那些与其同住一场的心地单纯的女孩子,就不止一个要在她的人生历程中伤痛流泪了。

二十三

七月的热天气不知不觉地悄悄来临了,平谷的空气好像麻醉剂沉沉地悬垂在牛奶工、奶牛和树木上空。热气腾腾的雨频频降下,使得奶牛放牧的草场上青草愈加繁茂,另一些草场割草晒草的活儿便往后延搁下去。

是一个礼拜天的早晨,牛奶挤完了,住在场外的牛奶工回家了。苔丝和另外三个赶快穿戴起来,她们集体约好了一起去梅尔司陶克教堂,那教堂距奶牛场三四英里远。苔丝米泰尔波绥斯两个月了,这是她第一次出远门儿。

头天整整一个下午和晚上的巨雷暴雨哗哗地泼灌了草地,把一些干草冲进了河里;可是由于暴雨,这个早晨的太阳放射着更加辉煌的光芒,空气温和而清澄。

蜿蜒的篱路从她们的教区到梅尔司陶克,有一段从最低的地方通过,当姑娘们到了最低的地点,她们发现大雨的结果是把小路淹没了五十码宽,水没过了鞋面。在一个礼拜的平常日子,这算不了什么严重的阻碍,她们穿着木鞋和袜子,毫不在意呱嗒呱嗒就蹚过去了;但是在这虚夸的日子里,在这礼拜天,虚伪地假装着去做"灵"的事情,其实却是"肉"向"肉"卖弄风情的时候;在这种场合她们穿着白袜子和俏鞋,粉红色的、白色的和淡紫色的裙衫,那上面每一个泥点都能被看出来,这水湾真成了令人为难的障碍。她们能听见教堂的钟敲响了——现在还离着将近一英里远。

"谁能料到夏季里河水能涨到这么大①!"玛琳说。在她们爬到路旁坡顶上,她们摇摇晃晃地站着,希望能从斜坡上慢慢走过去,直到越过那水湾。

"不直接蹚过去,咱怎么也去不了啦;要不就得从卡子路转道,那咱就去得太晚啦!"莱蒂说,绝望地停下了。

"进教堂那么晚,人家全都转过脸来看,我的脸非烧红了不可,"玛琳说,"直到祷告求主这个求主那个,脸也很难凉下来。"

她们正困守在堤坡上的时候,听见路拐弯的地方哗啦哗啦的水声,安吉尔·克莱尔出现在那里,正沿着篱路蹚水向她们走来。

四颗心同时狠狠地跳了一大跳。

他的外表或许不像严守安息日的教徒,而是一个教条武断的牧师的儿子常常呈现出来的样子;他穿的是挤奶时穿的衣服,长筒蹚水靴子,一片卷心菜叶在帽子里边保持头部凉爽,手里拿着一把锄蓟草的小锄,从上到下就是这套装束。

"他不是去教堂。"玛琳说。

"不——我但愿他是!"苔丝嘟哝说。

安吉尔,实际上,不管是对还是错(采取含糊其辞的辩论家的说法),在美好的夏日里,他宁肯在山石林木中接受布道,也不愿去教堂里听经。此外,这个早晨,他还要出去看看洪水把干草冲坏了没有,是否需要重视。他走在路上老远就看见了这些姑娘,可是她们被过路的难处困扰着,没有看见他。他知道那个地方的水涨起来了,能严重阻碍她们行进。于是他加快脚步赶上来,带着个怎样帮她们一下的朦胧想法——尤其是其中的一位。

红润的脸,明亮的眼睛,穿着她们轻俏的夏装,四人组看上去这样迷人,

---

① 英国天气,十月最多雨,夏天雨较少。

持守在路旁堤岸上好像站在屋顶斜坡上的鸽子,在走近之前先停下来端详她们一会儿。她们的薄纱裙边擦起青草中无数的苍蝇和蝴蝶,它们不能逃脱,被圈在半透明的轻纱中好像进了一个大鸟笼。安吉尔的目光最终落到了苔丝身上,这四位中最后面的一个。她,在她们的困境中忍着满肚子笑,不禁容光焕发地与他的目光相迎。

他蹚水走到她们下方,水不能没过他的长筒靴子;他站着看那些落入了牢笼的苍蝇和蝴蝶。

"你们想去教堂?"他对站在前面的玛琳说,在他的话中包括了后面的两个,可是避开了苔丝。

"对,先生。这么晚了;我的脸非烧成什么样子不可——"

"我把你们抱过这水湾吧——一个一个都抱过去。"

四个人的脸都红了,好像同一颗心在她们胸中撞击着。

"我想你抱不动吧,先生。"玛琳说。

"只有这个办法能让你快过去。站稳了。瞎说——你们不太沉!我能把你们四个一起抱过去。来,玛琳,注意,"他接着说,"用你的胳膊搂着我的肩膀,这样,来!抱住。行啦。"

玛琳按他的指点把自己放到他的胳膊和肩膀上,安吉尔抱着她大步走开了,从后边看去,他单薄细长的身躯,只不过是茎秆托着她形成的硕大花束。他们消失在篱路转弯的地方了,只有他蹚水的脚步声和玛琳帽子顶上飘的丝带告诉她们他们是在哪里。几分钟之后他重新出现了。按照在堤岸上的顺序伊茨·秀特是下一个。

"他来了,"她咕哝着说,她们能听出她的嘴唇带着热情的焦干,"我用我的胳膊搂着他的脖子,像玛琳那样看着他的脸。"

"那根本不算什么!"苔丝急急地说。

"凡事都有定时,"伊茨没有理会苔丝的话,接着说,"拥抱有时,不拥抱有时[①];这一次拥抱是我的啦。"

"呸——那是《圣经》,伊茨!"

---

① 参见《圣经·传道书》第三章。

"对,"伊茨说,"我在教堂里老是听见这些漂亮的经文。"

安吉尔·克莱尔,在他来说这行为的四分之三只是平常的好意,现在排到了伊茨。她文静地做梦似的让自己落到他的胳膊上,他有条有理地抱着她走开。当听到他再一次返回的时候,莱蒂激跳的心几乎能看出在摇荡着她。他走向这红头发的姑娘,他抱住她的时候瞥了苔丝一眼。他的嘴唇不能吐出比这一瞥更清楚的话来,"一会儿就是你和我了。"她的理解浮现在她的脸上;她不能不表露出来。那是他们两人之间的心领神会。

可怜的小莱蒂,尽管分量远为最轻,却是克莱尔最麻烦的负担。玛琳好像一袋面粉,一堆死沉沉的肉往下坠得他一步一步跟跟跄跄的。伊茨熨熨帖帖、安安静静地伏在他身上。莱蒂却是一捆歇斯底里。

不管怎样,他抱着这不安生的生物通过了水湾,把她放下,返回来了。苔丝能从篱树顶上看到那一堆三个,站在他放下她们的高地上。现在轮到她了。跟克莱尔的喘息目光一靠近,她发现她刚才瞧不起的同伴的那种兴奋,在她身上更加强烈地发生了,这使她窘迫不安起来;好像担心暴露了她近来对他敷衍搪塞的秘密。

"我或许能攀着高坡过去——我比她们都能行。你肯定累了,克莱尔先生。"

"不,不,苔丝。"他急忙说,几乎自己还没意识到,她已经伏在他的怀抱里,靠着他的肩膀了。

"三个利亚为的是得到一个拉结①。"他低声说。

"她们是比我好的女人。"她回答说,宽宏大量地坚持着她的决定。

"对我不是。"安吉尔说。

他看到她越发温情了;他们默默地走了几步。

"我希望我不是太沉吧?"她羞怯地说。

"哦不。你举举玛琳,简直是一团肉;你好像被太阳晒热的起伏的波浪。你穿的这些蓬软的细纱衣服,就是浪花沫儿。"

---

① 据《圣经·旧约·创世纪》第二十九章,雅各为娶拉结为妻,答应为她家工作七年,工作了七年以后,拉结的父亲拉班却把大女儿利亚和侍女兹尔巴许配给他,雅各为了得到拉班的小女儿拉结,又为拉班工作了七年。

"那可漂亮极了——要是你看着我像那个样儿。"

"你知道我那四分之三的劳累完全是为了这四分之一吗?"

"不知道。"

"我没料到今天有这样的事。"

"我也没料到……没料到水这么凶地上来了。"

她故意把他没有料到的事,理解为水这么凶地涨起来。她喘息的样子却与她说的不符。克莱尔站定了,把脸转向她。

"哦苔丝!"他叫着。

姑娘的脸颊迎着微风灼烧,因了他的热情,她不能看他的眼睛了。这提醒了安吉尔,乘偶然情势之便那就有点不公平了;他不再向前逼近。现在还没有确切的爱的话语通过他们唇间,于此中止是称心适宜的。可是他仍然慢慢地走,剩下的距离拉得尽可能长一些;不过他们终于到了拐弯的地方;他们剩下的进程完全在另外三个人的视野中了。干爽地到了,他放下她来。

她的朋友们瞪圆了满是心思的眼睛看着她和他,她能够看出她们谈论她了。他匆匆跟她们道了别,又沿着淹没的那段路哗啦哗啦蹚着水回去了。

她们四个像先前一样一起往前走,终于玛琳打破了沉默说——

"不,千真万确,咱们不可能争过她!"她不高兴地看着苔丝。

"你说的什么意思?"后者问。

"他最喜欢你——最最!他一抱起你来我们就看出来了。他能亲亲你,你要是鼓励他做,稍微一点鼓励。"

"不,不。"她说。

她们启程时的那种快乐莫名其妙地消失了,可是她们之间还没有敌意和怨恨。她们是宽宏大量的年轻人;她们生长在荒远乡村的角落,在那里宿命论是强固的观念,她们并不责怪她。这样的取代是命定的。

苔丝的心痛起来了。在她这里,她爱安吉尔·克莱尔的真相是无可遮掩了,知道了别人也同样倾心于他,或许能越发使她热烈动情。这种情绪是有感染力的,尤其在女人中间。同样渴望爱情,同情着她们的伙伴。苔丝正直的天性原本反抗过这种爱情,可是太无力了,自然的结果随之而来了。

"我永远不挡你的道,也不挡你们任何人的道!"那天晚上在寝室里她对莱蒂宣称（她的眼泪滚落下来），"我是由不得自己啊，亲爱的！就像我拒绝所有男人一样。"

"啊！你能吗？为什么？"莱蒂惊奇地问。

"不能那样！不过我把话说明白了吧，先把我远远撇到一边，我想他也不会挑你们任何一个。"

"我从来没有指望啊——没想啊！"莱蒂悲叹着，"可是，唉！我想我还是死了好！"

可怜的孩子，被她难以理解的感情撕裂着，转向正在这时走上楼来的另外两个姑娘。

"咱们跟她又是朋友了，"她对她们说，"她想她和咱们一样，他不会挑她。"

就这样友谊继续下去，她们倾诉着，热乎着。

"我现在做什么好像都没有心思啦，"玛琳说，她的语气降到了最低的调子，"我本来要嫁给司提克的一个奶牛场老板，他求过我两次了，可是——天哪——现在去做他的老婆，还不如自己寻死好！你怎么不说话，伊茨？"

"说实话吧，那时候，"伊茨喃喃说，"他抱着我，我有把握他今天能亲亲我；我乖乖地贴着他的胸膛，盼着，盼着，一丝儿不动。可是他不亲我。我不想在这泰尔波绥斯再待下去了，我要回家去。"

寝室里的空气似乎随着姑娘们无望的热情悸动起来。她们在残酷的自然法则戳向她们感情的暴虐之下，像害了热病似的扭动辗转反侧——这种感情，她们既不期待，又不渴望。这一天的偶然事件扇旺了她们心中燃烧的火焰，又熄灭了，那折磨痛苦几乎超出了她们的忍耐程度。那将她们区别为个体的差异被热情抽象了，各自只是同一物体叫作性的一部分。有这么多的坦诚，很少有嫉妒，因为没有希望。每个人都是一个漂亮姑娘共有的感觉，不用徒然的自负欺骗自己，或者否认她的爱情，或者故作姿态，在想望中胜过别人。由社会观念来看，可以完全认识到她们的迷恋的无效；没有意义的开始；自我局限的前景；从文明的观点来看，缺乏任何东西能证明其有理由存在（而在自然天性中却无可或缺）；有一个事情却真切存在，使她们狂喜以至扫兴；这一切赋予她们一种放弃，一种自尊，实际上卑贱地赢得他作为丈夫的期望破灭了。

她们在她们的小床上跌腾翻转,楼下的压腐机单调地滴答不止。

"你还没睡,苔丝?"一个低声说,过了半个钟头了。

是伊茨·秀特的声音。

苔丝肯定地回答,于是莱蒂和玛琳也突然撩开她们的被单,长叹一声——

"我们也是!"

"我真想知道她长得什么样儿——他们说他家里给他找了一个。"

"我想知道。"伊茨说。

"他家里给他找了一个小姐?"苔丝喘息着,吃惊了,"我从没听说!"

"哦,没错儿——人家私下说了,是他门当户对的一个年轻小姐,是他家里给他挑的;一个神学博士的女儿,住在他父亲的艾敏斯特教区附近;他不太喜欢她,他们说,不过他肯定会娶她。"

她们听到的是这么极少的一点儿;可是它也足以构成灾难的忧愁幻梦了,在这夜晚的黑暗中。她们描画了他被说服的全部细节,婚礼的筹备、新娘的幸福、她的衣服和面纱、她和他有福的家庭,那时候他和她们的爱情所涉就被遗忘殆净了。她们就这样说着,痛着,哭着,直到睡魔把她们的悲哀驱走。

这事泄露了以后,苔丝不再进一步抱着傻想,以为在克莱尔对她的关注中潜藏着严肃和慎重的意义了。那只是对她的脸蛋一场过去的热季之爱,为了爱娱本身的缘故——再没有什么了。她还戴上了使人恼伤的荆冠,尽管他对她比对另外几个更感兴趣,她也知道在自然天性方面她比她们更富于热情,更聪明一些,更美丽一些,可是在礼法的眼光看来,她跟那几个他忽视的不好看的相比,她却远远配不上他。

二十四

在肥沃渗油、溽热得发酵的瓦尔谷里,一个几乎能够听见可以受孕繁育的汁液咝咝涌动的季节,那最空幻的爱情要不炽热浓烈起来也是不可能的。

可意的胸怀本已存在于那里,周围的环境使它们孕发了。

七月过去了,尾随而来的"暑月"①的气候,似乎在自然的方面努力跟泰尔波绥斯奶牛场的心态匹敌似的。这个地方的空气,在春天和初夏是那样清新,现在滞闷而又倦怠慵懒了。浓重的气息闷压着,正午时分大地仿佛昏昏欲睡了。埃塞俄比亚般的阳光把草原的上半坡烤成了褐色,不过,在流水潺潺的地方,仍然处处有清亮鲜嫩的绿草。正如被外部的酷热压抑着一样,克莱尔的内心也被愈益强烈的对于温柔恬静的苔丝的炽热感情重压着。

大雨下过了,高地干了。奶牛场老板的弹簧车轮子,他从市场上飞快回家的时候,碾起了大路上的粉尘,后边跟着一条白色的粉末丝带,好像它们点燃了一条细微的火药引线似的。奶牛狂暴地跳过五道横木的栅栏门,它们简直被乱撞的飞虻闹疯了;克瑞科老板从礼拜一到礼拜六,衬衫的袖子一直卷上去:不打开门,只打开窗户通风是无效的。奶牛场庭院里,乌鸦和画眉在红醋栗灌木丛下爬动,与其说是长翅膀的生物,不如说是四足兽之类。苍蝇在厨房里懒洋洋的,赖唧唧的,放肆随便,爬到了不惯去的地方,到了地板上,进了橱柜里,落在挤奶女工的手背上。谈话涉及着中暑;搅黄油的时候,尤其是保存黄油,简直是令人绝望的。

为了凉快和便利,他们全都在草场挤牛奶,不把奶牛赶回家。整整一天,树荫伴随着太阳的滚动绕着树干移动,奶牛便巴结地跟随着哪怕最小的树荫转到了挤奶工来的时候,它们被苍蝇咬得都很难站稳了。

在这些日子的一个下午,有四五头没有挤奶的奶牛碰巧离开了牛群,站在树篱一角的后边,它们中就有胖子和老美,它们都特别喜欢苔丝的手。当她从一头挤完奶的奶牛旁的凳子上起来的时候,安吉尔·克莱尔已经看了她有一会儿了,问她接下来是不是去挤上述几头牛。她默默地同意了,在胳膊上端着凳子,把奶桶靠膝盖提着,转到了那几头牛站的地方。一会儿老美出奶咝咝入桶的声音通过树篱传来了,于是安吉尔也觉得转到那个篱角好,他想过去挤一头游荡到那里的难挤的牛,他现在像老板本人一样能挤难挤的牛了。

---

① 暑月:1789年法国大革命改变历法,公历7月19日为"暑月",也译为"热月"。

所有男工,还有一部分女工,挤奶的时候都把他们的额头抵着奶牛,眼瞅着奶桶。可是少数几个——主要是年轻的——把他们的头的侧面靠着牛肚子。这是苔丝·德北菲尔的习惯,她的太阳穴紧贴牛的侧腹,眼睛凝望着草地远远的尽头,安安静静地沉入了冥想。她就这样挤着老美,太阳碰巧对着挤奶的那面,照射着她穿着粉红色裙衫的形体,白色的帽子和她的侧面脸容,鲜明清晰,使得她好像是从奶牛暗褐色背景上凸现出来的浮雕。

她不知道克莱尔跟着她转过来了,正坐在他挤的奶牛身底下看着她。她的头和面容的沉静是奇怪的:她可能是在发呆,眼睛睁着,却视而不见。在这幅图景中没有什么东西活动了,除了老美的尾巴和苔丝粉红色的手,后者是如此柔和,只是有节奏的律动,好像服从于一种反射性的刺激,似一颗心脏的跳动。

她的脸是那么可爱,在他看来。然而那上面没有缥缈的东西,全是真真切切的生机,真真切切的温热,真真切切的肉。那可爱在她的嘴上达到了顶点。那样深邃灵动的眼睛他以前看见过,那样漂亮的面庞,弯弯的眉毛,几如塑出来的下巴和颈项,或许他以前都见到过;可是她的嘴,他在世人的脸上从来没有看到过堪与比拟的。对于一个年轻的男人,哪怕最少热情,她鲜红上唇的中间往上轻轻一噘,也会令他销魂着迷、发狂。他以前从来没有看见过一个女人的红唇白齿如此令他持续反复地重述老伊丽莎白时代的比喻:"玫瑰含雪。"①完美无瑕,他,作为一个情人,可以即刻这样称誉它们。可是不——它们又不是完美无瑕。它们是缺陷在将近完美上一碰即予的甜蜜,因而才有了可感可触的人性滋味。

克莱尔这么多次研究那嘴唇的曲线,以致他能够很容易在内心再现它们。现在,当它们再一次与他面对,带着红艳和生机,发出一股气息吹遍了他的肌肤,如一阵微风贯穿了他的神经,几乎使他产生了一阵眩晕;由于神秘的身体作用,使他打了一个沉闷的喷嚏。

她意识到他在看她了;可是她不能改变姿势表示出来,不过她奇妙的梦一般的沉静消失了,一双精细的眼睛可以很容易地看出她脸上的玫瑰红加

---

① 玫瑰含雪:出自托马斯·坎皮恩的诗《樱桃熟了》(又题为《她脸上有一座花园》):"看上去它们就像含雪的玫瑰。"

深了,然后慢慢消退,直到只留下一点淡色。

那穿过了克莱尔的犹如白天而来的电光一般的影响却没有消失。决意,缄默,慎重,忧惧,全都好像被打败的军团溃退了。他从座位上跳起来,撂下奶桶,不管奶牛要是有这样的心思会把桶踢翻,他向着他眼睛的热望快步向前,跪在她的旁边,把她搂在怀里。

苔丝完全惊住了,她根本来不及想什么,就不可避免地服从了他的拥抱。看出了眼前正是她真正爱的人,不是别人,她双唇张开,一阵快乐,偎倒在他的怀里,发出了一声好像狂喜似的欢叫。

他正要吻那极为诱人的嘴,可是他制止了自己;为了他敏感柔脆的道德的原因。

"原谅我,亲爱的苔丝!"他低柔地说,"我应该问一问。我——不知道我做的什么。我不是有意对你轻佻。我对你是真心的,苔丝,最亲爱的,完全是诚心诚意的!"

老美这时候转过头来看看,困惑了;看着两个人蹲在它身子底下,在它的最古老的记忆中,那里习惯上只是一个人,它恼怒地抬了抬后腿。

"它生气了——它不懂咱的意思——它能把奶桶踢翻!"苔丝嚷着,温柔地努力想脱身出来,她的眼睛挂涉着牛,她的心却更加深切地挂念着她自己和克莱尔。

她从她的座位上滑脱了,他们一起站着,他的胳膊一直环抱着她。苔丝的眼睛,注视着远处,泪水盈眶了。

"你为什么哭啦,我的宝贝?"他说。

"哦——我不知道。"她咕哝着。

她更加清楚地看到,感觉到了她所处的地位,她便烦乱不安了,力图挣脱出去。

"唉,我到底暴露了我的感情,苔丝,"他说,叹了一口奇怪的无可奈何的气,不自觉地表明他的感情,感情失去了他的理性掌控。"那,我——爱你是毫不含糊真真切切的,那不用说了。可是我——现在不再逼你了——那叫你难过了——我像你一样惊了一跳。你不会以为我是趁你不备而放肆吧——太快了;太没有考虑了,是吧?"

"不——我说不上来。"

他让她脱身出去了；两个人立刻又重新开始各自挤奶了。没有人看到两个人合二为一的吸引；当奶牛场老板几个钟头以后转过来，那隐蔽的篱角没有一点迹象泄露那明显的异常；分离开的一对儿彼此之间仅仅是相识了。可是，自克瑞科上一次看见他们的间隙中，有改变他们两个生物宇宙中轴的事情发生了；那些事情，作为一个注重实际的人，奶牛场老板要是知道了它的性质，是会看不起的；然而，与一大堆所谓实际性相比，那事情建立在更为顽强更为不可抗拒的趋势上。一层幕纱撩开了；由此开始的一段时光中，两个人的前景中有了一条新的地平线——长久的，或者短暂的。

第四章　后　果

二十五

克莱尔心神不宁,黄昏将临的时候,跑进了暮色里,赢得了他的那个她已经回到了她的寝室里。

夜晚像白天一样闷热。黄昏以后也没有一丝凉爽,除非在草地上。大路、庭园的小路、房屋前、院墙,都像炉床一样热,把正午的气温反射到这梦游者的脸上。

他坐在奶牛场院子的东门,不明白他自己是怎么回事,白天里的感情确实淹没了理性。

三个钟头以前那突然的拥抱以后,这一对儿分开了。她似乎呆住了,几乎惊恐了,与此同时,在发生的那事情上,那新奇,未经预谋,环境的操控,也使他不安起来——好激动,多思虑,他原本就是这么个人。他现在还很难认识到他们彼此之间真正的关系,自此以后在第三方面前他们共同的担当是什么。

安吉尔作为学徒来到这个奶牛场,计划中在这里的暂时居留只是他生活中的一段插曲,快快经过,早早忘却;他来到这里,好像是从一个有屏蔽的洞室里,能够平静地打量诱人的外部世界,跟瓦尔特·惠特曼①一起发出呼喊——

---

① 瓦尔特·惠特曼(1819—1892),美国诗人,以诗集《草叶集》名世。引文见其诗《过布鲁克林渡口》。

> 一群群穿着平常服装的男人和女人,
> 在我看来你们是多么新奇——

  为了投入那个世界,重新谋定一个计划,看哪,诱人的场景输入此地。多么引人入胜的世界隐入了无聊无声的渺远的哑剧;然而在这里,在这貌似暗淡鲁钝没有热情的地方,突然呈现了火山爆发一般的新异景象,就他而言,还从未在别处见过这样的爆发。

  房屋的每一扇窗都敞开着,克莱尔能听见各屋回去的人琐细的声音从院子里传过来。这奶牛场,那般卑微,那般无足轻重,对于他纯粹只是个勉强寄居的地方,迄今为止,他从来没有认为在这片土地上有任何一种品性的物质重要到足以踏勘,现在它呢?那些老旧的长了苔衣的砖墙轻柔地发出挽留:"住下吧!"那些窗户面含微笑,大门好话劝诱点头召唤,爬墙虎结盟共谋满脸羞红。住在它里面的有一个人是如此广远地传播着她的影响,播散进青砖灰泥,传达到整个悬垂的天空,一切都带着燃烧的感情颤动着。是什么人有这么强大的人格力量呢?一个挤奶女工。

  它是令人惊讶的,的确,发现了这偏僻的奶牛场生活,对他竟成了那么重大的事情。尽管新的爱情要负一部分责任,但是也不绝对如此。安吉尔和好多人都懂得,人生意义的重大,不在于外界转移置换,而在于主观的经验。敏感可塑的乡下人,比那麻木迟钝的国王,能够导向更为广阔、更为充实、更为富于戏剧性的生活。这样看来,他便发现在这里的生活与在别处具有同等重大的意义。

  尽管他特立独行,不同流俗,有些软弱,克莱尔却是一个有良心的男人。苔丝不是一个无足轻重的动物,玩一玩就可丢弃,而是一个有着珍贵生命的女人——那生命,对于她或者是忍耐或者是享受,跟他同样拥有伟人一般的生命最为有力的方面。对苔丝而言,整个世界却取决于她的感觉,经由她的存在,同代的全部生命存在着。宇宙本体也仅仅为了苔丝而存在了,在她出生的那特殊年份的一个特殊的日子里。

  他闯入的负载着这些意识的生命是无情的造物主赐予苔丝的唯一生存机会——她的全部;她的全部和仅有的机会。他怎么能把她看得比他自己还无足轻重呢？怎么能把她当作一个漂亮的东西抚玩一阵逐渐磨损遗弃呢？怎么能不以最庄重严肃的钟爱之情对待他在她那里唤起的感情（在她克制淡定的外表之下那样的热烈而敏感），不使她痛苦遭受危难呢？

每天按习惯的方式跟她相遇，会发展已经开了头的事情。生活在这样密切的关系中，相会便意味着陷入爱抚，血肉之躯不能抗拒它；而且，这样一种趋势导致什么结果还没有得出结论，他决定暂且从他们两个共同忙着的事情上避开一下。现在造成的伤害还很小。

可是这个不再接近她的决定却不容易实行。他的脉搏每一次搏动，都驱使着他走向她。

他想离开，去看看他的家人。那或许能试探出他们对这事的态度。他留在这里的时间不到五个月就要结束了，此后，加上在别的农场过几个月，他的农业知识就完全装备起来了，能够着手他自己的经营。一个农场主不需要一个妻子吗？一个农场主的妻子应该是一个起居室里的蜡人呢，还是一个懂得农事的女人呢？尽管令他愉悦的回答在不言之中，他还是决定踏上他的旅程。

一天早晨，泰尔波绥斯奶牛场的男工女工坐下来吃早饭的时候，有女工说她那天一直没有看见克莱尔先生。

"噢，不错，"克瑞科老板说，"克莱尔先生回艾敏斯特老家几天，看望他的爹妈。"

围着饭桌的四个热心热肠的人在这一击之下，觉得早晨的阳光一下子暗淡了，鸟儿的歌唱闷哑了。不过，没有一个姑娘的一言一行泄露她们的失意。

"他在这里跟我学徒快满期了，"老板接着说，冷冷淡淡的，没有意识到这冷淡就是残酷，"所以我想他是去看看到别处去的计划了。"

"他还能在这里待多久？"伊茨·秀特问，那忧郁满怀的一群中仅有的一个，还会相信她的声音可以托付探问。

另外几个等待着老板的回答，好像她们的生命悬在上头，莱蒂张着嘴，紧盯着桌布，玛琳红红的脸添了烧热，苔丝的心怦怦激跳，望着外边的草地。

"嗯，不看看我的备忘录，我记不住准日子，"克瑞科回答说，带着令人无法忍受的淡漠,"不过也可以更动一点儿。他会多住些日子,见习见习在草栏里下小牛,肯定的。我敢说他能一直缠磨到年底。"

四个月,还剩下与他共处交往这折磨人、撕痛人、又狂喜入迷的四个月——"快乐与痛苦缠绕"的日子。之后,就是那难以形容的沉沉的黑夜了。

在这个早晨的这个时刻,安吉尔·克莱尔已经骑马沿着一条狭窄篱路,朝着他父亲在艾敏斯特教区的方向,走出了离吃早饭的那些人十英里远了。他尽可能带上了克瑞科太太送给他父母的一些黑布丁和一瓶蜂蜜酒,装在一个小篮子里,连同她对他父母的问候。白色的篱路在他前头延伸着,他的眼睛落在上头;可是它们却看着下一年,并没有看路。他爱她,应该娶她吗?他敢娶她吗?他的母亲和哥哥们会说什么呢?时过两年之后,他自己又会说什么呢?那得取决于这临时的热情之下是否有健劲的情感胚芽,是不是仅仅由她的外貌引起的肉欲的快乐,而没有永久性的基础。

他父亲住的四周环山的小镇,都铎王朝式的红砖建筑的教堂塔阁,牧师宅第附近的树丛,终于出现在他的眼前,他朝着他熟悉的大门一直走下去,进家之前往教堂方向看了一眼,他看到法衣室门旁站着一群女孩子,年龄在十二岁到十六岁之间,显然在等着别的人来。一会儿那人可以看见了,从体形上能看出比上学的姑娘年龄大一点儿,戴着宽边草帽子,穿着浆得挺硬的麻纱晨衣,手中拿着两本书。

克莱尔很熟悉她。他不能断定她看见了他没有,他希望她没有看见他,那他就不必过去跟她说话了。尽管她是个无可责备的人,一种向她问候的极不情愿还是促使他断定,她没有看见他。那年轻女士是梅绥·钱特小姐,他父亲的邻居和朋友的独生女,她的父母十分希望总有一天他会与她成婚。她是热衷于反律法论①和《圣经》教义的,现在显然是要去上课了。克莱尔的心流入了瓦尔谷中充满热情的仲夏般炽热的异教徒之中,她们那玫瑰色的脸颊,带着奶牛滴溅的橡皮膏般的牛粪斑点,她们所有人中那最热烈深情的一位。

---

① 反律法论:一种神学教义,认为基督徒既蒙上帝拯救,便不必遵从摩西律法,人的善行主要是圣灵在内心起作用。

他决定匆匆回艾敏斯特本是出于一时冲动，所以他没有通知他的父母，打算无论如何，在早饭时他们出去尽教区职责之前赶到。他到得稍晚了一会儿，他们已经坐下来吃早饭了。他一进家，围在饭桌上的一堆人就跳起来欢迎他。他们是他的父亲和母亲，他的哥哥菲利克斯牧师——邻郡一个镇上的副牧师，请了不到两个礼拜的假在家里——和他的另一个哥哥，卡斯波牧师，古典学者，母校的研究员和主任，从剑桥回来度长假。他的母亲以戴着便帽和银丝眼镜的面貌出现，他的父亲看上去就是他实际的样子——一个最虔诚的敬畏上帝的男人，有点消瘦憔悴，年纪大约六十五岁，他苍白的脸上带着思考和谋虑留下的皱纹。越过他们的头部上方，墙上挂着安吉尔姐姐的画像，这个家里子女中最大的，比安吉尔大十六岁，嫁给了一位传教士，到非洲去了。

　　老克莱尔先生是一位典型的牧师，在近二十年里，几乎从当代人中退隐了。一个由威克利夫、胡斯、路德、加尔文①一脉相承的精神后裔；一个福音教徒中的福音教徒；一个劝人信教皈依转化的人，一个生活和思想都像使徒一样简朴的人，他还在年轻青涩时，就在较为深奥的人生问题上断然拿定了主见，从那时起不允许再有别的理由更动它们。他甚至被他同代同学派的人视为极端；然而，另一方面，那些完全反对他的人，因为他的彻底，因为他用道义回答他们的活力中，展示了排除所有疑问的非凡力量，也不能不钦佩他。他爱塔尔苏斯的保罗，喜欢圣约翰，恨圣詹姆士，如他敢于恨的程度，以混杂的感情看待提摩太、提多和腓利门②。按照他的理解，《新约全书》与其说是基督教，不如说是保罗颂诗——与其说是说教，不如说是使人迷醉。他的宿命论信条如此这般以致几乎相当于一种邪毒，完全相当了，在它消极的一面，简直等于是放弃一切的哲学，跟叔本华和雷奥巴狄的哲学是堂兄弟姐妹。他鄙视"基督教章程法规"和祈祷书中用红色印制的有关宗教仪式的规定，却极其信赖教条，认为自己始终与整体范畴保持一致——这话或许有几分对。有一方面他确乎是的——诚恳。

---

①　威克利夫：14世纪英国宗教改革家；胡斯：14世纪波希米亚宗教改革者；路德：即马丁·路德，16世纪德国基督教改革运动领导人之一；加尔文：16世纪法国基督教改革运动领导人之一。
②　保罗：即使徒保罗或圣保罗，初期基督教会主要领袖之一；圣约翰、圣詹姆士：同为耶稣十二门徒；提摩太：使徒保罗的助手；提多：使徒保罗的门徒和秘书；腓利门：公元3世纪雅典新喜剧诗人。

对于自然生活中审美的、感官的、异教徒的快乐和他儿子安吉尔近来在瓦尔谷中亲历的丰美女性，他在本性上是极不相容的，他要是探问出来，或者是想象出来，他都能大发脾气。有一次，因为一时烦恼，安吉尔对他的父亲说，假如希腊成为现代化文明的宗教起源，而不是巴勒斯坦，那对于人类，结果或许会好得多；他父亲的悲痛无以形容，在这样的主张中，看不到可能潜藏着真理的千分之一，更不必说一半真理，或者说整个真理。后来，他直接把安吉尔严厉地教训了多次。不过，他心地仁慈，从不会长久怨恨，今天，他仍然带着孩子一样率真甜美的笑容欢迎儿子回家。

安吉尔坐下来，这地方感觉像家了；可是他却不能像以前那样觉得他是这个家庭相聚中的一员了。每一次回到这里，他都意识到了这种歧异，上一次他在这牧师宅第里分享生活，就比以往更加清楚地显出了与他自己的生活的异质。它的超自然的热望——一直无意识地建筑在地球中心说观点上，天堂是顶峰，地狱是低谷——相对于他的情形，就好像是生活在另一个星球上的人做的梦一般怪异。近来他看到的只是人生，感觉到的只是那生命巨大的热情冲动，没有被那些信条扭曲、牵制和束缚，那本是教义和哲士们的要旨企图无益地加以阻碍制约的。

就他们而言，他们也看到了他身上巨大的不同，跟从前的安吉尔·克莱尔越发背道而驰了。主要的是他举止的变化，尤其是刚刚被他的两个哥哥注意到的。他的举动变得像一个农夫了，他的腿乱伸乱动，他脸上的肌肉愈益富于表情，他的眼睛传达的信息像他嘴里说出来的一样多，甚至更多。学者的风度几乎消失了，更不用说客厅里年轻男人的风度。一个学究气的人会说他失去了教养，一个行为拘谨的人会说他粗俗。这就是他和泰尔波绥斯的仙女情人们同住一处交谊濡染的结果。

早饭以后他和他的两个哥哥出去散步。他的两位哥哥——非福音派教徒，受过良好的教育，合乎标准的年轻人，端正规范至细至微，都是那条理系统的教育车床一年年旋出来的无懈可击的模范。他们两个都有点儿近视，大家时兴戴单片眼镜的时候，他们也戴有系儿的单片眼镜；大家时兴戴有腿儿的眼镜的时候，他们立刻戴上有腿儿的眼镜，完全没有查究他们的视力到底有什么特殊毛病。华兹华斯得到尊崇的时候，他们就带上了华兹华斯的袖珍本诗集;雪莱受到了贬低,他们就任由雪莱的诗集在书架蒙盖灰尘。考瑞究①的《神圣家庭》受到赞美的时候,他们也赞美考瑞究的《神圣家庭》;考瑞究遭到了诋毁,不如维尔奎兹②流行,他们孜孜矻矻亦步亦趋照样做,没有任何个人的异议。

要是他们两个注意到了安吉尔越来越不匹合社交场面,他就注意到了他们越发心神狭隘了。菲利克斯在他看来完全是教堂气;卡斯波整个是学院派。他的教区会议和视察在他那里就是世界的主要动力;在另一个那里则是剑桥。两兄弟坦白承认,在文明社会之外,有大量无关紧要的人,他们既不是学院的人,也不是教会的人;宁可容忍他们,不可指望他们,更不必尊重他们。

他们两个都是孝顺的殷勤的儿子,按时回家看望他们的双亲。菲利克斯,尽管在神学的嬗变中,与他父亲相比是更为现代的一个分支,可是更缺少自我牺牲和公正无私。对立的意见,如果对秉持者本人有危害,他比他的父亲更宽容,如果对他本人的说教有一点儿轻视,他就不像他的父亲那样肯予以宽谅。卡斯波从整体来看,心胸更宽广一些,不过,更狡猾阴险,还没有他哥哥那样的心肠。

他们沿着山坡一路走去,安吉尔以前的感觉复生了——与他相比,无论他们占到了多少好处,他们两个都没有看到或者经历过真正的人生。或许,像许多男人一样,他们观察的机会不像表达的机会那么多。他们两个,在他们以及他们之流平静和缓的水流中漂浮,都没有关于外界运转着的复杂力量的适当概念。他们两个都看不到局部真理与普遍真理之间的不同;他们不知道用牧师和学者的态度由内部观察事物的结果与外部世界所想的有多么大的差异。

"我看你现在想的就是种庄稼,没有别的了,我亲爱的伙计,"菲利克斯在说着别的话时,透过他的眼镜看着远处的田野,带着哀愁的严肃神色对他的弟弟说,"既然这样,也只得如此了。不过我恳求你,一定努力尽可能与道德理想保持联系。种庄稼,当然,意味着外表就粗陋了;不过高尚的思想还

---

① 考瑞究(1494—1534),意大利文艺复兴时期的画家。
② 维尔奎兹(1599—1660),西班牙画家。

是可以伴随着简朴的生活。"

"当然可以，"安吉尔说，"不是一千九百年前就被证实了吗①——我可以侵入你的领域一点吧？菲利克斯，你怎么能以为我会丢弃高尚的思想和道德理想呢？"

"哦，我是从你写信的口气和咱们的谈话想象的——或许只是想象——你不知道怎的失去智性的理解力了，你没发现吗，卡斯波？"

"你听我说，菲利克斯，"安吉尔冷冷地说，"我们是非常好的兄弟，你知道；我们各有各的领域，各走各的道；不过，说到智性的理解力，我想，你，作为一个自满专断的神学家，最好不要管我，还是探究一下你自己成了什么样子吧。"

他们转下山去，回家吃午饭，他们家的午饭没有固定的时间，一般总是在他们的父母结束了教区上午通常的工作以后。说到下午来访者的方便，那是无私的克莱尔先生和克莱尔太太考虑的事情；尽管他们的三个儿子在这事上能跟他们保持充分的一致，不过，还是希望他们的双亲遵从一点儿现代观念。

他们走得饿了，尤其是安吉尔，他现在是户外劳动的男人，习惯了奶牛场老板几分粗糙整桌装满的丰富的"不花钱的宴席"②。两个老人没有一个回来，直到儿子们等得厌烦起来，他们的双亲才进来了。这克己自制的老两口子是看望生病的教民去了，他们有些矛盾地劝病人多吃饭，把身体囚禁在肉体的牢狱了，他们自己的食欲倒完全给忘掉了。

一家人围着饭桌坐下来，几样简单俭省的冷食摆在他们面前。克莱尔四处看看，找克瑞科太太送的黑布丁，他已经吩咐过叫好好烤一烤，叫他们照奶牛场的样子做，他希望他的父亲和母亲能像他本人那样赏识那加了奇异的山野香料草的美味。

"噢，你是找那黑布丁，我亲爱的孩子，"克莱尔的母亲注意到了，"等你知道了原因，我敢保证你就不惦着吃它了，其实你爸和我也不吃了。有个人喝酒，得了酒疯病，一个钱不能挣，我建议你爸，把克瑞科太太好意送的礼物

---

① 指耶稣生活简朴，治病讲道，行为与高尚思想集于一身。
② 见罗马诗人维吉尔《牧歌》。

给了那人的孩子;你爸同意了,说那才能让孩子们高兴呢,我们就这么做了。"

"那当然好。"安吉尔高兴地说,又转而找蜜酒。

"我发现那蜜酒劲儿太冲了,"母亲接着说,"做饮料太不合适了,有个急病,倒像朗姆酒或者白兰地一样管用,所以我把它放到医药柜里了。"

"照规矩,我们从来不在这饭桌上喝烈酒。"他的父亲又接上说。

"那我怎么对老板的太太说呢?"安吉尔说。

"照实说,当然啦。"他的父亲说。

"我太想说我们非常喜爱那蜜酒和黑布丁。她是一个好心肠爱说爱笑的人,我一回去,她马上就会问我。"

"我们没有吃没有喝,你就不能说吃了喝了。"克莱尔先生明明白白地回答说。

"啊——不那么说;不过,那蜜酒倒真有个劲道儿。"

"有个什么?"卡斯波和菲利克斯一齐问。

"哦——这是泰尔波绥斯的说法。"安吉尔脸发红回答说。他觉得他的父母的做法还是对的,虽然缺乏感情是错的,他就没有再说什么。

二十六

直到晚上一家人做过了祈祷以后,安吉尔才找到机会把他靠心窝的一两件事情提出来跟他父亲讨论。当他跪在地毯上他的两个哥哥身后的时候,他仔细地看着他们的走路靴后跟上的小钉子,他就把自己吊到那问题上去了。祈祷做完了,两个哥哥就和他们的母亲出去了,他自己和老克莱尔先生留在屋里。

这年轻人和长者首先讨论他要实现做一个大农场主那个目标的计划——或者在英格兰,或者在殖民地。他的父亲于是告诉儿子,他没有花钱把安吉尔送到剑桥,他觉得他的责任是每年积蓄一笔钱,有一天给儿子买地或者租地,那么,他就不会觉得他有一点儿做得不当了。

"就世俗的钱财而言,"他的父亲接着说,"几年中,你无疑就会远远地超过你的两个哥哥。"

老克莱尔先生的本分顾念，致使安吉尔顺势向前，提出了他更关注更热切的事情。他对他的父亲说，他已经二十六岁了，当他开始农业经营的时候，他需要有一双眼睛在他的脑后照看所有事务——他在田野的同时，有个人管理着他开创的家里的工作，那是必需的。要不就怕不能好，所以，他是不是应该结婚呢？

他的父亲似乎觉得这想法不是没有道理；于是安吉尔把问题摆出来——

"我要做一个勤劳节俭的庄稼人，你觉得哪样的妻子对我最合适？"

"一个真正的基督徒女人，你出出进进，她都能给你帮助，给你安慰。除此之外，实在都是小事了。这样的一个人能找到，真的，我诚挚的朋友和邻居，钱特先生——"

"不过，她是不是首先应该能挤牛奶，能搅好黄油，会做大奶酪，懂得怎样让母鸡和火鸡下蛋，会喂养小鸡，在紧要关头能去号令地里干活的人，会估算牛羊的价格呢？"

"不错，一个农场主的妻子，是的，是得这样。那倒是称心如意的。"老克莱尔先生，这长者，以前显然从来没有想到这些，"我还有话呢，"他说，"我想说，你想找一个纯洁贤惠的女人，除了你的朋友梅绥小姐，你再也找不到能做你真正贤内助的了，也肯定找不到更对你妈和我心思的了，你也对她表示过一定的好感呢。不错，我的邻居钱特的女儿近来跟我们的一些年轻牧师赶上了装饰礼案的时髦——祭坛，有一天我听她这么叫真吃了一惊——过节的时候用花儿和别的一些东西装饰礼案。不过，她的父亲像我一样反对这种没有意义的做法，他说能改正过来。我也确信，那只是女孩儿的小毛病发作罢了，不会长久下去的。"

"是的，是的，梅绥是个有教养的虔诚的人，我知道。可是，爸，你有没有想到，有一个年轻女人跟梅绥小姐一样纯洁贤惠，她取代那小姐在教会方面才艺的，是她像农夫本人一样懂得庄稼地日子的职责，她不是更为无比地适合我吗？"

他的父亲坚持深信，相对于使徒保罗对人类的眼力，一个农夫妻子职责的知识,就降到第二位了。容易感情冲动的安吉尔,希望尊重他父亲感情的同时,又能成全他的心腹大事,越发冠冕堂皇了。他说,命运或者上帝在他的道路上投入了一个女人,她拥有作为一个农学家助手伴侣的所有资格,确乎庄重虔诚。他不能说她是否隶属他父亲那个正统的低教派,不过,她或许能被那观点打通、信服;她是信仰单纯按时按期上教堂的人,心地诚实,感受灵敏,聪明理智,举止文雅,赶得上祀神的贞女,论容貌,是罕见的美丽。

"她的家门正像你喜欢结婚的那等吗——简单地说,她是一位小姐吗?"他吃惊的母亲问,在他们谈论的时候,她悄悄地进了房间。

"她不是按普通叫法被叫作小姐的人,"安吉尔毫不畏缩坚定地说,"正因为她是乡下农民的女儿,所以说起来我很骄傲。不过,她真是一位小姐——在感情和天性方面。"

"梅绥·钱特是大好家门的啊!"

"呸——那有什么好处,妈?"安吉尔急切地说,"像我这样劳苦的人,将来也要辛苦的人,家门怎么能给他的妻子什么帮助?"

"梅绥是有才艺的,才艺有它的可爱之处。"他的母亲反驳说,透过她的银丝边眼镜看着他。

"那种外表的才艺,在我将要过的日子中能有什么用处?——而说到她读书,我能够亲自教她。她会是一个足够聪明的学生,要是你们了解她,你们也能这么说。她是满腹诗情——现实化的诗情,假如我可以用这样的表达。她的生活就是诗,而纸上的诗只是写出来的罢了……她是一个无可挑剔的基督徒,我敢保证;或许正是你们期望繁育的那一批、那一类、那一种。"

"哟,安吉尔,你在嘲弄吧!"

"妈,请原谅。不过,她真的几乎每个礼拜天早晨都去教堂,是一个好基督徒姑娘,我敢保证因为她的品质,你能容忍她社会地位上的不足,你还会觉得我不选她,或许才糟透了呢。"安吉尔极其认真地鼓吹他钟爱的苔丝那十分自发的正统行为——他从来没有梦想到那行为会对他有用——当他看到她跟别的挤奶女工惯常去教堂的时候,他还曾有些瞧不起呢,因为在本质上自然主义信仰当中,那显然是不现实的。

至于他们的儿子本人是否有资格加给他希求的那位他们不认识的年轻

女子无论什么头衔,他们是愁闷怀疑的,不过,克莱尔先生和克莱尔太太觉得,至少在她的信仰中那是一个优点,有助于他们的儿子,不应该忽略;尤其是那一对儿的结合必定有天意作合;因为安吉尔决不会把正统作为选择的条件。他们最后说且莫匆忙行动为好,不过,见见她,他们倒不反对。

安吉尔为此忍住了,当下不透露更多细节。他觉得,他的父母心地单纯,肯于自我牺牲,可是,作为中等阶级的人物,他们的确存有潜在的偏见,那需要一些巧妙的办法才能战胜。因为尽管在法律上他有自由选择的权利,尽管他们的儿媳的资格不会对他们的生活造成什么影响,很可能她要远离他们过活,他还是希望,为了他们的慈爱,不要在他人生最重要的决定中伤害他们的感情。

细想想苔丝生平中的小事件,好像成了生死存亡的大事情,他也看出了他自己的前后不一致。他爱苔丝,那是为了她本身——她的灵魂、她的心地、她的本质——而不是为了她在奶牛场的技术,作为他的学生的聪明,当然不是为了她单纯刻板的信仰仪节。她质朴无华纯真坦荡的实体,不需要世俗的文饰,来取悦于他。他认为,到目前为止,家庭幸福依赖感情的撞击与搏动,教育的影响很小。在时光流逝中,改善了的道德体系、智力训练,有可能提升人类天性中非本愿的甚至无意识的本能,那或许可以看到,值得考虑;不过直到今天,在他能够看到的范围内,可以说文化在受过教育的那些人那里造成的影响,只是在心的表皮上。这信念被他有关女人的经验进一步证实了,他近来对女性的接触,由有教养的中等阶级伸延到了乡村社会,教他懂得了一个社会阶层和另一个社会阶层优秀的和聪明的女人之间的差别,比同一个阶层或者阶级中好的和坏的、聪明的和愚蠢的女人之间的差别是多么微小。

是他离家的早晨了。他的两个哥哥已经离开了牧师宅第,向北徒步游历去了,从那里一个回他的学院,一个去他副牧师的职位上。安吉尔本可以陪同他们,可是他更想在泰尔波绥斯和他的情人重聚。要是他和他的两个哥哥同行,他会是那一伙人中尴尬的成员,因为,尽管他是仁爱的人道主义者,最理想主义的笃信宗教者,甚至是三个人中最通晓的基督教学者,可是他总觉得他的方枘不能适应已经为他备下的圆凿,故而疏远了,他既没有对菲利克斯,也没有对卡斯波冒险提到苔丝。

他的母亲给他做了三明治,他的父亲骑着自己的骡马,顺路送了他一程。他自己的事情已经完全说出来了,安吉尔心甘情愿默默地听着父亲说话。他们骑着马一起缓缓走过树荫遮蔽的篱路,他父亲诉说着教区事务的困难,他热情相待的同行牧师的冷落,因为他对"新约"精严的解释,他们认为是有害的加尔文主义的教条。

"有害的!"老克莱尔先生说,带着温蔼的嘲蔑;他接着叙说起一些经验,那些经验证明他们的观点是荒谬的。他说了经他归教的一些邪恶之人惊人的转化,不仅在穷人中,也在富人中、小康之人中;他也坦白承认有一些失败。

作为后者的一个例证,他提起了一个姓德伯维尔的年轻暴发户,那人住在川翠济附近,离这儿有四十英里。

"不是金斯伯尔那些地方的老德伯维尔的一家吧?"他的儿子问,"那个有千奇百怪历史的衰败家族,还有四轮大马车的可怕的传奇?"

"哦,不是。原本的德伯维尔衰败了,七八十年以前消失了——至少,我相信是这样。这一家似乎是顶了那姓氏的新的一家;为了从前那武士世系的名誉,我希望他们是假造的,我确信他们是假的。不过,很奇怪,你居然对老家族有兴趣。我记得你很少往心里去,比我还厉害。"

"你误解我了,爸;你常常会误解我,"安吉尔带着点儿不耐烦说,"政治上,我对老家族应享有的权利是怀疑的。甚至他们当中一些明智的也'宣称反对他们自己的继承权',像哈姆雷特那样表达。可是,至于诗意的情调、戏剧的意趣、历史的况味,我还是依恋他们。"

这区别,尽管并不意味着微妙,但是对于老克莱尔先生这长者还是太微妙了,他继续讲他原本打算要讲的故事,那故事是:那个所谓的老德伯维尔死了以后,那年轻男人发展了那最该受谴责的情欲追慕,尽管他有一个瞎母亲,那种状况应该使他懂得改恶从善。他的行径传闻传到了老克莱尔先生的耳朵,当老克莱尔先生去那个地区传教布道的时候,就大胆地抓住机会,在他的神圣陈说中,说到了那个有罪的人。虽然他是一个外来人,占据了别人的讲坛,可是他觉得这是他的职责,便从"路加福音"中取来这句话做他的题词:"你这傻子,今夜你的灵魂将被勾走!"①那年轻人十分怨恨这种直截了当的攻击,随后在他们相遇时,唇枪舌剑中毫无顾忌地当众侮辱了老克莱尔先生,并不尊重他灰白的头发。

安吉尔痛苦得脸都红了。

"亲爱的爸爸,"他伤心地说,"我希望你不要再这样从流氓恶棍那里无缘无故地自讨苦恼啦。"

"苦恼?"他的父亲说,他多皱的脸上闪耀着自制的炽热的光辉,"对我来说,苦恼只是替他苦恼,可怜的愚蠢的年轻人。你以为他激怒的话能给我苦恼,甚至他动手打我?'来了辱骂,我们就祝福;来了迫害,我们就忍受;来了诽谤,我们就恳请;直到今天,我们还是被看作世界上的污秽、万物的渣滓!'②这些对科林斯人说的古老格言,在现时正恰如其分。"

"没有动手打吧,爸?他没有动手打吧?"

"没有,他没有动手。不过,我倒挨过疯狂的醉汉的打。"

"不能!"

"十几次了,我的孩子。那又怎么样呢?我由此把他们从杀害他们亲骨肉的罪恶中拯救出来了;他们终生感谢我,赞美上帝。"

"或许那年轻人也能这样做!"安吉尔热切地说,"不过我担心另一方面,听你刚才说的。"

"不过,我们还是希望能把他劝化过来。"老克莱尔先生说,"我继续为他祈祷,尽管到死我们或许再不能相见了。不过,终究,我那些可怜的话或许有一句能跳进他的心里,有一天就会成为良善的种子。"

现在,一如既往,克莱尔的父亲欢乐得像一个孩子;尽管这年轻人不能接受他父亲偏狭的教条,不过,他敬畏他父亲的实践,承认这虔诚教徒外表下的英雄。或许他现在比以往更加敬畏他的实践,因为,在谈论让苔丝做他的妻子的时候,他的父亲一次也没有想到问问她有没有好的置备,是不是有钱。同样的非现世的精神,是安吉尔要过一种农夫生活的必要条件,或许也使他的两个哥哥在他们的活动期间保持在穷牧师的地位上;然而安吉尔仍

---

① 见《圣经·新约·路加福音》第十二章第二十节。
② 见《圣经·新约·哥林多前书》第四章第十二节。

然敬佩他。的确,尽管他自己是异端,安吉尔常常觉得,在人性方面,他比他的两位兄长都更接近他的父亲。

二十七

上山下谷二十几英里的骑程,经过了日光炫华的一个正午,下午他到了泰尔波绥斯以西一二英里远的一座孤立的小山,从这里他又看到了那翠绿欲滴、丰润碧透的波谷了,那瓦尔谷,或叫芙鲁姆谷。他从高地下到了下方肥沃的冲积土壤上,空气立刻变得浓重起来——夏天的果实、浓雾、干草、花朵的浓郁沉厚的芬芳,构成了一个巨大的香气深潭,这时候似乎让沉溺其中的鸟兽牲畜、蜜蜂蝴蝶昏昏欲睡了。克莱尔现在对这个地方是如此熟悉,离开老远,他看到一头头奶牛点缀在草地上,他都能叫出它们的名字。他认识到在这里他拥有了能从生活内部观察生活的力量,在这一点上与他学生时期大不相同,这真是一种奢华的感觉;虽然他很爱他的父亲,可是经过了一段家庭生活之后,来到这里,即如现在,他还是不禁觉得就像扔掉了夹板缀带一般;这块地方,连英国乡村社会人情的世俗约束都没有,泰尔波绥斯没有居住在本地的地主。

没有一个人在奶牛场外边。所有奶牛场的人都去享受通常一个钟头的午睡了,夏季里早晨起得极早,这样补偿一下是必需的。门旁,打了木箍的牛奶桶,经过无数次的浸泡擦洗都漂白了,像帽子挂在帽架上似的,挂在固定在那里的剥了皮的橡树枝杈上,都是准备干了晚上挤牛奶用。安吉尔进了门,走过静悄悄的过道,到了后边,在那里听了听,从马车屋里传出持续不断的呼噜声,几个男工睡在那里,热得发昏的猪的呼噜声和尖叫声从更远处发出来。大叶子的大黄和卷心菜也睡了,它们阔大柔萎的叶面在日光中低垂着像半合的伞。

他去掉马辔头,喂了马,再回屋里,钟正好敲了三点。三点是下午撇奶油的时间。于是,随着钟敲,克莱尔听见上边的楼板吱吱嘎嘎响,接着是下楼的脚步踏在楼梯上。正是苔丝,转眼间来到了他的眼前。

她没有听见他进来,很难看清他在那里。她打着呵欠,他看到了她的嘴赤红的内部,好像蛇的嘴似的。她伸出一只胳膊,伸到她盘绕起来的头发那么高,他能够看到她没有被太阳晒黑的地方像缎子一样精美柔嫩;她的脸带着睡觉的潮红,她的眼睑睡意沉沉地垂覆过瞳仁。她满溢的自然天性喷发四散着。这种时候,一个女人的灵魂比任何时候都更加实体化了,最超凡脱俗的美化为它的肉体、性,呈现在外观了。

此时她脸上的其余部分还没有醒来,那眼睛已经光明闪耀透射过沉沉的蒙眬惺忪了。带着一种奇特的高兴、羞涩、惊奇混合的神色,她叫起来:

"呀!克莱尔先生,你吓了我一跳——我——"

最初她还没有想到,他的表白已经引起了他们之间关系的变化;可是当他走向楼梯底下,她迎着他那柔情的面容的时候,那事情的全部感觉就完满地浮现在她的脸上了。

"亲爱的,宝贝苔丝!"他叫着,伸出胳膊搂着她,他的脸靠着她烧红的面颊,"别,老天爷,别再叫我先生,我是为了你才这么快赶回来的呀!"

苔丝容易激动的心激跳着、敲击着他的心,作为回答;他们站在红砖铺的过道口,他紧紧地把她搂在怀里,日光通过窗户斜射到他的背上,投射到她倾侧的脸上,投射到她太阳穴薄薄的脉管上,投射到她光裸的胳膊上、脖子上,射进她浓密的头发深处。她本是穿着衣服睡的,身体像太阳晒着的猫儿一样温热。起初她不能直视他,可是她一会儿抬起眼睛直直地瞅着他了,他便探测着她不断地变幻着的深深的瞳仁,那闪射着蓝黑灰紫光彩的纤毫细微妙不可测。她直直地瞅着他的时候,好像夏娃第二次醒来就会这样瞅着亚当。

"我得去撇奶油了,"她恳求说,"今天只有老德布帮我。克瑞科太太和克瑞科先生赶集去了,莱蒂不大舒服,别人出去了,不到挤奶的时候不能回来。"

他们朝牛奶房走的时候,德布·弗严德出现在楼梯上。

"我回来了,德布,"克莱尔仰起脸来说,"我可以帮苔丝撇奶油啦;你太累了,我敢肯定,不到挤奶的时候你不用回来啦。"

可能泰尔波绶斯的牛奶那天下午的奶油没有撇得很干净,苔丝好像是在梦中,原本很熟悉的东西看起来好像只有明暗和方位,没有特定的轮廓。

每一次她抓起撇油勺,到水泵底下去浸凉了好再撇的时候,她的手都在打战。他炽情的影响是如此触手可及,她似乎在其下面畏缩退避了,好像在炽烈燃烧的太阳底下的一株植物。

于是他又紧紧地抱住她,她用食指沿着铅盆边把浮油抹去的时候,他就用天然的办法把她的手指弄干净;因为泰尔波绥斯奶牛场没有约束的生活方式现在正好方便适合。

"晚说也好,现在说也好,我还是说了吧,最亲爱的,"他又温柔地开始说,"我想问你一件非常实际的事情,自从上个礼拜在草场的那天以来,我一直在想的事。我不久就打算结婚了,那么,做一个庄稼人,你看,我需要我的妻子是一个完全懂得农田管理的女人。你能做那个女人吗,苔丝?"

他用这样的方式提出来,她就不会以为他是屈从于一时的冲动,而他的理智不赞同了。

她变得极为忧心忡忡;可是她并没有预想到这突然而来的自然结果,那,的确,克莱尔自己完全没有想到这么快就会摊在她面前。带着好像死亡一样的痛苦,她咕哝着她必不可少的誓言回答,像一个正直体面的女人一样。

"哦,克莱尔先生——我不能做你的妻子——我不能!"

她自己果决的声音似乎摧裂了苔丝特异的心,她痛苦得脸都埋下去了。

"啊?苔丝!"他说,惊愕着她的回答,把她抱得更热烈更紧,"你是说不吗?你确实爱我吗?"

"哦,爱,爱!我宁愿做你的人,不做这世界上别人的人,"苦痛的姑娘声音转为甜美诚实了,"可是我不能嫁给你!"

"苔丝!"他用尽胳膊上的力气抱住她,说,"你是跟别人订婚啦?"

"没,没有!"

"那你为什么拒绝我?"

"我不想结婚!我没有那个想法。我不能嫁人!我只想爱你。"

"可是为什么?"

不得已寻找托词,她结结巴巴地说:

"你的父亲是牧师,你的母亲,不愿意你娶像我这样的。她想叫你娶一位小姐。"

"胡说——我对他们两个都说了。那是我回家的一大半原因。"

"我觉得我不能——永远不能,永远!"她重复着。

"这样问你是太突兀了,我的美人儿?"

"对,我没有料到。"

"要是你想让它过去,那就请吧,苔丝,我给你时间。"他说,"一回来就突然对你说,是太鲁莽了。我一时不再提它了。"

她又拿起了发亮的撇油勺,把它放到水泵底下,开始重新工作。可是她不能了,她不能像在平时那样,达到灵巧敏捷的要求,准确地撇到奶油的表面之下,尽她的能力试了又试:有时候她往下削进了牛奶里,有时候撇进了空气里。她几乎看不见什么了,她的眼睛盈满两汪伤心撕扭的泪水,蒙眬模糊,那伤心的往事,对于她最好的朋友,亲爱的倡引者,她永远都不能解释。

"我不能撇了——我不能!"她转过脸去说。

体贴人的克莱尔不想使她焦虑烦乱,妨碍她工作,就跟她更加宽宽泛泛地说起来。

"你完全误解了我的父母了。他们是最简朴的人,没有一点儿野心。他们是剩下的为数不多的两个福音派教徒。苔丝,你是福音派教徒吗?"

"我不知道。"

"你去教堂非常定期按时,他们告诉我,我们这里的牧师不是高教派。"

对于这个教区牧师的观点,苔丝的概念似乎比克莱尔更模糊,尽管她每个礼拜都去听讲道,而克莱尔根本从未去听过。

"我希望在那里听讲的时候,我能更专心,"她好像是保险地笼笼统统说,"可是常常让我很遗憾。"

她说得这样自然坦诚,安吉尔在心中断定,他的父亲不会在宗教方面反对她,尽管她甚至不知道她信的是高教派、低教派还是广教派①。他本人倒是懂得,实际上,她秉持的混乱的信仰,显然是在孩童时吸收的,如果有什么

---

① 高教派:英国国教中注重仪式等的高教会派;低教派:英国国教中的低教会派;广教派:英国国教中的开明派。

区别的话,那也是,表达措辞上的牛津运动①派,精神实质上的泛神论。混乱或者相反,搅扰它们都是他极少可能的愿望了。

> 离开汝的妹妹,当她祈祷时,
> 让她留在她早岁的天堂里,她幸福的观念里;
> 也不要用汝阴郁的暗示搅扰
> 那走向和谐优美时光的生活。②

他有时候觉得这忠告音韵和谐,却并不那么可信;现在他很高兴地认同它了。

他又说了他回家的一些琐事,他父亲的生活方式,对于教义的热情,她渐渐地平静下来,撇奶油的起落不定消失了;她撇完了一铅盆又一铅盆,他跟着她拔下塞子,让牛奶流下去。

"你进来的时候,我觉得你好像有点儿沮丧的样子。"她冒昧地说,满心想要避开她自己的事情。

"对——有一点儿,我父亲跟我说了他的好多烦恼和困难,那些事总是压着我。他那么热情,他得到的却是跟他想法不同的人给他的冷落和打击,我不愿意听到对他那样的羞辱,他那么大年龄了,更想不到虔诚做事,得到的结果却大为相反。他告诉了我最近他经历的一件事,我听了很不高兴。他作为一些教会团体的代表,去川翠济附近布道,那是离这里四十英里远的一个地方,就在那周围他遇到了一个放荡轻佻玩世不恭的青年,他就履行他的职责进行劝诫——那是上了那条道的一个地主的儿子——母亲受着双目失明的折磨。我的父亲直截了当地劝导他,那真是惹了大乱子啦。我父亲太傻了,我一定要说,当结果可能那么明显无济于事的时候,我父亲还硬要跟陌生人那么谈话,不是太傻了吗?可是,无论如何他想的是他的职责,应该做的他就要做,不管是什么时候,当然,他因此树敌不少,不仅在完全堕落

---

① 牛津运动:19世纪英国国教的一次革新运动,又称特拉克特运动,宗旨之一是恢复17世纪高教会派的理想。
② 引自丁尼生的诗《纪念阿塞·哈莱姆》。

的邪恶的人中,也在随和懒散的人中,他们恨的是被打扰了。他说他因发生的事情而自豪荣耀,那些好的事情也可能是他劝导的间接影响。可是我希望他不要那样委屈他自己,他那么大年纪了,让那些猪一样的东西在泥水里打滚儿好了。"

苔丝的面容渐渐变得峻硬憔悴了,她丰润的嘴唇显出了悲楚的神色;不过,她不再露出震颤无措的样子了。克莱尔回想起他的父亲,没顾得特别留意她;这样,他们就把那一排长方形的盆子里的牛奶一盆一盆撇完了,放出去了,当别的女工回来的时候,提起她们的牛奶桶,德布也来了,他用开水把铅盆烫涮干净,准备盛新奶。苔丝离开这里要去野外草场挤牛奶,克莱尔温柔地对她说:

"我的问题呢,苔丝?"

"哦,不——不!"她严肃地绝望地回答,因为听到间接地提及艾利克·德伯维尔,她重新勾起了她过去的骚乱伤心,"不能!"

她向着草场走去,和另一些挤奶女工混在一起了,好像要让那旷放的空气驱走她悲哀的压抑。所有的姑娘都向着更远处草场上奶牛吃草的地方走去,群体向前,带着野兽般的无畏大方体面优雅——随意轻率未加惩戒的女人的情态习惯了无垠无涯的空间——置身其中,她们放纵自己于空气,一如游泳者纵身于波涛。现在苔丝又在克莱尔的视野中了,对他而言,从不受约束的自然中选择配偶,比从人工雕琢中选择,似乎才是最自然而然的。

二十八

她的拒绝,尽管没有料到,却也未使克莱尔长久气馁。他关于女人的经验足以让他明白,那否定词"不"常常是肯定词"是"的序曲;不过,他的经验到底有限,他不知道眼下这个"不"字是一个巨大的例外,并不是忸怩调情的逗延。她已经允许他向她求爱了,他理解为一个附加的保证,不完全相信在田野里牧场上"叹息嗟呀无结果"[①],并不意味着注定要枉费心思,在这里求

[①] 语出莎士比亚《哈姆雷特》第二幕第二场。

爱常常更能被不加考虑地接受,只为了爱情本身的甜蜜,不像在那些焦虑担忧野心勃勃的家庭中,在那些家庭中,一个姑娘以建立家庭的渴望麻痹了她们健康的热情思想为结局。

"苔丝,你为什么用那么绝对的态度说'不'呢?"他在几天前问她。

她一惊。

"别问我。我告诉你为什么——告诉了一部分。我不够好——配不上你。"

"怎么配不上?因为你不是一位千金小姐?"

"嗯——有点像那个,"她咕哝着说,"你的朋友会嘲笑我。"

"实实在在地,你看错他们了——我的父亲和母亲,至于我的哥哥们,我不在意——"他在她的腰后扣紧手指不让她溜走,"现在——你不那么想了吧,亲爱的?——我断定你不会了!你让我这样心神不安,我不能读书,不能弹琴,什么也不能做。我不着急,苔丝,不过我想知道——从你温暖的嘴唇间听到——有一天你将是我的——什么时间你可以选择,可是会有那么一天吧?"

她只能摇头,从他那里把目光转开。

克莱尔目不转睛盯着她,研读着她脸上的字,好像那刻的是象形文字。那拒绝似乎是真的。

"那么我不该这样搂着你了——是不是?我没有权利这样对你——没有权利来找你,没有权利和你一起散步!说实话,苔丝,你是不是爱上别的男人了?"

"你怎么能这样问?"她说,继续自我克制着。

"我差不多知道你没有。可是那么,你到底为什么拒绝我?"

"我没有拒绝你。我喜欢你——告诉我你爱我;你和我在一起的时候,你可以老是这样告诉我——那永远不会触伤我。"

"可是你就不能接受我做丈夫?"

"唉——那是另一码事了——那是为你好,真的,我最亲爱的,哦,相信我那只是为了你!我不想用那样的方式,指望你给我最大的幸福——因为——因为我确实不应该那样做。"

"可是你能让我幸福!"

"唉——你这样想,可是你不知道!"

在这样的时刻这种关节上,他认为她拒绝是因为她谦逊,她觉得在社交事务和礼仪上不能胜任,他便说她多么见识广博多才多艺——那确确实实是真的,她天性机敏灵透,她对他的钦慕,引导她捕捉学习他的词汇,他的音调,他的知识片断,达到了惊人的程度。这些温柔的争议之后,她获得了胜利,假如是在挤牛奶的时刻,她会一个人走开,走到那最远处的奶牛身边,或者进入莎草丛中,或者走进她的房间,好像悠闲地间歇,默默地哀怨,其实不到一分钟之前,她还表面上冷淡地拒绝过。

她的挣扎是如此可怕;她自己的心是那么强烈地在他那边——两颗炽热的心对抗着一个可怜的小小的良心——她试着通过种种办法用她的力量加强她的决心。她带着补起来的心来到泰尔波绥斯。她决不能同意迈出那一步,以后可能会引起她丈夫强烈的悔懊,因为瞎眼娶了她。她认为,她凭良心在她公正不倚时做出的决定,她现在不应该推翻。

"为什么没有人把我全部的事告诉他呢?"她说,"只离着四十英里——为什么传不到这里?肯定有人知道!"

然而似乎没有人知道;没有人告诉他。

又过了不过两三天,她从同事伙伴郁闷的面容上猜到,她们不仅把她看作了受宠被特别喜欢的人,也看作了被选定的人;可是她们没能看到,她并没有把自己往他身上贴。

苔丝此前从来不知道她的命数明显地拧成了两股绳,一股是绝对的快乐,一股是绝对的痛苦。又一次做奶酪的时候,这一对儿又单独留下在一起了。老板原本来帮忙了,不过,克瑞科先生和她的太太一样,近来仿佛看出了一点儿这两个人彼此有意,尽管他们是那么谨慎小心地推行着,那猜疑只是隐隐的一点微弱感觉。不管怎样,老板还是离开,把他们留下了。

他们先把奶片弄碎,好装进大桶里。这活儿有点像把大块的面包弄碎;在洁白无瑕的奶皮中,苔丝的手显出了玫瑰色的粉红。安吉尔,他满手抓着装桶,装着装着,忽然停住了,把他的手平卧到她的手上。她的衣袖高高地卷到了胳膊肘上边,他俯下去吻了她柔软的胳膊里的脉管。

虽然九月初的天气是闷热的,她的胳膊,在奶皮里泡着,亲上去像新采集的蘑菇凉森森、潮乎乎的,带着乳清的味道。不过,她是那么集束的敏感,她的脉搏被这一触加速了,她的血液冲到了她的指尖,凉森的胳膊立刻烧热了。于是,仿佛她的心说话了,"还需要忸怩怕羞吗?真的就是真的,就像男人和男人一样,男人和女人也是这样。"她抬起眼睛,真诚热烈的光束投射进他的眼睛中,同时她的嘴唇轻启,露出了柔婉的浅笑。

"你知道我为什么那么做吗,苔丝?"他说。

"因为你非常爱我。"

"对,也预备再一次想求你。"

"不要再提!"

她忽然露出了害怕的神色,害怕她的抵抗会在她自己的欲望下垮塌下去。

"啊,苔丝!"他继续说下去,"我不能明白你为什么这样逗弄着让人着急。你为什么这样让我失望?你简直好像一个卖弄风情的女人,我敢打赌说,你做得——像都市里一流水性风骚的女人!她们反复无常,忽热忽冷,正像你一样;真没有料到,在泰尔波绥斯这种偏远的地方还会碰到……可是,最亲爱的,"他看到他的话深深地刺痛了她,连忙接着说,"我知道你是所有人中最诚实最纯洁的。我怎么能说你是轻佻的女人呢?苔丝,你为什么不能像心里想的那样做我的妻子呢?假如你爱我就像你外表上做的那样?"

"我从来没说我不愿意啊,我永远都不能那么说;因为——因为那不是真的!"

压抑克制远远地超过了她的忍耐,她的嘴唇颤抖着,她不得不走开。克莱尔那么难过,又那么不解,他紧跟在后边,在走廊上把她抓住。

"告诉我,告诉我!"他说,他冲动地紧紧抱住她,忘记了手上满是凝乳,"告诉我你不属于任何人,就是我的!"

"我愿意,我愿意告诉你!"她宣称着,"我将给你一个完整回答,假如你现在放我走。我将告诉你我的经历——我的一切——一切!"

"你的经历,亲爱的,不错,确确实实,不管多少。"他用表示爱的嘲逗语气表示了同意,端详着她的脸,"我的苔丝,无疑,你的经历几乎有庭院篱笆上今天早晨第一次开的牵牛花那么多。全都告诉我吧,可是不要说那种什么配不上我的讨厌的话。"

"我试试——不那么说。我明天早晨告诉你我的理由——下礼拜吧。"

"礼拜天吧。"

"好吧,就礼拜天。"

她终于得以走开了,一步不停退出去,一直进了院子最边上削去了梢头的厚重的柳树丛中,在那里她完全不能被人看见了。她一下子扑倒在沙沙作响的矛枪草丛上,好像扑在床上似的,她一直蜷缩着,痛苦被瞬息间的快乐冲破,令她的心怦怦激跳,对于最终结局的惧怕完全不能抑制她此时的快乐。

实际上,她是放任自己漂流进了顺从之中。她的呼吸的每一下吐纳,她的血管的每一下搏动,她的脉搏在她耳鼓中每一声歌唱,都是自然天性联合的呼声,反叛对抗着她的多虑谨慎。不顾后果地,轻率地接受他;和他一起走上圣坛,什么也不泄露,又偶然被发现;在痛苦的铁牙有时间关闭之前,先抓住成熟的欢快享乐;那是爱情的忠告,在几乎是销魂的恐怖中苔丝推测到,尽管几个月来她独自惩戒自己,自我搏斗着,心口交谈着,打算走向苦涩的孤独未来了,可是爱情的劝告终将要获胜了。

这个下午慢慢地过去了,她一直待在柳丛中。她听见从叉木架上拿下奶桶的咯啷声;伴随着把奶牛吆喝到一起的"噢嗷噢嗷"声。可是她没去挤奶。他们会看出她的烦乱;老板,以为那原因只能是爱情,会很自然地取笑她;那种骚扰折磨得她受不了。

她的情人肯定猜出了她过分激动的情形,为她的不露面编造了一些理由,所以没有人问,也没有人叫她。六点钟的时候太阳落到了地平线上,天空中好像有一个巨大的炼铁炉,另一边天空上月亮升起来,呈现出一个怪异的大南瓜形状。那削了梢的柳树,持续不断的砍削毁掉了它们的自然形态,成了头发刺刺毛毛的怪物,站立着映衬着月亮。她进了屋,楼梯上没有一点光亮。

现在是礼拜三。礼拜四来到了,安吉尔心思重重地老远看着她,不过没有走上来打扰她。屋里的挤奶女工,玛琳和另外几个,仿佛猜到有事情在确切进行,所以她们在寝室中也不便跟她说话。礼拜五过去了,礼拜六。明天就是那个日子。

"我要让步——我要说好——我要让我嫁给他——我没有办法了!"她那天晚上把她烫热的脸贴在枕头上,听到另一个姑娘在睡梦中呼唤他的名字,她嫉妒地呼呼直喘,"我受不了让任何人拥有他,只能是我!可是对他是个错误,他知道了会杀死他!哦,我的心哪——哦——哦——哦!"

二十九

"哎,你们猜猜,我今儿早上听见谁的消息啦?"克瑞科老板第二天一坐下来吃饭,就用出谜语的目光转着看看用嘴咀嚼食物的男工和女工,"哎,你们猜猜是谁?"

一个猜了,又一个猜了,克瑞科太太没有猜,因为她已经知道了。

"嘿,"老板说,"就是那个吊儿郎当婊子养的家伙,捷克·道乐。他最近跟一个寡妇结婚了。"

"是捷克·道乐吗?一个坏蛋——想好事了!"一个男工说。

这名字一下子就钻进了苔丝·德北菲尔的心里,因为它就是那个哄骗了他的情人,后来又被那年轻女人的妈妈在搅乳器里收拾了一通的那个人的名字。

"他照他答应的娶了那勇猛的老妇人的女儿啦?"安吉尔·克莱尔在小桌上把他正在看的报纸翻过去,有一搭无一搭地问,克瑞科太太觉得他斯文体面,总是把他打发到小桌上去。

"没有,先生,他从来就没有那意思,"老板回答说,"我说了嘛,他娶了一个寡妇老婆,那寡妇有钱,好像——一年大概有五十镑左右;那小子就是冲着那个去的。他们匆匆忙忙地结婚了;结了婚以后,那寡妇就告诉他,结了婚,她那一年五十镑就没有了。你就想想听了这消息,我的那先生心里是什么滋味吧!从那时候起,他们猫撕狗咬的日子就来啦!你从来就没见过闹得那么凶的!他也是活该。就是那可怜女人跟着倒霉了。"

"唉,那傻瓜女人早就该告诉那家伙,她第一个男人的鬼魂会来缠他。"

克瑞科太太说。

"唉,唉,"老板踌躇不定说,"九九归一,事情明摆着,谁都能看得清楚:那寡妇想有一个家,不愿意冒险失去他。你们想想是不是有点这个理儿,姑娘们?"

他向那排姑娘扫了一眼。

"她就应该在上教堂之前告诉他,叫他变不了卦。"玛琳大声说。

"对,她就该那样做。"伊茨表示赞同。

"她肯定早就看透他是个什么东西了,早就该甩了他!"莱蒂情绪激烈地叫嚷着。

"你说呢,亲爱的?"老板问苔丝。

"我想她应该——告诉他事情的真相——或者拒绝他——我不知道。"苔丝回答说,黄油面包噎着了她。

"要是我才不那么做呢,"毕克·尼布说,她是一个结了婚的住在茅屋里的帮工,"爱情打仗,用什么手段都应当。我就要像她那样结婚,我头一个丈夫的事,我不愿告诉他就不告诉他,他要是说两个字怪我事先不告诉他,我就拿擀面杖把他敲倒——像他那样瘦干干的小家伙,是个女人就能敲倒他。"

一阵大笑迸发了,随着这阵大笑,苔丝只是附和着跟着苦笑了一下。在他们是喜剧,在她则是悲剧,她简直无法忍受他们的欢笑。她很快从桌旁站起来,怀着克莱尔会跟着她的念头,沿着一条蜿蜒小路走去,时而走在灌溉水渠的这一边,时而走在另一边,一直走到瓦尔河主流旁才站住了。男人们正在河上游割水草,一堆一堆水草从她面前漂过——移动着的毛茛绿岛,她几乎可以站在上头漂浮;挡住了为奶牛过河而打进河里的木桩,把长的水草挂住堆塞起来。

是的,那就是痛苦所在。一个女人讲出她的历史这个问题——对于她是一个最沉重的十字架——对别人似乎只是逗乐。那好像是人们竟然可以嘲笑殉难。

"苔丝!"呼唤声从她后边传来,克莱尔跳过水沟,落脚在她的身旁,"我的妻子——不久以后。"

"不,不,我不能做你的妻子。为了你的原因,哦,克莱尔先生;为了你的原因,我说不能。"

"苔丝!"

"我还是说不能!"她重复说。

他没有料到会这样,他说完话以后,就用胳膊轻轻地搂住了她的腰,搭在她下垂的发辫下边。(年轻的挤奶女工,包括苔丝,礼拜天吃早饭之前,都把头发披散着,要上教堂的时候,才高高地拢起来,当她们挤牛奶时头靠着奶牛,就不能梳这种发型了。)要是她说"好"取代了"不",他会吻她,显然那是他的意图;可是她果决的否定词阻止了他审慎的心性。他们同室居住的友谊状况把她,作为一个女人,置于了实施交往的不利地位,行使劝诱的压力,他觉得对她是不公平的,她要是能更好地避开他,他倒可以正当的行事。他释放了她一时被拘禁的腰,抑制了那个吻。

完全决定于这个释放。此时给了她力量拒绝他的,完全是老板讲的那个寡妇的故事,片刻之后,她就会被攻克。安吉尔不再说什么,他的神色困惑复杂,他走开了。

日复一日,他们相会着——比以前笃定有些少了,就这样两三个礼拜过去了。九月底临近了,从他的眼睛中她能看出他会再问她。

他计划的步骤现在不同了——好像他一心认定,她的拒绝,毕竟只是忸怩怕羞,被求婚的新奇引起的青春惊诧。在这个问题的讨论中,她一次次躲闪不定的方式,更坚定了他这个想法。所以,他搬演了更加耐心的考验;虽然从来没有过分的言辞,或者企图重加爱抚,他还是最大限度地用了嘴上功夫。

用这样的方式,克莱尔像潺潺流动的牛奶一样持久地低声向她求婚——在奶牛旁边,在撇奶油的时候,在做黄油的时候,在做奶酪的时候,在要孵雏的家禽中间,在要下崽的母猪中间——好像以前还没有挤奶女工什么时候被这样的男人追求过。

苔丝知道她肯定要败倒了。在先前的结合中,既没有一种确切的宗教意识道德效力,又没有一种良心驱动让她坦白,能够长久坚持对抗下去,她这样热烈地爱着他,在她眼里他是那样像神似的。本质上,虽然她未经训教,可是她禀性颖慧,她的自然天性还是吁求着他的监护导引。因而,尽管苔丝一再对她自己重复说,"我永远不能做他的妻子",这话其实是徒劳无用的,她软弱的证据恰好藏伏在她这言词中,镇定有力不会做这种麻烦的程式。他的声音在这个话题上每一次发出,都带着惊人的狂喜搅动着她,她渴望撤回原来的声明主张,而又害怕。

他的态度是——男人们不都是这样吗?——好像无论她在什么境况下,一些改变,一些指控,一些透露,他都会一如既往地爱着她、宠着她、呵护着她,笼罩着她的阴郁于是便慢慢地减少了。其间时令慢慢地走向秋分,尽管天气一直晴好,白天却一天天变短了。奶牛场早晨又点着蜡烛工作好长一段时间了;一天早晨两点钟到三点钟之间,克莱尔一次新的恳求又提出来了。

她像往常一样的穿着跑上去到他的门口叫他;然后回去穿衣服叫别人;十分钟之内她手上擎着蜡烛走向楼梯口。与此同时他也穿着衬衫从上面下来,伸出胳膊横过楼梯拦住她。

"现在,撒娇耍俏的小姐,你先别下来,"他专断地说,"自从我说了以后,两个礼拜了,不能再拖下去了。你必须告诉我你的意思,或者我离开这个房子。我的门正好半开着,我看见你了。为了你的安全,我一定得离开了。你是不知道啊。嗯? 到底答不答应?"

"我刚刚才起来,克莱尔先生,你派给我的工作实在是太早了!"她噘起嘴来,"你不必叫我撒娇耍俏的小姐,这太残忍了,也不真实。再等一阵儿。我请你再等一阵儿! 我真的会好好想想这件事,有时无时想想。让我下楼!"

她看起来果然有点儿像他说的撒娇耍俏的样子:擎着蜡烛,试着做出微笑,离散她话中的严肃郑重。

"那么叫我安吉尔,别叫我克莱尔先生。"

"安吉尔。"

"最亲爱的安吉尔——为什么不那么叫?"

"那就表示我答应了,是不是?"

"那只表示你爱我,即便你不能嫁给我,你早就这样表示了嘛。"

"好吧,那么!最亲爱的安吉尔,要是我必须。"她嘟哝着,看着她的蜡烛,一个调皮的上翘浮上她的嘴唇,虽然她心有疑虑。

克莱尔原本打定了主意,在他得到她的允诺之前,决不吻她;可是,当苔丝站在那里,挤奶时穿的长衫漂亮地卷起袖子,头发随意地拢在头上,以便等到撇完奶油挤完奶的时候,再悠闲从容地梳理,他不知怎的打破了他的决定,提前把他的嘴唇往她的脸腮上贴了贴。她急急慌慌地下了楼梯,没再回头看他,没有再说什么。别的女工已经下来了,这个话题没有再提。除了玛琳,她们都若有所思地猜疑地看着他们俩,在早晨黯淡昏黄的烛光与户外破晓时的清冷晨曦映衬中。

奶油撇完了的时候——随着秋天的临近,牛奶出得少了,撇奶油的活也一天天减轻了——莱蒂和另外一些人出去了。那一对情人也随着他们出去。

"咱们俩小心紧张的生活跟她们大不相同,是不是?"他幽思冥想地看着她,同时看着那三个人影在他们前头轻快地走着,穿过了黎明清冷灰白的晨光。

"没有多么大的不同,我想。"她说。

"你为什么那么想?"

"很少有女人的生活不是——小心紧张的,"苔丝回答说,她停了停,好像这新的词语给了她极深的印象,"在她们三个当中,比你想的更厉害。"

"她们有什么?"

"她们三个,"她开始说,"差不多都能做——或许能做——比我更完美的妻子。或许她们跟我一样爱你——差不多一样。"

"唉,苔丝!"

听到这不耐烦的呼叫,在她那里还是露出了异常宽慰的征象,尽管她那么坚毅勇敢地决定要慷慨让人,抵付自己了。那是已经慷慨过的了,她没有力量企图再做第二次自我牺牲了。一个从村舍里来的男工跟他们在一堆了,他们没有再说那个他们如此深切关注的话题。不过苔丝知道这事当天就会决定。

在这个下午奶牛场的几个长工和助手像往常一样去了草场,离奶牛场有好远的路,有一些奶牛没有赶回家在那里挤奶。随着母牛怀的牛崽越长越大,牛奶出得越来越少了,丰茂旺盛的绿色季节雇的多余的牛奶工解雇回家了。

工作悠悠地进行着。一桶桶牛奶倒进立在大弹簧车上的高大铁桶里,大弹簧车早已赶上了草场,挤完了奶的奶牛慢吞吞地走开了。

克瑞科老板和另外一些工人在那里,他的挤奶围裙映衬着暮色如铅的天空,发着奇异的白光,他突然看了看他的大表。

"哎哟,没想到这么晚了,"他说,"糟啦!要是不上心,这些牛奶就不能尽快送到车站啦。今天没有时间拉回家,和早晨挤的那些掺和后送走啦。得从这里直接去车站。谁能赶车送去?"

克莱尔先生自愿赶车去,虽然那不是他的职责,他叫苔丝跟他做伴。这个傍晚,尽管没有太阳,在这个季节还是温暖的、湿热的,苔丝出来时只披了挤奶头巾,裸露着胳膊,没穿外衫,确实不是乘车出行的装束。所以她瞟了一下她单薄的衣服作为回应,可是克莱尔温柔地敦促她。她把她的奶桶和板凳交给老板带回家,同意了;她爬上弹簧车,坐到了克莱尔的身旁。

三十

在逐渐减弱的日光中,他们沿着平路穿过草场向前走去,那些草场延伸到了灰茫茫的远处,直到爱敦荒原苍郁陡峭的斜坡最边缘为止。山顶上立着一丛丛一片片杉树,那些成排的树梢形成凹口,像有垛口的塔楼,为妖术城堡加了黑色的冠冕。

他们是那么全神贯注在互相亲近的感觉中,好长一段时间没有开口说话,沉默只是被他们身后桶里牛奶的咣当声打破。他们走的这条篱路是这般荒僻,挂在树枝上的榛果一直要等到自己从壳里脱落,黑莓累累成簇沉沉垂挂,安吉尔时而挥鞭一抡,绕住一簇,摘下来,送给他的伙伴。

沉沉的天空一会儿遣送下了雨滴使者,报告了它的雨意,白天凝滞的空气变成了一阵阵微风,吹拂着他们的脸。河流和池塘上水银般的光泽消失了,原先明澈的光镜变成了无光的铅板,水面上起了锉齿般的皱纹。不过这景象没有影响苔丝的重重心思。她的面容,原本自然的淡红色被这个季节晒成了微微的淡褐色,雨滴的敲打加深了一点色彩;她的头发,由于压靠在奶牛的肚腹上,一如往常,原来梳拢的散落下来,垂在花布帽檐下边,被潮气和雨滴打得又湿又冷,直到比海草好不了多少了。

"我不该来,我觉得。"她看着天空嘟哝说。

"真抱歉,下雨了,"他说,"不过有你在,我太高兴了!"

遥远的爱敦荒原逐渐消失在雨丝织成的网纱后面了。夜色越来越黑了,在有栅栏门横过的篱路上赶车走快了不安全,只能赶着车一步一步地走。空气相当凉了。

"我很怕你会受凉了,你的胳膊和肩膀什么东西也不遮挡,"他说,"靠我紧点儿,或许雨就不能这么厉害地打着你了。要是我没想到雨能帮我忙,我就更加遗憾了。"

她难以察觉地凑他紧一点儿,他拿一块大帆布把他们俩包起来,那帆布有时候用来为奶桶遮挡太阳。苔丝抓住它免得从他们俩身上滑落,克莱尔的手已经被占住腾不出来了。

"现在我们又平安无事啦。啊——不好,还不行!还往我脖子里流了点儿,肯定往你脖子里流得更多,这样好点啦,你的胳膊像雨洗的大理石了,苔丝。用布擦擦。好了,要是你安静地待着,你就打不上一个雨点儿了,喂,亲爱的——关于我的那个问题——长期迟滞不决的问题,怎么样?"

一时间他能听到的仅有回答是马蹄在湿路上啪啪的敲击声,在他们身后大桶中牛奶咣啷咣啷的声音。

"你还记得你说的吗?"

"我记得。"她回答说。

"我们回家之前,经心。"

"我试试。"

于是他不再说什么了。他们往前走着,一座查理王时期的老庄园的残留矗立着衬着天空,他们顺次走过,它就被留在后头了。

"那,"他看着,为她解闷儿说,"是一个有意思的老地方——属于老诺曼家族的几个庄园之一,在这个郡先前有极大的影响,就是德伯维尔家。我走过他们的老住宅的时候,从没有不想到他们。在一个望族的灭绝中,有一些东西是极其悲哀的,即便它是残忍的,飞扬跋扈的,封建的声望。"

"是。"苔丝说。

他们向着近处无边暮色中的一处走去,那里有微弱的亮光开始在眼前若隐若现,那个地方,白天里,有一道白色的蒸汽不时出现在墨绿色的背景中,表示着那逸世幽僻的世界与现代生活之间断断续续的一刻触联。现代生活一天三四次向这个地方伸出它的蒸汽触须,探触着这本土的生存,又急促地撤回去,好像它触到了性情不合的东西似的。

他们抵达了这微弱的光点,那是由一个小火车站冒着烟气的灯发出来的;一颗足够可怜的陆地上的星星,比起那天上的星星来,在如此羞惭的对比中,对于泰尔波绥斯奶牛场和一般人类,它在感觉中却更为重要。装鲜牛奶的大桶在雨中卸下了,苔丝在附近的一棵冬青树下得到了一个小小的避雨的地方。

于是来了一列火车咝咝的声音,火车几乎是不声不响地停在了湿淋淋的轨道上,牛奶一桶一桶很快地装进了车厢里。火车的灯光在苔丝身上闪了一闪,她在高大的冬青树下一动不动。相对于那闪着微光的曲柄和车轮,再没有什么物体看上去比这质朴无华的姑娘更异国他乡了:圆滚滚的裸露的胳膊,淋了雨的脸和头发,像一只友好的豹子中止了窜跃,没有日期的不时髦的印花布衫,棉布帽子垂在额头上。

她又爬到了他情人的身旁,带着天性热情的人有时特有的无声无息的顺从,当他们又用帆布捂头盖脸地把他们包裹起来的时候,他们便投入了厚重的夜幕之中。苔丝是极其富于感受的,刚刚跟物质进步的漩流那几分钟的接触还逗留在她的思想中。

"伦敦人明天早饭时就能喝上这些牛奶了,是不是?"她问,"那些我们从来没有见过的陌生人。"

"是的——我想他们能喝上。不过不光是我们送去的。得等到牛奶的劲儿弄得低一点再喝,以便他们喝了不上火。"

"高贵的男人和高贵的女人,使节和千夫长①,小姐和女店主,孩子,谁都从来没有看见过一头奶牛。"

"嗯,不错,或许,特别是千夫长。"

"谁都一点儿不认识咱们,不知道牛奶从哪里来的;也想不到咱俩今天晚上怎样冒着雨,赶车走老远穿过荒野,才能把牛奶及时送给他们,是不是?"

"咱们也不完全是为了那些宝贝伦敦人才赶车来的;咱们也有点儿为了自己——为了那件叫人焦虑的事,那事你也焦虑着,我敢肯定,解决问题吧,亲爱的苔丝。现在,允许我用这句话说吧,你已经属于我了,我的意思是,你的心,是不是?"

"你知道我跟你一样知道,啊,是的——是的!"

"那么,既然你的心这样做了,为什么你的行动不这样?"

"我唯一的原因是为了你——为了一个问题。我有事情要告诉你——"

"不过,假如完全是为了我的幸福,也为了我世俗生活的方便呢?"

"哦,不错,假定是为了你的幸福和世俗生活的方便。可是我来这里之前的生活——我想——"

"噢,是为了我的幸福,也是为了我的生活方便。要是我有一个非常大的农场,在英国,或者在殖民地,你做我的妻子,将是无价的,比出自这个国家最大的庄园的女人都好。所以,请——请,亲爱的苔丝,快纠正你那想法,你不是我的绊脚石。"

"可是我过去的事。我想让你知道——你一定要让我告诉你——那你就不会这样喜欢我了!"

"要是你想说,就说吧,最亲爱的,那就说吧,那珍贵的历史,我出生在公元某年某月某日,如此这般——"

"我出生在马洛特,"她说,抓住了他的话好像一个帮助,尽管那只是玩笑地说说,"我在那里长大。我离开学校的时候,我是在第六级。他们说我聪明灵巧,能当一个好教师,所以我就打算当教师,可是在我家里有点麻烦,

---

① 千夫长:古代罗马下级军官的官衔,苔丝的时代没有这个官衔。苔丝对农村以外的知识所知不多,故有此说。

我父亲不太勤快,他好喝点儿酒。"

"噢,噢。可怜的孩子!这没有什么新奇的。"他把她更紧地搂在身旁。

"后来,在我家里发生了极不寻常的事,在我身上,我——我是——"苔丝的呼吸急促了。

"哦,最亲爱的。不要上心。"

"我……我不是德北菲尔,而是德伯维尔——拥有我们走过的那老宅第的同样家庭的一个后代,可是——全过去了,我们家一无所有了!"

"德伯维尔!——真的?那就是你全部恼心的事吗?亲爱的苔丝?"

"是的。"她虚弱地回答。

"咳——知道了这个以后,我为什么会不再那么爱你了呢?"

"我听老板说,你嫌恶老家门。"

他笑起来。

"嗯,那是真的,在理性上,我憎恶血统高于一切的贵族教条,我认为,依据情理,我们应该尊崇的唯一家系,是那些智慧和德行的精神家族,而不是注重肉体出身。不过,这新闻我太感兴趣啦——你想不到我是多么感兴趣!你自己属于那著名世系的一员,你不觉得有意思吗?"

"我,我觉得悲惨——尤其是自从来到这里,知道了我看到的那些山岗田野,有一些曾经属于我父亲家的,不过,还有一些山林土地属于莱蒂家的,或许另一些属于玛琳家的,因此,我更加不看重它了。"

"不错——有多少如今在这片土地上耕作的人,祖上曾经是它的拥有者,它是令人惊奇的。我有时候很惊讶,为什么不以这情形为资本,做政治家的学校,可是他们似乎并不知道它;我也很惊讶我居然没有看出你的姓氏跟德伯维尔相似,没有探索那明显的讹用痕迹,这就是让你焦虑不安的秘密吗?"

她没有告诉他。最后时刻,她的勇气失去了,她害怕他责怪她没有早告诉他,她自我保护的本能比她的坦率力量更强大。

"当然了,"不知实情的克莱尔接着说,"知道你是英国人中那些长期受苦、默默无闻、藉藉不名的阶层孤傲的后代,而不是从那些依仗损人利己取得他们的权力自私自利的少数贵族传下来的,我很高兴。可是,我被我对你的爱腐蚀了,苔丝(他说着笑起来),同样自私了。为了你的缘故,你的家世令我欣喜了。社会是毫无希望的势利,我打算教你成了读书渊博的女人之后,再做我的妻子,你的血统这个事实对于社会接受,就可以造成一个显而易见的不同。我的母亲,可怜的灵魂,也能因为这个认为你更好一些。苔丝,你一定要准确地拼你的姓——德伯维尔——自这个非同寻常的日子开始。"

"我倒更喜欢另一个。"

"可是你必须改正,最亲爱的!天哪,多少身家百万的暴发户能拥有这个姓,会高兴得跳起来!就说那个吧,有个冒充了这个姓的谬种——我是在哪里听说过他的来着?——他住在围场附近,我记得,哼,他就是我告诉你的那个跟我父亲吵闹的人。多么古怪的巧合!"

"安吉尔,我想我宁可不姓这个姓!它是不幸的,也许!"

她焦虑不安起来。

"那么,苔瑞莎·德伯维尔小姐,嫁给我吧。姓我的姓,那你就可以避开你的姓啦!你的秘密说出来了,你为什么还要这样拒绝我呢?"

"要是你娶我做妻子,肯定能让你幸福,你觉得希望娶我,非常,非常希望——"

"我非常希望,最亲爱的,当然非常希望。"

"我是说,你非娶我不可,没有我,你就活不下去,不管我有什么过错,那才能让我觉得我应该说愿意。"

"你愿意——你说了,我知道你答应了,你将永远永远是我的。"

他紧紧地抱住她,吻她。

"嗯!"

她一说了这个字,就爆发了干涩的剧烈的抽咽,那么凶猛,好像撕裂了她。苔丝无论如何不是一个歇斯底里的姑娘,他惊愕了。

"你怎么哭起来啦,最亲爱的?"

"我说不上来——真的!——我这么高兴地想到——我是你的了,能叫你幸福!"

"不过,你这样子似乎不太像幸福了,我的苔丝!"

"我是说——因为我打破了我的誓言,我才哭了!我说过我至死不嫁人!"

"可是,要是你爱我,你就想要我做你的丈夫吧?"

"嗯,嗯,嗯!可是,哦,我有时候真希望我从来没有出生!"

"好了,我亲爱的苔丝,要是我不知道你太兴奋了,太没有经验,我就要说这话太不中听啦。要是你挂牵我,你怎么会希望不出生呢?你挂牵我吗?我希望你能用什么办法证明它。"

"比比我做的,我还能怎么证明?"她哭了,柔情漫涌,似乎狂乱了,"这个更能证明吧?"

她紧紧地搂住他的脖子,第一次,克莱尔懂得了,一个充满激情的女人的热吻是愿意落在她用全部心魂挚爱的人的嘴唇上,一如苔丝之爱他。

"好啦——现在你相信了吧?"她问,脸绯红了,擦着眼睛。

"是的。我从来没有真的怀疑过——从来没有,从来没有!"

于是他们乘车穿行暗夜,在帆布里面抱成一团,马随意走去,雨抽打着他们。她同意了。她当初就这样同意了。那"寻求快乐的欲望"弥渗于所有生物,那巨大的力量按照它的意图操控着人类,好像海潮摇荡着无助的水草,那力量不能被空谈社会道德的含糊不明的学究气文章所支配。

"我得写信给我妈说,"她说,"你不反对吧?"

"当然不反对,亲爱的孩子。在我面前,你真是个孩子,苔丝,你不知道在这样的时候写信给你妈是多么应当,我要是反对是多么不应该。她住在哪里?"

"就在那个地方——马洛特。在布莱克姆谷老远的那边。"

"啊,那我在这个夏天之前曾经见过你——"

"对,在草地上跳舞那天;可是你没跟我跳舞。哦,我希望那不是我们的不吉之兆!"

三十一

紧跟着的第二天,苔丝写了一封最动人、最迫切的信给她的母亲;那个礼拜的末尾回信就到了,是昭安·德北菲尔用上个世纪曲曲弯弯的字体写的信。

  亲爱的苔丝,我给你写这几行字,希望能知道你很好,感谢上帝,正如我现在很好。亲爱的苔丝,听说你真的就要结婚了,我们都很高兴。不过,关于你的问题,苔丝,只咱们俩之间说,是相当私密的,又是非常厉害的,决不能把你过去的苦恼透露一个字给他。我没有把所有的事情都告诉你父亲,他因为他家世高贵那么妄自尊大,那个,或许,你打算嫁的那个人也是一样的。许多女人——有一些是在这个国家最高贵的——曾经有过苦恼,人家不声不响,为什么你要声响?没有姑娘去做那样的傻瓜,尤其是事情过去这么长时间了,而且,完全不是你的过错。你就是问我五十遍,我也会同样回答你。另外,你必须记住,知道你孩子气的天性,心里有什么会全说出来——那么头脑简单——我要你答应我,永远不要在话语上行动上透露一点,为你的幸福着想,从这个门出去时,你最郑重地答应了我。那问题和你将要结婚的事我都没有对你父亲说,他要是知道了,就要到处去乱说了,可怜的头脑简单的男人。

  亲爱的苔丝,打起精神来,我们打算在你结婚的时候送你一大桶苹果酒,知道在你们那地方酒不多,又淡又酸的。现不多写了,代我向你年轻的男人问好。——你慈爱的妈妈。

昭安·德北菲尔

"哦,妈妈,妈妈!"苔丝喃喃着。

  她清楚地看出了,最沉重的事情落在德北菲尔太太顺应豁达的心胸上,只是多么轻微的一碰。她的母亲看人生,不像苔丝那样看待。在她心头萦绕不去的往日的事情对于她的母亲,只是一时的偶然事件。不过,就那经历以及随后的结果而论,她的母亲或许是对的,无论如何她可以有她的理由。默不作声,从外表判断,为了她崇拜的那个人的幸福,似乎是最好的,那就默不作声吧。

  这样,来自这个世界上唯一有权力支配她行动的人的命令,要求她镇定,她便渐渐地平静下来了。责任移卸了,她的心比过去的几个礼拜轻松了许多。她答应了以后,跟着就是秋天将尽的日子,十月开头了,构成了一个她生活于其中最近乎达到狂喜痴迷的季节,比她生命中任何时期都心神高扬。

在她对克莱尔的爱中几乎没有一点儿尘俗的成分。她对他极端地深信不疑,在她的眼中他是十全十美的——一个导师、贤哲、朋友能够懂得的,他全部懂得。她认为他的体貌轮廓的每一根线条都具备了完美无缺的男性美,他的灵魂是圣徒的灵魂,他的才智是先知的才智。她对他的爱这种智慧,以至于使得爱支撑维持了她的高贵,她似乎头戴了皇冠。他对她爱的怜悯,一如她所见,使她虔诚奉献,倾心于他。他有时候注意到她大大的虔诚的眼睛,渊深无底,从深处看着他,好像她看到了一些不朽的东西在她的面前。

她驱散了过去——踩踏它,扑灭它,好像一个人践踏闷烧着的危险的煤炭。

她不知道男人在对女人的爱中会像他这样无私呵护,有骑士气概。其实,安吉尔·克莱尔决非完全像她在这方面想的那样;远远不是,的确;不过,他,实际上,精神的确是超过了肉体的;他很好地控制了自己,奇异地没受粗俗下流的影响。尽管他并非生性冷漠,可是他灿明焕然胜过了热烈激扬——不及拜伦,超过了雪莱,能够不顾一切地爱,可是那爱却特别倾向于想象的,超凡的,它是一种过分讲究的爱挑剔的情感,能够小心翼翼地护卫着他爱的人,而对抗他特异的自己。这令苔丝惊讶也令她狂喜,那微少的经验而今是如此不合适了;她对男性的义愤反过来,转化成了对克莱尔过分的尊崇。

他们毫不做作地自然地寻求彼此的陪伴;她纯正忠诚,不掩饰想跟他在一起的渴望。她在这事情上本能的用意如果清楚地陈述,那大概是这样的:在她的性格魅力中那闪避的特性,可以吸引一般的男人,而对于一个如此完美的男人,在倾诉了衷肠以后,那却是令人嫌厌的,因为它特殊的禀性中有了矫揉造作的嫌疑。

乡下风俗,在订婚期间,不约束户外的相陪相伴,那是她仅知的风习,对她没有什么奇怪;可是在克莱尔看来,那好像是古怪地有所期待似的,等他看到她跟别的挤奶工在一起的时候,也那么坦然,这才觉得正常了。因而,在这十月里美妙的下午,他们沿着草场蜿蜒的小路漫游,追随着淙淙流淌的小溪,跳过小木桥,走到另一边,再返回来。他们从不走出潺潺流淌的水堰声外,那汩汩水声始终伴随着他们的喁喁情话,那时候太阳的光束,几乎像草场的水平线一样,形成了花粉般的光辉撒遍大地。他们在树木和树篱的阴影中看到轻淡的蓝雾,此外却处处始终是明丽的阳光。太阳是如此地接近了土地,草地是如此地平阔,克莱尔和苔丝的影子能在他们前头伸长四分之一英里,像两根长长的手指,远远地指向绿色阔野与谷坡边沿毗邻的地方。

男人们在零零落落地干活——因为这是"清理"牧场的季节,或者说清挖小水渠为了冬天灌溉,整修被奶牛踩塌的渠堰。一铲一铲的肥土,像煤一样油黑,原本是河流像整个山谷一样宽阔的时候挟带到那里的,是土壤的精华,是过去的原野捣成了碎末,浸渍了,提炼了,日臻细泽精妙,肥沃膏腴,由此育生出了丰茂的牧草,在那里放牧着牛羊。

克莱尔在那些整水渠的男人眼前觍着脸皮硬把他的胳膊搂在她的腰上,带着惯于当众嬉戏的男人那种神气,可是实际上他像她一样怕羞,那时候她的嘴唇张开着,眼睛斜着看看那些干活的人,显出了小心翼翼的动物的神情。

"在他们眼前,你不因为我是你的人觉得丢脸!"她满心欢乐地说。

"啊,当然不!"

"可是,如果传到艾敏斯特你那些朋友耳边呢?说跟你这样亲亲热热一起游荡的是我,挤奶女工——"

"所见过的最迷人的挤奶女工。"

"他们会觉得伤了他们的尊贵。"

"我亲爱的姑娘——一个德伯维尔伤了一个克莱尔的尊贵!这是打一副华丽的牌——你属于这样一个家世,我保留着它,等结婚的时候再摊牌,会达到一个豪华的效果,有了淳格汉姆牧师那里你的血统证明,且不说那个,我的未来对于我的家庭也完全是不相干的——它甚至不能影响他们生活的表面。我们将离开英格兰这个地区——或许离开英国——这里的人们怎样看我们算什么事？你愿意去，是吧？"

她至多能回答一个"是"字，想到将作为他家的亲人陪伴他闯荡世界，她胸中升腾的是那么宏大的情感。她的感情像汩汩的水波涨满了她的耳朵，涌上了她的眼睛。她把她的手放进他的手中，就这样继续向前走去，走到阳光由河面炫目地反射到的地方，在一座桥下，反射的日光像熔化的金属耀花了他们的眼睛，虽然太阳已经被桥挡住了。他们定定地站着，一些长羽长翎的小毛毛头从平滑的水面突然探出，可是，发现眼前被搅扰了，它们停住了，没有过去，又消失了。在这河岸上他们逗留着，直到雾围上来环抱起他们——每年的这个时候夜雾起得极早——停落在她的睫毛上，好像水晶安厝在那里，也落在他的眉毛上、头发上。

他们在礼拜天流连到更晚，那时候天完全黑了。在他们约会的第一个礼拜天的晚上，有一些牛奶工也在户外，听见她感情冲动的说话，狂喜入迷到了散碎断续，可是离得太远，听不清说的是什么；注意到她的话中一顿一顿的片段，被她的心跳击碎，成了一个个音节，好像她是倚在他的胳膊上往前走；她心满意足的停顿，那偶尔发出的低笑，好像她的灵魂就在驾笑飞翔——那是在她爱的男人陪伴下一个女人的笑，这男人又是她从别的所有女人那里赢来的——自然界没有任何东西与之相像。他们留意到她步态的弹性，像一只鸟儿飞掠轻落的样子。

她对他的钟爱而今是苔丝的呼吸、她的生命所在；它像一个光球包裹着她，辉耀着照射着她，使她忘记了过去的悲哀，阻止着那固存的企图影响她的幽灵——疑虑、恐惧、忧郁、烦恼、羞愧。她知道它们只是像饿狼在光圈外边等待着，可是她有持久的力量把它们制服在饥饿中。

精神上的忘却与理智的记忆共存。她行走在光明中，可是她知道在那背景中那些黑暗的影子始终在蔓延。它们会退却，它们会逼近，一天一点儿，总在那里。

一天晚上苔丝和克莱尔不得不坐在屋里看家，住场的人都走开了。他们说着话的时候苔丝心思重重地抬起眼来看他，正遇上那双欣赏着她的眼睛。

"我不值得你这样——不,我不配!"她冲口而出,从她的矮板凳上跳起来,好像被他的尊崇惊吓了,又为这尊崇而满心欢喜。

克莱尔认为那是她兴奋的全部原因,其实那只是一小部分,他说:

"我不许你再说这种话,亲爱的苔丝!高贵不在于能不费力地按照一套可鄙的传统办事,而在那些真实、诚恳、公正、纯洁、可爱、有好名声的人①里头——正像你这样,我的苔丝!"

她极力抑制住喉头的抽咽。近年来在教堂里,那一串美德多么经常地让她那颗柔嫩的心疼痛,多么奇怪,他现在居然引用了它们。

"那时候你怎么不留下来爱我?在我——十六岁的时候;我和我的弟弟妹妹住在一起,你还在草地上跳舞。唉,你怎么不,你怎么不啊!"她说,十分冲动地绞拧着她的手。

安吉尔劝慰她,让她消除疑虑,自己想着,千真万确,她真是一个多么任性喜怒无常的人,当她把她的幸福完全靠在他身上的时候,他将多么小心在意地对待她呢?

"唉——我怎么不留下来!"他说,"那正是我想知道的。要是我能够知道!可是你也不必这么厉害地懊悔啊——你为什么这么懊悔呢?"

出于女人本能的掩饰,她赶忙岔开说:

"那我就能多得四年你的心啦。那我就不会白白地耗过我的光阴啦——我就能多有那么长的欢乐时光啦!"

遭受如此痛苦折磨的,不是一个在她身后拖着一长串隐秘的私通追忆的成熟女人,而是一个生活单纯的姑娘,还不到二十一岁,在她尚未成熟的日子里,像一只落入陷阱的鸟儿被捕获了。为了更好地平定一下自己,她从矮凳子上起来,离开房间,她走出去的时候,她的裙角把凳子挂倒了。

他坐在横放在炉中铁架上一束绿桦木枝投射的令人愉悦的火光旁边,树枝欢快地噼啪作响,汁液从梢上咝咝地冒泡。她回来的时候,恢复了她正常的状态了。

---

① 语出《圣经·新约·腓立比书》第四章第八节。

"你不觉得你有点儿喜怒无常吗？一阵一阵的，苔丝？"他愉快幽默地说，说着给她在凳子上铺开一个垫子，自己坐在她旁边的长椅上，"我正想问你个事，你刚巧跑出去了。"

"不错，或许我是喜怒无常，"她嘟哝着说，她突然靠近他，一只手抓住他的一只胳膊，"不，安吉尔，我不是真的这样——不是生性，我是说我不是生性喜怒无常！"为了更加强调地对他保证她不是那样，她把自己在长椅上靠着他安顿下来，还让她的头贴着他的肩膀找一个安靠的地方，"你想问我什么——我保证愿意回答。"她柔顺地接着说。

"哦，你爱我，答应嫁给我，由此就跟上了第三个问题，哪一天结婚？"

"我喜欢像这样生活。"

"可是我得打算在新年，或者稍晚一点儿，完全开始我自己的事业。在我还没有被新职位的各种琐事缠住的时候，我想先把伴侣弄妥了。"

"不过，"她羞怯地回答，"实实在在地说，等你把那些都弄好了再结婚，不是更好吗？——尽管我受不了你走了，把我撂在这里！"

"当然你受不了——假若那样，绝非良策。我希望在我开创事业的时候，你能在好多方面帮助我。到底什么时候呢？两个礼拜以后不行吗？"

"不，"她说，她变得严肃起来，"我还有那么多事情，得先想想。"

"可是——"

他轻柔地把她拉得更靠近他一些。

婚姻的现实如此赫然逼近令人吃惊。这个问题正要进一步讨论下去，长椅后边转出了克瑞科老板、克瑞科太太，和两个挤奶女工，四个人走进了明亮的火光里。

苔丝像一个有弹力的球从他的身旁跳开，满脸飞红，眼睛在炉火中闪亮。

"我知道我坐得靠他这么近，会怎么着！"她嚷叫着，带着恼羞，"我对我自己说，他们肯定会来，撞见我们！不过我可真的没有坐到他膝盖上，尽管别人看着，好像我差不多坐上了！"

"嘿——你要是不告诉我们，我敢保我们看不见亮光光的你坐在哪儿。"老板回答说。接着又用那种不懂感情关联着婚姻的男人冷漠迟钝的态度对他的妻子说——"听着,克瑞斯蒂,这事告诉咱们,别人没有想象到的事,咱一定不要以为人家想象到了。咳,别那样,我就没有想到她到底坐在哪儿,要是她不告诉我——我想不到。"

"我们不久就要结婚了。"克莱尔说,带着临时装出来的冷静。

"啊——真的呀!听到这消息我真的太高兴了,先生。我想你早就该这么办了。当一个挤奶女工,她是太绰绰有余了——我头一天看见她,就这么说过——什么男人得到她,都是得了个宝贝;更要紧的是,她做一个上等庄稼人的太太,那更是妙极啦,有了她在身边,男人就不用听农场头头摆布啦。"

不知怎的苔丝消失了。克瑞科的赞扬令她羞愧困窘,跟在老板后头的那两个姑娘的神态,更使她受触击,难以自持。

晚饭以后,当她走进寝室的时候,她们都在。一支蜡烛燃亮着,闺女们穿着白色睡衣坐在各自的床上,等候苔丝,整个像一排复仇的鬼魂。

可是她立刻就看出来了,在她们的神态中没有恶意。对于她们从未期望拥有的东西,她们不会感觉到一点损失。她们的状态是客观的、思量的。

"他要娶她了!"莱蒂嘟哝着,眼睛一刻也不离开苔丝,"她的脸露得多明显啊!"

"你是要嫁给他啦?"玛琳问。

"是的。"苔丝说。

"什么时候?"

"还没定日子。"

她们觉得这只是托词。

"是的——要嫁给他——一个先生。"伊茨·秀特重复着。

三个姑娘被一种迷惑力强烈地吸引着,一个接一个,爬出她们的床铺,赤着脚围着苔丝站着。莱蒂把手放到苔丝的肩膀上,好像是在这样一个奇迹之后来确认她的朋友肉体的存在,那两个用胳膊搂着她的腰,一直看着她的脸。

"多像啊,差不多比我想的还像呢!"伊茨·秀特说。

玛琳吻着苔丝。"不错。"她把嘴唇拿回的时候嘟哝着说。

"你是因为爱她,还是因为另一个嘴唇亲过了那儿,你才亲那?"伊茨冷冷地接着对玛琳说。

"我没想那个,"玛琳老老实实地说,"我只是觉得太稀奇了——偏偏是她做他的太太,而不是别人。我没说不字,咱们都没说不字,因为咱们都没有想嫁他——只不过爱爱他罢了。可我还是要说,在这个世界上不是别的什么人嫁他——不是千金小姐,不是穿绫着缎的阔女人,偏偏是她,和咱们一样的人。"

"你们敢保没有因为这个怨恨我吗?"苔丝低声问。

她们犹豫了,都穿着白睡衣围着她,好像觉得她们的回答就在她的脸上。

"我不知道——我不知道——"莱蒂·普瑞蒂尔嘟哝着,"我想恨你,可我恨不起来!"

"我也是那么觉着,"伊茨和玛琳附和着,"我恨不起来,不管她怎么挡了我!"

"他应该娶你们中的一个。"苔丝咕哝着说。

"为什么?"

"你们全都比我好。"

"我们比你好?"姑娘们低低地像自语似的慢慢说,"不,不,亲爱的苔丝!"

"你们是比我好!"她冲动地反驳说。她突然从她们紧抱着她的手臂中挣出去,爆发了一阵歇斯底里的抽泣,身子伏在抽屉柜上,连连重复着,"啊比我好,比我好,比我好!"

一旦开了口子,她就止不住哭泣了。

"他应该娶你们中的一个!"她哭叫着,"我想甚至现在,我也应该叫他那么做!为了他,你们都能比我好——我在说什么呀!啊!啊!"

她们走到她跟前,抱住她,可是她的啜泣一直撕扯着她。

"拿点水来,"玛琳说,"她叫咱们弄得疯疯癫癫了,可怜的,可怜的!"

她们把她慢慢地扶到床边,在那里亲热地吻着她。

"你嫁他是最好的,"玛琳说,"你更像阔太太,比我们更有学问,特别后来他又教你那么多。你嫁了他应该更得意。你是得意,我敢保证!"

"不错,我是得意,"她说,"我真丢脸,怎么忍不住哭起来了!"

她们全都上床,烛光熄灭了,玛琳耳语般低声对她说:"你做了他的太太,还能想到我们吧?苔丝,我们告诉过你我们怎么爱他,我们怎么试着不恨你,没有恨你,恨不起来,因为你是他选中的,我们从来没有指望被他选中。"

她们不知道,听了这些话,酸涩、痛苦的眼泪又滚落到了苔丝的枕头上,五内俱碎,决定把她的历史全部告诉安吉尔,不管她母亲的命令了——就让她敬崇的那个他鄙视她吧,如果他要那么做;就让她的母亲把她看作傻瓜吧,她宁愿这样,也不肯再保持缄默,默不作声对他可以说是一种背叛,对于这三个人也似乎是一种犯罪。

三十二

这种悔悟的心情,阻止她择定婚期。十一月开始了,婚礼之日的选定却一直止步不前,虽然他在最忍不住的时候又问过她。可是苔丝的心愿似乎保持在永久的订婚期中,在此期间,所有的一切都保持着现时的状态。

草场现在是在改变着;不过在下午的早些时候挤奶之前,还是十分暖和的,可以在那里闲荡一会儿,一年里这个时节的奶牛场的工作状况也允许空闲的时间去闲逛。顺着太阳所在的方向朝着潮湿的草地看过去,能看见游丝网在那光球下闪烁着波纹,好像月光在海上的行迹。蚊蠓,对它们短暂的荣光一无所知,漫游过这闪亮的小径,通体发光,好像身内生火,然后出了这道光线,完全熄灭了。在这些景况面前,他会提醒她想起婚期一直未定的问题。

或者他会在晚上问她,克瑞科太太派给她一些差事,给他陪伴她的机会的时候。这些差事,多半是一次旅行,去上谷山坡的农舍里,问一问归拢到干草院里那些快要生产的母牛的情形。因为这是一年里给这运动的世界带来巨大变化的时间。每天一群一群奶牛被赶到它们的产科医院里,在那里靠吃干草度日,直到它们的小牛出生,生产之后,小牛一能走了,母亲和后代就被赶回奶牛场。小牛卖出去之前一段很快消逝的空闲里,当然只有一点奶可挤,可是小牛一卖掉,挤奶女工又要像往常一样加劲工作了。

一天晚上他们这样走了一趟回来,抵达了一座高耸于平川的砂岩峭壁,他们在那里驻足倾听。此时,溪流中水正盛,哗哗喷过水堰,淙淙流过水道,最小的溪谷也是满满荡荡的。无论哪里都没有近路可抄,步行的人不得不走常道。从看不见的整个一大片山谷里传来宏富繁杂的声音,生生要他们想象到在下面铺设着一座大城市,那声音就是它的居民在说话吵嚷。

"听起来好像他们有成千上万人,"苔丝说,"正在他们的市场上开公众大会呢,争论着、劝教着、吵闹着、哭泣着、呻吟着、祈祷着、咒骂着。"

克莱尔没有特别留意。

"亲爱的,克瑞科今天没对你说,冬天他不想用这么多帮手?"

"没有。"

"那些奶牛很快就不出奶了。"

"对,昨天又有六七头送到干草院了,前天送去了三头,干草院差不多有将近二十头了。哦——下小牛老板不想用我做帮手啦?唉,这里还不想要我了!我那么努力试着——"

"克瑞科没有明确地说不再用你,不过,知道了咱们俩的关系,他曾经很善意很客气地说,他估摸着我在圣诞节离开的时候,可能会带你一起走,我问他你走了,场子里怎么办,他只说,实际上,一年的这个时候,他只用很少的女工帮忙。他用这样的方式不用你,我感到非常高兴,我恐怕是罪过了。"

"我没觉得你应该感到高兴,安吉尔。因为人家不想用了,总是可悲的,即便同时有一些便利。"

"好啦,是便利——你承认啦。"他把他的手指放在她的脸腮上,"啊!"他说。

"什么?"

"我摸到红晕在她脸上升起来,被我捉住了!可是我怎么这样开玩笑,我们不能开玩笑——人生是太严肃了。"

"是的。或许我在你看到之前就看到了。"

她当时正看着它。最终不计后果地拒绝嫁给他——服从她头天晚上的心情——离开这奶牛场,也就是去某个陌生的地方,那里没有奶牛场,因为产小牛的时节即将到来,不需要挤奶女工,去一处可以耕作的农田,那里没有像天神一样的安吉尔!她不愿意这样想,回家去她更不愿意。

"太严肃了,所以,最亲爱的苔丝,"他接着说,"既然你有可能在圣诞节离开,那么从各方面来看,我把你带走,而后当作我的人,也是最合意便当的。另外,你也不是未经世事没有心眼的姑娘了,你知道我们不能永远像这样下去。"

"我希望我们能永远这样。永远是夏天和秋天,你永远向我求爱,你永远像过去的这个夏天一样想着我。"

"我会永远这样。"

"哦,我知道你会的!"她叫着,带着一种对他突然的热烈的信任,"安吉尔,我定下永远成为你的人的日子!"

就这样,终于商定了他们的终身大事,在回家的黑夜时分,在四面八方丰富繁杂的淙淙流动的水声中。

他们到了奶牛场,立刻告诉了克瑞科先生夫妇——并且严格叮嘱他们保密;因为这两个情人的婚礼要尽可能秘密地举行。奶牛场老板,虽然打算不久就解雇她了,现在也装作很担心失去她了。谁给他撇奶油呢?谁能做带装饰花的黄油卖给安格尔布瑞和沙德波恩的小姐呢?克瑞科太太则向苔丝道喜,犹豫不定终于有了一个结果,还说她打眼一看,苔丝就不是凡人,不能让普普通通的野外男人选去;苔丝在来到的那个下午走过场院,看上去就那么优越超凡;她就发誓她是有教养的大户人家的女儿。就事实而论,克瑞科太太倒记得苔丝走来的时候,她曾经觉得苔丝优雅美貌;至于优越超凡,则可能是后来的了解帮助她发展了想象。

苔丝现在是被时间的翅膀托载着向前,没有了心愿意识。话语已经给过了;日子已经定下了。她天性聪灵,明智慧透,也开始相信命运了,就像那些一般的庄稼人、那些跟自然现象比跟世人联系紧密的人一样;所有事情,她都听任自己被动地服从她情人的意见,这是她此时特有的心境。

不过她又给她的母亲写了一封信,表面上是通知结婚的日子,实际上是再次恳求她的指点。选择了她的是一位绅士,这,也许她的母亲并没有充分地考虑到。婚后的解释，或许会被粗粗拉拉的男人容易承受的心接受，却不可能被他用同样的感觉去容纳。可是这封信没有得到德北菲尔太太的回答。

尽管安吉尔·克莱尔为了他们马上结婚，对他自己，对苔丝都说是实际需要，做了这般似乎有理的请求，其实在这步骤中是有急躁仓促的成分，在后来的日子里越发明显了。他深深地爱她，尽管比起她对他爱的热烈彻底来，他的爱或许耽于理想，沉湎于空幻了。当他注定了想过一种粗鲁无文的田园生活的时候，他不再抱有这种意图，似这样妩媚的质朴宜人的造物能够在幕后呈现于他的视野。天真未凿是一种说说的物事，等到他来到这里，他才懂得了它是怎样实实在在地袭人。然而他还远远没有清楚地看透他未来的前程，可能还要一年或者两年，他才能够考虑完全创立起他自己的事业。他觉得他家庭的偏见使他失去了真实可靠的命运，给他的生涯和性格赋予了鲁莽的色彩，这便是奥秘之所在。

"你没有想想，等你在中部农场完全安顿下来，咱再办事，是不是更好？"有一次她怯怯地问。（中部农场正是那时候他构想的。）

"老实说吧，我的苔丝，我不愿意离开我的保护和同情，把你留在任何地方。"

这理由，就它本身而论，是好的。他的影响遍及她处处，如此明显地标志着：她采用他的态度和习惯，他的言谈和用语，他的喜爱和嫌恶。把她留在农田里，她会重新滑回去，跟他不一致。为了另外的原因，他也希望把她置于他的掌控之下。在他带着她离乡到远方（英国或殖民地）定居之前，他的父母自然希望至少见她一面。由于他们的观点不准许改变他的意图，他断定，在租住的寓所和他度过几个月，那时寻求对她的交际帮助有利的通道，她可以摸索着尝试通过严峻的考验——在牧师宅第呈现给他的母亲。

其实，他还想去看看小面粉厂的作业，他有个打算，他将来自己种麦子时应该兼备一个面粉厂运用。井桥一座古老的大水磨坊的业主——那曾经是寺院的磨坊——愿意让他参观一下老时的做法，动动手干几天，无论他想什么时候都行。于是有一天，克莱尔去那个地方看了一次，只有几英里远，他调查了详细情况，晚上返回了泰尔波绥斯。她知道他决定在井桥磨坊待一段时间了。到底是什么让他做了这个决定呢？有机会去考察磨面筛面，还不及他无意中发现的一件事更重要，原来他可以在那农舍中租到寓所，那房子在残破以前，是属于德伯维尔家族一支的宅第。这总是克莱尔解决实际问题的方式：随着与实际完全无关的感觉走。他们决定婚礼以后直接去那里，待两个礼拜，而不去城里住小旅馆。

"然后咱们再动身去伦敦对面，考察一些农场，我听说那里有。"他说，"三四月咱们去看我的父母。"

类似这样的程序问题出现了，过去了，那个日子，那难以置信的日子，她要成为他的人的那个日子，在最近的将来赫然耸现了。十二月三十一日，除夕，就是那个日子。他的妻子，她自语说。果真能是那样吗？他们两个结合在一起，什么也不能把他们分开，点点滴滴每一样小事他们共同分担，为什么不那样呢？可是又为什么那样呢？

一个礼拜天的早晨伊茨·秀特从教堂回来，私下里悄悄对苔丝说：

"今天早晨没有你们要结婚的通告。"

"什么？"

"今天应该是第一次公布，"她回答说，她平静地看着苔丝，"你们打算除夕那天结婚，亲爱的？"

另一个赶紧回答了一个"是"。

"那肯定要公布三次。现在到过年只剩下两个礼拜天了。"

苔丝觉得她的脸灰白了。伊茨是对的，当然肯定要有三次。或许他忘了！要是这样，那就得延迟一个礼拜了，那是不吉利的。她怎么样才能提醒她的情人呢？她本来是那么迟疑后缩的，突然火烧火燎捺不住性子了，惊恐不安生怕失去她亲爱的珍宝。

一件自然发生的事解除了她的焦虑。伊茨跟克瑞科太太说起了结婚通告遗漏的事，克瑞科太太以一位已婚妇女的特权及时对安吉尔说：

"你忘了吗？克莱尔先生？我是说，结婚通告。"

"没有，我没忘。"克莱尔说。

他一单独碰见苔丝就叫她放心：

"别听他们拿结婚通告逗你。许可证对咱们更不显眼，所以我没有跟你商量就决定用许可证了。这样,你要是礼拜天早晨去教堂,你要是想听到你的名字,你就听不到了。"

"我不想听到,最亲爱的。"她得意地说。

知道所有的事情都准备妥当了,对于苔丝仍然是巨大的解脱。她正好几乎害怕有人站起来以她的历史为理由禁止那结婚通告。大事小情桩桩件件对她多么惠顾顺利!

"我老是觉得不大放心,"她对自己说,"这些好运以后也许会全部被厄运赶走。那是老天爷最喜欢做的。我希望我能有普普通通的结婚通告!"

不过事情平稳地运行着。她想知道他是不是喜欢她穿着现时最好的白长衫结婚,她是不是应该去买一件新的。这问题他早就想到安排妥了,寄给她的一些大包裹送达了,打开一看,她发现里面备有整套服装,从帽子到鞋,包括一件完美的晨衣,正适合他们计划的朴素的婚礼。包裹送到后一会儿,他进了屋子,听见她在楼上打开它。

她立刻下来了,满脸通红,眼中含泪。

"你想得多么周到!"她喃喃地说,把脸贴到他的肩膀上,"甚至想到了手套和手绢!我亲爱的爱人——多么好心,多么仁爱!"

"没什么,没什么,苔丝,只是给伦敦的女商人一份订货单——再什么也没有。"

为了把她从抬举他太高的地方转出来,他叫她上楼去,不要着急,慢慢来,看一看是不是完全合适,要是不合适,就找村里的女裁缝改一改。

她转回楼上去,穿上长袍。自己一个人,在镜子前站了一会儿,细看她穿着绸衣服的仪表,于是,她母亲唱过的关于神秘长袍的民歌进入了她的脑际——

   有过错的妻子,
   永远穿不了这衣裳。①

---

① 引自英国民谣《儿童与斗篷》。大意说一小孩献给亚瑟王一件斗篷,可检验妻子是否忠于丈夫。王后因不贞,穿上斗篷,斗篷即改变了颜色。

那是在她孩提时德北菲尔太太唱给她听的,唱得那么欢快,那么调皮,脚踏着摇篮,踏摇着节拍。要是她穿上长袍改变了颜色,泄露了她的秘密,像昆尼夫王后穿的长袍那样呢?自从她来到奶牛场直到现在,从来没有想起过那民歌。

三十三

安吉尔很想在结婚之前和她一起花上一天,离开奶牛场在附近走一走,作为依然是情人和小姐陪伴着她的最后一次短途游览,他觉得那将是浪漫的一天,那境况永远不能复现了;另外,那重大的日子又喜气洋洋地近在眼前。所以,在婚期的前一个礼拜,他提议去最近的镇上买点东西,他们就一起动身了。

克莱尔在奶牛场的生活,涉及他自己阶级的世人,他成了一个隐士,好几个月他从来不去附近的城镇,他不需要马车,便从不预备,如果他要骑马或乘车,他就雇老板的矮脚马或双轮小马车。他们那一天就是乘双轮小马车去的。

于是平生第一次,他们作为伴侣一起置买共同挂怀的东西。是圣诞节的前夕,满堆的冬青和槲寄生,镇子上满是因为这个节日从各方乡村来的乡下人。苔丝挽着安吉尔的胳膊走在他们中间,被他们频频地看着,她的容貌上增添了快活的美颜,她又好像受到了惩罚似的。

晚上他们回到了歇脚的小旅店,安吉尔去照料马和车赶到门口的时候,苔丝在过道里等着。普通的客房里满是客人,他们陆陆续续出出进进。他们通过时每一次开门关门,客厅里的灯光都会照亮苔丝的脸。两个男人出来了,从她旁边经过。他们中的一个惊奇地上上下下打量她,她以为他是川翠济的人,不过那村子离这里那么远,川翠济的人很少在这里看见。

"一个标致的女子。"另一个说。

"真的,够标致的。不过,不过除非我认错了人,大错。"他随即说了一句与刚才的评断相反的话。

克莱尔刚巧从马棚回来,在门槛那里跟那个男人打了个照面,听到了那话,看到了苔丝的畏缩样子。对她的这种欺辱立刻刺痛了他,他完全没有想什么,用尽全力在那人的下巴上打了一拳,打得他踉踉跄跄往后退到了过道里。

那人恢复了原状,似乎想出手,克莱尔走出门去,拉开防御的架势。可是他的对手改变了主意。他又从苔丝身旁走过,重新打量着她,对克莱尔说:

"对不起,先生,完全是认错人了。我以为她是另一个女人,离这儿四十英里地的那个。"

克莱尔于是觉得自己太鲁莽了,此外,他也怪自己把她撂在旅店过道上站着,他就按他在这种情形里的惯常做法,给了那人五先令用来抚慰那一击;这样他们就分开了,互相道了一声晚安。克莱尔从店伙计那里一接过缰绳,这年轻的一对儿就驾车离开了,那两个人去往另一个方向。

"是认错人了?"第二个人说。

"一点儿没错。不过,我不想伤害那先生的感情——我没有认错。"

与此同时,那一对情人正驱车向前。

"咱们能不能把婚期往后推一点儿?"苔丝声音干涩沉闷地问,"我是说要是咱们想这么办行不行?"

"不,我的爱人。你平静下来。你是要让那家伙可以有时间,到法院告我传我,因为我揍了他?"他打趣地问。

"不——我的意思,只是问一问——要是往后推一推能不能成?"

她的意思到底是什么并不十分清楚,他教她从她心里驱除这样的胡思乱想,她也同样尽可能地顺从了。不过她是严肃沉闷的,非常严肃沉闷,整整一路;直到她想到这些为止:"我们将离开,远远地远远地,离这儿几千几百英里,像这样的事永远不能再发生了,没有过去的鬼魂到那里。"

他们那天晚上在楼梯平台上悄柔地分了手,克莱尔上了他的阁楼。苔丝打起精神来收拾一些必需的小东西,免得剩下的几天里抽不出够用的时间。她收拾的时候听见头顶安吉尔房间里发出一种声音,像扑通扑通挣扎打斗的声音。别的房间的人都睡了,她心里焦急,怕克莱尔病了,她跑上去敲他的门,问他是怎么回事。

"哦,没事,亲爱的,"他在里面说,"对不起,打扰你了!不过,说起来也真可笑:我觉得睡着了,梦见又跟欺辱你的那个家伙打起来了,你听见的声音就是我用拳头一拳接一拳揍我的大旅行箱,那箱子我今天要装东西拿出来了。我睡梦中有时候会出这种怪事。睡觉吧,没什么,不用在意。"

这是最后的砝码,要求翻转她犹疑不定的天平。亲口对他摊开过去,她做不到;可是有别的途径。她坐下来,在一张叠成四页的信纸上把三四年以前的那些事简明地写下来,把它装进一个信封里,写明寄至克莱尔。于是,唯恐这股劲头又软弱下来,她没有穿鞋爬上楼,把信从他的门底下塞进去。

她的夜梦是破碎的,好像也应如此,她留神听着楼顶上第一声微弱的声音。它来了,像往常一样;他下楼了,像往常一样。她也下楼了。他在楼梯底下与她相会,吻她。确切无疑,像以往任何时候一样热烈!

他看起来有点儿烦乱和疲倦,她觉得。不过,关于她透露的事实他没有说一个字,甚至当他们单独在一起的时候。他看见它了吗?除非他提起这个话题,她觉得她不能说什么。就这样一天过去了,显然无论他想什么,他是要保留在自己心里了。他依然像以往一样坦率真诚,柔情怜惜。她的疑虑会是孩子气的幼稚发傻吗?那么是他宽恕了她;他爱她就因为她是这个她,一如所是,他还会笑她那傻瓜似的梦魇心神不安吧?他果真收到了她的信吗?她瞥一眼他的房间,看不见那封信的影子。可能是他宽恕她了。不过,即便他没有收到那封信,她也生起了一种突如其来的热烈的信赖:他一定会宽恕她。

每一个早晨和夜晚他都是同样的,就这样除夕破晓了——结婚的日子到了。

这一对情人不在挤奶的时间起床了,他们在奶牛场逗留的这整整最后一个礼拜,有些事与客人的身份一致,苔丝被准许自己住一个房间。当他们早饭时下了楼梯的时候,他们惊奇地看到大厨房里为了他们的喜事,摆置出了跟从前大不相同的外观。早晨天还没亮,老板就吩咐把裂了口子的烟囱角刷白了,砖炉膛也刷红了,一幅灿亮的黄缎帘子挂到了壁炉顶上,取代了原先在这里值勤的带着黑色花枝图案的又脏又旧的蓝棉布帘子。这焕然一新的面貌是屋子里实际的中心,在阴郁的冬天早晨向整个屋子投射了一抹笑盈盈的光辉。

"我是拿定主意做点什么来庆贺你们的喜事，"老板说，"我本来想照规矩，叫一个班子带着提琴和低音提琴全套家伙庆贺一阵，因为你们不喜欢声张，我就弄了这个不声不响的办法。"

苔丝的亲朋住得那么远，即便要他们来，他们也不便来参加这婚礼；不过实际上马洛特也没有人接到邀请。至于安吉尔家，他倒是写信正式通知了他们日期，对他们表示，那一天他希望能看见他们至少来一个人。他的哥哥们根本没有回音，好像还跟他愤愤的；而他的父母则写了一封颇为伤感的信，埋怨他仓仓促促地结婚，不过事已至此，又说即便一个挤奶女工成了他们期待的最终的儿媳妇，他们的儿子到了结婚的年龄了，可以料想他做出的是最佳判断。

家里人给克莱尔的来信这样冷漠，他倒没有怎么难过，反正他手中有这张王牌，不久后就会惊他们一下。引荐苔丝，由奶牛场生生地带给他们，作为德伯维尔的后人，名门闺秀，他觉得是太轻率太冒失了；因此他直到现在还隐瞒着她的家世；花几个月的时间旅行熟悉一下世间情状，跟他一起读书，然后再带她去见他的父母，那时候得意扬扬地把她的信息告诉他们，她就配得上那样古老的世系了。它是一个恋人美丽的梦，即便没有再多。也许苔丝的家世对他更有价值，与世界上无论什么人相比。

她觉得安吉尔没有被他的信改变一点儿，还是对她心怀深情，苔丝便内疚地怀疑他是否收到了信。在他还没有吃完早饭之前，她站起来，匆匆忙忙地上了楼。她想到再去看一看安吉尔住了那么长时间的古怪的荒凉房间，那个小窝，或者更确切地说是小巢。爬上楼梯，她站在这屋子打开的门口，打量着，思索着。朝着门槛伏下身子，两三天以前她就是从那里把信匆忙慌乱塞进去的。地毯紧铺到了门槛，在地毯边下面，她看见了装着她写给他的信的信封的一线白边，那信，他显然从未看见，由于她慌慌张张，倒是塞进了门底下，却又塞到地毯下边去了。

伴随着一阵眩晕，她抽出了那封信。正是它——封起来的，恰如离开她手的时候一样。那座大山依然没有移动。她现在不能让他获悉，这满屋子正在忙活着为他们准备婚礼，她下到她自己的房间，把信毁掉了。

当他再看到她的时候她是那么苍白,他觉得十分担心。把信放错了地方这意外的枝节,她欣然接受了,好像它阻止了一次坦白;可是良心上她知道不一定是那样,还有时间。可是一切都在忙乱中,进进出出,全都要梳妆打扮。老板和克瑞科太太被请去伴随做证婚人;沉思默想或者从容谈话几乎不可能。苔丝跟克莱尔单独在一起的时间仅有一刻,是他们在楼梯平台碰面的时候。

"我急着跟你谈一谈——我想坦白我的错误和过失!"她试图装出轻松的样子说。

"不,不——我们不能谈论过错——至少今天你必须认为你是完美的,我的宝贝!"他嚷着,"我们有的是时间,以后,咱再谈论我们的过失。同时我也坦白我的。"

"不过,我还是现在说了更好,我想,那样你就不会说——"

"好吧,我的好幻想的人儿,你可以告诉我所有事情——等我们在寓所一安顿下来就说,但不是现在。我,那时候我也把我的过错告诉你。可是不能让它们把咱好日子搅了,沉闷的日子,那倒是极好的谈话材料。"

"那么你不愿意叫我现在说了,最亲爱的?"

"我不愿意,苔丝,实在不愿意。"

忙着换衣服忙着动身,没有时间说得更多。他的这些话,仿佛使她又放心了一点似的。她被献身于他的潮流裹挟着卷走,度过接下来的关键的两个钟头,不允许她再想什么。她的一个愿望,做他的人,叫他做她的君主,她的人——到时,如果需要,那就去死——她那么长久地抵抗过,终于把她从沉闷忧思的小路上举起。梳妆打扮的时候,她在多彩的理想的精神云团中移动着,它的灿明欢快使一切不祥的可能性黯然失色。

教堂离得很远,他们不得不坐车去,尤其在冬天。一辆轿式马车在路边旅店订好了,那马车还是从有驿车的老时候留下来的。它厚厚的轮辐,重重的轮缘,大大的弯起来的底座,粗大的皮带和弹簧,辕杆就像攻城的撞墙槌。赶车的是一个六十岁的老"童子"——长期受风湿病、痛风的折磨,年轻时过多的风吹雨打日晒,再加上好喝烈酒——自从不再要他专业赶车,整整二十五年过去了,他在小旅店门口站着没事干,好像期待着旧日的时光重回似的。他右腿外边有一个长年出脓的伤口,是被那些华贵的马车车辕长久磨破肿伤引起的,那些年他固定地给卡斯特桥王徽店里当车夫。

在这笨重的吱嘎作响的构造里边,在这老朽的驾驭者后边,两对人就座了——新娘和新郎,克瑞科先生和克瑞科太太。安吉尔希望他的哥哥至少有一个到场做伴郎,他的信里微微暗示过那个意向,他们没有回音,表明他们无意来了。他们不赞成这桩婚姻,不能指望他们帮忙。他们不到场或许正好。他们不是尘世的年轻人,跟牛奶工友善,会使他们存有偏见的教养受到不愉快的打击,拆毁了他们的般配观念。

被时势的力量托举着,苔丝一无所知,一无所见。她不知道,他们走哪条路去教堂。她知道安吉尔紧紧地挨着他,其他一切都是一片发光的雾霭。她是类似于天国中的人物,应归于诗——他们一起散步时克莱尔惯常对她谈到的那些古典天神之一。

用许可证这种办法的婚礼,教堂里只有十二三个人;不过,就是有上千人也不会影响到她。他们是在离她的现实世界无比遥远的星球上。在她宣誓做他忠实的妻子那出神入迷的庄重里,普通的性爱性感似乎轻率无礼了。在仪式停顿中,他们一起跪着,她不自觉地歪向了他,以致她的肩膀碰到了他的胳膊;她被一时的念头惊吓了,那侧歪是自动的,要让她自己放心他确实是在那里,以便强固她的信念:他的忠诚能抵挡所有的一切。

克莱尔知道她爱他——她全身的每一条曲线都显示着那种爱——可是在那时他并不知道她那种挚爱的全部深度,它的真纯专一,它的温驯柔顺,多么能为他长久吃苦,多么诚实贞节,多么耐苦耐劳,多么忠贞不渝。

他们出了教堂的时候,撞钟人在钟架上摇荡着钟,撞出庄重的三种音调的钟乐——那限定的钟乐数量,教堂的建造者认为在这么小的教区足够享用了。和她的丈夫从钟楼旁走过,走小道走向栅门,她能感觉到从钟表楼百叶窗发出来的音环嗡嗡震颤着萦绕着他们,跟她置身其中的高涨的精神氛围正相匹配。

这种心境,她于中觉得被照耀发光的不是她本人,而是像圣约翰在太阳里看见的天使①一般,一直持续到教堂的钟声止息了,这种婚礼的情绪才平静下来。她的眼睛这才能更清楚地看到一些详情了,克瑞科先生夫妇安排他们自己的小马车送他们,腾出那辆大车给年轻的一对新人,她这才第一次注意到那车辆的构造和形状。默默地坐着,她端详了许久。

"我觉得你好像压抑了,苔丝。"克莱尔说。

"是的,"她回答说,把她的手按到额头上,"好多事让我心惊担忧。一切都是这么严肃,安吉尔。其中这辆车我好像以前就见过,和它非常熟悉似的,真怪——我肯定在梦中见过它。"

"哦,你是听说过德伯维尔家大车的传说——你们家族在这一带极红火的时候,发生的在全郡闻名的一件迷信事儿;这辆笨车提醒你想起老辈子的事来了。"

"我不记得听过那个故事,"她说,"是个什么传说——我可以知道吗?"

"喔——我现在不愿详细地讲。十六或者十七世纪时,某一位德伯维尔在他家的马车里犯了一宗可怕的罪;从那儿以后,这个家族的人无论什么时候看见或者听到那老车——我还是改日再告诉你吧——太阴森了。显然是看见了这辆老车,一些阴郁的信息又带到你心里来了。"

"我不记得以前听过它,"她嘟哝着说,"是我们临死的时候,安吉尔,我们家族的人看见它,还是我们犯罪的时候?"

"好啦,苔丝!"

他吻她一下要她别说了。

这时候他们到家了,她懊悔伤心,垂头丧气。她是安吉尔·克莱尔太太了,的确,不过她有道德权利拥有这个名字吗?她不是更真确的艾利克·德伯维尔太太吗?爱情的强烈能够证明正直的灵魂保持应受谴责的缄默是正当的吗?她不知道一个女人在这样的情形中应该怎么办;她没有顾问。

可是,当她发现她自己待在她的房间里有一会儿的时候——这最后一天最后一次她进这个房间——她跪下了,祈祷了。她试图祈祷上帝,可是她真正恳求的却是她的丈夫。她对这个男人的极度崇拜以至于使她害怕那是

---

① 参见《圣经·新约·启示录》第十九章第十七节。

不吉之兆。她意识到了劳伦斯修道士表达的观念:"极度的欢乐必有凶暴的结局。"①对于人性状况它或许是太不顾一切了——太繁茂旺盛,太狂热暴烈,太殊死致命了。

"哦我的爱人,我的爱人,我为什么爱你到这样!"她独自在那里吁请,"因为你爱的那个她并不是真的本人,而是像我的一个人;一个我曾经是的人!"

下午来到了,是动身离开的时间了。他们决定去井桥面粉厂老农房里租住几天,完成那个计划,他打算在那里居住期间调查研究磨面的工序。两点钟的时候没有什么事了,只剩下起程了。奶牛场的所有雇工都站在红砖门门口看他们出去,老板和他的妻子跟着到门口。苔丝看到她的三个同室女伴靠墙挨排站着,忧伤地低着头。她曾经十分怀疑,不知道她们能不能在分别的时刻出现;可是她们在那里了,克制着,坚定着,一直到底。她知道娇柔的莱蒂为什么看起来那么脆弱,伊茨为什么那样忧伤悲哀,玛琳为什么那样茫然若失,她在思索她们的一刻,忘记了尾随着她自己的阴影。

她冲动地对他低声说:

"你能全都吻吻她们吗?就一次,可怜的,第一次,也是最后一次。"

克莱尔丝毫没有拒绝这样的告别礼节——对他来说那就是全部了——从她们站的地方走过,他一个接一个吻了她们,对每个人都一样地说着"再见"。他们走到大门的时候,苔丝女人气地回头一瞥,要看一看那施舍的一吻产生的效果。在她的一瞥中没有得意,那是原本会有的。假如存有,当她看到那三个姑娘怎样的触动,也会消失。那一吻唤醒了她们力图克制的感情,显然是害了她们了。

这一切克莱尔都没有觉得。通过边门,他跟老板夫妇握手摇一摇,向他们表达最好的谢意,为了他们的关照。此后,在他们离开之前有一刻沉静。沉静忽然被一只公鸡的啼叫打破。这只红冠子的白公鸡停在屋前的木桩上,在距他们几码远的地方,它的调门震颤着洞穿了他们的耳朵,像山谷里的回声渐渐减弱了。

---

① 见莎士比亚《罗密欧与朱丽叶》第二幕第六场。

"啊?"克瑞科太太说,"下午公鸡叫!"

两个男工人站在院门旁,把门打开。

"那可是坏兆头。"一个对另一个咕哝着说,没有想到这话能让边门旁的那群人听见。

那公鸡又叫了一声——直接朝着克莱尔。

"唉!"老板说。

"我不愿意听!"苔丝对她的丈夫说,"告诉车夫赶车走。再见,再见!"

公鸡又叫了一声。

"嗷——嗜!快滚开,先生,要不我扭断你的脖子!"老板有些恼火地说,转向那鸣禽把它赶走了。一回到屋里就对他的妻子说:"看看,偏偏赶上今天这日子!整年到头,我以前从来没听见下午公鸡叫。"

"也就是说要变天了,"她说,"不会是你想的那样,不会的!"

三十四

他们沿着谷里的平道坐车向前走了几英里远,到了井桥,从那个村子向左拐,过了伊丽莎白时代的大桥,那座大桥给了这地方一半名字。紧挨着它的后边坐落着他们约好租住的房子,那外观对于所有通过芙鲁姆谷去游览的人是那般熟悉;曾经是宏丽的庄园宅第的一部分,一座德伯维尔的地产和别墅,可是,自从它的另一部分拆除了,就成了农舍。

"欢迎到你祖上的一座宅第来!"克莱尔一边把她扶下车来一边说。可是他又后悔开这玩笑了;它太接近于嘲讽。

进了屋子他们才知道,尽管他们只租了两间房子,房东利用他们在这里的机会去给一些亲戚拜年去了,留下一个女街坊照顾他们的几点需要,全部领地却都归他们享用,他们实现了在自己独有的屋梁下第一次居住的体验。

不过他发现这发霉的老房子有点儿压抑了他的新娘。马车走了以后他们上楼去洗手,清洁女工指点着路。在楼梯平台上苔丝站住了,吓了一跳。

"怎么啦?"他问。

"那些可怕的女人!"她回答说,带着一点微笑,"她们吓了我一跳。"

他仰脸看去,看出是嵌板上两幅真人大小的画像。来到这庄园的所有游客都知道,这画像画的是两个中年女人,是两百多年以前的画了,那面貌看见一次,就永远不会忘记。那长长尖尖的相貌,眯成一条缝的眼睛,一脸假笑,暗含着无情无义;另一个鹰钩鼻子,大牙,暴眼,暗示着傲慢残忍,此后会常常萦绕在见过的人的梦中。

"那都是谁的画像?"克莱尔问女工。

"我听老人们说,她们是德伯维尔的两位夫人,这宅第的老主人,"她说,"由于砌进了墙里,就挪不走了。"

这东西的煞风景和讨厌,除了吓苔丝一跳之外,她秀美的容貌毫无疑问能从那夸张的形象中追溯影迹。他对此没有说什么,只是后悔他特意为他们新婚挑选了这所房子,他走出去进了隔壁的房间。这地方是相当仓促地为他们置备起来的,他们在一个脸盆里洗了手。克莱尔在水下跟她的手触碰了。

"哪是我的手指,哪是你的?"他说,抬头看着,"它们是太掺和到一起啦。"

"它们全都是你的。"她说,非常优美动听地,力图装得比她先前快活一些。在这样的场合他没有为她的心事重重感到不快;它是每一个敏感的女人都会表现的;不过苔丝知道她的思虑过度了,她奋力克制着它。

太阳是如此低垂了,在一年的最后一个短短的下午它穿过了一个小小的洞眼,形成了一根金棒投射到她的裙子上,在那里做成了一个斑点好像给她染上了一个标志。他们走进老客厅里吃茶点,在这里他们第一次单独享用他们的第一次普通的餐食。他们是那么孩子气,或者更确切地说是他那么孩子气,他觉得跟她用同一个面包黄油盘子有趣,还用他的嘴唇把她唇上的面包屑擦去。他微微疑惑她没有跟随他的热情投入这些轻薄的挑逗。

默默地看了她久久。"她是亲爱的亲爱的苔丝,"他自己想着,好像一个人决意走在一座艰难的真实建筑的过道上,"我完全认识到了这小女人是我的美好造物,我的命运或者不忠诚与之息息相关,这问题是多么严肃不可逆转吗?我不能想。我想不出来,除非我自己是一个女人。我在尘世庄园中,她也在尘世庄园中。我成为什么,她也成为什么。我不能做的什么,她也不能做。我在任何时候能忽视她，或者伤害她，甚至忘了去照顾她吗？上帝禁止这样的犯罪！"

他们坐在饭桌旁等他们的行李，奶牛场老板答应天黑以前送到。可是夜幕四合了，行李还没有到，他们除了随身穿的衣服，什么也没有带。随着太阳的离去冬日白天的平静状态改变了。门外边响起了好像丝绸着力摩擦的声音，先前秋天里安宁的落叶被搅动起来，骚动不安，不由自主地打着旋儿，拍打着窗板。一会儿开始下雨了。

"那公鸡知道天气要变了。"克莱尔说。

照料他们的那个女人回家过夜去了，不过她在桌子上放了蜡烛，现在他们点着了那些蜡烛。每一支烛焰都伸向壁炉。

"这些老房子这么透风，"克莱尔接着说，他看着那烛焰，烛泪从蜡烛边流下来，"也不知道行李在哪儿。咱们连一把刷子一把梳子都没有。"

"我也不知道。"她回答说，心不在焉地。

"苔丝，你今天晚上一点儿也不高兴——完全不像你往常那样。上楼的时候，嵌板上那些凶恶的老妇人惊扰你了。我很抱歉把你带到这里来。我想知道你是不是真的爱我，归根到底？"

他知道她真的爱他，他这话没有什么严重的意图；可是她的感情超负荷了，像一只受伤的动物畏缩了。虽然她力图不流泪，可还是禁不住流下了一两颗。

"我还没有什么用意，"他抱歉地说，"你是担心你的东西没有来，我知道。我想不出为什么老杨纳森还不送来。哎呀，七点了嘛。哦，来了！"

门上来了一阵敲打，没有别的人去应声开门，克莱尔走出去。他转回房间的时候，手上拿着一个小包裹。

"还不是杨纳森。"他说。

"真恼人！"苔丝说。

包裹是专业送信人带来的，这新婚的一对新人离开以后，由艾敏斯特牧师宅径直送到了泰尔波绥斯，又跟着他们到达这里，交寄人严令不得投递到他人之手，必须交给他们本人，克莱尔把它拿到有光亮的地方。它不到一码长，用帆布缝合包裹，封着红色火漆，盖了他父亲的印章，他父亲的手用笔写着把邮件寄至"安吉尔·克莱尔太太"。

"是送你的小小的结婚礼物,苔丝,"他说,把包裹递给她,"他们想得多么周到!"

苔丝拿着它显得有点儿慌乱。

"我想最好你把它打开,最亲爱的,"她说,把包裹翻个个儿,"我不愿拆碎那些大火漆,它们看上去太严肃了。请你替我打开吧!"

他打开了包裹。里面是一个摩洛哥皮的小匣子,上面放着一页短笺和一把钥匙。

短笺是写给克莱尔的,陈述如下:

我亲爱的儿子——或许你已经忘记了你的教母彼特尼太太临终时,那时候你还是个小孩子,她——一个虚荣的好心女人——把她珠宝匣中的一部分珠宝,委托我送给你的妻子。如果你结婚娶妻,便作为她对你爱的标志,无论你选择的是谁。这信托我履行了,珠宝自那时以来一直锁在银行里。尽管我觉得在眼下的情形里这么做有点不妥,我还是,如你所见,按理把东西送给那女人,因为在她的生涯中现在有权利拥有它们,所以立即寄送了。它们成了,我相信,传家之宝,严格地说,也符合你教母心愿的条件,关于这事情的详细条款一并封入。

"我想起来了,"克莱尔说,"可是我原本完全忘记了。"

打开匣子,他们发现里面装着一根项链,带着垂饰,一副手镯、耳环,还有一些小饰品。

苔丝最初似乎害怕碰它们,可是当克莱尔把它们摆开的时候,她的眼睛有一会儿像宝石一样光彩闪烁了。

"它们是什么?"她不相信地问。

"是你的,当然是你的。"他说。

他望着壁炉里的火。他记起了究竟,在他还是个十五岁孩子的时候,他的教母,一位乡绅的太太——他有生接触过的唯一的富人——铁定相信他会成功;为他预言了异乎寻常的发达生涯。与这样的前程预言相连,把这些艳丽炫目的饰物贮存起来给他的妻子和她的后代的妻子,似乎完全没有什么不相称。它们现在有几分嘲讽地闪着光。"可是为什么?"他问自己。它始终不过是一个虚荣的问题罢了,假如允许进入等式的一边,也将被允许进入另一边。他的妻子是一个德伯维尔:谁还能比她戴上这些首饰更好呢?

突然他热切地说:

"苔丝,戴上它们——戴上它们!"他从壁炉火旁转过来帮她。

可是好像受了魔力,她已经戴上了——项链、耳环、手镯,全部。

"可这件长袍不对了,"克莱尔说,"应该穿一件低开领的,才能配得上那样一套宝石项链。"

"是吗?"苔丝说。

"是的。"他说。

他叫她把胸衣的上边掖进去,这样差不多就像晚礼服裁剪的式样了;她照办了以后,那项链上的垂饰便孤零零地悬垂在她娇白的颈前当中了,好像它设计的就是这样,他后退几步打量着她。

"我的天哪!"克莱尔说,"你多么漂亮!"

人人皆知,漂亮的羽毛成就了漂亮的鸟儿;一个乡村姑娘服饰朴素,偶然看去只能引起中等的喜爱,她要是穿时髦女子的服装,再加上人工修饰相助,就会焕发出惊人的美丽;而午夜里盛大舞会上的美人,如果穿上农妇的罩袍,阴沉沉的白天置身于单调的萝卜地里,那形象也要大打折扣。他直到现在还从未估计过苔丝的肢体形象卓越的艺术美。

"要是你在舞会上一露面!"他说,"不过,不——不,最亲爱的,我想你戴着遮阳帽穿着棉布衫最可爱——是的,比披戴着这些更好,尽管你也让这些东西显得高贵了。"

苔丝意识到了她的动人相貌,使她兴奋得脸红了,不过,这依然没让她快乐起来。

"我摘下来吧,"她说,"万一杨纳森来看见,它们不适合我,适合吗?它们可能得卖了吧,我想?"

"让它们待一会儿吧。卖了?决不卖。那就违背信托了。"

她又一想,立刻服从了。她有事要告诉他,戴着这些东西也许能帮帮她。她戴着那些珍宝坐下来；他们又一味猜测杨纳森带着他们的行李可能到了哪里。为了他来了好喝，他们倒出的淡啤酒停的时间长了，气沫都跑散了。

之后不久，他们开始吃晚饭，晚饭已经摆在餐桌上了。他们吃完之前，壁炉里的烟猛地一抖，有一股冒起来突进了房间，好像一个巨人把手掌在烟囱顶上捂了一会儿。它是外面的门打开引起的，听到一阵沉重的脚步声从走廊上传来，安吉尔走出去。

"敲门一点儿没人听到，"杨纳森·凯勒抱歉说，这一回到底是他来了，"外面下雨，我自己开了门。我把东西带来了，先生。"

"我非常高兴。不过你来得太晚了。"

"唉，是来晚啦，先生。"

在杨纳森·凯勒的语调中有一种白天里没有的低郁，他的额头上岁月的刻痕之外又加上了挂虑的皱纹，他接着说：

"自从你和你的太太——现在得这么叫她了——过了晌走后；我们可都被场里出的一件可怕的恼事搅扰坏了。大概你还没忘了那公鸡下晌叫吧？"

"哎呀，怎么啦——"

"唉，有人说它主着这个，有人说它主着那个；事情发生了，原来是主着可怜的小莱蒂·普瑞蒂尔，她要投水自尽。"

"不能啊！真的？唉，她还跟别人一起送我们了呢。"

"不错。唉，先生，你和你的太太——这是合法的叫她——你们坐车走了以后，我是说，莱蒂和玛琳戴上帽子出去了；现在没我多少事干，正是大年除夕，大家都喝得醉醺醺的，没有人太留意她们。她们去了露埃拉德，在那里要了些什么喝了，然后她们又招招摇摇地去了三臂十字架，在那里她们好像分了手，莱蒂穿过水草场好像要回家，玛琳去邻近的村子，那里另有一家小酒店。再就没有莱蒂的影儿啦，直到浇地的人在回家路上，看到池塘边的东西，那是她包放在一起的帽子和围巾。在水中他发现了她。他和另一个人把她送回家，以为她是死了，可是她又慢慢地缓过来了。"

安吉尔，忽然想起苔丝无意中在听着这个不幸的故事，就去关走廊和前屋之间通向她所在的内厅的门；可是他的妻子，披着围巾，来到了外屋，正听着这男人的讲述,她的眼睛出神地停留在行李和它上面闪亮的雨滴上。

"还不止这个呢,还有玛琳。有人看见,躺在柳树林旁,喝得烂醉——一个姑娘家,以前除了一先令的淡啤酒,从来没有碰过别的;尽管——她到底是一个挺好的大食量的女人,她脸色上就带出来了。好像这些女孩子全都发狂发飙了。"

"伊茨呢?"苔丝问。

"伊茨像往常一样待在屋里;可是她说她能猜中那些事是为什么发生的;她好像为那个非常丧气,可怜的丫头,她也在那其中。你这么一看,先生,出这些事的时候,正赶上我们包起你的一些物件,把你太太的晨衣啦梳妆家什儿啦装上车,所以,我就来晚啦。"

"噢。好吧,杨纳森,你能把这些箱子送上楼去,喝杯啤酒,尽可能赶快返回去吗?万一他们还要用你。"

苔丝回到内厅,在壁炉火旁坐下来,若有所思地看着它。她听见杨纳森·凯勒沉重的脚步踏着楼梯上上下下,搬放着行李,听见他为了她的丈夫给他的啤酒和赏钱致谢。杨纳森的脚步声随后在门外消失了,他的马车吱吱嘎嘎地响着离去了。

安吉尔滑动着粗大笨重的橡木门闩把门闩牢,来到她坐的炉膛前面,从后面把他的两只手捂在她的脸颊上。他期盼她高兴地跳起来打开她那么挂虑的梳妆用具,可是她没有起来,他坐下去和她一起待在火光里,饭桌上的烛光太细弱了,在炉火的光焰中闪着微光。

"我很难过,让你听到了那几个女孩子不幸的事,"他说,"不过还是别让它压抑了你。莱蒂天生是疯疯癫癫的,你知道。"

"一点儿也没有这个原因,"苔丝说,"当她们那样的时候,有人倒应该那样,可是那人瞒藏了,假装没有什么。"

这事件让她决意已定。她们是单纯天真的姑娘,在不幸的单恋中倒下了;她们本应得到命运手边更好一些的报偿。她应受到更严重的惩罚——可是她却成了被选中的人。没有偿付却拿到全部,那是她的罪恶。她要付清最后的一分钱欠账;她要说出来,就在此时此地。这最终的决定就在她凝视着火光的时候,他握着她的手的时候,做出了。

从现在已没有火焰的余烬中发出来的稳定光辉，把壁炉的四周画上了通红的色彩，连同壁炉内亮晶晶的柴架和那两股合不到一起的旧铜火钳。壁炉架下面和靠近壁炉的桌子腿，也被映得红亮。苔丝的脸和脖子也映照得同样暖红，她戴的每一件珍宝都变成了金牛星或者天狼星———座或白或红或绿的璀璨闪烁的星座，随着她的每一次脉搏跳动变换着色彩。

"你还记得今天早上咱们说过要把各自的过错说说吗？"他看她一直在那里一动不动，突然问，"咱们或许是随便说说的，你自然也可以这样做。可是在我这里它却不是轻率的诺言。我要向你做一个坦白，亲爱的。"

这，由他而发，是如此意外地恰当合宜，好像天意的干预施加于她了。

"你有什么要坦白的？"她急切地问，甚至有些高兴和解脱的轻松了。

"你没有料到？唉——你把我想象得太高了。你听我说。你把头放在那里，因为我要你宽恕我，不要因为我以前没告诉你生我的气，也许我早该告诉你。"

这多么奇怪！他好像成了她的重合。她没有说话，克莱尔说下去：

"我没有说起它，是因为我怕危及我得到你的机会，亲爱的，我生涯中巨大的奖赏——我称你为我的研究员职位。我哥哥的研究员职位是在他的大学得到的，我的是在泰尔波绥斯奶牛场。唉，我可不能拿它冒险。一个月前我想告诉你——那时候你答应我的要求了，可我又不能告诉你了；我想它可能会把你从我身边吓跑。我推迟了它。于是，昨天我想告诉你，给你一个机会不管怎样逃离我。可是我没有做。今天早晨我也没有做，当你在楼梯平台上提出咱们各自坦白过错的时候——罪人哪，我是！可是我必须做了，现在我看你那么严肃地坐在那里。我想知道你能不能宽恕我？"

"噢能！我敢保——"

"好吧，我希望那样。不过再等一分钟。你不知道，我从头说起。尽管我料想我可怜的父亲怕我由于我的学说永远迷失了，可我当然是良好道德的信徒，苔丝，跟你一样。过去我经常希望做一个教化人的导师，当我发现我不能进教会的时候，在我是一个巨大的失望。我钦慕纯洁无瑕，即使我不能自称拥有那种资格，我痛恨不洁，这一点我希望我现在还是那样。无论怎么看待'绝对灵感论'，必须衷心地赞同保罗的这些话：'让汝做一个榜样——在言语上,在谈话中,在善行上,在精神中,在信仰里,在纯洁中.'①它是我们可怜的人类存在的仅有的护卫。'正直的生活',一位罗马诗人②说,他是圣保罗陌生的同道——

"正直生存的人,来自于脆弱易损之树,
不依靠穆尔人的矛和弓站立。"

"唉,某一块地方用好的意向铺了路,却那么重重地摔倒了。你会看到它在我这里产生了多么可怕的悔恨,那时候在我的良好目的当中,原本是为了让大家好的,可是摔倒的却是我自己。"

于是他给她讲了他生涯中那一段不便明讲曾暗示过一点儿的时日,在伦敦被困惑和艰难折腾着,像波涛上的一个软木塞,他和一个陌生的女人投入了四十八小时的放荡。

"所幸我感觉到我的愚蠢犯傻,立即醒悟过来,"他继续说下去,"我也没有跟她说什么,就回了家。我从来没有再犯那种罪过。可是我觉得很想完全坦白尊敬地对待你,我不能不把这些告诉你。你饶恕我吗?"

她紧紧地握着他的手作为回答。

"那么咱立刻赶走它,永远赶走它——这个时候谈它太痛苦了——说点轻松愉快的。"

"哦,安吉尔——我几乎是高兴了——因为现在你能宽恕我了!我还没有坦白我的呢。我也有一桩要坦白的——记得吧,我这样说过。"

"啊,当然,那么讲吧,淘气的小东西!"

"或许,尽管你笑了,它像你的一样严重,或者更严重。"

"不会更严重吧,最亲爱的。"

"不会——哦,不会,不会的!"她因希望而快乐地跳起来,"不会,它不会更严重,当然!"她叫着,"因为正好是一样的!我现在就告诉你。"

她又坐下来。

---

① 语出《圣经·新约·提摩太前书》第七章第二十节。
② 罗马诗人:指贺拉斯。所引诗句出自他的《歌集》第一卷第二十二首。

他们的手一直紧握着。炉栅下的灰被炉火垂直地映照着,像一片灼热的荒地。凭想象可以在这红色煤火的闪光中看见最后审判日的酷烈可怕,那红光落在他的脸上和手上,也落在她的脸上和手上,透射进她额上松散的头发中,照红了头发下面娇嫩的肌肤。她的形体的大大影子升起在墙上和天花板上。她向前弯腰时,她脖子上每一块钻石都像蟾蜍一样凶险地眨眼闪光;她把额头紧贴着他的太阳穴,进入了她的故事,她跟艾利克·德伯维尔的相识及其后果,她絮絮地吐露着这些话,没有畏缩退避,只是眼皮垂下了。

第五章 女人偿付

三十五

她的述说结束了,甚至反复的告白和附带的解释也做过了。苔丝的声音高低始终像刚开口的时候一样。她的话里没有为自己开脱罪责的只言片语,她没有流泪。

可是在她的陈说进行中,就连外部一些东西的外貌也在经历着转型。壁炉里的火像顽皮的小鬼似的,鬼头鬼脑地做着鬼脸,好像一点儿也不关心她的困境。壁炉围栏悠闲地咧嘴发笑,好像它也不在意。从盛水的瓶子发出的光,只是从事于颜色问题。周围所有的东西都在宣称它们与这可怕的重述没有责任。然而自他吻她的时候没有一样东西改变了,更准确地说,东西的实体没有改变。可是东西的精髓变化了。

她停止了耳边的表述,他们先前的钟爱似乎挤进了他们脑子的角落,一再回响,重复着一段时间的最大盲目和愚蠢。

克莱尔做着不相干的拨动着火的动作,这信息甚至还没有到达他的心底。拨了拨余烬他站起来,她坦露出来的事件的全部力量现在传达了。他的脸憔悴枯萎了。在紧张的精力贯注中,他一阵阵在地板上乱踩。他不能够想出任何办法,充分地集中思考;那是他含义模糊的动作。他在开口说话的时候,用的是她从他那里听过的富于变化的声音中最不恰当、最普通平常的一种。

"苔丝!"

"哎,最亲爱的。"

"我该相信这些吗?从你的态度看,我相信是真的。唉,你不能是疯了!你应该疯了才是!可是你又没有疯……我的妻子,我的苔丝——没有什么东西能证明你是疯了吗?"

"我没有疯。"她说。

"可是——"他茫然地看着她,又带着一种头昏眼花的感觉说,"你为什么以前不告诉我?哦,对了,你本来要告诉我的,有几回——可是我没让你说,我想起来了。"

这些话和他的另一些话只不过是表面上敷衍塞责的唠叨,他的内心深处还是麻痹瘫痪的。他转身走开,伏在一把椅子上。苔丝跟着他走到他所在的屋子中间,站在那里用没有流泪的眼睛瞅着他,随即她滑落跪倒在他的脚旁,又以这个姿势蜷缩成了一团。

"看在我们爱的分上,饶恕我吧!"她唇干舌焦地低声说,"我同样饶恕你了!"

他没有回答,于是她又说:

"就像你被饶恕了那样,饶恕我!我饶恕你了,安吉尔。"

"你——不错,你饶恕我了。"

"可是,你不饶恕我?"

"唉,苔丝,饶恕不适用于这种情形。你原本是一个人,现在你是另一个人。我的上帝,饶恕怎么能符合这种荒唐事——像变戏法儿!"

他顿住了,思索着这些界定,然后突然爆发了可怕的大笑,好像在地狱中非自然的魔鬼般的大笑。

"别——别!这简直能杀了我,呀!"她尖声喊叫着,"啊,可怜可怜我——可怜可怜!"

他没有回答。她好像病了似的满面苍白,跳了起来。

"安吉尔,安吉尔!你这笑是什么意思?"她大叫着,"你知道这对我意味着什么!"

他摇摇头。

"我期盼着,渴望着,祈祷着,能让你幸福!我想要是能让你幸福,我会多么快乐,我要是做不到,我多么不配做你的妻子!那就是我想的!安吉尔!"

"我知道那个。"

"我以为,安吉尔,你爱我——我,完完全全的我本人!要是你爱的是我,哎呀,你怎么能这个样子?怎么能这样说话?它可吓死我了!我爱上了你,我就永远爱你——不管发生什么变化,不管怎么丢脸栽跟头,因为你还是你。我不再问什么。那么,你怎么能……唉,我亲亲的丈夫,不爱我了吗?"

"我再说一遍,我爱的女人不是你。"

"那么是谁?"

"形象像你的另一个女人。"

从他的话里她听出了,她本人先前担心的预感成为现实。他把她看作了一个骗子;一个有罪的女人伪装成了纯洁的女人。她一看到这一点,恐惧便布满了她苍白的脸;她的脸颊松弛下来,她的嘴几乎成了圆圆的小洞的样子。他对她的看法这可怕的感觉击得她失去了知觉,她眩晕摇晃了。他向前跨了一步,以为她会摔倒。

"坐下,坐下,"他轻轻地说,"你是病了,要病也是自然的。"

她坐下来,不知道她是在哪里,紧张扭曲的神情一直在她的脸上,她的眼睛让他看着浑身起鸡皮疙瘩,汗毛直竖。

"那么,我不再是你的人了,我还是你的人吗,安吉尔?"她孤弱无助地问。"她不是我,他爱的是像我的另一个女人,他说了。"

这象喻凸起来,引起了她的自我怜悯,像被粗暴利用的人一样。她满眼含泪,由于进一步看到了她的身份;她转了脸,迸发出自哀自怜的滔滔泪水。

克莱尔由于这个变化而轻松了,因为这事情在她那里的影响开始时还不及泄露出来的事情本身那么不幸,只是让他苦恼了。他耐心地等待着,冷冷淡淡地等待着,直到她伤感的强烈力量自己消耗完了,她哭泣的急流逐渐减弱到抽抽噎噎的啜泣。

"安吉尔,"她突然说,用她自然的语调,癫狂的干涩恐怖的声音现在已经离开她了,"安吉尔,我是太坏了,不能和你生活在一起了?"

"我还不能考虑我们怎么办。"

"我不能要求你让我和你在一起,安吉尔,因为我没有权力!我不能写信告诉我妈妈和妹妹们说我们结婚了,按照我曾经说过的那样做。我不能缝好针线盒了,我本来已经剪好,打算在我们寄寓期间做。"

"你不缝了?"

"不缝了,我什么也不做了,除非你命令我做;要是你离开我,我不会跟着你;要是你永远不再跟我说话,我也不会问为什么,除非你告诉我可以问。"

"要是我吩咐你做呢?"

"我会像你可怜的奴隶一样服从你,即便是要我躺下来,去死。"

"你很好。不过这给了我一个印象,在你现在的自我牺牲状态和你过去的自我保护心情之间,欠缺了一种协调一致。"

这是最初对抗的话。可是无论如何,现在向苔丝投掷煞费苦心的精致的讽刺,就像把它投向猫狗一样。话里的微妙刻毒她忽略不解,她只接受了那意味着他正克制着愤怒的敌意的声音。她保持缄默,不知道他正抑制着对她的喜爱之情。她几乎没有看见一颗眼泪从他的脸上缓缓地滚落下来,一颗那么大的眼泪,放大了它滚过的皮肤上的毛孔,好像放大镜下的物体,同时也再度照亮了她的坦白在他的生命、他的宇宙中造成的可怕的完全的改变,他重又明白了,他不顾一切地试图在他置身的现状中向前推进,一些随之而来的行动是必需的,可是做什么呢?

"苔丝,"他尽可能温柔地说话,"我不能待下去——在这间屋子里——现在,我要出去走走。"

他轻轻地离开了房间,他为他们的晚餐倒出的两杯葡萄酒——一杯为她,一杯为他——留在桌子上一口没尝。这是他们的"合欢酒"的归宿。用茶,两三个钟头以前,他们用过了,在奇特的喜爱中,从一个杯子里喝。

门在他身后关上了,拉动得极轻,也把苔丝从恍惚麻木中惊醒了。他走了,她不能在屋里待着。她慌忙披上大衣,跟出去,熄灭了蜡烛,好像她永远不再回来了。雨下过了,夜色现在很清冽。

她一会儿就紧跟在他的后边了,因为克莱尔走得很慢,漫无目的。他的形体在她淡灰色的身影旁边看上去乌黑、阴沉、险恶,她觉得她一时曾那么为之骄傲的珠宝首饰的碰触简直成了讽刺。克莱尔听到她的脚步声转回身来,可是看出了她的存在似乎并没有对他产生影响,他继续走去,跨过屋前有着五个大孔的拱桥。

路上牛马的蹄印里积满了水,这场雨足能灌满它们,却不能把它们冲走。她一走过去,那些小水洼里反射的星星也很快地掠过了。她不知道它们就在头顶上闪烁,要是她没有看见它们在那里——宇宙间最庞大的物体映在如此卑微的东西里边。

他们今天走过的这地方是在泰尔波绥斯同一条谷里,只是往下游去了几英里远;环境空阔,她能很容易地看见他。远离屋子的路蜿蜒穿过草场,她顺着路跟着克莱尔,没有试图走近他,或者引起他的注意,只是无声无息,带着茫然的忠诚。

终于,她无精打采的脚步还是把她带到了他的旁边。他一直什么话不说。忠诚的被欺弄的残酷使人领悟以后,常常更为巨大,它现在就在克莱尔心里异常强大有力。户外的空气显然从他那里带走了凭冲动做事的全部意向;她知道他看到的她没有光彩了——全然赤裸无掩了;于是那时势之神便吟诵起讥讽她的诗了——

> 看哪,当汝的面目裸露时,曾经爱汝的他将恨汝;
> 汝的面容在汝的命运败落时不再姣好;
> 汝的生命将如叶飘落如雨流下,
> 汝的头纱将是悲伤,冠冕将是痛苦。①

他一直紧张地思索着,她的陪伴现在没有足够的力量来打破或者转移他紧绷的思想。她的存在对于他是多么微不足道!她不得不对克莱尔说话了。

"我做了什么——我到底做了什么!我说的一点没有妨碍我对你的爱,没有一点表示我对你的爱是假装的。使你没有以为我是打算好了骗你吧,

---

① 引自19世纪英国诗人史文朋的诗剧《在卡里顿的阿塔兰塔》。

你不会吧?你生气的东西是你自己心里想出来的,安吉尔,那不是我的样子。唉,我不是那样,我不是你揣测出来的骗人的女人!"

"哼——哦,不是骗人的,我的妻子,可是不一样了。不一样,不一样了。不要让我责备你。我发过誓不责备你了,我要想方设法尽量不责备你。"

可是她在狂乱之中仍然为自己申明,或许还说了一些不如不说的话。

"安吉尔——安吉尔!我是一个孩子——事情发生的时候我还是一个孩子!我一点儿也不懂得男人的事情。"

"你是别人负你甚于你负别人,我承认。"

"那你还不能饶恕我?"

"我饶恕你,可是饶恕不是全部。"

"不能再爱我?"

对这个问题他没有回答。

"哦,安吉尔——我妈妈说过这种事有时候会发生——她知道的好几个的情形比我更糟,那些丈夫没有太在乎——至少度过去了。可是那些女人都没有爱她们的丈夫像我爱你这样!"

"别,苔丝,别辩白啦。不同的社会身份,不同的态度方式。你简直要让我说你是一个不懂事的乡下女人了,从未入门进入上流社会方方面面的一角。你不知道你说了什么话。"

"我只是被地位决定的乡下人,并不是由天性决定的!"

她带着一种冲动以致气愤地说了此话,可是又自消自灭了。

"那就更糟。我想,那个把你的家系挖掘出来的牧师要是管住他的舌头,那会更好。我不得不把你们家族的衰落跟另一件事实联系起来——你的缺乏坚定。衰败的家庭意味着衰朽的意愿,腐败的行为。天哪,你为什么要告诉我你的血统,让我多了一个鄙视你的把柄呢!我本来以为你是一个大自然的新生的女儿,原来却是一个朽败的贵族晚来的苗子!"

"好多家庭在那一点上跟我一样糟!莱蒂的家庭曾经是大地主,同样的还有奶牛场老板毕雷特。德彼贺家,现在是赶大车的,曾经是德巴耶贵族。你到处都能看到这样的情形,这是我们这个郡的特色,又能怎么样?"

"所以这个郡就更糟。"

她只不过整体领受了这些责备,并没有特别在意细处;而今,他已不像以前那样爱她了,至于其他一切对她都无关紧要。

他们又默不作声漫无目的地走去。后来传说,井桥的一个村民,那天晚上很晚了去找医生,在牧场遇见了两个情人,极慢地走着,没有说话,一个跟在另一个后头,好像在葬礼的行列中,瞥他们一眼,看到他们脸上似乎是焦虑悲哀的样子。后来他返回来,又在同一块地方跟他们相遇,正如刚才一样慢慢地走着,像先前一样不顾夜深惨淡。只是因为他自己的事情紧急,家里有病人,不记得这件稀奇古怪的事,过了许久以后,他还是回想起来了。

在那个村人去而复返的间隙,她对她的丈夫说:

"我不知道怎样才能解除我给你带来的你一生的苦恼。有条河在下面,我只得跳进去结束自己了。我不害怕。"

"我不想增加一个杀人犯,给我又加一件蠢事。"他说。

"我会留下东西表明我是自己寻死的——因为我的羞耻。那么他们就不会责备你了。"

"别,别说这种荒唐话,我不愿听。在这种情形下有那种态度简直是胡闹,这件事与其看作一场悲剧,不如看作一场讽刺喜剧。你一点儿也不懂得这场不幸的性质。要是被人知道了,十个人会有九个把它看成一桩笑料。请答应我的请求回屋去,去睡觉。"

"我回。"她顺从地说。

他们游荡经由的那条路通向磨坊后边那座著名的西斯特派①修道院的遗址,那磨坊,在过去的世纪中是隶属于修道院的机构。磨坊一直工作着,食物是终年必需的;修道院颓败了,教义是短暂易逝的。人不断地看到暂时的服务比永恒的服务更为经久。他们漫走着转来转去,一直离那房子不远,依从他的吩咐,她抵达大石桥跨过大河,接下来的路只有几码远了。她回到屋里的时候,一切都保持着她离开时的样子,壁炉里的火一直烧着。她在楼下待了不过一分钟,就接着上楼进了她的房间,行李已经拿到那里去了。她坐在床沿上,茫然地看着四处,一会儿开始脱衣服。把蜡烛拿近床架,烛光

---

① 西斯特派:僧人的一派,1098 年创建于法国西斯特。

射到白色的凸纹格细平布床罩顶上；有一些东西在它下面垂挂着，她擎起蜡烛看看那是什么，原来是一束槲寄生。安吉尔挂在那里的，她即刻知道了。这是那神秘的包裹的解释了，那包裹打包携带都是那么难办；那里面包的东西他没有对她说明，只说到了时候就给她表明如此的意义。怀着热情和欢乐他把它挂在那里。现在看来那槲寄生是多么傻笨可笑，不合时宜。

再没有什么可怕了，也难得有什么去盼望，因为要他发慈悲似乎无论如何也没有可能了，她情绪低郁地躺下了。悲愁停息了，投机的睡眠就发现了机会。在那么愉快的心情中禁止安眠，这悲愁的情绪倒欢迎它，几分钟以后孤独的苔丝就忘记了存在，被这间屋子固有的香气和死寂包围了，很可能这间屋子曾做过她祖先的新房。

夜里很晚的时候克莱尔也倒转脚步原路返回了这屋子。轻轻地进了起居室，他找到了一根蜡烛，带着拿定了主意的态度，在那里的旧马鬃沙发上展开他的毯子，草草地铺成睡铺的样子。躺下之前，他不穿鞋子爬上楼去，在她的房间门外听了听。她均匀的呼吸表明她是沉沉地睡着了。

"感谢上帝！"克莱尔嘟哝着说，可是他感到了一阵辛酸的剧痛，想到——差不多是真实的，尽管不完全如此——她的一身负担移到了他的肩膀上，她现在倒无忧无虑地安眠了。

他转身要下楼了，可是，又优柔寡断地，再一次朝她的门转过脸来。这样一来他就看见了德伯维尔家女爵士中的一位，这夫人的画像正好镶在苔丝卧室门口上边。在烛光里这画像越发令人讨厌不快了。邪恶凶险的图谋潜藏在女人的形貌之中，一门心思要在男性身上复仇——此时似乎正对向他。画像上查理时代胸衣的开领很低——恰如苔丝穿的他掖进去以便显露项链的时候一般无二；他又一次感受到了她们之间那么相似的压抑苦痛。

这阻碍制止足够了。他又退回去，下楼了。

他的神态想保持着沉静和冷漠，他小小的紧闭的嘴表示着他自制的力量，他的脸上呈现着可怕的枯寂无情，从她的遭际透露以后一直展布其上。这是一张不再受热情支配的男人的脸，可是没有找到释放中的益处。他只是简单地考虑着人生经历磨折的偶然，世事的不可预料。在他崇拜她的长长的时间里，直到一个钟头以前，似乎没有任何什么可能像苔丝那么纯粹，

那么甜美,那么贞洁。可是:

失了些许,何止霄壤!①

他对他自己说,她的心不是由她诚实清纯的脸标志的,他是错误地认定了,可是苔丝没有辩护人来纠正他。也会是可能的,他接着说,眼睛凝视从未表达与嘴上说的分歧,可是在她假装的外表后面甚至却看着另一个世界,差别很大,迥然相异。

他斜躺到起居室他的沙发睡铺上,熄灭了蜡烛。夜色涌进来,占据了一切,暗淡冷寂,漠然无情;夜色已经吞没了他的幸福,现在正懒洋洋地消化着它;还准备去吞没另外成千上万人的幸福,从容不迫,不动声色。

三十六

克莱尔在惨淡的鬼鬼祟祟的晨光中醒来了,那晨光好像与罪孽相连。壁炉带着余烬面对着他;铺摆开的晚餐桌,上面立着两杯满满的没有尝过的葡萄酒,已经走了味儿,像结了层薄膜似的。她和他自己的空空的座位,另一些家具物件,带着它们永远无能为力的面目,令人无法容忍地探究着发生了什么。一切无声无息。一会儿以后传来了敲门声,他记起了可能是邻居村夫的妻子,在他们住在这里的时候料理他们的所需。

这个屋子里第三个人在场现在是极其尴尬的,他已经穿好了衣服,就打开窗户,告诉她这个早晨他们自己照顾自己。她手上拿着牛奶罐,他让她放到门口。那女人离开了,他在屋子后面找到一点烧柴,赶快生起火来。有好些鸡蛋、黄油、面包等等,在食品柜里,克莱尔一会儿摆置好了早饭,奶牛场的经历使他能够很容易地应付家务。燃烧木柴的烟从烟囱上升起来,像莲花头似的烟柱。路过的本地人看到了,想到这新婚的一对儿,便羡慕着他们的幸福。

---

① 见勃朗宁的诗《炉边》。

克莱尔向周围投去最后一瞥，而后走到楼梯脚，用惯常的声音叫道："早饭好了！"

他打开前门，在早晨的空气中迈出几步。短短的一会儿以后，他退回来，她已经在起居室里了，机械地再次整理着早饭的东西，她好像完全穿戴好了，从他叫她仅仅间隔了两三分钟，她必定是早穿好了，或者是接近他招呼她之前穿好了。她的头发在脑后盘了一个大圆髻，她穿上了一件新的衣服——一件淡蓝色毛料外套，领口带着白的褶边儿。她的手和脸看上去是冰凉的，她可能穿着衣服在没生火的卧室里坐了很长时间。克莱尔叫她时标志着礼貌的声调似乎激励了她，有一会儿，有一线新的希望的微光一闪，当她看他的时候，很快又熄灭了。

这一对儿，实际上，只是先前热火的灰烬了。头天夜里极端的悲哀不幸继续着重压；仿佛没有任何东西能够点燃他们中的哪一个，再去热切地感受什么。

他温和地对她说话，她一直不动声色地应答着。终于，她靠近他，看着他尖削的脸，好像她并没有意识到她自己也构成了一个可视的物体似的。

"安吉尔！"她说，顿了一下，用她的指尖轻轻地触着他，好像一缕轻风，好像她几乎不能相信那血肉存在的男人曾经是她的恋人。她的眼睛是明亮的，她苍白的脸颊还是呈现着惯有的圆满，尽管半干的眼泪在上面留下了幽亮的痕迹；经常透红的嘴几乎像她的脸一样苍白了。生命经受了这样毁灭性的打击，在精神剧痛的重压之下，依然搏动着生机，再施加一点儿，就会引起真的病来，黯淡了她个性鲜明的眼睛，使她的嘴枯削下去。

她看上去是绝然纯洁的。自然，用它古怪的圈套，在苔丝的容貌上安排了这样的处女期的印记。他带着呆呆的神气注视着她。

"苔丝，说那不是真的！不，它不是真的！"

"那是真的。"

"字字当真？"

"字字当真。"

他恳求地看着她，好像他愿意从她的唇间得到一句谎话，即便知道那是谎话，也愿意要它，用一些辩解，用确凿的否定，让自己相信。然而，她只是重复着：

"那是真的。"

"他活着？"安吉尔于是问道。

"那孩子死了。"

"那男人呢？"

"他活着。"

最终的绝望掠过了克莱尔的脸。

"他在英格兰？"

"是的。"

他茫然走了几步。

"我的身份——那是，"他冲动地说，"我想——任何男人都会想——放弃赢得一个有社会地位、有财产、通达世故的妻子的野心，我就一定能得到一个既美丽又质朴纯洁的女人，可是——可是，我不是责怪你，我不是那种男人，我不能。"

苔丝完全了解他的身份地位，剩下的话不必说了。其中只铺排着全部苦痛；她知道他方方面面都失去了。

"安吉尔——假如我不知道那个，无论如何，还有最后一条路让你解脱，我是不会跟你结婚的；尽管我希望你永远不——"

她的声音变得干涩了。

"最后的路？"

"我的意思是，摆脱我。你能够摆脱我。"

"什么？"

"跟我离婚。"

"天哪——你怎么能这么简单！我怎么能跟你离婚？"

"你不能——我不是告诉你了吗？我想我的坦白就给了你离婚的理由。"

"哎呀，苔丝——你太，太——孩子气了——太不成熟了——粗鲁，我想！我不知道你算是什么。你不懂法律——你不懂！"

"那——你不能？"

"我确实不能。"

陡起的一阵羞愧混合着凄哀浮上了听着他的人的脸。

"我想——我想——"她喃喃地低语着,"哦,现在我看见在你眼里我是多么坏了!相信我,相信我,凭我的灵魂起誓,我从来没有想过你那样!我希望你不那样;不过我相信,没有一点疑问,如果你打定了主意,你就能把我甩掉,你只要完全不爱我了——完——全!"

"你错了!"他说。

"哦,我应该做了它,昨天晚上就应该做了它!可是我没有勇气。那才像我。"

"有勇气做什么?"

她没有回答,他抓起她的手来。

"你想做什么?"他问。

"结束我自己。"

"什么时候?"

在他这样的追问方式下她不安了。"昨天晚上。"她回答说。

"在哪里?"

"在你的槲寄生生下面。"

"我的天——什么?"他厉声问。

"假如你不生我的气,我就告诉你。"她说,畏缩着,"用我捆箱子的绳子。可是我不能——做最终的事情!我怕引起影响你名声的流言。"

从她那里被逼出来而不是自愿坦白的供词中,其中料想不到的特质显然震动了他。他一直抓着她的手,目光从她脸上落下去,他说:

"现在,听着,你一定别再放胆去想这种可怕的事了!你怎么能这样!你要把我当作你的丈夫就答应我,不再去想那事。"

"我愿意答应你。我知道那是多么坏了。"

"坏透了!那主意是你无法形容的不值。"

"可是,安吉尔,"她分辩着,睁大了眼睛沉静地不太在意地看向他,"那是完全为你的利益着想——让你不背离婚的流言,又能得到我想让你得到的自由。我做梦都从没想到为我自己。不过,无论如何,用我自己的手结束我自己可就太好了。要是你,我的被毁了的丈夫,我应该死在你的手下,要是你,我想我会更加爱你,那是可能的,如果你能亲手做了它,除了那,没有别的路能让你解脱!我觉得我是完全无用的,只是挡在道上的一块大大的绊脚石!"

"别说啦!"

"好吧,你说了不,我就不了。我没有想要跟你作对。"

他知道这是完全真实的。从那绝望的夜晚她的行动降落到零点,再没有更为鲁莽的举动可怕了。

苔丝试着让她自己再摆理摆理早饭,多多少少管了点儿用,他们两个坐在同一边,以便他们的目光不会相碰。听着彼此的吃喝声,起初感到有些尴尬,可是却无法避免,好在他们两个吃得都很少。吃过早饭,他站起来,告诉她他预计吃饭的时间,就去磨坊厂实施他的机械的业务研究计划了,那是他来到此地仅有的实际理由。

他走出去的时候,苔丝站在窗前,眼看着他的身影过了通向磨坊的大石桥。他隐没在它的后面,又穿越了远处的铁路,消失了。而后,没有一点影子了。她这才把注意力转回到房间里,开始清理饭桌,把东西安排整齐。

那女仆一会儿来了。她的到场最初给了苔丝一些紧张,后来缓和了。十二点半苔丝让她的助手自己留在厨房里,她转回起居室,等待克莱尔的身影再出现在大桥后面。

一点左右他出现了。她的脸腾地红了。尽管他离开了不到半英里远。她跑进厨房拿饭,以便他一进屋就能吃上。他先进那个头天他们两个的手合在一起洗的房间,他一进起居室,盘碟上的盖子就掀开了,好像是他自己掀开似的。

"多么准时!"他说。

"嗯,我看见你从桥上过来了。"她说。

一顿饭在平平常常的谈话中吃过了,他说了上午在修道院磨坊考察的事,老式的机械,筛面的方式,他担心在大幅度现代方式的改进方面,不会给他什么启发,有一些方法似乎是毗邻的修道院落成之日就开始被僧侣们使用了——现在那修道院已成一堆瓦砾了。过了一个钟头的时间,他又离开了,黄昏时才回来。整个晚上都让那些文纸占有了他。她怕她碍事,老仆人走了以后,她退回到厨房里,在那里同样忙忙碌碌足足过了一个多钟头。

克莱尔的身影出现在门口。

"你不必那么忙活,"他说,"你不是我的仆人,你是我的妻子。"

她抬起眼睛,神色有点儿轻快了。"我可以把我自己当成那样吗——真的?"她咕哝着,带着点哀怜的嘲弄,"你的意思是名义上!那好吧,我也不想更多的什么啦。"

"你可以这么认为,苔丝,你就是。你说的是什么意思?"

"我不知道,"她急促地说,在她的音调里包含着眼泪,"我想我——因为我是不体面的,我的意思是。我老早就告诉过你我是不体面的——所以我不想跟你结婚,只是——只是你逼我!"

她迸发了啜泣,转过身去背对着他。它几乎能赢得任何男人回心转意,只除了安吉尔·克莱尔。一般说来,他是温柔深情的,可是在他的性格的最深处,却深藏横亘着坚硬的理性积淀,像在柔软的土壤中一道金属矿脉,能折卷任何企图横断它的锋刃。它阻碍他接受教会,它也阻碍他认可苔丝。归根到底,在他对异性的恋慕情爱里,火比光少,当他停止信任的时候,他也就停止追求了:与那些天性易感的人正好形成了对照,那些人理智上鄙视了,还会在感官上保留迷恋。他定定地等她停止了啜泣。

"我希望英格兰有一半女人像你一样体面,"他说,带着一种对一般女性普遍迸发的冷酷,"那不是体面的问题,而是一种原则。"

他对她说了更多一些诸如此类的话,他一直被反感的情绪波涛摇撼左右着。当发现被表面现象嘲弄了的时候,一个固执的性格就会被扭曲。诚然,在这一切之下,潜流着同情,一个通达世故的女人可以利用它来征服他。可是苔丝没有想到这个;她把一切全部都看作她自己的罪过,很难张口说话。她对他坚定的忠诚的的确确几乎是惹人哀怜的;她本是急性子,可是他说的不管什么话,都没有使她失态失当;她没有为自己寻求什么;没有恼怒;没有想他对她的中伤。她现在恰如使徒宽容的化身,回到了追求私利的现代世界。

这个晚上,由夜至晨,像先前过去的那个一样分毫不差地过去了。有一次,仅仅一次,很偶然地,她——早先那个自由的独立的苔丝——冒险推进了一下。那是他饭后第三次起身去磨坊的时候,他一离开饭桌说了声"再见",她也用同样的话回答了,同时向他那面斜了斜嘴。他没有让他自己做出回应,急忙转向旁边,说:

"我准时回来。"

好像受到了一击,苔丝又退缩回自身了。尽管他曾经常常揪着她试着触吻她的嘴唇——他常常快活地说她的嘴和气息有黄油、鸡蛋、牛奶、蜂蜜的味道,她凭此而生存,他能由它们吸取营养,还有一些这类傻话。现在他不在意它们了。他看到她突然畏缩了,又温和地说:

"你知道,我要想个办法。我们暂时在一起住着,是迫不得已的,免得我们即刻分开会有一些闲话伤害你。不过,你一定得明白,它只是为了面子的原因。"

"是。"苔丝心不在焉地说。

他出去了,他在去磨坊的路上站了站,有一会儿希望自己能反应得更友爱一些,至少吻她一下。

就这样他们度过了绝望的一天,两天;在这同一所房子里,真的,可是,比他们做情人之前是更远地疏离了。在她看来,显然如他所言,他是在瘫痪的状态中生活着,力图想出可行的程序计划来。她在如此柔性的外表之下发现了这般果决,她被吓住了。他的坚毅,确实是太残忍了。她现在不再期待宽恕。她不止一次想到趁他去磨坊不在家的时候离开他;可是她怕这样做对他没有好处,假如传扬开,还是会更加妨碍他、伤害他。

在这期间克莱尔一直在思索着,确切无疑地思索着。他一刻也不停止地想着,他想得都病态了;他想得吃不好饭,想得都枯瘦了;想得他把原先所有的家居的活泛生趣都踩躏尽净了。他走着路对自己说:"怎么办——怎么办呢?"有时候就被她听到了。这便引发她打破了迄今为止一直不谈将来的克制。

"我想——你不打算跟我住在一起了——长期的,是不是,安吉尔?"她问,耷拉着的嘴角泄露着她在脸上保持着平静的表情是多么完全机械的做作。

"我不能,"他说,"我不能不鄙视我自己,更糟糕的是,或许,鄙视你。我的意思是,当然,不能和你在一般意义上生活在一起。目前,不管我觉得怎么样,我没有瞧不起你。让我坦率地说吧,你可能没有完全看到我的难处。在那个男人还活着期间我们怎么能生活在一起?——他是你天然的丈夫,而我不是。假如他死了,可能就不同了……再者,那还不是全部难处;还在于另一种考虑——它还与另一个人的前途有关,不光是我们两个人。想一想年月来去,我们的孩子会出生,过去的事情会让人知道——一定会知道的。那里不是天涯海角,什么地方都有人来往,总会知道的。想一想我们可怜的骨肉在人家的嘲讽之下长起来,随着他们的年龄增长,他们会逐渐感到那种十足的压力。对他们那是什么样的醒悟!什么样的前景!想到这样的可能性之后,你还能无动于衷地说维持?你就没有想想,长痛不如短痛吗?"

她的眼睑,带着愁苦重重垂着,像先前一样继续低垂着。

"我不能说维持,"她回答说,"我不能,我没想那么远。"

苔丝的女性希望——我们得承认——是如此顽强地易于复原,在她隐秘的幻想中又复活了;持续长久地同处一室的亲近,足以打破他的冷漠甚至判断。尽管在通常意义上她是天真无邪的、不懂世故的,但她并非心智不全。假如她不能够本能地懂得亲近中隐伏的主旨,那就意味着她女子特性的欠缺。如果连这也失败了,那就没有什么能够救她了,她明白。利用天然本性动计谋,实现希望,是不对的,她对自己说过;然而那种希望她还是不能熄灭。他的最终陈述现在做过了,那是,如她所言,新的观点。她真的从未想到那么远,他描述的可能会发生的儿女嘲笑她的清晰画面,对一颗诚实的心给予了致命的定罪,而那颗心的中心便是慈爱。纯粹的经验已经教她懂得,在某些情势下,有一种情形比导向美好的生活还要好一些,那就是索性避免活着。像所有受过磨难而又有能够先知的人一样,用米·苏利·普吕多姆①的话说,她能听到一声法令:"你将下生。"尤其是这法令是对她潜在的儿女发出的,她就如同听到了定罪的判决。

然而实情仍然是,"自然贵妇"狡狯狐猾,直至现在,苔丝还被她对克莱

---

① 米·苏利·普吕多姆(1839—1907)法国诗人,作品有《孤独》《正义》等,获1901年首届诺贝尔文学奖。

尔的爱蒙蔽着,忘记了那结果会诞生新的生命,会把她哀怨的她自己的不幸命运强加到他人身上。

所以她不能反驳他的观点。可是,带着过度敏感的自我辩争的倾向,一种回应又在克莱尔自己的心里生起来了,他几乎有些害怕它了。那是基于她杰出的天生丽质,她可以满有希望地利用它。她可以进而说:"在澳洲高原或者得克萨斯平原,谁会知道或者留意我的不幸,谁会责怪我或者责怪你?"是的,像大多数女人一样,她接受了短暂的现实,仿佛那是不可避免的。她或许是对的。一个女人直觉的心灵感知的不仅是她自己的酸楚,也有她丈夫的苦痛,甚至那些设想的对她丈夫或者子女的指责,即便不来自陌生人,也会由他自己吹毛求疵的脑子产生,抵达他的耳朵。

是疏离的第三天了。也许可以有一种冒险的古怪悖论:他要是更多一些兽性,他就能成为高尚的男人了。我们不那样说。克莱尔的爱无疑是超凡脱俗到了错失的程度,富于想象到不切实际了。那天然的肉体的存在,有时候还不如不在眼前更具吸引力,后者创造了一种理想的现实,便利地消减了真实的缺陷。她发现她的人身存在不能如她所期待的那样强烈地引发什么。那比喻性的说法是真切的:她不是那个激发他爱欲的女人,她是另一个女人了。

"我想过你说的了。"她对他说,移动着她的指尖划过桌布,她的另一只手,那上面戴着嘲笑他们两个的戒指,支着她的额头,"它们都是相当对的;一定得那么做。你一定得离开我。"

"可是你怎么办?"

"我可以回家。"

克莱尔没有想过那样。

"你觉得能行吗?"他问。

"肯定行。我们应该分开,早分了早好。你说过我容易引得男人乱了方寸;假如我老在你眼前转悠,我或许会引你改变了你的计划,违背了你的理智和愿望;而后,你的后悔和我的遗憾都是很可怕的。"

"你能愿意回家吗?"他问。

"我想离开你,回家。"

"那就这样吧。"

尽管她没有抬眼看他,她还是吃惊了。主张与盟约是不同的,她只是太快地感觉到了。

"我早就怕走到这一步了,"她咕哝着,她的面容是逆来顺受的笃定,"我不抱怨,安吉尔,我——我想那是最好了。你说的话我十分信服。是的,假如我们住在一起,尽管没有人能责怪我,但是,一来二去,年月久了,你会为一些平常的小事对我发火,你还会忍不住把我过去的事情说出来,被人无意中听到,或许会被我们自己的孩子听到。哦,现在的伤害只是折磨我罢了,那时候会杀了我,我就走——明天。"

"我也不住在这里了。尽管我不愿意主动分开,其实我早就看出我们分开是明智的——至少一段时间,直到我能够更好地看明那事的形态,可以写信给你。"

苔丝偷偷瞥了她的丈夫一眼。他是苍白的,甚至是抖颤的,可是,如前一样,她被她嫁的这个人温柔深处的果决吓住了——那意愿一定要征服粗俗的情感,使其化为精妙的感情,使物质化为概念,使肉体化为精神。癖好、趋向、习惯,好像枯叶任他暴虐的想象风暴摆布。

他大约注意到她看他了,所以他解释说:"在一起的人当我离开他们的时候,我再想到他们会觉得更加可爱。"又玩世不恭地加上一句,"上帝知道,或许有一天我们腻烦了,就又睡到一起了,多少人都是这样做的。"

当天克莱尔就开始打点行装了,她上楼去,也开始收拾。在他们两个的心里都知道第二天早晨他们可能就永远分离了。可是他们做着后会有期的假设,因为他们都是那种对最终的分离感到无比痛苦的人。他明白,她也明白,尽管相互的迷恋施加着影响——在她这方面是无关乎才艺的——在最初分离的日子里或许会比以往更为强烈,时间必定会减弱那效力;不能接受她作为同室而居的人的实际性理由,在相隔遥远的冷静的头脑眼光中,可能会愈加强有力地宣示。无论如何,两个人一旦分开——离弃了共同的住处和共有的环境——不觉间新长起的芽蕾会进占填充各自空出来的地方;不可预见的事件会阻碍原来的打算,旧有的计划也就忘记了。

三十七

午夜静静地来到,静静地过去了,因为在芙鲁姆谷没有什么宣布它的来去。

一点以后不一会儿,在德伯维尔家宅邸黑暗笼罩的农舍里,发出一阵轻微的咯吱声。住在上面一间的苔丝听到醒来了。它是从楼梯脚传来的,那楼梯通常钉得很松。她听见她卧室的门开了,她丈夫的身影迈着古怪的小心翼翼的脚步穿过了月光。他只穿着衬衫和裤子,当她发觉他的眼睛定定地注视着虚空的时候,她最初涌起的欢欣寂灭了。他走到屋子中间的时候站住了,咕哝着,用一种难以描述的悲哀的声调——

"死了!死了!死了!"

在一种强大的干扰力量影响下,克莱尔有时候会在睡梦中行走,甚至能施展奇特的技艺,就像他们结婚之前从市集回来的那天晚上他做的那样,他在卧室里跟欺侮她的那个男人格斗。苔丝知道他在持续的精神重压刺激下,现在又进入梦游症状态了。

对他的忠诚信任是如此深深地伏在她的心底,不管是醒着还是睡着,他没有使她产生过人身恐惧。即便他手持短枪进来,也不能打破她对他的信任——他是来保护她的。

克莱尔逼近了,俯身向她。"死了,死了,死了!"他咕哝着。

用不变的无限哀苦的眼睛定定地瞅了她一会儿以后,他把身子俯下来,用胳膊抱起她,用被单像裹尸一样把她卷起来。然后,他像对一具尸体那样满怀敬意地从床上把她托起,抱着她走过房间,咕哝着——

"我的可怜的,可怜的苔丝——我的亲爱的,宝贝苔丝!这么甜蜜,这么美妙,这么忠实。"

这表示爱昵的字眼,在他醒着的时候是严格把持的,对她孤凄饥渴的心是无以表达的甘甜。假如动一下挣扎一下能够拯救她委顿的生命,她也不会那么做,从而结束她目前所处的境地。于是她一动不动地躺着,屏息静气,又惊奇又纳闷不知道他要抱着她去做什么,忍受着让他抱到了楼梯平台上。

"我的妻子——死了,死了!"他说。

他把她靠在栏杆上停了一会儿。他要把她扔下去吗?对自己的挂虑在她那里将近灭绝了,又知道他打算明天就分离,也许是永别,她以这种不安全的姿势躺在他的怀里,比起恐惧来倒觉得十分奢华了。如果他们能够一起摔下去,两个都摔成碎片,那多么天经地义,多么称心合意。

可是,他没有让她摔下去,反而借着栏杆支撑的便利,吻了一下她的嘴唇——白天里蔑视的嘴唇。然后他又下力抱紧她,下了楼梯。松弛的楼梯的咯吱声没有惊醒他,他们安全地到了楼下。他从对她的紧抱中腾出一只手来,拨开门闩,走出去,他穿着长筒袜的脚趾轻轻地碰了下门边,不过他似乎没有在意,在开阔的空间里有了伸展的天地,他用肩膀把她扛起来,以便能更容易地搬动她,没穿衣服也减轻了他一些负担。就这样他扛着她离开了屋子,向着几码远的河走去。

他的最终目的,假如他有,她还猜不出来;她发现她自己好像第三者可能做的那样推测着这件事情。她是如此轻易地把她整个地交付于他,令她欣喜地想到他是完全把她视为己有,任意处置。在明天分离的盘桓不已的恐惧下,觉得他现在是真正地认她为妻子苔丝了,不再抛弃她了,甚至即便认识到了他有权力伤害她的程度,也是安慰。

啊!现在她知道他梦见什么了——那个星期天的早晨,他抱着她和另外几个女工涉过河流,那些女工差不多像她一样爱他,如果那是可能的,苔丝也很难承认。克莱尔没有带着她过桥,只是在河的这边向着邻近的磨坊继续迈着脚步;最后在河边站住了。

河水,流过辽阔的草场,时常分流,在没有目的的曲折中蜿蜒而下,环绕着无名的小岛,回转着,汇合着,又形成宽阔的主流奔涌向前。他带着她面临的就是这样诸流汇综的河段,河比别处宽,也深。横过河流的是一座窄窄的步行桥。现在桥上的栏杆被秋季的洪水冲走了,只留下了没有遮拦的桥板,在急流以上几英尺处横躺着,构成了令沉稳的脑袋也发晕的通道。白天里苔丝从屋子的窗口看到年轻的男人从上面通过,好像是一种保持平衡的技艺。她的丈夫或许也看到过同样的表演。不管怎样,他现在是上了桥板,趋动着一脚向前,沿着它走去。

他要淹死她吗?也许是的。这地方偏僻,河又深又宽,足以让这样的意图很容易地实现。假如他能够,他可以淹死她,那比明天分离走向严酷的生活还要好些。

湍急的河流在他们下面奔泻回旋,把月亮倒映的脸摇荡着、撕扯着、分裂着。泡沫团团顺流而过,桥桩后面拦住的水草纠结起来。如果他们两个现在一起落入湍流,他们的胳膊会紧紧地搂抱在一起,他们就没救了;他们将会几乎毫无痛苦地离开这个世界,不再会有对她的责备,或者责怪他跟她结婚。他和她的最后半个钟头将是爱恋的。然而,如果他们还活着,等到他醒过来,白天的嫌恶就将重回,这个时刻只会像转瞬即逝的梦境留下来令人冥思。

这冲动刺激着她,不过她还是不敢放纵它,她要是一动就会把他们两个都投入深渊。她自己的生命有多少价值已经被证明了,可是他的——她没有权力去损害。于是他抱着她平安地到达了对岸。

他们是在构成修道院场地的人造林里了,换了一种新的抱法,他向前走了几步,直到他们来到倾圮的修道院唱诗班的席位。靠北墙是空空的修道院院长的石棺,每一个带着冷幽默的游人都愿意在里面躺一躺。克莱尔小心地把苔丝放进去,吻了一下她的嘴唇,深深地喘了一口气,仿佛一个重大的愿望结束了实现了。克莱尔随后在旁边的地上躺下来,即刻沉入了深深的筋疲力尽的死睡中,像一根木头一动不动。精神刺激产生的兴奋效力现在是过去了。

苔丝从棺材中坐起来。这个夜晚,尽管在这个季节里是干爽的柔和的,他只穿了一半衣服,长久地待在这里,难以忍受的森冷对他也足够危险的。假如把他自己留在这里,他完全有可能一直待到早晨,他肯定要被冻死。她听说过梦游后这样的死亡。可是她怎么敢叫醒他,让他知道他做了什么呢?当他发现了他对她做的傻事,会使他感到羞愧的。苔丝,不管怎样,还是出了石棺,轻轻地摇摇他,但是不使劲,不可能把他叫醒。做点什么是必需的,因为她已经开始打冷战了,围在身上的床单只是可怜的遮护。那几分钟的冒险时间里她的兴奋产生了几分温暖;可是那极乐的间隙过去了。

突然冒出了一个想法:诱导他试试,于是她对着他的耳朵,镇定而又沉稳地招引着——

"咱往前走来,宝贝儿。"同时拉着他的胳膊暗示他起来。他毫不反抗地默从了,给了她一丝宽慰;她的话显然把他投回了梦中,自此似乎进入了一个新的阶段,在那里他梦想着她好像一个精灵飞升,带着他进入天堂。于是她挽着他的胳膊引导他,到他们通往住所前面的石桥,过了桥他们就站在宅邸门前了。苔丝的脚是光光的,石头刺痛了她,冷到了骨头;不过克莱尔穿着毛袜,看来没有感到不舒服。

没有进一步的困难了。她引导他在他自己的沙发床上躺下来,给他暖暖地盖好,燃起一点临时的火,给他烘干潮气。专心做这些的声音她想或许会把他惊醒,她也暗暗地希望那样。可是他身心这般疲惫,以致他始终保持着静止不动。

第二天早晨他们一见面,苔丝就猜到安吉尔或者知道了一点儿,或者完全不知道在夜里的远足中她被他牵挂过,虽然,关于他本人,他或许意识到了他没有一直躺着。实际上,他那天是从好像寂灭一般的深睡中醒来,在最初的时刻里,他的脑子像参孙摇摇他自己,试试他的力量,他有些夜里发生了不寻常事情的模糊的意识。然而他的现实处境很快就取代了在别的事物上的猜测。

他在辨明一些精神关节的期待中等候着;他知道他的一些打算,包括头天夜里的,都没有在早晨的曙光中消失,它立在接近纯粹理性的基础上,甚至哪怕是由感情冲动引发的,所以,到目前为止,也是值得信赖的。就这样他在灰白的晨光中注视着他跟她分离的决心;不像激烈愤慨的本能,而只是剥光了曾经灼烤燃烧的热情;只剩下骨头架子站在那里,什么也没有了,只是一副骨架,仍然在那里。克莱尔不再犹豫了。

吃早饭的时候,收拾剩下的一些东西的时候,他显得很疲惫,那清楚不过的是夜里劳累的结果,苔丝真想把夜里发生的事情全部说出来;可是,如果他知道了他正常理性不赞许的他对她本能的明显爱恋,在他的理性睡眠的时候他的喜爱使他的自尊遭受到损害,那结果必定是令他恼怒,令他伤心,使他显得愚蠢,这又阻住了她。那太像在一个男人清醒的时候嘲笑他醉酒时的古怪行为。

她蓦然想到,他或许对他温柔的怪异行为有一点朦胧的记忆,深信她会利用柔情的便利机会重新吁请他不要离开,才不愿意提及吧。

他已经写了一封信从最近的镇上定了一辆车子,早饭后一会儿车子到了。从车子上她看到了结局的开始——暂时的结局,至少,夜里发生的事泄露了他的柔情,又让她生起了未来远景的梦想。行李放到了车子顶上,赶车人就赶车走了,磨坊主和女仆对他们突然离开表示很惊讶,克莱尔声称他发现磨坊的工艺不是他希望调查的现代类型,它的状态甚至是太过老旧了。他们离去的方式没有一点能让人想到颓败,或者想到他们不是一起去看望朋友。

他们的路途距几天前他们各自怀着庄严的欣喜离开的奶牛场很近,由于克莱尔想去跟克瑞科老板了结一些业务,苔丝便不能不同时去看看克瑞科太太,以免她产生对他们不幸状况的怀疑。

做这次拜访尽可能谨慎才好,他们在由大路通往奶牛场栅栏门旁下了车子,步行走下小道,并排着。柳枝砍掉了,他们能看见树桩,在那里克莱尔曾追着她要求她做他的妻子;在左边的那个院落里她曾经被他的琴声迷住;牛圈后面距离老远的草场是他们第一次拥抱的地点。夏天的金色图景现在灰白暗淡了,色彩枯瘠,肥沃的土壤一片泥泞,河水冷森森的。

隔着院门,奶牛场老板看到了他们,迎上来,摆出了嬉笑的面容,在泰尔波绥斯以及邻近一带,新婚的人重新出现,这种做法被认为是应时应分的。随后克瑞科太太也从屋子里出来了,还有他们的另外几个老熟人,可是玛琳和莱蒂好像不在那里。

苔丝硬挺着忍受他们的打趣和友好的取笑,他们怎么也不会想到在她那里引起的感受远在他方。丈夫和妻子达成默契保守他们疏远的秘密,他们的举止尽可能做得像普通夫妻一样。于是,尽管她不愿意听到关于这件事的一个字,苔丝还是听到了玛琳和莱蒂的详细故事。后者回到了他父亲的家里,玛琳去别处寻找打工的地方了。他们担心她结果不会好。

为了驱赶这些讲述引起的哀伤,苔丝去跟她喜爱的奶牛告别,用手一个个抚摸它们,离开的时候她和克莱尔肩并肩站着,好像他们的肉体和灵魂融合在一起,在能够看明真相的人看来,他们的表现中有更为可怜的东西在;外表看来,一体两肢,他的胳膊碰着她的胳膊,她的裙裾触着他,面朝同一个方向,面对着奶牛场的人们,声称"我们"说着告别的话,然而却像两极遥相隔绝。或许在他们的姿态中有些古怪的僵硬和窘迫;在他们表示融洽一体的专业技巧方面有些笨拙,与新婚夫妻的自然羞涩不同,那是显而易见的,所以他们走了以后,克瑞科太太便对她的丈夫说。

"她的眼睛看上去亮得多么不自然,他们站在那里多么像蜡人塑像,说话就像在梦里似的!你看不是这样吗?苔丝原本就有些古怪,她现在一点也没有做了有钱男人新娘子的得意样儿。"

他们又上了车子,向着威瑟伯里和斯丹福特路而去了,到了斯丹福特路路边小站,克莱尔把车子和赶车人打发走了。他们在这里歇了一会儿,用了一个不知道他们关系的陌生人赶的车子,进了山谷,向她家赶去。半路上,纳特尔伯里过去了,来到了十字路口,克莱尔让车子停下,对苔丝说她如果想回她母亲的家里,他就在这里跟她告别。赶车人在场他们不能自由交谈,他要她陪他沿着一条岔路走一走;她同意了,吩咐车夫停一会儿,他们就漫步离开了。

"现在,让我们互相理解吧,"他柔和地说,"我们之间没有生气,尽管目前我还不能容忍。我将试着让我容忍它。我自己一知道我将去哪里,我就让你知道。假如我能让我自己忍受它——假如它是值得的,可能的——我就会来找你。不过,直到我来找你之前,你最好不要去找我。"

这严酷的法令对苔丝真是致死的;她十分清楚地明白了他对她的看法;在他眼里她比实际上严重欺骗了他的人罪过一点儿也不见轻。可是,一个女人即便做了她做过的事就应该受到那全部惩罚吗?但是她不能跟他在这一点上再争辩。她只跟他简单地重复了他的话。

"你来找我之前我一定不能去找你?"

"正是。"

"我可以给你写信吗?"

"哦,可以——如果你病了,或者你需要什么东西。我希望不会是那种情形;还是我先写信给你。"

"我同意这个约定,安吉尔;因为你最知道我应受的惩罚是什么;只是——只是——不要做到超过了我能忍受的程度!"

那是她在这件事上说的全部的话。如果苔丝是狡诈的,她发一顿脾气,在那荒僻的路上,昏过去,歇斯底里哭一场,尽管他那难以取悦的脾性正在风口浪尖上,他或许也经受不住。可是她长期忍受的性格使他的手段更容易实行了,她让她自己成了他最好的辩护者。骄傲,也进入了她的屈从中——那也许是整个德伯维尔家族听天由命、不计后果的顺从中太明显的特征——一些她能够凭诉求拨动而生效的心弦,她一碰未碰。

他们剩下的谈话只是在实际性事物上了。他拿给她一个盛了还算不少钱的包裹,那是他为了这个意图从银行里提出来的,这财宝,苔丝享用的权利似乎只限于生前(假如她懂得了遗嘱中的言词),为了安全,他建议她让他存入银行;对此她立刻同意了。

这些事情安排好了,他和苔丝往回走向车子,扶她上了车。付了赶车人的钱,告诉赶车人把她送到哪里,然后拿起他的包裹和雨伞——他至此为他自己带的仅有的物件——他跟她道了再见;他们就此分离了,在那个地方,那个时候。

车子移动着爬向一座小山,克莱尔带着一种不期而然的希望看着它向前走,希望苔丝能从车窗里往外看看。可是她根本没有想过这么做,她不能冒险去做,只昏沉沉半死地躺在里面。于是他眼看着她远去了,他的心感到了极度的痛苦,从一首诗里引了一句,加上了他自己独特的修改——

  上帝不在天堂:世间的事全是错误!①

苔丝过了山顶以后,他转回来上了他自己的路,几乎不知道他一直还爱着她。

---

 ① 这是克莱尔对勃朗宁的诗剧《皮帕走过去》最后两句诗句的改用。

三十八

当她坐着车子穿过布莱克姆谷的时候,少小时熏习濡染的景物在她周围展开,苔丝从昏昏沉沉中清醒起来。她首先想起来的是怎样面对她的父母。

她到了一个栅门前,那栅门立在通向村子的路上。门被一个陌生人打开了,这人不是那个干了多年的老看门人,她不认识他;那个老看门人也许是在新年那天离开的,更换总是在这个日期进行。近期没有从家里收到什么音信,她就向看门人打听一下消息。

"噢——没什么事,姑娘,"他回答说,"马洛特还是马洛特,有人死,有人生。还有,约翰·德北菲尔有一个女儿这周嫁给了一位种庄稼的先生,不是从约翰自己的家里出阁的,你知道;他们是在别处结的婚;那先生那么高的身份,认为约翰家配不上办那喜事,那新郎官似乎不知道有人发现了约翰属于古老高贵的血统,直到今天他们家老祖宗的骨头还埋在自家的大墓里,可是他们的家业在罗马人的时期就败落了。不管怎么样,约翰爵士,我们现在都这么叫他,尽他所能操办了喜事,把教区的所有人都请到了,约翰的妻子还在淳露酒店唱歌,一直唱到十一点多钟!"

听到这些,苔丝觉得心里很难受,她不能坐着车子带着行李和东西大张旗鼓地回家去了。她问看门人她可不可以把她的东西在他的屋子里放一会儿,他没有拒绝,她打发走车子,独自沿着一条偏僻的小路走向村子。

看到了她父亲家的烟囱,她问自己她怎么可能进这个家呢?在那个屋子里,她的亲人在沉静地想象着她由一个相当富裕的男人陪伴着蜜月旅行远去了;这时候她却在这里,没有友伴,孤身一人自己悄然潜进这老家,在这个世界上没有一块好一点的地方可去。

她没能不被注意到就进家。恰恰在围篱那里她跟一个认识她的姑娘碰见了——在学校里她很亲密的三两人中的一个。问了问苔丝怎么回来了以后,她的朋友没有留意她凄哀的面容,插嘴问——

"你的先生去哪里了,苔丝?"

苔丝连忙解释说他有事离开了,扔下问话的人,攀过围篱,就这样往家里走去。

她一走上院子里的小路,就听见她的母亲在后门那里唱歌,她走上去能看见德北菲尔太太在门口台阶上拧床单。做着这个她没有注意到苔丝,拧好床单她进了门,她的女儿跟在她后头。

洗衣盆搁在原来的老酒桶上放在原来的老地方,她的母亲,把床单扔到旁边,要把胳膊再伸进去。

"哟——苔丝——我的孩子——我想你是结婚啦!——这一回可是千真万确地结婚了——我们送去了草果酒——"

"是的,妈,是真的。"

"要结婚?"

"不——我已经结婚了。"

"结婚了!那么你的丈夫哪儿去了?"

"哦,他暂时走了。"

"走了!你什么时候结的婚?嗯?是你说的那天吗?"

"是的,礼拜二,妈。"

"现在才是礼拜六,他就走了?"

"是的,他走了。"

"这是什么意思?我说,你就找了这么个该死的丈夫!"

"妈!"苔丝走到约翰·德北菲尔太太跟前,把头伏在这妇人的怀里,迸发了哭泣,"我不知道怎样对你说,妈!你给我说过,你写信也对我说,那事不要告诉他。可是我告诉了他——我忍不住告诉了——他就走了!"

"哦,你个小傻瓜——你个小傻瓜!"德北菲尔太太大叫起来,浑身颤抖把水溅到了苔丝和她自己身上,"我的好老天爷!我怎么能说那种话,可是我还要说,你个小傻瓜!"

苔丝剧烈地抽搐抖索地哭着,绷了这么多日子,终于一下子松懈了。

"我知道那个——我知道——我知道!"她哭着喘着,"可是,哦,我的妈妈,我忍不住!这件事再来一遍——我还会这么做。我不能——我不敢——那样犯罪——坑害他!"

"可是你跟他结婚就先坑害他啦!"

"是的,是的,那正是我痛苦的!我想他如果不能宽容,他能通过法律解决。哦,要是你知道——要是你知道一半我多么爱他——我多么渴望拥有他——我那么在意他,又那么想对得住他,把我折磨得多么苦啊!"

苔丝是这样肝肠寸断,不能再说了,瘫软到了一把椅子上。

"罢,罢;泼出去的水收不回来!我真不知道为什么我生的孩子比人家生的孩子傻,是个大傻瓜——都不知道那样的事情不能乱说,到时候他就是发现了也太晚了!"说到这里,德北菲尔太太开始流泪了,觉得她这个做妈的太可怜了,"我不知道你爹会怎么说,"她接着说,"打从你结婚,他就天天在露蕾弗和淳露店里说那喜事,说通过你,他的家庭又回到了他们那光彩的地位——可怜的傻男人!——你怎么把它弄得一团糟啊!老天爷啊老天爷!"

仿佛事情赶到了节骨眼上,这时候听到苔丝的父亲走近了。不过,他没有直接进屋,德北菲尔太太叫苔丝暂且别让他看见,由她自己把这坏消息传给他。最初的失望爆发过了之后,昭安开始把这不幸看得像苔丝的第一次遭灾一样,好像节日里碰上了下雨,马铃薯遇上了歉收;好像一桩与功过或者愚蠢无关的相碰;一次偶然外来的天生要有的打击;不是一次教训。

苔丝躲到楼上去,不经意间看到床铺移动了,做了新的安置。她过去的床改成了两铺小孩的床。现在这里已经没有她的地方了。

楼下的房间没有天花板,那里发生的什么她大都能够听见。一会儿她的父亲进来了,显然带着一只活母鸡。他现在是一个步行的小贩了,他已经被迫卖掉了他的第二匹马,他在胳膊上挎着篮子东奔西走。那母鸡像它通常被带来带去一样,这个早晨又被带着来去了,那是向人表示他在劳作,尽管它躺在篮子里,绑着腿,在露蕾弗店里的桌子底下过了一个多钟头。

"我们刚刚正谈起一件事——"德北菲尔说开了,把在小店里关于牧师的讨论详细地讲述给他的妻子,那是由她的女儿嫁进了一个牧师家庭这个事实才引起了这个话题。"他们从前被称呼为'先生',像我的祖先一样,"他说,"尽管现在他们的真正称呼,严格地说,只是'牧师'。"由于苔丝不愿意把这件事大事宣扬,他便没有格外提及。他希望不久后她能改变这个禁令。他打算让他们新夫妻能够姓苔丝的姓,德伯维尔,像没有错改过一样。那可比她丈夫的姓强多了。他问当天苔丝有没有来信。

于是德北菲尔太太通报他没有信来,可是很不幸苔丝亲自来了。

当崩坍的事实终于向他说明以后,恼怒耻辱压倒了令人兴奋的酒杯的作用,德北菲尔通常是不会的。这事件本身的分量对他那易感神经的影响,比猜想能在别人身上引起的效果还要小些。

"想想,现在,就这么了啦!"约翰先生说,"就凭我,在金斯伯尔教堂下面我家的大墓穴像乔拉德大地主家的大酒窖一样大,我家主人在那里横躺着竖仰着,是货真价实的纯血统的骨殖,在郡志上都有记载。现在可倒好,露蕾弗和淳露店里那些家伙肯定要说我什么啦!他们一定会斜着眼白着眼看我啦,他们一定要说,'这就是你了不起的门当户对的亲家;这就是你回到了你祖宗在诺曼王时代的纯正地位!'我觉得这太离谱啦,昭安,我得结果了我自己,爵位,什么什么——我都不再能担得起啦……不过,他既然跟她结婚了,她就不能让他留下她吗?"

"噢,能,可是她不想那么做。"

"你想他是真的跟她结婚了吗?——还是像头一回——"

可怜的苔丝,只听到这些,不能再听下去了。她的话在这里,在她父母的家里都会被怀疑,这认知使她的心逆反着这个处所,再没有什么能让她如此了。命运的打击是多么不可预料!她的父亲都有点不相信她了,邻居和熟人不是更要怀疑她了吗?哦,她不能在家里久待了。

因此,只是几天,她允许自己在这里住着,几天后,她接到了克莱尔的一封短笺,告诉她他去了英格兰北部看农场。渴望着作为他的妻子那真实身份的光彩,对她的父母瞒下他们之间疏隔的程度,她便拿这封信作为她再次离家的理由,让他们觉得她是去找他聚合了。此外,为了遮护一下她的丈夫待她不好的污名,她从克莱尔给她的五十镑钱中拿出二十五镑来,大大方方地交给了她的母亲,好像做一个安吉尔那样的男人的妻子有理由拿得出来,还说这是对过去的年月里她带给他们的麻烦和羞辱的微薄报答。就这样维护着她的尊严,她向他们道别了;此后依赖着苔丝的慷慨,德北菲尔家的生计维持了一段很好的日子。她的母亲说,真的,她相信,那年轻夫妻之间产生的不和,由于强烈地感到分不开,又自己和好了。

三十九

结婚三周之后的一天,克莱尔发觉他自己正下山向着他父亲那熟悉的牧师宅第走去。随着他向下去的路程,教堂的塔阁在夜空中带着询问他为什么回来的神态在夜空中升起来;暮色中似乎没有一个活着的人注意到他,更不必说期待他。他像一个游魂到来了,他自己的脚步声几乎都是累赘,能够摆脱才好。

人生的图景对于他已经改变了。此前他只是纯理论地懂得了它;现在他想他是作为一个实践过的男人看待它了;尽管甚至到目前为止,他或许依然没有真正了解。不过,人类在他眼前不再是意大利艺术沉静忧思的甜美,而是维尔茨博物馆中那瞪眼盯视的可怖,范·贝尔斯①习作中的斜视嘲弄了。

在这头几个周里他的行为是难以描述的散漫无归。按照历代伟人智士的告勉,仿佛什么不寻常的事情也没有发生似的,机械地试图实行他的农业计划之后,他断定那些伟人智士很少有人亲身检验过他们的忠告的可行性。"此为首要:莫烦忧。"异教徒的伦理家②说。那也正是克莱尔自己的观点,他还是烦忧了。"莫让你的心烦恼,也不要让它害怕。"拿撒勒人③说。克莱尔诚挚地赞同,可是他的心依然烦恼。他多么想去面对那两位思想者,像同胞面对同胞一般恳切地吁请他们,要求他们把他们的方法告诉他!

他的心境变态为坚固的冷漠了,以致最后他竟设想他是以局外人被动漠然的眼光来看待他自身的存在了。

他痛苦于这个确信:那全部的孤凉皆由她是德伯维尔家的后人这个事件带来。当他发现了苔丝出于那败落的古老家系,而不是下层的新生宗族,如他梦中所妄想的那样,他为什么不忠诚于他的道义,坚执地放弃了她呢?这是他的变节所得,他的惩罚也理所应得。

---

① 维尔茨博物馆:位于布鲁塞尔,陈列19世纪比利时画家维尔茨的作品。范·贝尔斯也是19世纪比利时画家。
② 指罗马皇帝、哲学家马尔卡斯·安东尼马斯。
③ 指耶稣。引文见《圣经·约翰福音》第十四章第二十七节。

于是他变得萎靡倦怠、忧虑焦灼了,他的焦虑与日俱增。他想他是不是对她太不公平了。他吃东西不知道吃的是什么,喝什么也没有味道。随着时光一天天过去,长长的过往时日里每一项行动的动机呈现在他的视域中,他看出了他的内心深处有着多么深切的要把苔丝作为最亲密的拥有的意图,那意图跟他的全部计划、话语和行为融为一体。

来往各处他在一个小镇郊外看到了一块红蓝广告牌,宣扬巴西帝国的旷野对于移民农学家的巨大益处。在那里土地租用开价异常便宜。巴西作为一个新的理想有点吸引他了。苔丝最终也能在那里跟他聚合,在那个环境、观念、风情、习俗悬殊不同的国家里,或许不像在这里,他和她在一起生活不可实行。简而言之,他极想去巴西一试,尤其是在这个恰值去巴西的季节。

带着这个意图他回到艾敏斯特,向他的父母透露他的计划,对苔丝没有跟他一起来编造一些最好的解释,不泄露他们分离的真正原因。他走到门口,新的月亮照在他的脸上,恰如他怀抱着他的妻子过了河去僧侣的沙砾院子里那个后半夜过去的那个月亮一样照着;可是他的脸现在是瘦削的了。

克莱尔的探望没有预先通知他的父母,他的到来好像鱼钩搅动了平静的池塘,搅乱了牧师宅第的气氛。他的父亲和母亲都在客厅里,不过他的两个哥哥现在没有一个在家里。安吉尔走进来,轻轻地关上他身后的门。

"可——你的妻子在哪里,亲爱的安吉尔?"他的母亲叫出来,"你惊着我们了!"

"她在她母亲家里——暂时地。我回来得太仓促,因为我决定了去巴西。"

"巴西,他们那里都是信天主教的!"

"是吗?我没有想过那个。"

可是他要去天主教徒的土地的新奇和难过,最终还是没能长久取代克莱尔先生和夫人对他们的儿子的婚姻的天然关切。"我们三个礼拜前收到了你寄到这里的告诉那事的短信,"克莱尔夫人说,"你父亲派人送去了你的教母给她的礼物,这一点你知道。当然我们都不在场是最好了,尤其你宁愿在奶牛场跟她结婚,不在她的家里,无论可能在哪里。那会让你为难,也叫我们不愉快。你的两个哥哥更会觉得那样。现在做了也就做了,我们也不抱怨,尤其是你选择了种庄稼,而不做牧师,如果她能适应你的业务……不过,我还是希望能先见见她,安吉尔,或者能熟悉她一点儿。我们没有送我们自己的礼物给她,不知道什么礼物能让她最高兴,不过,你一定要知道也就是耽搁几天。安吉尔,在我和你爸爸的心里并没有为这桩婚事生你的气;不过我们想在见到她之前还是保留一下我们对你妻子的喜欢更好一些。现在你没有带她来。这似乎就奇怪了。发生了什么事?"

他回答说他们想在他来这里的时候,她最好暂且去她父母家里。

"我不介意告诉你,亲爱的妈妈,"他说,"我总打算在我觉得她能为你增光之前,还是让她远离这座房子。不过去巴西的打算,是最近才有的。假如我去得成,头一次旅行就带上她是不明智的。在我回来之前,她应该待在她母亲家里。"

"你动身前我不能见着她?"

他说恐怕他们见不着。他最初的打算,正如他说的,一段时间里克制着不带她到这里来——不去触伤他们的成见——情感——方方面面;也为了另外一些原因,他便坚持不带她来了。如果他能马上出去,一年之内他就能回来探家;在他第二次动身之前——带着她——就可以让他们看到她了。

匆忙准备好的晚饭端进来了,克莱尔对他的计划做了进一步的解释。他的母亲因没见到新娘子的失望一直淹留着。克莱尔不久前对苔丝的热情感染了她母性的同情,以致她几乎想象到美好的东西真能由拿撒勒①出来——魅力四射的可爱女人出自泰尔波绥斯奶牛场。

"你能不能描摹描摹她?我确信她非常漂亮,安吉尔。"

"那是没有问题的!"他说,带着掩盖了苦楚的热情。

"贞节、德行,在那些方面没有问题?"

"贞节、德行,当然了,她没有问题。"

"我能够相当清晰地看到她。那天你说过她身材优美,体形丰满;深红的嘴唇像丘比特的弓;黑黑的睫毛和眉毛,浓厚的发辫像船缆;大大的眼睛

---

① 拿撒勒为耶稣居住地。《圣经·约翰福音》第一章第四十六节:"拿但业对腓力说,拿撒勒还能拿出什么好东西吗?"

有点儿紫有点儿蓝还有点儿黑。"

"我说过,妈妈。"

"我完全看到她了。她生长在那么偏僻的地方,在见到你之前,自然几乎看不到外界的年轻男人了。"

"几乎看不到。"

"你是她的第一个情人吗?"

"当然。"

"有的是比这些单纯的、嘴唇红润的、健壮的庄稼地姑娘更糟的妻子。我确实希望过——不过,自从我的儿子想去做一个农学家,娶一个习惯过户外生活的妻子或许更合适。"

他的父亲很少这样好奇询问;不过到了晚饭前祈祷的时候,要按规矩从《圣经》中找出诵读的章节,牧师对克莱尔夫人说。

"我想,既然安吉尔回来了,读箴言三十一更恰如其分,是不是把通常读的那一章换了更好?"

"对,当然好,"克莱尔夫人说,"利伊勒王的话语。(她能如她的丈夫那样引用那些章节)我亲爱的儿子,你的父亲决定给我们读《箴言》中赞美贞淑妻子的那一节。我们不需要重申,那些话也适用于不在场的人。愿上帝庇佑她一切一切!"

一阵哽塞在克莱尔的喉头生起来。轻便的读经桌从墙角搬出来,摆放在壁炉中间,两个老仆人进来了,安吉尔父亲开始读上述一章的第十节——

"'谁能找到一个贞洁贤德的女人?她的价值远在珠宝之上。夜未尽她已起床,分送食物给她的家人。她强健她的腰肌与臂膊。她知道她做出的物品是好的,她的烛光彻夜不灭。她操持家务整饬勤谨,不吃闲饭。她的儿女们起来,说她有福;她的丈夫也这样称她,赞美她:有一些女子贞节贤淑,可是你优于一切。'"

祈祷做过以后,他的母亲说——

"我想不出你亲爱的父亲读的这一章,尤其是一些特殊的地方,用到你选择的女人身上有多么合适了。完美的女人,你看,是一个劳作的女人;不是一个懒散妇人,不是一个漂亮的贵妇人;她是一个用她的双手、她的头脑和她的心为另一些人做事的人。'她的儿女们起来,说她有福;她的丈夫也这样称她,赞美她:有一些女人贞节贤淑,可是你优于一切。'哦,我希望我能看看她,安吉尔。既然她是纯洁的贞德的,也蛮能使我们认为她文雅体面。"

克莱尔再也忍不住了。他的眼睛里盈满了泪水,看上去好像熔化的滴滴铅液。他连忙道了晚安,向他如此深爱的真诚单纯的灵魂,在他们自己的心里不懂得世故、肉欲,也不懂得魔鬼;对于他们,那一些仅是模糊的外部之物。他去了他自己的房间。

他的母亲跟在他身后,敲了敲他的门。克莱尔打开门,看见她站在门外,满眼焦虑。

"安吉尔,"她问,"你这么着急着要出国,是不是出什么错儿了?我敢肯定你不是原来的你了。"

"我没有,真的,妈妈。"他说。

"因为她?噢,我的儿子,我知道是那个——我知道是因为她!你们在这三个礼拜吵架啦?"

"我们不算是吵架,"他说,"不过,我们有一点差异——"

"安吉尔——她做姑娘时的经历经得起查究吗?"

凭着母亲的直觉,克莱尔夫人触到了引得她的儿子心烦意乱的几分症结。

"她是没有污点的!"他回答说,觉得即便送他去永世的地狱,此时的他也要说这谎话。

"那么就不要在意别的。毕竟,世间事物很少有什么比未受玷污的乡下姑娘更纯洁了。开初,一些举止上的粗鲁也许会使你有过教养的感受不舒服,不过,我断定,在你的陪伴教诲影响下,那些会消失的。"

这种盲目的宽宏大量的可怕讽刺使克莱尔从中认识到,他的事业是被这场婚姻完全毁掉了,这一点在事情透露之初他还没有想到过。真的,为了他自己的利益他很少在意他的事业;但是为了他的父母和兄弟,他希望至少能做得体面有光一些。现在他看着蜡烛,那烛焰仿佛向他默默地表示着,它是用来照耀明智之士的,照着被人愚弄的人和失败的人的脸,就可憎可厌了。

当他从焦虑恼怒中冷静下来以后,他立刻又因苔丝引发了这样一种情势使他被迫去欺骗他的父母,从而恼恨他那可怜的妻子了。他几乎愤怒地对她说话了,好像她就在这房间里。于是,她喁喁低语的声音,她哀怨的规劝,搅动了黑暗,她的嘴唇天鹅绒般的触吻掠过了他的前额,他能辨得出这空气中她温馨的呼吸。

这个夜晚他蔑视贬低的那位女人正在想着她的丈夫是多么伟大和美好。不过,在他们两人之上都悬垂着一个深深的阴影,比克莱尔所看到的还要深。也就是,他自己的局限的阴影。带着他独立判断的试图,这进步的心地良好的年轻人,近二十五年来诞生的一个样本,其实依然是奴役于风气和世俗,当非同寻常的时候便回到了他早年所受的教育。没有先知告诉他,他也不是先知足以告诉他自己,实质上,他那年轻的妻子像别的一些被赋予了同样善恶的女人一样,当得起利姆伊勒王的赞美,她的道德价值不应由结果来评断,而只应由意向。再者,近在眼前的形象遭受着这样的境遇,它没有遮蔽,便暴露了它的全部缺陷;当模糊的形象远远地离开了,在距离中它们的污点倒成了艺术性的优点,受到尊重。只想着苔丝的所非,他却忽略了她的所是,忘记了有缺陷更能够胜过完美纯粹。

四十

早饭时巴西成了话题,大家都力图对克莱尔计划去那个国家土地上的尝试秉持着满怀希望的观点,尽管有移民那里的一些农田工不到一年又返回家来的令人沮丧的传说。吃过早饭以后克莱尔去小镇上处理与那里相关的一些琐碎事务,从当地银行里把他的存款全部取出。返回的路上他在教堂旁遇见了梅绥·钱特小姐,她好像是从那些大墙中产生出来的同类物体,她为她班上的学生抱了满抱的《圣经》,这便是她的生活观,在别人那里害人心痛的事件,在她那里却锻造成了至福的笑容——一个令人忌妒羡慕的结果,尽管在克莱尔看来,它是人性做了神秘主义的奇怪而又非人道牺牲的俘虏。

她知道了他要离开英格兰,便评说那似乎是一个极卓越的有前途的计划。

"是的,就商业意义而言,无疑的确是个有希望的计划,"他回答说,"不过,我亲爱的梅绥,它猛地铰断了生存的链条。也许修道院才是较好的去处。"

"修道院!哦,安吉尔·克莱尔!"

"怎么啦?"

"咳,你这个坏蛋,去修道院就是当修道士,当修道士就是信天主教。

"信天主教就是犯罪,犯罪就要下地狱。你处在危险之中啊,安吉尔·克莱尔。"

"我以我的信仰为荣耀!"她严正地说。

此时的克莱尔,被极度伤痛抛进了邪狂的情绪中,在那种境况里一个人会不计他的真正道义而行事,他把她叫到近前,在她耳边恶魔般低声说出他能够想到的最离经叛道的话。她白皙的脸上现出了惊恐的神色,他发出了短促的笑声,她的脸色沉入为他的福祉而痛苦的担忧中,他的笑声停止了。

"亲爱的梅绥,"他说,"你一定要原谅我。我想我是疯了。"

她想他是疯了;会见就这样结束了,他又进了牧师宅第。他把珠宝存放到当地银行了,直到幸福的日子出现为止。他也交给了银行三十镑——在几个月内寄送给苔丝,以应她有所需求;给她写信寄往她布莱克姆谷她父母家里,通知她他做了这些事。这笔钱,再加上他已经交到她手上的——大约五十镑——他希望能够满足她眼下所需,至于特殊情况紧急需要,她可以直接向他的父亲求助。

他认为最好不要把她的地址给他的父母让他们直接通信,不知道发生了什么使两个人疏离了,他的父亲和母亲也都没有要求他那么做。那一天他离开牧师宅第,因为他还有几件事想尽快办完。

他离开英格兰之前最后的义务,是必须去井桥农舍一趟,在那里他和苔丝度过了他们结婚的最初三天,少许租金要付,他们住的房间钥匙要交,他们留在后头的三两件小物品要拿走。那座房顶下深深的阴影投向了他的生涯,延伸的黑暗罩住了他。然而,当他打开客厅的门往里面看的时候,最先回到心头的记忆还是他们在同样的下午到达时的幸福情景,第一次亲密地共享一室的新鲜感觉,第一次一起吃饭,在炉火旁手拉手交谈。

他到来的时候那农夫和他的妻子正在田地里,克莱尔独自在房间里待了一会儿。带着他完全没有预想到的内心新生的感受潮涌,他上楼进了她的房间,那从未属于他的房间。床铺是熨熨帖帖的,还是她离开的那天早晨亲手整理的样子。悬挂在帐子顶下面的槲寄生恰如他挂上去的时候一般无二。只是在那里过去了三四个礼拜它变了颜色,叶子和浆果皱缩了。安吉尔把它拿下来,塞进了壁炉里。站在那里,他第一次怀疑在这种事态中他的方略是否明智,更不必说宽宏大量了。不过,他不是也被残酷地蒙蔽了吗?思绪纷乱心潮奔涌中,他满眼含泪在床旁边跪了下去。"哦,苔丝!假如你早一点告诉我,我会原谅你的。"他喃喃说。

听到下边有脚步声,他站起来,走到楼梯顶上。在楼梯底下,他看见一个女人站在那里,她抬起头来,他认出了是白脸庞黑眼睛的伊茨·秀特。

"克莱尔先生,"她说,"我来看看你和克莱尔太太,来给你们问好。我想到你们可能又到这里了。"

这姑娘的隐秘他猜到了,可是她却没有猜到他的;一个爱着他的真诚的姑娘——一个能够做得像苔丝同样好,或者差不多一样好的实实在在的农夫的妻子。

"我独自在这里,"他说,"我们现在不住在这里。"他解释着为什么来到这里,他问,"你回家走哪条路,伊茨?"

"我如今在泰尔波绥斯奶牛场没有家了,先生。"她说。

"那是为什么?"

伊茨垂下了眼睛。

"那里太没意思太闷人了,我离开了。我现在住在那里。"她指了指相反的方向,那方向正是他要去的。

"哦——你现在就去那儿吗?要是你愿意我可以送送你。"

她灰黄的脸色变得有些红润了。

"谢谢你,克莱尔先生。"她说。

他很快找到了那农夫,付清了他的租金和另外的一些项目,由于突然不租了,需要另行结算。回到他的马车上,伊茨跳上去,坐到他的旁边。

"我要离开英国了,伊茨,"他们一坐上车往前走,他就说,"去巴西。"

"克莱尔太太喜欢这么奔波吗?"她问。

"她暂时不去那里——就是说一年左右。我先去那里考察考察,看看那里的生活怎么样。"

他们向东疾驰了很长一段路,伊茨没有表达什么看法。

"那几位怎么样?"他问,"莱蒂好吗?"

"我上次看见她的时候,她有些神经兮兮的了;脸那么瘦,凹下去了,像害病的样子。再也不会有人跟她相爱了。"伊茨心不在焉地说。

"玛琳呢?"

"玛琳喝上酒了。"

"真的?"

"真的,奶牛场老板辞退了她。"

"那你!"

"我没有喝,我也没有病。可是,我如今早饭前不大爱唱歌了。"

"那是怎么啦? 还记得早晨挤牛奶的时候,你不是总爱唱《在爱神的花园里》和《裁缝的裤子》吗?"

"啊,是啊! 你才来的时候,先生,那是你才来的时候。过了几天,我就不啦。"

"为什么低落啦?"

她的黑眼睛往他的脸上闪了一下作为回答。

"伊茨——你太脆弱了——为了我这样一个人!"他说,陷入沉思了,"当时——假如我要求你嫁给我呢?"

"若是你要我嫁给你,我就会说'好的',你能娶到一个爱你的女人。"

"真的?"

"实打实的!"她热切地咕哝着,"哦,我的天哪! 直到如今你还没有猜出来!"

不一会儿他们走到了通往村子的岔道上。

"我得下去了。我住在那里。"伊茨突然说,自从坦露了她的心事她再没有说话。

克莱尔让马慢下来。他被他的命运激怒了,强烈地痛恨社会法规了;因为它们把他羁在一个夹角里,没有合法的途径脱出。为什么不让他未来的家庭生活处于无羁的形态来报复社会,从而取代这种自入网笼甘愿受传统礼法惩罚的方式呢?

"我要独自去巴西了,伊茨,"他说,"我和我的妻子因为私密的原因分开了,不是因为远途。我永远不可能再跟她生活在一起了。我也许不可能爱上你;不过——你愿意代替她跟我一起去吗?"

"你真的希望我去?"

"真的。我受够罪了,想解脱了。至少你无私地爱我。"

"嗯——我愿去。"伊茨顿了一下,说。

"你愿去?你知道那意味着什么吗,伊茨?"

"意思就是你在那里的时候,我和你住在一起——我觉得那够好了。"

"记住,你现在不要在道德上信任我了。我应该提醒你,在文明的眼睛看来那是犯罪——那是说,西方文明。"

"我不在乎那个;痛苦到极点的时候,又没有别的道走,没有女人会在乎那个。"

"那就别下去了,就坐在那里好了。"

他赶车过了十字路口,一英里、两英里,没有一点示爱的迹象。

"你非常爱我,非常非常,是不是,伊茨?"他突然问。

"爱,我说过我爱!我们一起在奶牛场的时候,我一直爱你。"

"比苔丝更爱?"

她摇了摇头。

"不,"她咕哝着,"不比她更爱。"

"怎么?"

"因为没有人能比苔丝更爱你!……她能为你豁上她的生命。我不能比她更爱你。"

好像毗珥山顶上的先知①一样,在这样的时刻伊茨·秀特不得不说出了

---

① 毗珥山顶上的先知:指先知巴兰,摩押王要他诅咒以色列人,他未服从命令,反而赞扬了以色列人。

与意愿相违的话,苔丝品质的魔力征服了她粗俗的天性,驱使她走向了优雅。

克莱尔沉默了;他的心在这未可预料的不容置疑的一刻,由这些坦率的话中获得了新生,他的喉头有什么东西哽在那里,好像是一阵呜咽凝住了。他的耳边反复地回响着,"她能为你豁上她的生命。我不能比她更爱。"

"忘掉我们的闲扯吧,伊茨,"他说,突然掉转了马头,"我不知道我说了些什么!我现在就送你回你要走的岔道那儿。"

"就因为我给你说了些掏心窝子的话啊!哎呀——我怎么能受得了啊——我怎么能——我怎么能受得了!"

伊茨·秀特迸发了滚滚泪水,明白了她所做的事,捶打着她的脑袋。

"你后悔对不在场的那个人做了点公正的小事?哦,伊茨,不要让后悔把那好事损坏了。"

她渐渐地平静了自己。

"好了,先生。或许我也不知道我说了什么——当——当我答应去的时候!我希望——我想那是不可能的!"

"因为我已经有了一个爱着的妻子了。"

"不错,不错!你有了。"

他们到了半个钟头之前他们走过的岔路口,她跳了下去。

"伊茨——请,请忘了我一时的轻浮!"他大声地说,"那是太冲动了,太犯浑了!"

"忘掉?永远不能,永远不能!哦,对我来说它可不是轻浮!"

他充分觉得他完全应该得到从这受了伤的女人的嘴里传出来的责备,在难以表达的悲伤中他跳下去,拉住了她的手。

"唉,不过,伊茨,咱们还是做朋友分别吧,不管怎么样,好不好?你不知道我受了什么罪!"

她是一个真正宽宏大量的姑娘,不再抱怨挟恨来糟践他们的告别。

"我原谅你,先生!"她说。

"现在,伊茨,"当她站在他旁边的时候,他强使自己远非出于情感地摆出良师益友的姿态,说,"当你看到玛琳的时候我希望你告诉她,要做一个好女人,不要去做蠢事。答应我,告诉莱蒂在这个世界上有更多比我更有价值的男人,为了我的缘故,她也要明智地做事,做好——记住这话——明智,做好——为了我的缘故,我把这些口信送给她们,作为将死的人对将死的人说的话;因为我自己永远不能再见到她们了。你,伊茨,用你关于我妻子的诚实的话把我救了,把我从难以置信的向着愚蠢和背叛的冲动中救了。女人可能会做坏事,但是在这些事情上她们不会像男人做得那么坏!就因为你把我救了,我永远不会忘记你。你一向是个真诚的好姑娘,往后也要这样;记着,尽管我是一个没有价值的情人,但却是一个忠实的朋友。答应我。"

她答应了。

"上帝赐福于你,保佑你,先生,再见!"

他赶车走了;可是伊茨转上那条路不一会儿,克莱尔出了视线,她就在极度的痛苦发作下扑倒在路边上了;那天晚上很晚了她才带着绷紧的很不自然的脸进了她母亲的家。永远无人能够述说在克莱尔跟她分别与她到家期间她是怎样度过了那黑暗的时刻。

克莱尔,跟那姑娘道别之后,也是心痛欲碎,嘴唇颤抖。然而他的伤心不是为了伊茨。那天晚上他差一点儿就要放弃去最近的车站的路,赶车通过那条把他跟他的苔丝的家分离的南维克塞斯高起的背部山脊了。既不是鄙视她的天性,也不可能是她的情感状况,阻碍了他。

不;还是那种理性,尽管她的爱,一如伊茨的坦白所证实,然而事实并没有改变。如果他起初是正确的,那么现在他还是对的。他驶上那航道的动力依然促使他向前,除非有一种力量,比这天下午施加于他的更强大更持久,才能把他扭转。他也许不久就会回来去找她。他那天夜里上了去伦敦的火车,五天以后在登船的港口跟他的两个哥哥挥手告别了。

四十一

紧承前述冬天的事件,让我们接着叙说克莱尔和苔丝分离八个多月之后的一天。我们发现后者的情形改变了;不是一个新娘子由别人拿着盒子箱子,我们看见她独自一人挎着篮子带着她自己的行李包裹,好像原先她没做新娘子时一样；取代她的丈夫为她筹划舒适度过这"缓刑期"的充裕资财，她能够拿出的只是一个瘪瘪的钱包了。

再一次离开马洛特的家之后，她没有太费体力度过了春天和夏天，时间主要是在布莱克姆谷西面靠近布莱迪港的奶牛场做零工打发过去的，那地方离她的老家和泰尔波绥斯一样远。她宁愿在他允许的范围内这样生活。精神上她羁留在完全的停滞中，那种机械的工作不能控制这种状态，而只能助长。她的意识在那一个奶牛场，在那另一个季节，她的温柔的情人在那里与她面对着面——他，那个人，她那时抓住了成了属于她的人，又像一个幻影似的消失了。

奶牛场的工作只持续到牛奶开始少下来，因为她没有再遇上像在泰尔波绥斯那样固定的工作，只是做一些零工。不管怎样，现在收割开始了，她只不过从牧场转到收庄稼的地方，去找更多的活干，就这样一直延续到收获结束。

克莱尔给她的五十镑补助费，扣除了一半给她父母作为操劳和花费的补偿之后，还剩下二十五镑，到目前为止她只花了一点儿。可是如今接着来了倒霉的梅雨季节的耽搁，在这期间她被迫求助于她的金镑了。

她受不了它们离去。是安吉尔把它们放进了她的手里，保持着为她从银行取出时的灿新明亮；他的触摸使它们成了他本人神圣的纪念品——它们看来正如由他和她的经历创造出来一样，还没有别的历史——发散它们好比散失了圣物。可是她还是任它们去了，一个一个地离开了她的手。

她不得不一次次把她的通信地址告诉她的母亲，可是却隐瞒了她的处境。当她的钱几乎要花完了的时候，她母亲给她的一封信来到了。昭安说他们正在可怕的困难中；秋雨击垮了房顶的苫草，那需要彻底修补；但是那却不能实施，因为原先的苫草钱还一直未付。新椽子和楼上的天棚也是需要的，那些，再加上旧账，总数大约需要二十镑。既然她的丈夫是一个有钱的人，这时候无疑已经回来了，她能不能汇给他们这笔钱？

有三十镑几乎即刻由安吉尔的银行户头寄给了苔丝，境况是如此可怜，她一收到这笔钱，就按要求汇出了二十镑。剩余的部分她不得不为冬天的衣服花去一些，手头只留下极小的数目以供整个酷寒的季节。当最后的一镑离去了,安吉尔那无论何时再要求资助她可以向他父亲求助的话就成了最终值得考虑的了。

可是苔丝越想越不愿意去那样做。敏感、自尊、行为失检的羞愧,无论称作什么,为克莱尔着想,她把他们的长久疏离瞒着她自己的父母,在用完了他留给她的不少的钱之后,同样地,她也要瞒住他的父母,不能去跟他们要钱。他们或许已经看不起她了;再扮演一个乞讨者,他们更要加倍地鄙视她!想来想去的结果是,牧师的儿媳妇要尽力不让牧师知道她的处境。

与她丈夫的父母通信的不情愿,她想,或许会随着时间的流逝而消减;但是与她自己的父母,却恰好相反。她结婚以后短暂地回家探望,又离开了他们的家,他们以为她终于去跟她的丈夫团聚了;从那时到眼下她没有去打破他们的看法——她是在舒适地等待他回来。她妄想着他远去巴西的结果只是短期的暂住,过后他将回来带她,或者写信让她去团聚;总之,他们不久将呈现一个和美团圆给他们的家庭和这个世界。这希望她一直滋育怀抱着。让她的父母知道了她是一个弃妇,依赖他人而生活,现在她接济了他们的需求,要靠自己的手谋生了,在婚姻的风光之后,最初的意图坍塌无效了,那实在是太残酷了。

那些珠宝又回到了她的心上了。克莱尔把它们放在了哪里她不知道,它们也算不了什么——假如真的她只能使用它们,不能变卖它们。即使它们完全是她的,也是在法律名义上一时意味着可装饰她,本质上却全然不是她的。

其时她丈夫的日子也不是没有磨难的。这时候他正害着热病躺在巴西库力迪巴邻近的黏土地上,他被雷雨湿透又遭受了别的困苦的惩罚。同所有英国农民和农田工人一样,恰在此时,他们被巴西政府的承诺哄骗到了那里,又被身体无根据的假定蒙骗了,耕作耙耘在英格兰高地上,他们的身体能够抵御他们出生地气候的全部变幻无常,他们以为也同样能够很好地抵挡那里的极端气候,可是,在巴西平原上他们意外地遭到了突然袭击。

回头再叙。如此这般,当苔丝的最后一枚纪念物般的金镑花出去的时候,没有别的地方提供生活来源了,因为这个季节她发现要找到雇主更多了些困难。不知道聪敏、活力、健康和肯干在生活上所有领域都是罕见的,她忍住了不去找户内工作；害怕城镇人、大户、富人和老于世故的阶层，以及举止方式异于乡下的人家。邪恶的烦恼即来自上流社会。社会或许比她由其自身微少的经验中料想的要稍好一些，可是她没有那方面的证据，既然如此，她的本能便是避开那个范围。

远在布莱迪港西面的那些小奶牛场——春天和夏天她在那里做挤奶短工——不再雇她了。泰尔波绥斯或许能给她一个位置，即便仅仅出于纯粹的同情，可是尽管她在那里的生活曾经是舒适的，她也不能回去了。虎头蛇尾天渊之差是太难忍受了；她的重回必定要给她如偶像般崇拜的丈夫带来责备。她不能忍受他们的怜悯，他们口耳相传对她奇怪境况的窃窃低语；即便她几乎能够面对每个人单独知道了她的处境，只要他们把她的故事孤立地存在各自的心里，可是把关于她的看法交流传递，就使她的敏感易伤畏缩了。苔丝不能解释这种区别；她仅仅知道她感觉到了它。

她现在走在这个郡的中部去高原农场的路上，去那里她是由玛琳辗转寄给她的一封信介绍的。玛琳不知道怎么听说了苔丝跟她的丈夫分离了——或许是通过伊茨·秀特——那个好品性而今酗酒的姑娘，断定苔丝是遇上麻烦了，赶紧通知她先前的朋友，她离开了奶牛场之后，就去了那个高原场所，希望能在那里看到苔丝，那里正需要人手，假如苔丝千真万确还能像过去那样劳作。

随着白昼变短，得到她的丈夫宽恕的一切希望开始弃她而去了；她漫步走去，跟不自省只凭本能出入的野兽差不多——每一步都使她与多事的过往分离开一点儿，湮灭着她的身份，全然不想偶然和意外时很快会被人发现她的所在，这种发现对别人无关紧要，对她的幸福却切身重要。

在她独处状况的困难中，不少是由她的外貌引起的注意，从克莱尔那里感染到的某种程度的举止出众，附加到了她的天然魅力上。当时她还穿着为结婚准备的剩下的衣服，那些感兴趣的偶尔瞥视还没有使她感到烦扰，可是不久后她不得不穿上田野农妇的衣服，粗鲁的话就不止一次朝她发来；不过还没有发生什么危及她人身的事情，直到十一月一个特殊的下午。

她宁愿去布瑞特河西岸的乡下，而不去她现在要去的高原农场，因为，有一点，那里离她丈夫的父亲的家更近一些；逗留在那个地区附近不会被人认出来,带着那个意图,她有一天便可决意造访牧师宅第,遂心乐意。不过一旦决定了去高爽的地方试试,她不得已转而向东,朝着乔克·牛顿村徒步走去,打算在那里过夜。

这条小路又长又单调,由于白昼的快速变短,不觉间暮色临近她了。她到了一个山顶再向下,长长的小路在视线中蜿蜒隐现,正当这个时候她听到了身后的脚步声,片刻间她被一个男人赶上了。他上前走到苔丝旁边,说:

"晚上好,漂亮的姑娘!"对此,她礼貌地回答了。

天空中的余晖照出了她的面容,尽管周围的景物差不多昏黑了。那人转过身来,直瞪瞪地盯着她。

"哎哟,真的是呀,是在川翠济那会儿的大美人儿——年轻的德伯维尔少爷的密友?我那时候也在那里,不过我如今不在那儿了。"

她认出来了,他就是在那个小酒馆对她说粗话被安吉尔揍倒的那个日子过得不错的村夫。一阵剧烈的痛苦洞穿了她,她转过身没有回答。

"老老实实承认了吧,还有我那回在镇子里说的,都是真的,尽管你迷上的情人还么发脾气——嗨,怎么样,我的机灵妞儿?按说你该给我赔不是,为他打我那一回。"

苔丝一直没有回答。对于她被追猎的心灵似乎只有一路逃跑。她突然拔腿像风一样跑起来,头也不回,顺路跑去,一直跑到一个直通一片人造林的栅栏门。她窜进去,深深地沉入它的遮蔽中,直到没有可能被发现的危险了才停下来。

脚下的叶子是干燥的,生长在落叶树间的丛丛冬青叶子簇密足可挡风。她把一些枯死的叶子划拢在一起聚成大大的一堆,在中间做了一个窝洞。她钻了进去。

这样的睡法她自然睡不踏实;她觉得她总听到奇怪的声音,她劝慰自己说那是风引起的。她想到她的丈夫大概在地球另一边暖洋洋的风土中,而这时候她却在这里受冻。世界上还有像她这样可怜的人吗?苔丝问她自己;想到她荒废的人生,说:"一切全是空虚。"①她机械地重复着这话,直到她

---

① 引自《圣经·旧约·传道书》第一章第二节。

察觉到这是于今最不适当的思想。所罗门有这思想是远在两千多年以前了;她本人,尽管不在思想者先驱之列,也远为进步了。假如一切只是空虚,谁还会在意它呢? 一切都是,哎呀,比空虚更坏——不公,惩罚,酷虐,死亡。安吉尔·克莱尔的妻子把她的手放到额头上,感觉到它的曲弯,柔软的皮肤下她能够感觉到眼窝的边缘,想到她的那个时刻总将来到,一旦时候到了,那些骨头就会露出来。"我希望现在就是。"她说。

正在古怪地幻想着,她听到树叶中有一阵新的奇怪的声音。可能是风;可是那里几乎没有什么风。有时候是一阵悸动,有时候是一阵飘颤;有时候类似于喘息,或者汩汩的水声。过了一会儿她断定那是野生动物之类发出的声音,后来听出声音来自头顶的树枝,随后就有重重的物体掉到了地上。如果她置身于另一种处境之下,境况更舒适愉悦一些,她会惊恐的;可是现在,除了人类,她没有什么可怕的了。

天空终于破晓了。曙光高扬了一阵,林子里才亮起来。

这个世界上万物活动时刻令人放心又平凡无奇的光亮强烈起来,她从她的树叶小丘下爬出来,大胆地察看了一下四周,于是她明白了搅扰她的是什么东西。原来她栖身其中的这片林地在此成了一个尖角,也到这里终止了,树篱外边就是可以耕种的土地。树下面几只野鸡躺在那里,它们华丽的羽毛上溅了血;有的死了,有的无力地抽搐着翅膀,有的向上直瞪着天空,有的急促地搏跳着,有的扭动着,有的伸挺了身子——它们全都在痛苦中挣扎,除了那幸运的几只,天性无力再去忍受,在夜里便结束了那些折磨。

苔丝立刻猜明了究竟。这些鸟儿是昨天被一群猎人赶到这个角落了;那时候有一些中弹直接死了,或者在天黑前死了,被打猎的找到拿走了,有一些受了重伤的鸟儿逃掉了,躲藏起来,或者飞到浓密的树枝中间,在那里支撑着维持着,直到夜里随着失血而逐渐虚弱,一个一个掉下来,那正是她所听到的。

她少女时期也曾偶尔看到过那些男人,从树篱上面观望,或者盯视着灌木丛,端枪比画,怪样的装备,眼睛里是嗜血的光。她听人说过,他们似乎并非整年都像当时那样粗鲁和残忍,实际上,除了秋天和冬天特定的几个周,他们都是相当文明的人,可是时令一到,他们就像马来半岛的居民一样,疯狂乱窜，一门心思决意杀害生命,既然如此,这些无害的羽毛生物,由人工繁育出来唯一的用意就是满足他们的嗜杀本性——对于孳繁的自然大家庭中弱小的同伴立刻就这样地不人道不侠义了。

带着心灵的刺激,觉得这些同宗同源的受难者太像她一样了,苔丝首先想到的是让这些活着的鸟儿解脱折磨,亲手把她能够发现的所有鸟儿的脖子弄断,让它们躺在她发现它们的地方,等打猎人来——他们通常可能会来的——再一次来找它们。

"可怜的宝贝儿——看到你们这样受难还能说我是地球上最悲惨的生命吗!"她感叹道。她一边轻轻地把它们弄死一边流着眼泪。"我没有身体方面的一点剧痛,我没有被重伤,我没有流血;我有两只手供我吃穿。"她为她夜里的抑郁感到羞愧了,这种抑郁并没有确切的根据,只不过是一种在自然界中没有根基而只是专横的社会法则之下的负罪感罢了。

四十二

现在是大白天了,她又动身了,小心地出现在大路上。不过在此她不必小心,近处没有一个生灵。苔丝坚韧刚毅地向前走去,回想那些鸟儿夜里默默忍受痛苦,她感到了不幸的相对性和她的痛苦的可忍性,假如她能够超升起来足以蔑视成见。不过,只要是克莱尔所持的成见,她就不能做到了。

她到达了乔克·牛顿,在一个小店里吃早饭,在那里有几个年轻男人赞扬她姣好的容貌,令人讨厌。由此她也感到了一些希望,因为她的丈夫不是也依然可能对她说这些话吗?既然期待着它,她就一定要照料好她自己,避开这些露水情人。为了达到这个目的,苔丝决定不要再由她的容貌生风险。她一出了这个村子进了一片灌木丛林后,就从她的篮子里拿出一件最旧的做农活穿的衣服,她在奶牛场时甚至都从未穿过——自从她在马洛特庄稼地里收割之后。而且,她还顿生妙思,从她的包裹里拿出一条手绢,在帽子下边把她的脸兜着包起来,盖住她的下巴、半个脸颊和太阳穴,好像她正牙痛受罪。然后用她的剪刀,从衣兜里拿出镜子照着,毫不顾惜地剪掉了她的眉毛,就这样确保防备着侵犯性的赞慕,随后她走上了崎岖不平的道路。

"一个大姑娘什么样儿!"接下来遇上的男人对他的同伴说。

一听到他的话,极为可怜自己的泪水就注满了她的眼睛。

"可是我不在乎!"她说,"哦不——我不在乎!往后我老是要打扮成丑的,因为安吉尔不在这里,没有人顾恋我。他原本是我的丈夫,离开我走了,永远不会再爱我了;可是我还是同样只爱他一个人,恨别的所有男人,愿意让他们都看不起我!"

就这样苔丝向前走去;作为景物一部分的一个形体;纯然一个典型的田地农妇,穿一身冬天的装束;一件灰色的哔叽斗篷,一条红色的毛围巾,一条呢绒裙子,罩着一件白褐色的粗布外罩,暗黄色的皮手套。那旧衣服的每一根千维都经受了风吹雨打,阳光灼晒,褪色变薄了。如今在她那里没有一点年轻的热情的迹象了——

> 这姑娘的嘴是冰冷的,
> ……
> 一层叠一层的素朴,
> 包裹着她的头。①

这样的一副外表,眼睛环视任何东西几乎都没有洞察力,差不多是一个无机体了,可是内心却有搏动着的生命的记录,就年龄而论,是经历得太多了,沧桑风尘,色欲的残忍和爱情的脆弱。

第二天天气变坏了,可是她依然缓慢吃力地往前走,大自然敌意的诚实、率直和公正只为难了她一点儿。她的目标是一份冬天里的职业和一个冬天里的家,没有时间浪费。她打短工的经验使她决定,不再做短工了。

她就这样朝着玛琳写信给她介绍的那个地方走去,从一个农场走到一个农场,玛琳介绍的那个地方她决定只作为最后的权宜之计,那个地方的窘困成了诱惑的反面。起初她想找轻松一点的活,这一类活无论如何也没有希望找到,她又去找不太繁重的活,从她最喜欢的挤牛奶、照料家禽开始,直

---

① 史文朋的诗句。

到她最不喜欢的重活粗活为止——在农田里做活：如此粗重的活，的确，对她来说是永远都不会心甘情愿地去找着做的。

第二天傍晚她到了参差起伏的白垩质高地或高原上，那高原怀抱着一些半圆球形的坟头——好像乳房众多的西布利神①大摊着身子仰卧在那里——铺延在她出生的山谷和她恋爱的山谷之间。

这里的空气是干燥寒冷的，长长的车道下雨后几个小时之内就被吹得白茫茫的一片尘土。树很少，或者说简直没有，那些能够在树篱中生长的也被佃户扳下去跟树篱编结到了一起，佃户们本是树、灌木、丛林天然的敌人。在她前头中景处她能看到布尔巴娄和奈特尔卡姆陶特山顶，它们看来好像很友好。从这高原上看去它们有一种低顺谦恭的外貌，不过她童年时从布莱克姆看它的另一边，它们却好像是高耸入云的城堡。往南看去，如许英里远处，掠过山脊和海岸，她能够看出如磨光的钢铁般的水面：那是英吉利海峡通向法兰西远远的一个端点。

在她前头，一个小小的低洼中，是一个残存的村子。她，实际上，是到了弗林卡姆阿什，玛琳逗留的地方。似乎实在没有办法；来这里是她命中注定的。她周围干结硗薄的土壤明白无误地表明，这里的劳动是最粗重的一类；不过找工作找得实在应该歇一歇了，她决定先住下来，尤其是开始下雨了。村口有一所茅屋，山墙突出到了路上，去找住处之前她先站到墙根避避雨，眼看着暮色四合。

"谁能想到我是安吉尔·克莱尔夫人！"她说。

墙壁使后背和肩膀感到了温暖，她发现山墙里边紧接着茅屋的壁炉，壁炉的温热通过了墙砖传来。她在上面暖着她的手，把她的脸也贴上去——脸让蒙蒙雨淋得又红又湿了——紧紧地贴着那令人舒服的墙面。这墙壁似乎成了她拥有的唯一的朋友。她一点儿也不想离开它了，她可以在那里待上整整一夜。

苔丝能够听到茅屋里住的人———天的劳动之后聚到一起——在里面交谈着，他们吃晚饭盘碗的磕碰声也能听得到。可是在这村子的街上她依

---

① 西布利神：希腊神话中的多产女神，胸部奶头甚多。

然没有看见人。孤寂终于被一个女性人影的近前打破了,她,尽管夜晚是冷的,仍然穿着夏天的印花裙衣,戴着遮阳斜帽。苔丝本能地想到可能是玛琳,当她走近到能在暮色中辨认出来了,确凿无疑正是她。玛琳甚至比先前胖了些,脸也红了些,可是穿戴却明显地寒酸褴褛了。在从前的任何时候,苔丝也不会在这样的情形下重认这个老相识;可是她的孤独太过难忍了,对于玛琳的招呼,她立刻就应答了。

玛琳在她的询问中是颇为恭敬的,不过,苔丝的状况一直不比从前好些这个事实似乎又让她大动情感了,尽管她模模糊糊地听说了他们的分离。

"苔丝——克莱尔夫人——亲爱的他的亲爱的妻子!果真是糟糕到这步田地了,我的孩子?怎么把你漂亮的脸蛋这么包起来?有人打你啦?不是他吧?"

"不是,不是,不是!我这样做,只是为了不让人来缠磨,玛琳。"

她扯掉了那令人厌恶的手绢,它竟能引人产生这样的胡思乱想。

"你没有戴领子。"(在奶牛场的时候苔丝习惯戴一个小小的白领子。)

"我知道,玛琳。"

"你是赶路时丢了。"

"我没有丢。说实在的,我一点儿也不在乎我的模样了;所以我就没戴。"

"你也没戴你的结婚戒指?"

"戴了,我戴了;不过没有公开地戴。我用丝带把它戴在脖子上。我不愿意让人家想我跟谁结了婚,或者完全不愿意让人家知道我是结婚了;人家知道结婚导致了我眼下的这种状况,多么难堪。"

玛琳踌躇了一下。

"可是你,毕竟是一个上等人的太太;你过着这样的日子,好像不大公平!"

"哦,公平,相当公平;尽管我极不快乐。"

"啊!啊?你嫁给了他——你还能不快乐?"

"做妻子的有时是不快乐的;不是她们的丈夫的错处——是她们自己的错处。"

"你没有错处,亲爱的;那个我敢保证。他也没有错处。如此说来,肯定是你们两个以外的事。"

"玛琳,亲爱的玛琳,你能不能不问什么让我好受一点儿?我的丈夫到国外去了,不知怎的他给我的补助费花光了,因此,我暂时又落到像过去一样做活了。别叫我克莱尔太太,就叫苔丝,像从前一样。这里想要人吗?"

"噢,要,他们老是招人,因为很少有人愿来。这里是穷山薄地,只能种点小麦和瑞典萝卜。尽管我本人是在这里,可是像你这样的人来,我总觉得怪可怜的。"

"可是你过去也像我一样是好挤奶工啊。"

"不错;可是我自从喝上了酒,就干不了那活了。老天爷,那玩意儿可是如今能得到的唯一安慰了!你要是给他们雇了,你就得刨萝卜。那就是我正在干的活;你不会愿意干的。"

"哦——干什么都行!你能给我说说?"

"你自己去说更好。"

"好吧。现在,玛琳,记住——不要提他,假如我在这个地方找到了活。我不想把他的名字拖进污泥里。"

玛琳,尽管比苔丝品性粗鲁,却是真正靠得住的姑娘,她答应了苔丝的要求。"今天晚上发工资,"她说,"你如果跟我一起来,马上就能知道要不要你。你不快乐,我真替你难过,那都是因为他离开了,我知道。要是他在这里,你就不能不快乐,即便他不给你钱花——甚至他把你像苦工一样用。"

"那是真的;那样我不会不快乐!"

她们一起向前走去,一会儿就到了农场主的住房,那处所几乎阴郁荒凉到了极点。视域内没有一棵树;在这个季节里,也没有一点绿草地——什么也没有,到处都是空地和萝卜地;被编结得高低不齐一律不可解除的树篱分离成一大片一大片。

苔丝在农场门外等着,直到一伙伙农工领了工资,然后玛琳把她引进去作了介绍。农场主本人看来好像不在家,只有他的妻子,这天晚上代表他,听说苔丝同意待到旧历圣母节,就没有拒绝雇她。现在农田女工很少有人愿做,有些活女人跟男人同样容易做好,雇女工更便宜划算。

签了合同,除了找一个住房,苔丝当下就没有什么要做了,在那座山墙让她暖了暖的房子里她找到了一个住处。她在这里的生活无疑是极其简陋的,但是无论如何这个冬天总算有了一个遮蔽风雪之所。

那天晚上她写信给她父母,告知她新的通信地址,万一她的丈夫有信寄到马洛特,也好转来。不过她没有告诉他们她艰难困苦的境况:那可能会给他带来责怪。

四十三

玛琳对弗林卡姆阿什农场"穷山薄地"的定义没有夸张。在这片土地上唯一丰肥的东西是玛琳本人,而她还是输入品。乡村本分为三种,一种为地主经管,一种为村人自身经管,一种是村人和地主都不经管。(换句话说,一种是地主住在乡下,佃户租种,一种是自由保产人或邸册保产人耕种居住,一种是地主不住在乡下,而把地租出去耕种。)这个地方,弗林卡姆阿什,属于第三种。

但是苔丝动手干活了。坚韧,那道德勇气和身体的怯懦融为一体的品质,而今在安吉尔·克莱尔夫人身上不再是微小的特征了;它支撑了她。

她和她的伙伴刨瑞典萝卜的这块地面积有一百多亩,在这个农场最高的地段,白垩岩层中的矽石岩脉露头凸起在砂石混杂的地面上,构成了无数松散的白色燧石,形状如球茎,如月尖,也如阳具。每个萝卜的上半截都被牲畜吃光了,这两个女人的活计就是用一种叫作砍刀的带钩的叉子把下半截或埋在地里的根挖出来,那也是可以吃的。植物的每一片叶子都已经被吃光了,整个旷野现出一片荒凉的黄褐色;它是一片没有眉目口鼻的面皮,好像一张脸,从下巴到额头,仅仅是一大片扩张的皮肤。天空亦复同样,只呈现着另一种颜色:一张失去了轮廓的空荡荡的大白脸。就这样上下两张脸终日相对,白色的脸俯视着褐色的脸,褐色的脸仰望着白色的脸,它们之间没有任何东西站立着,只有这两个姑娘像苍蝇爬过地面。

没有人走近她们,她们的动作显出了一种机械的规律性;她们全身由粗布外罩完全包裹起来了——带袖子的褐色连胸围裙,在背后系到底下,免得风吹起她们的衣裙——不够长的裙子下摆露出了她们各自齐到脚踝的靴子,带护臂的黄色羊皮手套。带遮檐的风帽使她们低垂的头显出了沉思的特性,看上去令人想起了早期意大利画家笔下的两个马利亚①的形象。

她们一个钟头一个钟头地劳作着,意识不到她们在这个环境中孤独凄凉的光景,也不想她们的命运是公平还是不公平。即便在她们这样的处境里,也可能生活在梦幻中。这个下午雨又下起来了。玛琳说她们不必再干了。可是她们不干就不能拿到工资;于是她们继续干起来。这片土地,地势是这么高,那雨不是直落到地上,而是沿着地平线跟着呼啸的风窜跑,像玻璃击打着她们,直到把她们完全淋透。苔丝直到今天才明白真正被雨淋透是什么滋味。按平常说法,说到湿的程度,湿了一点儿就说是淋透了。可是站在地里不紧不慢地干活,感觉着雨水的滋透,先是腿和肩膀,再是后背、前胸和两侧,然而还要劳作不止,直到铅色的光亮消失,太阳落下了,这要求的显然有一点坚韧,甚至还要有一些勇武。

不过她们甚至仍然没有感觉到像被人认为的那么透湿难受。她们两个都正年轻,她们谈着在泰尔波绥斯奶牛场时同处一室同恋一人的时光。那片令人快乐的绿色平川,夏季里慷慨地赐予礼物;在物质上给予了所有人,情感上却独施她们。苔丝本来不太愿意跟玛琳谈论那个在法律上是她的丈夫、实际上却不是的那个男人;可是这个话题不可抵挡的魅力使她背离了初衷,她还是应对起玛琳的评说来。于是,正如上述,尽管她们湿透的帽子遮檐狠狠地拍打着她们的脸,湿淋淋的外罩紧紧地箍着她们的身子令人厌烦,她们整整一个下午还是生活在泰尔波绥斯那绿色的、洒满阳光的、浪漫的记忆中。

"天好的时候,你能从这里看到离芙鲁姆谷几英里远影影绰绰的一抹山。"玛琳说。

"啊!能看到?"苔丝说,领悟到了这个地方新的价值。

因此在这个地方就像在所有地方一样两种力量运转着,天生的意愿要去享乐,环境的意愿却反对享乐。玛琳的意愿有一种援助它的方式,这个下

---

① 两个马利亚:指耶稣的母亲马利亚和抹大拉的马利亚,她们都曾戴着雨帽,来到耶稣的坟上。意大利早期画家多以这两位马利亚为主题,画她们悲伤的样子。

午慢慢地过去了,她从衣袋里掏出瓶口塞了碎布的一品脱的酒瓶来,邀苔丝喝酒。苔丝幻想的力量不需要借助酒力,无论怎样,也足够她现在身入梦境了,她只喝了一小口就谢绝了,于是玛琳自己大喝起来。

"我已经喝上瘾了,"她说,"如今离不开它了。这是我唯一的安慰——你看我失去了他;你没有失去;你没有它或许还能行。"

苔丝想她失去的跟玛琳失去的同样巨大,不过她被作为安吉尔妻子的尊严支撑着,至少在名义上,她也就承认了玛琳所说的区别。

在这种环境里,苔丝顶着早晨的寒霜冒着过午的淫雨,做着苦工。挖过了瑞典萝卜,就是修萝卜了,修萝卜就是用一把长柄带钩的刀子把萝卜上的泥土和根须修净,贮存起来,预备将来用。做这个活,如果下雨了她们可以借茅草围幛避避雨;可是如果霜寒结冰了,就连她们厚重的皮手套也不能抵挡手指头摸着那冰疙瘩的猫咬狗啃。不过苔丝还是怀抱希望。她深信,或早或晚,宽容,她固执地认为那作为克莱尔性格中的主要成分会引他与她相聚。

玛琳,喝足了酒激发了幽默俏皮的兴致,发现了前面说过的那些奇形怪状的矽石,尖叫大笑起来,苔丝则保持着刻板正经的愚钝样子。她们时常朝瓦尔或芙鲁姆谷所在的地方望去,尽管她们不可能看到它,可是知道它在那里延伸;她们的目光注视着那笼罩一片的灰色的迷雾,想象着她们在那里度过的旧日时光。

"啊,"玛琳说,"我多么希望咱们的老伙伴的另外一两个再来到这里!那样,咱们在这里下地干活就可以每天重提泰尔波绥斯了,可以谈谈他了,谈谈咱们在那里的好时光了,谈谈咱们都了解的事了,过去的日子就几乎重又回来了,像真看见了一样。"玛琳的目光柔和了,她的声音好像回到幻境中似的含糊不清了,"我要给伊茨·秀特写信,"她说,"她如今候在家里什么不干,我知道,我要告诉她咱们在这里,叫她来;或许莱蒂的病现在也已经完全好了。"

苔丝无以所说反对这个建议。她再一次听到把泰尔波绥斯的旧日快乐引入的计划是在两三天之后,玛琳告诉她,伊茨答复了她的要求,答应要是能来就来。

多年来没有这样的一个冬日。它悄然潜行地来了，像棋手移动棋子。一天早晨那几棵孤独的树和树篱的荆棘看上去好像脱去了一层植物的皮，换上了一层动物的毛皮。每一根树枝都覆盖了一层白绒，好像一夜之间从树皮上长出了软毛，比通常的粗细增加了四倍；整个的灌木丛和树在早晨灰色的天空和地平线上构成了一幅用白线画出的醒目的素描。蜘蛛网在棚屋和墙壁上暴露了它们的存在，那里原本什么也看不到，直到这结晶般的环境氛围赋予了它们可视性，它们像白色绒绒的圈环悬吊在外屋桩柱和栅栏门突出的顶角。

这潮湿凝冻的时节过后，来了一轮干燥冰冻的时期，这时候一些奇怪的鸟儿从北极悄悄地来到了弗林卡姆阿什高原上；这些瘦削的游魂般的生灵带着凄哀的眼睛——它们的眼睛在人类难以踏足生存的广大的北极地带，在没有人能够忍受的令血液凝冻的气候中，见证了不可想象的巨大灾变的恐怖；在北极光的闪光中见到了冰山崩塌和雪山滑动；被风暴的巨大旋涡和水陆扯裂造成了半盲；这样一些境遇引生的神情还保留在它们的形貌上。这些无名的鸟儿来到了离苔丝和玛琳很近的地方，不过对于人类从来未能见到的那些景象，它们都没有带来报告。旅行家述说的野心非它们所有，带着麻木的冷漠，它们遣散了那些它们不认为有价值的经验，只注目于眼前这平淡的高原上发生的事情——这两个姑娘用砍刀刨地的平常动作，她们的动作能刨出这些候鸟可当作食物吃的蛮有风味的物儿。

于是有一天一种特殊的品性侵入了这高旷区域的空气中：来了一种不是由雨造成的潮冷，不是由霜造成的寒气。它令人两个眼珠发冷，使她们的额头痛，直透进骨头，影响内髓超过了身体表面。她们知道，这意味着要下雪了，这天晚上雪果然来了。苔丝，还住在那所有一面温暖的山墙让孤独的路人停下可以在它旁边暖一暖的房子里，夜里醒过来，听见了茅屋房顶上的声音，那仿佛表明房顶上变成了八面来风的运动场。早晨她点亮灯起来的时候，发现那雪从窗户裂缝里吹进来，在里边堆成了最细的白色粉末圆锥形，从烟囱里也落下了一些，以致在地板上铺了鞋底厚的一层，她从上面走过的时候留下了她的鞋印。外面，风雪驱驰如此急骤，以致在厨房里造成了一片雪雾；可是屋外依然太黑了，看不见什么东西。

苔丝知道不可能再去挖萝卜了;她在一盏孤独的小灯旁吃完早饭的时候,玛琳来告诉她,她们要和别的妇女一起去仓房理草,直到天气好起来。因此,外面笼罩的一片黑暗开始转为混杂凌乱的灰色时,她们吹灭了灯,用最厚的围裙把她们包裹起来,用毛围巾把脖子和前胸一起围好系紧,起身去仓库。随着那些鸟儿从极地而来的这场雪好像一条白色的云柱,单片的雪花根本看不出来。狂风带着冰山、北极海、鲸鱼和白熊的气味,挟着雪飞掠地面,不能在地上堆积起来。她们侧歪着身子步履艰难地向前走过风吹雪飞的野地,尽力保持着能让树篱遮挡遮挡,虽然这树篱起不到屏障的作用,只是像筛网把雪滤了一下。天空被灰白的大雪搅得一片灰暗,同时却又把大雪狂怪地扭结着旋转着,令人想起没有色彩的万物混沌。可是两个年轻女人简直都是兴高采烈的;干燥的高原上这样的天气本身不会使人情绪低落。

"哈哈!那些精明的北方鸟儿知道要下雪了,"玛琳说,"没错儿,它们从北极星那儿正好一路跑在大雪前头。你的丈夫,亲爱的,我敢保证,一直在热天里烤着呢。老天爷,要是他现在能看见他漂亮的妻子!这种天气完全没有损害了你的美丽——实际上,它把你冻得更好看了。"

"你一定别跟我谈他,玛琳。"苔丝严正地说。

"哦,不过——你肯定念着他,对吧?"

代替回答,苔丝满眼含泪,冲动地面朝她想象中南美洲年在的方向,嘬起嘴唇,向着风雪飞出了一个热吻。

"唉,唉,我知道你。不过,说实在的,结了婚的小两口这种过法太古怪了!好啦——我不说什么了!唉,至于这样的天气,在麦仓里冻不着咱;可是理草那活太苦了——比挖萝卜更要命。我还能受得了,因为我壮实;可是你比我苗条多啦。我想不通东家怎么能让你干那个。"

她们到了麦仓,进去了。长长的仓房一头装满了麦子;中间就是理草的地方,那里,头天晚上已经把足够女人们这一天理的麦草放在理草机上了。

"哎哟,伊茨在这里!"玛琳说。

是伊茨,她走上前来。头天下午她从她母亲家里启程一路步行,没有想到路这么远,她来晚了,还好,正要开始下雪之前她赶到了,宿在酒馆里。农场主在市集上跟她母亲约好,她要是今天能来就雇她,她怕来晚了会惹他不高兴。

除了苔丝、玛琳和伊茨,那里还有两个来自邻村的妇女;两个五大三粗的姐妹,苔丝一看吃了一惊,想起了她们是黑桃皇后黑卡尔和她的妹妹方块皇后——在川翠济争吵的午夜要跟她打架的人。她们好像没有认出她来,可能根本就不认识她,因为那时她们是在酒的影响下,在那里和在这里一样只是暂时旅居的人。她们都偏爱干男人们干的活,包括打井、编树篱、挖沟、刨坑,一点儿不觉得疲累。她们也是有名的理草能手,她们看看另外三个人,脸上带了傲慢的神气。

戴上她们的手套在机器前站成一排开始干活,一根横梁连接了两根立柱,一捆捆麦子放在横梁下面,麦穗朝外,横梁固定在柱子上,慢慢下落,麦捆就减少了。

天色愈加阴沉了,从仓房门进来的光线不是自上而下来自天空,而是自下而上来自雪。姑娘们从机器里一把接一把抽出麦秸;可是由于那两个陌生女人在场,正说着家长里短,玛琳和伊茨最初想谈论过去的时光,也做不到了。不久她们听到了低抑的马蹄声,那农夫骑马来到了仓房门口。他下了马走近苔丝,若有所思地从一旁一直瞅着苔丝的脸。她起初没有转脸,可是他凝视的姿态引她回头看了看,她认出了她的雇主就是川翠济当地人,在那条大路上因为提到了她的历史惹她飞奔的人。

他等待着,一直等到她抱着麦捆送到外边大堆上的时候,他才说:"原来你就是这个把我的好心当成驴肝肺的小娘们儿啊?我一听说雇了人,我要是想不到可能是你,就叫我淹死!好啊,你以为头一回在酒馆里有你的相好跟帮,你占了我的便宜,第二回在路上,你又撒腿蹽了;可是这一回我可要占你的上风啦。"他说完了发出一阵大笑。

苔丝,夹在两个五大三粗的姐妹和这农夫之间像一只鸟儿落在夹网里,她没有回答什么话,继续抽着麦秸。她能够充分地辨察情势,她完全明白这时候她不必害怕她的雇主向她献殷勤;他只是被克莱尔打了感到羞辱难堪,要在她身上撒气。从整体来看,她宁愿男人对她怀着这种情绪,她觉得有勇气足以忍受它。

"依我看你是以为我爱上你了,是不是?有些女人就是这样的傻瓜,拿人家的一瞥就当真事。叫你在这冰天雪地里干一冬,那些胡思乱想就从你这小娟妇的脑袋瓜里飞走了;你已经签了字答应干到圣母节。现在,你该求我宽恕了吧?"

"我想你该求我宽恕。"

"好极了——随你吧。咱们走着瞧,看看在这里谁是老大。这就是你今天理的麦秸?"

"是的,先生。"

"表现得很可怜哪。请看人家做了多少,"他指着那两个五大三粗的女人,"别人也都做得比你强。"

"她们以前都做过这活,我没做过。我想这对你没有什么差别,反正是计件工作,我们是干多少活挣多少钱。"

"哼,它可有差别。我想把仓房清出来。"

"两点钟的时候,别人走我不走,一直干上一下午。"

他阴沉沉地看着她,走开了。苔丝觉得她不能遇到比这更坏的地方了;不过还是比人家向她献殷勤要好一些。两点钟到了,那两个理草能手喝光了酒壶里剩下的半品脱酒,放下了她们的钩子,捆好最后的麦秸,走了。玛琳和伊茨本来也想走,听说苔丝要留下来,多干一些时候补上她手生落下的活,她们就不能扔下她走了。看看外面的雪一直在下,玛琳大喊一声:"现在,光是咱自己的人啦。"于是,谈话终于转到她们在奶牛场的经历了;当然,要说到她们对安吉尔·克莱尔的爱慕之事。

"伊茨,玛琳,"安吉尔·克莱尔太太说,带着极其令人感伤的尊严,她作为一个妻子看上去是多么卑微,"我现在不能和你们一起谈——像我过去常做的那样——谈克莱尔先生了。你们能看出我为什么不能,因为,尽管他眼下离开我走了,他终究还是我的丈夫。"

伊茨在四个爱着克莱尔的姑娘中生性莽撞,最刻薄。"他是一个极棒的情人,毫无疑问,"她说,"可是他这么快就离开了你,我可不认为他是个多情的丈夫。"

"他去——他不得不去,他去考察那里的田地!"苔丝为他辩解。

"他可以帮你度过这个冬天再说。"

"啊——那是由于一件小事——一个误会;咱们不争论它了,"苔丝回答说,话音里满含哽咽,"关于他或许有好多好话去说,他不像好些丈夫那样,不告诉我一声就走了;我总能知道他在哪里。"

之后好长时间她们继续耽溺在遐想中,一面遐想着一面抓住麦穗,抽出麦秸,聚拢在胳膊底下,用镰刀割下麦穗,仓库里只有麦秸的唰啦声和镰刀的切割声,再没有别的声音了。这时候苔丝忽然身子一软,倒在她脚旁的麦穗堆上。

"我知道你干不了!"玛琳叫起来,"这活得比你强壮的才能干。"

正在这时那农夫进来了。"噢,我走了,你就这么个干法啊。"他对她说。

"可是吃亏的是我。"她分辩说,"你并不吃亏。"

"我想早点干完了。"他固执地说,一边说着走过仓房,从另一个门出去了。

"你不用在乎他,就当好玩儿,"玛琳说,"我以前在这里干过。你这阵子在那儿躺一躺,伊茨和我把你的活补上。"

"我不愿让你们替我受累,我还比你高呢。"

可是,她这么虚弱,还是同意去躺一会儿,倚在一个乱草堆上——直的麦秸理后的废料——扔在仓房的那一头。她的倒下主要是由于重新打开了她跟她丈夫分离的话题搅动了她的心曲,一半也由于活太累。她躺在没有意志只有感知的状态中,那两个人理麦秸的沙沙声切麦穗的嚓嚓声好像有触动身体的分量。

从她躺的角落她能够听到,除了那些声音,还有她们咕咕哝哝的说话声。她确切地感觉到她们在继续着业已打开的话题,可是她们的声音那么低,她不能捕捉到一言半语。终于,苔丝越来越渴望知道她们在说什么话,就让自己相信她觉得好些了,爬起来接着干活。

这时候伊茨·秀特又垮下来了。她头天晚上步行走了十多英里,半夜才睡下,五点钟又起来了。唯有玛琳,感谢她的酒瓶和她壮实的体格,伸臂挺腰地支撑着没有觉得受罪。苔丝催着伊茨走,因为她觉得好些了,伊茨不在,她们干完了一天的活,把捆的捆数平分。

伊茨感激地接受了这个建议,出了大门走上雪地里的路,去她的住处了。玛琳,像每一个下午这个时候的状态一样,因为喝了酒的缘故,开始在一种浪漫情绪中神思遄飞了。

"我想不到他能做出那种事来——从来没能想到!"她用一种梦幻般的语调说,"我这么爱他!我不在意他选中了你。可是他那样对待伊茨就太坏了!"

苔丝听了这话一惊,差一点用镰刀削掉一根指头。

"说的是我丈夫吗?"她吞吞吐吐地问。

"啊,是啊。伊茨说别告诉你,可是我实在憋不住!就是他想叫伊茨去做那事。他想叫伊茨跟他一起去巴西。"

苔丝的脸失色得像外面的雪一样白了,绷得紧紧的。"伊茨没答应去?"她问。

"我不知道。反正他又改变了主意。"

"呸——那么他就没有打算那样做!只是男人们的一个玩笑!"

"不,他打算那么做了;因为他还和她坐着马车往车站走了老远。"

"可他还是没有带她走!"

她们又默默地理了一会儿,直到苔丝没有丝毫预兆,突然大哭起来。

"看看!"玛琳说,"这件事我真希望我没告诉你。"

"不,你做的是大好事!我是在乖僻难处过日子,总是唉声叹气的,没有看到这样下去会走到哪一步!我应该经常写信给他。他说过我不能去找他,可是他没说我不能按照我的心愿经常写信给他。我不能再这样荒废下去了!我什么事都由着他,实在是大错,太疏忽了!"

仓房里暗淡的光线越来越模糊了,她们不再能看见干活了。那天晚上苔丝回到她的住处,进了她刷白了的小房间,她冲动地动笔给克莱尔写信。可是她落入了疑惑中不能写完。后来她把佩戴在她胸口的戒指从带子上拿下来,戴在手指上,整整戴了一夜,好像在感觉中令她坚定了信念,她是她那个逃避闪躲的情人的妻子,他离开她那么短的时间立刻就能打算要伊茨跟他去国外。她知道了,又怎么能写信去恳求他,或者表示她还惦念他呢?

四十四

仓房里泄露的事情再次引导她的思绪飞向近来她不止一次想过的方位了——远处那艾敏斯特牧师宅第。她被指令要是她想写信给克莱尔就要通过她丈夫的父母转寄,要是有困难可以直接写信给他们。可是她拥有的道德感不允许她自认有资格向他索取,所以总是中止了她寄发这些信笺的冲动;因此,对于牧师宅第里的那个家庭,也如她婚后她自己的父母一样,对她实际上是不存在的。对娘家与婆家两方的谦卑与她一无所求的独立性是一致的,无论是出于恩惠还是怜悯,平心思考她的功过,她都没有权利获取。她凭她的品质决定她自己的成败,放弃这种仅仅是法律上附着于一个陌生家庭的资格,那不过是那个家庭的一个成员,出于一时冲动,在教堂结婚登记簿上把名字写在她的名字旁边这样一个不足信的事实为她建立起来的。

可是现在她被伊茨的故事刺激得像发了热病一般,她的克制力总有一个限度。为什么她的丈夫不写信给她?他清楚地透露过他至少会让她知道他旅居的地方;可是他不寄发一行字通知他的地址。他是真的把她看得无所谓不放在心上了吗?是他病了,还是为了让她向他走近?她当然可以鼓起焦虑中的勇气,为得到信息造访牧师宅第,表达她由于他的杳然无声而感到的悲伤。如果克莱尔的父亲如她听他描述的那样是一个好人,就有可能同情她内心的饥渴状况。她的生活困苦她将隐瞒不提。

不是礼拜天离开农场不在她的权利范围之内;礼拜天是唯一可能的机会。弗林卡姆阿什在白垩高原的中部,还没有铁路爬过,要通过必须步行。往返都是十五英里的路程,她需要早早起来有长长的一天才能完成。

两个星期以后,雪停了,随后而来的是冻天冻地的阴冷,她利用道路的有利条件进行尝试。礼拜天早晨四点钟她下了楼梯,走到外面的星光里。天气还是令人喜欢的好,地面像铁砧在她的脚下发出脆响。

玛琳和伊茨对她这次远行非常关心,知道她此行涉及她的丈夫。她们住在一间茅屋里,沿着这条篱路还要往前远一点儿,可是她们赶来了,帮着苔丝打点启程,劝苔丝用她最漂亮的衣服打扮起来以便赢得她公公婆婆的心;不过,她知道老克莱尔是朴素的加尔文派,她便不太关心这些了,甚至心存疑虑。自她悲惨的婚姻之后,到现在一年逝去了,可是她还保存着那遭难的事件中满箱的衣服,足以把她打扮成一个可爱纯朴不矫饰的时髦乡村姑娘;她只穿了柔软的灰色毛衣袍,带着白色的绉纱饰边,衬着她白里透红的脸和脖子,再加上黑色天鹅绒短上衣和帽子。

"这阵子你丈夫看不见你真是一千个可惜——你打扮得真是一个美人儿!"伊茨·秀特看着苔丝说,这时候苔丝正站在门口外面钢蓝色的星光和屋子里黄色的烛光之间。伊茨是怀着在这种处境中放弃了自我的宽宏大量说话的;她不能做——只要心比榛果大的女人都不能做——苔丝的对手,只要苔丝在场,苔丝对于和她性别相同的人那温暖有力的感化是极其非同寻常的,能够很奇怪地征服女性那些没有价值的嫉妒和敌意。

随着最后的这里拽拽那里抚抚,轻轻地刷一刷,她们让她走了;她消融在了黎明前珠灰色的天幕下。她放开脚步走去,她们听到她的脚敲击着坚硬的路面。伊茨甚至希望她能赢,尽管对于自己的贞操她没有特别的关切,当她被克莱尔诱惑的时候她阻止了对她朋友的过错,她还是感到高兴。

是一年之前的此际,仅差一天,就是克莱尔和苔丝结婚的日子,仅差几天,就是他离弃她的日子。不过,迈开轻快的脚步,履行有关她自身的使命,在一个干燥清爽的冬日的早晨,呼吸着这白垩山脊上稀薄的空气,还不是令人沮丧的;无疑,她起初的梦想是去赢得她婆婆的欢心,把她的全部历史告诉那位夫人,争取她站到她的一边,以便令那逃跑者回还。

终于,她到了大崖坡的边缘,下面便铺展着布莱克姆谷的沃土,现在卧在黎明的薄雾寂静中。取代了高原无色的空气,下面的大气是一片深蓝。不再是她现在习惯于在那里劳作的百八十亩一块的大片围圈的土地,而是五六亩一块的小地,块数众多,从这个高度看去好像网络一般。这里的景物是浅褐色的;下面,一如布鲁姆谷,始终是绿色的。然而,她的不幸是在那个谷里铸成的,她不像从前那样爱它了。美对于她,正像对一切心有所感的人一样,不在于事物的措置,而在于事物象征了什么。

让山谷保持在她的右侧,她转向西方从容镇定地走去,经过了那几个叫欣陶克的村子上方,通过由谢顿教堂通过卡斯特桥的大路,走过道格布里山和海斯托伊的边缘,穿过两山之间叫作"魔鬼厨房"的小山谷。顺着山路一直向前她走到了十字手旁边,那根石柱孤寂地默默地立在那里,标志着一个奇迹的遗址,或者是自杀,或者两者兼具。往前再走三英里远,她抄近路径直穿过叫作"长榉路"的荒凉的罗马古道;走过这条古道后一会儿,她拐上一条岔道走下一座小山,到了亦村亦镇的小埃弗什德,现在她大约走了一半路程了。她在这里停了停,又吃了一顿早饭,吃得蛮有胃口——不是在"母猪橡果"客站,因为她要避开酒馆,而是在教堂旁的农舍里。

她的旅程的下一半是穿过更平缓的区域,经由本维尔路。但是随着她与她朝拜地点之间距离的缩短,她的自信也减少了,她的计划隐隐出现了难以实现的可怕。她看到她此行的目的是如此醒目,而周围的景物却这般模糊,以致她几次险些迷路。可是,不管怎样,近午时她在低地边缘的一个栅门前停下了,那里坐落着艾敏斯特教堂和牧师宅第。

那方塔,在它的下面她知道此时正聚集着牧师和他的会众,由她看去便有了一些庄严。她希望她能有什么办法在不是礼拜天的时候前来就好了。那样一个好人,对一个女人选择了礼拜天来可能会存有偏见,不会认识到她的状况必需吧。可是如今她走向前去是义不容辞的。她脱下了她穿着走了这么远的厚厚的靴子,换上她特意挑的一双漂亮的漆皮靴子,把先前的那双塞进门柱旁边的树篱中,回头她可以很容易地找到,然后她走下山去;随着她走近牧师宅第,她脸上被凛冽的冷风吹出的红晕渐渐消退了。

苔丝希望能有点意外的事会有助于她,可是没有什么事能帮她一下。牧师宅第草坪上的灌木在寒风中不安地瑟瑟抖响;她展开想象,也觉不出那房子里住着她的近亲,尽管她最奢侈地穿戴起来了;然而在本质上也没有什么东西,天性方面,或者情感方面,把她和他们分隔开来:痛苦,欢乐,思想,生,死,死后,他们是同样的。

她努力鼓起勇气,进了栅栏门,拉响了门铃。事情已经做了;没有退路了。不;事情还没有做。没有人回应她的拉铃。勇气还得再鼓,再作一番努力。她第二次拉了门铃。拉门铃的烦乱,跟她走了十五英里路后的疲累合在一起,令她有些支持不住了,她就用手支着腰,把胳膊肘抵在门廊的墙上,等待着。风是这样尖厉刺骨,冬青的叶子都皱缩了灰白了,互相不停地拍打着,带着焦虑不安搅乱着她的神经。一张沾了血迹的纸,从一户卖肉人家的垃圾堆上刮起来,在栅栏门外边的路上翻上翻下;要停留显得太轻薄,要飞起又显得太沉重;几根稻草陪伴着它。

第二次门铃拉得更响,还是没有人来。于是她走出门廊,打开栅栏门,走出来。尽管她犹疑不定地看着那房子前面,好像还想回去,可是她关上栅栏门的时候还是松了一口气。一个念头浮上来,或许她被认出来了(尽管她说不出是怎么被认出来的),所以便吩咐了仆人不准她进去。

苔丝走到了拐角那里。她做了全部她能够做的;可是为了未来痛苦的代价她决定不逃脱眼下的惶恐,她又走回来围着房子走了一圈,看遍了所有的窗户。

啊——原来是他们全都在教堂里,每一个人。她想起她的丈夫说过他的父亲总是坚决要求全家人,包括仆人在内,都要去做早礼拜,结果是他们回家以后要吃冷饭。既然这样,所以,只需等到做完礼拜好了。她不能等在这个地方让她自己太显眼,她抬腿要走过教堂上那篱路去。可是她刚刚走到教堂院门口人们就开始涌出来,她发现自己在他们中间了。

艾敏斯特的会众们看着她,只是一个小镇的会众在悠闲地走回家去,看到一个不同寻常的女人又看出她是一个陌生人的时候才能那样看。她加快了脚步,上了来时走过的路,想在树篱中找个地方躲避一下,等到牧师家里吃午饭的时候,或许能使他们方便接纳她。她很快跟教堂里出来的人拉开了距离,除了两个年轻人,他们,挽着胳膊,在她的后面快步跟上来。

他们越走越近,她能够听见他们忙于恳切谈论的声音了。凭着在她这种处境中一个女人的敏锐天性,她不会听不出在他们的声音中她丈夫的语音特质。那两个行人正是他的两个哥哥。忘记了她的全部计划,苔丝唯一的忧惧是生怕他们现在赶上她,在她慌乱不整的处境中,在她还没有准备好面对他们之前;因为尽管她觉得他们不可能认出她来,她还是本能地害怕他们细看。他们越走越快,她也越走越快。他们分明是要在回家吃午饭或晚饭之前,集中全力做一次短时的快速散步,以便让他们坐着进行长时间的礼拜而受冻的四肢暖和过来。

只有一个人在苔丝前头往山上走——一个大小姐样子的年轻女人,有几分情趣,不过,或许,有一点儿不自然和过分拘谨。苔丝将要赶上她的时候,她的两个大伯哥的速度也很快将要赶到她的身后了,她能够听到他们谈话的一字一句。不过,他们说的话起初也没有什么使她特别感兴趣的,看着一直走在前头的年轻小姐,他们中的一个说:"那是梅绥·钱特。我们赶上她。"

苔丝知道那个名字。她是那个曾被他和他的父母预定为安吉尔生活伴侣的女人,只是由于自己的闯入,否则他可能已经跟她结婚了。即便没有先前得知的信息,她等一会儿,也会同样知道,因为那两兄弟中的一个接着说:"唉! 可怜的安吉尔,可怜的安吉尔! 我看到那个好姑娘,从来没有不为他的轻率后悔的,越来越后悔,他居然把自己葬送给了一个挤牛奶的,还是干什么的。显而易见,那是一桩奇怪的生意。她是不是跟他去了,我不知道;不过,一个月前我从他那里听说,她还没有去。"

"我说不上来。他现在什么也不跟我说了。自从他有了那些离奇的思想就开始跟我疏远了,没头没脑地结了婚,就跟我彻底隔绝了。"

苔丝,越发加快了脚步往漫漫的山上走去;可是她做不到不引起他们的注意而摆脱他们。终于他们一起赶上了她,从她旁边过去了。那一直走在前头的年轻小姐听到了他们的脚步声,转回身来。于是便是问候和握手,三个人一起向前走去。

他们不久就到了山顶,显然他们是把这个地点作为他们散步的界线,他们放慢了脚步转向了栅栏门旁边,那里,一个钟头之前苔丝曾经止步观察这个镇子,再下山进入。他们在那里谈话的时候,牧师兄弟中的一个用他的伞仔细地探察树篱,拽出一件东西来。

"这里有一双靴子,"他说,"扔掉的,我想,是流浪者或者什么人扔的。"

"有些骗子愿意光着脚来到镇里,或许,为的是激起我们的同情,"钱特小姐说,"是的,肯定是这样,因为它们是极好的走路靴———一点儿也没有穿破。这事做得多么恶劣! 我拿回去给穷人穿。"

卡斯波特·克莱尔,发现了靴子的那个,用他的伞把钩把它们给她钩起来;苔丝的靴子被挪用了。

她,听到了这一切的人,在她的毛围巾遮蔽的掩护下从他们身旁走过去,即刻回头看看,她看见那在教堂做完了礼拜的人带着她的靴子离开了栅栏门,退下山去了。

于是我们的女主人公重新走上了她的途程。眼泪,模糊了眼睛的泪水,从她的脸上滚滚而下。她知道那完全是多愁善感,完全是没有根据的易受影响,才引得她把这一幕看作对她本人的判罪;然而她却不能克服它;以她一己无助之身她也不能违抗这一切不幸的征兆。再想回牧师宅第是不可能的。安吉尔的妻子几乎感觉到了她像一个遭摈弃的东西那样被那些——对她而言——过于优雅的牧师驱逐上山了。那轻慢本是无心的处罚,可是她遇上的是儿子而不是父亲,还是有点不幸,那父亲,尽管偏狭,却远不像他的儿子们那样古板严酷,而且拥有慈悲之心。她又想到了她那双灰扑扑的靴子,几乎要为它们遭受那场嘲弄而怜悯那无辜的装备了,同时也感到了它们的主人的生活是多么没有希望。

"唉!"她还是自哀自怜地感叹说,"他们不知道我穿着它们走过那段最崎岖不平的路,为的是节省他给我买的漂亮的那双——不——他们不知道!——他们想不到他给我选择了漂亮衣裙的颜色——不——他们怎么能知道?他们即便知道了,他们或许也不能关心,因为他们几乎不关心他,可怜的家伙!"

于是她为她爱着的男人悲伤起来,正是那个人传统的评判标准引起了她近来的全部不幸。她一心赶路,没有想到她一生中最大的不幸是女性勇气最终的失去,关键时刻拿儿子来评断她的公爹。她眼下的状况恰恰能够引起老先生和克莱尔夫人的同情。他们的心会向着极端的情形激跳,微小的精神烦恼尚未令人绝望的时候,便难以引起他们的兴趣和关心。他们急着帮助酒店老板和罪人,却忘记了为那些文士和法利塞人的忧虑说句话①;这种缺陷或者局限,此时倒正好可以取他们的儿媳当迷途之人作为表达他们慈爱的一个公正选择。

就这样她迈着沉重的缓慢的脚步踏上回去的路,她来时本就没有抱着很大的希望,只是深信她人生中的一个转折点来临了。可是没有什么转折,

---

① 税吏指在古罗马时向犹太人收税的人,时常勒索民众。文士为古犹太人的法官。法利塞人曾反对、批评过耶稣。参见《圣经·新约·马太福音》第二章第十六节。

显然，没有什么意外发生；直到她能再度鼓起勇气去面对牧师宅第。她这样做了，的确，在回程中以足够的兴趣自己撩开了她的面罩，好像要让这世界看看她至少还能展示这样一副梅绥·钱特不能展示的容貌。可是她做着又难过地摇摇头。"它什么都不算——它不算什么！"她说，"没有人爱它；没有人看见它。谁会在意像我这样一个被抛弃的人的容貌！"

她的回程与其说是行进，不如说是晃悠，没有生气，没有目的；只是一个大致的趋向。沿着漫长单调的本维尔路走去，她渐渐地觉得累了，就倚着栅栏门歇一歇，在里程碑旁停一停。

她一直没进任何人家，走了七八英里的时候，她下了又长又陡的山，山下坐落着埃弗什德村镇，早晨她曾在那里带着与此时差别悬殊的期待吃了早饭。教堂旁的这个茅舍，她又走进去坐下来，这房子差不多是村头上的头一家了，那妇人去食品室里拿牛奶的时候，苔丝朝街上看下去，看出了这地方看来好像特别荒凉。

"我想，人们都去做晚祷了吧？"她说。

"不，亲爱的，"那老妇人说，"做晚祷还太早呢；钟还没有敲呢。他们都到那边仓房里听布道去了——一个美以美会教徒在晨祷和晚祷中间布道——一个优秀的、激烈的基督徒，他们说。不过，老天哪，我可不去听他的！定时去教堂听就够我受的啦！"

苔丝不久就迈步向村子里走去，她的脚步从那些屋子那里发出了回声，好像那是一个死亡的所在。将近村子中间了她的脚步的回声里就闯入了另外一种声音；看那仓房离道路不远，她猜到那是布道者发出来的。

他的声音在寂静、清明的空气中变得这样清晰明显，她能够很快听清他的语句，尽管她是在仓房封闭的一边。那布道，是可以预想出来的，是最极端的反律法主义一类；主张信仰辩护，也就是圣保罗神学的解释。这固执的狂吟者的理想带着生机勃发的热情而释放，用一种完全是朗诵的方式，因为他显然不懂得雄辩的技巧。虽然苔丝没有听到那演说的开头，从他的不断重复中也知道那经文是什么——

无知的加拉太人哪，耶稣基督钉死在十字架上，已经活画在你们眼前,谁又迷惑了你们,使你们不服从真理呢?①

苔丝越发感兴趣,她站在后边听着,发现那布道者的学说正是安吉尔的父亲的观点的热情一派,当那演说者开始详述他自己怎样信奉起那些观点的精神经历时,苔丝的兴趣更加浓厚了。他是——他说——一个罪大恶极的人。他嘲蔑过宗教;他曾任性地跟鲁莽和下流厮混。可是醒悟的一天来到了,由人性的意识来看,它主要是受了一位可靠的牧师的影响,那牧师还被他粗野地侮辱过;然而那些临别的话语沉入了他的内心,一直存念于兹,直至上帝的恩惠使之产生影响改变了他,令他成了他们看到的他这个样子。

可是比这教义更让苔丝吃惊的是那声音,那声音,仿佛完全不可能的,竟然与艾利克·德伯维尔的声音分毫不差。她的脸在痛苦的悬念中僵住了,她转到仓房前边,从它前面走过。低低的冬日的阳光直投到这一边大双门的出口;有一扇门正开着,光线远远地射过打麦场照到了布道者和他的听众,在北风中他们全都得到了温暖的庇护。听众全都是村里人。不过她的注意力给了中间那个人,他站在一些麦袋子上面,面对着人们和大门。下午三点的太阳直射在他的身上,自从苔丝清楚地听出了他的声音,她就有一种奇怪的令她无力的确信,她的诱奸者与她面对了,这想法越来越强烈,终于成了确凿无疑的事实。

---

① 见《圣经·新约·加拉太书》第三章第一节。

第六章 皈 依

四十五

自从她离开川翠济直到此刻她从来没有看到过德伯维尔,也没有听到过他的消息。

这再度相遇在一个心情沉重的时刻,所有很可能容许它的影响带来最微小的感情震动的时刻之一。可是因为记忆是非理智的,所以尽管他明露露地站在那里,分明是一个皈依宗教的人了,在为他过去的不轨而懊悔,可是一阵恐惧还是征服了她,使她瘫软无力,既不能后退,也不能向前。

想一想她最后看见他时那张脸上散发的神气,再看它现在!……是同样漂亮的令人生厌的外貌,不过他现在留起了整齐修剪的老式的连鬓胡子,黑貂皮似的唇髭消失了;他的衣着半是牧师半是俗人,这种改变也使他的神情为之一变,足以把他面貌中花花公子的特征抽掉,令她一时不敢相信是他。

这声音给苔丝的感觉,起初,乍一听来,是一种令人悚然恐怖的稀奇古怪,一种可憎可厌的不相称,那些庄重的经文语句成排成列由这样一张嘴里出来。这极为熟悉的语调,不到四年以前,送到她耳边表达的是那般歧义的意图,她的心在两相对照的讽刺中生起了强烈的憎恶。

与其说是改过自新,不如说是改头换面。先前感官的曲线现在修正成了虔诚热情的线条。嘴唇的形态原本意味着诱惑,现在使其表达祈求;脸上的红光昨日可以解释为纵欲的气焰,今天成了宣讲福音虔诚语言的光彩;兽欲成了狂热;异教徒变成了福音派教徒;骨碌碌乱转的眼睛从前盯着她的形体霸气逼人,现在带着一种教义狂暴的活力,放射的光芒几乎是狂热的。他脸上那些阴沉的棱角原本是他的希望遭到挫败时用来上演的,现在所尽的本分是他坚持回到沉迷的淤泥中用以刻画那不可救药的倒退。

这面貌,仿佛本身就在抱怨。它从它们的遗传本性转向,去表现天性没有打算的印象。奇怪的是它们最大程度的提升是一种误用,提升起来的倒似乎成了一种伪造。

然而果真如此吗?她不再容许有胸襟狭窄的观点了。由邪恶之行转变向救活了他灵魂的人,德伯维尔不是头一个,为什么她就认为在他是不合情理的?这不过是她听到用讨厌的老腔调诵出新词,惯常的思想发生了震动冲突。越是大恶人,越能成为大圣徒;不需要深潜入基督教历史就能发现这样的例子。

这样的一些感想只是她朦朦胧胧地感觉到了,并没有精确的界定。不久,她因受惊而生的僵滞过去了,能允许她动弹了,她的冲动就是跑出他的视线。她的位置背着太阳他显然还没有认出她来。

可是她再一动他便认出了她。这对她的旧情人的影响是触了电一样,比他给她的影响远远强烈得多。他的激情,他雄辩滔滔的喧嚣口气,似乎离他而去了。他的嘴唇在置于其上的那些言辞下挣扎颤抖;然而只要面对了她就不能释放了,他的眼睛,在最初一瞥到她的脸之后,就慌乱垂下四处乱瞟,只是不看她,可是每隔几秒钟就回来不顾一切地瞭她一眼。不过,这种目瞪口呆的状态只持续了一小会儿;苔丝的活力随着他的衰退恢复了,她尽快地走过仓房向前走去。

她一回过神来反省这件事把她吓坏了,在他们的关系平台上发生了这么大的变化。引诱她坑害她的人现在皈依了圣灵,此时她的灵魂却未能得到再生。于是,结果正如传说中说的那样,她那塞浦路斯女神的形象突然出现在他的祭坛上,教士依靠的激情之火几乎被熄灭了。

她不回头向前走去。她的后背似乎被赋予了对于视觉光束的敏感——甚至她的衣服——这样的敏感使她能够想象来自仓房外面的盯视可能落到了她的身上。她一路而来心里怀的是死沉沉的悲伤重压,现在那烦恼的性质发生了变化。长久遭到拒绝的爱的渴望,被一直纠缠着她的不能饶恕的既往几乎是肉体感受所取代。它加强了她的罪过意识,几乎令她绝望了;她的过去和现实存在之间连续性的割断,本是她希望的,可是没有,到底没有发生。过去的永远不能完全过去,直到她自己过去了为止。

就这样她思虑沉沉地又横穿过长梣路的北部,现在她看到在她前头那路白茫茫地向着高原伸上去了,她剩下的路就沿着高原边铺着。它干燥灰白的路面峻厉地向前伸展着,连绵不断的,没有一个人影、一辆车子、一个标记,除了这里那里偶尔点缀着几点干硬的褐色马粪。慢慢地攒着劲一步步向上走去时,苔丝意识到了她身后的脚步声,转回头她看到了那熟悉的面目逼近着——如此奇怪地装备着美以美会教徒的服装——全世界她最不希望在这坟墓旁边单独相遇的一个人。

可是没有多少时间考虑,或者躲避,她只好尽可能保持镇定让他赶上了她。她看出他是兴奋的,由走路的速度而引起的少一些,主要是由他内心的感情引发的。

"苔丝!"他叫。

她放慢了脚步没有回头看。

"苔丝!"他又叫了一声,"是我——艾利克·德伯维尔。"

她于是回头看着他,他走上前去。

"我看出了是你。"她冷冷地回答。

"哦——就这么一句话?当然,我也不配得到更多!"他带着轻慢的微笑接着又说,"看我这样打扮,在你眼里肯定很可笑。不过,你笑我我也得忍受……我听说你走了,没有人知道去了哪里。苔丝,我为什么跟着你你感到惊讶吧?"

"惊讶,十分惊讶;我宁愿你不跟着我,打心里不愿意!"

"不错——你尽可以这么说,"他阴沉沉地回答,他们一起向前走去,她不情愿地迈着步子,"可是别误解我;我乞求你,是因为你会引起这样的心慌意乱——或许你注意到了——你突然出现使我多么失常差点倒在那里。那只是一时的慌乱;想一想你我曾经做的,那也是完全自然的。不过意志力帮我挺过去了——尽管你或许会以为我说谎话骗你——后来我立刻觉得,拯救世界上所有的人,使他们免受上帝的谴责,是我的职责——要是你想笑我就笑吧——那个我那样严重地伤害过的女人就是我需要拯救的人。那就是我现在跟上来的唯一意图——再没有别的啦。"

在她反驳的话里有一些轻蔑的意味:"你拯救你自己了吗?行善由自家开始,人家说。"

"我什么也没做!"他满不在乎地说,"上天,正如我对我的听众说的,上天做到一切。你瞧不起我,苔丝,还赶不上我自己瞧不起我自己呢——我过去真是罪过深重!唉,真是一桩怪事;不管你相信不相信;可是我要告诉你那次令我悔改的谈话,我希望你尽可能有兴趣至少听一听。你听说过艾敏斯特那个牧师的名字吧——你肯定听说过吧——老克莱尔先生;他的教派里最虔诚的一个;同教会中仅存的少数赤诚人士之一;他还不像我现在投身的基督教极端派信徒那样狂热,不过,在国教牧师中已经是十分例外了,那些国教派牧师中有一批年轻人正在用诡辩术削弱着教义,把真正的教义弄得只剩下一点影子了。我跟他只是在教会和国家的问题上有所不同——对于这句经文的解释,'汝等从他们中走出与其分离①,上帝说'有些差异——再就没有了。他这个人谦卑无名,但我坚信,在这个国家他比一些知名人物拯救的人都多。你听说过他吗?"

"我听说过。"她说。

"大概两三年以前他来川翠济代表一个传教团布道;我,这个可恶的浑蛋,竟侮辱了他,而且正是在他无私地规劝我为我指路的时候。他没有怨恨我的行为,他只简单地说总有一天我将接受圣灵初结的果子②——那些来了要嘲弄的人有时留下来祈祷了。在他的话语中有一种奇怪的魔力。它们深入了我的心中。可是我母亲的去世给了我沉重的打击;渐渐地我又见到了曙光。从此以后我的一个愿望就是传递真理给他人,那就是我今天在试着做的;不过我在这里布道还是近来的事。我做牧师头几个月的时光是在英格兰北部陌生人中间打发的,我宁愿在那里进行我最初的笨拙的尝试,以便获得勇气,再经受一个真诚的人最严格的检验,讲给那些熟悉的人听,讲给那些在黑暗的日子里陪伴过的人听。只要你能够知道,苔丝,那种自己猛击

---

① 引自《新约全书》中《哥林多后书》。
② 圣灵初结的果子,见《圣经新约罗马书》第八章第二十三节。

自己一掌的快乐,我敢保——"

"别再说啦!"她激切地叫着,转身离开他走向路旁的一个篱阶,倚在上面,"我不能相信这种突如其来的事!你跟我说这些我听了心里冒火,你知道——你知道你把我坑害成了什么样子!你,那些像你一样的人,在世界上用我这样的人的极度痛苦不幸满足了你们的快乐;然后又来了好事啦,你们玩够啦,又想着依靠皈依宗教在天堂弄到你们的欢乐啦!呸——我不相信你——我恨!"

"苔丝,"他坚持着,"别这么说!它感化我的时候我就像看到了新的理想那么快乐!你不相信我?你不相信什么?"

"你的变化。你的宗教图谋。"

"为什么?"

她降低了她的声音:"因为一个比你好的人不相信这些。"

"真是女人的理由!那个比我好的人是谁?"

"我不能告诉你。"

"好吧,"他宣称道,一股怨愤在他的话语之下似乎准备马上冲口而出了,"上帝禁止我说我是一个好人——你知道我不说这样的话。我是新近才向善的,真的;不过有时候新向善的看得最远。"

"不错,"她哀沉沉地回答说,"可是我不相信你会洗心革面。就像你感觉的这种灵光一闪,艾利克,我怕它不会长久。"

这样说着她从她倚靠的篱阶上转过身来,面对着他;于是他的眼睛正好落到了那熟悉的面容和形体上,定定地止住凝视着她。现在他身上恶劣的男性欲望平静了;不过它确实没有清除,甚至也没有完全抑制。

"别那样看着我!"他粗横地说。

苔丝,她的举动和态度是完全不自觉地做出来的,立刻移开了那又大又黑的眼睛的注视,脸上一红嗫嚅着:"请原谅!"她心里又生起了以前常有的一种沮丧的感伤,自然赋予了她这样一具栖居的肉体住所,令她莫名其妙地动辄做错。

"不,不!不要请求我的原谅。不过既然你戴着面罩遮挡你的美貌,为什么你不放下来?"

她放下面罩，急忙说："它主要是为了挡风。"

"这样支配你，似乎太生硬了，"他接着说，"不过我最好别太常看着你。那可能很危险。"

"闭嘴！"苔丝说。

"唉，女人的脸蛋有太大的魔力，已经征服我了，我怎么能不怕它！一个传道者跟它本不相干；可是它总提醒我想起我宁愿忘掉的过去。"

说了这话以后他们的谈话就减少了，只是往前走时偶尔说个一句半句，苔丝内心疑惑着不知道他要跟她一起走多远，也不愿意直言明令赶他回去。他们走到栅门和篱阶的时候常常看到用红色或者蓝色油漆涂写的一些《圣经》格言，她问他知不知道是谁煞费苦心写了这些告示。他告诉她，那是他本人和他在这个地区的同人雇用的一个人，涂写了这些提示告白，也就是用尽手段不遗余力地感化邪恶的世人罢了。

最后走到了叫作"十字手"的地方。在这片荒白孤寂的高原上此处最为凄凉惨淡。它是如此远离了风景画家和风景爱好者追求的那种魅力，而达到了一种新型的美，一种反面的悲剧情调的美。这地方由立在那里的一根石柱取名，一根古怪的粗陋的独块石料，取自不知名的乡间石场的地层，上面粗糙地雕刻了一只人手。关于它的历史和含义有不同的描述。有一些权威人士声称那本是一个虔诚的十字架曾经完整地树立在那里，现存的遗迹只是残柱；另一些人说立在那里的石头就是完整的，它固定在那里是标明地界或者聚会的地方。不管怎样，无论这遗迹如何起源，它立在那里，在这样的环境之中，有时显得凶险，有时显得庄重，与人的情绪相应；以往如此，而今还是这样。最迟钝麻木的路过者也要铭感五内。

"我想我现在得离开你了，"他们一走近这个地方，他说，"今天晚上六点我要去阿波茨内尔布道，我要从这里往右拐。你搞得我太心慌意乱了，苔丝——我不能，也不愿，说为什么。我得走了，得攒攒劲儿……你现在说话怎么这么流利？谁教了你这么好的英语？"

"我在苦难中学了一些东西。"她含糊其辞地说。

"你有什么苦难？"

她告诉了他那头一桩——那与他相关的唯一一桩。

德伯维尔被打蒙了,半天无语。"我一直什么都不知道!"他接下来咕咕哝哝地说,"你觉得麻烦要来的时候为什么不写信给我?"

她没有回答;他又加上一句打破了沉默:"好吧——你会再见到我。"

"不,"她回答了,"别再接近我!"

"我想想。不过咱们分手前先到这里来。"他走向那石柱,"这曾经是一个神圣的十字架。圣物不在我的教义中;可是我时常怕你——现在你不用怕我了,可我更怕你了;减少一点我的害怕,把你的手放到那石头上,发誓你永远不再诱惑我——用你的魔力或者别的道道。"

"天哪——你怎么能要求这么没有必要的事情!我完全没有想过!"

"不错——可是发誓。"

苔丝,多半是有些害怕了,对他的强求让了步;把她的手放在那石头上,发了誓。

"我为你不是信徒而惋惜,"他接着说,"不信教的人居然能控制了你,搅乱了你的心。不过如今不能了。至少在家里我可以为你祈祷,我会的。谁知道能发生什么不能发生什么?我走了。再见!"

他转向树篱中的一个狩猎栅门,没有再让他的眼睛落向她,跳过去了,朝着阿波茨内尔的方向穿下去了。他一走脚步就显露了内心的紊乱,后来好像被先前的一个想法触动了,他从他的衣兜里掏出一本小书,纸页间夹着一封信,又皱又脏了,好像是一再读过。德伯维尔打开了这封信。日期是几个月以前的了,由克莱尔牧师署名。

信的开头表达写信者为德伯维尔的皈依而感到由衷的欢欣,感谢他就这个问题与牧师通信的好意。信中表示克莱尔先生真心实意地保证宽恕德伯维尔先前的行为,关心这年轻人有关未来的计划。他,克莱尔先生,非常愿意看到德伯维尔进入教会从事他本人献身多年的服务,他将帮助其进入一所神学院来成就之;但是鉴于他的通信者因为这需耽搁时日的缘故而可能不想去,他也不是坚决主张它至高无上重要性的人。每个人必须尽他最大的能力去工作,按照他感觉到的圣灵激励的方式。

德伯维尔把这封信看了一遍又看一遍,好像在戏弄嘲讽自己。他一边走着还读了几段备忘录,直到他的脸上又装出了一片平静,显然苔丝的影像不再搅扰他的心了。

　　与此同时她正沿着山边离家最近的路走去。走了不到一英里她遇上了一个孤独的牧羊人。

　　"我路过的那地方的那根石柱子是什么意思?"她问他,"那真的是一个圣十字架吗?"

　　"十字架——不是;那不是十字架!那是个有灾祸兆头的东西,姑娘。老辈子有个犯罪的人在那里把手钉在柱子上受罪,后来绞死了,他的亲戚在那儿立了那根石柱。他的尸骨就埋在石柱底下。他把灵魂卖给了魔鬼,他有时候出来走动。"

　　听到这意外的可怕的传闻她感到了一阵战栗,她把这孤独的人撂在身后往前走了。她将要走到弗林卡姆阿什的时候已是黄昏了,在通向村子的篱路路口她走近了一个姑娘和她的情人,他们没有看见她。他们没有说什么私密的话,那年轻姑娘轻清无虑的声音,应和着那男子温蔼的语音,播散进冷冽的空气中,好像这暗淡天宇中的一种抚慰,再没有什么东西侵入这萧索的暮色。这声音令苔丝的心一阵愉悦,直至她转念一想这次相会有它的起因,在于一方对于另一方,有着同样的吸引力,而那正是她自己的苦难的序幕。当她走近的时候,那姑娘坦然回头并认出了她,那年轻男子不好意思地走开了。那女人原来是伊茨·秀特,她关心着苔丝的奔波,随即丢开了她自己的事。苔丝没有十分清楚地说明结果,伊茨,是一个练达的姑娘,开始述说她自己的小事件,苔丝刚刚见证的正是其中的一段。

　　"他是艾比·西德林,常来泰尔波绥斯帮忙的,"她淡淡地解释说,"他竟然打听到我来了这里,跟着我来了。他说他那两年一直爱着我。可是我还没有答应他。"

四十六

　　她无效的奔走之后几天过去了,苔丝又下地干活了。干冷的冬天的风一直吹着,不过在风口那里树起了一道干草屏障给她挡开了一些风力。在背风的一边是一台切萝卜的机器,新涂了蓝色的油漆,在周围暗淡的景色中明丽闪亮似乎灿然有声了。跟它正对的前面是一个长长的土堆或者叫"坟丘",自从初冬以来萝卜就贮藏在里边。苔丝站在没有封口的一头,用一把弯刀把一个个萝卜的须毛和泥土削去,削好后扔进切片机里。一个男人摇动着机器把,从它的槽口里出来了新切的萝卜片,那些黄色薄片的新鲜的气味伴着呼呼的风声、切刀片工作时凌厉的嗖嗖声、苔丝戴着皮手套的手上的弯刀的切削声散发着。

大片空旷的褐色的庄稼地,萝卜收完以后,地表上开始隆起了一条条黑褐色的垄,逐渐地扩到了宽带。沿着每一条宽带的边爬过了十条腿,不紧不慢地上上下下蠕动着走过了长长的地头;它是两匹马和一个人,犁在他们两者之间走着,翻起收拾干净的土地以备春天播种。

好几个钟头没有什么来解除这一切的单调乏味。后来,远远的耕地的一队那边,一个黑点出现了。它是从树篱一角来的,那里有一个缺口,它的趋向是上坡,向着切萝卜的人。由仅仅是一个小点的比例逐渐增大成了九柱戏中的一根柱子,不久就看出了那是一个穿了黑衣服的男人,从弗林卡姆阿什方向来。摇动切萝卜机的那个男人,眼睛原本也没有别的事情可做,就一直看着来人,只有苔丝,被活儿占着,没有看见他,直到她的同伴提醒她注意他的来临。

他不是她严厉的监工农夫格鲁毕;他是穿着牧师服装的一个人,曾经放纵无羁现在装扮起来的艾利克·德伯维尔。不在热烈地布道的他现在少了一些热情,那摇动切萝卜机的男工在场也使他有些尴尬。痛苦的灰白已经浮在苔丝的脸上了,她把风帽的帽檐往下拉拉遮住它。

德伯维尔走上前来平静地说——

"我想跟你谈谈,苔丝。"

"你违背了我上次的要求,别走近我!"她说。

"不错,可是我有充足的理由。"

"好吧,说吧。"

"比你能想到的更重大。"

他瞥了瞥周围看看是不是被人听到了。他们离那摇切片机的人有一段距离,机器也在动着,足以挡住艾利克的声音传到那人的耳朵里。德伯维尔把他自己挡在苔丝和那个干活的人中间,转过他的背对着后者。

"是这样,"他接着说,带着变幻无常的懊悔,"上次咱们相遇的时候只想着你和我的灵魂,我忽略了问问你现实的生活状况。你穿得挺好,我就没有想那个。可是我看你现在很苦——比过去我——认识你的时候更苦——比你应该受到的更苦。或许大都是我给你闹的!"

她没有回答,他探询地看着她,这时,她低着头,脸完全被帽子挡住了,她重新开始削萝卜。靠着不停地工作她才觉得能够更好地把他排除在她的情绪之外。

"苔丝,"他不满地叹了一口气接着说,"跟我有牵连的人你的情况最糟糕!你不告诉我我想不到结果会这样。我真是个浑蛋,玷污了你的清白!千错万错都是我的错——咱们在川翠济的时候那所有的过错,都是我的。你,才是真正的那个血统,我只是从根儿上假冒的,对于可能发生的事你是太盲目太年轻了!我诚心诚意地说,做父母的把他们的女儿养大,不教她们懂得人世路上有陷阱有罗网,处境险恶,不管他们的动机是不是好的,或者是不是单纯的漠不关心的结果,那都是他们的耻辱。"

苔丝一直静静地听着,机械地有规律地丢下一个球状的萝卜拿起另一个,忧郁的外观只是一个农妇在孤独地做着她的活。

"不过那不是我来这里要说的,"德伯维尔继续说,"我的情况是这样。你离开川翠济以后我的母亲去世了,那地方是我自己的。我打算卖了它,把我自己奉献给去非洲的传教工作。做这职业我不是把好手,毫无疑问。不过,我想问你的是,你能不能让我有能力去履行我的职责——让我能为欺哄了你做仅有的一次补偿:也就是说,你愿不愿意做我的妻子,跟我一起去?……我已经弄到了这珍贵的文件。它是我老母亲临终的遗愿。"

他从他的衣兜里掏出一张羊皮纸来,带着一丝乱掏乱摸的难堪。

"那是什么?"她说。

"一份结婚许可证。"

"啊不,先生——不!"她急促地说,惊得往后退。

"你不愿意?那是为什么?"

他问这个问题的时候脸上掠过了一片失望,那不完全是受阻而产生的失望。它明白无误是他对她旧情复发的征候;责任与欲望手拉手奔跑了。

"真的。"他又开始说了,用更加冲动急躁的声调,同时扭头看了看那个摇动切萝卜机干活的人。

苔丝也觉得,争论不能了结此事。她告诉那男工一位先生来看她,她想跟他走一走,她就跟德伯维尔离开,穿过那块有斑马般条纹的地。他们走到头一块新耕的地时,他伸出手要帮她过去;可是她好像没有看见他似的踏着翻起的土陵走去。

"你不愿嫁给我,苔丝,让我做一个自重的男人?"他们一走过耕起的地,他就又问。

"我不能嫁给你。"

"为什么?"

"你知道我不爱你。"

"不过时间会让你产生那种感觉,或许——你一旦真的宽恕了我就能?"

"永远不能。"

"为什么这么肯定?"

"我爱上了另一个人了。"

这话似乎让他吃惊了。

"你爱上?"他叫起来,"另一个人?你就没有道德上是不是正当合适的感觉吗?没有觉得有压力吗?"

"不,不,不——别说那个!"

"不管怎么说,还有,你对那个人的爱或许只是一时的感情冲动,你会克服掉的。"

"不会——不会。"

"会的,会的!为什么不会?"

"我不能告诉你。"

"你一定要诚实。"

"那好吧……我跟他结婚了。"

"啊!"他叫了一声,呆住了,死死地盯着她。

"我本不愿意说——我不打算说!"她分辩说,"在这里它还是个秘密,无论如何,有人知道一点儿也是模模糊糊的。所以请你,请你不要问了好不好?你要记住我们是陌生人了。"

"陌生人——我们是陌生人?陌生人!"

一时他的脸上闪过了旧日的嘲讽的神情;不过他又决意把它遏制下去了。

"那个男人是你的丈夫?"他懒洋洋地问,指了下那个摇机器干活的人。

"那男人!"她骄傲地说,"我不能想象!"

"那么是谁?"

"不要问我不想说的!"她恳求说,从她仰起的脸上和睫毛遮蔽的眼睛里发出了吁求。

德伯维尔迷惑了。

"可是我只是为了你才问!"他激切地反驳说,"天使啊!——上帝宽恕我这样的表白——我来这里,我发誓,我完全是想着为你好。苔丝——不要这样看着我——我受不了你的看!从来没有这样一双眼睛,真的,自古至今!哎呀——我不能昏了头;我不敢。我承认你一看又把我对你的爱唤醒了,那个,我认为,这种感情灭绝了呢。不过我想我们的结婚会让咱们俩圣洁,'不信神的丈夫因妻子而圣洁,不信神的妻子因丈夫而圣洁,'①我对我自己说。可是我的计划由我破灭了;我必须忍受这份沮丧。"

他的眼睛瞅着地郁郁地思虑着。

"结婚了。结婚了!……好吧,既然这样,"他又说,十分平静地,把那许可证慢慢地撕成两半装进他的口袋里,"那就成了障碍了,不过我还愿意为你和你的丈夫做些好事,不管他是谁。还有一些问题我很想问问,可我不这么做了,当然,违背你的意愿嘛。不过,可是我能认识你的丈夫,我可以更方便地帮助他和你,他在这个农场吗?"

"不在,"她咕哝说,"他离得很远。"

"离得很远?离你?他算哪种丈夫?"

"哦,别这么说他!那是因为你!他发现了——"

---

① 引自《圣经·新约·哥林多全书》第七章第十四节。

"唉,是这样! ……那糟透了,苔丝!"

"是。"

"可他就把你扔下走了——扔下你这么干活!"

"他没有扔下我让我干活!"她叫嚷着,迸发出她的全部热情捍卫那不在场的人,"他不知道这个! 这是我自己的安排。"

"那么,他给你写信了?"

"我——我不能告诉你。有一些事情是我们的隐私。"

"那意思当然是他没有写信了。你是个被抛弃的妻子,我的美丽的苔丝!"

一阵冲动中他突然转身抓住她的手;皮手套戴在上头,他抓住的只是粗糙的皮手指,没有感觉到里面的生机或形态。

"你别这样——你别这样!"她惊恐地叫着,像从口袋里抽出似的把手从手套里抽出来,只留下手套让他抓在手里,"哎呀,你走吧——为了我。为了我的丈夫——走吧,为了你的基督教!"

"好,好,我走。"他粗鲁地说,把手套扔给她转身就走。可是,又转脸来,说:"苔丝,上帝为我作证,我拉你的手并没打算哄骗你!"

他们全神贯注说话没有注意,一阵踏在地上的马蹄嗒嗒声,靠近他们身后停住了。一个声音传到了她的耳边:

"你他妈这时候不干活跑开了,你干什么?"

农夫格鲁毕老远看到了这两个人影,好奇地骑马穿过来,想知道他们在他的地里干什么。

"别这样对她说话!"德伯维尔说,他的脸带着一些非基督教的东西铁青了。

"真是的,先生! 一个美以美教徒跟她有什么要办的?"

"这家伙是谁?"德伯维尔转向苔丝问。

她走到他跟前。

"走吧——我求你了!"她说。

"什么! 扔下你给那个恶霸? 从他脸上我就能看出他是个浑蛋。"

"他没有伤害我。他不跟我恋爱。我将在圣母节离开这里。"

"好吧,我没有权利,只有服从,我想。不过——好吧,再见!"

她的守护者,比她的攻击者更令她怕得要死,不情愿地消失了。那农夫继续着他的申斥,苔丝以最大的冷静忍受了,那一类攻击与性无关。尽管这个主人是一个石头一样的人,他要是敢的话早就打了她耳光,不过,有了她先前的经历,那也几乎是一种宽慰。她默默地走向田地高处她干活的地方,精神集中在刚才会见的处境中,以至她简直意识不到格鲁毕的马鼻子差一点碰到了她的肩膀。

"你既然签了合同要给我干到圣母节,你就得按合同干到底,"他咆哮着,"这种臭娘们儿——一会儿这号事,一会儿那号事。再这样我绝不饶了!"

完全知道他并不像折磨她一样折磨农场里别的女人,他这样做只是因为怨恨他挨的那一拳,她一时描画了可能会出现的一幅图景,要是她没有阻碍地接受了刚才的求婚做了有钱的艾利克的妻子,那将完全解除她的奴役,抬起头来,不仅对现在压迫她的雇主,也对整个世界仿佛藐视她的人。"可是不能,不能!"她气喘吁吁地说,"我现在不能嫁给他!他这么让我讨厌。"

那个非同寻常的晚上她动笔写了一封富有感染力的信给克莱尔,瞒住他不谈她的困苦,只向他保证她至死不灭的爱情。任何有能力读出字里行间内容的人都能看到在她巨大的爱情背后是畸形怪异的恐惧——几乎是一种绝望——好像是对一种没有透露的秘密的意外事故。可是她又没有结束她的抒发;他曾经要求伊茨跟他一起去,或许他完全不在意她了。她把信放进她的盒子里,不知道它到底能不能到达安吉尔的手里。

此后她每天都是十分沉重地干着活,一直到了对于农民极其重要的日子——圣烛节①集日。在这个集日上要签订圣母节之后十二个月的新合同,那些想着更换职场干活的人都打算逃离,这天早晨一大早就有一群一群的人由这个镇出发了,通过那个山区要有十一二英里远。尽管苔丝也打算在这个季度清账日离开,她却是少数没去市集的人中的一个,她怀着一个渺朦的希望,将有什么事情发生使她不必再签订野外做活的合同。

---

① 圣烛节:纪念圣母马利亚的宗教节日,时间为每年的二月二日。

这是一个平和的二月的一天,这个时日里奇妙的柔和,人几乎会想到冬天过去了。她刚刚吃完了饭,德伯维尔的身影把她寄居的农舍的窗子遮黑了,今天只有她一个人在屋子里。

苔丝跳起来,可是她的访问者敲门了,她简直没有理由跑开。德伯维尔的敲门,他走向门来,跟她上次看到他时有一种难以描述的性质不同的神气。它们似乎是一种做事的人感到了羞愧的举动。她想她不能开门;可是,那也好像没有道理,她便起身,拉开门闩赶紧退回来。他进来了,看到了她,说话之前他自己猛地坐到一把椅子上。

"苔丝——我没救了!"他孤注一掷地说,同时擦着他烧热的脸,那脸上同样有兴奋添加的涨红,"我觉得至少我得来看看你问你个好。我敢保证直到那个礼拜天看见你,我完全没有想到你;可是如今我不能摆脱你的影子了,无论我怎么努力!一个好女人能把一个坏男人害了,那简直是不可能的;可是它就是这样了。要是你能只为我祈祷祈祷,苔丝!"

他的压抑着不满的方式几乎是引人怜悯的,可是苔丝并不可怜他。

"我怎么能为你祈祷,"她说,"当我被禁止相信能够移动世界的伟大的神会因为我的缘故而改变他的计划的时候!"

"你真的那么想?"

"对。我原本自以为是想别的,给治好了。"

"治好了?谁给治的?"

"我的丈夫,要是我非说不可的话。"

"哼——你的丈夫——你的丈夫!看起来多么奇怪!我记得那天你提到过那种事。在这些事上你到底怎么想的,苔丝?"他问,"你好像不信教——或许是因为我。"

"可是我信。不过我不相信超自然的事情。"

德伯维尔用疑虑的神情看着她。

"那么你认为我走的这条路完全是错的啦?"

"多半是错的。"

"哼——我却觉得蛮有把握。"他心神不定地说。

"我相信登山训示①的精神,我亲爱的丈夫也相信……可是我不相信——"

由此她列举了她否认的事情。

"事实是,"德伯维尔冷冷地说,"凡是你丈夫相信的你就接受,凡是他拒绝的你就拒绝,你没有一点儿自己的考察和思考。你们女人就是这样。你的心被他奴役了。"

"啊,因为他什么都懂嘛!"她说,带着对安吉尔·克莱尔纯真信任的得意扬扬,那是最完美的男人也领受不起的,更何况她的丈夫。

"不错,可是你不能把别人否定的观点统统那样搬过来。他肯定是个机灵狡猾的家伙,才教了你这些怀疑态度!"

"他从来没有把这些强加于我!他从来不跟我争论这个问题!不过我是这样看的:凡是他相信的,都是经过他深入地研究了多种学说之后得来的,那就比我相信的更正确,因为我完全没有研究那么多学说。"

"他常说些什么?他肯定说了些什么吧?"

她想了想,凭她睿敏的记忆重现了安吉尔·克莱尔说这些话语时的音容,甚至她并没有理解它们的精神,她回想起了他用过的无情驳斥的三段论法,好像那是偶然生发的,是他在她的身旁沉溺在一种思考中时大声地说出来的。在陈说腔调上她也给了安吉尔的口音和风格毕恭毕敬的满腔忠诚。

"再说一遍!"德伯维尔要求说,他全神贯注地听着。

她把那论辩又重复了一遍,德伯维尔若有所思地跟着她一字字咕哝着。

"还有别的吗?"他即刻又问。

"他在另一次说过这样的话。"她说了另一段,在从《哲学辞典》②至赫胥黎的《论文集》③的一脉谱系中或许能够找到类似的观点。

"哈——哈!你怎么能记得它们?"

"我想相信他相信的东西,尽管他不愿意我那样做;我设法哄他告诉我一些他的思想。我不能说我十分懂得那个;不过我明白它是对的。"

---

① 登山训示:指耶稣在山上对其门徒的训示,主要内容为爱。
② 《哲学辞典》:法国启蒙思想家伏尔泰(1694—1778)的名作。
③ 赫胥黎的《论文集》:赫胥黎(1825—1895),英国生物学家、哲学家。他的《论文集》出版于1894年,他主张"不可知论"。

"哼,你自己不懂的东西还幻想着能教我!"

他陷入了沉思。

"为的是在心灵上跟他完全一致,"她重新开始说,"我不愿意跟他有什么不同。对他蛮好的东西对我也蛮好。"

"他知道你是跟他一样的大异教徒吗?"

"不知道,——我从没告诉他——即便我是个异教徒。"

"好——你如今毕竟比我好,苔丝!你不相信应该传布我的教义,所以,你不传布也不怨恨你的良心。我相信我应该传布它,可是我像魔鬼似的又相信又发抖,因为我突然停止了传布,让步给我对你的痴情了。"

"怎么?"

"你看,"他半死不活地说,"我今天大老远地跑到这里来看你!本来我从家里动身是要去井桥市集上,今天下午两点半我要在那里站到大车上布道,那些教友这时候正在那里等着我呢。这是布告。"

他从胸前的口袋里掏出一张布告,上面印着集会的日期、时间、地点,之上有他,德伯维尔,正如上述将传布福音。

"可是你怎么能到那里?"苔丝看了看钟说。

"我不能到那里了!我来这里了。"

"什么,你真的准备去讲道,又——"

"我预备好了要去讲道,可我不能去啦——因为我火急火燎去看一个我一度看不起的女人!——不,说实话,我从来没有看不起你;要是我看不起你我现在就不会爱你啦!我之所以没有看不起你,是因为你不管怎样没有被玷污;你看明了处境就那么快那么果断地离开了我;你没有留下来任我享乐,所以,在这个世界上有一个我不鄙视的少女,你就是她。不过你现在满可以鄙视我了!我原以为我是在山上礼拜,结果却发现我一直在丛林中供奉①!哈!哈!"

"哎呀,艾利克·德伯维尔!你这话是什么意思?我做什么啦?"

"做什么啦?"他说,话语中带着没心没肺的讥笑,"你没有故意做什么。

---

① 在山上礼拜:指崇拜正神耶和华;在丛林中供奉:指供奉邪神。

可是你有的是手段——单纯无知的手段——使我堕落了,像他们说的那样。我问我自己,我,真的是那些'腐败的奴仆'中的一个吗?'从污染的世界逃脱以后,重又陷入被征服,末后的结局比开始更糟'①吗?"他把他的手放到她的肩膀上。"苔丝,我的姑娘,至少,我是走在救世的路上了,直到我再见到你为止!"他一反寻常地怪异地摇晃着她,好像她是一个孩子。"你为什么又来诱惑我?我本来像一个男子汉能做到的一样坚定,直到我再看到那双眼睛和那张嘴——自从夏娃以后确确实实从来没有这样一张让人发疯的嘴!"他的声音降低了,从他自己黑色的眼睛里射出了热切的赖皮闪光。"你这个迷人的妖精,苔丝;你这亲爱的该死的巴比伦女巫②——我跟你一见面就抗不住你了!"

"我没法让你不再看见我!"苔丝说,退缩着。

"我知道——我再说一遍我不怪你。不过事实仍然存在。我那天看见你在那农场里受虐待,想到我没有法律上的权利保护你,我差一点疯了——那权利我不能有,这时候有权利的人好像又完全不理睬你!"

"不要说他的坏话——他不在场!"她十分激切地叫起来,"敬重些待他吧——他从来没有错待你呀!哎呀,快离开他的妻子吧,一些谣言传起来会损害他高贵的名声。"

"我走——我走,"他说,像一个人从诱人的梦中醒来,"我违反了去市集上给那些可怜的醉鬼呆子讲道的约定——这是我头一次玩这样的恶作剧,要是一个月以前出这样的事我就吓坏了。我这就走——我发誓——嗯——啊,我能!不接近。"接着,他又突然地说"抱一下,苔丝——一下!只为了老交情——"

"我没有保护,艾利克!一个好男人的名誉可由我看守——想想吧——你该羞愧!"

"呸!好吧,不错——不错!"

他咬紧嘴唇,为他的软弱克制着自己。他的眼睛里世俗的信仰和宗教的信仰同等贫乏。自他改过自新以来,那些间歇发作的情欲的僵尸没有生

---

① 见《圣经·新约·彼得后书》第二章第二十节。
② 巴比伦女巫:为巴比伦淫妇意。见《圣经·启示录》第十七章。

气地伏卧在他脸上的线条之中,似乎又苏醒复活群集而来了。他犹疑不定地走出去了。

尽管德伯维尔声称他今天的违约只是一个信徒的简单退落,可是苔丝的话语,好像安吉尔·克莱尔的回声,给了他深深的印象,他离开她以后仍然如此。他默默地向前走去,好像他的活力被迄今为止梦想不到的可能性击得麻木了,原来他的主张是站不住脚的。他反复无常的宗教皈依本来与理智没有什么关系,那或许只是一个漫不经心的人在寻找新的刺激中的异想天开,他母亲的死又给了他一时刺激。

苔丝在他热情的大海中滴入了几滴逻辑理性,使他的热情经历着由变冷到冒泡再到停滞。他反复地默想着她依次传递给他的那几句结晶般的警句,对他自己说:"那聪明的家伙一点儿也没有想到,告诉了她那些东西,他可能为我跟她重温鸳梦铺了路!"

四十七

这是在弗林卡姆阿什农场打的最后一垛麦子了。三月早晨的破晓时分是异常地难以描述,没有什么显示东方地平线在哪里。背衬着曙色耸起了麦垛不规则的方顶,它孤凉地立在这里经受了冬季天气的吹打冲晒。

伊茨·秀特和苔丝到了劳作场地的时候,只有一阵沙沙声表示有人来在了她们前头;随着光亮增强,一会儿就在麦垛顶上添加了两个男人的剪影。他们在忙着揭垛顶儿,也就是先剥去垛顶上苫盖的草再开始往下扔麦捆;这段时间里伊茨和苔丝,还有另外几个女工,就穿着她们的浅褐色围裙,站在那里等候着哆嗦着,农夫格鲁毕坚持让她们这样早早到场,尽可能在这一天里把麦子打完。紧挨着麦垛檐下,现在尚能勉强看出的是女人们要来侍奉的那红色的暴君——木头架子构造的物件,带着皮带和轮子——它就是打麦机。它一俟开动起来,就持续着专横暴虐的需求,要求女人们的筋肉和神经的忍耐力。

离它不远另有一个模模糊糊的物件,这东西黑乎乎的,老是嘶嘶作响,宣告着它储备了非常大的能量。高高的烟囱耸立在梣树旁边,热气从那个地方散发出来,用不着太多日光就能看明那是充当这个小世界原动力的机器。机器旁边站着一个黑黑的一动不动的人,浑身煤炭脏污的高高的身形,有几分出神发呆,他的旁边堆了一堆煤;他就是开机器的人。他孤立的姿态和颜色很像来自地狱的生物,他走失进了这清明无烟的黄色谷物和灰白土壤的地带,没有别的,就是来惊吓扰乱土著居民的。

他的外貌和他的心境一样。他身在农耕世界,却不属于它。他服务于火和烟;这些田野的居民服务于植物、气候、霜雪和太阳。他带着他的机器从一个农场到一个农场,从一个郡到一个郡巡行,因为到目前为止蒸汽打麦机在维克塞斯地区还是四方游走作业。他用古怪的北方口音说话;他的思想只专注于他自己的内心,他的眼睛盯着钢铁操控,几乎要不看他周围的场景,完全不在意它们:只在十分必要的时候才跟当地居民交流,仿佛是古老的命数驱使他违背着他的意愿来到这里服务于他阴间的主人。那根由他的机器转轮到麦垛下红色打麦机的长长的皮带是农业与他之间唯一的联结纽带。

他们揭垛顶的时候,他漠然地站在他那可以移动的力量贮藏器旁边,那发热的黑家伙周围早晨的空气震颤着。他跟打麦子的准备工作没有什么关系。他的火等待着炽热,他的蒸汽已在高压,几秒钟内他就能让那长长的皮带以无形的速度运转起来。超出了这个环境范围,会是小麦、麦草,或者混沌;对于他完全是同样无二的。要是当地游手好闲的人问他叫什么,他便简短地回答:"司机。"

麦垛顶在天大亮的时候揭去了;男人们于是各就所位,女人们爬上麦垛,工作开始了。农夫格鲁毕——或者,按他们所称,"他"——在这之前来到了,照他的吩咐苔丝在机器平板的位置上,紧挨着往机器里喂入麦子的男工,她的活是把伊茨·秀特递到她手上的每一捆麦子解开,伊茨排在她的下一个,却是在麦垛上;就这样喂入麦子的工人抓住麦子铺展在旋转的圆滚上,立刻就泻出了滚滚麦粒。

刚刚开动了一会儿,机器就绊磕了两下,那些厌恨机器的人心里高兴了。再度快速运转起来直到吃早饭的时候,机器才停了半个钟头;饭后再干起来整个农场所有辅助人手都投入到了堆麦秸垛的劳动,在麦堆旁边堆起来。一顿仓促的点心他们是站着吃的,没有离开各自的位置,接着又干了两个钟头接近了吃饭的时候;那无情的轮子继续飞转,打麦机尖利的嗡嗡声震颤着靠近那旋转铁笼的人所有的骨髓。

站在耸起的麦秸垛上的老人谈起了过去的日子里他们惯常在橡木仓房地板上用连枷打麦子;每一种活,就连簸扬谷物,都是用手工劳动实施的时候,在他们想来,尽管慢,却产生了好的结果。那一些,站在麦垛上的人也说了一点儿;可是在机器上大汗淋漓的人,包括苔丝在内,却不能借交谈几句来减轻一点他们的负荷。无休无止的劳作严苛地考验着她,令她渴望着她根本从未来到这弗林卡姆阿什。在麦垛上的女人——玛琳,是她们中的一个,尤为特殊——能够不时停下来从壶里喝点啤酒或凉茶,或者在她们擦脸或拂去衣服上的麦草麦糠的时候交谈几句闲话;但是苔丝就没有短暂的喘息了;因为,那旋转的圆滚永不停息,为它喂入麦捆的男工也不能停下,她,要解开麦捆供应那男工的人,也不能停下,除非玛琳跟她交换位置,尽管格鲁毕嫌玛琳手太慢供应不及而反对,玛琳有时也替换她半个钟头。

大概是为了省钱的原因,这特殊的职位通常选一个女人来担任,格鲁毕选择苔丝有他的动机,她是解麦捆力气和敏捷二者兼备的最佳人手,而且又有耐力,这也许是真的。打麦机的圆滚,妨碍了说话,每当喂入麦捆固定的供应量短缺的时候,它倒增大了狂啸乱叫。由于苔丝和那喂入麦捆的男工不能扭扭头,所以她不知道恰在吃午饭之前一个男人通过了栅门悄悄地来到了田地里,站在第二个麦垛下看着这场景,尤其是看着苔丝。他穿着时髦的花呢衣服,玩弄着一根漂亮的手杖。

"那是谁?"伊茨·秀特对玛琳说,她起先是问了苔丝,可是后者没能听到。

"是谁迷恋的男人吧,我想是。"玛琳简短地说。

"我赌一个几尼[①]他是来追苔丝的。"

"哦,不是。最近跟在她屁股后头的是一个美以美会牧师;不是这样的花花公子。"

[①] 几尼:英国旧时货币,值21先令,现值1.05英镑。

"唉,——那是同一个男人。"

"这同一个男人像布道的人吗?他一点儿不像。"

"他不穿黑外套和白领巾了,剃掉了连鬓胡子;可他完全是那同一个男人。"

"你真的这么想?那我告诉她。"玛琳说。

"不用。她很快就看见他了,拉倒吧。"

"好吧,我可觉得他不该一边讲道一边追求一个已婚妇女,尽管她的丈夫在国外,她,在某种意义上,像一个寡妇。"

"哦——他伤害不了她,"伊茨冷淡淡地说,"她铁了心爱他,要想动一动她的心,比拉出陷在泥坑里的大车还难。一个女人心眼一活泛就好了,可是老天爷,不管你怎么追她,怎么劝她,哪怕五雷轰顶,就是不管用。"

吃午饭的时间到了,机器的旋转停止了;于是苔丝离开了她的岗位,她的膝盖被机器震动得那么剧烈地颤抖着几乎不能走了。

"你该把热乎乎的一夸脱酒喝下去,像我一样,"玛琳说,"那你就不会脸色这么发白了,哎呀,天哪,你的脸像做噩梦魇住了似的!"

性情善良的玛琳想,苔丝累到这样了,她要是发现她的来访者在眼前,可能就坏了她的胃口;玛琳想着引苔丝从麦垛远端那一边的梯子上下去,这时候那先生走上前来向上看了。

苔丝发出了又短又轻的一声"哦",即刻又紧忙说:"我在这里吃饭——就在麦垛上。"

有时候,他们离家像这么远,他们都会这么做;可是今天刮着相当尖利的风,玛琳和其他人都下去了,坐在麦秸垛下。

那新来的人,的确是艾利克·德伯维尔,晚近的福音传教士,尽管他改变了服装和面貌,一眼就能看出那原本的人世享乐神气又明显地回来了;他又恢复了原来的那个他,在过去逍遥率性的装束下,苔丝最初认识的她的爱慕者、称作堂兄的人,又长了三四岁,差不多还是一样。决定了留在她原本待的地方,苔丝在麦捆中间坐下来,出了地上的视线,开始吃饭;吃着吃着,一会儿,她听到了梯子上的脚步声,紧接着艾利克出现在麦垛上——现在是一个长方形的麦捆铺成的平台。他走过麦捆一声不吭地在她的对面坐下来。

苔丝继续吃着她简单的饭,她带来的一片厚煎饼。这时候另外一些干活的人全都聚在麦垛下,在那里松散开的麦秸构成了一个舒适的歇避所在。

"我又来了,你看。"德伯维尔说。

"你为什么这么来搅乱我!"她叫起来,责备的火焰从她的每根手指的指尖发射出来。

"我搅乱你?我想我倒可以问问你,你为什么来搅乱我?"

"哎呀,我从来没有搅乱你!"

"你说你没有搅乱我?可是,你搅乱了!你纠缠着我。刚才你那奇特的眼睛转过来朝我狠狠地一闪,那就不论白天黑夜,它们就那样老在我眼前!苔丝,自从你告诉了我咱们的孩子,就好像我的感情,从一个强固的清教徒的河流中涌出了,突然发现了朝你流去的道路,忽地喷去了。宗教的渠道即刻干枯了;那都是你搅的!"

她默默地盯着他。

"什么——你完全丢掉了你的传道?"她问。

她从安吉尔那里增长了充分的现代怀疑思想,蔑视偶发的热情;可是,作为一个女人,她还是有点儿吃惊了。

德伯维尔装出庄重严肃的样子,继续说:

"完全丢开了。自从那天下午我要去卡斯特桥市集讲道没有去成,我违反了所有约定。只有鬼才知道那些教友怎样看我呢。哈——哈!教友!无疑他们为我祈祷了——为我流泪了;因为在某些方面他们算是好心眼的人。可是我在乎什么?我都不相信那种事了,我还能继续干下去吗?——那是彻头彻尾的伪善!在他们中间我将像许米乃和亚历山大一样,被交给了魔鬼,让他们不再亵渎神圣①。你可报了大仇啦!我看你单纯天真,欺骗了你。四年以后,你见我成了一个热衷的基督教徒,你就来诱惑我,或许要把我打入永远的地狱。可是苔丝,我的妹子——照我以往叫你的——我只是随便说说,你不用看上去这么吓人地上心。当然,你除了保持着你漂亮的脸蛋优

---

① 见《圣经·新约·提摩太前书》第一章第十九节。

美的身材什么也没做。你看到我之前我在麦垛上看到了它——紧身围裙衬托着,带护耳的帽子——你一个田地的姑娘要想摆脱危险就永远不要戴这种帽子。"他默默地瞅了她一会儿,随着一声短促的嗤笑重新开始说:"我相信即便那独身使徒①,我想我就是他的代表,被这么漂亮的脸蛋诱惑,他也会像我做的一样为了她的缘故而放弃了耕地②。"

苔丝想要规劝他,可是在这关头她的流利表达完全失去了,他没有在意接着说:

"哦,归根结底,你提供的这个乐园像另外一些乐园一样好。不过正儿八经地说,苔丝,"德伯维尔站起来来到近前,在麦捆中间斜倚着,在麦捆上支着胳膊肘,"自从我上次看到你,我就思量着你说的他说的那些话,我得出了一个结论,在那些俗套陈旧的说教中似乎缺乏普通常识;我怎么能这样被可怜的克莱尔牧师的热情鼓动起来,发了疯似的去传教,甚至超过了他呢,我搞不明白!至于你上次说的那些话,依靠你那妙极的丈夫的知识的力量——他的名字你一直没告诉我——就是他们称作不带教义的道德体系,我是完全做不到。"

"唉,你至少能有仁爱和纯洁的信仰,要是你不能有——按你所说的——教义。"

"哦,不!我是一个跟那个不同的家伙!要是那里没有人说,'做这个,它将对你死后有好处;做那个,它对你有坏处',我就不能提起神来。该死,要是没有我得去负责的人,我就不觉得要为我的行为和感情负责;假若是你,我的亲爱的,我也不觉得要负什么责任。"

她想争辩,告诉他在他呆笨的脑子里混淆了两种事物,神学和道德,在人类的原始时期那是性质截然不同的。但是由于安吉尔·克莱尔的缄默保留,她全然缺少训练,她的存在是一个情感的容器而不是理智的,她就没能进行下去。

"好啦,根本没关系,"他又说了,"我在这里,我的爱人儿,就像过去的日

---

① 独身使徒:指圣保罗。
② 《圣经·新约·路加福音》第九章第六十二节:"耶稣说,手扶着犁往后看的,不配进上帝的国。"

子里!"

"不像那时候——绝不像那时候——完全不一样!"她恳求说,"再说那时候我也从来没有过热情!唉,你为什么不坚持你的信仰,要是你失去了它就让你对我说出这种话来!"

"因为你给我把它敲空了;那就等着魔鬼落到你漂亮的脑袋上吧!你的丈夫一点儿也想不到他的学说会报应到他头上吧!哈——哈——我还是非常高兴你让我变节叛教!苔丝,我比过去更迷恋你了,我也可怜你。尽管你嘴紧不说,我也看出你的情形糟透了——应该爱护你的人却不理不睬。"

她不能咽下口中的饭;她的嘴唇焦干,她要噎住了。麦垛下面工人们吃着喝着的说笑声传向她,好像隔着四分之一英里那么远。

"这话对我太残忍了!"她说,"怎么——你怎么能对我说这种话,要是你对我关心那么一点儿?"

"真的,真的,"他说,畏缩了一点儿,"我不是为我的事来责备你。我来这里,是要说我不愿意你像这样干活,我是特意为你来的。你说你有个丈夫,他不是我。唉,也许你有;不过我从来没有看到他,你也没有告诉我他的名字;总而言之他似乎很像一个神话人物。不管怎样,即便你有了一个人,我比他跟你更近乎。我,无论如何,想帮你摆脱痛苦,可是他却不做,天哪,他连面都不露!严厉的先知何西亚①的那些话我以前常常念诵,现在又来到耳边了。你不知道它们,苔丝?——'她将追随她的爱人,但是她不能征服他;她将寻求他,可是不能发现他;于是她将说,我要走了,回到我第一个丈夫那里;因为那时候我的光景比如今更好!'②……苔丝,我的车就在山下等着,那么——我的爱人,不是他的——你知道余下的事了。"

他说话的时候她的脸上升起了暗沉的烧红;可是她没有回答。

"你是我退落的原因,"他接着说,朝她的腰伸出了他的胳膊,"你就该愿意分担它,永远离开你叫他丈夫的那匹骡子。"

她的一只皮手套,她吃脱脂牛奶的时候摘下来,放在她的大腿上,没有一点先兆,她愤怒地抓起来直接抡到他的脸上。它像武士的手套又重又厚,

---

① 何西亚:犹太先知,见《圣经·何西亚书》第二章第七节。
② 见《圣徒·何西亚书》第二章第七节。

正好打在他的嘴上。运用想象力可以把它看作她那些甲胄在身的祖先惯用手段的一次重演。艾利克由斜倚的姿势猛地跳起来。她打中的地方鲜红的血冒出来往下滚,一会儿从他的嘴上滚到了麦秸上。不过他很快控制住他自己,平静地从口袋里掏出手绢,擦了擦他出血的嘴。

她也跳了起来,可是又坐下去了。

"来吧,惩罚我吧!"她说,抬起她的眼睛看着他,凝眸中带着麻雀被它的捕获者扭断脖子之前无望的蔑视。"抽我,碾碎我;你不用担心麦垛下的那些人!我不叫出来。一次受害,永远受害——那就是定律!"

"哦,不,不,苔丝,"他温和地说,"我完全能够体谅这个。你还是最不公正地忘了一件事,要是你不把我搞得无能为力了,我就娶你了。我没有直截了当地求你做我的妻子吗?——嗨,回答我。"

"你求过。"

"你不肯做啊。不过记住一件事!"回想起他求她时的诚心诚意,看看她而今的忘恩负义,他怒气发作声音也强硬起来,他跨上前去抓住她的肩膀,以致她在他的紧抓下摇颤,"记住,我的小姐,我曾经是你的主人!我将再做你的主人!假如你是一个男人的妻子那就是我的!"

下面打麦子的工人开始活动起来。

"咱们别吵了,"他说,把她放开,"现在我离开你,下午我再来听你的答复。你还是不了解我!可是我了解你。"

她没有再说话,留在那里好像眩晕了。德伯维尔从麦捆上退回去,下了梯子,这时候工人们在下面站起来伸伸胳膊,把喝进肚的啤酒晃荡下去。于是打麦机重新开动了;在重新开始的麦草沙沙声中苔丝重新站到嗡嗡响的圆滚旁的位置上,好像梦中的一个人,把麦子一捆接一捆解开,绵延不尽。

四十八

那天下午农场主告诉大家晚上要把这垛麦子打完,因为有月亮能看见干活,次日机器的主人要把机器租给另一家农场。因此铮铮声嗡嗡声沙沙声继续进行下去,比通常更少了中断。

直到三点来钟快吃点心的时候,苔丝才抬起眼睛往周围瞥了一下。看到艾利克·德伯维尔回来了,站在栅门旁的树篱下面,她没有觉得怎么意外。他看她抬起眼睛,便温文有礼地朝她摆摆手,飞了一吻。那意思是表示他们的争吵过去了。苔丝又把眼睛低下去,小心地避开那个方向不往那儿看。

就这样下午慢慢地过去了。麦垛越来越低了,麦秸垛越来越高,麦子一袋袋装车拉走了。六点钟的时候麦垛只剩肩膀高了。可是没有打过的麦捆留在那里一动未动好像一直多得不计其数,尽管庞大的数量已经被那贪得无厌的吞食者吞下了,那些麦捆经那男人和苔丝喂入,大部分通过了那双年轻的手。早晨还一无所有的地方出现了巨大的麦秸垛,好像那同一个嗡嗡作响的红色饕餮的排泄物。从西方天空一道愤怒的日光——整个狂暴的三月能够提供的落日方式——在多云的一天之后爆发了迸射了,照在打麦工人疲惫不堪汗粘麻花的脸上,为他们染上铜色的光彩,同时,也照射着女人们拂动的衣服,像暗淡的火焰缠裹着她们。

气喘吁吁腰酸背痛遍及麦垛上的所有工人。喂入麦捆的男工是疲惫的,苔丝能看见他红色后颈上粘覆了尘土和麦糠。她一直站在她的位置上,她通红冒汗的脸上也粘了麦尘,她白色的帽子被弄成了棕色。她是在机器旁被它的旋转震动着身体的唯一女人,麦秸垛的增高现在已经把她跟玛琳和伊茨分开了,妨碍了她们像此前那样替换她。持续不断地颤动着,她身体的每一根神经纤维都分担着颤抖,把她抛进了麻木的白日梦中,她的胳膊离开了她的意识独立地工作着。她简直不知道她是在哪里,没有听见伊茨·秀特在下面告诉她她的头发散落下来了。

他们中脸色最鲜明的也逐渐开始变得灰白了,眼睛瞪得又大又圆。无论什么时候苔丝抬起头来她见到的总是巨大的向上增高的麦秸垛,加上只穿衬衣站在上头的男工人,衬着北方灰色的天空;在它的前面长长的红色的卷扬机好像雅各的梯子[①],打过的麦草在上头源源不断地升高,一条黄色的河流奔涌上山,喷射到垛顶上。

[①] 雅各的梯子:见《圣经·创世纪》第二十八章第十二节,雅各梦见一个梯子立在地上,梯子的头顶着天,天使们在梯子上爬上爬下。

她知道艾利克·德伯维尔一直在场,在从什么地方看着她,尽管她说不上他究竟在哪里。他留下来有一个理由,因为当麦垛打到将近最低的麦捆的时候,总要打一会儿老鼠,一些跟打麦子无关的男人也会参与那把戏——以打猎为消遣的各色人等,绅士们带着猎狗和古里古怪的烟袋,粗鲁的人带着棍棒和石头。

可是还要再干一个钟头才能拆到藏老鼠的底层麦垛;这时候阿伯茨瑟内尔旁边巨人山方向的夕照已经消失了,这个季节白色面庞的月亮在另一边米德尔顿寺和绍茨福德的地平线上升起来。最后一两个钟头玛琳为苔丝感到担心,她不能靠近了说话,另一些女人靠喝啤酒保持了她们的体力,苔丝一直坚持干下去:要是她不能担当本分,她就得离开;这种可能性,在一两个月前她会泰然处之甚至还会感到如释重负,自从德伯维尔盘桓在她周围,便成了一种恐怖。

投掷麦捆的人和喂麦捆的人现在把麦垛干到了这么低,地上的人可以跟他们说话了。苔丝意识到农夫格鲁毕上了机器走近她,说她要是想去会她的朋友,他不再想留她了,会派别人顶上她的位置。那"朋友"是德伯维尔,她知道,而且这让步也是服从那朋友或者敌人的要求而同意的。她摇了摇头苦干下去。

逮老鼠的时间终于到了,捕猎开始了。这些生物随着麦垛的下降往下爬,直到它们全部汇聚在底部为止,现在它们最后的避难所揭去了遮盖,它们四面八方窜向开阔地,这时候一声大声的尖叫由半醉的玛琳发出来,告知她的同伴一只老鼠入侵了她的人身——别的女人害怕,把裙子卷起来,站到高处,用各种办法防卫。那老鼠终于被赶出来了,狗的吠叫,男人们的呼喊,女性的尖叫、咒骂、跺脚,在这好像魔窟一般的骚乱中,苔丝解开了最后的麦捆;转动的圆滚慢下来,嗖嗖声停止了,她从机器上走到了地上。

她的追求者,原本只是在看抓老鼠,立刻来到了她的旁边。

"怎么——毕竟——我也打嘴巴侮辱你啦!"她气力微弱地说。她是完全筋疲力尽了,没有力气大声说话。

"我要是因为你说了什么做了什么,生起气来,那我就真的太傻了,"他回答说,用川翠济时诱惑的声音,"你的小胳膊小腿抖得多么厉害!你像流了血的小牛一样虚弱,你明白你是这种光景;自从我来了你本来什么都不用做。你怎么能这么犟呢?不管怎么说,我告诉了那农夫他没有权利雇女人在蒸汽打麦机上干活。这不是适合她们干的活,凡是好一点的农场都不用她们,这一点他也很清楚。我送你回家吧。"

"哦,好吧。"她拖着疲乏不堪的脚步回答说,"你想送就送吧!我记得你是知道我的情形之前来求我嫁给你的。或许——或许你比我认为的那个你要好一点儿善良一点儿。不管怎样怀着好意我都感激;不管怀着什么样的坏意我都生气。我有时候不能辨别你的用意。"

"要是我不能使我们从前的关系合法,最起码我能帮助你。我会比从前表现得更加尊重你的感受做事。我的宗教狂热,或者不管叫它什么,是过去了。可是我还保持着一点好的天性,我希望我保持着。现在,苔丝,凭男人和女人之间全部的强烈和温柔起誓,相信我吧!我有足够的钱,解除你的痛苦绰绰有余,包括你本人和你的父母弟妹。我能让他们全都舒舒服服的,只要你哪怕只表示一点信任我。"

"你最近看见过他们?"她连忙问。

"看见过。他们不知道你在哪里。我只是偶然发现了你在这里。"

苔丝在她临时住的房子外边停住了,清冷的月亮从树篱的枝条间斜照着她疲惫的脸,德伯维尔在她的旁边。

"不要提我的小弟弟和小妹妹们——不要把我压倒!"她说,"你要是想去帮助他们——上帝知道他们需要——你就帮助他们,不要告诉我。可是不,不!"她喊叫着,"我什么都不用你,为他们为我都不用!"

他没有陪她再往前走,因为,她和那一家人住在一起,一进门就全都公开了。她自己走进去,在一个洗衣盆里洗了洗,和这家人一起吃了晚饭,紧接着,她就陷入了沉思,走向墙边的一张小桌,借着她自己的小灯的灯光,情绪热切地写起信来——

  我的亲爱的丈夫——让我这样称你——我必须这样称你——即便它会让你想起我是这样一个不合格的妻子而生气。我在我的痛苦中必须呼唤你——我没有别的人呼救!我是这样地面临着诱惑,安吉尔。

我害怕我说出他是谁,我根本不愿意写信提到这件事。可是我多么依恋你你不能想到。你能不能现在到我这里来,马上,在可怕的事情发生之前?哦,我知道你不能,因为你离得这么远!我想你要是不赶快来,或者不叫我去你那里,我肯定要死了。你给我的过度惩罚是我应受的——我知道那个——完全应受——你跟我发火是正确的公正的。可是,安吉尔,请,请,不要只是公正——也给我一点仁慈,即便我不配得到它,到我这里来吧!如果你能来,我将死在你的怀抱中!要是那样能让你原谅我,我会心甘情愿去死。

安吉尔,我完全是为你活着。我太爱你了,不怨你离开了,我知道那是必须的,你可以找到一个农场。不要以为我会说一句带刺的抱怨的话。只要回到我这里来。没有你我是孤独凄凉的,我的亲爱的,哦,这么孤独凄凉!我不在意去干活:只要你能寄给我几个字,说,'我就来',那我将等待着,安吉尔——哦,那么心情愉快地等待着!

自从我们结婚以来,每一个念想每一个神态都忠诚于你就成了我的宗教,甚至在我没有意识到的时候一个男人对我说句赞美的话,似乎都是对你无礼。你再没有一点儿我们在奶牛场时你那种感情了吗?假如你有一点儿,你怎么能离开我呢?我还是那同一个女人,安吉尔,与你爱过的那个女人一般无二;是的,一模一样。不是你讨厌的从未见过的女人。我一遇见了你过去对我还算什么?它是完全死掉了。我成了另一个女人,由你那里充实了的一个新的生命。我怎么还能是早先的那个?你为什么看不到这一点?亲爱的,假如你仅仅能多一点自负,相信你自己甚至看看你有足够强大的力量发挥作用改变我,你或许就能想起来找我,你可怜的妻子了。

当我在幸福中想着我相信你会永远爱我的时候我是多么傻!我应该懂得那不会属于我这可怜的人。不过我还是伤心,不仅为了过去,也为了现在。想一想——想一想它会怎样伤我的心,我老是看不到你——老是!唉,假如我能让你可爱的心像我的心每时每刻都疼那样疼上几分钟,那也许能让你对你孤独凄凉的人表示一点怜悯。

人们一直说我相当标致,安吉尔(他们用的是'漂亮'这个词,因为我想如实地告诉你),或许我是他们说的那样。但是我并不看重我好看的容貌;只因为那是属于你的我才希望保有它们,我的亲爱的,那样,或许我至少还有一样东西值得你拥有。我的这种感受非常强烈,以致遇到因同样的缘故烦扰的时候,我就用绷带把我的脸包起来,只要人们相信脸上是真的受了伤。哦,安吉尔,我告诉你这些不是出自虚荣——你当然知道我不是那样——而只是想让你到我这里来!

如果你真的不能来我这里你能让我去找你吗?我是,如我所说,正被困扰着,被逼迫着去做我不愿意做的事。它当然不能使我有丝毫屈服,然而我害怕会有新的不测发生,由于我第一次错误的原因我是这样无助无靠,对此我不能再多说了——它把我整得太悲惨了。可是我被落入同样的陷阱打垮,我最终的境况将比我的第一次更坏。哦天哪,我不敢想了!让我马上就去你那里吧,或者你马上来我这里!

我将是甘愿的,唉,高兴的,作为你的仆人和你生活在一起,假如我不能做你的妻子;只为了我能够接近你,能够看你几眼,想到你是我的。

白昼不再有什么给我看了,因为你不在这里,我不喜欢看田野里的白嘴鸭和椋鸟,因为以前是你和我一起看它们,我会伤心,想你想得太伤心。不论在天上在地上,还是在地下,我渴望的只有一件事,就是见到你,我亲亲的爱人!来我这里吧——来我这里,从威胁我的危险中拯救我!

你的忠实的心碎了的 苔丝

四十九

这吁求及时地找到线路向西到达了平静的牧师宅第的早餐桌上。在这个山谷里空气那么柔和土壤那么肥沃,与弗林卡姆阿什的耕作相比,这里的作物收获只需要稍加管理,对于苔丝这里的人类世界似乎也是那么大不一样(尽管它是完全相同的)。纯粹是为了安全,她被安吉尔要求通过他的父亲寄送她的信件,安吉尔带着一颗沉重的心在那个国家孤身闯荡,总是把他变化不定的地址通知他的父亲。

"好了,"老克莱尔先生看过了信封对他的妻子说,"如果安吉尔打算在下月底离开里约探家,如他告诉我们他希望的那样,我想这可以催他实行计划;因为我相信这是来自他妻子的。"他在想起她的时候深深地叹了一口气,这信即刻更改了地址转寄给安吉尔。

"亲爱的小子,我希望他能平安到家。"克莱尔太太嘟哝着,"到我临终的日子我也会觉得他被虐待了。你该不顾他的信仰意愿送他去剑桥,给他像另外的孩子同样的机会。他会在良好的影响感化下抛弃原来的信念,终究也许会当上牧师。不管当不当牧师,对他到底是公平的。"

这是涉及他们的儿子时克莱尔夫人搅扰她丈夫的平静老是会说的几句抱怨的话。她也不常常发泄;因为她像她是虔诚的一样很会体谅人,知道他的心太为怀疑他在这件事情上的判断而痛苦烦恼了。她常常听到他夜里躺着睡不着,叹息着为安吉尔祈祷,又用祈祷抑制着叹息。但是这坚定的福音派教徒甚至现在也不认为他能够以给予他儿子的礼物而被释罪,一个不信宗教者,父亲给他两个哥哥的同样的大学教育的优势,在可能的时候,即使并不一定,正是那些优势可以用来大声反对父亲作为他毕生使命热望传布的教义,他的使命注定了他的儿子们是同样的。把一只手放在两个信仰上帝的儿子的脚下作支撑,以同样的人为手段用另一只手提携不信教的儿子,他认为这与他的信念,他的身份,他的希望,显然矛盾。不过,他爱他的起错了名字的安吉尔①,暗自哀痛对待他像亚伯拉罕或许哀痛命定要死的以撒一样,尽管要带他上山②。他默默的哀悔远比他的妻子表示的听得见的责备严厉多了。

他们为这不幸的婚姻责怪他们自己。假若安吉尔从未派定去做一个农夫他就永远不能跟田地里的姑娘结合。他们不清楚是什么使他和他的妻子分离了,也不知道他们分离的日期。最初他们以为肯定是一种严重的天性反感。可是在他最近的来信中他偶然提到他打算回家来带她;从那表达中他们希望这分离或许不属于那永远无望的起因。他告诉他们她和她的亲属

---

① 起错了名字的安吉尔:安吉尔原文 Angel,意为"天使",而安吉尔恰恰不信仰上帝,故其父认为起错了名字。

② 上帝要考验亚伯拉罕,命他将儿子以撒上山当作牺牲献祭,亚伯拉罕准备遵命,此时上帝赐他一只羊羔代替以撒。见《圣经·创世纪.》第二十二章。

在一起,在他们的怀疑中他们决定不闯入他们不知道良好途径的处境。

苔丝的信意欲呈示给的眼睛正在一匹驮着他从南美大陆内地走向海岸的骡子背上注视着无垠无际的浩瀚国土。他在这片陌生土地上的经历是悲惨的。他到达不久后那场让他备受痛苦的重病从来没有完全离开他,他渐渐地几乎决定放弃在这里耕作的希望了,不过,只要微小的可能性继续存在着,他就对他的父母保守着这观念改变的一分秘密。

在他之后来到这个国家的大批农田工人,被安逸富足的描绘迷惑了,患病受苦,死去,耗尽了。他能够看到从英国农田来的妈妈们怀抱着幼儿向前跋涉着,孩子会被热病侵袭,会死去,母亲就停下来用她的手在松松的地上挖一个洞,用同样的自然筑坟工具把婴儿埋在里边,流下点滴眼泪,又跋涉下去。

安吉尔最初的打算不是移民巴西,而是在他自己的国家的北部或东部找一个农场。他在几乎要绝望中来到这个地方,英国农田产业工人中迁移巴西的运动与他逃离过去经历的渴望偶然相合了。

在逃离期间他在精神上老了十二年。现在吸引他的人生价值其美少于其悲怆。长久以来怀疑旧的神秘主义体系,他现在开始怀疑旧的道德评价了。他想它们需要重新调整了。谁是有道德的男人?进而更切中地,谁是有道德的女人?一个人品格的美与丑不仅归于他的成就,也在于他的目的和冲动;他的真实历史的界定,不在已成事实之中,而在行事的意愿之中。

那么,苔丝怎么样呢?

用这样的眼光来审视她,一种因他的匆促裁决而生的懊悔开始令他感到沉重压抑了。他是永远地拒绝了她,还是没有呢?他不再能说他将永远拒绝她,不那么说也就是而今他在内心里接受她了。

对她钟爱的记忆复萌再生恰与她居留于弗林卡姆阿什的时间相合,不过,还在她觉得她可以自由致辞述说她的境况和情感来烦扰他之前。他深深地困惑了;在他的困惑中对她不给他信的动机他也没有究问。她驯顺的沉默是被曲解了。他要是懂得,那沉默真正诉说的何止万千!——也因为她逐字严格地依从着他下达给她而他忘记了的命令;还因为尽管她的天性是无畏的,可是她不坚持自己的权利,而承认他的判定在各方面都是正确的,便默然无声地对之俯首屈从。

在前述骑着骡子穿过这个国家内地的旅行中,还有一个人和他骑乘同行。安吉尔的同伴也是一个英国人,一心于同样的使命,尽管他来自那岛国的另一地区。他们两个都在精神沮丧的状态中,他们说起了老家的事情。知心换来了知心。由于男人们奇怪的倾向,尤其是在遥远的异地他乡,他们决不向亲友提及的生活细节也会信任地吐露给陌生人,安吉尔就在他们骑行向前的时候把他婚姻的伤心事实向那人诉说了。

这陌生人比安吉尔在更多的国家和更多的人中旅居过;对于他那世界主义者的心来说,这类偏离了社会规范的事,对于家庭生活那般巨大,可是并不比不规则的溪谷山脉对于整个地球曲线的影响更大。他用与安吉尔截然不同的见解评说了这件事,认为苔丝做过了什么与她将要做什么相比并不重要,直率明白地告诉克莱尔他离开她是错了。

第二天他们在雷雨中淋透了。安吉尔的同伴被发烧击倒了,周末死去了。克莱尔等了几个钟头埋葬了他,然后继续赶路了。

这心胸宽大的陌生人几句仓促的评论——除了他平平常常的名字克莱尔一无所知——被他的死升华了,比所有哲学家理智的道德观对克莱尔的影响都大。克莱尔自己的狭隘在它的对照下令他羞愧。他自相矛盾的言行如同潮水一般冲击着他。他固执地在损害基督教的情况下推崇希腊异教;然而在那种文明中违规的屈从并不一定被蔑视。他当然可以注重憎恶童贞受损,那是由于他继承了神秘主义的教义,鉴于那结果是被诱骗的,至少他的态度有再修正的余地。悔恨自责涌上了他的心头。伊茨·秀特的话在他的记忆中从未静止,重回了他的耳边。他曾经问伊茨是否爱他,伊茨肯定地回答了,她是不是比苔丝爱他更深? 不,她回答;苔丝会为他献出生命,她本人不能比苔丝爱得更深。

他想起了结婚那天苔丝的情形。她的眼睛那样在他身上盯住不移;她是那样紧听着他的每一句话,仿佛那是上帝说的! 在那个可怕的夜晚在壁炉前,当她单纯的灵魂向他袒开的时候,她的脸在火光映照中看上去多么可怜,以她的能力不能够认清他的爱和保护可能会收回。

就这样由她的批评者,他成了她的辩护人。关于她冷嘲热讽的话他曾向他自己发出过；可是没有男人能总是冷嘲热讽过活；他撤回了它们。表达它们的过失是由他允许自己受了一般原则的影响却无视特殊事例而起。

可是这理由有几分陈腐了；做情人和做丈夫的此前好多人经历过了。克莱尔对她是酷刻了；那是无疑的。男人们对他们爱着或爱过的女人酷刻是太平常了；女人们对男人也是如此。不过这些酷刻与它们所由生出的普遍酷刻相比较其本身又是温柔的；那地位对性情的酷刻，意向对目的的，今天对昨天的，而后对今天的。

她的家庭历史的兴味——德伯维尔的名家世系——他曾经厌恶的耗尽的气数，现在触动着他的情怀了。他为什么不懂得这些事物政治价值与想象价值之间的不同呢？在后者方面她的德伯维尔血统是一个巨大维度的事实；对于经济没有价值，对于梦想者，对于说教者的衰败没落之叹却是最有用的配料。它是一个不久将被忘记的事实——可怜的苔丝在血统和名字上的那点差别，湮灭将落到她与那大理石墓碑和金斯伯尔铅棺里的骸骨的世袭联系之上。那么，时间也无情地摧毁着他自己的罗曼史。一次又一次回想着她的面容，他想他而今能够从中看到那必定使她的先祖贵妇仪态庄重的一抹尊严的闪光了；这幻觉发射出一股电流像他先前体验过的一样通过了他的脉管，留下了一阵发晕的感觉。

尽管她过去被玷污了，在像苔丝这样的女人中一直居留的东西也比她同辈的新鲜高贵。以法莲拾起的葡萄不是胜过亚比以谢新收的葡萄吗？①

这样表明了爱情的再生，为苔丝虔诚的倾诉预设了道路，那恰恰是由他的父亲转给他的时候；尽管由于他在遥远的内陆需要很长的时间才能抵达于他。

与此同时写信人对于安吉尔回来答复那恳求的期望时大时小地轮流交替着。使期望变小的是她生命中令他们分离的事实，那事实没有改变——永远不能改变；那，假如她的在场不能使其变小，她的缺席也不能够。不过她还是让她的心投向温柔的问题：假如他能够到来，她做什么才能讨得他的最爱。她叹息思慕，渴望她更多地注意过他在竖琴上弹过的曲调，期望她好

---

① 见《圣经·创世纪》第八章第二节。

奇地询问过在那些乡村姑娘唱的民歌中他更喜爱哪几首。她拐着弯探问艾姆比·西德令，他随着伊茨从泰尔波绥斯来了，艾姆比·西德令碰巧记得，沉迷在奶牛场引奶牛下奶的那些歌曲片段中，克莱尔似乎喜欢《爱神的花园》《我有猎苑我有猎犬》《天刚破晓》；好像不喜欢《裁缝的裤子》《我长得这么漂亮》，①尽管它们是极好的小曲。

熟练这几首歌现在成了她古怪的愿望。她有点空闲时就秘密地练习它们，特别是《天刚破晓》：

> 起来，起来，起来！
> 采一枝玫瑰给你的所爱，
> 最芬芳的百花，
> 在花园中盛开。
> 斑鸠和小鸟，
> 筑巢在枝间，
> 在这五月的初时，
> 天刚破晓！

听她唱着这些小曲能融化铁石心肠，每当她跟别的姑娘分开单独做活的时候，她就在这干冷的时日里唱；想到他或许，终究，不能来听她唱，泪水便滚滚流下她的脸颊，歌里直率憨痴的词句在唱歌人疼痛的心中惨切嘲弄地共鸣着。

苔丝如此沉迷于她幻异的梦中，她似乎不知道季节在推移着；白昼变长了，圣母节即将到来了，不久旧历圣母节也将随之而来，她在这里的工期也就结束了。

可是在结账日还未到来之前发生了一件事令苔丝想到了大为不同的事情。她像往常的每个晚上一样在她寄居的家里，和这家人坐在楼下房间里，这个时候有人敲门找苔丝。通过门口她看到映着渐暗光线的一个人影，高

---

① 以上歌曲都是19世纪英国流行的民歌。

矮像是妇人粗细是个孩子,高高的,单薄的,黄昏的余晖中她没有认出这少女样的人来,直到那姑娘叫了声:"苔丝!"

"怎么——莉莎·露?"苔丝问,用一种惊讶的语调。她的妹妹,一年多点以前她离开家的时候还是一个孩子,突然一蹿长成了现下这样的形体,露本人现在仿佛还缺乏能力懂得这意义。她的细腿,可以在她曾经嫌长的裙子下看见,现在她的成长显得裙子短了,她的手足无措,显露了她的年轻和未经世事。

"是我,我走了一整天了,苔丝。"露说,带着不动情感的严肃,"我特地来找你;我累坏了。"

"家里出什么事了?"

"妈妈病得很厉害,医生说她快不行了,爹也不太好,老是说像他这样大户人家的后代要当牛做马做苦力真是冤枉,我们不知道怎么办。"

苔丝愣愣地站了好大一会儿,才想起叫莉莎·露进来坐下。她让莉莎·露进屋坐下,喝了一点茶,这时候她打定了主意。她回家是绝对必要而迫切的。她的合同要到旧历圣母节才能满期,是四月六日,不过到那时也没有几天了,她决定冒险即刻动身。

当晚动身能够赢得十二个钟头;可是她的妹妹走了这么远一直要走到第二天实在是太累了。苔丝下去到了玛琳和伊茨的住所,告诉她们发生了什么事,恳求她们把她的状况好好地说给那农夫。转回来,她给露做了晚饭,让她吃了以后,把妹妹安顿到她的床上睡下,收拾起她的一些东西装进一个柳条篮子,动身了,嘱咐露让她第二天早晨走。

五十

钟敲过十下的时候苔丝投入了春分时节冷峭的夜色中,在冷凝的星光下开始了十五英里的步行。在人迹稀少的荒凉地区,夜对于一个无声无息的行人不是一种危险,而是一种保护,知道这一点苔丝便抄着白天她几乎不敢走的最近的路走;劫道的强盗现在没有了,想到她的母亲,鬼怪的恐惧也驱除出了她的心头。就这样她一英里一英里地走下去,上山下坡一直来到了布尔巴娄,午夜时分从高处看下去那整条山谷完全遮蔽在浑然一片的深渊中,在远远的那一边就是她出生的地方。已经在高原上横越了五英里,现在在低地还有十英里或者十一英里她的行程就结束了。蜿蜒的路径在她顺路向下的时候在暗淡的星光下刚能辨认出来,不久她踏上了一片土地,与上述相对照踏着的感觉和气味都截然不同。它是布莱克姆谷黏重的土壤,谷里收税路从未穿过的部分。迷信在这黏重的土地上逗留最久。这里曾是一座猎场,在这阴影幢幢的时刻它似乎在坚持着它旧时品性的一些东西,远和近混成一体,棵棵树木和高高的树篱格外显示着它们的存在。雄赤鹿曾经在这里被追猎,女巫曾经被针刺和按入水中,绿光闪烁的小妖精当你通过的时候咯咯发笑嗤笑你——这地方的人们似乎如今一直相信着这些,他们在想象中构筑了一个群怪汇集的地方。

在纳特尔伯里她走过了村里的小旅店,小店的招牌吱吱嘎嘎做回应,和着她的脚步向她致意,那没有一个人的鬼魂听见,除了她自己。在那茅草苫着的屋顶下面她心上的眼睛能够看到放松的筋腱和松弛的肌肉,摊开在小紫方布被子遮盖下的黑暗中,借助睡眠准备精力,为了第二天海姆布尔敦山上一出现朦胧的一抹粉红,就重新开始劳动。

三点钟她转过了她穿越的曲折篱路最后的拐角,进了马洛特,通过了那片山野,在那里,作为一个游乐会的姑娘,她第一次见到安吉尔·克莱尔,那时候他没有跟她跳舞;那失望的感觉依然存留在她心里。在她母亲的房子那个方向她看到了一线光亮。它由卧室的窗户而来,一枝树枝在它前面晃动使得光亮朝她眨着眼睛。一会儿她就能辨出房屋的轮廓了——用她的钱新苫盖了——它旧日所有的印象全部浮上了苔丝的想象。它甚至仿佛就是她的身体和生命的一部分;它天窗上的斜坡,山墙上的灰面,烟囱顶上破裂的砖层,全部与她本人的特质有相通之处。这一切都带了昏沉迷蒙的特色,在她看来;它意味着她母亲的病。

她轻轻地打开门,没有惊动任何人;楼下的房间里空无一人,但是陪护她母亲的邻居走到楼梯口,悄悄说德比菲尔太太不太好,不过那时候她刚刚睡着了。苔丝自己准备了早饭,然后在她母亲的房间里担当起了看护。

早晨,她注视那些孩子的时候,看到他们都有奇怪拉长的身架;尽管她只离开了一年多一点儿时间,他们的成长还是令人吃惊的;把她的全部身心用到他们所需上的必要性令她去除了自己的烦恼。

她父亲的病还是依然如故属于说不清道不明的那一类,他像往常一样坐在他的椅子上。可是她回到家之后的第二天他却异乎寻常地快活。他有了一个合理的生活计划,苔丝问他那是什么计划。

"我想给这英格兰地区所有古董收藏家发一封信,"他说,"要他们捐助一笔资金供养我。我敢保证他们看了信能当成浪漫的、艺术的、完美的事情去做。他们花那么多钱去保存遗迹,去搜集骨头什么的,诸如此类;活着的古董他们肯定更感兴趣,只要他们知道了我。最好能有人转着圈告诉他们,在他们中间就有个活古董,他们却不把他当回事!要是那发现了我的淳格汉姆牧师还活着,他就能去干,我保证。"

苔丝延缓了在这伟大计划上的争论,她在抓紧手头上紧迫的事情,她的汇款似乎并没有使家境得到什么改善。家里的危难一缓和下来她就把她的注意力转向外面的事务。现在是栽培和播种的季节;村人的一些园子和派定地已经春耕过了;可是德北菲尔家的园子和派定地却落在了后头。她查明了原因,不由得一惊,原来是因为他们家把作种子用的马铃薯都吃了——这不顾将来的极端的错误。她尽早弄到她能得到的别的一些东西补上,几天以后她的父亲在苔丝的劝说诱导努力下很好地去照看园子了;同时她自己去料理那块离村子二百码远他们从一块大田里分租来的派定地。

在病人的房间里禁闭之后她喜欢做地里的活,现在她母亲的病情见好不需要她在跟前照料了。激烈的活动宽慰了思虑。这块地在高处,干燥空旷的圈地之中,像这样的地在这里有四五十片,白天的雇工劳动结束之后这里的劳动才最有生气。翻地通常在六点钟开始,不定时地延长到黄昏或者日升。现在一堆堆杂草和废物在一块块地里烧起来,干燥的气候有助于它们的燃烧。

晴好的一天苔丝和丽莎·露跟她们的一些邻居在这里做活,一直干到太阳的光线平射到把这些地块分开的白色木桩上。暮色一接替了日落那茅根草和卷心菜茎烧起的火光就开始一阵阵地照亮这些派定地,地块的轮廓在浓烟下好像被风飘送着隐现。火光亮起来的时候,成堆的浓烟贴地横飞,自己也被映成了暗淡的发光体,把干活的人们彼此分摄出来;"云柱①"的意思,白天是一堵墙晚上是一道光就能够理解了。

夜色更深一些在地里干活的男人和女人就因天晚停止了,可是大多数的人还在继续他们的劳作,苔丝就在他们之中,不过她已经打发她的妹妹回家了。她是在一块烧着茅根草的地里拿着叉子干活,叉子的四根闪亮的齿尖碰击着石头和干干的土块叮当作响。有时候她完全被卷进了她自己燃起的火的浓烟中;然后她的身影获得了自由,被来自火堆上的黄铜色的闪光照耀着。她这天晚上穿得很古怪,呈现出几分惹眼的外貌,她穿着一件洗过多次变白了的长袍,罩了一件黑色的短上衣,整体效果是婚礼和葬仪客人的合二为一。她身后更远一些的那些女人都戴着白围裙,连同她们灰白的面容,能在昏暗中看出,只有赶上火光一闪的时刻才能看到她们的全身。

西面,构成了田地边界的铁丝般光秃的刺棘树篱枝条映衬着乳白色的低低的天空升起米。上方,木星像一朵盛开的水仙花高悬在那里,光亮得以至于能投射出影子。一些难以叫出名字的星星在别处闪现。在远处有一只狗吠叫,车轮时而沿着干硬的路嘎啦嘎啦响过。

叉子一直勤苦地叮当震响,因为天还不是太晚;尽管空气清新凛冽,里面到底有一丝春意了,这振奋了工人从事劳作。这个地方,这个时刻,这噼啪作响的火,这光亮和阴影的奇幻神秘,其中有一些什么使得另一些人和苔丝同样爱待在这里享受它的乐趣。黄昏,在严寒的冬天里来临像一个魔鬼,在温暖的夏天里来临像一个情人,在这三月的时日来临像一副镇静剂。

没有人看他或者她的伙伴。所有的眼睛都盯在地上盯在它翻过来被火光展示的表面上。因此苔丝一边翻着土块,一边哼唱着她那些痴傻的小曲儿,她现在只能希望克莱尔能够听到它们了,她好长时间没有注意到离她最近的一个干活的人——一个穿着长罩衫的男人,她看出来,他是跟她在同一块地里用叉子翻地,她想他是她的父亲打发来推进工效的。当他翻地的方向使他更近的时候她就越发意识到他了。有时候烟气把他们分隔开,然后烟气突然转向,两个人又能彼此看见,不过依然与其他人隔开了。

---

① 云柱:见《圣经·出埃及记》第十三章第十七至二十一节。

苔丝没跟她做活的同伴说话,他也没有跟她说话。她对他没有多想,只记起大白天的时候他并不在那里,她不认识他,好像他不是马洛特干活的人,这不奇怪,她这些年经常离家,时间又长。后来他翻掘得靠近她了,他的钢叉映出的火光像她自己的叉子映出的火光同样清楚了。把枯草叉起又投上火堆的时候,她发现他在另一边也做着同样的事。火焰忽地一起,她看到了德伯维尔的脸。

他出现得意外,他穿着搜集到的长罩衫的外貌的怪诞——现在只是一些最守旧的农人才这样穿着——有一种鬼魅般的滑稽可笑,至于它的意义则令她战栗。德伯维尔发出了一阵低低的长长的笑声。

"要是我喜爱说笑,我就要说,这多么像伊甸园!"他想入非非地说,歪了头看着她。

"你说什么?"她虚弱无力地问。

"一个爱说笑的人会说这正像伊甸园,你是夏娃,我就是那个伪装成劣等动物要来引诱你的老家伙。我信仰神学的时候十分熟悉弥尔顿对那场景的描述。有几句写道——

'皇后,路已铺好,
不长,就在一排桃金娘那一边……
……假如你接受
我的引导,不久我就能带你到那边。'
'那就带路吧。'夏娃说。①

"等等。我的亲爱的,亲爱的苔丝,我只是把你可能会想的可能会说的话替你说出来了,因为你把我想得那么坏,其实我完全不是那样。"

"我从来没说你是撒旦,或者想过你是撒旦。我完全没有那样想你。我对你的看法是相当冷静的,除非你公然冒犯我的时候。怎么,你来这里翻地完全是为了我?"

---

① 弥尔顿《失乐园》中的诗句。

"完全是为了你。为了来看看你；没有别的。这件长罩衫，是我在来的路上看见挂着卖的，我才想到买来穿上的，我想可以免得引起人家的注意。我来对你这样干活提出抗议。"

"可是我喜欢干——是为了我的父亲。"

"你在那个地方的合同满期了？"

"是的。"

"接下来你要去哪里？去跟你的丈夫相聚？"

她不能忍受这令她羞辱的提醒。

"哦——我不知道！"她冷冷地说，"我没有丈夫！"

"千真万确——照你的意思。不过你有一个朋友，我打定主意要让你舒舒服服的，不管你怎么想。等你回到你家里的时候，你会看到我送给了你什么东西。"

"噢，艾利克，我希望你不要给我一点东西！我不能要你的东西！我不愿意——那不正当！"

"那太正当了！"他轻浮地叫嚷着，"我不能看着一个像你这样叫我觉得心软的女人受罪，而不去帮她。"

"可是我过得非常好！我只与一点苦恼有关——有关——与生活完全无关！"

她转回身去，不顾一切地重新开始掘起地来，泪水滚滚滴到叉柄上，落到泥土上。

"是有关那些孩子——你的弟弟妹妹们。"他又接上去说，"我想到了他们。"

苔丝的心颤动了——他触到了她一处薄弱的地方。他推测到了她主要的忧虑。自从她回到家里她的心就怀着热切的慈爱投注在那些孩子身上。

"要是你的母亲不能康复，有人应该为他们做些事；因为你父亲是不能做什么的，我想的对吧？"

"有我的帮助他就能做。他一定能！"

"还有我的帮助。"

"不，先生！"

"真是该死的犯傻!"德伯维尔破口而出,"嗨,他认为我们是同族本家了;有我帮助他会很满意的!"

"他不能满意;我已经让他醒悟了。"

"那你就更傻了!"

德伯维尔气冲冲地离开她退回到树篱边,在那里他脱去了伪装他的长罩衫;把它卷起来扔进火里,走开了。

之后苔丝不能继续翻地了;她觉得心神不定,她疑疑惑惑不知道他是不是回到她父亲的家里了;她拿起叉子走回家去。

离家二十几码远她跟她的一个妹妹相遇了。

"啊,苔丝——你猜怎么啦!莉莎·露在哭,家里有一些人,妈妈好多了,可他们说爹快要死了!"

这孩子认识到了这消息的重大;但是却不知道它的悲惨;站在那里两眼圆睁无力地盯着苔丝,直到,看到了这消息在苔丝那里产生的影响,她才说——

"怎么,苔丝,咱们再也不能跟爹说话了吗?"

"可是爹只是一点点小病啊!"苔丝心绪纷乱地惊叫。

莉莎·露走近来。

"他刚刚过去了,给妈看病的医生说他没有机会了,因为他的心脏已经长得堵死了。"

是的;德北菲尔夫妇交换了位置;濒死的一位脱离了危险,有点病不愿去的一个去了。这消息具有的意义甚至比听起来更为重大。她的父亲的生命拥有一种与他的个人成事分离的价值,或许它不能够拥有他的所有。他是在一张租约下持有这所房屋租用权的三代人间的最后一个活人;佃农早就想把房子转给固定的雇工住,那些雇工吝啬地宿在人家的小屋里。不管怎么说,终身租房人在村子里几乎和自由保产人同样讨厌,因为他们独立自主的方式,租约满期就决不会续租。

就这样德北菲尔,曾经的德伯维尔,看到过降落到他们头上的那种命运,无疑,当他们是这个郡中的奥林匹亚诸神之一的时候,他们曾经多次十分残酷地让这样的命运落到像他们本身现在一样没有土地的人家头上。如此看来潮起潮落——变革的律动——天底下万事万物都在交替和存续。

五十一

终于到了旧历圣母节的前夕,农业界处在一股一年内只发生在这个特殊日子里的流动热潮中。它是履行契约的一天;在圣烛节签订的下一年户外服务的合同,现在要开始全面实施。劳工们——或者"伙计们",到另有新名词由外引进为止就照他们习惯直接称呼自己的叫法——希望不再继续待在老地方而移去了新的农场。

这些每年由一个农场到一个农场的移民在这里不断增加。当苔丝的母亲还是个孩子的时候马洛特周围的农田劳工大都是一辈子在一个农场,那也是他们的父亲和祖父曾经的家;可是近来每年移动的热望达到了一个高潮。对年轻的人家来说它是令人兴奋的刺激,还可能有什么益处。对于由远处观望的家庭埃及的家庭是在希望之乡①,等到他们居住在那里了它同样转回去成了他们的埃及;因而他们更移着,更移着。

无论如何,农村生活中愈益显著的变更并不完全起源于农业界的骚动不安。人口减少也在继续。村庄原先容纳的,跟农田劳工并排,还有一班很有意思的见多识广的人,他们明显位居农夫之上——苔丝的父亲和母亲便属于这个阶层——包括木匠、铁匠、鞋匠、小贩,和另外一些不属于农田难以归类的工人在一起;一批人怀有确切稳定的目标,像苔丝的父亲过着他们房产终身持租人的生活,或者是副本土地保有者,偶尔,也有小自由保产人。但是长期租住的房子一满期很少再租给同样的租户,要是房主不急于给雇工住,就收回去拆掉。那些不直接以种地为业的村人不招人喜欢,他们一旦搬走,另一些人的生意受到影响,于是也被迫跟着走了。这些人家,构成了昔日乡村生活的主干,是乡村传统的保藏处,现在却到大中心区去寻找避难所了;这过程,被统计学家幽默地称为"农业人口流向大城市的趋向",实际上是被机械力量催动倒流上山去的倾向。

---

① 希望之乡:古代以色列人流落埃及,备受虐待,上帝帮助摩西率众出埃及,到了迦南,迦南遂被称为希望之乡。

马洛特的住房如此便拆得大量减少了,剩下来还立着的房子都被农场主给他们的工人住了。自从那件事发生以来就给苔丝的生命投上了一道阴影,德北菲尔家(那血统是不被相信的)的租约结束的时候,不言而喻是被认为要搬走的,即便仅仅为了品行的缘故。的确,这家人在节制、理智或者贞洁方面实在不能算是好的榜样。那父亲,甚至那母亲,时常喝醉酒,孩子们很少去教堂,那大女儿有过奇怪的交合。通过某些手段村子要保持纯洁。如此这般,圣母节一到德北菲尔一家可以被驱逐了,那房子,还算宽敞的,就被收回去给一个赶大车的大户人家住了;昭安寡妇,她的女儿苔丝和莉莎·露,男孩子亚伯拉罕和几个小孩子,只得到别处去了。

他们迁居的头天晚上蒙蒙细雨模糊了天空,天早早地就黑下来了。由于这是他们在这个村子居家和出生的地方度过的最后一个晚上,德北菲尔太太,莉莎·露,还有亚伯拉罕出去和一些朋友道别去了,苔丝守在屋里一直等着他们回来。

她跪在窗前的凳子上,她的脸靠近窗框,窗玻璃外层的雨水顺着内层玻璃流下来。她的目光停在一个蜘蛛网上,蜘蛛可能很久以前就饿死了,蜘蛛网错误地结在一个没有苍蝇飞来的角落,在从窗缝通过的微风中颤抖着。苔丝思虑着一家人的处境,从中她看出了她自己罪恶的影响。她要是不回家,她的母亲和孩子们或许可能被允许按每周租住户那样暂住。可是她一回来几乎马上就被一些严苛不苟和有很大势力的人看到了:他们看到她在教堂院子里游荡——用一把小铲把一个小孩湮泯的坟墓尽量修复好。这么一来他们便发现她又在村子里住了;她的母亲被责备为"窝藏"她;厉害的反驳随之由昭安发出来,她还主动地提出马上离开;她立刻被要求兑现她的话;由此便造成了这个结果。

"我永远不该回家来。"苔丝自语道,十分酸楚地。

她专心在这些心思上以致她看到一个穿白色雨衣的男人骑马从街上走来起初却没有注意。可能是由于她的脸靠近窗玻璃,他那么快就看见了她,他打马直接走到屋前,他的马蹄差点儿踏到了墙下窄窄的花坛边。他用马鞭柄敲了敲窗户,她才看到了他。雨差不多停了,她依从他的手势打开窗户。

"你没看见我?"德伯维尔问。

"我没有留神,"她说,"我听到了你,我觉得,不过我以为是一辆马车和一些马。我好像是在梦里。"

"啊!你听到了德伯维尔的马车,或许你是知道那个传说吧,我想?"

"不知道。我的——有人曾经想告诉我,可是没有说出来。"

"假如你是一个名副其实的德伯维尔我也不应该告诉你,我想。至于我,我是一个冒牌货,那就不算什么事了。它是相当阴沉吓人的。那是一辆不存在的马车,它的声音只能被德伯维尔血统的人听见,对于听见的人它是一个不吉之兆。它是跟一件凶杀案有关,是这个家族的一个人犯的案,在一个世纪以前。"

"现在你开了头了,就讲完吧。"

"好吧。这个家族的一个人据说诱拐了漂亮的女人,装在马车里,那个女人想从马车里逃走,两个人打起来他就杀了她——或者是她杀了他——我记不准了。这是这故事的一个说法——我看你们的洗衣盆和水桶都收拾好了。你们要搬走,是不是?"

"是的,明天——旧历圣母节。"

"我听说了你们要搬走,不过简直不相信,好像太突然了。为什么要搬走?"

"我父亲是这房产最后的一个租户,他死了我们就没有权利住了。不过,我们可以,或许,可以像星期租户那样住下去——假如不是因为我。"

"因为你什么?"

"我不是一个——正经的女人。"

德伯维尔的脸红了。

"真他妈的不要脸!卑鄙的势利眼!让他们的肮脏灵魂烧成灰烬!"他用挖苦怨恨的腔调叫着,"就是因为那个你们才要搬走,是不是?让人赶出去了?"

"也不完全是让人赶出去了;不过既然我们很快得走,那最好趁现在大家都在活动的时候走,因为有一些好点的机会。"

"你们要去哪里?"

"金斯伯尔。我们在那儿定下了房子。母亲对我父亲的家族那么痴心,她愿意去那里。"

"可是你母亲这一家子人不适合寄住在那么一个镇上的小洞洞里。现在为什么不到我川翠济的园子里去?现在那里几乎没有家禽了,自从我母亲死后;不过那里的房子,还是像你知道的一样,园子也是。房子一天内就能粉刷好,你的母亲能舒舒服服地住在那里;我将送孩子们去很好的学校。我真的应该为你做点事!"

"可是我们已经在金斯伯尔定了房子!"她声明说,"我们能在那里等——"

"等——等什么?是那好丈夫吧,没有疑问啦。听着,苔丝,我懂得男人是什么,心里压着你们分离的原因,我断定他永远不会跟你和好。现在,尽管我是你的敌人,我也是你的朋友,不管你是不是相信。到我那小屋子里来吧。我们再正儿八经养起一群鸡来,你的母亲能够很好地照料它们;孩子们能够去上学。"

苔丝的呼吸越来越急促,终于她说——

"我怎么知道你能做这些?你会变卦的——到那时——我们就——我的母亲就——又没有家了。"

"哦不会——不会的。我给你保证不会变卦,要是需要,我写个字据给你。你想一想吧。"

苔丝摇摇头。可是德伯维尔坚持着;她很少看到他这么执意不移;不答应他不行。

"就请告诉你的母亲。"他说,用一种强调的语气,"这件事的裁决是她的权力——不是你的。明天早晨我就把那屋子打扫出来刷白了,生起火来;到晚上它就干了,因此你们能直接住进去。记着,我会等着你们。"

苔丝又摇了摇头;她的喉头被复杂的情感膨胀哽塞着。她不能够抬头看德伯维尔。

"因为过去我欠你的,你知道,"他接着说,"你也治好了我,那阵狂热;所以我很高兴——"

"我倒宁肯你还保持着那种狂热,那样你就能带着它去传教!"

"我很高兴有这个机会补偿你一点儿。明天早晨我将等着听你母亲的动产卸下来……现在把你的手给我敲定吧——亲爱的,美丽的苔丝!"

随着最后的一句话他的声音降到了喃喃低语,把他的手伸进了半开的窗户。眼睛里流露着暴烈的神情她把窗框猛地一拉,这么一来,就把他的胳膊夹在了窗户和石头直梃之间。

"该死——你太狠了!"他说,抽出他的胳膊,"不,不!我知道你不是有意的。好吧,我等着你,或者你的母亲,至少是那些孩子们。"

"我不会来——我有的是钱!"她叫起来。

"在哪里?"

"在我公爹那里,只要我想要。"

"只要你想要。可是你不会要的,苔丝;我知道你;你永远不会要——你宁愿饿死!"

说着这些话他骑马离开了。刚刚走到街角他遇见了那个带着油漆罐的人,那人问他他是不是遗弃了教友们。

"你见鬼去!"德伯维尔说。

苔丝留在那里待了好大一会儿,直到一阵突然的难以抑制的感到不公正的悲愤引得眼睛里涨满热泪。她的丈夫,安吉尔·克莱尔本人,做的,像别人一样,对她太过分了,他做得实在太过分了!她以前从来不允许她有这样的想法;可是他真的是太过分了!在她的生命中从来没有——她由她的灵魂深处发誓——她从来没有有意去做坏事;然而这些严厉的惩罚来了。无论她的什么罪过,都不是有意犯罪,只是无心疏漏,为什么她要遭受这样持续不断的惩罚?

她激动地抓起手边的一张纸,潦草地写下:

哦,你为什么这样可怕地对待我,安吉尔!我不应该承受它。我小心仔细地全都想过了,我永远不能,永远不能宽恕你!你知道我无意害你——你为什么这样害我?你是残忍的,实在是残忍的!我将试着忘掉你。我从你手里得到的完全是不公平!

苔丝

她注视着等邮差通过，跑出去把信交给他，然后又到屋内呆呆地坐在窗前。

写这样一封信跟柔情哀婉地写一封信恰好是一样的。他怎么能给恳求让步？那事实没有改变；没有新的事件更改他的观点。

天越来越黑了，炉火的光亮照耀着屋内。两个大点的孩子跟着他们的母亲出去了；四个小的，他们的年龄由三岁半到十一岁排列着，全部穿着黑外衣，围在壁炉旁咿呀喋喋地叨叨着他们自己的小话题。苔丝终于也加入到他们中去，没有点蜡烛。

"这是咱们睡在这里的最后一个晚上了。宝贝们，咱们出生在这个屋子里，"她激切地说，"咱们应该想到它，是不是？"

他们都沉默了；以他们这易受感染的年纪在她唤起的最终图景前快要迸发出眼泪了，尽管迄今为止他们为想望一个新的地方而欣喜了整整一天。苔丝改变了话题。

"唱个歌给我吧，宝贝们。"她说。

"我们唱什么？"

"你们会唱什么就唱什么，没关系的。"

有一刻静止；静止被打破，起初，是一个幼小的试试探探的声音；然后第二个声音加强了它，第三个第四个一致插进去，唱着他们从主日学校学习的歌词——

    在这里我们受苦受难，
    在这里我们相遇又分离；
    在天堂我们不再离别。

他们四个人以这样一种冷淡顺从的方式唱着：一个人早已解决了那个问题，并且觉得没有什么错误，不需要再进一步考虑了。他们面目绷紧持续盯着摇曳闪动的炉火中心尽力清晰地吐出每个音节，最小的那个跑了调的声音直到别人停下了还拖了一阵。

苔丝转身离开他们，又回到窗前。外面现在是完全黑下来了，她把脸贴在窗玻璃上仿佛要看穿黑暗。其实那是要藏住她的眼泪。只要她能够相信,相信孩子们唱的,只要她能够确信,现在的一切将会多么不同;她可以多么信任地把他们托付给上帝,交付给他们未来的天国!可是,因为那是不存在的,就应该由她来为他们做那一切;她就要做他们的上帝;因为对于苔丝,也像对于另外不下百万人一样,在那位诗人的诗句里含有可怕的讽刺——

  不是完全赤裸
  我们是拖着云朵的光彩来临。①

  对于她以及与她相似的人,降生本身是一种人身堕落的强制惩罚,在这结果中那些无缘无故的东西似乎并不能证明为正当的,顶多只能起一点辩解作用而已。

  在那湿漉漉的阴暗道路上她一会儿看见了她的母亲和高挑的丽莎·露还有亚伯拉罕。德北菲尔太太的木套鞋咔嗒咔嗒地响到了门前,苔丝打开了门。

  "我看到了窗外面的马蹄印,"昭安说,"有人来过吗?"

  "没有。"苔丝说。

  炉火旁的孩子们严肃地看着她,有一个咕哝说——

  "你忘啦,苔丝,那先生骑马来过!"

  "他不是特地来,"苔丝说,"他路过这里跟我说了说话。"

  "那先生是谁?"她的母亲问,"是不是你的丈夫?"

  "不是,他永远不能,永远不能来。"苔丝冷冷地绝望地回答说。

  "那么他是谁?"

  "哎呀,你别问了。你以前见过他,我也见过。"

  "哦!他说什么啦?"昭安好奇地问。

  "等咱们明天在金斯伯尔安顿下来的时候我就告诉你——字一句告诉你。"

---

  ① 引自华兹华斯的诗《永生的启示》。

那不是她的丈夫,她说过。然而在肉体上只有这个男人才是她的丈夫的意识似乎越来越重地压向她。

五十二

第二天早晨两三点钟的时候,天还黑乎乎的,靠近公路住的人意识到他们夜里的休息被隆隆的声音扰乱了,那声音没完没了地持续到了天亮——这种声音必定每年出现在这个特殊月份的第一个周,正如布谷的声音出现在第三个周一样。他们是大迁居的序曲,空空的马车通过,车队接去移居家庭的行李物品;因为总是农场主的车把他雇的工人运送到目的地去。要在一天内完成或许是半夜过后不久那声响发生的解释,赶车人的目标是六点钟抵达迁居的家门前,一到了立刻开始往车上装可以搬动的东西。

但是对于苔丝和她的母亲一家却没有这样挂牵的农场主派车去接。她们只是女人;她们不是固定的劳工;她们没有特别需要的地方,因此她们要自己花钱雇一辆马车,得不到免费运送的事。

对于苔丝倒是一种宽慰,当她那天早晨从窗户望出去的时候,看到天气尽管阴沉有风,却没有下雨,马车已经来了。一个湿漉漉的圣母节对于迁居的人家是一个永远难忘的无法摆脱的忧惧;潮湿的家具,潮湿的床铺,潮湿的衣服伴随着,剩下来的是被雨淋病。

她的母亲,丽莎·露,还有亚伯拉罕也醒了,可是小一些的孩子们还在让他们继续睡着,四个人在微弱的光亮中吃了早饭,然后就动手"搬家"了。

开始的时候还有些高兴,一两家相处友好的邻居来帮着。大件的家具装好了,在适当的位置圈了一个窝安置了床铺,昭安和小孩子们可以在里面坐着走完全程。装好车之后与备好马之间是一段长长的耽搁,因为在装车时马已卸了辕具;不过终于,在两点来钟的时候,马车整体前进了,饭锅在车轴上来回摇晃着,德北菲尔太太和她的一家坐在顶上,那只钟抱在她的膝上,以防损坏了它的零件,随着马车猛的一颠,钟就要打一下,或者打一下半,用一种受了伤的音调。苔丝和她底下最大的姑娘跟在车旁步行,直到出了村子才上车。

他们那天早上和头天晚上曾经去拜访了几家邻居,有几个来给他们送别,都祝他们走运,不过,在他们内心里,几乎不认为这户人家可能会有什么福分,其实德北菲尔一家于人无害,除了他们自己受到伤害。不久马车开始爬坡,风随着地势和泥土的变化越来越尖利了。

这天是四月六日,德北菲尔家的马车在路上遇见了另外一些装载着人家的马车,他们装车按照几乎不变的规则,仿佛是特有的,大概,对于乡民来说好像是六角蜂箱对于蜜蜂。安置的基础部分是这个家庭的饭厨,那物体,带着它闪亮的把手,指印,家庭的迹象浓厚在上,显要地立在前面,在辕马尾巴的上方,姿势直立,位置自然,好像一只约柜①,他们必须恭恭敬敬地搬运才行。

有一些人家充满活力,有一些死气沉沉的;有一些人家停在路旁客店稍远一点的地方。她随着那酒杯传递的人向上看去,看出了它是被她老熟人的手抓住了。苔丝向那辆车走去。

"玛琳,伊茨!"她向着姑娘们叫起来,正是她们,坐在她们寄居的那户人家迁移的车上,"你们今天也搬家吗,像大家一样?"

她们也是,她们说。因为她们在弗林卡姆阿什的生活太苦了,她们离开了,几乎没有预先告知,听任格鲁毕起诉她们好了,假如他这样选择了。她们告诉了苔丝她们的目的地,苔丝也把她的告诉了她们。

玛琳向路上伏下身子,压低了她的声音:"你知道追着你的那个先生吗——你能猜到我指的是谁——你走了以后到弗林卡姆阿什打听你。我们没告诉他你去了哪里,知道你不愿意见他。"

"嗯——不过我看见他了!"苔丝咕哝说,"他找到了我。"

"他知道你去了哪里?"

"我想他知道了。"

"丈夫回来啦?"

"没有。"

她跟她的熟友道了别——因为各自的车夫现在从客店里出来了——两

---

① 约柜:据《圣经》所言,约柜是一种木头柜子,装有刻制摩西十诫的两块石板。

辆马车朝相反的方向重新开始了它们的旅程；玛琳、伊茨，随着那庄稼汉一家坐在上头的车漆得堂光锃亮，由三匹强有力的马拉着，马的辕具上带着闪亮的铜饰；而德北菲尔太太和她的一家坐的马车只是一个吱嘎作响的装置，很难负载压在它上头的重货；自从打造起来就没人知道它是否油漆过，只由两匹马拉着。相形之下充分地标志着由家道兴旺的农场主来接与自己迁居的人雇佣来接的不同。

距离遥远——对于一天的行程实在是太远了——由两匹马完成是极度困难的。虽然早早地起程了，但是等到他们转过构成高地一部分叫作绿山的高处一侧已经是下午很晚的时候了。当马站住了撒尿喘息的时候苔丝看了看周围。山下，正在他们的前头，是他们朝觐的半死的小镇，金斯伯尔，在那里躺着她的父亲夸耀颂扬得令人生厌的那些祖先：金斯伯尔，在这个世界上能被看作德伯维尔家的处所，因为在那里他们居住了足足五百年。

能够看到一个男人从郊外朝着他们走来了，当他看到了车上装载的景况时他加快了脚步。

"你是被他们称作德北菲尔太太的吧，我估计。"他对苔丝的母亲说，她下了车要走过剩下的路。

她点点头。"不过，我是约翰·德伯维尔先生，那显贵的人，新近的寡妇，要是我挂虑我的权利；现在我们返回他祖先的领地。"

"哦？哦，我不知道那个；不过假如你是德北菲尔太太，我是被打发来告诉你，你想要的房子租出去啦。我们不知道你要来，直到今天早晨接到你的信才知道——可是已经太晚了。不过你肯定能在别的地方找到住处。"

这男人注意到了苔丝的脸，那脸听到他的消息已经变得灰白了。她的母亲的神色也是一片绝望不知所措。"我们现在怎么办，苔丝？"她酸楚怨恨地说，"这就是你祖先的土地，给的欢迎！不管怎么样，让我们试试吧。"

他们向前走进镇里，尝试着他们全部的可能，苔丝留在车旁照料那些孩子们，其时她的母亲和丽莎·露去打听。一个钟头以后，昭安最后一次回到车跟前，找住宿的地方一直没有结果，赶马车的车夫说货物必须卸下来了，因为马快要累死了，他当天晚上至少一定要走完回程的一半。

"好吧——就卸在这里，"昭安不在乎地说，"我总能找到蔽身的地方。"

马车赶到了教堂墓地的墙脚下,停在一个隐蔽的地方,这车夫,很乐意,一会儿就拖拉下了破破烂烂的一堆家里器具。卸完后她付给了他车钱,由此她自己几乎只剩下了最后一个先令了。他赶车离开丢下了他们,只是十分高兴摆脱了跟这样一户人家的更多交易。这是一个干燥的夜晚,他估计他们不会受到什么伤害。

苔丝绝望地凝视着那一堆家具。春天的夜晚夕阳清冷的光辉不怀好意地瞅着那些盆盆罐罐水壶铁锅,瞅着那束在风中颤抖的干草,瞅着那饭厨的铜把手,他们曾经在里面摇晃的柳条摇篮,瞅着那擦亮的钟壳,这些室内家具对于未受过这种无家可归的变迁弃于露天全都露出了责备的闪光。周围是原来苑囿内的山坡——现在分割成了一块块小草场——陈示在那里的绿色地基上曾经矗立过德伯维尔家府第;外围连绵的爱敦荒原也是曾经属于德伯维尔家的地产。附近叫作德伯维走廊的教堂走廊在冷冷旁观。

"你们家的墓地不是你们自己的地产吗?"苔丝的母亲从教堂和墓园探察了一圈回来说,"当然是,我们就在那里住宿,姑娘们,直到你们的祖宗给咱找到一个住家为止!现在,苔丝,丽莎,亚伯拉罕,你们帮我。咱们为孩子们搭一个窝,然后咱们再到别处转转看。"

苔丝无精打采地搭把手,一刻钟内那老式四柱床从家具堆里搬出来,安在教堂南墙脚下,这以德伯维尔走廊著称的建筑部分,在它的下面躺着巨大的墓穴。床架天盖上面是一个漂亮的花格窗,有好些格子,它的年代属于十五世纪。它被叫作德伯维尔窗,在它的上方能够辨出像德北菲尔的老印章和匙子那样的家徽。

昭安拉开帐子围着床以便做成一个极好的帐篷,把最小的孩子放到里面。"要是更糟了我们也能在那里睡,睡上一夜。"她说,"让咱们再试试,给这些宝贝们弄点吃的!噢,苔丝,你玩那嫁个有钱人的把戏有什么用处,还把咱们丢下受这样的罪!"

由莉莎·露和那男孩子陪伴着她又走上了把教堂和镇子隔开的小篱路。他们一进大街就看到了一个男子骑在马上上下张望。"嗨——我正在找你们呢!"他说,骑马走向他们,"这真是一家人在古迹上相聚了。"

他是艾利克·德伯维尔。"苔丝在哪儿?"他问。

昭安本人不喜欢艾利克。她随便朝教堂方向一指,继续走去,德伯维尔说他将再见到他们,万一他们一直不能成功地找到避难所,他们的话他恰好听到了。他们走去的时候德伯维尔骑马走进了客店,一会儿又步行出来了。

在这期间,苔丝,跟孩子们留在床帐里,和他们说了一会儿话,直到看着再也不能更舒服一些了,她就到教堂墓地里走了走,现在四周的暮色开始沉下来了。教堂的门没有闩住,她走进去,这是她有生以来第一次走进这座教堂。

他们安床铺的里面窗户下边就是这个家族的墓冢,涵盖了几个世纪之期,它们有华盖,祭坛形,很素朴;它们的雕刻漫漶了破损了;它们的铜纪念牌从框子上脱落了,只剩下了铆钉眼像沙石崖上的沙燕窝一样。在所有遗迹中任何时候承受的她的家族社会地位的灭绝没有比这个劫掠再强有力的了。

她走近一块黑色的石头,上面雕刻着:

古德伯维尔氏墓门

苔丝不能像一个红衣主教那样读出教堂拉丁文,可是她知道这是她祖先的墓门了,她的父亲躺在他的杯中物时念诵的那些趾高气扬的爵士。

她沉思冥想地转回去,从一个祭坛式的坟墓旁经过,它是全部坟墓中最古老的一个,上面是一个躺着的人形。暮色中她先前没有看它,现在只是因为一阵古怪的幻想觉得那雕像在动,她才注意到了它。她一靠近它立刻就发现那人形是一个活人,察觉到不是她独自一人在这里对于她的震动是这样的强烈,把她完全压倒了,她倒下去几乎要昏过去了,不管怎样她还是认出了艾利克·德伯维尔的样子。

他突然跳起来扶住了她。

"我看你进来了,"他微笑着说,"我到那上面是为了不打断你的沉思。一个家庭团聚了,是不是?和那些躺在我们这下面的老家伙。你听听。"

他用他的脚后跟重重地跺着地面,从下面传来空洞的回声。

"这震动了他们一点儿,我能保证!"他接着说,"你以为我只是他们中的一个石头翻版。但不是。一朝天子一朝臣。一根假冒的德伯维尔的小指头就能为你做得更多,胜过底下的那整个真的王朝……现在吩咐我吧,我做什么?"

"走开!"她嘟哝说。

"我走——我去看看你的母亲,"他温和地说。可是在走过她身旁时他又低低地说:"记住:你将比这个客气一些!"

他走了以后她伏在墓门上,说——

"为什么我偏偏在门这边啊!"

与此同时玛琳和伊茨·秀特跟那庄稼汉的一车动产继续走向他们的迦南福地——这个早晨刚刚离开它的另外一些家庭的埃及。可是这两个姑娘没有长久地思虑她们将去的地方。她们谈的是安吉尔和苔丝,苔丝的持续追求她的情人,那些跟她早先的历史的关系她们有一部分听说了,一部分在此之前猜到了。

"这可不像以前她从来不认识他的情况了,"玛琳说,"他骗过她一次影响就比天大。要是她再被他引诱去,那可就一千个可怜了。克莱尔先生对咱们永远不会有什么了,伊茨;咱们为什么还要嫉妒他对她,不试试让他们言归于好呢?只要他能知道她现在受的罪,知道她现在正犹豫不定,他就能回来照料他自己的人。"

"咱们能让他知道?"

她们走向她们的目的地的一路都在想着这事;可是她们到了新的地方以后忙活着收拾安置占去了她们的全部心思。不过等她们安顿下来的时候,是一个月以后了,她们听说克莱尔快要回来了,尽管她们不知道苔丝的情况。于是,她们对他的依恋重新勾动起来,而且又有意光明正大地对待她,玛琳打开了她们花了一便士买的墨水,几行文字由两个姑娘共同编了出来。

尊敬的先生——照看你的妻子吧,要是你像她爱你那样爱她。因为她正被一个扮成朋友样的敌人逼得痛苦伤心。先生,那是个应该离开她的人,却正在靠近她。一个女人承受的考验不能超出了她的能力,持续不断地滴水能穿透石头——唉,还能穿透钻石。

两个好心人

这封信她们写上了她们曾经听说过的跟安吉尔·克莱尔相连的唯一地址,艾敏斯特牧师宅第;信寄走以后她们持续在她们为自己的宽宏大量而生的精神兴奋中,使得她们歇斯底里气断声咽地唱歌,同时又哭着。

第七章 结局

五十三

　　是艾敏斯特牧师宅第的傍晚了。两支惯有的蜡烛在牧师书房的绿罩下点着,但是他却没有坐在那里。他偶然走进来,拨一拨那足以增加春天的温暖的壁炉的小火,又出去了;一会儿在门前站站,接着去客厅转一转,一会儿又回到门前。

　　门朝西开着,尽管黑暗弥漫了屋内,外面还一直有些光亮,能够看清楚。克莱尔太太原本坐在客厅里,也跟他来到了门前。

　　"还得好长时间呢,"牧师说,"即便火车能正点,六点他也到不了乔克·牛顿,还有十英里乡下道路,其中有五英里在克雷默克罗克篱路,靠咱们的老马颠颠簸簸走不快。"

　　"可是它拉咱们的时候只用了一个钟头,亲爱的。"

　　"那是多年以前了。"

　　就这样他们度过了一分钟又一分钟,各人都知道这纯是白费口舌,必不可少的仅仅是等待。

　　终于在篱路上有轻微的声音了,老旧的小马车确实出现在栅栏门外边了。他们看到从上面下来了一个他们假装认识的人,可是如果没有他从他们的车上下来以证明他的身份,又由于在一个特殊的时刻等待一个特殊的人,他们在大街上实在会失之交臂的。

　　克莱尔太太冲过黑暗的走廊到了门口,她的丈夫慢一些跟在她的后头。

　　这新来的人,刚刚要进门,在门口看到了他们担忧的面容和他们的眼镜反射的西边的闪亮,因为他们正好面对着白日残存的光线;可是他们只能看到他背对着光亮的身影。

"哦,我的孩子,我的孩子——终于又回家了!"克莱尔太太叫着,此时她不再介意那导致这种分离的所有异端的污点,正像对他衣服上的灰尘一样。女人,实实在在地说,在所有最忠诚的真理信徒中,在某种意义上相信《圣经》的许诺和恐吓会像相信她们自己的孩子那样吗?要是权衡起他们的幸福来她们会不把她们的神学抛向风中吗?他们一进了蜡烛照亮的房间,她就看着他的脸。

"哦,不是安吉尔——不是我的儿子——那离家走了的安吉尔!"她完全用悲伤的反话叫着,同时转到了一旁。

他的父亲,看了他也大为震惊,由于焦虑困扰加之克莱尔经历的恶劣时令和气候,他的身体如此瘦弱与先前判若两人,他那时受了这家庭事件的嘲弄,一时厌恶,就那么草率匆忙地跑出去了。你能够在这个男人后边看到一副骨头架子,几乎能看到骨头架子后边的鬼魂。他比得上克里维利①画的死去的基督了。他深陷的眼窝是一种病色,他眼睛里的光是暗淡的。他那些年老祖先的尖削凹陷皱纹遍布提前二十年成功地占据了他的脸。

"我在那里病了,你知道。"他说,"我现在完全好了。"

可是,仿佛要证明这个断言是假话,他的腿似乎衰退了,他突然坐下去免得摔倒。它只是一阵轻微的虚弱来袭,是漫长沉闷的旅行的结果,连同到达后的兴奋。

"近来有我的信吗?"他问,"我碰巧收到了您最后转的那一封,我在内地耽搁了很久才收到;要不然我可能回来得更早一些。"

"是你妻子来的吧?我们估计。"

"是。"

最近来的只有一封。他们没有转寄给他,知道他不久就会动身回家了。

这信一拿出来他急忙打开,读着苔丝在她最后的慌乱中用潦草的笔迹表达的感情,他被重重地搅动不安了。

---

① 克里维利:15世纪意大利画家,他的《死去的基督》画的是圣母马利亚哀痛地抱着基督的尸体的情景。

哦,你为什么这样可怕地对待我,安吉尔!我不应该承受它。我小心仔细地全都想过了,我永远不能,永远不能宽恕你!你知道我无意害你——你为什么这样害我?你是残忍的,实在是残忍的!我将试着忘掉你。我从你手里得到的完全是不公平!

苔

"一点儿不假!"安吉尔说,把信丢下,"或许她永远不能跟我和解了。"

"不要这样,安吉尔,不要为一个区区的土孩子这样忧虑。"他的母亲说。

"土孩子!咳,我们都是土孩子啊!我希望她就是你说的那种意义;不过让我现在给你解释我以前从没解释过的吧,她的父亲是最古老的诺曼世家的嫡系后裔,像另外好多人一样在我们的乡村里过着默默无闻的农家生活,被人绰称为'土地的儿子'。"

他一会儿以后到那床上歇下了;第二天早晨,觉得非常不舒服,就逗留在他的房间里思虑着。他把苔丝丢在那样的境况中,那时候他在赤道的那面,刚刚接到她示爱的书信,在他选择宽恕她的时刻冲回去扑向她的怀抱似乎是世界上最容易的事情,现在他来到了,好像却不那么容易了。她是情绪激烈的,她现下的这封信,显示出在他的延迟下她对他的尊重改变了——非常公平的改变,他悲伤地承认了——他问自己,不预先通知,正值她父母在场时去面对她是否明智呢?料想她的爱在分离的最后几周期间必定转向了厌恶,突然的相见或许会引发挟恨抱怨的厉害话语。

克莱尔因此想到,最好寄一封信到马洛特告知他的回来,以便让苔丝和她家里有所准备,他希望她一直跟他们住在那里,像他离开英格兰时为她安排的那样。他当天就发出了信,一个礼拜不到接到德北菲尔太太来的一封短信,此信没有消除他的窘迫,因为它没有写通信地址,而且令他惊讶的是它不是由马洛特写来的。

先生——我写这几行字告诉你我的女儿现在离开我了,我不能确定她什么时候回来,不过她一回来我就会让你知道。她暂时住在哪里我觉得不能随便告诉你。我要说我和我的家人离开马洛特有些日子了。

你的昭安·德北菲尔

就是这样一封短信让克莱尔知道了苔丝至少在表面上是平安无虞的,她的母亲对她的下落生硬的缄默没有使他长久忧苦。他们全都在生他的气,很明显。他将一直等待,直到德北菲尔太太通知他苔丝的回来,她的信暗示了那不会太久。他不再值得称赏,他的爱情是那种"发现了变化就变卦"①的。他这次出国遭受了一些奇特的经历;他在名义上的克丽尼亚②身上看到了实际上的弗斯蒂纳③,在肉体的芙琳妮④身上看到了精神的卢克丽霞⑤;他想到了那个被捉住置于众人中间应被掷石头打死的女人⑥,还有那个做了皇后的乌利亚的妻子⑦;他曾问自己他评断苔丝为什么不用建设性的观点而只凭经历,只依据行为而不考虑意愿。

他在他父亲的房子里等待那有指望到来的昭安·德北菲尔的第二封信,过去了一两天,同时间接地恢复一下体力。体力呈现了恢复的迹象,可是没有昭安的信的迹象。于是他找出了他在巴西时家里转寄给他的过去的信,苔丝由弗林卡姆阿什写给他的,重看一遍。那些句子现在像他第一次细读时同样强烈地打动了他。

我在我的痛苦中必须呼唤你——我没有别的人呼救……我想我肯定要死了,要是你不赶快来,或者不叫我去你那里……请,请不要只是公正;也给我一点儿仁慈!……如果你能来,我将死在你的怀抱中,要

---

① 引自莎士比亚的《十四行诗》第一一六首第三行。
② 克丽尼亚:古罗马将军庞培的妻子,以贞洁而著名。
③ 弗斯蒂纳:古罗马王后,以淫荡而闻名。
④ 芙琳妮:古希腊有名的娼妓。
⑤ 卢克丽霞:罗马故事中的贤妻,被塔基尼乌斯奸污,自告其父与夫,嘱为报仇,遂自杀。
⑥ 据《圣经·新约·约翰福音》所言,文士和法利赛人带来一行淫时被拿住的妇人,想用石头砸死,上帝宽恕了她,让她改邪归正。
⑦ 据《圣经·旧约·撒母耳记》第十一章,乌利亚的妻子拔示巴与大卫王同房怀孕,大卫王杀死乌利亚,娶拔示巴为妻。

是那样能让你原谅我,我会心甘情愿去死!……只要你寄给我几个字,说,"我就来",那我将等待着,安吉尔,哦,那么心情愉快地等待着!想一想它会怎样伤我的心,我老是看不到你,老是!唉,假如我能让你可爱的心像我的心每时每刻都疼那样疼上几分钟,那也许能让你对你孤独凄凉的人表示一点怜悯……我将是甘愿的,唉,高兴的,作为你的仆人和你生活在一起,假如我不能做你的妻子;只为了我能够接近你,能够看你几眼,想到你是我的……不论在天上在地上还是在地下,我渴望的只有一件事,就是见到你,我亲亲的爱人!来我这里吧,来我这里,从威胁我的危险中拯救我。

克莱尔决定不再相信她最近对他的严厉态度了,而要马上动身去找她。他问他的父亲他不在时她是否要过钱。他的父亲回以否定,这时才第一次令安吉尔想到她的自尊阻碍了她的道路,她必定经受了贫困的苦楚。从他的话中他的父母现在推测出了他们分离的真正原因;他们基督徒的品性是这样的,堕落者是他们特别关心的,如此,苔丝的血统,她的单纯,甚至她的贫困,便不能激起他们的柔悯,而她的罪却即刻把他们激发了。

此时他匆匆忙忙地为他的旅行收拾起一点东西,他看一下也是最近才到手边的一封短信上粗草的大字——是玛琳和伊茨·秀特来的那封,开头是——

尊敬的先生——照看你的妻子吧,要是你像她爱你那样爱她……

署名是"两个好心人"。

五十四

一刻钟内克莱尔离开了家,他的母亲就此望着他单薄的身影消失在街上了。他拒绝了借用他父亲的老母马,他很清楚它是家务必需的。他去了客店,在那里他雇了一辆小马车,几乎等不得上好辕具。短短几分钟后他上了镇子外面的山,早在这一年三四个月前,苔丝曾怀着那样的希望下山又带着那般破碎的结果上山了。

本维尔路一会儿伸展在他的前头了,它的树篱和树木紫英英的,带着芽蕾;可是他留神着别的事情,只是为了使自己能够走对路他才会收回目光看看景物。不到一个半钟头他就擦过了欣陶克王室庄田的南端,登上了荒凉不吉的十字手,就是在这邪恶的巨石旁边,艾利克·德伯维尔,出于改过自新的一时怪想,逼迫苔丝,去发那她永远不再存心诱惑他的奇怪誓言。上一年灰白枯萎的荨麻秆而今还光秃秃地逗留在堤坡上,今年春天的幼小的绿荨麻又从它们的根上生起来。

从这里他沿着俯视另一个欣陶克的高地边缘继续走去,向右拐,进入了凉爽的弗林卡姆阿什石灰质区域,她写给他的那些信中有一封就由那里寄去,他曾以为那是她母亲为她提供的居留之地。在这里,当然,他没有找到她;使他增添了沮丧的是发现村里人和那个农夫本人根本没有听说过"克莱尔太太",尽管苔丝符合礼俗常规的名字足以被记得。他的名字在他们分离期间她显然没有用过,他们的完全断绝使她的尊严感不仅宁肯选择吃苦受罪(他现在才第一次知道了),而不去跟他的父亲要一点钱,更何况以这种弃权而放弃夸耀。

这个地方的人告诉他苔丝·德北菲尔走了,没有应有的预先告知,回了布莱克姆谷另一边的她父母的家里了,因此找到德北菲尔太太成为必需。德北菲尔太太告诉他她现在不在马洛特,可是对于她的实际地址却保持了难以理解的缄默,仅有的途径是去马洛特询问。对苔丝那般粗暴的农夫对克莱尔却用花言巧语讨好,借给他一匹马与车夫驾车送他去马洛特,他用来赶到这里的小马车回艾敏斯特了,因为一天的旅程那匹马已经达到了极限。

克莱尔不能接受那农夫的车子去比峡谷外围更远距离的出借,打发那驾车送他的人赶回去了,他上了一家客店,第二天步行走进了他亲爱的苔丝出生于此的地域。在这一年中园子里枝叶上出现太多的颜色仍为时过早;如此唤作的春天只是冬天使其负载的一层薄薄的绿衣,那是带着他的期望的一个包裹。

苔丝在里面度过了她的童年的房子现在由另一户不知晓她的人家住

着。新的居民在园子里,饶有兴味地做着他们自己的事情,仿佛这住宅从来没有经过它与另外一些人的历史相关联的最初时光,与以往的历史相比,这一些只不过像是白痴讲的故事①。他们携带着他们自己无尚关切的原初在园子里的小径上走来走去,时时刻刻把他们的活动导入跟他们身后朦胧幽灵不和谐的冲突,言说起来好像苔丝生活在这里时的故事一点儿也不比现在剧烈。甚至春天的鸟儿鸣唱在他们头顶好像也认为没有什么人特别地失去了。

向这些完全无知者询问,甚至他们的先前住户的名字也是一种衰退的记忆了。克莱尔知道了约翰·德北菲尔死了;他的遗孀和孩子们离开了马洛特,声称他们要去金斯伯尔住,可是后来没到他们提及的地方而去了别的地方。到了这时候克莱尔因这所房子停止容纳苔丝而憎恶它了,由它可厌的面前匆匆离去,没再回头看一眼。

他的路在他第一次看见她跳舞的田野旁。它像那所房子一样讨厌了——甚至更坏。他向前穿过教堂义地。在那里,在那些新的墓石中间,他看到了一块有几分高傲的石碑落置着,碑文这样写着——

  纪念约翰·德北菲尔,确切为德伯维尔,曾经强大有力的家族的名字,由征服者武士之一佩根·德伯维尔爵士显赫血统而传的直系后裔。卒于18——年3月10日。

痛莫大焉英豪亡故

有一个人,明显是教堂司事,看到克莱尔站在那里,走上前来。"唉,先生,眼前那是个不愿躺在这里的人,只希望被送到金斯伯尔去,他的祖先在那里。"

"为什么他们没有尊重他的愿望?"

"哦——没有钱。也就是对你说,先生,为什么——那,我不愿到处去

---

① 见莎士比亚《麦克白》第五幕第五场。

说,就是——甚至这块墓碑,那夸耀地刻在上头的所有花费,也没有付。"

"噢,是谁刻上去的?"

这人告诉他村子里一个石匠的名字,克莱尔就离开教堂墓地,去那石匠家里拜访了。他查明那情形是真实的,便付了账。做过此事以后他转向了移居者搬走的方向。

这路程对于步行是太远了,可是克莱尔觉得有一种强烈的希图孤立的愿望,起初他既不愿意雇一辆车子,也不愿从最终可以到达那地方的铁路绕行。在莎士屯,不管怎么说,他感到他必须雇车子了;不过这路是那么难走,直到夜里七点钟他才到了昭安的住地,自离开马洛特已经横穿了二十多英里。

这村子很小,他没有怎么经历困难就找到了德北菲尔太太的住屋,那是一所坐落在有围墙的园子里的房子,远离了主道,她在那里尽可能归置好了她那些笨重的旧家具。很明显,为了这样一些原因她不希望他来见她,他觉得他的来访无论如何是一种打扰。他本人来到了门口,来自夜空中的微光落在她的脸上。

这是克莱尔第一次见到她,不过他心事重重,除了看到她还是一个端庄的女子,身着一身庄重的孀妇服装,没顾得留意别的。他不得不自己解释说他是苔丝的丈夫,他到这里来的目的,他说得相当笨拙。"我想立刻见到她,"他又说,"你说你会再写信给我,可是你没有这么做。"

"因为她没有回家。"昭安说。

"你知道她怎么样吗?"

"我不知道。可是你应该知道,先生。"她说。

"我承认。她住在哪儿?"

从这次见面一开始昭安就把手捂在她的脸颊上暴露了她的窘迫。

"我——不确切知道她住在哪里,"她回答说,"她原先——不过——"

"她在哪里?"

"唉,她如今不在那儿了。"

在她的闪避托词中她又停住了,那些小孩子这时候悄悄走到门口,在那里,最小的拉着他母亲的衣襟,咕哝着说——

"要跟苔丝结婚的就是这个先生吗?"

"他已经跟他结过婚了,"昭安低声说,"进去。"

克莱尔看到了她的尽力缄默,问道——

"你觉得苔丝会愿意我再试着去找她吗?要是不愿意,当然——"

"我不认为她会愿意。"

"你敢肯定?"

"我敢肯定她不会愿意。"

他正要转身离开,同时又想到了苔丝那封柔情的信。

"我敢肯定她会愿意!"他激切地反驳说,"我比你更懂得她。"

"那是很可能的,先生,因为我从来没有真正了解她。"

"请告诉我她的地址,德北菲尔太太,可怜可怜一个孤凉受难的男人!"

苔丝的母亲又心神不安地用她竖直的手摸她的脸颊了,看着他痛苦的样子,她终于说了,用一种低低的声音——

"她在桑德伯恩。"

"啊——在那里的什么地方?桑德伯恩已经成了一个大地方了,人家说。"

"我只知道她在那里,详细情况就不知道了——桑德伯恩,尽管我、我还从来没去过呢。"

显然在这一点上昭安说的是实话,他没有再进一步逼问她。

"你需要什么东西吗?"他温和地说。

"不需要,先生,"她回答说,"我们的供给还算好的。"

克莱尔没有进这所房子便转身离开了。前头三英里远有一个火车站,付了马车夫的钱,他走向那里。不久后开往桑德伯恩的最后一趟火车启动了,它在它的机轮上负载着克莱尔。

五十五

那天夜里十一点钟,在一家旅店找到了一个床位,他即刻给他的父亲拍电报告知他到达的地址,他走出旅店到了桑德伯恩街上。拜访或者打听任何人都是太晚了,他不得不勉强把他的意图延迟到早晨。可是他不会马上就退回去安歇。

这时髦的海滨城市,连同它的东车站和西车站,它的几个码头,它的松树丛林,它的散步场所,它的有篷蔽的花园,诚然,对克莱尔而言,好像是一根魔杖一击,突然创造出来的一方仙境,又容许它有了一点凡尘。巨大的爱敦荒原远离了中心的东部地带近在手边,然而就在这黄褐色古迹地带的最边缘却被选中出现了这样一座华丽夺目的传奇般的旅游胜地。郊外一英里空间内的每一块不规则的土地都是史前的,每一条河床水道都是未受干扰的不列颠遗路;没有一块草地自恺撒时代以来被翻动过。然而那些外来的风物却在这里生长,像先知预言的葫芦①一样出乎意料,也把苔丝吸引到了这里。

在午夜的路灯下他沿着这旧世界中的新世界弯弯曲曲的道路走来走去,能够辨认出在树木间映衬着星辰的高耸的屋顶、烟囱、阳台,连同那无数奇异的塔楼,它们如此构成了这个地方的宅第。它是一座由各自独立的大厦集成的城市,是英吉利海峡之滨的一处地中海式休闲胜地,如今在夜里看来它仿佛比它的实际更显得庄严壮观。

海近在咫尺,但是并无侵扰;它咕咕喁喁的,他还以为那是松林;松林恰恰用同样的音调低语着,他又以为那是海。

苔丝可能会在哪里呢?一个村舍姑娘,他年轻的妻子,在这极度富丽时尚的所在之中?他越思虑越困惑了。在这里也有奶牛要挤奶吗?可是确实没有田地耕作。她最有可能被雇佣在这些大房子的一座中做事;他漫步向前,看着那些房间窗户和它们一个一个射出灯光,想知道哪一个会是她的。

猜测是没有用的,刚刚过了十二点他进客店上床了。熄灯之前他再读一遍苔丝热切的书信。睡觉吧,可是无论如何,他却不能入睡——如此地靠近了她却又离她如此遥远——他不断地拉开窗户遮帘,凝望对面房屋的背后,想知道在哪一个窗扉后面她现在安息了。

他几乎可以整整坐上一夜。早晨七点他起来了,一会儿以后走出去,朝

---

① 据《圣经·旧约全书》所言,上帝为使先知约拿从痛苦中解脱,让葫芦马上长出来遮挡约拿的头。

着邮政总局走去。在门口他遇上了一个带着信早晨去投递的一个机灵的邮差走出来。

"你知道克莱尔太太的地址吗?"安吉尔问。

邮差摇了摇头。

接着,记起了她会愿意继续用她少女的姓氏,克莱尔说——

"或者是德北菲尔小姐?"

"德北菲尔?"

对于邮差这也是一个生疏的姓氏。

"这里的游客每天来来去去,如你所知,先生,"他说,"没有房屋的名字不可能找到他们。"

这时候他的一个同事匆忙走出来,克莱尔把那名字又对他重复了一遍。

"我不知道德北菲尔的名字;不过在苍鹭有德伯维尔的名字。"第二个邮差说。

"就是它!"克莱尔叫起来,高兴地想到她是回复到真切的发音了,"苍鹭是什么地方?"

"一所时髦的公寓。这里到处都是公寓,你看。"

克莱尔得到了怎样去找那所房子的方位,急匆匆地向那里走去,和送牛奶的人一起到了。这苍鹭,虽然是一座普通的别墅,却坐落在它自己的庭园中,确实是极少能够期望找到的公寓,从外表看它是那样的私密。假如可怜的苔丝在这里做一个仆人,如他所担忧,她会去后门接送牛奶的,他也想去那里。可是不管怎样,他还是转到了前面,拉了门铃。

时间还太早女房东亲自打开了门。克莱尔向她打听苔瑞莎·德伯维尔或德北菲尔。

"德伯维尔太太?"

"是的。"

苔丝,那么,是以已婚女人的身份出现了,他感到很高兴,尽管她没有采用他的姓。

"能请你告诉她有一个亲戚急着见她?"

"太早了。我告诉她什么名字,先生?"

"安吉尔。"

"安吉尔先生?"

"不,安吉尔。它是我的教名。她会明白的。"

"我看看她醒了没有。"

他被让进了前面的房间——饭厅——通过弹簧窗帘看出去,只见在那小草坪上有杜鹃和别的灌木。很显然她的处境并没有他担忧的那么差的意味,他心里掠过了一个想法,她肯定是用什么办法认取并变卖了那些珠宝才达到了这种地步。他丝毫也不怪她。一会儿他敏锐的耳朵捕捉到了楼梯上的脚步声,他的心即刻极其痛苦地怦怦撞击起来,以致他几乎站不住了。"哎呀!她会把我看作什么呀?我变成了这个样子!"他自语说。门开了。

苔丝出现在门口——完全不像他料想的看见她的样子——是令人迷惑的别样,真真切切。她美妙的自然美,如若不是增强了,也是被她的服饰极为明显地映衬了。她宽松地披着一件灰白色开司米晨衣,绣着半丧服的花纹,她穿着同样颜色的拖鞋。她的脖颈由细绒褶边中挺立出来,她那条让人铭记的黑褐色粗大发辫的一部分在她的头后挽成一团一部分披在肩上——明显的匆忙结果。

他伸出了他的胳膊,可是它们又在他的身旁垂下了;因为她没有向前走,一直停留在开着的门口。在两相对比中他觉得他现在是黄色的骷髅了,他的外貌一定会令她厌恶。

"苔丝,"他沙哑地说,"你能原谅我的离去吗?你不能——跟我了?你怎么会变成——这样?"

"太晚了——"她说,她的声音重重地震响着整个房间,她的眼睛不自然地闪动着。

"我没有正确地看待你——我没有按你的实际看你!"他继续恳求说,"我后来明白了,我的亲爱的苔丝!"

"太晚了,太晚了!"她说,像受刑不过每一刻都像一个钟头般难忍的人那样挥着手,"不要走近我,安吉尔!——不——你一定不能走近我。走开。"

"你不爱我了吗?我亲爱的妻子,因为我这样被病压垮了?你不是那种感情易变的人——我就是为了你来的——我的母亲和父亲现在会欢迎你!"

"是的——哦,是的,是的!可是我说,我说太晚了。"

她仿佛觉得如在梦中的逃亡者,想着逃离,却不能够。"你不知道这一切吗——你不知道?你要是不知道怎么可能来到这里?"

"我到处打听,才找到了这里。"

"我等你等你一直等你,"她接着说,她的语音突然恢复了过去柔和清晰的哀婉,"可是你不来!我给你写信,你不来!他老是说你永远不会再来了,我是一个傻女人。他对我非常好,对我的母亲,对父亲死后我们全家。他——"

"我不明白。"

"他把我争到他手里了。"

他敏锐地看着她,同时推测着她的意思,垂头丧气得像中了瘟气,他的目光垂下去了;它落在她的手上,那手,曾经红润的,现在白皙而且更娇嫩了。

她继续说——

"他在楼上。我现在恨他,因为他告诉了我一个谎言——你不能再来了,可是你还是来了!这些衣服是他给我穿上的,我不在乎他怎样摆布我!可是——你能走开吗?安吉尔,请你,永远不要再来好吗?"

他们定定地站着,他们心中的慌乱随着悲哀可怜的眼神流露出来。他们两个似乎都在乞求着逃离现实得到庇护。

"唉——是我的错!"克莱尔说。

可是他不能继续说下去。谈话像沉默一样不可表达。不过他有一种情形的朦胧意识,尽管后来那意识于他一直未能清晰;他原先的那个苔丝在精神上停止承认他面前的肉体是她了——任由它漂流,像激流中的一具尸体,朝着与生的愿望分离的方向而去了。

瞬息过去了,他发现苔丝走了。他的脸越来越冷峻越来越皱缩,由于他现时正全神贯注地站着。一两分钟之后他发现他自己在街上了,向着他不知道的去处走去。

五十六

　　布鲁克斯太太,苍鹭的房东夫人,所有这些漂亮家具的物主,不是一个特别有好奇心管闲事的人。她是极度物质化的、可怜的女人,长期以来强制地被算计的恶魔奴役,计算着收益和亏损,只对它特有的缘由保持着极高的兴趣,从可能的房客口袋里掏出钱来。不过,安吉尔·克莱尔对她的出手阔绰的房客——德伯维尔先生和太太,一如她认定他们的——访问,在时间上和方式上是足够异常的,便又激起了她女性的癖好,那,除了它负载着出租生意,已经被她看作无用而压抑下去了。

　　苔丝在门口跟她的丈夫说话,没有进客厅,布鲁克斯太太,站在走廊后边她自己半闭着门的起居间里,能够听到谈话的片言只语——假如那能被称作谈话——在那两个受难的灵魂之间。她听见苔丝踏着楼梯上楼了,克莱尔离开了,前面的门在他身后关上了。接着头上房间的门关上了,布鲁克斯太太知道苔丝进了她的寓房。鉴于这年轻的夫人没有完全穿戴整齐,布鲁克斯太太知道她一时半会儿不能再出现。

　　因此她轻轻地走上楼去,站在前面房间的门口——一间客厅,直接连着它后边的房间(那是卧室),由普通的折门相通的这二层楼上,包含了布鲁克斯太太最好的寓房,被德伯维尔按礼拜租着。后边的房间现在静悄悄的;可是从客厅里却有声音传下来。

　　起初她只能辨出它们是一个音节,用一种低低的呻吟持续重复着,好像是一个绑在伊克西昂车轮上的鬼魂①发出来的——

　　"哦——哦——哦!"

　　接着沉默了一下,随即是一声粗重的叹息,又发出来——

　　"哦——哦——哦!"

　　房东夫人通过钥匙孔往里看,房间里面只有一点点空间能够被看到,可是在那个空间里却出现了早餐桌的一角,餐饭已经摆在上头了,旁边还有一

---

① 伊克西昂是希腊神话中的拉庇泰王,因觊觎天后赫拉的美色,被天神宙斯绑在永远旋转的车轮上受罚。

把椅子。苔丝的脸伏在椅子座上,她的姿势是跪在它的前面;她的手抱着她的头,她的晨衣下摆和睡衣的绣花边拖散在她身后的地板上,她没穿袜子的脚,从拖鞋中脱落了,伸在地毯上。无法形容的绝望的呻吟就是从她的唇间发出的。

同时一个男人的声音从毗邻的房间传来——

"什么事?"

她没有回答,可是呻吟继续着,用一种与其说是呼喊不如说是自语,与其说是自语不如说是哀诉的音调。布鲁克斯太太只能听到一部分:

"然后我亲爱的,亲爱的丈夫回家来找我了……可是我不知道!……你用你残忍的劝说欺弄我……你不停地用它……不停地——你不停地!我的小妹妹小弟弟们和我母亲的困窘——他们是你用来打动我的东西……你说我的丈夫永远不能回来了——永远不能。你嘲笑我,说我盼望他简直是一个傻子!到底我相信你了,退让了!……可是他回来了!现在他又走了。第二次走了,现在我永远失去他了……他不会再爱我一丁点儿啦——只有恨我了!……哦是的,我现在失去他了,又是因为——你!"在扭动中,她的头伏在椅子上,随着她的脸转向门口,布鲁克斯太太能够看到那脸上的痛苦;她的嘴唇被她紧咬的牙齿咬得淌着血,她紧闭着眼睛,长长睫毛湿成了一缕一缕粘在脸上。她接着说:"他快要死了——他那样子好像要死了!……我的罪过杀了他,没有杀了我!……哦,你把我这一生全部撕成了碎片……我恳求你可怜我,千万不要再来毁我!……我自己亲亲的丈夫永远不能,永远不能——哦天哪——我受不了这个——我受不了!"

从那个男人那里传来了更加尖利的话;同时突然一阵沙沙的声音;她一跃跳起,布鲁克斯太太,以为说话的人要冲出门来,赶紧退下楼去。

她本不需要这样做,因为客厅的门仍然没有开。不过布鲁克斯太太觉得还在楼梯上看不安全,就进了下面她自己的客厅。

她不能从门里再听到什么了,尽管她专心致志地听着,因此她去厨房吃完她中断的早饭。随即又回到一楼的前屋,做起点针线活来,等着她的房客拉铃她好去收拾走早饭,那些活她预定自己来做,借机看看可能发生了什么事。头顶上,她坐下的时候,能听见楼板轻轻的吱吱声响,好像有人在上面走动，现时的活动由衣服擦着栏杆的窸窣声说明前面的门打开又关上了，苔丝的身影通过房门走在了上街的路上。她现在完全穿戴整齐了，是她刚来时富有的年轻女人旅行的服装，唯一添加的是那顶帽子和黑羽上面拉下来的面纱。

布鲁克斯太太没能听到一声告别的话，暂别或者其他的，在上面门口她的房客之间。他们或许吵架了，德伯维尔先生可能一直在睡觉，因为他不会一早起床。

她进了后边的房间，那是更为特殊的她自己的房间，在那里继续做她的针线活。寄寓的夫人没有回来，那先生也没有拉他的铃。布鲁克斯太太默默地想着这些，不知道早早来访的那人可能是什么关系搅扰了楼上的那一对儿。猜想着她向后倚着坐到她的椅子上。

就这样她的目光无意间瞥到了天花板上，被它白色板面中间的一个点吸引住了，以前她从来没有注意过。她刚刚看到它的时候只是一个薄脆饼那么大，可是它很快长到有她的手掌那么大了，同时她能够看出它是红色的。那椭圆形的天花板，带着它中间鲜红的点，看上去像一个巨大的红桃爱司。

布鲁克斯太太感到了一阵奇怪的疑虑不安。她踏到桌子上，用她的手指摸一下天花板上的点。它是湿的，她想到了它是血点。

从桌子上下来，她离开了客厅，上了楼，打算进上头的房间，那是在客厅后边的卧室。可是，尽管她现在还是恰如其分的女人，她却不敢去扭动那个把手。她谛听着。死寂的里面只被一种有规律的敲击打破。

滴答，滴答，滴答。

布鲁克斯太太慌忙下楼打开前门，跑到街上。有一个她认识的男人，毗邻的一所别墅雇的一个工人，从街上路过，她求他进来跟她一起上楼；她怕有什么事情发生在她的一个房客身上了。那工人答应了，跟着她上了楼梯平台。

她打开了客厅的门，站到他身后，等他进去了，再跟在他后头进去。房间里是空的；早饭——一顿丰盛的美餐，咖啡，鸡蛋，和冷火腿——摆在桌子上一动未动，一如她摆上去的时候，除了那切刀没有了。她要求这工人穿过折门进了毗连的房间。

他打开了门,往里走了一两步,几乎随即脸色严峻地退回来。"天哪,床上的那个先生死了!我看他是被刀子捅死的——一摊血流在地板上!"

立刻就报警了,不久前那么安静的房子回响着杂沓的脚步声,其中有一个外科医生。伤口是小的,可是刀尖伤到了死者的心脏,他仰躺着,苍白,僵直,死了,好像他在致命的一击之后就不能动了。一刻钟内,一个临时来访的先生在床上刺杀了他的消息,传遍了这座人间仙境的条条街道和幢幢别墅。

五十七

与此同时安吉尔·克莱尔沿着来时的路木木地走去,走进了他住的旅店,坐下来吃早饭,直呆呆地盯着却一无所见。他茫然无知地吃着喝着,突然间又要他的账单;他付过账,提起旅行袋,他随身带的唯一的行李,走出去。

正当他离开的时候一封电报送到了他手上——他母亲来的几句话,说他们很高兴知道他的地址,通知他的哥哥卡斯波特向梅绥·钱特求婚成功了。

克莱尔把电报揉成一团,沿路一直走向车站;到了那里,他发现一个多钟头内没有车发出。他坐下来等候,等了一刻钟他觉得他不能再等了。心破碎了麻木了,他没有什么事情急着去做;可是他希望走出这个有过这样一段经历的城镇环境,于是他转向前头的第一个车站走去,以便在那里搭上火车。

他走的大路很旷阔,走不远就下到了山谷里,能看见它从山谷这边通到了那边。他走过了山谷的大部,爬上了西边的斜坡,这时候,他停下来喘喘气,他不自觉地看看后边。为什么这样做他说不出来,不过好像有什么事情驱使他这样做似的。道路带子样的路面在他背后他能看到的距离内越变越细,他只能看到一个移动的黑点闯入了它那白色的开阔空间。

那是一个人影在跑着。克莱尔带着一种那人在试图赶上他的朦胧感觉等了等。

那人下了斜坡,是一个女人的样子,然而因为他的心完全失去了判断力,他想不到他的妻子会跟他来,以致当她来到他的近前了,他也认不出他现在看到的完全改变了装束的她来。直到来到近前了他才能相信她正是苔丝。

"我看到你——离开了那个车站——我刚刚到了那里——我赶了你这一路!"

她是这样苍白,这样气喘吁吁,每一块肌肉都在颤抖,因此他一句话也不问她,只是紧紧地抓着她的手,用他的胳膊揽着她,引她向前走去。为了避开可能遇上的人他离开了大路,走上一条松树覆盖的小路。等他们沉入萧萧作声的树枝下面的时候他停下来探询地看着她。

"安吉尔,"她说,好像她在等待着这探询的目光,"你知道我为什么跑着追你吗?告诉你我把他杀了!"她说的时候一丝令人怜悯的惨淡的微笑浮在脸上。

"什么?"他说,由她那古怪的态度以为她是有一些神志错乱了。

"我做了它——我不知道怎么做的,"她接着说,"我还是——为你,为我自己——我还是应该做,安吉尔。我很久以前担心过,当我用我的手套打在他嘴上的时候,我就担心有一天我可能会做,因为他利用我单纯幼稚设陷阱坑害了我,他的罪恶通过我又害了你。他插到我们俩中间把我们毁了,现在他永远不能再做什么了。我压根从来没有爱过他,安吉尔,像我爱你那样。你知道的,是不是?你相信吗?你不回来找我,我被迫又回到了他那里。你为什么走开了——你为什么——当我是那么爱你的时候?我想不出你为什么那么做。可是我不怪你,只是,安吉尔,你能宽恕我对你犯下的罪过吗?现在我已经杀了他。我想我现在做了它就来追赶你,你一定能保证原谅我了。我想到了我能用那样的做法得到你,对我来说就好像光芒一闪。我不能再忍受失去你了——你根本不知道我是多么不可能忍受你不爱我!现在你说爱我。亲爱的,亲爱的丈夫,说你爱我,现在我杀了他啦!"

"我爱你,苔丝——哦,我爱——它是完全回来了!"他说,怀着炽烈的情感用他的胳膊抱紧她,"不过你是什么意思——你杀了他?"

"我说我把他杀了。"她像在幻梦中咕哝着说。

"什么？杀人？他死了？"

"是的，他听到我为你哭诉，他恶毒地嘲笑我，他用肮脏下流的话说你，我就杀了他。我的心受不了啦。他以前好几次拿你来唠叨挖苦我。我杀了他，紧接着就穿戴好了跑来找你。"

渐渐地他倾向于相信她是隐有意图的，至少，想过做她说的事；他对她的冲动所感到的恐惧与惊讶相融合。她对他钟爱的力量，那种爱奇特的品质，居然完全灭绝了她的道德意识。她似乎心满意足了，她不能够认识到她的行为的严重性，他看她伏在他的肩膀上，幸福地哭着，他困惑着德伯维尔血统中什么样的难解传统导致了这心理失常——假如它是一种心理失常的话。一个念头在他心中瞬间闪过，这个家族马车和凶杀的传说能够流传，正是因为这个家族的人懂得去做这种事情吧。他的困惑和兴奋的想象同样能够推断思考，他断定在她哭诉她心头疯狂悲痛的那一刻她的心中失去了平衡，驱使她投入了深渊。

假若果真如此，那是非常可怕的；假如是一种暂时的幻觉，那就太悲惨了。于是，不管怎样，在此是他曾经遗弃的妻子，这感情炽热的女人，紧紧地依附着他，毫不怀疑他对她能做的只是她的保护者。他看出来了，在她心里，他不会有别的做法，在可能的范围内。柔情终于支配了克莱尔。他用他苍白的嘴唇不停地吻着她，抓住她的手，说——

"我不会丢下你！我想我会尽一切办法竭尽全力保护你，最亲爱的爱人，不管你做了什么还是没做什么！"

他们于是在树下向前走去，苔丝时而扭头看看他。他尽管变得衰弱不好看了，可是她显然没有在他的外貌上看出一点点毛病。对她来说，他还是像过去一样，完美无瑕，在形体上和心灵上都是如此。他一直是她的安提诺斯[①]，甚至是她的阿波罗[②]；他的病弱的面容正如她第一次看见他的那天她柔情注视的晨光一般；因为它是非尘世上纯洁地爱着她的一个人的脸，他也相信她同样纯洁。

---

① 安提诺斯：古罗马帝王哈德良的奴隶，以美貌著称。
② 阿波罗：希腊神话中的太阳神，以年轻英俊著称。

怀着对一种他尚不清楚的可能性和本能直觉,他没有按照他的打算,去远离城镇的第一个车站,而是一直往松树林深处走去,这里好几英里内多有松树。互相搂着腰,走过干燥的松针褥垫,意识到终于在一起了,便投入了恍惚陶醉的氛围中,他们之间没有一个生灵;也不理睬那里有一具尸体。就这样他们走了好几英里远,直到苔丝醒过来,看看周围,她说话了,怯怯地——

"我们这是要去哪儿?"

"我也不知道,亲爱的。怎么啦?"

"我不知道。"

"哦,我们可以再往前走几英里,到了晚上在什么地方找个住的地方——在一个偏僻的小屋里,或许。你还能走吗,苔丝?"

"噢能!只要你的胳膊搂着我我就能一直走一直走!"

基本上它似乎是可行的好办法。因此他们加快了脚步,避开大路,沿着大致向北的偏僻小路走去。可是在他们整整一天的行进中有一种不切实际的懵懂;他们好像没有一个人考虑一下有效逃跑的问题,化装,或者藏匿。他们的每一个想法都是暂时的没有防护的,像两个孩子的打算。

正午时他们走近了路边客店,苔丝想跟他进去弄点东西吃,可是他劝她待在这个地方半林地半荒野的树木和灌木中间,等他回来。她的衣服是时新的;甚至她拿的那象牙把的阳伞式样在这个他们现在晃悠到的地方也是不为人知的;这些衣物的制式会引起旅店长椅上那些人的注意。他一会儿就回来了,拿了足够六七个人吃的食物和两瓶葡萄酒——足够他们维持一两天,万一有什么紧急情况发生。

他们坐到一些枯死的树枝上分享他们的食品。一点与两点钟之间他们收拾起剩下的食物又继续向前走去。

"我觉得有劲了,要走多远就走多远。"她说。

"我想我们也可以朝着这个郡内地的大致路线走,在那里我们可以躲一段时间,他们宁肯到沿海去,不大愿意去那里查找。"克莱尔分析说,"过些时候,他们忘了我们,我们就能上港口去了。"

她没有回答这么远的问题,只是更紧地搂住他,径直朝他们要去的内地走去。尽管时令是英格兰的五月了,天气清明宁静,到了下午的时候也十分暖和了。走过他们的路程后半的时候,他们走的人行道引他们进入了新苑深处。时近黄昏,拐过一条篱路角,他们看到了在一条小溪和一座桥后面有一个大牌子,上面漆了白字:"可意宅第,带家具出租";接着详叙与伦敦代理人接洽的方法。通过大门他们能够看到那房子,老式的规整设计的砖建筑,宽敞的住室。

"我知道它,"克莱尔说,"它是布莱姆合特宫。你能看出它是关上了,车道上都长起草来了。"

"有几个窗户是开着的。"苔丝说。

"那只是为了通风,我想。"

"这些房子全都是空的,咱们却没有一个屋顶遮蔽!"

"你是累了,我的苔丝!"他说,"我们一会儿就停下来。"吻吻她令人楚痛的嘴他又带着她向前走去。

他同样也渐渐地累了,因为他们已经迷迷蒙蒙地走了十四五英里了,考虑怎样休息一下已经成为必需了。他们远远地看着那些偏僻的村舍和小店,很想去一所小店,可是他们心里一打怯,又赶紧避开了。终于他们的脚步拖不动了,他们站下来。

"咱们能在这树下睡吗?"她问。

他认为时令还不到。

"我在想我们路过的那空的大宅子,"他说,"咱们再回那里去吧。"

他们折回脚步,可是走了半个钟头才到了先前他们未进的门口。于是他要她先在那里等着,同时他进去看看什么人在里边。

她在门内的灌木中坐下来,克莱尔蹑手蹑脚走向那所房子。他的不在持续了很长一段时间,等他回来的时候苔丝都担忧坏了,不是为她自己,而是为他。他从一个孩子那里打听出了,只有一个老太太作为托管人照管着那所房子,她只在天气好的时候,才从附近的村庄来这里,开关窗户。她在黄昏的时候来关窗。"现在,咱们能从那个矮窗户进去,在那里休息。"他说。

在他的照护下她拖拖绊绊地走向那房子前面,那关着的窗户,好像失去了光明的眼球,排斥了观察者的可能性。门往前走几步就到了,它旁边的一个窗户开着。克莱尔爬进去,随后把苔丝拉进去。

除了门厅所有的房间都是暗黑的,他们上了楼。在这里窗板也是紧紧地关闭了,所谓通风是敷衍塞责的,至少这一天,只打开了前边门厅的窗户和后边上头的窗户。克莱尔拉开了一个大房间的门闩,摸着路进去,把窗板打开了两三英寸宽。一线耀眼的阳光射进了房间,照出了笨重的老式家具,深红色的锦缎帷幔,一张巨大的四柱床,顺着床头雕刻着奔跑的人物,显然是阿塔兰忒的赛跑①。

"到底能歇下了!"他说,放下他的提包和食品包。

他们待在极度的宁静中,直到照管人来关窗为止;出于谨慎,如先前一样关上窗板使他们自己完全处于黑暗中,以防那女人因为偶然的原因会打开他们的房间的门。在六七点钟之间她来了,不过她没有走到他们待的那一边。他们听见她关上窗户,闩住,锁上门,走开了。于是克莱尔又从窗户里窃取一洞光线,他们再一次共享了餐饭,直到他们渐渐地被没有蜡烛驱散的夜幕包裹了。

五十八

这个夜晚奇异地静穆庄严。午夜过后她在他的耳边喁喁低语讲述了他怎样在梦游中抱着她走过芙鲁姆激流的整个故事,他们两个的生命危险是如何迫在眼前,他怎样把她放在荒圮寺院的石棺中。在此之前他还一点儿不知道。

"为什么第二天你不告诉我?"他说,"它或许会防止这样的误解和灾难。"

"不想过去的事情!"她说,"我现在不去想外界的事。为什么要想那么多!谁知道明天会有什么?"

可是显然没有烦恼悲伤。第二天早晨下雨又有雾,克莱尔,恰恰听说那照看房子的人只在好天里来开窗户,他冒险爬出了他们的房间,探查这所房

---

① 阿塔兰忒为希腊神话中捷足善跑的美貌猎女,得到警告说婚姻会给她带来不幸,便声明向她求婚者需与其赛跑,失败者将被处死,获胜者方能娶其为妻。

子,留下苔丝睡着。房子里没有食物,不过有水,他趁着雾的便利潜出了这座宅第,从二英里远的一个小地方的商店里买来茶、面包和黄油,除此之外还有一个锡壶和酒精灯,如此他就可以不冒烟生起火来。他的返回惊醒了她;他们便吃起了他买回来的早饭。

  他们不愿去外边走动,白天过去了,夜晚随后到来,接着是第二天,下一天;几乎没有了他们存在的意识,一连五天在完全隐避中流走了,没有一点人的视觉或声音打扰他们的宁静,就是这样。天气的变化是他们仅有的事件,新苑的鸟儿是他们仅有的伙伴。由于心照不宣的同意他们几乎一次也不说他们婚后随之发生的事情。那一段阴郁的插入时光似乎沉入了混沌之中,越过了那一段,现实的和先前的时间紧密地靠拢了,好像它从未存在过。每当他提议离开他们的避难所,去南安普顿或者伦敦,她都表现出一种奇怪的不愿动的样子。

  "为什么咱们要结束这种甜蜜恩爱!"她反对说,"该来的必定要来。"说着,从窗板缝往外看看,"外边全是麻烦;在这里边才心满意足。"

  他也往外瞅瞅。她说得一点不错;在里边是喜爱,是融合,恐惧被忘掉了;外边则是毫不宽容的无情。

  "还有——还有,"她说,把她的脸颊贴紧他的,"我怕你现在对我的情意不会长久。我不愿意活到比你现在对我的感情还老。我宁愿不那样。我情愿在你嫌弃我的时候来到时死了埋了,那样我就永远不知道你嫌弃我了。"

  "我永远不会嫌弃你。"

  "我也希望那样。可是想一想我的人生遭遇,我看不出一个男人怎么能够,或早或晚,会不嫌弃我……我是个多么令人厌恶的疯子!可是从前我从来不忍心伤害一只苍蝇或者一个蛾子,看到一只鸟儿关在笼子里常常都会让我哭起来。"

  他们还是又待了一天。夜里阴沉沉的天空晴起来了,结果是那个住在村舍里的照看房子的老太太早早醒了。辉煌的日出令她非同寻常地有生机,她决定立刻打开这相邻的大宅子,在这样的一天里完全通通风。于是就这样做了,六点以前她来到了,打开了下面的房间,她上楼去卧室,要去扭他们住的那个房间的门把手。就在这时她仿佛觉得她能听到里面有人的呼吸声。她的拖鞋和她的年老使她的行走一点声音也没有,她即刻退回来;接着,又认为她的听觉可能欺骗了她,她重新回到门前轻轻地试着扭那个把手。锁出了毛病,可是一件家具在里面移动顶住了,她只能把门打开一两英寸,就再打不开了。一线晨光穿过窗板缝落在那一对儿的脸上,在深深的睡眠包裹中,苔丝的嘴唇张着像一朵半开的花靠紧他的脸腮。照看房子的老太太被他们纯洁的外貌,连同苔丝搭在椅子上的长袍的优雅,旁边的她的丝袜,漂亮的阳伞,以及她带来的另外几件衣服(因为她再也没有别的了),被这一切那般震动了,她最初对漂泊流浪者的厚颜无耻而起的愤怒让步于面对这斯文的私奔者瞬间而生的感伤了,看来他们就像这样一对恋人。她关上门,像她来的时候一样轻轻地退回去,去跟她的邻居们商谈这古怪的发现。

她走后不到一分钟苔丝醒了,接着克莱尔也醒了。他们两个都觉得有什么事打扰了他们,虽然他们不能说出那是什么;它引起的不安越来越强烈。一会儿他穿好衣服通过窗板两三英寸的缝隙仔细地察看着那草坪。

"我想咱们得马上离开。"他说,"这是个好天。我不得不想到有人来这房子了。无论如何,那女人今天肯定能来。"

她驯顺地同意了,把房间收拾好拿起属于他们的几件东西,无声无息地离开了。等他们走进村子里的时候她回头看了看那所房子。

"啊,幸福的房子——再见!"她说,"我的生命只是几个礼拜的问题了。咱们为什么不能暂住在那里?"

"别说那个,苔丝!我们不久就会一起出了这个地区。我们就按照一开始的打算继续往前走,径直往北。没有人能想到去那里找我们。要是有人搜查我们,一定是在维克塞斯港口。等我们到了北边,我们就去一个港口离开。"

就这样劝说着她这计划实行着,保持着向北的直线。他们在那大宅子里一段长时间的休息,让他们现在有了走路的力量;近午时他们发现临近了梅尔彻斯特尖塔耸立的城边,这座城市正挡在他们的去路上。他决定让她在树丛中歇息一个下午,在黑暗的遮蔽下再继续向前。黄昏时克莱尔像往常一样买来了食物,他们夜里的行进开始了,上维塞克斯的边界在八点来钟的时候穿过了。

不太注重路况步行穿过田野,苔丝不是没有经验,她展示了她在这样的行动中的旧日的敏捷。那横断前路的城市,古老的梅尔彻斯特,一条大河挡在前边,他们不得不从为了城市便利而架起的大桥上通过了。他们沿着荒凉的街道走去的时候是午夜时分了,几盏路灯明明暗暗地照着,他们避开人行道,以免他们的脚步发出回声。一座宏伟优雅的大教堂朦朦胧胧地耸立在他们左手边,可是现在对他们却无甚意义了。一出了城他们随即上了大路,走了几英里以后大路插过了一片开阔的平原。

尽管天空浓云密布,残月漫射的光辉迄今还是帮了他们一个忙。可是月亮现在沉下去了,乌云仿佛就压在他们头顶,夜好像一个岩洞越来越暗了。无论如何,他们还是寻着他们的路一直向前走,尽量踩在草皮上以免他们的脚步发出声音,那很容易做到,那里没有树篱和栅栏之类。周围只是空旷的孤寂和黑暗的荒僻,掠过它们的是凛冽的风吹。

他们就这样摸索着走了两三英里远,突然间克莱尔意识到有一个巨大的建筑物矗立在他的前边,在草地上巍然耸起。他们几乎撞到了它。

"这是什么怪地方?"克莱尔说。

"它还嗡嗡响呢,"她说,"听!"

他侧耳听去。那风,弹奏在这建筑物上,发出一阵嗡嗡的音调,像巨大的单弦竖琴奏出的琴音。没有别的声音由它发出来,擎着他的手向前走了一两步,克莱尔感觉到了这建筑物垂直的表面。它好像是一块石头做成的,没有接缝也没有装饰线条。伸着他的指头向上他发现是在与一根巨大的长方形柱子接触;伸出他的左手能够摸到同样的一根相邻。在头顶不明的高度有什么东西使得黑暗的天空愈发浓黑,那东西貌似巨大的横梁与柱子当空相连。他们小心翼翼地走进横梁底下柱子中间;石柱石梁的表面回响着他们轻柔的沙沙脚步声;可是他们好像一直在户外。这地方没有顶盖。苔丝胆怯地屏住了呼吸,安吉尔,也困惑茫然了,说——

"会是什么东西?"

摸着在旁边他们又遇到了另一根塔样的柱子,方方的硬硬的像头一个一样,在那边是又一个又一个。这地方完全是石门和石柱子,有一些在顶上由连续不断的横梁相连。

"真是一座风神庙。"他说。

下一根柱子是孤零零的;再几根就构成了横梁相连的古结构;还有几根倒伏在地上,它们的侧面形成了大道宽得足能跑开马车;不久他们就明白了,原来是在这杂草繁生的广野平畴上立起的一片石柱林。他们双双一直向前走进这夜亭中间站住了。

"这是斯通亨奇①!"克莱尔说。

"那座异教神坛,你是说?"

"不错。比这个世纪还要古老;比德伯维尔家还要古老!唉,我们怎么办,亲爱的?再往前走我们就可以找到躲避处了。"

可是苔丝,这时候是真的累了,她扑倒在躺在跟前的一块长方形的石板上,那里正好被一根柱子挡着风。由于持续一天的太阳的作用这石头是温热干燥的,与周围粗糙森凉的野草相比远为舒适,那些草已经湿了她的衣服下摆和鞋子。

"我不想再走了,安吉尔!"她把手向他的手伸出去说,"咱们不能在这里住下?"

"恐怕不能。这地方白天几英里外就能看见,虽然现在这样似乎看不见。"

"我母亲的娘家有一个人在这附近放羊,我这会儿想起来了。在泰尔波绥斯的时候你常说我是个异教徒。这么说现在我是在家里了。"

他在她伸展的躯体旁跪下去,把嘴唇放到她的唇上。

"你困啦,亲爱的,我想你是躺在祭坛上。"

"我非常喜欢在这里,"她咕哝着,"它是这样庄严和孤寂——在我巨大的幸福之后——什么也没有,只有在我的脸上方的天空。在这个世界上好像没有一个别的人,只有我们两个;我希望没有别人——除了'莉莎·露'。"

克莱尔想到她在这里歇到天稍亮或许也好,他把他的外套盖到她的身上,在她的身旁坐下来。

---

① 斯通亨奇:英国南部索尔兹伯里附近的一处史前巨石建筑遗址。

"安吉尔,要是我出了什么事,你能为了我照顾好莉莎·露吗?"她问,他们听了一阵石柱间吹过的风以后。

"我能。"

"她是那么好那么天真那么纯洁,哦,安吉尔——我希望你能娶她,假如你失去了我,你很快就要失去我了。哦,要是你能娶她!"

"要是我失去了你我就失去了一切!再说她是我的小姨子呀!"

"那没有什么,最亲爱的。马洛特一带的人娶小姨子的常有;再说莉莎·露又那么温柔甜美,又那么越长越漂亮!哦,等我们成了神灵的时候我愿意跟她一起分享你!你要是能培养她教导她,安吉尔,把她带成你自己那样的人吧!……她有我的全部好处,却没有我的坏处;要是她能成为你的人,好像死几乎也不能把我们分开了……好啦,我把这话说出来了。我不会再提起它了。"

她停住不说了,他陷入了沉思。在远远的东北方天空他能够看到石柱中间的一道水平的光线。原来的黑云凹处整体掀起像一个大锅盖,让天边露出了曙色,屹立的石柱石梁被其映衬着开始显出了黑色的轮廓。

"他们在这里给上帝供奉牺牲吗?"她问。

"不。"他说。

"给谁?"

"我认为是给太阳。那高耸的石柱对着太阳的方向孤零零地立着,太阳一会儿就会从它后面升起来。"

"这叫我想起来了,亲爱的,"她说,"你还记得我们结婚前你从来不干涉我的信仰吗?可是我完全同样明白你的心,我想的正如你想的,不是出于我自己的原因,只因为你是那样想。现在告诉我,安吉尔,你想我们死了以后还能相遇吗?我想知道。"

他吻了吻她,以便在这样的时刻避开回答。

"哦,安吉尔——我怕这意思就是不能!"她说,带着一阵抑制住的啜泣,"我那么想再看见你——非常想,非常想!怎么——甚至我和你也不能,安吉尔?我们是这么相爱!"

像比他更伟大的人物①一样,在紧要关头对这关键的问题他没有回答;他们又沉默了。一两分钟内她的呼吸更匀和了,她握着他的那只手放松了,她睡过去了。沿着东方地平线银白的镶边甚至使得大平原远处的部分呈现出黑色看上去很近了;整个广袤无垠的景物露出黎明到来之前通常应有的含蓄节制、沉默寡言、踌躇不决的特征。东面的石柱和横梁背衬着光亮黑乎乎地矗立着,巨大的光焰状太阳石远离着它们;牺牲石正在当中。过了一会儿夜风停息了,石头上杯子形的石凹中颤抖的小水潭也静止下来了。同时东方洼地的边缘似乎有东西在移动——只不过一个小点。它是一个人的头从远离太阳石的那个低洼里向他们逼近。克莱尔真希望他们没有停下来而继续往前走了,可是在这种情势下也只得决定保持镇定。那人朝着他们待的石柱群径直走来。

他听到了他身后的什么,是嚓嚓的脚步声。转回身,他看到了俯卧的石柱旁转过了另一个人;还没有回过神来,紧接着另一个已在右手边牌坊底下了,还有一个在左边。曙光直直地照射着西边那个人的正面,克莱尔能够看出他身材高大,行走好像训练有素。他们带着明显的意图围了上来。那么她的故事是真的了!他跳起来,看看周围想找一件武器,散乱的石头,逃跑的手段,什么什么。这时候最近的人逼到了他跟前。

"没有用的,先生。"他说,"在这平原上我们有十六个人,整个地区都发动起来了。"

"让她睡完觉吧!"他用一个男人的低语向围拢上来的他们恳求说。

那时候他们还没有看见她躺在哪里,他们看到了以后,便没有表示反对,只站在那里守候着她,像石柱一样静静地立着。他走到石板旁边,向她弯下身子,握住了一只可怜的小手;她的呼吸现在是短促的微弱的,像是一个比女人更弱小的动物。所有的人都在越来越亮的光辉中等候着,他们的脸和手仿佛镀了银,他们形体的其余部分还是乌黑的,那石头泛着灰绿色的闪光,平原一直是昏黑一片。一会儿光线强烈起来,一道光线射到了她没有知觉的身上,透过她的眼睑,唤醒了她。

---

① 指耶稣,据《马太福音》说,耶稣在受审问时,拒不回答,便被钉上了十字架。

"怎么啦,安吉尔?"她说,坐起来,"他们为我来啦?"

"是的,最亲爱的。"他说,"他们来了。"

"这是应该的事,"她咕哝说,"安吉尔,我几乎是高兴的——是的,高兴!这种幸福不会长久的。它太多了。我已经足够了;现在我不会再活着等你嫌弃我了!"

她站起来,抖了抖身子,向前走去,那些男人们没有一个动的。

"我准备好了。"她平静地说。

五十九

温顿塞斯特城,那优美的古城,从前维塞克斯的首府,坐落在凹凸起伏的低地当中,正处于七月早晨的光明温暖里。那些有山墙的砖瓦砂石房子由于季节原因覆盖着它们的苔藓几乎晒干脱落了。草场中的溪流低浅了。在那条斜坡的大街上,从西门门口到中古十字路,从中古十字路口到大桥,正在悠闲地进行着通常迎接旧式集日才做的除尘打扫工作。

从上述的西门起,正如每一个温顿塞斯特的人都知道的,大路爬上了一个长长的恰好一英里的规则的斜坡,渐渐地把房屋抛在了后头。从城区出来的两个人上了这条大道快步走着,仿佛没有意识到上坡费力,没有意识到是由于心事重重,而不是由于轻快。他们是从下面一道高墙中间狭窄的栅栏门通过上了这条路的。他们似乎急着要摆脱那些房屋和他们的同类的视线,这条路看来好像能够提供达此目的的最快捷的手段。尽管他们很年轻,低着头走路,太阳的光线还是毫不怜悯地对他们悲伤的步态加以青睐。

这一对中的一位是安吉尔·克莱尔,另一位是正在发育中的造物——半是少女,半是妇人——苔丝的一个活生生的翻版。比她清瘦一些,可是有同样美丽的眼睛——克莱尔的小姨子,莉莎·露。他们苍白的脸似乎比正常的大小缩小了一半。他们手拉手向前走去,始终一句话不说,垂着头的样子好像乔托的《两个使徒》①。

---

① 乔托(1267—1337),意大利画家。有不少论者认为《两个使徒》并非乔托的作品,而为另一意大利画家阿雷谛诺所作。

等他们快到大西山顶上的时候城里的钟打了八下。他们两个都在这声音里一惊,又向前走了几步,到了第一块里程碑那里,它苍白地立在草地绿色的边缘,后面就是开阔的高地,在这里通向大路。他们走到草地上,被一种似乎强制着他们意愿的力量驱使着,突然定定地站住了,转回身瘫痪似的忧忧地等候在那石头旁边。在这个山顶上视野几乎是无边无垠的。下面的山谷中坐落着他们刚刚离开的城市,它那些更卓越的建筑像等角绘图一样历历在目——其中宏伟的教堂塔楼,带有诺曼式窗户的宽大的中殿和长廊,圣托马斯的塔尖顶,学院的尖塔,更往右边一些,有老济贫院的楼阁和山墙,直到今天朝圣者还可以在那里得到面包和麦酒的施舍。城市的后面圣凯瑟琳圆凸形高地绵延开去;再往远看,景物远处又是景物,直到悬在上空的太阳光辉在地平线上消失为止。

背衬着这绵展远伸的景物,在这座城市别的建筑物前面,耸起了一座红砖大楼,有水平的灰色楼顶,一排排带栅栏的小窗户表明那是囚禁重地,它拘泥刻板的形式与那些哥特式建筑的古雅参差形成了巨大的反差。从它前面路过时它会被紫杉和常绿橡树挡住一些,可是在这里它便尽数可见了。这一对刚才出来的那小栅栏门就开在那座楼的墙中。从那座建筑中间一个丑陋的平顶八角阁楼背对着东方天边矗立起来,从这个地点能够看到。它背阴的一面,背对着光亮,好像城市美中的一个污点。然而正是由于这个污点,而不是由于那美,使得这两个注视者挂怀担忧。

高阁的楣檐上树起了一根高高的杆子。他们的眼睛盯住了它。时钟敲过之后又过了几分钟有什么东西慢慢地升上了杆子,在风中展开。它是一面黑色的旗子。

"典刑"执行了,那"众神之主宰"——用埃斯库罗斯①的措辞——结束了对苔丝的戏弄。德伯维尔的武士们和夫人们躺在他们的坟墓里一无所知。这两个无言的注视者低伏到地上,好像祈祷似的,就这样停了许久,一动不动;那旗子继续默默地飘动着。他们一有了力气就站起来,又拉起手来,向前走去。

---

① 埃斯库罗斯:古希腊三大悲剧作家之一。"众神之主宰"见于他的剧作《被缚的普罗米修斯》。

译后记

　　这是一部很容易被误读的书。很自然地,苔丝的悲剧会被归因于艾利克·德伯维尔的引诱。就连苔丝本人,也把她的命运不幸归结到了艾利克身上,以致杀了他,跟上她钟爱的人安吉尔·克莱尔黑夜潜逃,就此走上了生命的祭坛。良家女子被豪门恶少高官衙内诱惑失身威逼成奸杀身殉节酿成悲剧的故事,成为一个写作套路,被古今中外好多作家作品沿用过。然而,一位优秀的作家如哈代,他绝不会如此简单化地写一部相沿成习的小说,在同类作品中再加上一部,只做一种量的增加,而无质的变化。哈代最优秀的长篇小说代表作《德伯家的苔丝》,是以其优异的品质、独特的风貌卓立于世界文学经典之林的。

　　诚然,苔丝的悲剧主要由艾利克造成,这没有丝毫疑问。她走进那冒名的德伯维尔家的宅第,遇上了艾利克,她的悲剧命运就开始了。纯洁的一尘不染的美丽的苔丝,她走出布莱克姆谷,走进豪门大宅,她怎么能预料到命途多舛的自己会遇上什么样的诱惑呢?艾利克带她在园子里闲荡,摘了成熟的鲜红欲滴的草莓,硬送到她嘴边——她润泽美丽的嘴唇已经被作者一再写过了——红唇红莓,如此情色魅人;纯洁的苔丝自身也感觉到了羞赧不宜,可是她拒绝不了,也抵御不了。临走时,艾利克采了玫瑰花给她装满篮子,给她插到头发上,她也没能拒绝。等她去德伯维尔宅第做佣工,艾利克驾车打马狂奔调戏她,她又无奈又反抗,又推拒又屈从,就意味着她一步步走入艾利克布下的陷阱,厄运难逃了。

　　苔丝的失身似乎是难以避免的。一个少女,走出谷地,外面的世界已经进入了现代社会,与山谷里的古老村庄大不一样了,她遇上的又是一个富豪人家的纨绔子弟情场老手,惯会拈花惹草的,她需要怎样时刻绷紧那根警惕的弦,才能逃过这一劫呢?艾利克又是处心积虑步步为营进逼的。那个集日的夜晚,于是成了苔丝生命的分水岭;过去了那个夜晚,苔丝不复是原来的苔丝——"少女不再"了。她正在情急危难中,艾利克打马而来,伸出援手。一马二人,绝尘而去。那一刻苔丝也不无得意,殊不知她就此落入了命运的尘埃中,再也不能重回清白了。山里的大雾,遮住了纯洁的苔丝被污辱被践踏的一幕,哈代不忍秉笔直写了。

至此,如果哈代按照此类故事惯常的路数走下去,他提供的便是一部类型化的小说,不是我们现在看到的这部书了。哈代一反此类故事常见的套路,走出了他自己的路数。哈代让受到了灭绝性伤害的苔丝再次走出谷地,获得复生,在泰尔波绥斯奶牛场得到她刻骨铭心的爱情。苔丝的前头,似乎铺开了如锦似绣的道路。安吉尔·克莱尔,牧师的儿子,大约真的如苔丝和她那些同伴们看到的想望的那样,值得一个女子好好去爱吧。她们同室四个女子,全都爱上了他。不过,她们却没有发生俗常的"五角恋爱"的嫉妒争斗。在善良的大度的苔丝面前,女人们的小心眼会不自觉地放开,大家都变得宽宏大量起来。克莱尔最终选择了苔丝,虽非同伴们所愿,但又在她们所认为的情理之中。正如后来伊茨·秀特所言,她们都爱克莱尔,可是只有苔丝会豁出生命去爱他。

苔丝是千真万确要用生命去爱这一个男人了。她是真正为她爱的人献身了。有过了失身的经历,她觉得配不上克莱尔,她便在克莱尔的追求下一再推拒。再三推拒不过,答应了克莱尔的求婚,她便不顾母亲的提醒告诫,一定要向自己的爱人坦白。她实在是把克莱尔估计得过高了。她实在是把男人们估计得过高了。新婚之夜,克莱尔坦白了他在伦敦曾经与一个女人荒唐过,苔丝不由得大喜过望,她以为爱人也曾有过这样的污点,便会原谅了她的失贞;然而她是完全想错了。当然,克莱尔即便不先说出自己不洁的经历,苔丝也一定要坦白自己的失身,她的纯洁和善良容不得她对爱人隐瞒,不管坦白的结果会是如何。

天真的、纯洁的、善良的苔丝,她还是想不到她坦白的结果竟会是如此残酷。她完全想不到克莱尔竟会那样心冷如铁。克莱尔好像变成了另外一个人,他不再是奶牛场弹竖琴的那个克莱尔了,他不再是抱姑娘们过河的那个克莱尔了。他的冷漠，他的不为苔丝可怜巴巴的哀求所动，他的梦游症发作，抱着苔丝走过激流上的木桥，放入寺院里的石棺……在表现出牧师的儿子那一副铁石心肠后，他此前的多情善感全然不知跑到哪里去了。把苔丝送回老家，他重回他们结婚的那个寓所，在床边跪下，口中连连叫着"苔丝苔丝"，令人心碎，却不能激起人对他的同情。这里，不必在女性主义、男性主义那些大概念上思辨纠缠，只从人性根本上追究，克莱尔的人性之善也大打了折扣。苔丝是那么哀恳动人，克莱尔竟不为所动啊！牧师的儿子拒绝了做牧师，难道他会忘了那著名的圣洁典故吗？谁如果觉得自己是无罪的，可以掷石头打她。面对了抹大拉的玛利亚，谁敢说自己是无罪的呢？

克莱尔还是走了，扔下苔丝，远去巴西。由此，苔丝的悲剧命运，克莱尔不能不负有大半责任。这是常常会被人忽视的，亦即误读的。

如果真的有外表与心灵都洁美无瑕的女性，那么苔丝就是了。她可不是林黛玉，她从来都不小性儿。她的大度宽容远远超出了她的年龄。克莱尔弃她而去，她顽强地迎接了命运强加给她的不公。她去穷山恶水的高原农场打工，艰苦的劳动要把她压垮了，她坚韧地支撑着。她在最艰难的时刻也保持着她的自尊。她去克莱尔的父母家，却由于自尊而没有走进那所牧师宅第。回程中，她那双塞入树篱中的靴子被克莱尔的哥哥用伞把钩出，被克莱尔的父母曾经要为儿子订下的婚姻对象戏弄，那一路，苔丝真是肝肠寸断。可是，到了后来，艾利克又来引诱她，她在走投无路的情况下给克莱尔写信，她所发出的仍然只是吁求，而无怨恨。直到最后，她的父亲去世，租住的房子要被收回，一家人无家可归了，她给克莱尔写了此生最后一封信，才发出了抗议："我从你手里得到的完全是不公平！"

这是觉悟的女性对男性世界发出的抗诉。

不能说这个世界本就不公平，苔丝从克莱尔那里得到的不公平就理所当然。人性的完善就在不公平的世界里进行。人不应该自甘沉沦。造成苔丝命运悲剧的正是人性的不完善，人性之恶。苔丝的悲剧，还将在其他人身上重演，未有穷期，只要人性的完善还没有完成。在哈代看来，人类的杀戮、破坏和压制，是人类不幸命运永难消除的原因，哈代在他的诗歌中一再咏叹过这样的主题。《德伯家的苔丝》可以看作哈代的一部叙事长诗，哈代忧郁的悲观的吟唱动人心弦。苔丝的悲剧命运是这样地令人牵肠挂肚,美丽的不幸的苔丝,好像是我们的一个家人,一个同伴,一个姐妹,我们只能眼睁睁地看着她被黑暗吞噬,却无能为力,不能去帮她一把,帮助她走出黑暗。

是因为造成苔丝悲剧的力量太过强大了,还不只是艾利克·德伯维尔和安吉尔·克莱尔这两个人,而是一股浩大无比的神秘的力量。那是环境的力量,也是命运的力量。在哈代那里,环境绝不是与人物无关的纯客观存在,而是与人物融为一体的,造成人物命运的是环境与社会共同的作用。那不仅仅是景物、景色,而是茫茫宇宙,有生和无生的世界。

细细地追究起来,苔丝的不幸命运的发端实在是淳格汉姆牧师的那个"发现",那牧师从郡志中发现,约翰·德北菲尔其实是德伯维尔世家的嫡系后裔,他们的祖上比现在可阔多啦。老约翰·德北菲尔得知了这一发现,便在他喝酒和不喝酒的时候一再地吹嘘他那不凡的家世,他的妻子更是异想天开,竟打发他们美丽的女儿去那冒名的德伯维尔大宅里认亲。他们无疑是把女儿亲手送入了虎口,万劫不复了。奇怪的是那位淳格汉姆牧师,他向老约翰传递了那个"发现"的信息,就消失不见了。直到老约翰即将走到生命的终点时,才提到那牧师要是还在人世就好了。就这样,淳格汉姆牧师好像是上天派来的一个信使,向老约翰传递了信息,给那困苦中的一家带来厄运,他便消失不见了。

命数,这就是命数吧。在哈代那里,命数对于人生命运所起的作用,难以估量,似有迹可寻,却无从把握。哈代只是一再地写到了命数的征兆。苔丝第一次去冒名的德伯维尔宅第,见到艾利克,回途中,被艾利克给她装入篮子的玫瑰花刺扎了一下,她觉得这是个不祥之兆。她跟安吉尔·克莱尔结婚,离开奶牛场,那只公鸡在不该叫的时候啼叫起来。奶牛场老板的妻子也认为这是不祥之兆。苔丝在艰难困苦难以支撑的时候,去安吉尔父母家拜访而未果,回程中路过十字手,那可怕的巨石矗立在荒凉的山岗上,令人恐惧,那原来是活着的人为被处死的亲人立下的纪念物。还有德伯维尔家族那辆大车与凶杀的传说……哈代几乎是以密集的信息传达着上天的旨意。人似乎只能听任上天的巨手摆布,无力反抗。到最后,苔丝的"典刑"执行了。哈代写道:"'诸神之主宰'——用埃斯库罗斯的措辞——结束了对苔丝的戏弄。"是的,是"戏弄",诸神之主宰,对人是这样无情地戏弄着,还让人有何话说?哈代的批判是温和的,但却是彻底的,他直接地指向了人所敬拜的神,也就是宗教。

哈代的忧郁和悲观无边无际。对于人性的完善,人生的完美,也许还可以寄希望于时间,寄希望于人的努力。可是神的力量,冥冥中操纵着人生命运的神秘的力量,人怎么也无力操控。哈代的忧郁和悲观一直受到批判,那是因为批评者太过乐观甚至是盲目乐观了吧。人生大约还没有那么多乐观的理由。更何况,哈代的忧郁和悲观还基于生命的本体悲剧,终极悲剧。哈代曾在他的日记中写道:"我看着镜中的自己,真为这副世俗的皮囊羞愧伤感,父母再强健,对此也无能为力,这是个令人伤心的事实……为什么人的灵魂总得与如此靠不住的肉身紧系在一起,这联系又如此痛苦,伤感且莫名其妙!"

在苔丝那里,她还没有来得及产生哈代这样的生命感怀吧,她正当青春好年华,镜中未见衰颜,便幽魂远逝了。不过,哈代的忧郁和悲观做了她生命的底色,她在如花似玉的年龄,已经有了生命的重负了。她在女子游乐会上一出现,路过的安吉尔·克莱尔与别的女子跳舞,却没有邀请她,本应幸福相爱的一对人失之交臂,像无垠天际中两颗星擦身而过,便预示了命运的无常,一切都不能问一声"假如"。假如他们两个人跳了舞,会怎么样呢?再追问一句,假如没有淳格汉姆牧师传来的那个"发现"的信息,又会怎么样呢?

一切都无可挽回,一切都不能预料,苔丝,美丽的、纯洁的、不幸的苔丝,按照上天规定的生命轨迹,一步步走向她生命的终点,香消玉殒。她把她命运的不幸归结到艾利克身上,也大致不错。她杀了他,了结了人世仇怨;可是,她无法找上天追问,为什么命运的大手要如此摆布她,"诸神之主宰"要这样戏弄她。人不能主宰的原来正是自己的命运啊!这令述写苔丝命运的哈代怎么会不忧郁不悲观呢?那些对于哈代忧郁悲观的批评需要重新思量了。

不仅哈代的忧郁、悲观曾招致批评,哈代还因《德伯家的苔丝》"有伤风化"而被批评。现在想来,十九世纪的英伦三岛,其道德体系社会伦理有些不可思议难以理解了。我们怎么也想不通《德伯家的苔丝》怎么"有伤风化"。那个时代的批评风潮必定是气势汹汹的吧,反正哈代是放弃了小说创作,专心写诗了。那是 1895 年的事情。哈代原本就是以写诗开始了他的文学生涯的。他留存下来的最早的诗作是十六岁时写的三十六行无韵诗《住宅》。他创作盛年专写小说,他的小说便流淌着诗的韵律,诗的音调。《德伯家的苔丝》的确是可以当作一部无韵的叙事长诗来读的,一唱三叹,韵味无穷。

　　起意翻译《德伯家的苔丝》自然是由于对这部作品的挚爱。二十世纪七十年代中后期,我在老家的一所偏远的中学教书。那时候刚刚进入新的时代,书荒尚未解决。《德伯家的苔丝》中文译本是最早开禁重印的文学名著之一。那时候每到星期天,我从教书的中学骑自行车回家,路过公社驻地的供销社,下车子进去看看,在百货架子一头的图书角上,就摆着《德伯家的苔丝》,定价 1.60 元,第二次印刷一下子就印了 27 万册。后来的年月里又见过其他几个译本,定价十倍二十倍地翻上去,印数却大幅地掉下来了。几十年的写作读书生涯里,《德伯家的苔丝》是我反复阅读的经典之一。读过了几个译本,再读英文原著,我获得的是与读译本不同的感受。这本是情理中的事。再好的译本,也不可能完全传达出原著的神韵。译本与原著两种文本阅读的不同感受,倒令我产生了一个想法:我来翻译一回,为这部名作再提供一个译本,会怎么样呢?至少,把我的阅读体味,用我的文笔传达出来,还是会有一些意义的吧。

　　今天的文学翻译,当然已经远远不是"五四"时期先辈们的翻译,更不是林纾、严复时代的翻译了。翻译成果累累,翻译理论也比较成熟了。然而,我还是应该有我自己的坚持和追求。在我看来,传统的"信、达、雅"翻译准则中,"信"是最重要的,"信"是翻译的生命,离开了"信",其他一切都谈不上了。译者必须严格限定自己的灵活性,你纵有天大的才华,也必须在原著的规定中行事,在某种程度上,译者是没有什么自由的。越是限定了译者的自由,译本才越是可靠,原著的神韵才能传达得越准确,越完整。译者需要细细体察作者的写作用意,他行文思维的来龙去脉,尽可能走进作者的"文心",认真追问他到底为什么这样写,而不那样写;意思相近的词,他为什么用这个,而不用那个,他这样措词的用意究竟何在;相隔较远的段落之间,有什么内在的联系;这种联系,指的不仅仅是人物故事的关联,而是作者的写作契机,他这个段落的写作是怎样由远处的那个段落启迪生发的,其间若隐若现的文脉是什么。细细地揣摩透了这些,才算差不多走进了作者的"文心",可以代他用另一种语言传达了。

这样追求,严格地限定了译者的自由和灵活,随之而来的便是:宁要生硬直译,而不要随意变通。不要一概"流畅"。哪怕某种程度的晦涩拗折,只要是忠实于原著所需,也不排斥。原著中本就存在的艰涩晦奥,更要严格保持,而不要译得明晰晓畅。最要不得的是把译者自己的理解添加上去,稀释填充,译得明明白白。应该知道,作者如果想写得明白易懂,他是完全能够做到的。他既然写得艰涩晦奥了,那是他行文所需。在《德伯家的苔丝》中,那些夹叙夹议的段落,哈代往往写得很浓缩,很拗折,句式也很复杂很缠绕,这样的地方,译者万万不可把自己的理解加上去,填空,冲淡。你自以为译得明白了,其实恰恰是把原著浓缩的精华变成了稀薄的汤水,寡淡无味了。要充分相信读者,不要以为他们会觉得难读会读不懂,而好心地办坏事。不减少什么,更不能添加什么,是翻译中铁的准则,应该严格遵守的。

译文到底怎样才算好?译为汉语的译本供汉语读者阅读,那么,译文就要完全"汉语化"吗?理想的译本还应该在多大程度上保持原作者的思维习惯行文习惯?我想,一个最质朴的原则应该是,不要把译本搞成中国作家用汉语写的外国故事。语言首先是思维的工具,那么,不同的语言便首先表现着思维方式的不同;在转译的过程中,尽可能保持原作者的思维方式,便成为第一要务。"欧化""翻译腔",如果说在批评汉语写作时还有些道理(也不尽然),那么,在翻译中"欧化"和"翻译腔"倒成了值得保留的特点了,进而言之,翻译中的"欧化"和"翻译腔"在好多情况下不仅不应排除,还需坚持。

这就要说到长句子了。好多西语语种的文学作品译为汉语的过程中,大约都要面对长句子的问题。西语复杂的复合的长句令译者难解难译,译为汉语,究竟以什么样的句式出现才好呢?一种做法,是把长句子截短,令其完全符合汉语习惯。其实,那是一种削足适履的翻译方式,是一种无奈之举。某些极为复杂实在长得难以处理的句子,这样做也未为不可;但是,一概照此办理,却显得粗暴武断了。须知,西语表达也不全是长句子,有时候也会有短句子,作者既然用了长句子,那是他的表达所需,译者不应该一厢情愿自作主张生硬地截短。具体到《德伯家的苔丝》,哈代也常常用短句子,有时候他还会常常把一个句子成分点断,独立出来。而他在夹叙夹议的段落中用到长句子的时候,又十分复杂绞扭,以此表达他纠结晦曲的思想,所以,在翻译的时候,就要尽可能保留那些长句式,而不任意点断截短。这样做,也许会增加阅读的难度,对阅读造成一种挑战。其实也应该知道,有一些读者恰恰是喜欢这种挑战的,挑战性阅读更有利于走近作者,最大限度地走进原著。

与长句子相伴而来的是词序和语序的问题了,比如所谓"倒装"。这问题其实是伪问题。用汉语的习惯看英语认为是"倒装",用英语的习惯去看,却是"正装"。也不要说"倒装"只是外语尤其是英语独具的特点,其实汉语也有"倒装"。新文学运动以来,由于翻译作品的影响,汉语文学作品中的"倒装"更不鲜见了,这是有益的影响。对于汉语表达的丰富性,翻译的作用不容忽视。细细体味,"倒装"的意味与正常的语序大不一样。有一种翻译,是把原著的"倒装"全部"理顺"为"正装",以为这便符合了汉语习惯;可是,在"理顺"的过程中,丢掉了原作者的思维习惯,那损失不可谓不大。"倒装"并不影响理解,为什么不保留原著的倒装,而硬要"理顺"为"正装"呢?理顺以后的句子看起来表达的意思差不多,意味却不一样了,意绪与韵律、调子也差了很远,不可小视。

到了翻译最难的关节了。一位优秀作家,他有自己叙述的节奏、韵律和调子,一下笔,就如拨动了琴弦,自然流淌了。忧郁的、悲观的哈代,他吟咏着美丽的不幸的苔丝的命运,他的笔下始终流淌着他那低回的忧伤的调子,即便到了苔丝在泰尔波绥斯奶牛场遇上了安吉尔·克莱尔倾心相爱的时候,那忧伤和悲观的潜流也隐伏在水草丰美的地下,译者的译笔千万不可轻浮起来,以乐观的忘乎所以来传达。下笔务要谨慎。一个句末语气词的添加都要小心翼翼。"啊""吗""呢""啦"一加,调子大变,情绪意境也陡然一改,不可大意。"啦"字上扬,"了"字下抑,表现的并不只是一种简单的语气,一种简单的时态,不可不细细辨析吟味。鲁迅当年"词典不离手,冷汗不离身"的翻译,不止是一种状态,更是一种精神。翻译要有一种敬畏感。对原著需要理解,更需要体味,单单读懂了不行,还要读透,深入地走进去,对原著的用语行文,细细揣摩,让原著的调子在译者的心中萦回起来。在这样的基础上,再给予转化,这才差不多可算及格了。当然,汉语译者的母语写作历练和经验又是必备的条件了。译者的母语运用在多大程度上能够满足转译传达的需要呢?

与自己的写作自然还有很大的区别。不仅仅是没有自己写作的自由,译者的才华是被限定了的,即便在限定的范围内,还有许多需要探索的问题。比如成语的运用。在意思差不多的时候,用一个成语多么方便。可是我却力避用成语俗语,尤其是那些典故型的成语俗语,凝结了中国文化的极为汉化的成语俗语。如果从苔丝嘴里蹦出来个"黔驴技穷""成也萧何败也萧何"不是很滑稽吗?还有方言的运用。为了表现妇女出身低微、俗气,张口闭口都是"俺",值得斟酌。影视剧中"俺"来"俺"去用滥了,用得也常常并不恰切。"俺"并不只是表现低微和俗气,有时候还会表现娇气和亲切。而且也不是所有乡村都说"俺","俺"是有地域性的。苔丝的母亲和苔丝在奶牛场的同伴并不需要用"俺"来表现她们的身份,大可不必让她们口口声声说"俺",她们不必落入中国的某地乡村,那样中国地方化。

不必一再强调翻译比自己创作多么难,说翻译比自己创作容易自然也不对。二者需要的是同样的严肃态度,艰苦劳动。译完这部《德伯家的苔丝》,在我,是像自己写完了一部长篇小说同样欣慰。也许,这欣慰还要再多一层。我好像完成了一桩久已存有的心愿,弥补了自己写作生涯的一项空缺。近一个世纪之前,徐志摩去哈代的家里拜访那位当时英国尚在世的最大的作家,哈代曾问中国作家为什么不用英语写作。那好像是一句戏言,不必当真。可是,在哈代那优秀作家的心里,他是不是在想着文学的普世意义,文学被所有人无障碍接受的前景呢?世界上的所有作家用同一种语言写作大概永难实现了,翻译便在这样的文学背景下具有了长久的意义,译完这部书,我更多的一层欣慰,大约在此吧。

阿·阿尔瓦雷茨为《德伯家的苔丝》写的序,我见到的几个译本都未译,不知道是什么原因。这序文写得实在是好，我不忍舍弃，译出来了。可惜我查不到阿·阿尔瓦雷茨的相关资料。好在，不了解作者，并不影响对序文的欣赏。文章一经问世，它便脱离了作者而自立行世了。译作也是如此。那么，我译的这《德伯家的苔丝》，去吧。

陈占敏

2014年3月14日记于烟台青翠里

2014年5月23日改定于万松浦书院